KB069125

홍콩 상상과 방식

홍콩문학론

홍콩 상상과 방식

홍콩문학론

김혜준 지음

學古房

목 차

책머리에

> 사람마다 모두 말하고 있다. 서로 다른 이야기를. 결국 우리
> 가 유일하게 수긍할 수 있는 점은, 그런 서로 다른 이야기들이
> 우리에게 반드시 홍콩에 관한 일을 일러주는 것이 아니라, 우
> 리에게 그 이야기를 말하는 사람을, 그가 어떤 입장에서 말하
> 고 있는가를 일러준다는 것 뿐이다. — 예쓰[1]

1980년대 중반, 연구생 신분으로 잠시 홍콩에서 공부한 적이 있다. 당시는 한중 수교 훨씬 전이었다. 대부분의 한국 사람들처럼 나 역시 중국(중국대륙)에만 관심이 있었고 홍콩이나 홍콩문학에는 별로 주의하지 않았다. 물론 홍콩에서 살다보니 가끔 이상한 점을 느끼기는 했다. 어쩌다 국적을 물어볼 때면 홍콩 학우들은 예외 없이 자신을 홍콩인이라고 대답했다. 또 대륙 출신을 중국인이라고 부르면서 지저분하고 예의 없다는 식의 반응을 보였다. 어렴풋이 의문이 들기는 했다. 왜 자신을 중국인이라고 하지 않고 홍콩인이라고 하는 거지? 왜 같은 중국인인 대륙 출신들을 이상한 방식으로 비난하는 거지? 후일에야 비로소 알게 되었다. 바로 그 즈음에 중영 연합 성명이 발표되었고, 홍콩 사람들이 심한 반감과 불안을 느꼈으며, 자신들이 홍콩 사람임을 강력하게 자각하기 시작했던 것이다.

내가 홍콩문학에 새삼스럽게 주목하기 시작한 것은 1997년의 홍콩반

---

1) 也斯, 〈香港的故事: 為什麼這麼難說〉, 張美君/朱燿偉編, 《香港文學@文化硏究》, (香港: 牛津大學出版社, 2002), p. 11.

환이 점차 다가오던 무렵이었다. 매년 한두 차례 홍콩을 드나들면서 어느새 나도 홍콩반환의 역사적 의미와 홍콩 사회의 분위기를 깨닫게 되었다. 다른 한편으로 이는 내가 가진 지적 관심의 연장선상에 있는 일이기도 했다. 나는 예전부터 두 개 이상의 문화가 접촉하면 어떤 변화를 보이는지에 대해 관심이 있었다. 중국현대문학의 '민족형식 논쟁'에 대한 연구, 중국 현대 산문에 대한 연구와 번역 등은 모두 이런 관심에서 비롯된 것이었다. 이런 면에서 볼 때 내가 홍콩문학을 연구하게 된 것은 어느 정도는 우연이면서 또 어느 정도는 자연스러운 일이었다.

사람들이 홍콩문학에 주목하게 된 것은 1997년의 홍콩반환이라는 역사적 사건 때문이었다. 나만 그런 것이 아니었다. 홍콩 사람들 자신이라든가 중국 대륙 사람들을 비롯해서 전 세계 사람들이 모두 마찬가지였다. 그런데 초기에는 무엇이 홍콩문학인가 하는 것부터 문제가 되었다. 먼저 홍콩에는 일정 규모 내지 일정 수준의 문학이 존재하지 않는다는 식의 '홍콩문학사막론'이 있었다. 그런 다음 과연 중국 대륙이라든가 타이완 등 다른 지역과 대비될 만큼 독자적인 성격을 가지고 있느냐라는 회의, 워낙 작가들의 이동이 빈번하기 때문에 홍콩에 존재했거나 존재하고 있는 문학을 모두 홍콩문학이라고 할 수 있겠는가라는 의문 등이 계속해서 제기되었다. 물론 오늘날에는 홍콩문학이라는 용어 자체와 그 의의에 대한 이견은 거의 사라졌다. 그렇지만 아직도 많은 사안들은 논란 중이다. 예를 들면 이런 것이다. 홍콩문학은 중국문학의 일부이기는 하지만 그런 정도를 넘어서서 전체 중국대륙문학과 병립한다고 보는가 하면, 중국문학의 일부로서 베이징문학이나 상하이문학과 같은 차원의 문학이라고 보기도 한다. 또 이런 견해와는 아예 차원을 달리하여 최소한 1997년 이전까지는 중국문학의 일부가 아니라 시노폰문학의 일부였다고 보기도 한다.[2] 어디 그뿐이겠는가? 홍콩문학의 특성은 무엇인가, 그러한 특성은 언제부터 생겨났는가, 이런 면에서 볼 때 홍콩문학의 성립 시기는 언제인가… 등등 많은 점들이 여전히 논란 중이다.

물론 이런 모든 회의, 의문 및 논란은 근본적으로 홍콩이 가지고 있는 특수성에서 출발한다. 홍콩은 19세기 중반 향나무를 반출하던 조그만 항구 또는 어촌에서 출발하여 오늘날에는 세계적인 현대적 메트로폴리스가 되었다. 그 과정에서 전통과 현대, 농촌 배경과 도시 발전, 동양(또는 중국)과 서양, 식민과 피식민 및 포스트식민, 정치적 부자유와 (상당한 정도의) 표현의 자유, 냉전 체제 및 '1국 2체제' 하의 자본주의와 사회주의, 선주민과 이주민, 중국계 시민과 비중국계 시민 등등의 온갖 요소들이 복잡하게 서로 뒤섞이고 서로 삼투하게 되었다. 이에 따라 이곳의 삶을 표현하고 있는 홍콩문학 역시 그만큼 특별하고 복합적인 성격을 가지게 되었다. 어떤 면에서 보자면, 홍콩은 홍콩임과 동시에 세계(또는 세계의 축소판)이며, 홍콩문학은 홍콩의 문학이자 세계의 문학(또는 세계문학의 축약판)이라고 할 수 있는 것이다.

이와 같은 상황에서 외국인 학자로서 내가 홍콩, 홍콩인, 홍콩문학에

---

2) 시노폰문학(Sinophone literature): 영어를 사용한 문학이라고 해서 모두 영국문학은 아니듯이, 중국어를 사용한 문학이라고 해서 모두 중국문학은 아니다. UCLA의 스수메이史書美 교수, 하버드대학의 왕더웨이王德威 교수 등은 화어(중국어)를 구사하는 사람이 중국대륙 외의 지역에서 화문(중문)으로 창작한 문학을 시노폰문학이라고 명명한다. 예컨대 타이완, 싱가포르, 말레이시아, 미국, 캐나다 등 세계 각지의 화문으로 된 문학이 그러하다. 그들은 나중에 중국대륙에서 화어를 모어로 하지 않는 사람들(소수종족)이 화문으로 창작한 문학 역시 시노폰문학에 포함된다고 그 범주를 확장했다. 이에 관해서는 다음 문헌을 참고하기 바란다. 왕더웨이 지음, 김혜준 옮김, 《시노폰 담론, 중국 문학 — 현대성의 다양한 목소리》, (고양: 학고방, 2017.12) ; 김혜준, 〈시노폰 문학(Sinophone literature), 경계의 해체 또는 재획정〉, 《중국현대문학》 제80호, 서울: 중국현대문학학회, 2017년 1월, pp. 73-105. ; 김혜준, 〈시노폰 문학, 세계화문문학, 화인화문문학 — 시노폰 문학(Sinophone literature) 주장에 대한 중국 대륙 학계의 긍정과 비판〉, 《중국어문논총》 제80집, 서울: 중국어문연구회, 2017년 4월, pp. 329-357.

대해서 말한다는 것은 사실상 나 자신의 위치에서 나 자신의 방식으로 그것들에 대해 말하는 것이 될 수밖에 없다. 달리 표현하자면, 홍콩과 홍콩인에 관한 상상을 표현한 홍콩문학에 관한 나의 이야기에는 사실상 그것들에 관한 나의 상상이 포함될 수밖에 없을 것이다. 그리고 아마도 그러한 나의 상상은 다소는 객관적이자 다소는 주관적인 한국인 학자로서의 상상일 것이다.

　이 책은 처음부터 어떤 목표와 계획을 가지고 쓴 것이 아니다. 제법 긴 시간 동안 그때그때 변화하는 관심 사항에 따라 쓴 글을 모은 것이다. 따라서 명확한 주제와 엄밀한 체계를 갖고 있지는 않다. 또 같은 이유로 유사한 내용이나 중복되는 서술도 더러 있다. 그럼에도 불구하고 이 책에 실린 글은 대략 세 부류로 나눌 수 있을 것이다. 첫 번째 부분은 주로 홍콩문학의 전반적인 상황과 관련된 것이다. 홍콩문학의 독자성·범주·특징에서부터 홍콩문학이 형성한 또는 형성해가고 있는 전통과 그 변화, 특히 1997년 홍콩반환 이후의 변화 및 홍콩문학 특유의 장르인 칼럼산문에 관한 것을 다루었다. 두 번째 부분은 주로 여성 문제와 관련된 것이다. 페미니즘 이론과 이주노동자에 관한 나의 제한된 이해를 바탕으로 주로 홍콩의 중단편 소설에 나타난 여성의 이미지 및 외국인 여성 가사노동자인 '페이용非傭'에 관해 다루었다. 세 번째 부분은 홍콩과 홍콩인에 관한 상상과 관련된 것이다. 홍콩의 대표작가라고 간주되는 류이창劉以鬯, 시시西西, 예쓰也斯와 그들의 대표작품인《술꾼酒徒》,《나의 도시我城》,《포스트식민 음식과 사랑後殖民食物與愛情》을 선택하고, 그들이 각자 자신의 작품에서 홍콩과 홍콩인을 어떻게 상상했는지를 다루었다. 그 외에 부록으로 홍콩문학 번역서에 게재했던 나의 해설을 첨부했다. 이상의 글을 사용하도록 허락해준 해당 기관 및 출판사에게 감사하며, 원문의 출처는 참고문헌 첫 부분에 따로 제시하겠다.

이 책의 글은 기본적으로 발표 당시와 별반 차이가 없다. 다만 문장을 짧게 끊거나, 표기를 통일하거나, 일부 오래된 통계를 최근의 것으로 변경하는 등 최소한의 손질은 했다. 표기 문제에 관해서는 약간의 설명을 덧붙여야 할 것 같다. 학술지에 게재할 때는 인명·지명·문헌명·단체명·작중 인물명 등을 한글로 번역하지 않은 경우가 많았다. 이번에 이런 것들은 모두 한글로 고치고, 지명과 작중 인물명을 제외한 나머지는 처음 출현할 때 중국어(한자)를 병기했다. 이 책의 찾아보기에는 일괄적으로 전부 병기해두었으니 만일 필요하다면 이를 참고하기 바란다.

인명·지명 등 고유명사의 발음은 원칙적으로 국립국어원의 외래어 표기법에 따랐다. 그러나 홍콩의 지방색을 나타내야 할 필요가 있는 홍콩 특유의 용어라든가 거리 이름 및 작중 인명 등은 광둥말 발음 또는 영어 발음에 따라 표기했다. 그 외에 홍콩출신 인명의 표기는 본문에서는 중국 표준어 발음으로 통일하고, 찾아보기에서는 가능하면 당사자가 사용하는 영어 표기를 참고하여 [ ] 속에 광둥말 발음을 병기했다.

기존의 글을 모아 책으로 펴내지만 그래도 감사해야 할 분이 적지 않다. 먼저 허세욱·황지츠黃繼持·루웨이롼盧瑋鑾 등 은사들, 류이창·시시·예쓰·타오란陶然을 비롯한 많은 홍콩 작가들에게 감사한다. 어떤 분은 이미 고인이 되었고 어떤 분은 여전히 건재하신데, 이분들이 아니었더라면 이 책도 없었을 것이다. 홍콩에서 잠시 거주하던 청년 시절 넉넉한 마음을 베풀어 주었던 이원표·김재강·박세원·김관영 등 선배들, 부부인 빠우궈훙鮑國鴻·윙운이黃煥兒 및 홍콩싼롄서점 직원이었던 응육칭伍玉清·찬틴보우陳天保·라이낑한黎敬嫺·찬메이욕陳美玉 등 친구들에게 감사한다. 이 분들과의 오랜 사적인 인연은 세월이 흘러도 홍콩과 홍콩문학에 대한 관심을 이어가게 만들어주었다. 이런 저런 연유로 이 책의 글에 대해 평가·조언해준 동료 학자들, 학생들, 편집자들에게 감사한다. 어떤 이는 익히 아는 사람이고 어떤 이는 전혀 모르는 익명의 사람이지만 이 책의 어느 부분엔가는 이들의 직간접적인 의견이 녹아있다. 이 중에서 흩어진 글들을 책으로 만들어준 학고방의 하운근 대표와 명지현 팀장에게는 따로 감사를 표한다. 나와 함께 타이완·홍콩문학 및 화인화문문학의 연구와 번역에 전념하고 있는 현대중국문화연구실(http://cccs.pusan.ac.kr/)의 청년 연구자들에게 감사한다. 그들의 변함없는 신뢰는 언제나 내게 큰 힘이 되었다. 마지막으로 혹시 이 책을 읽어줄 독자들에게 특별히 감사드린다. 부족한 면이 많은 책이지만 이 책을 통해 홍콩과 홍콩문학에 대한 이해를 넓히고, 조금이나마 이를 활용할 수 있게 되기를 조심스럽게 기대해본다.

이 책을 나의 동반자들인 강경숙, 김도담, 김도온에게 바친다.

2018년 10월 28일 김혜준

제1장 홍콩문학의 독자성과 범주

1. 홍콩의 중국 반환

《홍콩 1997》(연감)

1997년 7월 1일, 홍콩이 중국에 반환됐다. 홍콩의 중국 반환은 중국과 홍콩 자체는 물론 전 세계에게 많은 과제를 부여했다. 식민주의 시대의 청산과 이에 따른 새로운 형태의 세계 협력, 한 국가 내에서 사회주의 체제와 자본주의 체제의 공존이라는 '1국 2체제'의 실험, 이른바 '중화경제권'의 성립 가능성과 관련한 다양한 대처 ……등.

물론 홍콩의 중국 반환이 제기한 문제가 경제 및 정치적 방면에만 국한되지는 않는다. 그것은 홍콩이 가진 특별한 경험과 환경이 모든 방면과 연계되어 있기 때문이다. 예를 들어 문화와 사회라는 측면에서 보자. 아편전쟁의 결과로 1842년에 영국의 식민지가 된 이래 150여 년에 걸친 동방문화와 서방문화의 적극적인 교류 접촉, 1949년 중화인민공화국의 건국 전후부터 약 50년 간의 좌익사상과 우익사상의 간접적인 대립 경쟁, 궁극적으로는 식민지라는 한계가 주어졌던 정치적 환경과 그럼에도 불구하고 상대적으로 상당히 자유로웠던 언론 상황, 상업적이고 도시적인 환경 하에서 나타난 각종 사회 현상 등은, 오늘날 이질적 문화 간의 상호 영향성 및 문화와 사회의 관련성이란 측면에서 볼 때 매우 풍부한 시사를 줄 수 있는 것이다.

홍콩문학 역시 그런 점에서 대단히 주목할 만한 분야다. 홍콩의 특수한 상황은 자연히 홍콩문학이 여타 지역의 문학과 구별되는 모종의 독자성을 부여했다. 그리고 그러한 독자성은 홍콩문학이 세계문학, 그 중에서도 특히 중국문학에서 특별한 의미를 갖도록 만들었다. 이런 면에서 홍콩문학에 대한 연구가 1980년대 이래 시간이 흐를수록 더욱 커다란 주목을 받게 된 것은 지극히 당연한 일이다. 예컨대 1990년대에 이미 760쪽에 달하는 《홍콩문학사香港文學史》(1999)를 비롯하여 《홍콩당대문학비평사香港當代文學批評史》(1997)와 《홍콩소설사香港小說史》(1999) 등 수 종의 문학사와 장르사까지 출판되었다.[3] 이는 홍콩문학에 대한 연구가 이미 초보적인 관심 단계를 거쳐 본격적인 단계에 접어들고 있음을 보여 주는 것이었다.

그렇지만 대단히 아쉽게도 한국에서는 홍콩문학에 대한 관심이 극히 미미한 듯하다. 여기서는 이런 상황을 고려하여, 홍콩문학의 독자성과 범주 등에 대해서 살펴보고자 한다. 이는 중국권에서 이루어진 기존의 성과를 점검·평가해봄과 동시에 더욱 유효한 기준을 제시하면서, 이런 기초적 작업으로부터 한국의 홍콩문학에 대한 관심을 이끌어내고자 하기 때문이다.

2. 홍콩문학의 독자성

우선 '홍콩문학'이라는 개념이 과연 성립할 수 있는가하는 문제부터 제기할 수 있다. 1970년대만 해도 상당수 사람들은 소위 '문학사막론'을 펼쳤고, 그런 주장은 1980년대 말까지도 여전히 남아 있었다. 말하자면

---

3) 劉登翰主編, 《香港文學史》, (北京: 人民文學出版社, 1999) ; 古遠淸, 《香港當代文學批評史》, (武漢: 湖北敎育出版社, 1997) ; 袁良駿, 《香港小說史》(第一卷), (深圳: 海天出版社, 1999)

홍콩에는 우수한 문학이 존재하지 않는다 내지는 심지어 홍콩에는 아예 문학이 존재하지 않는다는 것이다.[4] 그러나 혹시 홍콩에서 문학이 충분히 중시되지는 못했을지 몰라도 문학 또는 문학행위 그 자체가 없었다는 것은 있을 수 없는 일이 아니겠는가? 더군다나 홍콩의 문학 작품 중 상당수는 작품 그 자체로도 대단히 높은 수준이었을 뿐만 아니라 문학 사적 의미에서도 높이 평가받을 수 있는 것이었다. 예를 들면, 중국 대륙작가 왕멍王蒙의 〈볼세비키에게 경례를布禮〉, 〈봄의 소리春之聲〉 등 일부 작품은 중국 당대에서 처음으로 의식의 흐름 수법을 사용한 소설이라고 높이 평가되고 있다. 그런데 홍콩작가 류이창劉以鬯이 발표한《술꾼酒徒》은 시기상으로나 표현 및 기법의 운용 면에서 그 모더니즘적 정도가 명확하게 전자를 능가하고 있다.[5]

사실 '홍콩문학'이라는 개념의 성립 여부는 단순히 홍콩에 문학이 있느냐 없느냐 또는 우수한 문학이 있느냐 없느냐 하는 차원의 것이 아니다. 그보다는 홍콩문학이 그것만의 독자성을 가지고 있는가, 가지고 있다면 중국문학과는 어떤 관계에 있는가 하는 문제이다. 또 그것은 과연 중국 대륙의 어느 한 지역 문학, 예컨대 베이징문학이라든가 상하이문학과 같은 차원의 것인가 아니면 타이완문학처럼 중국대륙문학 전체와 병립할 수 있는 그런 차원의 것인가 하는 문제이다.

홍콩은 자본주의 대도시 지역으로서 경제, 정치, 문화 등 모든 분야에

---

4) 1989년 4월에 있었던 중국 대륙의 제4회 전국 타이완·홍콩 및 해외화문문학 학술토론회에서는 홍콩에 과연 문학이 존재하는가 하는 문제가 다시금 논의의 초점이 되었다. 復旦大學臺灣香港文化研究所選編, 《臺灣香港暨海外華文文學論文選》, (福州: 海峽文藝出版社, 1990) 및 文牛, 〈在世界文學格局中探討臺港及海外華文文學: 全國第四屆臺港暨海外華文文學學術討論會述略〉, 《中國現代當代文學研究》, 北京: 中國人民大學書報資料中心 1989-8, pp. 243-248 참고.
5) 이에 관한 더욱 상세한 것은 이 책 〈제8장 중국권 최초의 '의식의 흐름' 소설 — 류이창의 《술꾼》〉을 참고하기 바란다.

서 중국 대륙과 큰 차이가 있다. 따라서 이곳의 문학이 중국 대륙의 문학과 구별되는 특수성을 가지고 있다는 것은 쉽사리 알 수 있는 사실이다. 그뿐만 아니다. 앞서 말한 것처럼 홍콩은 동방문화와 서방문화, 좌익사상과 우익사상, 정치적 통제와 언론의 자유, 상업적 도시적 환경 등의 혼재와 사통팔달의 지리적 위치 … 등의 특수한 환경을 가지고 있다. 그러므로 그 문학 역시 중국 대륙의 문학은 물론 타이완의 문학과도 구별되는 그 자신만의 특성을 가지고 있을 것이라는 사실도 충분히 짐작해 볼 수 있다. 그렇다면 구체적으로 어떤 점들이 다른가?

홍콩의 영국식민정부는 그들의 통치를 정면 부정한다거나 심각한 위해가 되지 않는 한 기본적으로 사상과 언론의 자유를 최대한 인정했다.[6] 이 점은 1949년 중국이 대륙과 타이완으로 분단된 후에 더욱 현저하게 표출되었다. 영국식민정부는 중국 대륙과 타이완 또는 좌익사상과 우익사상에 대해 대체로 직접적인 의사 표명은 절제하면서 그냥 지켜보기만 하는 태도를 취했다. 이에 따라 홍콩문단에는 특정한 문예정책이 강요되지도 않았으며 특정한 이데올로기가 지배하지도 않았다. 작가들은 사상 면에서 별다른 구속 없이 자유롭게 사고하고 창작하고 발표할 수 있었다. 종래로 홍콩에서는 첨예하게 대립되는 문예논쟁이 발생하지 않았던 것도, 작가들의 관심이 다양하고 상호 다원성을 인정한 것, 도시 생활의 압박으로 인해 미처 타인의 주장에 집중적으로 대응할 만한 여유가 없었던 것 등과 더불어 이러한 분위기가 작용했던 결과가 아닌가 싶다.

---

6) 여기서 '기본적으로'라는 말을 쓴 것은 무제한적인 자유를 인정한 것은 아니었기 때문이다. 예를 들면 1939년 12월 그때 막 고조를 보이기 시작한 '문예의 민족형식' 논쟁이 갑자기 마감하고 만 것은, 그 자신이 제국주의 국가였던 영국의 입장과 나날이 강화되던 일본의 압력 등이 작용했기 때문으로 여겨진다. 자세한 것은 김혜준, 〈香港 지역의 '문예의 민족형식 논쟁'에 대하여〉, 《중국어문논총》 제3집, 서울: 고대중국어문연구회, 1990.12, pp. 301-340를 참고하기 바란다.

홍콩의 도시적 상업적 환경이 직접적으로 영향을 준 홍콩 작가들의 특별한 문학 행위 역시 다른 지역에서는 볼 수 없는 것이었다. 그들의 글쓰기에 대해서 정부나 공공 단체로부터의 지원은 거의 없었고,[7] 상업적 논리에 의한 고료는 기본적 생활을 유지하기에도 어려울 정도로 박했다. 이에 따라 글쓰기 자체로 생활이 가능한 작가의 수도 별로 많지 않았다. 설사 전업 작가가 있다 하더라도 거의 중노동에 해당하는 글쓰기를 해야 했다.[8] 또 수익성을 고려한 출판사들의 기피로 인해 그들의 작품은 문예 잡지나 문학서적의 형태로서가 아니라 대부분 일반 신문의 문예면이나 기타 면에 게재되는 형태로 발표되었다. 그런데 그러한 글들은 독자의 호응 정도에 따라 신문 판매 부수에 영향을 주었고, 이리하여 시간적으로 쫓기면서도 독자들의 반응을 염두에 두지 않을 수 없는 글쓰기가 강제되었다. 따라서 이처럼 저열한 고료, 신문 지면에의 작품 발표 등과 같은 여건들과 더불어 인구 과밀의 자본주의적 도시라는 홍콩 자체가 가진 열악한 거주조건,[9] 과중한 생활 압력, 긴박한 도시 리듬 등은 작가들의 문학 행위에 심각한 제한을 가했다. 그리고 결과적

---

7) 1980년대 말에야 비로소 홍콩예술발전국香港藝術發展局이 설치되어 작가들에 대한 지원이 시작되었으며, 같은 차원에서 신문 잡지의 문예면이 강화되고 각종 문학응모전이 다수 개최되었다.

8) 예컨대 탕런唐人은 "한 동안 나는 매일 1만자 씩 써야 했다. 10년을 계속하면서 하루도 빠진 적이 없었다." "내가 이렇게 많이 쓰지 않으면 홍콩에서는 생활해 나갈 수가 없다. 다시 말해 집세도 낼 수 없고 아이들도 학교에 보낼 수가 없는 것이다."라고 술회했다. 傅眞, 〈香港文苑奇才 ― 唐人〉, 《中國現代當代文學硏究》, 北京: 中國人民大學書報資料中心 1981-24, p. 111에서 재인용.

9) 왕이타오王一桃에 따르면, 소설가 시시는 몸을 움직이기도 쉽잖은 세면실에서 글을 쓰고, 또 많은 작가들은 시립 도서관이나 기타 공공장소에서 그들의 작품을 쓰며, 어떤 이는 심지어 패스트푸드점에서 그들의 연재소설이나 칼럼산문을 쓴다고 한다. 王一桃, 〈香港'嚴肅'文學的困境和出路〉, 黃維樑編, 《中華文學的現在和未來: 兩岸暨港澳文學交流硏討會論文集》, (香港: 鑪峯學會, 1994), p. 212 참고. 칼럼산문에 관해서는 이 책 〈제4장 홍콩 칼럼산문의 상황과 미래〉을 참고하기 바란다.

으로 작품의 내용과 수준에도 커다란 영향을 줄 수밖에 없었다. 즉, 장기적인 계획 하에 충분한 사색을 거쳐 창작하기는 매우 어려웠다. 그 대신 신속하면서도 일반 대중의 즉각적인 반응을 염두에 두는 글쓰기가 요구되었다. 종종 역사나 정치 문제와 같은 거대담론적인 것보다는 도시적 일상사를 소재로 하면서 패스트푸드 식의 짧고 소일적인 것을 우선하도록 만들었던 것이다. 이로 인해 심지어 어떤 작가는 스스로를 '원고지 칸을 기어 다니는 동물爬格子動物'이라고 비하했을 정도였다.

작가의 이동이 극히 잦고 많다는 점도 중국 대륙이나 타이완과는 매우 다른 점이다. 항일전쟁 등의 이유로 작가들의 피난처가 되었던 1930-40년대는 물론이고, 그 이후에도 수많은 작가들이 빈번하게 유출입하는 현상은 끊임이 없었다. 다시 말해서 홍콩인으로서 홍콩에서만 활동한 작가들 외에도, 외지인으로서 홍콩에 와서 일시 또는 장기 체재한다거나 아니면 아예 거주민이 되는 작가도 허다했다. 또 홍콩인으로서 외지에 다녀오거나 이주하는 작가도 많았으며, 수시로 출입을 반복하는 작가 역시 적지 않았던 것이다. 이런 점은 항일전쟁기를 제외하고는 작가의 주거지가 대체로 고정된 중국 대륙은 물론이고, 상대적으로 보아 작가의 이동이 비교적 자유로운 타이완과 비교해 보아도 확연히 구별되는 현상이라고 아니 할 수 없다.

이러한 작가의 유동성은 당연히 홍콩문학 작품에도 큰 영향을 주었다. 첫째, 홍콩문학이 그 독자적인 면모를 갖추어나가는 과정에서도 중국 대륙이나 타이완과 끊임없는 교류를 통해 일정한 연계성을 유지해 나가도록 만들었다. 이는 중국 대륙과 타이완의 문학이 각기 상호 접촉 없이 수십 년간 거의 고립적으로 발전해 나왔던 것과는 확연히 다르다. 둘째, 서방 세계와의 빈번한 교류를 통해서 서방문학의 영향을 적극 수용하는 계기가 되었다. 이 점을 잘 증명해주는 것은 1950년대 중반 타이완보다 먼저 모더니즘을 체계적으로 검토·수용하여 타이완의 모더니

즘 성행에 영향을 주었다는 것이다.[10] 그러니 중국대륙문학이 1950년
대에서 1970년대에 이르는 기간 동안 외부와의 접촉을 거의 단절했던
것과 비교한다면 더 말할 나위도 없는 것이다. 셋째, 외지 출신 작가의
대량 유입이나 또는 현지 출신 작가든 외지 출신 작가든 간에 그들의
'통과여객'적인 활동으로 인해, 그들의 작품에는 홍콩 자체에 대한 관심
보다는 중국 또는 세계에 대한 관심이 더 많이 나타남과 동시에 무의식
적인 '나그네 심리過客心理'가 표출되었다.

이렇게 보자면 교통성 또는 교류성이야 말로 홍콩문학의 특성을 잘
나타내주는 것 중 하나일 것이다. 작품 면에서 볼 때 이러한 특성은 무
엇보다도 우선 동양과 서양, 전통과 현대의 착종에서 유난하다. 종적으
로 보자면 중국의 신구문학의 영향이 다 존재하고, 횡적으로 보자면 영
미문학에서부터 프랑스문학이나 일본문학이라든가 심지어 중남미 문학
까지도 영향을 주었다.[11] 예컨대 시시西西의 작품은, 리얼리즘을 토대
로 하면서 마술적 리얼리즘 기법까지 혼용하고 있는 한편 사상방식, 윤
리도덕 관념, 인생 태도 등의 면에서는 중국 전통 사상의 영향을 받고
있다.[12] 또 이곳에서는 악성 서구화 현상을 보인다거나 극단적으로 보
수적인 그런 문학 평론가는 존재하지 않는다. 예컨대 황웨이량黃維樑·
황지츠黃繼持 등의 이론과 평론은 고금의 허물에 밝고, 중서의 이론을
융합한 특징을 가지고 있다.[13] 이러한 점은 최소한 1950년대 이후 1970

---

10) 마보량馬博良이 1956년에 창간한 《문예신조文藝新潮》는 체계적으로 실존주의 작품과
   논저를 소개했는데, 타이완에서 일어난 모더니즘운동은 그로부터 적잖은 양분을 흡수
   했다. 古遠淸, 〈三岸當代文學理論批評連環比較〉, 黃維樑編, 《中華文學的現在和未
   來: 兩岸暨港澳文學交流硏討會論文集》, (香港: 鑪峯學會, 1994), pp. 345-364.

11) 黃維樑, 《香港文學初探》, (香港: 華漢文化出版社, 1985), p. 28 ; 王一桃, 〈香港嚴肅
   文學的困境和出路〉, 黃維樑編, 《中華文學的現在和未來: 兩岸暨港澳文學交流硏討
   會論文集》, (香港: 鑪峯學會, 1994), p. 210.

12) 李子雲, 〈在寂寞中實驗: 論西西的小說創作〉, 《中國現代當代文學硏究》, 北京: 中國
   人民大學書報資料中心 1989-9, p. 175.

년대 상반기까지의 대륙 및 타이완과는 분명히 구별되는 현상이다. 이 기간 중국 대륙의 경우에는 서구문학의 영향은 물론이고 동구나 소련문학의 영향까지 거의 차단하고 일종의 자력갱생의 방향으로 나아갔다. 타이완의 경우에는 나중 비록 향토문학이 대두되기 시작했지만 반공문학의 흐름 한편에서는 서구문학의 직접적인 영향을 받은 모더니즘문학이 한때 풍미했다. 그뿐만 아니다. 다른 두 지역에 비교해 볼 때 중국어가 아닌 영어로 창작하거나 비평하는 경우도 상당수 존재했던 것[14] 또한 다른 점이었다고 할 수 있다.

홍콩문학의 교통성이 잘 나타나는 것 중의 또 한 가지는 중국 대륙과 타이완의 양쪽으로부터 영향을 받음과 동시에 그 양쪽을 이어주는 역할을 했다는 것이다. 이를 달리 표현하자면, 좌우 대립의 간접적 영향을 받으면서도 그것으로부터 비교적 자유로웠다는 것이다. 물론 홍콩이라고 해서 좌우 대립의 양상이 전혀 나타나지 않았던 것은 아니다. 상대적으로 보아 1950년대 이전에는 국민당 정부에 비판적인 작가와 작품이 꽤 있었다고 한다면, 1950년대에는 공산당 정부에 비판적인 작가와 작품이 많았다. 또 그 이후에도 좌우간의 보이지 않는 경쟁이 있었다고 할 수 있다. 그러나 전체 국면에서 볼 때는 이런 현상은 그리 심각한 수준이 아니었다. 그나마도 1980년대 이후 특히 좌우 인사가 모두 참여한 《성도만보星島晩報》의 문학 부간[15]인 《대회당大會堂》 및 문학잡지

---

13) 古遠淸,〈三岸當代文學理論批評連環比較〉, 黃維樑編,《中華文學的現在和未來: 兩岸暨港澳文學交流硏討會論文集》, (香港: 鑪峯學會, 1994), pp. 345-364.

14) 예컨대 1924년 홍콩으로 이주해 온 한 부호 가정을 소재로 한 Mimi Chan, *All The King's Women*, Hong Kong: Hong Kong University Press, 2000과 같은 작품을 이 범주에 넣을 수도 있을 것이다. 이를 좀 더 확장하자면 자딘 매터슨(Jardine Matheson & Co.)의 역사를 소재로 한 James Clavell, *Taipan*, London: Michael Joseph & Co., 1966와 같은 작품도 가능할 것이다.

15) 부간副刊: 일반적으로 신문의 일부 지면을 활용하거나 부록 형태로 된 문예면을 일컫는다. 통상적으로는 특정 편집자의 주관 하에 독자적인 이름을 가지고 독립적이고 정기

《홍콩문학香港文學》의 발간을 표지로 하여 모호해졌다. 또 비단 이런 정
치적 측면을 떠나서도 타이완 해협 양안과의 교류는 작가들의 출신지에
따라 서로 다른 기풍을 보여주었다. 예를 들면 대체로 보아 1970년대
이래 홍콩출신 작가들의 작품은 그 제재가 대부분 홍콩사회가 위주이면
서 기교면에서는 중서의 융합이었다. 이에 비해 중국 대륙에서 이주해
온 작가들의 작품은 향토적인 리얼리즘적인 기풍을 보여주었고, 타이완
출신의 작가들은 소시민계급적인 관념이 많이 나타나는 등 서구문학의
영향이 뚜렷하였다.16) 1980년대까지만 해도 중국 대륙이 후스胡適·저우
쮜런周作人·린위탕林語堂·량스추梁實秋·장아이링張愛玲 등 다수 작가들
을 냉대하고, 타이완이 루쉰魯迅·궈모뤄郭沫若·마오둔茅盾·라오서老舍·
바진巴金 등 수많은 작가들을 아예 금기시했던 것과 비교해 본다면, 이
런 점들은 두 말할 나위도 없이 홍콩문학의 특수성을 잘 보여준 것이라
고 할 수 있다.

　국제적 금융, 무역의 중심지이자 아시아 최대의 자유항인 홍콩에는
그 상업적 도시적 성격으로 인해 치열한 상업적 경쟁, 잔혹한 시장 상
황, 흉험한 세상사, 변화무상한 유행 등이 뒤얽혀 있다. 이에 따라 작가
들은 종종 극단적인 내용과 표현으로 대중의 관심을 끌고자했으며, 홍
콩문학에는 극단적이고도 기이한 현상이 자주 출현하고 일과성의 열풍
이 지나가는 경우가 많았다.17) 이러한 홍콩문학의 도시성이 분명히 드
러난 것은 홍콩의 경제가 비약적으로 발전한 1970년대 이후라고 할 수
있다. 하지만 그 단초는 1920년대에 이미 나타나고 있었다. 《반려伴侶》
제 1기의 〈접견賜見〉에서는 문학은 "자동차의 바퀴가 꽃이 되고 상점의

적으로 발행된다.
16) 陳炳良編, 《香港當代文學探研》, (香港: 三聯書店, 1992), p. 3.
17) 花建, 〈東方之珠的文化神韻: 論香港文學發展的三個特點〉, 《中國現代當代文學研究》,
　　北京: 中國人民大學書報資料中心 1997-7, p. 223.

간판이 잎이 되고"라고 표현했다.[18] 《반려》제 5기는 '첫 키스' 특집호로 꾸며졌는데, 펑니鳳妮는 〈첫 키스의 분석初吻之分析〉에서 이들 12편의 작품에 대해 '대체로 사실을 기록한 것으로' '근대적 도시적 색채를 표현하고 있다'라고 평하기도 했다.[19] 이처럼 상업성과 결부된 홍콩문학의 도시성은 1950년대 이후 20세기 말에 이르기까지 중국대륙문학에서는 찾아볼 수 없는 독특한 현상이었다. 그리고 더 확대해서 본다면 농경 사회 하에 가족과 혈연관계를 토대로 성립된 중국 전통 문화의 관념과 대비되는 전혀 새로운 현상이었다.

홍콩문학의 상업성과 도시성을 가장 잘 보여주는 현상은, 양적인 측면에서 통속문학이 순문학을 완전히 압도하고 있다는 점이다. 즉 이곳에서는 진융金庸 · 량위성梁羽生 등의 무협소설, 이수亦舒 · 린옌니林燕妮 · 옌친嚴沁 · 천카이룬岑凱倫 등의 애정소설, 니쾅倪匡 등의 SF소설이 완전히 일반 문예물의 시장을 장악하고 있고, 순문학은 주로 학교를 중심으로 전개되고 있다. 만일 이러한 현상이 그 전의 중국 대륙에서는 보기 드물었지만 그래도 타이완에서는 어느 정도 존재하는 것이었다고 한다면, 이른바 칼럼산문의 성행은 그야 말로 중국 대륙이든 타이완이든 홍콩문학에서만 특유하게 나타나는 현상이라고 할 수밖에 없다.

홍콩 신문의 문예면 판짜기는 독특하다. 전체 판이 고정되어 있는 가운데, 테두리가 있기도 하고 없기도 한 수많은 규칙적인 또는 불규칙적인 난이 있다. 그 각각의 난에는 지정된 작가(작가들)가 매일 또는 일정한 시간적 간격을 두고 수백 자에서 천 수백 자의 글을 고정적으로 발표한다. 즉 문예면 전체로 보면 마치 군웅이 할거하듯이 많은 작가가 일정한 공간을 차지하고 규칙적으로 글을 발표하는 것이다. 이것이 바

18) 張北鴻, 〈香港文學槪論〉, 《中國現代當代文學硏究》, 北京: 中國人民大學書報資料中心 1992-7, p. 251.
19) 袁良駿, 《香港小說史》(第一卷), (深圳: 海天出版社, 1999), p. 47.

로 이른바 '칼럼문학框框文學/塊塊框框文學' 또는 '칼럼산문專欄雜文/框框雜
文/散文專欄'이다. 이러한 칼럼문학은 1930-40년대부터 이미 생겨나기 시
작해서 당시 '신문꽁다리報屁股'라고 불리기도 했으며, 1970-80년대에 이
르면 이미 신문 판매 부수에 영향을 줄 정도로 활성화되었다.[20] 칼럼문
학 중에서도 가장 대표적인 장르인 칼럼산문은 길이가 짧고 문장이 매
끄러우면서 다루는 문제가 광범위한데다가 사회적 상황과 밀접한 관계
를 유지하고 있다. 하지만 바로 이런 성격 탓에 다른 한편으로는 '패스
트푸드문학', '인스턴트문학'이라고 평가되기도 한다.[21] 심지어는 문학
작품으로 볼 수 없다는 견해도 있다.[22] 그러나 칼럼산문은 집필자 상당
수가 저명작가일 뿐만 아니라 뛰어난 작품 역시 적잖이 발견된다. 따라
서 이를 문학현상에서 배제한다는 것은 타당하지 못한 견해이다. 이와
동시에 중국 대륙이나 타이완과는 확연히 구별되는 홍콩문학 특유의 현
상이라는 점은 부인할 수 없는 사실이다.

3. 홍콩문학의 범주

홍콩문학이라면 단순히 '홍콩에 거주하는 중국인 작가가 중국어로 쓴
문학[23]'이라고 말할 수도 있을 것이다. 그러나 그것이 그리 간단하지가

---

20) 王敏, 〈百年變遷中的香港文學〉, 《中國現代當代文學研究》, 北京: 中國人民大學書報
資料中心 1997-11, p. 228. 황웨이량에 따르면, 1982년 2월 22일 홍콩지역 55개의 신
문 중 13개 신문을 조사한 결과 약 400개의 고정난이 있었으며, 그 중 약 90개는 소설
연재였고 나머지 약 310개는 각양각색의 칼럼산문이었다고 한다. 黃維樑, 《香港文學
初探》, (香港: 華漢文化出版社, 1985), pp. 2-3 및 30-31.
21) 吳躍農, 〈臺港海外十年散文印象〉, 《中國現代當代文學研究》, 北京: 中國人民大學書
報資料中心 1989-6, p. 176.
22) 陳炳良編, 《香港當代文學探研》, (香港: 三聯書店, 1992), pp. 1-4.
23) 黃維樑, 〈香港文學與中國現代文學的關係〉, 第三屆全國臺灣與海外華文文學學術討
論會學術組選編, 《臺灣香港與海外華文文學論文選》, (福州: 海峽文藝出版社,

않다. 우선 작가적 측면에서 볼 때 홍콩의 특수한 사정으로 인하여 작가의 유동성이 심대하기 때문이다. 몇몇 구체적인 예를 들어보자.

지린성吉林省에서 태어난 리후이잉李輝英은 1930년대에 만주 지역 중국인의 항일투쟁을 묘사한 《완바오산萬寶山》, 《쑹화강에서松花江上》 등의 소설을 발표하여 중국현대문학사에서 일반적으로 동북작가의 한 사람으로 평가된다. 그러나 그는 1950년에 홍콩으로 이주하여 이후 사망할 때까지 인생의 후반을 홍콩에서 보냈으며, 《개를 끌고 가는 부인牽狗的太太》을 비롯하여 홍콩의 도시적 풍모와 홍콩인의 삶을 묘사한 소설, 수필 등 약 30여 종의 작품집을 출판했다. 또 난징南京에서 출생한 위광중余光中은 1950년 타이완으로 이주한 후 시집 《뱃사람의 비가舟子的悲歌》 등 20여 종의 작품집을 출판함으로써 타이완 문단의 저명 시인으로 인정받았다. 그런데 그는 1974년 홍콩에 와서 다시 타이완으로 돌아갈 때까지 약 11년 간 거주하면서 《영원과의 줄다리기與永恒拔河》 등 3권의 시집을 출판하는 등 많은 작품을 창작했다. 그리고 그 스스로도 "'홍콩 시기'의 창작 성과는 시, 산문, 번역, 비평 각 방면에서 모두 내게 대단히 중요하다"[24]라고 말했다.

이와는 대조적으로 홍콩에서 성장한 장춰張錯와 예웨이롄葉維廉은 타이완에서 대학을 다니면서 산문집과 시집을 출판하는 한편 당시 타이완의 현대시운동에 참여했고, 후일 미국에 거주하면서도 계속해서 타이완에 작품을 발표하였다. 류사오밍劉紹銘 역시 홍콩 출생이지만 그가 문학평론 활동을 시작한 것은 타이완대학 재학 중이었다. 그는 청년시절 홍

1988), p. 185.

24) 余光中, 〈自序〉, 《春來半島 ― 香港十年詩文選》, (香港: 香江出版社, 1985). 黃維樑, 〈香港文學與中國現代文學的關係〉, 第三屆全國臺灣與海外華文文學學術討論會大會學術組選編, 《臺灣香港與海外華文文學論文選》, (福州: 海峽文藝出版社, 1988), p. 190에서 재인용.

콩에서 작품을 발표하기도 했으나 주요 무대는 인디아나 대학에서 박사과정을 이수하고 위스콘신대학에서 교수로 재직했던 미국이었다. 그런데 그 후에는 다시 홍콩링난대학香港嶺南大學 교수로서 홍콩에 돌아와 활동했다. 마찬가지로 홍콩에서 태어나 성장한 정수썬鄭樹森은 타이완 정치대학에서 대학을 마치고 미국 캘리포니아대학 샌디에이고캠퍼스(UC San Diego)에서 박사학위를 받고 교수로 있으면서 그 사이 홍콩대학香港大學, 홍콩중원대학香港中文大學 등에서 교수를 역임하고 홍콩과기대학香港科技大學 교수를 겸직했다. 이와 같은 그의 이력에서 보듯이 그는 홍콩 출입이 무척 빈번하였는데, 그의 문학 활동 또한 이와 같은 이력에 조응하는 것이었다. 또 홍콩에서 태어나고 성장한 지훈羈魂과 같은 작가는 1994년에 아예 호주로 이민을 갔지만 결국은 도로 돌아와 있다. 그렇다면 이들 각각은 과연 홍콩작가인가 아닌가?

이와 같은 작가의 유동성 문제와는 별도로 작가의 발표 지면 문제 역시 단순하지가 않다. 상하이上海에서 태어난 시시는 1950년대에 홍콩으로 이주하여 이후 홍콩에서 성장, 거주하면서 주로 홍콩을 소재로 하여 대표작 《나의 도시我城》를 비롯해 거의 모든 장르에 걸쳐 수많은 작품을 창작했다. 이에 따라 그녀는 출생지에 관계없이 홍콩을 대표하는 작가 중의 한 사람으로 꼽힌다. 그런데 그녀의 신작은 종종 홍콩이 아닌 타이완에서 발표되었으며, 심지어 홍콩이 아닌 타이완에서 그녀의 전작이 출판되기도 했다. 문제는 이와 유사한 현상이 비단 시시에게만 국한된 것이 아니라 상당히 보편적이라는 사실이다. 예컨대 예쓰也斯의 첫 번째 수필집과 소설집 및 번역서는 모두 홍콩에서 탈고했지만 타이완에서 출간되었고, 중샤오양鍾曉陽의 작품집은 처음 홍콩에서 출간되었으나 타이완에서 먼저 유행한 후 다시 홍콩에서도 주목을 받게 되었다. 그 외에도 황웨이량·량시화梁錫華 등 많은 작가, 평론가의 글들이 왕왕 타이완에서 발표되고 있다. 더군다나 이는 최근의 현상만도 아니다.

1920년대에도 셰천광謝晨光과 같은 작가는 상하이의 문예지에 작품을
발표하고 상하이에서 그의 작품집을 출판했던 것이다.[25]

그렇다면 과연 상황이 어느 정도로 복잡한가? 작가들의 발표 지면 문
제는 일단 제외하고 거주지 개념에서 출생지, 성장지, 등단지, 거주지만
두고 보면 대략 다음과 같이 정리할 수 있다.

홍콩작가 출생지, 성장지, 등단지, 거주지(2003년 기준)[26]

1) 홍콩 출생, 홍콩 성장, 홍콩 등단, 영구 거주: 쿤난崑南, 진이金
   依, 판밍선潘銘燊, 수샹청舒巷城, 샤오쓰小思, 슈스秀實, 신치스辛其
   氏, 량펑이梁鳳儀, 뤼룬侶倫, 왕량허王良和, 정징밍鄭鏡明, 중웨이민
   鍾偉民, 천바오전陳寶珍, 천창민陳昌敏, 황지츠黃繼持, 황궈빈黃國彬,
   황비윈黃碧雲 등
2) 홍콩 출생, 홍콩 성장, 홍콩 등단, 반복 거주: 지훈羈魂, 위쓰무
   余思牧 등
3) 홍콩 출생, 홍콩 성장, 외지 등단, 영구 거주: 류사오밍劉紹銘,
   샤이夏易 등
4) 홍콩 출생, 홍콩 성장, 외지 등단, 단기 거주: 황추윈黃秋耘 등
5) 홍콩 출생, 외지 성장, 외지 등단, 영구 거주: 왕푸王璞 등
6) 홍콩 출생, 외지 성장, 외지 등단, 단기 거주: 친무秦牧 등
7) 외지 출생, 홍콩 성장, 홍콩 등단, 영구 거주: 탄슈무譚秀牧, 시
   시西西, 옌휘彦火, 옌우찬샤嚴吳嬋霞, 루리陸離, 이다依達, 리웨이링
   李維陵, 장쥔뭐張君默, 천더진陳德錦, 차이옌페이蔡炎培, 허쯔何紫,

---

25) 문학단체인 다오상둥인회島上社의 핵심인물이었던 셰천광은, 1927년 봄에만 단편소설
    〈극장 안에서劇場裏〉와 〈가토 양식집加藤洋食店〉, 평론 〈타오징쑨과 리진파에 대해談談
    陶晶孫和李金髮〉, 산문 〈마지막 일 막最後的一幕〉 등의 작품을 상하이의 《환주幻洲》,《과
    벽戈壁》,《일반一般》 등에 발표했으며, 1929년에는 상하이현대서국上海現代書局에서 단
    편소설집《승리의 비애勝利的悲哀》를 출판했다. 袁良駿,《香港小說史》(第一卷), (深圳:
    海天出版社, 1999), pp. 40-41 참고.
26) 성장지는 중등학교 시기를 기준으로 하고, 거주지는 출생지 및 성장지와 관계없이 등
    단 이후의 거주지만 고려했다. 영구 거주는 이주 5년이 지나고 2003년 현재까지 계속
    거주하고 있거나 홍콩에서 사망한 경우, 장기 거주는 5년 이상 거주한 적이 있는 경우,
    단기 거주는 5년 미만 거주한 경우, 반복 거주는 총 거주 기간 5년 이상인 작가 중에서
    출입을 반복한 경우를 기준으로 했다.

후옌칭胡燕靑, 황칭윈黃慶雲, 황웨이량黃維樑, 황톈스黃天石 등

8) 외지 출생, 홍콩 성장, 홍콩 등단, 장기 거주: 아눙阿濃, 중샤오양鍾曉陽, 천하오취안陳浩泉, 후쥐런胡菊人 등

9) 외지 출생, 홍콩 성장, 외지 등단, 영구 거주: 예쓰也斯 등

10) 외지 출생, 홍콩 성장, 외지 등단, 단기 거주: 천찬윈陳殘雲 등

11) 외지 출생, 홍콩 성장, 외지 등단, 반복 거주: 예웨이롄葉維廉, 장춰張錯 등

12) 외지 출생, 외지 성장, 홍콩 등단, 영구 거주: 진융金庸, 란신蘭心, 란하이원藍海文, 다이톈戴天, 타오란陶然, 멍루夢如, 수페이舒非, 양밍셴楊明顯, 량위성梁羽生, 옌친嚴沁, 저우미미周蜜蜜, 천쥐안陳娟, 샤제夏婕 등

13) 외지 출생, 외지 성장, 홍콩 등단, 장기 거주: 니쾅倪匡(웨이쓰리偉斯理) 등

14) 외지 출생, 외지 성장, 홍콩 등단, 반복 거주: 황구류黃谷柳 등

15) 외지 출생, 외지 성장, 외지 등단, 영구 거주: 구젠古劍, 가오뤼高旅, 진야오지金耀基, 진자오金兆, 다화례스大華烈士, 부톈훙傅天虹, 쉬수徐速, 쉬쉬徐訏, 예링펑葉靈鳳, 리쾅力匡, 오치민吳其敏, 원루이안溫瑞安, 왕이타오王一桃, 류이창劉以鬯, 리칭犁青, 리후이잉李輝英, 린이량林以亮, 장원다張文達, 장스젠張詩劍, 장윈蔣芸, 딩자수丁嘉樹, 딩핑丁平, 차오쥐런曹聚仁, 중링鍾玲, 쭝민즈曾敏之, 샤오퉁肖銅, 중양忠揚, 허다何達, 쉬디산許地山, 황허랑黃河浪, 샤오판曉帆 등

16) 외지 출생, 외지 성장, 외지 등단, 장기 거주: 다이왕수戴望舒, 량시화梁錫華, 위광중余光中, 위안뎬原甸, 리위중李育中, 천즈판陳之藩, 황야오몐黃藥眠 등

17) 외지 출생, 외지 성장, 외지 등단, 단기 거주: 거친葛琴, 궈모뤄郭沫若, 어우양산歐陽山, 어우양위첸歐陽予倩, 어우와이어우鷗外鷗, 루디盧荻, 러우스이樓適夷, 돤무훙량端木蕻良, 탕타오唐弢, 두아이杜埃, 멍차오孟超, 무스잉穆時英, 판창장范長江, 쓰마원썬司馬文森, 쉬중위余中玉, 쉬츠徐遲, 녜간누聶紺弩, 사오취안린邵荃麟, 샤오훙蕭紅, 스저춘施蟄存, 양한성陽翰笙, 리양力揚, 예성타오葉聖陶, 우쭈광吳祖光, 위다푸郁達夫, 류야쯔柳亞子, 리리밍李立明, 린뭐한林黙涵, 짱커자臧克家, 정전둬鄭振鐸, 중징원鍾敬文, 저우강밍周鋼鳴, 저우얼푸周而復, 친쓰秦似, 천뤄시陳若曦, 차이추성蔡楚生, 쩌우타오펀鄒韜奮, 쩌우디판鄒荻帆, 바진巴金, 펑나이차오馮乃超, 샤옌夏衍, 한베이핑韓北屏, 후펑胡風 등

18) 외지 출생, 외지 성장, 외지 등단, 반복 거주: 마오둔茅盾, 옌춘거우顔純鈎, 랴오모사廖沫沙, 한무韓牧 등

홍콩작가와 관련된 이러한 복잡한 사
정은 자연히 '홍콩작가'의 범주에 혼란을
야기하고 있다. 예를 들면 류사오밍에 대
해서는 그가 최근 홍콩으로 돌아오기 직
전까지만 해도 어떤 사람은 홍콩작가로
보았는가 하면 어떤 사람은 홍콩작가로
간주하지 않았다.[27] 심지어 위광중의 경
우에는 그를 홍콩작가로 볼 것인가 말 것
인가로 논쟁이 일어나기도 했다.[28] 이 때
문에 아예 화젠花建과 같은 연구자는 문
학작품을 출판했거나 문예칼럼을 주관한

《홍콩문학작가 약전》

바 있는 사람 중에서도 1997년 이전 당시 홍콩 영주권을 받을 수 있는
최소 연한이었던 7년 이상 거주자만을 따로 분류하기도 했다.[29] 그러나
이런 식의 일률적인 기준은 그리 적절하지가 않다. 만일 화젠의 기준에
따르자면 항일전쟁기에 홍콩에서 활동했던 마오둔·샤오훙蕭紅·돤무훙
량端木蕻良·다이왕수戴望舒 등 수많은 작가들과 그들의 문학 작품 및 행
위가 홍콩문학에서 배제될 수밖에 없는 것이다. 그러므로 이런 경직된
관점보다는 좀 더 유연한 관점이 필요한데, 홍콩문학의 외연을 최대한
늘리고자 시도하는 황웨이량의 견해가 대표적이다. 황웨이량은 체재 기

27) 전자로는 황웨이량이 대표적이고, 후자로는 구위안칭古遠清이 대표적이다. 각각 黃維
   樑, 《香港文學初探》, (香港: 華漢文化出版社, 1985), pp. 16-18과 古遠清, 〈三岸當代
   文學理論批評連環比較〉, 黃維樑編, 《中華文學的現在和未來: 兩岸暨港澳文學交流研
   討會論文集》, (香港: 鑪峯學會, 1994), pp. 345-364 참고.
28) 古遠清, 〈香港文學五十年〉, 《中國現代當代文學研究》, 北京: 中國人民大學書報資料
   中心 1997-6, p. 256.
29) 그에 따르면 1920년대에서 1990년대까지 이 조건에 맞는 '홍콩작가'는 모두 360여 명
   이라고 한다. 花建, 〈東方之珠的文化神韻: 論香港文學發展的三個特點〉, 《中國現代
   當代文學研究》, 北京: 中國人民大學書報資料中心 1997-7, p. 222.

간의 장단 여부와 상관없이 어떤 작가가 홍콩의 사회 문화에 공헌했다면 그 자체로도 홍콩의 영광이라고 보아야 하므로, 작가의 범주에 대해서는 '다다익선'이라는 원칙을 적용해야 한다고 주장했다.[30] 다만 이 역시 문제가 없지는 않다. 그의 말대로라면, 홍콩 출신이지만 주로 외지에서 작품 활동을 하는 작가들은 물론이고, 더 나아가서는 말 그대로 외지인이면서 수차례 홍콩에 작품을 발표한 작가들마저도 모두 홍콩작가에 포함될 수 있는 것이다.

이런 점들을 모두 고려해 볼 때 출신지나 거주지에 따른 작가의 신분 그 자체보다도 작가의 거주와 활동이 실질적으로 일정 기간 홍콩 지역 문학 현상의 일부를 구성하고 영향을 주었느냐 하는 것이 더욱 중요하다고 생각한다. 논쟁까지 벌어졌던 위광중의 경우를 예로 들어 보자. 홍콩시기의 창작이 그 이전 시기 창작의 연속선상에 있는 것이었고, 홍콩을 소재 또는 주제로 한 작품의 수가 그다지 많지 않은 것은 사실이다. 그러나 그 자신도 인정할 만큼 이 시기의 작품이 그의 창작에서 차지하는 비중이 높을 뿐만 아니라, 또 직접 홍콩의 시 창작 운동 및 각종 문학 활동에 참여하는 한편 창작, 평론, 강의 등의 방식으로 젊은 후배 시인들에게 다각적인 영향을 줌으로써 홍콩의 시 창작 수준을 제고하는 데 큰 역할을 했다. 그렇다면 적어도 이 기간만큼은 홍콩작가로서 활동한 것이 아니겠는가? 그러므로 홍콩에 거주하면서 홍콩에서 작품을 발표한 사람 중에서, 그 활동이 실질적으로 일정 기간 홍콩 지역 문학 현상의 일부를 구성하고 영향을 준 작가를 광의의 홍콩작가로 하고, 만일 필요하다면 그 중에서도 생애를 통해 주요 활동지가 홍콩인 작가를 특별히 협의의 홍콩작가로 하면 될 것으로 본다. 또 이와 같은 기준을 적용한다면 작품의 발표지가 홍콩일 가능성이 많으며, 혹시 발표지가 타

---

30) 黃維樑, 《香港文學初探》, (香港: 華漢文化出版社, 1985), pp. 16-18.

지인 경우라고 하더라도 직접적으로 홍콩문단에 영향을 준 경우에 한정하므로, 발표지 문제도 크게 난점이 되지는 않을 것이다.

홍콩작가를 어떻게 정의할 것인가라는 문제는 논란의 여지가 상당히 크다. 이에 따라 1981년 초 황웨이량이 〈홍콩작가의 정의香港作家的定義〉를 통해 이 문제를 제기한 이래, 1985년 5월 전후 이에 관한 논의가 하나의 정점을 이루기도 하면서 많은 사람들이 단속적으로 각자의 견해를 다양하게 제시해왔다.[31] 하지만 지금까지도 뚜렷한 결론을 내지 못하고 있다. 그런데 이렇게 홍콩작가의 개념이 가변적일 수밖에 없는 것은, 따지고 보면 그것이 종국적으로는 홍콩문학의 성격을 어떻게 볼 것인가 하는 점과 관계가 있기 때문이다. 이 점에 주목하여 어떤 사람들은 홍콩문학의 범주 문제와 관련하여 작품 자체가 홍콩문학으로서 모종의 특성을 가지고 있는가 여부를 언급하기도 한다. 예컨대 왕이타오는 현대 홍콩문학은 홍콩작가가 중국어로 형상을 창조하면서 홍콩사회의 상황과 홍콩 거주민의 심리를 표현한 강렬한 홍콩의식을 가진 문학예술이라고 규정한다.[32] 또 왕젠충王劍叢은 협의에서 보자면 홍콩작가가 홍콩의 사회 생활과 시민 심리를 반영하여 홍콩의 지면에 발표한 작품이, 광의에서 보자면 발표지나 제재 따위에 상관없이 홍콩작가가 쓴 홍콩의식과 홍콩특색을 가진 작품이 홍콩문학이라고 말한다.[33] 즉 이들에 따르면 어떤 작품이 홍콩인의 삶과 의식을 표현하고 있는가 아닌가 하는 것이 홍콩문학의 범주에 한 중요한 기준이 된다는 것이다.

물론 어떤 지역의 문학이 다른 지역의 문학과 구별되기 위해서는 그

---

31) 盧瑋鑾,〈香港文學硏究的幾個問題〉, 黃繼持/盧瑋鑾/鄭樹森,《追跡香港文學》, (香港: 牛津大學出版社, 1998), p. 59.

32) 王一桃,〈香港'嚴肅'文學的困境和出路〉, 黃維樑編,《中華文學的現在和未來: 兩岸暨港澳文學交流硏討會論文集》, (香港: 鑪峯學會, 1994), p. 210.

33) 王劍叢,《香港文學史》, (南昌: 百花洲文藝出版社, 1995), pp. 4-5.

만의 특성을 가지고 있어야 한다. 이를 대략적으로 말해보자. 작품의 내용적인 측면에서는 생활 방식에서부터 사회 심리상태 및 가치 경향에 이르기까지 그 지방의 색채와 경험을 드러내고 있어야 한다. 형식적인 측면에서는 그러한 색채와 경험을 표현하는 독자적인 수법이나 문학 형태를 보여주어야 한다. 이런 점에서 상기한 주장은 일리가 있다. 그러나 이에 대해서 좀 더 유연한 태도가 필요하다. 그 이유는 이러하다. 우선 여기서 말하는 '홍콩 의식'이나 '홍콩 특색' 등의 개념이 그 자체로도 논란의 여지가 크다. 또 설령 그와 같은 '홍콩성'을 앞서 말한 정도에 한정하더라도 그러한 것이 어느 시기의 어느 작품에서 드러나는가를 따져보는 것도 쉽지 않다. 다른 무엇보다도 그러한 제한은 결과적으로 실제 홍콩에서 일어났던 문학 행위의 상당부분을 제외하고 말 것이다. 예컨대 1920-30년대 홍콩 작가들의 작품에는 이른바 '홍콩성'이 드러나지 않는 경우가 적지 않다.[34] 그런데 과연 그런 작품들을 홍콩문학에서 배제할 수 있겠는가? 만일 그것이 가능하다면 같은 작가의 어떤 작품은 제외되고 또 다른 어떤 작품은 포함되고 하는 일이 일어나지 않겠는가? 다른 한편으로 샤오훙의 《후란허 이야기呼蘭河傳》과 같은 작품들은 비록 홍콩과는 아무 관계가 없는 중국 대륙의 경험을 내용으로 한 것이기는 하지만 그렇다고 해서 그것을 홍콩문학에서 완전히 제외할 것인가? 만일 그렇다면 이와 유사한 수많은 작품들이 홍콩문학에서 제외될 것이다. 따라서 단순히 홍콩문학의 풍부성에 손상을 입히는 것에 그치는 것이 아니라 해당 시기 홍콩의 문학 현상을 적절히 설명할 수가 없게 되지 않겠는가?

홍콩문학이란 중국대륙문학 및 타이완문학 등에 대한 상대적인 개념

---

34) 일반적으로 홍콩문학에서 '홍콩성'이 비교적 선명하게 형성된 것은 1950년대 이후라고 보며, 그 이전에는 황구류黃谷柳의 《새우완자라는 별명의 소년 이야기蝦球傳》나 뤼룬侶倫의 《누추한 골목窮巷》과 같은 소수의 작품에서만 '홍콩성'이 나타난다고 평가된다.

일 뿐 그 자체는 본질적으로 중국문학에 포함되는 것이며, 그런 점에서 중국대륙문학 및 타이완문학과 일정한 공통분모를 가지고 있다. 따라서 상대적으로 보아 '홍콩성'을 잘 보여주는 작품들을 홍콩문학에서 중시하되 '홍콩성'이 선명하지 않거나 드러나지 않는 작품들 역시 다른 조건들에 부합한다면 모두 홍콩문학으로 간주해야 할 것이다. 다시 말해서 홍콩에 존재하는(존재했던) 문학과 홍콩에 속하는(속했던) 문학을 구분하는 것은 필요에 따라 충분히 가능한 일이지만, 후자만이 홍콩문학이라고 정하는 것은 그다지 좋은 선택은 아니라고 생각한다.

이 외에도 홍콩문학의 범주 문제에서 몇 가지 고려해야 할 요소들이 있다. 전술한 것처럼 홍콩의 특수한 사회 조건 탓에 언어적인 면에서 볼 때 중국어로 된 작품 외에도 영어 또는 기타 언어로 된 작품이 일정한 역할을 하고 있었던 것으로 보인다. 그러므로 최대한 넓게 생각해보자면 어떤 언어로 창작된 작품이든 간에 모두 홍콩문학이라고 볼 수도 있을 것이다. 다만 중국어가 아닌 언어로 된 작품은 이 지역 문학의 주류도 아니요 또 그것을 대표한다고 볼 수는 없다. 또 현재 중국문학이라면 일반적으로 중국어로 된 문학만을 대상으로 한다는 점을 고려해 볼 때, 일단 중국어로 된 작품만을 홍콩문학에 포함하는 것이 무난할 것이다.

다음으로는 중국어로 된 작품이라고 하더라도, 그것이 문언文言인가 아니면 백화白話인가, 또는 표준어('국어國語'/'보통화普通話')인가 아니면 방언인 광둥말粤語/廣東語인가 하는 문제가 있을 수도 있다.[35] 이에 관

---

35) 문언文言: 중국어에서 글말을 토대로 한 언어로, 고문 또는 한문이라고도 한다.
  백화白話: 중국어에서 입말을 토대로 한 언어.
  국어國語: 1918년 제정된 중화민국의 표준어로, '베이징 방언을 구사하는 교육받은 중국인의 일상어'로 정해짐.
  보통화普通話: 1955년에 제정된 중화인민공화국의 표준어로, '현대 베이징 어음을 표준 어음으로 하고, 북방어를 기본 방언으로 하며, 모범적인 현대 백화문 저작을 어법의 규범으로 삼는 민족의 공통 언어'로 정해짐.

해서는 각도를 조금 달리 하여 사용 언어 그 자체만으로 결정할 일이
아니라 이른바 '표현이 철저하고 격식이 특별한'[36] 신문학인가 아닌가
라는 기준을 적용해야 한다고 본다. 그것은 다음 이유 때문이다.

아편전쟁 전후의 홍콩은 조그마한 어촌에 불과했고 그 이후 점차 인
구가 증가하면서 문학 활동 역시 늘어나기는 했다. 그러나 19세기 말에
이르기까지 홍콩의 문언문학은 약간의 지역적 특색이 드러나기는 했지
만 그것은 아직 이른바 '영남문학嶺南文學'의 차원에 속하는 것일 뿐 홍
콩문학으로 따로 일컬을 만큼 독자적인 모습을 갖추지는 못했다. 이는
20세기 상반기에도 마찬가지였다. 비록 홍콩의 문언문학은 사회적으로
상당히 안정적인 영향력을 가지고 있기는 했지만, '현대'적인 의식을 결
여한 상태로 현대사회의 변화를 제대로 반영하지 못했을 뿐만 아니라,
여전히 다른 지역과 대별될 수 있는 그런 역량 내지 조짐을 보여주지는
못했던 것이다. 그런데 1920년대에 나타나기 시작한 신문학은[37] 시간
이 흐를수록 그 독자적인 면모가 강화되었고 결국 중국대륙문학 및 타
이완문학과 병칭될 정도로 성장하게 된다. 다시 말해서 전반적으로 보

광둥말粤語/廣東語: 중국어 방언의 하나로, 주로 광둥성 중부와 서남부 및 광시성 동남
부 등지에서 사용됨.

36) 루쉰은 "여기[《신청년新靑年》]에 창작 단편소설을 발표한 사람은 루쉰이다. 1918년 5월
부터 시작해서 〈광인일기狂人日記〉〈쿵이지孔乙己〉〈약藥〉 등이 잇달아 출현했는데, '문
학혁명'의 성과를 나타내 준 셈이다. 또 당시 '표현이 철저하고 격식이 특별하다'고
여겨져 일부청년 독자의 마음을 상당히 격동시켰다."라고 말한 바 있다. 魯迅選編,
〈中國新文學大系 小說二集 導言〉,《中國新文學大系 小說二集》, (影印本, 上海: 上海
出版社, 1980), p. 1.

37) 일반적으로 홍콩 신문학의 탄생은 홍콩의 첫 번째 신문학 잡지인《반려》가 창간된
1928년 전후라고 간주된다. 그러나 홍콩 신문학의 기점은 자료의 발굴에 따라서는
그 이전으로 거슬러 올라갈 수도 있다. 예를 들면, 위안량쥔은 그의 袁良駿,《香港小
說史》(第一卷), (深圳: 海天出版社, 1999), pp. 35-41에서 영화서원(잉와칼리지)英華書
院 기독교청년회가 주관하던《영화 청년英華靑年》이 재창간된 1924년이 그 기점이라고
논증한다.

아 구문학 시기의 문학 내지는 문언문학은 비록 홍콩적인 특성이 제법 드러나기는 하지만 중국대륙문학 및 타이완문학과 상대적인 정도도 아닌 데다가 특히 '현대'적인 의식을 결여하고 있었다. 따라서 그것은 넓은 의미에서는 홍콩문학에 포함될 수는 있겠지만 통상적으로는 홍콩문학에서 제외하는 것이 타당할 것이다.

이처럼 신문학인가 아닌가라는 기준에서 보자면 그 언어가 표준어인가 방언인가 하는 것은 그다지 문제가 되지 않는다. 중국 표준어인 '국어'와 '보통화'는 각기 1918년과 1955년에 제정되어 일정한 보급 기간이 필요하기도 했거니와 이와 동시에 각 지역 각 시기의 문학 작품이 그러한 공통 언어를 형성, 발전시켜나가는 데 중요한 역할을 했던 점을 인정해야 하기 때문이다. 그뿐만 아니라 오직 표준어로 된 작품만으로 한정한다는 것은 자칫 동시대 문학의 다양성과 풍부성을 저해할 수도 있는 것이다. 설사 방언을 사용한 작품이라고 하더라도 일정 정도 규범어를 의식하고 있는 데다가 표의문자인 한자의 특성상 작품의 본질적인 면을 저해할 정도는 아닌 것으로 보인다. 따라서, 되풀이해서 말하자면, 작품의 사용 언어가 문언인가 아니면 백화인가 또는 표준어인가 아니면 방언인가 하는 것은 그 자체로서는 의미 있는 기준은 아니라고 할 수 있다. 그보다는 각도를 좀 달리 해서 작품이 신문학에 속하는가 아닌가를 고려하는 것이 필요하다고 본다.

상대적으로 보아 특별히 주목받는 문제는 아니지만, 중국문학을 다룰 때 순문학 만을 그 범주에 넣는 경우가 없지 않은데, 순문학과 통속문학을 구분하는 측면에서는 어떻게 할 것인가 하는 점도 있다. 일반적으로 통속문학은 이야기나 주제 자체만을 중시하고 순문학은 그 외에도 비유, 상징, 운율, 세부 묘사, 서사 관점의 운용 등에도 주목한다는 점에서 양자의 차이가 있다. 또 작품의 내용적 측면에서도 그 추구하는 수준이 대체로 구별된다.[38] 그러나 평가 관점에 따라서는 동일한 작품이 서로 다른 부류로 분류될 수도 있을 만큼 이러한 통속문학과 순문학의 구분은 절대적인 것은 아니다. 또한 오늘날의 포스트모더니즘적인 관점에서 보자면 이 양자를 구분하는 것은 그다지 의미 있는 일도 아니다. 더구나 홍콩문학의 독자성을 잘 드러내주는 현상 중의 하나가 중국 대륙이나 타이완에서는 볼 수 없는 이른바 칼럼산문을 비롯해서 무협소설, 애정소설, SF소설 등 통속문학의 성행이다. 그런 면에서 이미 황웨이량이 "통속문학이든 순문학이든 모두 홍콩문학이다. 칼럼산문의 신속하고 재치 있는 필치, 무협, SF, 애정소설의 기묘하고 환상적인 필치 및 이들 외의 다양하고 고아한 필치 [⋯] 그밖에 아동문학, 유행가 가사, 영상 대본, 상성 각본, 문학적 색채를 가진 사설과 정론, 심지어 뛰어난 광고 역시 모두 홍콩문학 속에 넣어야 한다."[39]라고 한 말은 참고할 만하다. 다만 내가 보기에는 그 중 '문학적 색채를 가진 사설과 정론, 심지어 뛰어난 광고'까지 포함하는 것은 다소 지나친 듯하다.

이상의 사항들을 종합해 볼 때 홍콩문학에 대한 아주 단순 명쾌한 정의를 내리기는 쉽지 않다. 여러 번 되풀이해서 말한 것처럼 홍콩문학을 보는 시각에 따라 얼마든지 달라질 수 있기 때문이다. 그럼에도 불구하고 홍콩문학에 관한 통상적인 범주를 설명하는 것은 그 나름대로 유용할 것이다. 종합적으로 말해보자. 홍콩에 거주한 작가의 작품 중에서 그의 작품과 활동이 실질적으로 일정 기간 홍콩 지역 문학 현상의 일부를 구성하고 영향력을 가진 것은 모두 홍콩문학에 포함되어야 한다. 이때 그런 작품이 부분적으로는 외지에서 출판됐다거나, 작가가 일시적으로 외지에 체류 내지 거주했다거나 해도 무방하다고 본다. 작품의 측면에서는 순문학과 통속문학의 구분은 불필요하다고 보며, 작품이 홍콩인

---

38) 黃維樑, 《香港文學初探》, (香港: 華漢文化出版社, 1985), p. 15.
39) 黃維樑, 《香港文學初探》, (香港: 華漢文化出版社, 1985), p. 25.

의 삶과 의식을 표출하는 것이면 바람직하지만 그렇지 않아도 무관하다고 본다. 다만 중국어가 아닌 다른 언어로 쓰인 작품이라든가 구문학 또는 문언문학에 속하는 작품은, 홍콩문학이 중국문학이라는 큰 전제하에 중국 대륙 및 타이완의 문학과 상대적인 개념이라는 차원에서 볼 때, 통상적인 범주에서는 배제해도 무방할 것이다.

4. 홍콩문학과 중국문학

지금까지 홍콩문학에 대해 과연 중국문학 내에서 중국대륙문학, 타이완문학과 병립하여 그 독자성을 인정할 수 있는가, 있다면 그 범주는 어떻게 확정해야 하는가 하는 문제를 살펴보았다. 이 과정에서 홍콩문학의 독자성을 확인하기 위해 중국대륙문학이나 타이완문학과 구별되는 점들을 대거 언급했다. 당연한 말이겠지만 이는 홍콩문학이 중국 대륙 및 타이완의 문학과 아무런 친연성이 없다는 것이 아니며, 중국문학의 일부가 아니라는 것은

《홍콩문학대계 1919-1949》

더더욱 아니다. 홍콩 지역이 비록 정치 사회적으로 1세기 이상 중국 대륙 및 타이완과 분리 상태에 있었지만 그럼에도 불구하고 중국문화와 완전히 단절되어 전적으로 새로운 문화를 탄생시킨 것은 아니듯이, 문학 분야 역시 기본적으로 그 동질성을 상실한 것은 아니기 때문이다. 간략하나마 이는 다음 몇 가지 점에서도 확인할 수 있다.[40] 첫째, 홍콩

---

40) 黃維樑, 〈香港文學與中國現代文學的關係〉, 第三屆全國臺灣與海外華文文學學術討論

의 많은 작가들은 문학혁명 이래의 중국 신문학 또는 그 작가들에게서 배우고 영향을 받았다. 둘째, 상당수 중국 대륙, 타이완 출신의 작가들이 홍콩에서 일시 또는 장기간 거주하면서 작품 활동을 했다. 셋째, 홍콩문학은 많은 부분에서 중국 현대의 정치 상황과 사회 상황을 반영 혹은 표현하고 있다. 결국 다시 한 번 되풀이하자면 홍콩문학은 중국문학 내에 속하면서도 중국대륙문학, 타이완문학과는 병립하는 그런 존재인 것이다.

그런데 정작 문제는 지금부터다. 홍콩문학이 과연 그만의 독자성을 계속 유지, 발전해나갈 수 있느냐 아니면 중국 대륙의 한 지역문학으로 변모하고 말 것이냐 하는 것이다. 다시 말해서 1997년 홍콩의 중국반환이 가져오는 홍콩 사회의 변화에 따라 홍콩문학이 장차 어떻게 변화할 것인가 하는 것이 관건인 것이다.

일반적으로 중국 대륙 쪽의 연구자나 작가들은 대체로 홍콩문학은 자신의 독자성을 유지하면서 더욱 발전해나갈 것이라고 보고 이렇게 말한다. "1997년 이후 홍콩은 여전히 자본주의 제도를 유지할 것이고 대륙의 정치제도와 다를 것이다. 문학 형식 역시 다를 것인바, 이곳의 문학은 여전히 다원 발전의 특색을 유지할 것이다."41) 그러나 이러한 낙관적인 전망과는 달리 홍콩 쪽의 연구자나 작가들은 "우리 눈앞의 모든 것은 여전히 모호하며, 우리는 이 짙은 안개가 걷히기를 기대하고 있을 뿐이다"42)라고 말하는 등 대체로 비관적인 분위기를 드러낸다. 사실 이

　　會大會學術組選編,《臺灣香港與海外華文文學論文選》, (福州: 海峽文藝出版社, 1988), pp. 185-199.
41)　古遠清, 〈香港文學五十年〉, 《中國現代當代文學研究》, 北京: 中國人民大學書報資料中心 1997-6, p. 256.
42)　高蒼梧, 〈歌者何以無歌 ― 也談香港文學的出路〉, 《新晚報》, 1980.11.11. 盧瑋鑾, 〈香港文學研究的幾個問題〉, 黃繼持/盧瑋鑾/鄭樹森, 《追跡香港文學》, (香港: 牛津大學出版社, 1998), p. 61에서 재인용.

런 우려가 전혀 근거가 없는 것은 아니다. 실제로 1997년 직전 일부 매체들이 이미 '자율'을 시작하고, 칼럼작가의 투고를 요청할 때 그 정치적 경향을 중시하는가 하면, 심지어는 우경작가의 칼럼을 삭제하는 경우도 있었다. 일부 문학 간행물은 예민한 사안에 대해서는 에두르거나 설령 게재한다 하더라도 민감한 글귀들을 처리해버리는 수가 없지 않았다.[43]

그럼에도 불구하고 상당 기간 홍콩문학이 결정적인 변화를 나타낼 것으로는 보지 않는다. 홍콩의 중국반환으로 인해 홍콩의 사회 시스템이 단시일 내에 급격한 변화가 일어날 것 같지는 않고, 마찬가지로 문학 역시 짧은 시간 내에 근본적인 변화가 생길 것 같지는 않기 때문이다. 물론 사회주의 중국의 주권이 강조되면서 그에 따라 사상과 언론의 자유가 중국 대륙의 방식으로 접근할 가능성이 크다. 그리고 이는 결국 문학의 자유로운 상상과 출판에도 상응하는 영향을 줄 수 있다. 그렇지만 그것이 중국 대륙과 동일한 상황으로까지 진전될 것으로는 보이지 않는 것이다. 다만 부분적으로는 일정한 변화가 있을 것이다. 두어 가지만 언급해 보겠다. 현재적 삶에만 집중하던 홍콩인들이 중국 대륙과의 새로운 관계를 통해 점차 자아와 역사 등에 대한 통찰에도 주목하게 됨으로써 중국적 문화전통 계승 부분은 이전보다 좀 더 적극적이 될 것으로 보인다. 반면에 '보통화' 교육이 강화되는 것과 더불어 상대적으로 영어 수준이 저하되는 현상에서 보듯이, 중국 대륙의 영향력이 커지면서 이에 수반하여 서방 세계의 추이에 대한 관심이나 접촉이 다소 줄어들 것이고, 결과적으로 서방문학에 대한 수용 역시 약간은 줄어들 것이다. 그러면서도 다른 한편으로는 새로운 역외 이민의 급증, 좌우 이념

---

43) 古遠淸, 〈'96-'97年的香港文學批評〉, 《中國現代當代文學硏究》, 北京: 中國人民大學書報資料中心 1999-1, pp. 221-224.

대립의 완화, 화교/화인과의 경제 협력 강화, 중국의 국세 신장에 의한 중국인으로서의 자부심 고양, 통신 교통 수단의 비약적 발달 등등의 요소로 인해서 중국인 및 화인 네트워크의 한 중심점으로서 홍콩의 역할이 더욱더 증대될 수도 있다. 이와 더불어 중국문학 내에서 홍콩문학의 지위 역시 더욱 제고될 가능성이 없지 않다. 만일 홍콩문학이 중국 대륙의 거대한 독자층의 호응을 받을 수 있다면 그 영향력은 더욱 더 커질 것이다.[44)]

이렇게 볼 때, 홍콩문학이 과연 어떤 특징적 문학 현상을 보여주고 있으며 앞으로 그것이 네트워크적인 개념으로서 중국의 문학 내에서 어떤 위치와 역할을 점할 것인가와 같은 과제에 대해 더욱 깊이 있는 검토가 요청된다. 그것은 단순히 홍콩 내지 중국에게만 국한되는 사안이 아니라 한국의 각종 현안과도 긴밀하게 연결되어 있는 것이다. 남북한 통일 또는 교류라든가 해외 한인들과의 인적 문화적 네트워크 구축을 준비해야 하는 한국에게, 홍콩의 중국 반환과 교차지로서의 역할 제고 등이 불러일으키는 홍콩의 새로운 지위와 변화는 일종의 유효한 참조 체계가 될 것이다. 같은 차원에서 홍콩문학 역시 한국문학의 정체성에 대한 추구, 북한문학 및 해외한인문학에 대한 방침 등의 문제와 관련하여 긍정적인 시사를 줄 수 있는 것이다.

---

44) 이 점에 있어서는 이미 홍콩은 그 가능성을 충분히 보여주었다. 예컨대 중국 대륙 정부에 비판적인 가오싱젠高行健의 작품이라든가 중국 대륙의 통상적인 관점과는 다소 배치되는 洪子誠, 《中國當代文學史槪說》, (香港: 靑文書屋, 1997) 처럼 중국 대륙 내에서는 출판되기가 곤란한 글들이 자유롭게 발표된다든가, 또는 해외에 산재한 화교/화인들이 지면의 제약 등으로 인해 자신들의 공동체내에서는 수용할 수 없는 작품이 수시로 발표된다든가 하는 그런 일종의 자유 공간 역할을 하고 있는 것이다. 다만 지금까지는 홍콩문학이 대륙 독자층에게 큰 호응을 받은 것 같지는 않다. 이에는 여러 가지 이유가 있겠지만, 주로 문학의 영향력 감소 및 생활 환경과 독서 습관의 차이가 작용한 것 같다.

제2장 홍콩문학의 오래된 전통 또는 새로운 시도

1. 전통과 현대의 논리

전통이란 인간의 사회적 활동 중 지난 시대에 이루어져 장기간 연속되는 특정한 양식·관습·스타일로서, 원초적인 것도 아니고 고정불변하는 것도 아니다. 전통이란 새로운 것 또는 일시적인 것에 비해 상대적으로 안정되어 있는 그런 것이다. 따라서 만일 어떤 새로운 것이 시간이 흐른 뒤에도 계속 존속하여 상대적으로 안정되면 곧 전통이 되는 것이다. 또 전통 그 자체 역시 상대적으로 안정되어 있는 동안에도 계속해서 변화하며, 그 변화의 폭에 따라서는 새로운 전통으로 바뀌기도 하고 과거의 전통으로서 소멸되기도 하는 것이다. 이는 마치 온도의 차이에 따른 물의 변화와 같다. 물은 100도에 가까울수록 뜨거워지고 0도에 가까울수록 차가워진다. 이 때 뜨거운 것과 찬 것은 서로 대립되는 것이 아니라 상대적인 것이다. 그러다가 얼음이 된다든가 또는 수증기가되면 다른 상태로 되는 것이다. 즉 이런 변화의 어떤 지점들에 대한 평가는 일종의 강도(intensity) 또는 정도에 따른 상대적인 평가일 뿐이다. 그 지점들 사이의 차이는 대립이나 모순이 아니라 변이 및 생성의 차이일 뿐이다. 그러므로 결국 현대란 그 자체로 전통을 포함하고 있는 것이자 과거 전통의

홍콩중앙도서관

보존 내지 변이 및 미래 전통의 생성을 의미하는 것이다.

2. 홍콩문학의 특징과 전통

홍콩문학은 특정 이데올로기나 문학 관념이 지배하지 않는 다양성, 상업적 논리가 강하게 작용하는 상업성, 작가의 이동이 대규모적이고 빈번한 유동성, 중국문학과 세계문학이 상호 소통하는 교통성, 중국대륙문학과 타이완문학 및 세계 각지의 화인화문문학을 연결하는 중계성, 현대적 대도시에 바탕을 둔 소재와 사고와 감각을 표현하는 도시성, 칼럼산문이나 무협소설과 같은 분야가 성행하는 대중성 등 여러 가지 특징을 가지고 있다.[1] 이런 특징은 홍콩문학 자체만 두고 본다면 홍콩문학이 나타내는 온갖 현상 또는 성격 중에서 비교적 두드러지는 현상 또는 성격이 될 것이다. 중국대륙문학이나 타이완문학 또는 다른 어떤 문학과 비교해서 본다면 상대적으로 두드러지거나 독자적인 현상 또는 성격이라고 할 수 있다. 그런데 한 걸음 더 나아가서 생각해 본다면 그것은 현재 또는 가까운 과거의 어느 특정한 순간에 비로소 현저해진 것이 아니다. 실은 멀리는 1세기 반 이전부터 짧게는 거의 1세기 전부터 현재에 이르기까지 결코 짧지 않은 긴 시간에 걸쳐 형성된 것이다. 다시 말하자면 이러한 특징은 홍콩문학의 전통이라고 할 만한 어떤 것들과 관계가 있거나 혹은 바로 그 전통의 일부를 이루고 있는 것이다.

그런 차원에서 아마도 우리는 대중성·도시성·상업성 등의 특징을 혼합적으로 드러내고 있는 무협소설·애정소설·SF소설을 통해서 이미 분명하게 정착된 홍콩문학의 한 가지 전통을 확인할 수 있을 것이다. 그것은 곧 대중 친화적 전통이다. 20세기 초 이래 중국대륙문학은 문화

---

1) 이 책 〈제1장 홍콩문학의 독자성과 범주〉를 참고하기 바란다.

엘리트에 의한 계몽과 구국 및 자유 추구를 비교적 우선시해왔다. 그에
비해 홍콩문학은 상업적 대도시에 사는 보통사람의 통속적인 오락·휴
식·소비 등을 주요 흐름으로 해왔다. 이에 따라 홍콩문학에서는 순문
학과 통속문학이 서로 다른 영역을 유지하는 것 같으면서도 실인즉 종
종 확연하게 구분되지 않을 만큼 상호 영향을 주고 상호 작용하는 것이
당연한 일이었다. 예컨대, 류이창이 제1회 홍콩문학축제토론회香港文學
節研討會에서 한 말에 따르면, 1950-60년대에 이미 루이스路易士·쉬쉬徐
訏·황톈스黃天石·리후이잉·차오쥐런曹聚仁 등 많은 작가들이 순문학과
통속문학 작품의 창작을 겸했거나 또는 근본적으로 양자 구분이 불분명
한 작품의 창작을 했다.[2] 또 1970-80년대에는 량시화·황웨이량·쓰궈
思果·판밍선潘銘燊 등 많은 학자산문가들 역시 작품 내용이나 표현의
통속성·생활성에 주의하면서 칼럼산문까지 포함하는 다종다양한 산문
을 창작했다. 한편으로 근래에는 이수·리비화李碧華 등 통속문학 작가
로 알려져 있는 여러 작가들이 정련된 표현, 빠른 리듬, 비약적 서술,
주어의 생략 등을 활용하여 더욱 깊이 있고 중층적인 내함을 담고자 시
도한다.[3]

3. 대중친화적 전통과 칼럼산문

칼럼산문은 아마도 이런 홍콩문학의 대중 친화적 전통을 가장 잘 보
여주는 것 중의 하나일 것이다. 칼럼산문은 19세기 말에 이미 그 단초
를 보였고,[4] 1930-40년대에는 어느 정도 모습을 갖추기 시작했으며,

---

2) 劉以鬯, 〈五十年代的香港小說〉, 《暢談香港文學》, (香港: 獲益出版事業有限公司,
   2002), pp. 124-131.
3) 許子東, 〈序〉, 許子東編, 《香港短篇小說選 1998-1999》, (香港: 三聯書店, 2001.11),
   pp. 1-11 참고.

1970-80년대에 크게 성행하게 되었다. 비록 근래에 들어와서 다소간 저조해지는 기미를 보이고는 있지만, 칼럼산문은 지난 수십 년간 홍콩에서 작가도 가장 많고 작품도 가장 많으며, 독자도 가장 많고 영향력도 가장 큰 문학 장르였다. 또 그것은 글자 수·고정난 따위를 포함한 외형이라든가 주제·제재·기법에서부터 작품을 창작하고 게재하고 읽고 하는 시스템에 이르기까지 거의 모든 면에서 홍콩사회의 특성을 그대로 드러내고 있다.5) 요컨대 칼럼산문의 성행은 홍콩의 대표적인 문학 현상이자 독자적인 문학 현상이었다.

칼럼산문은 처음에는 그것이 과연 문학이냐 아니냐 하는 논쟁도 있었다. 하지만 시간이 흐르면서 기본적으로 그것이 문학의 한 가지임은 분명하며 우수한 작품도 적지 않다는 것이 인정되었다. 예를 들자면, 1991년 제1회 홍콩중문문학격년상香港中文文學雙年獎의 산문분야 심사 대상이었던 51권의 산문집 작품 중에서 약 80%가 칼럼산문이었다. 수상작 역시 결국 칼럼산문을 모은 《저주풀이解咒的人》(중링링鍾玲玲)이었다.6) 또 "중영 양국 소품문의 장점을 융합하고 적절한 수준과 적합한 수식이라는 문장의 미덕을 가지고 있는"7) 10권짜리 《영중의 부침英華沉浮錄》(둥차오董橋) 역시 매주 5차례 연재된 칼럼산문을 모은 것이었다. 다만 만일 사상의 심도, 제재의 범위, 구성의 엄밀성, 표현의 정치성, 스타일의 창조성 등 문학 평가의 관례적인 기준을 그대로 적용한다면, 평

---

4) 劉以鬯, 〈香港文學的起點〉, 《暢談香港文學》, (香港: 獲益出版事業有限公司, 2002), pp. 19-22.
5) 이하 칼럼산문에 관한 서술은 이 책 〈제4장 홍콩 칼럼산문의 상황과 미래〉을 참고하기 바란다.
6) 璧華, 〈我看香港散文〉, 《香港文學論稿》, (香港: 高意設計製作公司, 2001.10), pp. 119-121.
7) 陳德錦, 〈回歸十年的香港散文〉, 《宏觀散文》, (香港: 科華圖書出版公司, 2008.1), pp. 82-90(84).

균적으로 볼 때 칼럼산문의 문학적 성격은 그다지 강한 편은 아닌 듯하다. 더구나 1980년대 이후 신문에 게재되는 숫자가 조금씩 줄어드는 가운데 각 분야의 지식성·정보성 문장이 급격히 증가함으로써, 더더욱 그 문학성이 약화되는 추세에 있는 것 역시 사실이다.

그럼에도 불구하고 칼럼산문은 대단히 주목할 만한 몇 가지 점을 보여주고 있다. 우선 외형적으로 볼 때, 진지하고 수준 높은 많은 작가들이 이 분야에서 활동하면서 자기 나름의 창작 개성을 유지해나가며 우수한 작품을 써내고 있다. 또 바로 그러한 작품을 문학 애호가는 물론이고 일반 독자들이 감상 내지 소비하고 있다. 그러는 한편에서는 통상적인 글쓰기에 그치는 많은 작가들도 끊임없는 다작을 통해 차츰 그 수준이 향상되고 있다. 다음으로 내면적으로 볼 때, 독자들과의 직접적인 교류 내지는 독자들로부터의 즉각적인 반응이 있다. 이 때문에 작가들이 제시하고자 하는 중층적이고 의미 있는 사고를 독자들이 수월하게 접근할 수 있도록 하기 위한 표현법을 강구하지 않을 수 없게 된다. 이리하여 평이하면서 참신한 표현 방식으로 깊이 있고 의미 있는 내용을 담고자 하는 노력을 기울이게 되고, 그것은 곧 고급 독자와 일반 독자가 모두 즐기는 심미적이면서도 대중적인 형태로까지 나아가게 되거나 최소한 그러한 길로 나아가기 위한 시도를 하게 된다. 또 이와 반대의 방향도 있을 수 있다. 독자들이 충분히 친근감을 느끼면서 잘 이해하고 있는 것들을 새로운 방식으로 보여주고, 이로써 사물을 접하는 방식의 다양성을 일깨워주며, 문학이 가진 재미와 더불어 궁극적으로 문학적 감상 방식은 물론이고 예술의 세계에 접어들 수 있는 계기를 만들어 준다. 예를 들면 리비화와 그녀의 독자의 경우가 그랬다. 통속작가로서 그녀는 사상의 심화나 문학의 창신보다는 상업적 의도에 근거한 독자의 호응을 중시한다. 그렇지만 바로 그러한 목표를 달성하기 위해서라도 자신의 칼럼산문에서 그녀는 내용과 사고 면에서는 대중에게 친숙한 면모를 유지하면서도 표현과 정서면에서는 예리한 필치와 선명한 감성을 구사하였다.[8] 이에 따라 독자 역시 그에 대해 환영함과 동시에 어느 정도까지는 기대지평의 배반이 가능할 수 있었다.

간단히 말하자면, 칼럼산문은 비록 집필자의 수준이나 태도에 따라 문학적인 성취가 각기 다르기는 하지만 심미적인 측면에서 우수한 작품이 적지 않다. 그 뿐만 아니라 특히 독자와의 상호 접촉면에서 커다란 영향력을 발휘해온 홍콩 특유의 고급 독자와 일반 독자가 모두 즐기는 일종의 심미적이면서도 대중적인 문학 형태였다고 할 수 있다. 더구나 칼럼산문은 그 자체에서 그치지 않고 문학잡지 위주의 비교적 장문의 문예성 산문은 물론이고 문학 창작 전체에 영향을 주었다. 예컨대 시시의 《나의 도시》가 보여주는 두루마리 그림과 같은 효과는 — 《스크랩북 剪貼冊》 등의 출판에서 보듯이 그녀가 오랫동안 칼럼산문을 써왔던 것과 관련이 있는 바 — 연속물로서의 연재소설적인 특성과 개별 독립물로서의 칼럼산문적인 성격이 절묘하게 결합되었던 데서 발휘되었던 것이라고 할 수 있다.[9]

4. 다원적 혼종의 전통과 예쓰의 시도

그런데 이러한 칼럼산문에 대한 설명 과정에서 어느 정도 드러나다시피 우리는 홍콩문학의 또 한 가지 전통을 발견할 수 있다. 그것은 곧 혼종적 전통이다.

애초 홍콩 신문의 부간에서는 연재소설이 강세를 보이는 가운데 산

---

8) 也斯, 〈公衆空間中的個人論說: 談香港專欄的局限與可能〉, 盧瑋鑾編, 《不老的繆思: 中國現當代散文理論》, (香港: 天地圖書, 1993), pp. 205-206 참고.
9) 黃繼持, 〈西西連載小說: 憶讀再讀〉, 黃繼持/盧瑋鑾/鄭樹森, 《追跡香港文學》, (香港: 牛津大學出版社, 1998), pp. 163-179 참고.

문과 시 등이 병행하고 있었다. 그러다가 나중에야 점차 칼럼산문이 주도하는 방향으로 나아가게 되었다. 예컨대 초기에는 《술꾼》(류이창), 《절 안寺內》(류이창), 《나의 도시》(시시), 《철새候鳥》(시시) 등과 같은 소설들도 연재소설의 방식으로 게재되었던 것이다. 이처럼 신문의 부간에 각종 장르가 함께 섞여있었다는 것은 당시 장르간의 상호 작용이 이루어졌을 뿐만 아니라 때로는 장르 구분이 불분명한 작품이 없지 않았을 것임을 의미한다. 앞서 예를 든 것처럼 《나의 도시》(시시)와 같은 작품이 나올 수 있었던 것이라든가, 1960년대 통속영화와 '사십 전짜리 소설四毫子小說' 등 통속독서물이 유행할 당시 많은 산문가들이, 비록 산문이 가진 문학성에 대한 추구를 방기했던 것은 아니지만, 그것들과 경쟁을 하기 위해서라도 그 영향을 받아들여야 했던 것이 그렇다.[10] 다른 측면에서 보자면, 홍콩의 작가는 대부분 특정한 한 장르만을 다루기보다는 여러 장르에 걸쳐 활동하는 사람이 많았고, 이에 따라 장르 간의 상호 영향이나 중첩이 적지 않았다. 예를 들면, 시시의 경우 영화의 편집·각색 일을 한 적이 있고, 적잖은 영화평도 썼으며, 또 '사십 전짜리 소설'인 《도시 동쪽의 이야기東城故事》를 쓰기도 했다.[11] 또 리비화의 경우 소설·칼럼산문 외에도 영화·연극·발레·언론에도 관여했다. 이 때문에 그녀는 영향력 측면에서나 심미성과 대중성을 겸하는 측면에서 일찍이 홍콩 체류 당시 소설·번역·각색에 관여한 바 있는 장아이링과 더불어 논해진다.[12] 〈진용秦俑〉, 〈청사青蛇〉 등 그녀의 소설에 극본이나 영화와 같은 성격이 혼재되어 있는 것도 바로 이 점과 관계가 있다고

10) 陳德錦, 〈裂縫和出路: 香港當代散文的文化背景〉, 《宏觀散文》, (香港: 科華圖書出版公司, 2008.1), p. 14.

11) 羅貴祥, 〈幾篇香港小說中表現的大衆文化觀念〉, 《香港當代文學探賞》, 陳炳良編, (香港: 三聯書店, 1991.12), p. 28 참고.

12) 也斯, 〈從五本小說選看五十年來的香港文學〉, 陳國球編, 《文學香港與李碧華》, (臺北: 麥田, 2000), p. 76.

할 수 있다.

사실 홍콩문학 또는 홍콩문화의 혼종성과 관련한 표현이나 주목은 오래 전부터 있었다. 1930년대 장궁張弓의 시〈도시 클로즈업都會特寫〉은 중국어와 영어를 혼용하면서 왕자·공작·기사와 같은 단어, 서양 복장을 한 버스 승객들의 이미지, 어둠 속의 여인·사나이와 같은 홍콩인의 모습 따위를 뒤섞어서 보여준다. 1960년대 쿤난崑南의 시〈깃발의 방향 旗向〉은 고문과 영어를 혼용하면서 중국의 국가와 명함·주식의 이미지를 뒤섞어서 보여준다. 이런 것들은 각기 전통과 현대, 중국과 서양이 뒤섞여 있는 당시 홍콩의 상황을 보여주는 것이었다고 하겠다.[13] 또 1970년대 초 후쥐런胡菊人은〈잡종 문화雜種文化〉라는 산문에서, 홍콩은 기본적으로 중국인 사회이지만 홍콩인은 이미 중국식 생활 방식과 서양식 인생 철학이 뒤섞인 속에서 살고 있으며, 따라서 그 문화 역시 일종의 잡종 문화라고 했다.[14] 다만 과거에는 아직 여전히 중국의 전통적인 문화가 중심이라고 여기거나 또는 중심이라야 한다고 여겼기 때문에, 홍콩이 자체적으로 어떤 새로운 전통을 형성했거나 형성하고 있다는 의식으로까지 나아가지는 못했을 뿐이다. 이런 면에서 볼 때 시·소설·산문·영화·문화를 넘나드는 예쓰의 창작과 평론은 매우 주목할 만하다. 그는 오랜 기간 주제·소재·체재·언어 등 모든 면에서 혼종을 시도하고 강조해왔는데, 이는 그에게 자연스러운 것이기도 하면서 또한 의도적인 것이기도 하기 때문이다.

예쓰 작품의 혼종적 면모가 가장 먼저 드러나는 것은 그의 장르 파괴 내지 장르 혼종이다. 산문을 예로 들어 보자. 애초 시인으로 출발한 그답게 그의 산문에는 많은 면에서 시의 영향이 나타난다. 예컨대〈바람·

---

13) 趙稀方,《小說香港》, (香港: 三聯書店, 2003), pp. 148-150.

14) 胡菊人,〈雜種文化〉,《坐井集》, (香港: 正文出版社, 1970), p. 110. 陳德錦,《宏觀散文》, (香港: 科華圖書出版公司, 2008.1), pp. 24-25에서 재인용.

말·소고기면風、馬、牛肉面〉(1976), 〈노래와 풍경歌與景〉(1977), 〈돼지와 봄豬與春天〉(1978)과 같은 작품은 제목에서 나타나듯이 외면상 서로 무관한 듯해 보이는 단어를 짝지음으로써 새로운 의미나 이미지를 만들어낸다. 〈지하철에서 시를 읽다在地下車讀詩〉(1985)와 같은 작품에서는 처음부터 짧은 구절을 사용하거나 긴 문장을 쉼표를 사용하여 짧게 분할함으로써 리듬감과 상상의 공간을 만들어낸다. 〈길거리에서 살아가는 사람들生活在馬路上的人們〉(1977)과 같은 작품은 시적인 언어를 사용하고, 〈외눈박이 시인獨眼詩人〉(1976)과 같은 작품은 이미지 위주의 장면 묘사를 통해 특정한 정서와 감각을 만들어낸다.[15] 한편으로 그의 산문에는 소설적인 모습도 적지 않게 나타난다. 〈새해 앞뒤新年前後〉(1977)처럼 특정 장면이나 이야기를 대조시키는 것이라든가 인물의 대화를 대량으로 서술하는 것 등이 그렇다. 이런 그의 면모는 산문이 아닌 다른 장르에서도 마찬가지이다. 예컨대《떠도는 시游離的诗》(1995)나《물건東西》(2000)의 일부 시에서 보듯이 흡사 산문처럼 형식이 자유로운 장편의 시라든가 구어체와 대화체를 활용한 시가 그렇다. 또 〈광주 경주 네 장면光慶四章〉(2010)처럼 대량으로 시를 삽입한 데다가 그 내용과 체재로 볼 때 자신의 주장대로 과연 소설인지 아니면 시인지 산문인지가 불분명한 소설이 그렇다.

이처럼 여러 장르를 자유롭게 넘나드는 것은 예쓰 개인의 특징이기도 하면서 실인즉 홍콩인의 복잡한 신분상의 특징과 홍콩의 혼융적인 사회적 특징을 상징적으로 보여주는 것이기도 하다.[16] 그런 면에서 볼

---

15) 이상 예쓰 산문의 형태적 혼종성에 관해서는 송주란, 〈也斯 산문의 홍콩성 연구: 1970, 80년대를 중심으로〉, 부산대석사논문, 2010.2 참고.

16) 〈깜또우 차찬텡金都茶餐廳〉(천관중陳冠中, 2003)에는, 홍콩의 다양하고 잡종적인 음식이나 또는 그런 음식을 만들어내는 '차찬텡' 그리고 심지어는 내력이 복잡하거나 불분명한 홍콩의 보통 인물들을 탁월하게 묘사하고 있다. 이런 것들은 말하자면 의도적이든 또는 비의도적이든 간에 홍콩 사회의 특징이자 이미 전통이 되어버린 혼합·혼종

때 예쓰 작품에서 더욱 중요한 것은 이와 같은 외형상의 장르 파괴 내지 장르 혼종이 아니라 작품에서 나타나는 홍콩에 대한 그의 시각과 묘사이다. 예를 들면, 〈도시의 밤낮城市日夜〉(1977)은 도시의 다양한 모습을 단편적으로 보여주는데, 이는 홍콩이라는 도시와 그 속에서 살아가는 사람들의 복잡성을 보여주고자 하는 것이었다. 또 〈시원한 날씨清凉的天氣〉(1974)는 토요일 오후부터 일요일 오전까지 보고 들은 이야기를 '＊＊＊'로 구분한 12절에 나누어 특별한 일관성 없이 혼합해서 보여주는데, 겉으로 보기에 산만하기 짝이 없는 이런 단편적 이미지와 이야기들을 통해서 그가 주장하는 것은 바로 그처럼 평범하고 사소한 것이 뒤섞여서 이루어진 삶이 곧 홍콩인의 삶이요 그러한 삶의 장소가 홍콩이라는 것이다. 이런 예쓰의 태도는 산문 외에도 시·소설·평론 등 모든 분야에서 일관된 것이라고 할 수 있다. 예를 들면, 그의 소설집《포스트식민 음식과 사랑後殖民食物與愛情》은 홍콩은 물론이고 홍콩인이 능히 접촉할 수 있는 곳들의 소소한 이야기들과 이미지들(시각적인 것은 물론이고 미각·후각·청각 심지어는 통각까지도 포함한다)을 잡다하게 뒤섞어서 보여주고 있다. 다시 말해서 예쓰가 작품에서 보여주는 것은 홍콩이라는 도시의 혼잡성과 산만성을 비판하는 것이 아니라 그것을 있는 그대로 인정하고 포용하는 것이다. 결국 그가 표현하고자 하는 것은 다문화가 혼재하고 혼융된 세계인으로서 자기 자신 및 홍콩인의 모습이자 세계 도시로서의 홍콩의 모습인 것이다.

홍콩이 가지고 있는 혼종성을 더욱 적극적으로 보여주는 또는 보여주고자 하는 예쓰의 이런 노력과 시도는 바로 그러한 혼종성이 최소한 1세기에 걸쳐 이루어짐으로써 이미 전통이 되었음을 증명하고자 하는 것이기도 하다. 달리 말하자면 홍콩은 이제 더 이상 '역사가 없는 미지

·혼융의 성격 혹은 모습을 분명하게 보여주는 것이다.

의 텅 빈 공간'이나 '빌려온 땅, 빌려온 시간'(Borrowed Place, Borrow-ed Time)의 장소가 아니다. 중국 대륙이나 타이완 또는 세계 어느 곳과 마찬가지로 그런 곳과는 구별되는 '우리의 땅, 우리의 시간'(Our Place, Our Time)의 장소이다. 즉 그는 홍콩이 그 자체의 기억·역사·전통을 가지고 있음을 보여주고자 하는 것이다. 아니 한 걸음 더 나아가서 기존의 전통을 유지하고, 변화시키고, 폐기해나감과 동시에 새로운 전통을 탐구하고 만들어나가고자 하는 것이다. 예쓰의 이러한 시도는, 미하일 바흐친이 말한 '의도적 혼종화'(intentional hybrids)와 호미 바바가 말한 '간극적 혼종화'(hybrids)가 섞여있다는 의미에서,17) 어떤 면에서는 분명 새로운 것이면서 어떤 면에서는 전통적인 것이다. 그런 점에서 보자면, 류이창·쿤난에서 시작하여 시시·예쓰 등을 거쳐 황비윈黃碧雲·뤄구이샹羅貴祥·둥치장董啓章이나 셰샤오홍謝曉虹·한리주韓麗珠로 이어지는 모종의 흐름은 어쩌면 홍콩문학에서 이미 전통이 되었거나 전통이 되고 있는지도 모른다. 또 어쩌면 예링펑葉靈鳳·쉬쉬·쉬수徐速·리후이잉·탕런·쓰마창펑司馬長風이라든가18) 또는 타오란陶然·둥루이東瑞·바이뤄白洛·옌춘거우顔純鈎·왕푸王璞 등의 기억과 경험 또한 이미 홍콩문학에서 전통이 되었거나 전통이 되고 있는지도 모른다. 그리고 물론 더 많은 다른 것들 역시 그러할지도 모른다.

---

17) 또 리디아 리우에 따르면, "주인언어가 번역의 과정에서 손님언어에 의해 변형되거나 그것과 공모 관계를 맺을 수도 있지만, 손님언어의 권위를 침해하고 치환하며 찬탈할 가능성도 있다." 리디아 리우 지음, 민정기 옮김,《언어횡단적 실천: 문학, 민족문화 그리고 번역된 근대성 — 중국, 1900-1937》, (서울: 소명출판, 2005), p. 62.

18) 왕타오 이래 많은 '외지 출신 홍콩인들은 생을 마감할 때까지 일생의 대부분을 홍콩에서 보냈으면서도 끝까지 '나그네 심리'나 '북쪽 바라보기 심리北望心理'에서 벗어나지 못했다. 예컨대 천궈추陳國球에 따르면 쓰마창펑은 시종일관 향수와 상상을 통해 고향 또는 고국이라는 신화를 추구했다. 陳國球,〈詩意與唯情的政治 — 司馬長風文學史論述的追求與幻滅〉,《感傷的旅程: 在香港讀文學》, (臺北: 學生書局, 2003), pp. 95-169 참고.

5. 홍콩문학의 전통과 미래

현상이 존재하기 때문에 인간은 자신의 생존과 발전을 위해 그 현상에 대해 파악을 시도한다. 현상을 관찰하고, 검토하고, 분석하고, 분류하고, 범주화하고, … 이론화한다. 즉 설명한다. 그런데 이러한 설명이 또한 인간 자신을 포함한 바로 그 현상을 바꾸어 놓는다. 이런 점에서 홍콩문학에서 이미 형성되어 있거나 형성되고 있는 심지어는 미래에 형성될 어떤 전통들을 발견하고, 바꾸고, 만들어내고 하는 것은 거의 전적으로 홍콩인의 몫이다. 특히 그 중에서도 홍콩문학 관계자들의 몫이다. 그럼에도 불구하고 결코 짧다고는 할 수 없는 지난 1-2세기에 걸쳐 이루어진 홍콩문학의 전통 — 대중 친화적 전통과 혼종적 전통을 포함해서 — 이 앞으로 어떻게 제시되고, 변화되고, 창조될 것인가라는 문제는 나와 같은 외국인 학자에게도 대단히 중요하다. 왜냐하면 그것은 나 자신이 속한 곳 — 부산, 한국, 동아시아, 아시아, 세계 즉 지역이자 세계인 곳 — 의 문제이기 때문이다. 달리 말하자면 많은 의미에서 홍콩은 홍콩임과 동시에 세계(또는 세계의 축소판)이기 때문이다. 최소한 홍콩이 홍콩으로 존재하는 한에서는.

제8회 홍콩문학축제 강연회

제3장 홍콩 반환에 따른 홍콩문학의 변화와 의미

1. '홍콩문학'의 개념과 홍콩문학에 대한 관심

'홍콩문학'이라는 용어에는, 상대적으로 독자적이면서도 상호 불가분하게 얽혀 있는, 최소한 세 가지의 개념이 포함되어 있다. 첫째는 홍콩에 존재한 또는 존재하는 문학이라는 개념이다. 둘째는 베이징문학이나 상하이문학과 같이 중국문학 내의 어느 한 지역문학이라는 개념이다. 셋째는 중국대륙문학과 타이완문학과 병립될 수 있는, 중국문학이라는 큰 범주 아래의 특정한 한 하위 범주로서의 개념이다.

이 세 가지 개념 중 주로 어느 것에 주목하느냐에 따라서 홍콩문학의 출발에 대한 설명이 달라질 수 있다. 예를 들면, 홍콩과 중국 대륙 학자의 경우 1874년(류이창, 왕진광王晉光, 류덩한劉登翰 등), 1927년(셰창칭謝常靑, 판야툰潘亞暾, 왕이성汪義生 등), 1930-40년대(왕젠충, 이밍산易明善 등), 1950년대(황지츠 등), 1960년대 중후기(정수썬 등), 1970년대(황캉셴黃康顯 등)로 엇갈린다.[1] 또 한국 학자의 경우에도

《홍콩문학》 최근호

---

1) 좀 더 상세한 것은 王劍叢, 〈對香港文學史編纂問題的思考〉, 黃維樑主編, 《活潑紛繁的香港文學: 1999年香港文學國際研討會論文集》(上), (香港: 香港中文大學出版社, 2000), pp. 663-675 및 黃子平, 〈香港文學史: 從何說起〉, 陶然主編, 《香港文學》第217期, 香港: 香港文學出版社, 2003.1, pp. 20-21을 참고하기 바란다.

각자가 명확하게 단언하지는 않았지만 1920년대(김혜준), 1960년대 또는 1970년대(임춘성), 1980년대(유영하) 등으로 다른 시각을 보이고 있다.[2] 이처럼 가장 기본적이라고 할 수 있는 홍콩문학의 범주에 관련된 것부터 시작해서, 홍콩문학에 관해서는 아직까지 수많은 사항들이 논란 중에 있다. 이는 달리 보자면 홍콩문학에 대한 연구가 상당히 활성화되고 있다는 것을 의미함과 동시에 아직까지 만족할 만한 수준은 아니라는 것을 의미한다.

사실 홍콩문학에 대한 본격적인 관심은 1980년대 초부터 일기 시작했다. 1982년 9월 22일 영국 수상 대처의 중국 방문과 1984년 9월 중영 양국의 〈홍콩문제에 관한 중영 연합 성명中華人民共和國政府和大不列顚及北愛爾蘭聯合王國政府關於香港問題的聯合聲明〉의 발표 등을 통해 홍콩 반환의 문제가 점차 가시화되었다.[3] 종래 자신이 누구이며 홍콩이 어떻게 될 것인가에 대해 별반 주의하지 않던 홍콩인들은, 이때부터 본격적으로 정체성 문제를 고민하기 시작하는 한편 스스로 그 정체성을 만들어 나가고자 노력하기 시작했다. 문학계에서도, 다른 분야에 비해 상대적

---

2) 나 또한 홍콩문학이 중국대륙문학과 병칭되는 독자성을 가지고 있다는 점을 중시한다. 다만 그렇다고 해서 역사적 과정을 도외시하고 홍콩문학의 출발을 그러한 독자성이 뚜렷해지기 시작한 때로부터 설명해야 한다고는 보지 않을 뿐이다. 한편 신현준은 칸토팝을 예로 들어 대중문화의 경우 홍콩성이 1970년대에 형성되기 시작했다고 본다. 이상 임춘성, 유영하, 신현준 및 그 외 학자의 홍콩(문학)에 관한 연구는 《중국현대문학》, 서울: 중국현대문학학회 제 21, 23, 30, 31, 33, 36, 37호에 실린 것을 참고하기 바란다. 나의 견해는 이 책 〈제1장 홍콩문학의 독자성과 범주〉를 참고하기 바란다.

3) '1997년 홍콩 반환'과 관련하여, 이 문제를 어떻게 해석하느냐 또는 영국, 중국, 홍콩 및 기타 지역 등 어느 입장에서 보느냐에 따라 이를 표현하는 용어 역시 달라질 수 있다. 예를 들면, 영어권에서는 handover, transfer, transition, return, reunion, reunification 등이, 중국어권에서는 移交, 交還, 回歸, 歸還, 收復, 恢復 등이, 한국에서는 이전, 이양, 반환, (중국으로의) 진입, 귀환, 회귀 등이 사용되었다. 이 책에서는 '반환'이라는 용어를 사용했는데, 홍콩인들의 의사와 상관없이 영국 정부와 중국 정부 사이의 협상에 의해 반환하고 반환받았다는 점을 고려한 것이다.

으로 뒤늦기는 했지만, 이와 관련한 반응이 나타나기 시작했다. 1984년 4월 5일 홍콩중원대학 학생신문中大學生報과 홍콩중원대학 문학동아리 中文大學文社가 공동으로 '97의 계시: 중국·홍콩문학의 미래 좌담회九七 的啓示:中國·香港文學的出路座談會'를 개최했고, 1985년 7월 홍콩청년작자협회香港靑年作者協會는 회지《홍콩문예香港文藝》를 '1997과 홍콩문예' 특집호로 발간했다. 홍콩문학 역시 홍콩 내외의 주목을 받으면서 자기 자신에 대한 의미 찾기와 의미 부여를 시도해나가기 시작한 것이다.

여기서는 주로 1997년 7월 1일 홍콩 반환과 관련하여 홍콩문학이 어떤 변화를 보였으며, 그것이 가지는 의미는 무엇인가에 대해 살펴보고자 한다. 그 외에도 가능하다면 인적 문화적 네트워크로서의 중국의 문학 내에서 홍콩문학이 어떠한 진전을 보일 것인가에 대해서도 생각해보고자 한다.

2. 정체성 탐구의 퇴조와 도시적 현상의 회복

홍콩문학의 자기 정체성에 대한 탐구와 추구는 특히 소설 부문에서 비교적 분명히 나타났다.[4] 우선 홍콩의 장래나 홍콩의 정체성 또는 홍콩과 중국 대륙의 차이 등에 관심을 가진 작품이 증가하기 시작했다. 홍콩 반환을 직접적인 제재로 한 《1997─一九九七》(류이창), 〈기나긴 회랑長廊〉(예웨이나葉娓娜), 〈양팔저울天平〉(타오란), 〈천하무적神打〉(예쓰) 등의 단편소설과 〈머리 위의 구름 한 조각頭上一片雲〉(량시화), 〈홍콩

---

4) 이하 소설과 관련한 언급은, 1984-2006년의《홍콩단편소설선香港短篇小說選》(홍콩싼롄서점香港三聯書店)과 2000-2006년의《홍콩문학》(홍콩문학출판사香港文學出版社)에 게재된 작품을 주요 대상으로 하면서 전자의 서문을 일부 참고했다. 편자의 개인적인 문학관과 취향이 작용하고 있겠지만, 홍콩문학의 일반적인 흐름을 파악하는 데는 크게 지장을 주지 않을 것으로 본다.

1991香港九一〉(지쯔季子), 〈복받은 곳福地〉(바이뤄), 〈홍콩 1997香港九七〉
(천하오취안陳浩泉), 〈비상구의 안과 밖太平門內外〉(량시화) 등의 중장편
소설이 속속 발표된 것이 그 직접적인 반응이었다. 그리고 시간이 흐를
수록 이러한 작품은 양적으로 늘어나는 데만 그치지 않고 질적으로도
더욱 다양화, 구체화, 심층화되었다. 상대적으로 보아 1980년대에는
〈볼연지胭脂扣〉[연지구(리비화)나 〈마지막 구식 신부맞이最後的古俗迎親〉
(하이신海辛) 등 홍콩의 미래를 염두에 두고 현재와 과거를 살펴보는,
그 중에서도 특히 홍콩의 과거를 회고하는 일종의 역사 정리성 작품이
상당히 많았다. 또 〈아니, 다시는 헤어질 수 없어!不, 不能再分開了!〉(류이
창) 등 중국 대륙의 변동이나 〈천벌天譴〉(옌춘거우) 등 중국 대륙에서
새로 이주해온 사람들과 관련한 작품 역시 점차 늘어났다. 1990년대에
들어서면 〈잃어버린 도시失城〉(황비윈)를 위시하여 '홍콩성'의 추구가
명확한 '도시의 상실' 내지 '도시로부터의 소외'를 보여주는 작품이 더욱
현저해졌다. 또 이와 관련하여 〈한여름의 가위눌림仲夏之魘〉(리추이화黎
翠華), 〈대조적인 두 가지 삶兩種對立的生活〉(우융제吳永傑) 등 외국 이민
과 관계있는 이야기가 더욱 다양하고 세밀하게 제시되었다. 다른 한편
으로는 〈윙힝거리의 흥쇠사永興街興衰史〉(둥치장)와 같이 과거 회고형
작품은 그 심도가 더욱 깊어졌고, 동성애를 다루는 〈부활이냐 아니냐의
회오리바람復活不復活是氣旋〉(차이즈펑蔡志峰) 처럼 오히려 현대적 대도
시로서 홍콩 사회 자체에 존재하고 있는 현상을 강조하는 작품들도 일
정한 숫자를 형성했다. 한 마디로 말하자면, 역사 회고, 신 이주자, 외국
이민, 도시로부터의 소외, 도시의 상실, 홍콩의 사회적 현상 등 중국 대
륙과 구별되는 홍콩만의 특징 및 홍콩 반환 문제와 관련하여 발생하는
일련의 현상을 표현함으로써, 홍콩의 정체성을 찾고자하거나 그것을 만
들어내고자 하는 노력이 주류를 이루었다고 할 수 있다.

　이러한 상황은 1997년 홍콩이 중국에 반환되고 나자 다소간의 변화

를 보이기 시작한다. 먼저 반환 후에는, 같은 도시의 상실이라고 하더라도 외국 이민과 같이 홍콩 반환과 직접적으로 관계가 있는 도시의 상실보다는, 〈파이프의 숲轍水管森林〉(한리주)이나 〈6동 20층 E호의 E6880-**(2)6座20樓E6880**(2)〉(천리쥐안陳麗娟) 처럼 현대적 대도시 자체가 가져오는 소외 현상으로서의 도시의 상실을 표현하는 작품이 더 많아지기 시작한다. 그 뿐만 아니라 시간이 흐르면서 〈무애기無愛紀〉(황비윈), 〈비상飛翔〉(궈리룽郭麗容), 〈스파게티, 대나무 잎, 시우만 그리고 등등意粉、竹葉、小紋和其他〉(샤오셰小榭), 〈행복한 몸幸福身體〉(셰샤오훙) 등 도시 남녀 간의 각양각색의 애정 이야기가 대폭 늘어나게 된다. 어떤 측면에서 보자면, 홍콩의 정체성 문제를 직접적으로 다루기보다는, 홍콩 사회에 존재하고 있는 여러 가지 현상들을 다룸으로써 정체성의 탐구와 추구를 내면화하고 있는 듯이 보인다.[5] 물론 여기에는 홍콩 반환이 막상 현실화되고 나자 그것을 기정사실로 받아들임으로써 오히려 심리적 안정을 되찾게 된 점이라든가, 비록 '1국 2체제' 하의 특별행정구가 되었지만 실제 생활상으로는 급격한 변화가 없던 점 등이 일정 부분 영향을 미치기도 했을 것이다. 그런 점에서, 〈심정心情〉(쉬룽후이許榮輝), 〈고양이의 눈貓兒眼〉(관리산關麗珊), 〈귀숙歸宿〉(저우미미周蜜蜜), 〈개미螞蟻〉(량웨이뤄梁偉洛) 같은 작품에서 보듯이, 그 동안 정체성 문제에 대한 집중적 조명하에 상대적으로 주변화되었던 계급, 여성, 포스트식민주의 문제

---

5) 일찍이 공역으로 홍콩 신예 여성작가 소설선인 웡찡 외 지음, 김혜준 외 옮김,《사람을 찾습니다》, (서울: 이젠미디어, 2006.11)를 출간한 바 있다. 이 소설선을 편선하는 과정에서, 연령상 20-30대에 해당하는 작가의 1997년 이후 작품 중에서 비교적 우수하다고 판단되는 21편의 작품을 선정했다. 그 후 이를 분류해보니 도시의 소외 5편, 도시의 생활 5편, 도시의 사랑 11편이라는 결과가 나왔다. 이들 작품 중에는 〈미안하다란 말은 너무나 가혹한 것 같아요我不能跟你說對不起〉(마리馬俐) 처럼 부분적으로 홍콩과 홍콩인의 정체성에 관련된 내용이 일부 포함된 경우가 있었으나, 전체적으로는 정체성의 탐구 및 추구를 직접적으로 표출한 경우는 찾을 수 없었다.

및 사회적 관심이 재부각되고 있는 것도 자연스러운 현상이라고 하겠다.[6]

소설 분야가 아닌 다른 분야에서도 홍콩 반환과 관련하여 여러 가지 변화를 보였다. 우선 1997년 전후하여 시집이 대량 출판된 것이 그 중 하나다. 과거 홍콩에서 1950년대에서 1980년대 사이에 출판된 시집은 모두 200종이 넘지 않았다. 그런데 1990년대에만 이와 맞먹는 근 200종의 시집이 출판되었으며, 1997년 이후 시집의 출판은 더욱 늘어났다.[7] 이와 같은 시집의 대량 출간은, 아마도 시 창작 특유의 민감성 및 신속성과 관련이 있을 것으로 보인다. 1950-1997년 사이의 대표적 신시 300여 편과 각종 시집 및 시문학지의 총목록을 첨부한 《홍콩 최근 50년 신시 창작선香港近五十年新詩創作選》(2001)의 면모에서 보듯이 이는 분명 홍콩 반환과 관계가 있다. 1997년 6월 홍콩산문시학회香港散文詩學會의 결성, 2000년 12월 홍콩산문시토론회香港散文詩研討會의 개최, 《홍콩산문시선香港散文詩選》(1998)과 홍콩산문시총서香港散文詩叢書(2002, 2004)의 출판 등 산문시 분야의 갑작스러운 활성화 역시 홍콩 반환과 무관하지 않다. 물론 이에는 홍콩작가들 자신의 노력이 가장 큰 역할을 했을 것이다. 그렇지만 중국 대륙 쪽 인사들의 적극적인 지원이 있었던 점을 간과할 수 없다. 예컨대, 당시 중국산문시학회中國散文詩學會의 회장이기도 한 커란柯藍은 수차례 홍콩을 직접 방문하여 홍콩산문시학회의 활동을 적극 지지하면서, 홍콩 반환 이후 산문시에 대해서는 "그 중 적지 않은 작품에 홍콩 반환의 기쁨과 사색이 넘친다"[8]와 같은 평가를 내렸다.

---

6) 자오시팡趙稀方은 〈香港文學的年輪〉, 《作家月刊》(香港) 第31期, 2005.1, pp. 70-80에서 홍콩반환 이후 홍콩이 중국 대륙의 식민지화한 것이 아니라 오히려 북진하여 그 주변부를 경제적으로나 문화적으로 식민지화하고 있다는 소위 '북진 상상北進想像' 등 이와 관련된 일부 사항에 관해 비교적 상세하게 검토하고 있다.

7) 胡國賢, 〈編者前言 — 夢想成眞〉, 胡國賢編, 《香港近五十年新詩創作選》, (香港: 香港公共圖書館, 2001)

전기문학에 대한 새삼스러운 관심 역시 홍콩 반환과 일정한 관계가 있는 것으로 보인다. 기존의 홍콩문학사는 전기문학을 거의 다루지 않았다. 주로 정치적인 인물을 많이 다루는 전기문학의 특성상 정치성이 과도하여 문학적인 글로 인정하지 않는 경향이라든가, 민감한 화제와 관련된 경우가 많아서 연구자들이 이를 회피했기 때문일 것이다.9) 그러나 《홍콩전기문학의 발전 특색과 그 영향香港傳記文學發展特色及其影響》(2000), 《홍콩전기문학발전사香港傳記文學發展史》(2003)의 출간에서 보듯이 이와 같은 상황에 변화가 생겨났다. 이는 홍콩 반환과 더불어 중국 대륙의 주도권 확보에 따른 정치적 유연성이 늘어난 것이라든가, 상대적으로 보아 전과 같은 좌우 대립적 형태의 경쟁 상황이 완화된 것 등과 어느 정도 관련이 있는 것으로 보인다.

다만 다른 분야 역시 소설 분야와 마찬가지로 홍콩 반환 이후 시간이 경과할수록 차츰 일종의 흥분 상태에서 벗어나서 비교적 평상적인 상태로 되돌아간 듯하다. 예를 들어 천더진陳德錦의 분석을 참고로 해보면10) 산문의 경우 2000년 8개의 간행물에서만 440여 편의 산문이 발표되었다. 비록 그 중에는 '홍콩성'의 탐구 및 추구와 직접적으로 관계가 있는 산문이 적지 않지만, 그럼에도 불구하고 전체적으로는 홍콩 사회의 다양한 면모를 그에 맞는 다양한 방식으로 표현하고 있는 것으로 보인다. 다시 말하자면, 외지로부터 홍콩에 이주해온 사람들의 문화적 신분에 관한 성찰이나 외국으로 이민하여 이국의 생활에 관한 경험을 쓴 산문 등이 상당 부분을 점하고 있는 것은 사실이다. 하지만 그보다는 생활의

8) 柯藍, 〈春雷滾滾來 序《香港散文詩選》〉, 香港散文詩學會主編, 《香港散文詩選》, (香港: 香港文學報出版社, 1998.2), p. 15.
9) 古遠淸, 〈蹊徑獨闢, 和而不同 — 2000年的香港文學硏究〉, 《古遠淸自選集》, (Kuala Lumpur: 馬來西亞燔火出版社, 2002.5), pp. 242-251.
10) 陳德錦, 〈千禧年香港期刊散文綜論〉, 陶然主編, 《面對都市叢林: 《香港文學》文論選 (2000年9月-2003年6月)》, (香港: 香港文學出版社, 2003.7), pp. 264-284.

감수와 인정 세태 또는 사회 시평이나 독서 경험을 쓴 것, 인생의 관찰
과 문화적 사고 또는 사회적 체험을 쓴 것, 정보화 세계 속에서의 자아
탐구를 쓴 것, 도시의 관조나 문화의 여정을 쓴 것, 시나 회화 등과 관
련한 미적 추구를 쓴 것 등 여러 가지 각도에서 현대적 대도시에 살고
있는 홍콩인의 삶을 표출함과 동시에 인류 보편의 정서와 사상을 표현
하고 있는 것이다.

이상에서 언급한 바를 요약하자면, 홍콩 반환 이후 홍콩문학에서 가
장 주목할 만한 변화 중 한 가지는 홍콩 반환으로 비롯된 정체성 탐구
및 추구의 심리에서 다소 벗어나서 홍콩문학의 대표적 특징의 하나인
다양한 예술적 탐색[11]을 보여주고 있는 점이라고 하겠다.

3. 문학 활동의 활성화와 문학 환경의 악화

홍콩 반환이 부각된 1980년대 초 이래 홍콩 문단에서는, 홍콩중국펜
클럽본부國際筆會香港中國筆會(1955), 루펑모임鑪峰雅集(1959), 풍우문학동
인회風雨文社(1963), 홍콩(영문)펜클럽본부國際筆會香港(英文)筆會(1975), 홍
콩청년작가협회香港靑年作家協會(1978), 홍콩문학예술협회香港文學藝術協會
(1979), 홍콩아동문예협회香港兒童文藝協會(1981), 홍콩청년작자협회(1982)
등 기존의 문학단체 외에도, 룽강문학동인회龍港文學社(1985), 홍콩시인협
회香港詩人協會(1985), 당대시학회當代詩學會(1987), 홍콩작가협회香港作家
協會(1987), 홍콩작가동우회香港作家聯誼會(1988), 세계화문시인협회世界華
文詩人協會(1989), 국제화문시인협회國際華文詩人協會(1980년대말), 홍콩문
화예술종사자연합회香港文化藝術工作者聯合會(1990), 홍콩청년저작협회香港

---

11) 이 점에 관한 좀 더 상세한 것은 이 글 '6. 일시적 요동, 일상의 회복, 변화의 잠재'
부분 및 이 책 〈제1장 홍콩문학의 독자성과 범주〉를 참고하기 바란다.

靑年寫作協會(1994), 홍콩산문시학회(1997)가 새로 창립되는 등 각종 문학 단체의 활동이 전에 없이 활발해졌다. 홍콩 반환 직후인 1997년 말 당시 40개 이상일 것으로 추정되는[12] 이들 각종 문학단체의 활동은 그 이후에도 전체적으로 볼 때 크게 변함이 없는 것으로 보인다. 예를 들면 주로 문화대혁명 이후 이주해온 중국 대륙 출신 작가로 구성된 홍콩작가연합회香港作家聯會(1992년 홍콩작가동우회에서 개명)가 그렇다. 이 단체는 회지인《홍콩작가香港作家》를 지속적으로 발간하는 한편 홍콩작가연합회작품집香港作聯作品集, 홍콩작가연합회문총香港作聯文叢, 홍콩문학총서香港文學叢書, 홍콩자형화도서시리즈香港紫荊花書系 등을 출간했을 뿐만 아니라, 1998년에는 창립 10주년 행사를 성대히 거행하는 등 계속해서 활발한 활동을 보였다.[13] 홍콩문학촉진회香港文學促進會(1991년 룽강문학동인회에서 개명) 역시 그 동안 300여 권의 룽강문학총서龍港文學叢書, 6권의 홍콩당대문학정선작총서香港當代文學精品叢書, 63권의 룽강시총(중영대역본)龍港詩叢을 출간했고, 2003년 11월에는 홍콩 역사상 최대의 문학상이라는 중화문화컵우수문학상中華文化杯優秀文學獎을 개최하기도 하였다.[14] 또 그 중에는 창립 이후 내부 갈등으로 인해 활동이 원만치 않았던 홍콩작가협회 조차도 조직을 정비하여 홍콩 반환 이후 회지인《작가作家》를 정기적으로 발간하는 한편 홍콩작가협회총서香港作協叢書 등 다수의 출판물을 출간하는 등 일정한 활동을 유지했다.

각종 문학지 및 문학서의 출판이 활발해진 것 역시 홍콩 반환과 관련하여 홍콩문단에 나타난 현저한 변화 중 한 가지다. 홍콩중원대학 홍콩

---

12) 蔡敦祺主編,《一九九七年香港文學年鑑》, (香港: 香港文學年鑑學會出版, 1999.3), p. 15.

13) 香港作家聯會編,《香港作家聯會十年慶典特刊》, (香港: 香港作家聯會出版部, 1998. 3.1) 참고.

14) 香江文壇,〈香港最大型的文學頒獎活動〉,《香江文壇》第23期, 香港: 香江文壇有限公司, 2003.11, pp. 63-65.

문학자료관香港文學資料庫의 학보 및 정기간행물 문장(http://hklitpub.lib.cuhk.edu.hk/journals/)을 토대로 하여 집계를 해본 결과, 1993-1997년의 5년 사이에 새로 창간된 문학지의 수가 20여 종에 달하며, 1998-2002년의 5년 사이에 새로 창간된 문학지의 수는 이보다 더 많은 30여종이 넘는다. 물론 이렇게 많은 문학지가 창간된 반면에 다른 많은 문학지들이 정간 내지 폐간되기도 했다. 그러나 전반적으로 볼 때는 문학지의 발간이 비교적 활발하게 이루어졌다고 할 수 있다. 예를 들면, 오랜 기간 대체로 안정적 내지 지속적으로 발간되고 있는 《홍콩문학》, 《쏘우입문학素葉文學》, 《당대시단當代詩壇》, 《무협세계武俠世界》 등의 문학지를 포함해서, 1997년의 경우 유서 깊은 격월간 《시詩》가 복간되는 등 모두 20여 종의 문학지가 발간되었다. 2000년의 경우 수준 높은 면모를 갖춘 《문학세기文學世紀》가 창간되는 등 거의 30종에 달하는 문학지가 발간되었다. 2002년의 경우 특별행정구 정부로부터 지원을 받은 《문학세기》, 《향강문단香江文壇》, 《시조詩潮》, 《시 네트워크詩網絡》 등 30종이 넘는 문학지가 발간되었다. 문학서 방면에서는 전술한 각종 문학단체의 총서 외에도 홍콩극본총서香港劇本叢書(1995-2005), 문화시야총서文化視野叢書(1996-2001), 홍콩산문시총서(2002-2004), 홍콩문학선집시리즈香港文學選集系列(2003-2005), 홍콩오리지널문학총서香港原創文學叢書(2005), 홍콩문학평론정선香港文學評論精選(2005) 등 총서류라든가 다양한 종류의 홍콩단편소설선, 신시선, 산문선, 산문시선, 극본집, 인터넷문학선 등 선집류를 포함해서 많은 작품집과 평론집이 출판되었다. 1997년의 경우 홍콩예술발전국이 지원한 개인 저작만 108권에 이르렀으며,[15] 2005년의 경우 홍콩예술발전국의 지원을 받아서 실제로 출간

---

15) 蔡敦祺主編, 《一九九七年香港文學年鑑》, (香港: 香港文學年鑑學會出版, 1999.3), pp. 862-866 참고.

된 개인 작품집이 대략 50종에 이르렀다.[16] 다른 한편으로는 1997년 전후 이래 홍콩과 중국 대륙에서 계속 이어지고 있는 수 종의 《홍콩문학사》 및 《홍콩당대문학비평사》(1997), 《홍콩소설사》(1999)와 같은 이론서의 출판이라든가, 홍콩 자체의 《홍콩근현대문학 서적 목록香港近現代文學書目》(1998), 《초기 홍콩 신문학 자료선 1927-1941早期香港新文學資料選1927-1941》(1998), 《초기 홍콩 신문학 작품선 1927-1941早期香港新文學作品選1927-1941》(1998), 《홍콩소설선 1948-1969香港小說選1948-1969》(1998), 《홍콩산문선 1948-1969香港散文選1948-1969》(1998), 《홍콩신시선 1948-1969香港新詩選1948-1969》(1998), 《국공내전시기 홍콩문학 자료선 1945-1949國共內戰時期香港文學資料選1945-1949》(1999), 《국공내전시기 홍콩 현지 및 외지 문인 작품선 1945-1949國共內戰時期香港本地與南來文人作品選1945-1949》(1999), 《홍콩 1960-70년대 문학동인회 운동 정리 및 연구香港六七十年代文社運動整理及研究》(1999), 《1997년 홍콩문학연감一九九七年香港文學年鑑》(1999), 《홍콩신문학연표 1950-1969香港新文學年表1950-1969》(2000)와 같은 자료서의 출판은 홍콩문학의 성취를 소개하고 그 지위를 향상시키는 데 큰 역할을 했다.

변화는 이에 그치지 않는다. 각종 문학상과 문학행사도 성행하고 있다. 예를 들면, 1972년 이후 매년 개최하고 있는 홍콩대학 학생회와 홍콩중원대학 학생회의 청년문학상青年文學獎이라든가 2000년에 시작된 홍콩중원대학 문과대의 뉴밀레니엄 글로벌 화문청년문학상新紀元全球華文青年文學獎 등 민간의 활동 외에도, 홍콩문화레저

《1997년 홍콩문학연감》

16) 홍콩예술발전국 홈페이지 http://www.hkadc.org.hk/tc/ 참고.

처香港康樂及文化事務署의 홍콩공공도서관香港公共圖書館과 홍콩예술발전국은 단독 혹은 공동으로 1979년부터 1994년 이전에는 매년, 1994년 이후에는 격년으로 중문문학창작상中文文學創作獎을 거행하고 있고, 1991년부터 홍콩중문문학격년상을 거행하고 있으며, 1997년 이후 매년 홍콩문학축제香港文學節를 개최하고 있고, 1997년부터 홍콩예술발전국문학상香港藝術發展局文學獎을 거행하고 있다. 문학 보급을 위한 일련의 실천역시 이루어지고 있다. 홍콩교육처香港敎育署는 중등학교 추천도서제도를 시행하면서 도서구입비를 보조했는데 상당수가 홍콩 출판의 문학작품이다. 홍콩방송국香港電臺電視部의 경우 1997년 2회에 걸쳐 홍콩문학을 소개하는 프로그램을 방영하기도 했다.

이와 같은 문학 활동의 활성화에는 여러 가지 요인들이 작용하고 있을 것이다. 그 중에는 한 시대를 매듭짓는 시점에서 지나간 역사를 정리하고 새로운 시기를 맞이하기 위한 문학가들의 노력이 가장 중요할 것이다. 다만 그런 이면에는 이와 같은 문학가들의 주관적 의도 외에도 지속적인 영향력을 행사하거나 새로운 영향력을 발휘하고자 하는 영국, 중국 대륙, 타이완 및 홍콩 자체와 관계있는 각종 세력 또는 집단의 물밑 의도가 일정한 작용을 했다고 보지 않을 수 없다. 이 점은 비교적 활발한 활동을 보이는 문학단체가 대개 중국 대륙과 관계가 있다든가 중국 대륙과 관계가 있는 학술회가 비교적 빈번하게 개최되고 있는 점에서도 드러난다.[17] 또 '홍콩 1980년대 문학현상 토론회香港80年代文學現象硏討會'의 경우처럼 어느 정도 타이완 쪽의 의도가 개입한 학술회가 개최된 것에서도 나타난다.[18] 그러나 무엇보다도 가장 실질적이고 직접

---

17) 예를 들면, 앞서 언급한 홍콩작가협회의 경우 초기에는 반중국 대륙계 인사가 주도했으나 내부 분규를 거쳐 나중 친중국 대륙계 인사가 주도하게 되면서 1997년 이후에는 중국 대륙의 중국작가협회中國作家協會의 지원하에 비교적 안정적인 활동을 보이게 되었다.

적으로 큰 역할을 한 것은 아무래도 종래에는 없던 홍콩정부의 행정적 재정적 지원이었다.

과거 영국식민정부는 의도적으로 홍콩의 문화 발전을 방치해왔다. 특히 문학 분야는 거의 철저하게 외면해왔다. 그들은 홍콩의 전통적인 보수적 문화를 이용하여 기존 질서를 유지함으로써 식민지 지배를 공고화하고자 했던 것이다.[19] 그런데 홍콩 반환을 앞두고 식민정부는 이러한 태도를 정반대로 바꾸었다. 1994년 4월 15일 약 1억 홍콩달러를 기금으로 하는 홍콩예술발전국을 신설하고, 1994년 8월 1일 그 산하에 문학예술위원회文學藝術委員會를 구성했다. 그러면서 (1) 교육 (2) 자료 정리 및 연구 (3) 창작 및 출판 (4) 지역사회 확산 및 대외 교류 등 네 가지 방면에서 문학 분야에 각종 장려금을 지원하는 등의 행동에 나선 것이다. 아마도 식민정부의 이와 같은 태도 전환은 홍콩 반환 이후에도 일정 정도 영국의 영향력을 유지하고자 하는 의도였을 것이다. 정치적 행정적으로는 홍콩에서 손을 떼지만 사회적 문화적으로는 여전히 영국의 영향력을 유지하기 위한 것이다. 달리 말하자면 일종의 영국적 전통을 형성하고자 시도한 것이라고 할 수 있다.[20] 흥미롭게도 1997년 홍콩 반환 이후 새로 구성된 특별행정구 정부 역시 이러한 제도를 그대로 이어가

---

18) 정치색이 분명하게 드러나는 발표 내용은 없지만, 학술회 준비 과정에서 타이완측 학자가 상당수 참여한 점, 발표 장소가 타이완 계열의 광화정보문화센터光華新聞文化中心인 점, 개막식의 주요 발언자들이 타이완측 관변 기구의 인사인 점, 중국 대륙계 학자가 거의 없는 점, 학술회 결과물인 논문집이 타이완에서 출판된 점 등에서 어느 정도 이를 알 수 있다. 黎活仁等,《香港八十年代文學現象》(1,2), (臺北: 學生書局, 2000) 및 古遠淸,〈爲重構香港文學多元化生態的努力和收穫 — '98-'99年的香港文學研究述評〉,《古遠淸自選集》, (Kuala Lumpur: 馬來西亞爝火出版社, 2002.5), pp. 232-241 참고.

19) 黃繼持,〈香港文學主體性的發展〉, 黃繼持/盧瑋鑾/鄭樹森,《追跡香港文學》, (香港: 牛津大學出版社, 1998), pp. 92-95 참고.

20) 黃維樑,〈十多年來香港文學地位的提升〉,《香江文壇》第11期, 香港: 香江文壇有限公司, 2002.11, pp. 15-16 참고.

고 있다. 홍콩 사회 전체라는 워낙 방대한 체제를 접수한 터라 이를 그
대로 지속한 측면도 없지 않을 것이다. 하지만 사실 이러한 제도를 그
대로 유지하는 것이 특별행정구 정부에도 도움이 되는 바가 적지 않기
때문일 것이다. 홍콩 반환 이후 홍콩 문화계 지식인의 우려와 불만을
무마하는 한편 오히려 중국 대륙적 전통을 새롭게 형성 내지는 강화하
기 위한 노력에 대단히 유효한 것이다. 그런 점에서 본다면 현재의 특
별행정구 정부와 과거의 식민정부는 각기 목표는 다르다고 하더라도 그
기본적 의도는 동일한 것이라고 할 수 있을 것이다.

양쪽의 의도가 어떻든 간에 장려금 지원을 위주로 하는 홍콩정부의
이와 같은 행정적 재정적 지원은 홍콩문단의 활성화에 대단히 큰 역할
을 하고 있다. 앞서 말한 것처럼 문학지와 문학서의 출판이 늘어나고,
각종 문예상과 문예행사가 빈번한 데는 종래에 없던 이와 같은 행정적
재정적 지원이 확실한 바탕이 되고 있는 것이다. 그렇지만 이러한 지원
은 긍정적인 면만 있는 것이 아니다. 부정적인 면도 없지 않다. 첫째,
지원 불균형 현상이다. 어떤 분야는 지원액이 부족하여 신청해도 받지
못하거나 받아도 액수가 크게 모자랐으며, 어떤 분야는 질적 수준에 대
한 고려도 없이 과다한 지원이 이루어지는 등 지원의 형평성에 문제가
있었다.[21] 예를 들면, 1995년부터 2002년까지 30여 종의 문학지를 지원
했는데 이 중에는 심지어 신문의 부간에 속하는 것도 있었다.[22] 또 개
별 저작의 경우 선정된 작품에는 옥석이 뒤섞여 있었다. 둘째, 문학의
자체 생존력 약화다. 문학지의 경우 해마다 새로운 것들이 나오는 것이
있는가 하면 사라지는 것도 있을 만큼 일단 지원이 중단되면 곧바로 정

---

21) 古遠淸, 〈"九七"前夕的香港文壇〉, 《古遠淸自選集》, (Kuala Lumpur: 馬來西亞爝火出
    版社, 2002.5), pp. 213-222.
22) 黃坤堯, 〈香港藝術發展局2002年度委約出版的文學雜誌述評〉, 《香江文壇》 第11期,
    香港: 香江文壇有限公司, 2002.11, pp. 77-84.

간 내지 폐간되는 현상이 일어나고 있다. 장려금 지원에 따라 문학지나 문학서의 출간이 수적으로는 증가했지만 그러한 수적 증가가 곧 독자의 증가로 이어지지 않고 있는 것이다. 이에는 근본적으로 시장의 수요를 비롯해서 여러 가지 이유가 있을 것이다. 그러나 장려금을 지원받는 문학지나 문학서가 문학적 의의나 수준면에서 편차가 작지 않을 뿐만 아니라 장려금 지원제에 안주해서 독자 확보에 대한 고려 및 노력을 결여한 점도 작용하고 있을 것이다. 이런 점에서 본다면 결국 장려금 지원제는 결과적으로 오히려 문학의 자체 생존력을 갈수록 약화시키는 부작용도 낳고 있는 셈이다. 셋째, 잠재적인 문학의 행정 예속 가능성이다. 비록 직접적인 간섭은 없다고 하지만 지원을 받기 위해서는 일정한 기준에 적응할 수밖에 없다. 이는 곧 문학 활동이 크든 작든 간에 행정적 기준에 얽매이게 됨을 뜻한다. 달리 말하자면 만일 행정 쪽에서 일정한 정책적 또는 정치적 의도를 개입시키게 된다면 문학 활동은 불가피하게 그 영향을 받지 않을 수 없음을 의미한다.

이상과 같이 홍콩정부의 행정적인 지원이 문학 활동의 활성화에 가장 중요한 요인이라는 것은 상업적 문화적 측면에서 홍콩문학의 사회적 환경이 대단히 열악하다는 것을 반증하는 것이기도 하다. 물론 홍콩문학의 사회적 환경이 열악하다는 것은 근래의 일 만은 아니다. 이전부터 인구 과밀의 자본주의적 도시로서 홍콩의 열악한 거주 조건, 과중한 생활 압력, 긴박한 도시 리듬, 저열한 고료, 신문 지면 위주의 작품 발표 등은 홍콩작가들의 문학 행위를 심각하게 제한해왔다.[23] 문제는 상황이 더욱 나빠졌다는 것이다.[24] 무엇보다도 심각한 것은 문학을 감상 또는

---

23) 이에 관해서는 이 책 〈제1장 홍콩문학의 독자성과 범주〉를 참고하기 바란다.
24) 인기작가인 타오제陶傑는 매일 4천자를 써야 한다고 하며, 시시의 1년 인세 및 원고료 수입은 대학 강사의 일주일 임금밖에 안된다고 한다. 許子東,《吶喊與流言》, (上海: 上海文藝出版社, 2004.10), p. 280 참고.

소비하는 사람들의 숫자가 갈수록 축소되고 있다는 점이다. 서적 도매상에 의한 초판 배부는 50부 좌우이고,[25] 일반적인 상황에서는 지명도가 다소 떨어지는 작가라면 소설과 산문은 2-3년 동안 기껏해야 4-5백부가 팔릴 뿐이며, 시집은 아예 거론의 대상조차 되지 못하는 형편이다. 이 때문에 인구 700만의 홍콩에서 고정적인 독자는 겨우 2000명 전후에 불과할 것이라고 믿을 정도이다.[26] 이 같은 독자 수의 감소는 곧 상업적 이익의 감소를 의미하는 것으로서, 문학의 생산과 유통을 위축시키게 되며, 이는 다시 문학 소비자의 수를 더욱 줄어들게 만드는 악순환을 반복시키게 된다.

서점의 경우를 예로 들어보자. 1980년대 초 웡꼭 지역에서 2층 입점 서점이 생겨나기 시작했다. 홍콩 반환 전후에 이르면 이런 서점이 전

홍콩의 고층 입점 서점(8~11층)

지역으로 확산되었고 대형서점이 곳곳에 분점을 내기 시작했다. 그러다가 2000년대에 이르면 지가의 상승으로 인해 2층 입점 서점은 찾기부터 어려운 건물 입구에서 비좁은 엘리베이터를 타고 한참동안 올라가야 하는 십 층 전후의 고층 입점 서점으로 바뀌어 가고 있다. 한편 대형서점의 분점은 일반적으로 지층을 포함하는 수개 층을 차지하면서 이미 정착 단계에 들어선 듯하다. 이러한 현상은 서점의 경영

25) 東瑞, 〈香港文學書籍和市場需求〉, 《作家月刊》(香港) 第25期, 2004.7, pp. 18-24.
26) 許迪鏘, 〈香港文學展望 — 由一點個人經驗出發〉, 臨時市政局公共圖書館編, 《第三屆香港文學硏討會講稿彙編》, (香港: 臨時市政局公共圖書館, 1999.11), pp. 158-172 참고.

상황이 호전되었음을 뜻하는 것이 아니다. 오히려 한정된 독자층을 겨냥하여 서점의 경쟁이 갈수록 심해지고 있으며 경영이 갈수록 악화되고 있음을 의미한다. 대형서점은 중국 대륙서적의 대량 판매로 수입을 올리고 있다. 윙꼭 지역의 소형서점들 역시 이에 따라 홍콩서적이나 타이완서적보다는 주로 중국 대륙서적을 취급하고 있다. 이는 중국 대륙 책이 저렴하여 홍콩독자들의 구입이 많기 때문으로, 이런 상황에서 홍콩 문학 작품은 당연히 더욱 더 뒷전으로 밀려나고 있는 것이다.[27]

이와 같은 상황은 직접적으로 문학지 및 문학서의 출판과 판매에 영향을 주는 데 그치는 것이 아니다. 더 나아가서 홍콩 특유의 문학 활동의 주요 근거지를 사라지게 만들고 있기도 하다. 신문의 쇠퇴 및 문예 부간의 정간 및 폐간이 바로 단적인 예다. 1970년대 1일 20만부로 한때 판매부수가 가장 많았던 《성도만보》가 1996년 2만부 전후로 떨어지더니 결국 12월 17일 폐간되었다. 그 후 유일한 석간인 《신만보新晚報》 역시 1997년 7월 26일에 폐간되었다. 이에 따라 당연히 《성도만보》의 《대회당》, 《신만보》의 《성해星海》가 폐간되었으며, 그 뒤를 이어 1998년 11월 30일 《문회보文匯報》의 《문예文藝》가 정간되고 문예성이 비교적 강한 《쾌보快報》 부간도 정간되는 등 많은 신문의 문예 부간이 폐간 또는 정간되었다. 《명보明報》의 《소설판小說版》, 《성도일보星島日報》의 《성하판星河版》은 매일 소설을 실은 바 있지만 지금은 이미 없어져버렸다.

물론 문학의 사회적 환경의 악화는 전 세계적인 현상으로서 영상문화 및 인터넷문화의 발전에서 기인하는 바가 크다. 이 때문에 문학계에

---

27) 이상의 언급은 주로 2005년 12월 중순에서 2006년 1월 말까지 약 7주간 현지 조사에 근거한 것이다. 이 조사는, 30여 곳의 홍콩 및 홍콩 인근 지역의 서점과 수 곳의 출판사 방문 및 서점 직원, 출판사의 편집자, 홍콩 학자들과의 인터뷰를 포함한다. 이하 따로 언급하지 않는 경우에도 홍콩문학의 출판 판매 사항 등과 관련된 언급은 대체로 이 현지 조사에 근거한 것이다.

서는 영상 및 인터넷과 결합하는 방법을 모색하게 되었고, 많은 사람들이 특히 문학의 새로운 활동 영역으로 인터넷을 주목하기도 했다. 정식 출판의 기회가 적은 젊은 작가는 왕왕 인터넷에 작품을 발표하였고, 수많은 동호인이 가담하는 등 한때 폭발적인 관심을 받기도 했다. 예컨대 '내게는 나의 창작이 있어我有我創作' 인터넷창작경연대회의 경우 2000년 11월 23일에서 2001년 1월 29일까지 단 두 달 동안 백여 편의 원고를 받았으며, 연인원 2만여 명이 작품을 검색했고 누리꾼의 투표수도 연인원 3천명에 달했다.[28] 또 그 과정에서 활자매체에 발표되는 작품에서도 인터넷의 특성과 결합하여 새로운 기법이 개발되기도 했다. 〈내 발 밑의 천국의 춤〉(쿤난)와 같은 하이퍼텍스트적 기법을 응용한 '하이퍼텍스트 소설裝置小說'의 등장이 그렇다.

그러나 시간이 흐르면서 그것도 여의치 않게 되었다. 인터넷문학은 글을 발표하는 한 방식일 뿐 문학 발전에 대한 영향은 크지 않았으며, 젊은 작가들의 독특한 스타일이 형성되기도 전에 인터넷문학의 열기가 점차 쇠퇴하고 있다. 이는 주로 인터넷이 가지고 있는 속성 탓이다. 독자의 호응이 빠르고 열광적이기는 하지만, 작가는 작품을 숙성시킬 여유가 없어서 즉흥적이고 짧고 간단한 쪽으로 흐르게 되고, 결과적으로 그들의 글은 일회용의 오락적 소비적인 것에 그치게 된다. 이에 따라 어느 정도 훈련이 되고 지명도를 얻게 된 작가들은 전통적인 방식으로 출판할 기회를 갖게 될 경우 인터넷 창작을 그만 두어 버렸다. 결과적으로 좋은 작가와 작품이 나올 가능성이 줄어들고, 이로 인해 독자들의 관심 역시 줄어들었으며, 결국 초기의 관심과 기대에 미치지 못하는 상황이 되어버렸다. 이 때문에 혹자는 '인터넷문학은 이미 생명이 끝난 셈

---

28) 迪志文化出版編輯部, 〈編者手記〉, 迪志文化出版編輯部編, 《香港網絡文學選集: 心情網絡》, (香港: 迪志文化出版有限公司, 2001.4)

이다'라고 말하기까지 한다.[29]

홍콩문학의 환경 악화는 문학 활동의 장에서만 일어나고 있는 것은 아니다. 홍콩의 특수한 사회적 환경 등으로 인해 우수한 작가의 배출이 점점 더 어려워지고 있다는 측면도 있다.

우선 언어적 환경이다. 잘 알려져 있다시피 홍콩은 중국어와 영어가 주요 언어이다. 그 동안 일상 언어에서는 중국어가, 행정 언어에서는 영어가 절대적 우세를 보이다가, 홍콩 반환 이후 중국어가 모든 면에서 주도어로 부상하기 시작했다. 말하자면 이중적인 언어 생활을 해온 셈이다. 하지만 실제로는 그 정도에 그치는 것이 아니라 훨씬 복잡한 문제가 존재하고 있다. 여기서 중국어라고는 하지만, 구두어에서는 절대적으로 광둥말이 사용되고 있고, 서면어에서는 표준어인 '국어'(또는 '보통화')와 광둥말이 각기 사용되거나 심지어 이런 것들이 서로 뒤섞인 가운데 일부 문언의 조사까지 가세한 이른바 '싼지디三及第'[30]가 사용되었다. 다시 말해서 일상적인 구두어와 문장상의 서면어가 심각하게 괴리되어 있다. 이 때문에 비록 언어를 도구로 한다고는 하지만 오늘날 거의 문장으로 창작이 이루어지고 있는 문학 상황에서 보자면, 이와 같은 홍콩의 특수한 언어적 여건은 문학의 기본적인 토대가 되는 쓰기 훈련에 결정적 장애가 되고 있는 것이다. 이보다는 상대적으로 덜 긴요한 일이기는 하지만 한편으로는 홍콩 반환 이후 '보통화'의 확산과 광둥말

---

29) 今何在,〈現在的所謂網路文學〉, 李蘊娜編,《第四屆香港文學節論稿滙編》, (香港: 香港藝術發展局, 2003), pp. 91-104 및 李蘊娜,〈第四屆香港文學節硏討會紀實〉, 李蘊娜編,《第四屆香港文學節論稿滙編》, (香港: 香港藝術發展局, 2003), pp. i -xi 참고. 중국 대륙의 상황도 상당히 유사한데, 이에 관해서는 이보경,〈인터넷과 매체 — 중국의 인터넷 문학에 관한 보고〉,《중국현대문학》제33호, 서울: 중국현대문학학회, 2005.6, pp. 301-325를 참고하기 바란다.
30) 향시 · 회시 · 전시의 세 차례 과거에서 모두 장원 급제를 했다는 말에서 유래된 용어라고 한다.

및 영어 사용의 상대적 축소는 언어상의 현실 표현력 감소 및 서구 문화 수용의 위축을 초래하게 되고, 결과적으로 홍콩문학 특유의 지역성과 세계성에 부정적인 요소로 작용하게 될 것이다.

도시적인 홍콩 사회의 특성에 따른 다양하고 깊이 있는 삶의 경험 부족 역시 우수한 작가의 배출과 우수한 작품의 탄생에 지장을 주고 있다. 주지하다시피 문학 창작에서는 직접적이든 간접적이든 다양한 삶의 경험이 필수적이다. 그런데 홍콩은 비교적 안정적인 사회이면서도 구성원 상호간의 경쟁이 치열한데다가 전체 생활환경 자체가 협소하다. 이리하여 대부분의 작가 또는 작가 후보군이 성장기에는 학교와 가정만 오간다든가 심지어 성인기에도 다양하고 절실한 사회적 체험을 할 기회가 많지 않다. 이에 따라 사회생활에 대한 인식이 부족하고 구체적인 홍콩 현실에 대해 별반 이해가 없거나 관심을 갖지 않는 경우가 많다. 그런데 문제는 이러한 직접적인 경험의 부족을 어느 정도 보완해줄 수 있는 간접적인 경험조차도 상당히 제한적이라는 것이다. 대학 신입생에게 독서 경험을 물어보면 이백李白·소동파蘇東坡 외에 진융·니쾅·이수·장샤오셴張小嫻 그리고 일부가 장아이링을 읽은 정도라고 하며, 번역소설은 거의 읽은 게 없는데 읽었다고 하더라도 무라카미 하루키 등일 뿐이라고 한다.[31] 물론 영상문화 인터넷문화의 보급에 따라 독서 경험이 현저하게 줄어들고 있다는 것은 불가피한 측면이 없지 않다. 그러나 이와 같은 현상은 문학의 차원에서 보자면 간접적이나마 다양한 삶의 경험이 가능한 한 통로가 막히고 있다는 뜻이자, 문학에 대한 기본적 소양을 쌓을 기회를 갖지 못하고 있다는 뜻이다.

결국 이 모든 것을 고려해 본다면, 홍콩의 문학 활동은 표면적으로는 상당히 활성화된 것처럼 보이지만, 이면적으로는 그 문학 환경이 갈수

---

31) 許子東, 《吶喊與流言》, (上海: 上海文藝出版社, 2004.10), p. 281 참고.

록 악화되고 있는 것으로 판단된다. 그리고 이 양자에는 홍콩 반환이 각각 일정한 영향을 주고 있다고 하겠다.

4. 순문학과 통속문학의 소통 및 칼럼산문의 저조

앞서 말했다시피 홍콩 반환이 가시화한 이래 홍콩문학은 홍콩성을 탐구하고 건설하는 역할을 해왔으며 홍콩 반환 이후 이러한 노력은 점차 내면화하고 있는 것으로 보인다. 이 점에 있어서는 순문학이든 통속문학이든 별반 다를 바가 없는 듯하다. 일반적으로 통속문학 작가로 알려져 있는 이수와 리비화의 작품인 〈언약諾言〉과 〈'월미각'의 만두'月媚閣的餃子〉에서도 홍콩, 도시, 젠더, 정치, 식민, 포스트식민 등의 문제와 관련된 복잡한 시각을 보여주고 있을 정도이다.

사실 홍콩의 순문학과 통속문학은 확연하게 대립하는 존재는 아니었다. 그 동안 홍콩의 순문학은 주로 홍콩의 도시성·국제성을 강조하면서 모더니즘·포스트식민주의·페미니즘 등 갖가지 형태의 서구 영향을 수용하며 홍콩의 특수성을 추구해왔다. 반면에 홍콩의 통속문학은 주로 통속성, 오락성을 내세우면서 영국의 영어문화 및 중국 대륙의 사대부 문화와 구별되는 홍콩의 특수성을 유지해왔다. 그러나 이 양자는 선택한 방식이 달랐을 뿐 실제로는 상호 영향을 주는 불가분한 관계를 유지해왔고, 가면 갈수록 점차 서로 접근하는 경향을 보이고 있기도 하다. 예컨대 일부 저명 산문가들이 잇따라 대중매체 통속 언론에 글을 게재하고 있는가 하면, 많은 순문학 작가들이 작품 내지 표현의 시장성에 주의하고 있다. 반면에 이수나 리비화 등 일부 통속작가는 그들의 작품에서 갈수록 정련된 표현, 빠른 리듬, 비약적 서술, 주어의 생략 등을 통하여 언어 층차(서사 시간) 면에서 많은 여백을 부여하고 있다.[32]

어쩌면 홍콩의 순문학과 통속문학 간의 상호 친연성은 홍콩문학이 중국대륙문학과는 다른 전통을 이어온 것과 관련이 있을 것이다. 쉬쯔 둥許子東은 이렇게 말한다. 중국의 현대문학은 계몽 구국의 사회 문학, 문인 전통의 자유주의 문학, 오락 통속의 유행문학, 모더니즘적 도시 감성 문학 등 크게 네 가지 흐름이 있다. 그 중 중국 대륙에서는 주로 앞의 두 가지가 서로 경쟁하며 발전해왔고, 홍콩에서는 주로 뒤의 두 가지가 상호 영향을 주며 이어져왔다.33) 이런 견해에서 보자면, 홍콩 반환 이후 홍콩의 통속문학과 순문학이 갈수록 상호 접근하고 있는 현상은 중국 대륙의 문학에 공동 대응하는 한 방식일 수도 있다. 다시 말해서 은연중에 중국대륙문학과의 상대적인 차별성을 강화해나가고 있을 수도 있는 것이다.

어쨌든 홍콩의 순문학과 통속문학은 이처럼 서로 보완적으로 존재하면서 홍콩의 정체성을 탐구하고 추구하는 데 있어서는 공동으로 노력해왔다. 이런 면에서 볼 때 홍콩의 칼럼산문은 순문학과 통속문학이 서로 소통하는 홍콩 특유의 장으로서 대단히 중요한 의의가 있다. 원래 홍콩의 칼럼산문은 정치평론이나 사회평론과 같은 정론칼럼과 대체로 신문의 문예 부간에 게재된 문예소품 이 양자의 영향을 받아 형성되었다. 초기에는 주로 연재소설의 인기에 힘입어 크게 성행하게 되었지만 나중에는 산문이 대부분을 차지하게 되었다. 전통적인 문학 기준에서 본다면 칼럼산문은 문예평론과 소품산문의 중간적인 존재라고 할 수 있다. 칼럼산문은 길이가 짧고 문장이 매끄러우면서 다루는 문제가 광범위한 데다가 사회적 상황과 밀접한 관계를 유지하고 있다. 하지만 바로 이런 성격 탓에 칼럼산문의 문학성에 대해서는 의견이 엇갈리고 있다. 그래서 한편에서는 적잖은 작품이 뛰어난 산문 작품으로 감상 또는 연구할

---

32) 이상 주로 許子東, 〈序〉, 許子東編, 《香港短篇小說選 1998-1999》, (香港: 三聯書店, 2001.11), pp. 1-11 참고.

33) 許子東, 《吶喊與流言》, (上海: 上海文藝出版社, 2004.10), p. 278 참고.

수 있다고 말한다.[34] 그런가 하면 다른 한편에서는 '패스트푸드문학', '인스턴트문학'이라고 평가하기도 한다.[35] 심지어는 문학작품으로 볼 수 없다고 보기도 한다.[36] 그러나 칼럼산문은 비록 집필자의 수준이나 태도에 따라 문학적인 성취가 각기 다르기는 하지만 우수한 작품이 적지 않다. 그 뿐만 아니라 주로 미감을 위주로 하는 문학지의 산문에 비해 상대적으로 비교적 현실과의 밀착성을 위주로 하는 신문 잡지의 산문의 주요 부분을 담당해왔다. 또한 독자와의 상호 접촉면에서 커다란 영향력을 발휘해온 홍콩 특유의 고급 독자와 일반 독자가 모두 즐기는 일종의 심미적이면서도 대중적인 문학 형태였다.

칼럼산문의 성황에 대해서는 일찍이 1982년에 황웨이량이 간략한 통계로 제시한 적이 있다. 당시 비교적 대표적인 13개 신문에는 매일 거의 400개의 칼럼이 게재되었는데, 그 중 90개는 소설이고 나머지는 각양각색의 칼럼산문이었다. 만일 홍콩의 55개 신문의 것을 모두 합한다면 매일 1000개의 칼럼에 500개의 칼럼산문이 게재되는 셈이며, 각종 잡지에 게재된 것까지 포함한다면 그 수를 헤아릴 수가 없을 정도였다고 한다.[37] 홍콩 반환 직후까지도 이러한 칼럼산문은 숫자상으로는 거의 변함이 없었던 것으로 보인다. "홍콩 신문에 매일 출판되는 칼럼은 천 개 이상인데, 이런 칼럼문장 중에서 가장 흡인력이 있고 영향력이 있는 것은 살상력이 있는 시평 — 일종의 문예성 정론이다."[38]라는 언급

---

34) 陳德錦,〈文學的專欄和專欄的文學 — 從文體角度略窺香港專欄的藝術特色〉, 臨時市政局公共圖書館編,《第二屆香港文學節硏討會講稿滙編》, (香港: 臨時市政局公共圖書館, 1998), p. 116.

35) 吳躍農,〈臺港海外十年散文印象〉,《中國現代當代文學硏究》, 北京: 中國人民大學書報資料中心 1989-6, p. 176.

36) 陳炳良編,《香港當代文學探硏》, (香港: 三聯書店, 1992), pp. 1-4.

37) 黃維樑,《香港文學初探》, (香港: 華漢文化出版社, 1985), pp. 2-34.

38) 璧華,〈過渡時期香港文學題材的演變〉, 臨時市政局公共圖書館編,《第二屆香港文學節硏討會講稿滙編》, (香港: 臨時市政局公共圖書館, 1998), p. 195.

이나, "매일 발행되는 중문신문이 40부 정도고 각 신문마다 칼럼이 평균 20개라면 홍콩 독자가 매일 읽을 수 있는 칼럼의 수는 800개에 달할 것이다."[39]라는 추정이 이를 잘 나타낸다. 그렇지만 실제로는 사정이 상당히 달라진 것으로 보인다. 산문 다원화의 추세 속에서 문학 산문이 그 이전에 이미 비주류 산문으로 바뀐 것은 그렇다 치자. 칼럼산문의 성행이 여전하다고는 하지만 보고문학, 문화평론 등이 급속도로 발전하기 시작하여, 양적인 측면에서 칼럼산문 및 다양한 유형의 논픽션과 제로섬 게임을 형성하면서 출판계의 주류를 유지하고 있었다.[40] 특히 무엇보다도 결정적인 것은 홍콩 반환 전후부터 신문의 칼럼문장에서 문학적 성격의 문장이 현저하게 줄어들었다는 점이다. 내가 조사해 본 바로는 홍콩의 비교적 대표적인 11개 신문의 2006년 1월 21일자 지면에는 예상보다 적은 수인 모두 160개의 칼럼산문이 실렸는데, 특히 그 중에서 문예성을 띤 칼럼산문은 20%가 채 되지 않았다.[41] 요컨대 칼럼산문의 퇴조가 뚜렷해지고 있는 것이다.

칼럼산문의 퇴조는 무엇보다도 영상문화와 인터넷문화의 성행에 따라 신문의 독자수가 갈수록 줄어들게 된 것과 관계가 있을 것이다. 즉, 신문은 자신의 생존을 위해 시각적 기능을 강화하지 않을 수 없었고, 그 방법으로 지면의 많은 부분을 사진이나 그림으로 채우는 한편 활자의 크기를 확대하게 되었으며, 이로 인해 자연히 신문에 게재되는 전체 문장의 양이 줄어들게 된 것이다. 후자의 비율이 더욱 크게 줄어들게

---

39) 蔡敦祺主編, 《一九九七年香港文學年鑑》, (香港: 香港文學年鑑學會出版, 1999.3), p. 755.
40) 陳德錦, 〈千禧年香港期刊散文綜論〉, 陶然主編, 《香港文學》第219期, 香港: 香港文學出版社, 2003.3, pp. 66-76 참고.
41) 각 신문별 칼럼산문의 수는 《明報》 25, 《成報》 8, 《新報》 10, 《信報》 28, 《大公報》 14, 《文匯園》 12, 《太陽報》 7, 《星島日報》 15, 《频果日報》 12, 《東方日報》 14, 《香港經濟日報》 15였다.

된 것은 특히 다음 두 가지 이유가 크게 작용한 것으로 보인다. 첫째, 홍콩 반환 문제로 인해 촉발된 홍콩인의 사회 변동에 대한 관심이 그 이후에도 지속되어 흡인력이 강한 시사성 문제를 선호하게 되었다. 둘째, 현대적 대도시 홍콩의 사회적 환경에서 기인하는바 홍콩인들이 비교적 호기심을 자극하는 가십성 이야기를 좋아함으로써 이에 비해 상대적으로 자극성이 적은 문학적 성격의 문장에 대해서는 덜 관심을 보이게 되었다. 예컨대 2006년 1월 20일자 《빈과일보蘋果日報》의 경우, 총면수 116면 중에서 문학성을 띤 면은 겨우 《빈과부간蘋果副刊》 1면에 불과할 정도였다. 결국 다음과 같은 말이 과언은 아닌 셈이다.

> 신문 부간의 내용이 비교적 단일하면서 정치화하고 있으며, 소수만이 문학적 성격을 지니고 있을 뿐 90% 이상은 모두 정론적 잡문이거나 뉴스의 연장 내지 보충이 되었다. 특히 2003년 초 이라크 전쟁 시기와 사스가 유행하던 시기에는 홍콩의 신문 종합성 부간은 거의 모두 이런 제재 일색이었고 논의도 거의 비슷했다. 이런 의미에서 최근의 대부분 신문 칼럼은 무미 건조해져버려 문학적 색채는 논할 필요도 없게 되었다.[42]

이상에서 살펴 본 바를 정리하자면 이렇게 말할 수 있을 것이다. 홍콩 반환 이후 홍콩의 통속문학과 순문학의 상호 접근은 외형적으로도 더욱 분명해졌다. 이는 홍콩문학이 은연중에 중국대륙문학과의 상대적인 차별성을 강화해나가고 있는 것으로 볼 수 있다. 다만 그 한편에서는 여러 가지 사회적 환경의 변화 탓에 순문학과 통속문학이 서로 소통하는 홍콩문학 특유의 칼럼산문이 퇴조하고 있다. 이는 홍콩문학의 독자성 유지에 부정적으로 작용할 가능성이 있다.

---

42) 東瑞, 〈香港文學書籍和市場需求〉, 《作家月刊》(香港) 第25期, 2004.7, pp. 18-24.

5. 홍콩문학의 지위 제고와 지역문학으로의 위축에 대한 우려

홍콩 반환의 문제가 표면화하자 중국 대륙에서는 홍콩에 대한 인식을 강화할 필요가 대두되었다. 그 연장선상에서 홍콩문학에 대한 소개와 연구 역시 점차 증가하기 시작했다. 홍콩 자체에서도 이 점은 마찬가지였다. 홍콩문학에 대한 새삼스러운 관심과 더불어 홍콩문학의 의의를 탐구하고 홍콩문학 작품의 가치를 논하는 많은 적극적인 실천이 이루어지기 시작했다. 그리고 작품의 창작면에서도 이러한 실천의 직간접적인 영향이 나타나기 시작했다. 홍콩 및 중국 대륙의 이와 같은 시도와 노력은 많은 구체적인 성과를 낳았다. 홍콩 반환을 전후하여 다수의 홍콩문학사가 편찬되었고, 다양한 이론서, 자료서 및 작품집이 출간되었다. 오랜 기간에 걸친 이러한 시도와 노력의 가장 중요한 한 가지 결과는 홍콩문학의 의의와 성취가 인정되도록 만들었다는 점이다. 다시 말해서, 비록 각론에서는 견해차가 없는 것은 아니지만, 홍콩문학이 중국문학이라는 큰 범주 하에서 자신 만의 특성으로 중국대륙문학이나 타이완문학과 구별되는 독자적인 위치를 점하고 있으며, 그 문학적 성취면에서도 상당한 수준에 이르렀음을 모두가 인정하게 된 것이다.

홍콩문학의 지위가 어느 정도로 제고되었는지에 대해서는 홍콩 반환 이후 잇따라 개최된 일련의 학술대회를 살펴보면 충분히 알 수 있다. 1998년 '진융의 해'라고 불릴 정도로 잦았던 진융에 관한 전후 5차례의 토론회, 1999년 4월 홍콩문학국제토론회香港文學國際研討會, 1999년 9월 홍콩전기문학학술토론회香港傳記文學學術研討會, 1999년 12월 홍콩 1980년대 문학현상 토론회, 2000년 10월 위광중과 사틴문학 국제토론회余光中暨沙田文學國際研討會, 2000년 12월 홍콩산문시토론회 … 등. 이와 같은 다양하고도 심도 있는 학술대회는 홍콩문학의 의의와 성취에 대한 커다란 관심이자 충분한 긍정이라고 할 수 있다. 더구나 이러한 홍콩문학의 지위 제고는 홍콩과 중국 대륙에서만 이루어진 것은 아니었다. 2003년 프랑스에서는 '홍콩문학과 그 특이성' 학술회("Hong Kong et l'expérience de l'altérité," Villa Gillet, Lyon)가 개최되었고,[43] 2004년 한국에서는 '동아문화 속의 대만·홍콩문화와 한국' 학술회(동아현대중문문학국제학회, 서울)가 있었다. 또《홍콩콜라주: 홍콩 당대소설과 산문(Hong Kong Collage: Contemporary Stories and Writing)》(1998),《마음의 소리: 홍콩문학의 포스트식민주의와 정체성(Voices in the heart: postcolonialism and identity in Hong Kong literature)》(2003) 등이 출판된 영어권은 물론이고, 프랑스에서는《나 같은 여자像我這樣的一個女子》(1997),《섬과 대륙島和大陸》(2001),《교차對倒》(2003),《종과 용 — 홍콩 당대소설선집鐘與龍—香港當代小說選集》(2004) 등의 프랑스어 번역본이 출간되었다.[44] 또 한국에서도《사람을 찾습니다尋人啓事》를 시작으로 하여 여러 작품이 속속 출간되었다.[45] 이러한 것들은 이제 홍콩문학이 국제적으로도 그 의의를 인정받고 있음을 보여주는 것으로서, 1980년대에 잠시 일었던 소위 '사막론'과 비교해보자면 그야 말로 격세지감을 느끼지 않을 수 없었다.

물론 홍콩문학 지위의 상승이 문학계와 학술계에만 국한되는 것은 아니었다. 예컨대 홍콩 중등학교 교과 과정의 변화는 이 점을 확연히 보여준다. 1990년대 초에는 중등학교 중국어문 과정에 처음으로 홍콩 작가의 작품 4편이 포함되었다. 홍콩 반환 이후에 이르면 중등학교 중국어문 과정에 포함된 홍콩문학 작품의 수가 놀라울 정도가 되었다.

---

43) 甘寧,〈'香港文學和她的特異性'研討會在法國裏昂擧行〉,《香江文壇》第25期, 香港: 香江文壇有限公司, 2004.1, pp. 56-57 참고.
44) 安妮·居裏安,〈鍾與龍 — 香港當代小說〉, 陶然主編,《香港文學》第232期, 香港: 香港文學出版社, 2004.4, pp. 28-32 참고. 괄호 속 연도는 프랑스어판 출간 연도.
45) 자세한 것은 이 책 참고문헌을 참고하기 바란다.

2001년 홍콩과정발전의회에서 발표한 중등학교 중국어문 새 교과과정에 따르면, 교과서 편찬용이나 교사 강의용으로 추천된 600편의 문학작품 중에는 홍콩작가의 작품 60여 편이 포함되어 있다. 또 실제로 2002년에 출판된 새 교과서에는 적잖은 홍콩작가의 작품이 다루어졌다.[46] 비록 이들 작품이 과연 홍콩문학을 대표할 수 있는가 라든가 또는 중등학교 어문 교육에 적합한가에 대해서는 이견이 있을 수 있겠지만 이는 분명히 홍콩문학의 지위가 제고되었음을 보여주는 것이었다.

그러나 홍콩문학의 지위가 이처럼 제고되기는 했지만 홍콩 반환 이후 홍콩문학의 지위와 관련하여 낙관적인 요소만 있는 것은 아니었다. 일부 학자들은 홍콩 반환 후 중국 대륙과의 관계 강화로 인해 홍콩문학이 홍콩이라는 좁은 지역을 벗어나서 중국 대륙으로까지 그 영향력을 크게 확산시켜 나갈 것으로 예상했다. 그런데 적어도 지금까지는 이러한 희망적 관측이 현실화된 것 같지는 않다. 홍콩문학의 중국 대륙 진출은 중국 대륙에서의 일부 작품의 판매 호조, 중국 대륙작가의 홍콩문학 모방 등에서 일정 부분 그 성과가 나타나고 있기는 하다. 하지만 애초에 기대했던 바에는 미치지 못하는 것으로 보인다. 이에는 여러 가지 이유가 있을 것이다. 중국 대륙 독자의 입장에서 보자면 홍콩문학이 종래 중국대륙문학과는 다른 성향의 것이라는 점에서 다소간의 호기심을 자극할 수는 있었을 것이다. 그러나 근본적으로는 사회적 환경이나 문학적 습관 등에서 그들이 처한 삶의 조건이 다르기 때문에 홍콩문학을 충분히 이해하고 즐길 수 있는 상황은 아니었을 것이다. 또 유통의 측면에서 볼 때도 원래부터 홍콩의 책값이 비싼데다가 홍콩에서 중국 대륙으로 수입되는 서적에는 관세가 붙기 때문에 홍콩의 책이 중국 대륙

---

46) 黃維樑, 〈十多年來香港文學地位的提升〉, 《香江文壇》 第11期, 香港: 香江文壇有限公司, 2002.11, pp. 15-16 참고.

에서 소화되기는 쉽지 않을 것이다. 다른 한편으로 홍콩문학 작품을 중국 대륙에서 재출판하는 방식은 판매의 불확실성은 물론이고 판권 섭외라든가 작품 선별을 담당할 전문가가 결여되어 있는 등 여러 가지 면에서 불편한 여건에 있는 중국 대륙 출판사로서는 그다지 썩 적극적이지는 않을 가능성이 많은 것이다.[47]

그 반면에 상대적으로 보아 중국대륙문학 및 문학관의 홍콩 진출은 제법 활발히 이루어지고 있는 것으로 보인다. 《장한가長恨歌》(왕안이王安憶)의 유행이라든가 중국 대륙쪽 학자나 문학가의 빈번한 홍콩행이 이 점을 잘 보여준다. 그런데 이는 의식적이든 아니든 간에 일종의 홍콩문학에 대한 중국 대륙쪽 관점의 공세가 진행되고 있는 것이라고 볼 수 있으며, 장기적으로 볼 때는 홍콩문학에 변화를 가져올 수 있는 잠재적 요인이라고 할 수 있다. 다시 말해서 홍콩과는 다를 수밖에 없는 중국 대륙쪽 학술 관점의 지속적인 전파, 홍콩내 중국 대륙계 문학단체 및 작가의 꾸준한 활동, 중국 대륙의 문학작품 특히 가독성과 문학적 의의를 겸비한 작품의 유행 등은 홍콩문학 특유의 문학관과 스타일에 일정한 영향을 주지 않을 수 없는 것이다. 무엇보다도 홍콩문학에 대한 중국 대륙의 시각은 특히 주의할 만한 부분이 아닐 수 없다. 홍콩문학의 독자성은 인정하되 궁극적으로 홍콩문학은 중국문학의 정통성을 이어받은 중국 대륙의 문학과 통합되어야 한다는 인식을 바탕에 깔고 있기 때문이다. 더 나아가서 이런 것들은 당연하게도 홍콩 사회 전체에 대한 중국 대륙의 영향과 결합하게 될 것이므로 결국 홍콩문학의 독자성에 대한 커다란 잠재적 위협이 될 수밖에 없는 것이다.

좀 더 즉각적인 사회적 측면에서 볼 때 홍콩 반환 이후 홍콩 사회 전

---

47) 이런 점들은 홍콩 관련 서적이나 홍콩문학 작품집의 출판이 주로 홍콩과 지리적으로 가까운 중국 대륙의 동남 해안 지역을 중심으로 이루어지고 있는 데서도 짐작할 수 있다.

반에 중국 대륙의 시스템이 일부 적용되기 시작함으로써 홍콩 사회는 단기적으로는 결정적 변화가 없다 하더라도 장기적으로는 점진적 변화가 진행 중이라고 할 수 있다. 이런 차원에서 홍콩문학에도 일정한 변화가 일어나고 있는 것으로 보인다. 예를 들면 문단의 자기 통제 확산 가능성이 그러하다. 이미 홍콩 반환을 전후한 시기에 일부 신문이 칼럼 작가의 정치적 성향 고려한다든가 일부 문학 간행물이 자발적으로 민감한 원고를 회피하거나 민감한 표현을 삭제한 적이 있다.[48] 그런데 바로 이와 같은 현상이 홍콩 반환 이후에는 더욱 확산될 가능성이 없지 않고, 그 우려는 어느 정도 현실화되고 있는 듯하다. 실제로 "대륙의 작가들이 언론 자유의 한계에 도전하고 있을 때, 홍콩 현지의 출판인은 스스로 철병을 하면서 자신을 속박하고 있다. 비록 아부는 아니지만 눈밖에 벗어나지 않으려는 행위이다."[49]라며 출판계의 소극성을 질타하는 언급이 나오고 있는 형편이다.

홍콩 반환 이후 홍콩문학의 미래를 낙관할 수 없게 만드는 요소 중에는 홍콩·문단의 내부적인 요소도 없지 않다. 그 중 한 가지가 작가의 도전성이나 적극성의 부족이다. 홍콩의 여건상 우수한 작가의 배출이 쉽지 않다는 점은 앞에서 거론한 바 있다. 그런데 그 뿐만이 아니다. 현재 활동 중인 작가들이 자신들의 역량을 충분히 발휘하고 있는가 하는 점에서 회의적인 시각이 없지 않다. 홍콩문학에 좋은 이야기가 많지 않은

---

48) 古遠淸, 〈'96-'97年的香港文學批評〉, 《中國現代當代文學硏究》, 北京: 中國人民大學書報資料中心 1999-1, pp. 221-224. 참고. 또 《홍콩단편소설선 1990-1993》을 펴낸 리하이화黎海華는, 홍콩 반환과 관련한 우려를 담은 황비윈의 〈두 도시의 달雙城月〉은 작가의 개인적 이유와 모종의 원인으로 제외했으며, 중국의 개혁개방과 관련한 문제를 다룬 위페이余非의 〈그 우거진 관목 수풀那一叢叢的灌木林〉은 말로 설명할 수 없는 객관적 이유 탓에 제외함으로써 이 소설선의 맥락과 동떨어진 〈어느 겨울 여행자一個冬季裏的旅行者〉를 게재하게 되었다는 요지의 언급을 하고 있기도 하다. 黎海華, 〈序〉, 黎海華編, 《香港短篇小說選 1990-1993》, (香港: 三聯書店, 1994.8) 참고.
49) 彭志銘, 〈奔向死亡的香港書業〉, 《作家月刊》(香港) 第33期, 2005.3, pp. 6-7.

이유는 작가들이 좋은 이야기를 만들어낼 수 있는 사회적 경험이 부족한 것도 있지만 그러한 것들을 발굴하고 가공해내려는 의지와 노력이 부족하다는 평가가 있다. 또 홍콩에는 사회적으로도 의미가 있고 독자들의 호응도 받을 수 있는 홍콩 반환, 아시아의 금융위기, 홍콩 거주권 문제, 사스 등 수많은 사회적 대사건이 발생했음에도 불구하고 대부분의 작가들은 자기 자신 들여다보기에만 열중하는 소극적 태도를 보이고 있다는 비판도 있다.[50] 작가들의 노력 부족과 적극성 결여가 우수한 작품을 낳지 못하는 원인으로 작용함과 동시에 작품 속에서 읽을 만한 이야기가 사라지게 만듦으로써 독자를 상실하게 되는 한 요인이 되고 있다는 것이다. 다시 말하자면 작가들 자신에게도 홍콩문학의 환경을 악화시키는 데 일정한 책임이 있는 것이다.

이상의 점들을 종합해볼 때 홍콩문학은 그 자신이 지닌 독자성을 바탕으로 중국대륙문학과 병칭될 수 있을 만큼 그 지위를 인정받게 되었다고 할 수 있다. 그러나 다른 한편으로는 홍콩 반환으로 인하여 장차 자칫하면 중국문학 내 어느 한 지역문학으로 추락하게 될 우려가 없지 않다고 할 수 있다.

6. 일시적 요동, 일상의 회복, 변화의 잠재

홍콩 반환 이후의 홍콩문학에 대해서 일반적으로 중국 대륙 쪽에서는 대체로 자신의 독자성을 유지하면서 더욱 발전해나갈 것이라고 보았다. 반면에 홍콩 쪽에서는 대체로 비관적인 반응을 보였다. 이에 대해 나 자신은 이렇게 예상한 바 있다.[51] 상당 기간 홍콩문학이 결정적으로

---

50) 紀馥華, 〈如何擺脫當前文學的困境〉, 臨時市政局公共圖書館編, 《第三屆香港文學硏討會講稿彙編》, (香港: 臨時市政局公共圖書館, 1999.11), pp. 86-99.
51) 이하 홍콩문학에 대한 예상과 독자성에 관한 것은 이 책 〈제1장 홍콩문학의 독자성과

변하지는 않겠지만 부분적으로는 일정한 변화가 있을 것이다. 중국적 문화(문학) 전통의 계승은 좀 더 적극적이 될 것이다. 그 대신 서방문화(서방문학)에 대한 수용은 약간 줄어들 것이다. 다른 한편으로 중국인 및 화인 네트워크의 한 중심점으로서 홍콩의 역할은 더욱더 증대될 것이다. 이와 더불어 중국문학 내에서 홍콩문학의 지위 역시 더욱 제고될 가능성이 크다. 만일 중국 대륙의 거대한 독자층의 호응을 받을 수 있다면 그 영향력은 더욱 더 커질 것이다.

그 동안 홍콩문학에 여러 가지 변화가 있었던 것만큼은 틀림없다. 하지만 그럼에도 불구하고 아직까지는 홍콩문학에 근본적인 변화가 있는 것 같지는 않다. 홍콩문학은 여전히 특정 이데올로기나 문학 관념이 지배하지 않는 다양성, 상업적 논리가 강하게 작용하는 상업성, 작가의 이동이 대규모적이고 빈번한 유동성, 중국문학과 세계문학이 상호 소통하는 교통성, 중국대륙문학과 타이완문학 및 세계 각지의 화인화문문학을 연결하는 중계성, 현대적 대도시에 바탕한 소재와 사고와 감각을 표현하는 도시성, 칼럼산문이나 무협소설과 같은 분야가 성행하는 대중성 등을 유지하고 있다고 판단되는 것이다.[52]

이 점은 상술한 바에서도 어느 정도 드러난 것으로 생각된다. 그 중 한 가지인 중계성만 살펴보자. 인적 문화적 네트워크로서의 중국의 문학에서 홍콩문학의 그물 벼리적 지위는 대단히 주목할 부분이다. 그런데 바로 이러한 지위가 아직까지는 큰 변화가 없는 것으로 보인다. 그 대표적인 예가 《홍콩문학》이다. 《홍콩문학》은 홍콩 반환 이후에도 여전히 '홍콩에 바탕을 두되 해내외를 겸하면서, 유파는 불문하지만 작품의 질을 추구한다'는 창간 취지에 걸맞은 노력을 보여주고 있다. 구체적으

범주〉를 참고하기 바란다.
52) 이 책 〈제1장 홍콩문학의 독자성과 범주〉를 참고하기 바란다.

로 예를 한 가지 들어보자. 2000.9-2005.9 사이에《홍콩문학》에 게재되었던 작품을 선별하여 펴낸 총 8권의 홍콩문학선집시리즈에는, 262 작가의 393 작품이 실려 있다. 이를 거주지 기준으로 보았을 때 홍콩작가와 세계 각 지역의 중국인 및 화인작가의 작품이 거의 반반을 차지하고 있다. 그 뿐만 아니라, 홍콩 122 외에 중국 대륙 54, 타이완 21, 싱가포르 11, 말레이시아 5, 인도네시아 4, 태국 1, 호주 1, 미국 18, 캐나다 7, 유럽 16, 일본 2 등으로 세계 각지에 고루 걸쳐있다. 이처럼《홍콩문학》은 창간 취지 그대로 홍콩적인 특색을 유지하면서 홍콩과 대륙, 타이완의 작품 및 세계 각지에 산재한 '화인화문문학華人華文文學'[53] 작품을 수용함으로써 중국문학 및 '화인화문문학'의 창구와 교량 역할을 충분히 해내고 있다. 다른 한 가지 예를 더 든다면 1989년 6·4 민주화운동(천안문사건)으로 인해 중국 대륙을 떠난 류자이푸劉再復, 베이다오北島 등과 같은 인사들이 지금도 여전히 중간지로서 홍콩을 자주 방문하거나 정착하여 여러 가지 활동을 하고 있다는 점이다. 베이다오의 경우, 2003년 한 차례 중국 대륙 방문이 허락된 적도 있지만 2005년 5월 말 한국 방문 직후에 희망한 중국 대륙 방문은 거부되었다. 그런데 그 얼마 후인 2005년 11월말에 홍콩을 방문하여 홍콩중원대학, 홍콩대학, 상우인서관商務印書館 등에서 각각 강연을 행한 바 있고, 2007년 홍콩중원대학에 부임하면서 마침내 홍콩에 정착하게 되었다.[54] 이와 같은《홍콩

---

53) 화인華人은 통상적으로 한족漢族(및 만주족처럼 사실상 한족에 동화되었거나 한족 문화와 일체성을 가지고 있는 일부 사람) 중에서도 특히 중국(대륙, 타이완, 홍콩, 마카오) 외 지역에서 장기간 생활하고 있는 사람을 일컫는다. '화인문학華人文學'이란 이런 화인의 문학을 말하며, '화인화문문학'이란 화인문학 중에서도 화문華文(중국어)을 사용한 문학을 말한다. 따라서 '화인화문문학'은 비록 화문을 사용하고 있지만 중국문학에 포함되지 않는다. 참고로 화교華僑란 화인 중에서도 중국 국적을 유지하고 있는 사람을 일컫는다.

54) 그 이후 2011년과 2014년에 각각 중국 방문이 이루어졌다고 한다.

문학》이나 베이다오 등의 사례에서 보듯이, 홍콩문학은 홍콩 반환 이후에도 여전히 중계성이라는 독자성을 그대로 유지하고 있는 것이다.[55]

이상에서 고찰한 바를 종합해 볼 때, 홍콩 반환으로 인해 홍콩문학은 일시적 요동도 있었고 부분적 변화도 있었지만 적어도 지금까지는 근본적이고 결정적인 변화는 없었다고 하겠다. 다만 장기적인 관점에서 본다면 홍콩 반환은 영상문화 및 인터넷문화의 일반화와 더불어 홍콩문학에 대해 지속적이면서도 심대한 영향을 주고 있으며, 이에 따라 홍콩문학의 변화 역시 시간이 흐를수록 더욱 뚜렷해질 것으로 생각된다. 아마도 이 점에 대해서는 중국 대륙 쪽이든 홍콩 쪽이든 이견이 없을 것이다. 다만 홍콩문학이 중국문학 내에서 차지하는 지위 문제는 대단히 유동적이다. 만일 홍콩이 앞으로도 계속 현재의 사회 시스템을 유지해나가면서 적극적으로 스스로의 정체성에 대한 탐구와 추구를 해나간다면, 그들의 희망대로 홍콩문학은 전과 다름없이 중국문학의 한 갈래이면서도 중국대륙문학과는 구별되는 길을 갈 수 있을 것이다. 그러나 만일 중국 대륙쪽의 끊임없는 직간접적인 공략 및 갈수록 악화되는 문학 환경에 순응하여 소극적인 자세로 대처하게 된다면, 아마도 홍콩문학의 독자성을 인정하는 듯하면서도 실은 지류로서의 홍콩문학이 본류로서의 중국대륙문학에 합류하기를 바라고 있는 사람들의 요구대로 되고 말 것이다.

---

55) 다만 그렇다고 해서 앞으로 해외 이주 홍콩작가 및 해외 화인 작가와의 관계가 점차 축소될 가능성이 전혀 없다는 것은 아니다. 중국 대륙이 갈수록 유연한 태도를 보임에 따라, 중국 대륙과 직접적으로 교류하는 경우가 갈수록 늘어나고 홍콩을 경유하는 경우는 상대적으로 줄어들 가능성이 없지 않은 것이다. 그렇지만 단기적으로 볼 때는 이것이 곧바로 현실화될 것 같지는 않다.

제4장 홍콩 칼럼산문의 상황과 미래

1. 홍콩 칼럼산문의 개념과 그에 대한 관심

홍콩 신문의 문예면 판짜기는 독특하다. 전체 판이 고정되어 있는 가운데, 테두리가 있기도 하고 없기도 한 수많은 규칙적인 또는 불규칙적인 난이 있다. 그 각각의 난에는 지정된 작가(작가들)가 매일 또는 일정한 시간적 간격을 두고 수백 자에서 천 수백 자의 글을 고정적으로 발표한다. 즉 문예면 전체로 보면 마치 군웅이 할거하듯이 많은 작가가 일정한 공간을 차지하고 규칙적으로 글을 발표하는 것이다. 이것이 바로 이른바 칼럼문학이다.

홍콩신문의 문예면(칼럼문학)

홍콩의 칼럼문학은 1930-40년대부터 생겨나기 시작해서 1970-80년대에 이르면 신문 판매와 광고 유치에 영향을 줄 정도로 성장했다. 장르면에서 보자면 시·소설·산문 … 등 다양한 것들을 포괄하고 있다. 다만 상대적으로 앞선 시기에는 소설의 연재가 강세였다.[1] 무협소설·애정소설 등 이른바 통속문학에 속하는 것은 물론이고,《술꾼》(류이창),《절 안》(류이창),《나의 도시》(시시),《철새》(시시)를 비롯해서 이른바 순문학에 속하는 것들도 게재되었다. 그러다가 차츰 소설보다는 시평雜文·잡론雜論·잡감雜感·잡독雜讀·단평短評·독서필기札記·수필隨筆·소품小品·미문美文 등을 두루 포함하는 산문이 강세를 보이기 시작했다. 특히 지금은 그 중에서도 시평이 우위를 점하고 있다.[2] 칼럼문학은 이처럼 다양한 형태를 포괄하고 있는데다가 근래에 와서는 분명하게 정의하기가 쉽지 않은 시평이 주도하고 있기 때문에 이를 지칭하는 용어도 상당히 많다. 즉, 단순히 칼럼專欄/方塊/框框·신문칼럼報紙專欄/報章專欄·부간 칼럼副刊專欄이라고 하는 말에서부터, 칼럼문장專欄小文/專欄文字/專欄文章/方塊文章·칼럼문학框框文學/塊塊框框文學이나 칼럼산문專欄雜文/框框雜文/散文專欄이라는 말은 물론이고, 심지어는 '신문꽁다리報屁股'·'두부모豆腐乾'라는 속칭까지 있을 정도다.[3]

---

1) 1952년 겨울에 홍콩으로 이주한 탕런의 말에 따르면, 당시에는 신문의 입장이나 기풍이 어떻든 간에 또는 조간이든 석간이든 간에 전혀 예외 없이 소설 연재를 중시했으며, 적으면 3,4편이요 많으면 1,20편을 매일 동시에 연재했다고 한다. 秦瘦鷗,〈記唐人〉,《中國現代當代文學研究》, 北京: 中國人民大學書報資料中心 1981-24, p. 96 참고.

2) 천이페이岑逸飛가 조사한 바에 따르면, 1970년 4월 30일자《화교일보華僑日報》의 '화교촌華僑村' 면에는 문예소설이 4개, 통속소설이 5개, 산문이 5개, 그리고 만화가 1개였다고 한다. 그런데 황웨이량이 1982년에 조사한 바에 따르면, 13개 신문 부간 고정난의 약 1/4은 소설연재였고 나머지 약 3/4은 각양각색의 칼럼산문이었다고 한다. 이와 관련한 좀 더 상세한 사항은 뒤에서 다시 다루겠다. 岑逸飛,〈五十年來香港報紙副刊的專欄〉, 市政局公共圖書館編,《第一屆香港文學節研討會講稿滙編》, (香港: 市政局公共圖書館, 1997), pp. 96-110 및 黃維樑,《香港文學初探》, (香港: 華漢文化出版社, 1985), pp. 2-34. 참고.

칼럼문학이 평론가 내지 연구자의 주목을 받게 된 것은 아마도 1970년대에 들어 그것이 홍콩문학에서 특출한 위치를 점하기 시작하면서부터인 듯하다. 당시 칼럼문학은 문학잡지나 문학서적에 발표되는 작품보다도 더 성행하고 호응 받게 되었기 때문이다. 칼럼문학 중에서도 칼럼산문에 대한 관심은 애초 칼럼산문이 과연 문학이냐 아니냐 하는 것에 대한 논쟁으로 표현되었다.[4] 칼럼산문은 일반적으로 길이가 짧고 문장이 매끄러우면서 다루는 문제가 광범위한데다가 사회적 상황과 광범위하고도 일상적인 관계를 유지하고 있다. 하지만 바로 이런 성격 탓에 다른 한편으로는 '보고 나면 바로 잊어버리는卽讀卽忘' 또는 '한 번 쓰고 버리는卽用卽棄' 일회성의 글로 간주되어 '패스트푸드문학快餐文學', '인스턴트문학卽棄文學'이라고 평가되기도 한다.[5] 심지어는 '치통문학牙痛文學', '배꼽문학肚臍眼文學'이라고 비하하면서 아예 문학작품으로 볼 수 없다는 견해가 제시되기도 했던 것이다.[6] 그러나 시간이 흐르면서 칼럼산문은 기본적으로 문학의 일종일 뿐만 아니라 그 중에는 우수한 작품도 적지 않다는 것이 인정되었다. 그리고 전체적으로 그 예술적 수준을 어느 정

---

3) 이 책에서는 칼럼문학이라는 대 범주 아래에 칼럼소설·칼럼산문·칼럼시 … 등이 있다고 간주한다. 물론 칼럼산문도 꼭 구분하자면 다시 여러 개의 하위범주로 나눌 수 있을 것이다. 다만 관점에 따라 범주 구분이 다양하고 또 각 범주마다 그 경계가 모호한 점이 없지 않다. 게다가 칼럼산문의 절대 다수는 단평과 수필의 중간적인 존재라고 할 수 있다. 이에 따라 칼럼산문을 더 이상 세분하지는 않는다.

4) 1988년 5월경에도 한 차례 논쟁이 있었는데, 칼럼산문을 비판하는 사람들은 이런 것은 근본적으로 문학이 아니라고 했으며, 이에 대해 황웨이량은 비록 여러 가지 부족한 점은 있지만 홍콩문학에서 가장 중요한 장르라며 반박했다. 黃維樑, 〈香港專欄通論〉, 盧瑋鑾編, 《不老的繆思: 中國現當代散文理論》, (香港: 天地圖書, 1993), pp. 174-179 참고.

5) 예컨대, 施建偉/應宇力/汪義生, 《香港文學簡史》, (上海: 同濟大學出版社, 1999), p. 146에서는 "이는 전형적인 홍콩식 '패스트푸드 문화'다"라고 말하고 있다.

6) 阿濃, 〈香港散文的香港特色〉, 盧瑋鑾編, 《不老的繆思: 中國現當代散文理論》, (香港: 天地圖書, 1993), pp. 183-191 참고.

도까지 인정할 수 있느냐 하는 쪽으로 나아갔다. '좋은 문학好文學' 여부에 관한 논란이라든가, 칼럼산문의 문학적 수준의 제고를 위한 제언들이 쏟아져 나온 것들이 그러했다.[7]

이처럼 칼럼산문에 대해 홍콩 문단의 관심이 제고되거나 또는 칼럼산문에 관련된 주요 관심사가 바뀌게 된 데는 홍콩 문단 자체의 내부적인 요인만 있었던 것은 아니다. 이는 1980년대 초 이래 홍콩의 1997년 반환 문제가 표면화한 이후 홍콩에 대한 관심이 제고된 것과도 관련이 있다. 중국 대륙에서는 홍콩에 대한 인식을 강화할 필요가 대두되었고, 그 연장선상에서 홍콩문학에 대한 소개와 연구 역시 점차 증가하기 시작했다. 홍콩 자체에서도 이 점은 마찬가지여서 홍콩문학에 대한 새삼스러운 관심과 더불어 홍콩문학의 의의를 탐구하고 홍콩문학 작품의 가치를 논하는 많은 적극적인 실천이 이루어지기 시작했다. 이 과정에서 중국 대륙이나 타이완의 문학과 구별되는 홍콩만의 독특한 현상인 칼럼산문 또는 더 나아가서 칼럼문학을 중시하게 되었던 것이다. 예컨대, 1980년대 전반 황웨이량이 홍콩문학의 독자성을 강조하는 과정에서 홍콩 칼럼산문에 관해 발표한 일련의 작업들이 비교적 이와 같은 움직임을 잘 대표하고 있다.

여기서는 이상과 같은 점들을 고려하면서 홍콩 칼럼문학을 주도하고 있는 칼럼산문의 특징과 현황을 살펴보고, 그 미래에 대해 전망해보고자 한다. 물론 이 과정에서 필요하다면 홍콩 칼럼문학의 변천 상황을 포함해서 일부 개설적인 내용도 다루게 될 것이다. 다만 여기서 한 가

---

7) 예를 들면, 1988년 9월 황웨이량이 칼럼산문 부정론자를 비판하면서 칼럼산문도 문학이라는 기존의 주장을 되풀이하자, 랑톈朗天은 칼럼산문이 '문학이냐 아니냐'가 중요한 것이 아니라 과연 '좋은 문학이냐 아니냐'가 중요하다면서, 더 많은 토론을 통해서 칼럼산문의 수준을 개선하자고 재반박한다. 朗天, 〈面對現實 具體批判: 回應黃維樑《香港專欄通論》〉, 盧瑋鑾編, 《不老的繆思: 中國現當代散文理論》, (香港: 天地圖書, 1993), pp. 180-182참고.

지 밝히지 않으면 안 될 것이 있다. 나는 비록 오랜 기간 홍콩문학에 관심을 가져왔고 홍콩 거주 경험도 있으며 비교적 정기적으로 홍콩을 방문하고 있기는 하지만, 칼럼산문이라는 이 문학 현상을 장기간에 걸쳐 지속적으로 접함으로써 갖게 되는 실제적 감각은 충분치 않다. 따라서 이런 이유로 인해 축적된 체험에서 오는 실감 부분은 부득불 홍콩인들의 경험담을 활용할 수밖에 없을 것이다.

2. 홍콩 칼럼산문의 특징과 문학성

홍콩 신문에 문예면이 생긴 것은 소급하자면 왕타오王韜가《순환일보循環日報》를 창간한 1874년까지 거슬러 올라갈 수 있다. 당시 왕타오는 뉴스·경제 분야의 소식을 다룬 '장부莊部'와 문예면에 해당하는 '해부諧部'라는 증보면을 두었고, 글을 발표할 때는 글자 수에 일정한 규정을 두었다고 한다.[8] 이렇게 출발한 홍콩 신문의 문예면에 칼럼문학이 등장한 것은 1930-40년대로, 아직은 많은 사람의 관심 밖이었다. 하지만 1940년대《화교일보華僑日報》부간인 '학생 마당學生園地', '현대 악부今樂府', '독자판讀者版' 등의 내용과 형식은 지금의 칼럼문학 고정난과 큰 차이가 없었다.[9] 이후 1950-60년대를 거치면서 무협소설·애정소설을 중심으로 하는 연재소설이 인기를 끌면서 칼럼문학이 독자의 호응을 받기 시작했다. 그리고 1970년대에 들어서서 홍콩의 신문이 칼럼산문을 위주로 하는 혁신을 시도하면서 급성장하게 되었다. 칼럼문학, 특히 칼럼산문이 이렇게 성행하게 된 것은 홍콩의 비교적 자유로운 언론 상황과

---

8) 劉以鬯,〈香港文學的起點〉,《暢談香港文學》, (香港: 獲益出版事業有限公司, 2002), pp. 19-22 참고.
9) 岑逸飛,〈五十年來香港報紙副刊的專欄〉, 市政局公共圖書館編,《第一屆香港文學節研討會講稿滙編》, (香港: 市政局公共圖書館, 1997), pp. 96-110 참고.

신문 매체의 발달, 동서와 고금을 모두 포용하는 다원적인 문화 분위기, 이윤 추구 위주의 출판 환경에 따른 발표 지면 부족, 급박한 도시적 생활 리듬에 따른 짧은 글 위주의 독서 습관 등 다방면의 요소가 작용했던 것으로 생각된다.

칼럼산문의 글자 수는 전체적으로 짧은 편인데, 구체적으로는 시기마다 다소 다르다. 비교적 이른 시기에는 대략 1,000자 남짓한 정도로 그것도 때로는 융통성이 있는 편이었다.[10] 그런데 시간이 흐를수록 점점 더 짧아져서 1980년대 이후에는 일반적으로 500자에서 800자 사이이고, 아주 짧은 경우에는 200자에 그치는 수도 있었다.[11] 2000년대도 마찬가지다. 2007년 5월 11일자 《성도일보》와 《빈과일보》의 칼럼산문 총 30개를 조사해 본 바로는, 1,000자에 이르는 것도 2개 있었지만 대개 600-700자였고, 그 중 짧은 것은 300자가 채 되지 않았다. 이처럼 글자 수가 줄어든 것은 홍콩의 생활 리듬이 갈수록 빨라져서 한정된 시간 안에 읽기가 가능하도록 하기 위한 것이자 더 많은 사안들을 파악할 수 있도록 하기 위한 것이다. 그리고 이와 동시에 한정된 지면 속에서 편수를 늘임으로써 내용과 스타일 면에서 독자의 다양한 욕구에 부응하기 위한 것이다. 이러한 방식은 필진이 고정되어 있다는 점과 더불어 여러 가지 면에서 편집자나 신문사에 효율적이다. 즉, 편집자는 원고 검토라든가 판짜기에 들여야 하는 수고와 시간을 덜게 되고, 이는 결과적으로

---

10) 예쓰는 1968년 여름부터 칼럼산문을 쓰기 시작했는데, 당시 그가 '문예단상'이라는 제목 하에 매주 세 차례 기고하던 《홍콩시보香港時報》 부간은 매일 판짜기를 해서 글자 수에는 그리 엄격한 제한이 없었다고 한다. 也斯,〈公衆空間中的個人論說: 談香港專欄的局限與可能〉, 盧瑋鑾編,《不老的繆思: 中國現當代散文理論》, (香港: 天地圖書, 1993), pp. 192-212 참고.

11) 1982년 황웨이량의 조사에 따른 숫자다. 1990년 아눙의 조사에 따르면 긴 것은 7,8백 자이고 짧은 것은 3,4백자였다고 한다. 각각 黃維樑,《香港文學初探》, (香港: 華漢文化出版社, 1985), pp. 2-34 및 阿濃,〈香港散文的香港特色〉, 盧瑋鑾編,《不老的繆思: 中國現當代散文理論》, (香港: 天地圖書, 1993), pp. 183-191 참고.

신문사가 인력에 투여하는 비용을 줄여주는 효과가 있기 때문이다.[12] 칼럼산문은 이런 면에서도 효율성과 경제성을 중시하는 상업적 도시인 홍콩의 한 면모를 그대로 보여준다고 하겠다.

문예면에 게재된 칼럼의 내용은 초기에는 상대적으로 문학성이 적은 것들 예컨대 스포츠와 관련된 것들은 따로 취급했다. 하지만 근자로 올수록 다루지 않는 것이 거의 없다고 할 정도다. 그에 대한 분류는 기준에 따라 매우 다양하다. 예를 들면, 왕젠충은 세상 만사, 국제 정세, 경제 문화, 과학 교육, 문학 예술, 기담 괴론, 초목 충어, 음식 남녀 등 칼럼산문에는 없는 게 없다면서, 이를 정론성·서정성·지식성·취미성·정보성·서비스성 등 여섯 가지로 나누고 있다.[13] 또 아눙阿濃은 글쓰기 방식이나 스타일에 따라 전통파·재도파·사회파·온정파·청신파·첨단파·신사파·녹색파·독서파·여행파 등으로 분류했다.[14] 그런가 하면 《보이월간博益月刊》은 화려파·회고파·주부파·서생파·애국파·유머파·정숙파·발언파·서양파·몽상파 등으로 분류하기도 한다.[15] 한 마디로 말해서 소재면에서도 그렇고 스타일 면에서도 그렇고 거의 모든 것을 다 포괄한다고 해도 과언이 아니다. 물론 그간의 역사적 궤적을 염두에 둔다면 칼럼산문이 늘 동일한 형태를 보였던 것은 아니다. 상대적으로 예전에는 문학성이 강하거나 어느 정도 유지된 편이었다고 할 수 있다. 1980년대 이후에는 시사나 경제와 관련된 것들이 다수를 점하기 시작하는 가운데 특히 각종 분야의 전문가들에 의한 이른바 지식성·정보성 문장이 급격히 증가하였다. 이리하여 한 사람이 이것저것 자유롭게 다

---

12) 黃維樑, 〈香港文學的發展〉, 《香港文學再探》, (香港: 香江出版社, 1996), pp. 3-30 참고.

13) 王劍叢, 《香港文學史》, (南昌: 百花洲文藝出版社, 1995), p. 401.

14) 阿濃, 〈香港散文的香港特色〉, 盧瑋鑾編, 《不老的繆思: 中國現代當代散文理論》, (香港: 天地圖書, 1993), pp. 187-188.

15) 《博益月刊》 第9期, 1988.5. 劉登翰主編, 《香港文學史》, (北京: 人民文學出版社, 1999), p. 653에서 재인용.

루는 칼럼산문도 여전히 있지만, 경제·정치·예술·의약·교육·투자·이민에서부터 심지어 여피(yuppie)·오디오·촬영·꽃 기르기·개 기르기 따위를 전문적으로 다루는 칼럼산문이 나타났다.[16] 물론 이와 같은 변화가 일어난 데는 여러 가지 요인이 작용하고 있을 것이다. 그 전의 칼럼산문은 장기간에 걸쳐 주로 사회적 사안이나 개인의 일상사에 대한 평가와 반응을 다룬 데다가 심지어 급조·남작의 현상까지 일어났다. 이에 따라 독자들은 점차 무언가 신선한 것을 추구하게 되었을 것이다. 그런데 이것은 마침 기본적으로 각 분야의 실용 인재 배양에 중점을 두는 홍콩의 교육 시스템이라든가 인구 과밀의 현대적 대도시 특유의 경쟁 심화 등에 따라서, 갈수록 실리성·경제성을 더욱 중시하게 된 홍콩 사람들의 사고방식에 맞아떨어졌던 것이다.

사용 언어적인 측면에서 보자면, 대개 표준어 즉 '국어'('보통화')의 형태를 취하고 있기는 하지만 문학지에 게재되는 작품들에 비해서는 광둥말을 섞어 쓰는 경우도 비교적 흔한 편이다. 심지어는 거기에다 문언문의 어구까지 포함된 이른바 '싼지디'도 없지 않다. 또 이와는 별도로 중간 중간 영어를 섞어 쓰는 경우도 있다. 사실 언어 사용의 방식에 대해서는 논자에 따라 의견이 엇갈리고 있다. 광둥말을 섞어 쓰거나 '싼지디'를 사용하는 데 대해 비교적 너그러운 논자도 있고 그렇지 않은 사람도 있다. 이에 대해 나의 생각은 이렇다. 우선 전제로 해야 할 것은 어

---

16) 也斯, 〈公衆空間中的個人論說: 談香港專欄的局限與可能〉, 盧瑋鑾編, 《不老的繆思: 中國現當代散文理論》, (香港: 天地圖書, 1993), p. 209. 1980년대 이래 1990년대 중반까지 신문에 게재된 칼럼산문을 모아 출간하는 것이 크게 유행했는데, 당시 이 방면에서 대표적이었던 보이출판사博益出版社가 펴낸 문고본 칼럼산문집의 대부분도 이처럼 지식성·정보성에 속하는 것이었다. 이 점은 보이출판사에서 출간한 칼럼산문집의 제목만 살펴보아도 알 수 있다. 黃子程, 〈百花齊放: 八九十年代香港雜文面貌〉, 黃維樑 主編, 《活潑紛繁的香港文學: 1999年香港文學國際研討會論文集》(上), (香港: 香港中文大學出版社, 2000), pp. 281-300 참고.

떤 방식이든 표현하고자 하는 내용을 잘 드러내주고 그것이 자연스럽다고 한다면 크게 문제될 일이 아니라는 것이다. 그런데 만일 그런 차원이 아니라 적절한 표현 방식을 찾지 못해서라거나 또는 단순히 광둥말 사용자가 대부분인 독자의 구미에 맞추기 위해서 방언을 사용한다면 그다지 바람직하지 않다고 본다. 이는 설령 독자의 대부분이 광둥말 사용자라고 하더라도 그 외의 독자들도 있을 뿐만 아니라, 많은 칼럼산문이 나중 책으로 출간되는 것 등을 감안할 때 홍콩문학이 홍콩 자체에서 감상되거나 소비되는 데 머물지 않고 좀 더 큰 범위로까지 나아갈 수 있는 기회를 스스로 봉쇄하는 것이 되기 때문이다. 물론 그렇다고 해서 무조건적으로 표준어만을 사용하는 것이 가장 좋은 방식이라는 것은 아니다. 지방적 특색을 나타내기 위해서라든가 또는 표준어로 대체했을 경우 의미나 어감에 커다란 손상을 입을 경우에는, 이해 불가능하지 않은 범위 내에서 광둥말을 혼용할 수도 있으며 때로는 오히려 장려해야 할 것이라고 본다. 아마도 이 점에서는 '싼지디'의 경우도 마찬가지일 것이다. '싼지디'에 대해 충분한 이해와 감각을 가지고 있지 못하기 때문에 그 장단점을 구체적으로 언급하기에는 어려운 점이 있다. 다만 기본적인 원리 면에서나 여러 경로를 통해 파악해본 바로는,[17] 칼럼산문의 사회성이나 현실성을 증대시킬 수 있다면 그것이 너무 편협하지 않은 한도 내에서 충분히 사용할 수 있을 것으로 본다. 특히 문학 작품의 한 가지 특별한 기능이라고 할 삶의 새로운 감각과 신선한 의미를 드러내주는 방면에서 그런 방식은 상당히 긍정적인 역할이 있을 것으로 본다.

이상의 여러 가지 점과 그 대체적인 글쓰기의 방식을 종합해서 본다면, 칼럼산문은 전통적인 기준에 비추어 볼 때 대략 시사성·정론성을

---

17) '싼지디'에 관해서는 黃仲鳴, 《香港三及第文體流變史》, (香港: 香港作家協會, 2002)가 참고할 만하다.

띤 단평과 문학성을 갖춘 수필의 중간적인 존재라고 할 수 있다. 칼럼산문의 문체적 특징에 관해서는 천더진이 비교적 잘 설명하고 있다.[18] 그가 요약한 공통점은 다음 다섯 가지이다. (1) 자연스럽고 자유로운 어조로 독자와 경험을 교류한다. (2) 전문적 학문에 관련되는 경우가 많아서 개념어, 전문 용어, 새로운 어휘, 외국어 번역어의 사용 빈도가 일반적인 소품보다 높다. (3) 제재 면에서 홍콩의 사안과 관련되는 경우가 많아서 홍콩식 언어의 사용 빈도가 높다. (4) 분량의 제한으로 인해 전면적인 귀납 또는 연역적인 추론이 어렵고, 따라서 전반적인 논리적 언어 구사가 비교적 적으며, 짧은 구절이 많고 어법적 생략 상황을 보인다. (5) 논리적인 서술과 논리성이 떨어지는 글귀가 혼용되는 경우가 비교적 일반적인데, 특히 추론과 정서 표출이 동시에 이루어지는 상황이 일어난다.

그런데 이와 같은 칼럼산문이 과연 어느 정도까지 문학성을 갖추고 있느냐, 또 꼭 그렇게 문학성을 갖추어야 하느냐에 대해서는 홍콩의 논자들 사이에서도 이견이 존재한다. 천빙량陳炳良은 "비록 어떤 사람은 칼럼산문에서도 사금을 캐낼 수 있다고 말하지만, 얼마나 많은 것들이 그런 문학적 가치를 가지고 있겠는가? 표현 면에서만 보더라도 대부분의 칼럼은 모두 통속적인 언어로 쓰여 있으니 고급 독자와 일반 독자가 모두 즐기는雅俗共賞 [심미적이면서도 대중적인] 경지에 이를 수 있는지는 의문이다."라고 회의한다.[19] 이처럼 칼럼산문의 수준이 높지 않다는 점이나 문학성이 현저히 부족하다는 점을 지적한다든가, 또는 그것의 문학성이 점차 저하되고 있음을 우려하는 사람이 적지 않다. 반면에 예쓰

---

18) 陳德錦, 〈文學的專欄和專欄的文學 — 從文體角度略窺香港專欄的藝術特色〉, 臨時市政局公共圖書館編, 《第二屆香港文學節研討會講稿滙編》, (香港: 臨時市政局公共圖書館, 1998), pp. 108-125 참고.

19) 陳炳良編, 《香港當代文學探研》, (香港: 三聯書店, 1992), pp. ii-iii.

와 같은 사람은, 공중 공간이라는 시각에서 볼 때 칼럼산문을 보는 것은 일반적으로 문자의 아름다움을 추구해서가 아니며, 문학적인 추구는 물론 가능하지만 허다한 비순수적인 것을 용납함으로써 세속과 내왕할 수 있게 된다고 하면서, 칼럼산문에 너무 커다란 기대를 걸 필요는 없다는 식의 비교적 여유로운 태도를 취하기도 한다.[20] 그러면서도 이 양자 모두 칼럼산문의 문학성을 제고하기 위한 여러 가지 제언을 하고 있다는 점에서는 마찬가지이다. 특히 칼럼산문을 쓰고 있는 저명 작가들의 예나 그들의 우수한 작품을 예로 들어 칼럼산문의 성취를 강조하고 있기도 하다.

그럼에도 불구하고 평균적으로 볼 때 칼럼산문의 문학적 성격은 그다지 강한 편은 아닌 듯하다. 만일 사상의 심도, 제재의 범위, 구성의 엄밀성, 표현의 정치성, 스타일의 창조성 등 문학 평가의 관례적인 기준을 그대로 적용한다면, 전체적으로 볼 때 칼럼산문의 문학적 성격 내지 수준은 아무래도 그리 높다고 할 수는 없을 것이다.[21] 더군다나 시간이 갈수록 홍콩 칼럼산문 작가들의 그런 것에 대한 노력 내지 관심은 점점 더 줄어들고 있는 것으로 보인다. 이는 우선 칼럼산문을 쓰는 작가들의 성격과 관계가 있다. 1970년대의 칼럼산문 작가들의 경우 대체로 넓은 학식, 풍부한 인생 경험, 예리한 관찰력, 높은 창작 열정, 우수한 언어

---

20) 也斯,〈公衆空間中的個人論說: 談香港專欄的局限與可能〉, 盧瑋鑾編,《不老的繆思: 中國現當代散文理論》, (香港: 天地圖書, 1993), pp. 192-212 참고.
21) 물론 문학 작품을 평가하는 데는 관점에 따라 전혀 다른 기준이 있을 수 있다. 예를 들면, 안토니 이스트홉은 문학을 문학 그 자체로서만 평가하려는 태도를 비판하면서, 그러한 태도에서 비롯한 평가 방식 ─ 문학 작품을 그 자체로 자족적인 대상으로 간주하고, 주제를 파악하고자 하면서, 모든 가능한 의미를 찾고, 기표와 기의 및 양자 간의 상관관계를 포함한 제 양상들에 주의하고, 의미나 양상들이 통일성에 기여하는가 여부를 따지는 방식 ─ 을 제인 톰킨즈의 말을 빌어 '모더니즘적 읽기'라고 부르면서 이를 강력히 반대한다. 안토니 이스트홉, 임상훈 역,《문학에서 문화연구로》, (서울: 현대미학사, 1994), pp. 13-35 참고.

구사 능력을 갖추고 있었다고 평가된다. 그러나 1980년대 이래로 칼럼산문이 전문화하는 경향을 띠게 되면서 비문예 분야의 작가들 및 젊은 작가들이 대거 칼럼산문 쓰기에 참여하게 되었는데, 우선 그 전 시대에 비해 그들의 문학에 대한 태도가 상대적으로 느슨하거나 또는 그들의 문학적 소양이 다소 부족해졌다고 한다.[22] 즉 사고의 깊이나 감수성의 예민함이라든가 표현력의 뛰어남 등 여러 가지 면에서 모두 전보다 못한 상황일 뿐만 아니라, 기본적으로 예술로서의 문학 창작에 대한 작가적 정신이 상당히 결여되었다는 것이다.

칼럼산문의 문학성이 감소되고 있는 데는 사회 전체의 환경적인 요인이 작용하고 있다는 점도 무시할 수 없다. 1970년대 말 이후 중국 대륙의 개혁 개방, 1980년 초 홍콩반환에 관한 중영 연합 성명, 1989년 6·4 민주화운동, 1990년대 영국(홍콩총독)과 중국 간의 마찰, 1997년 홍콩반환과 금융위기, 2003년 사스 … 등 홍콩 사회와 밀접한 관계가 있는 굵직굵직한 사건들이 잇따르면서, 홍콩 사람들이 이러한 시사적인 것들에 대해 관심이 쏠리지 않을 수 없었다.[23] 이러한 것들은 워낙 홍콩의 현실과 밀착해있는 데다가 시의성을 가진 것이었다. 이 때문에 독자들로 하여금 그러한 사건에 대한 사색이나 그것을 표현하는 필력보다는 사건 자체의 진전이나 그에 대한 즉각적 반응에 주목하도록 만들었다. 작가 역시 이와 연동하여 충분한 사고와 구상을 거치지 않은 직설적인 토로 위주의 글을 써내게 되었다. 그리고 이는 결과적으로 칼럼산문의 문학성이 저하되는 것으로 연결되었던 것이다.

---

22) 壁華, 〈香港報刊專欄文章的前途〉, 《香港文學論稿》, (香港: 高意設計製作公司, 2001. 10), pp. 122-124를 비롯해서 많은 사람들의 공통적인 평가다.

23) 황웨이량에 따르면, 홍콩반환 문제가 1980년대의 각종 장르에서 모두 표출되었는데, 특히 칼럼산문은 천 편 만 편이 모두 '1997 정서'를 담았다고 한다. 黃維樑, 〈香港文學的發展〉, 《香港文學再探》, (香港: 香江出版社, 1996), pp. 3-30 참고.

그런데 사실 칼럼산문의 문학성이 그리 강하지 않다든가 또는 점차 저하되고 있는 데는 근본적으로 칼럼산문 자체가 가진 태생적인 한계 즉 그 생산 시스템과도 관계가 있다. 글자 수가 대단히 제한되어 있다는 점, 충분한 시간적 여유가 없이 짧은 시간 내에 신문에 매일 또는 수 일 만에 게재된다는 점, 고료가 박한 상황에서 한 작가가 동시에 여러 개의 난을 동시에 유지해야 한다는 점,[24] 반응이 빠르고 광범위하기는 하지만 소비적으로 글을 읽는 독자의 요구에 부응해야 한다는 점 등은 작자들이 충분히 사고하고 고려할 만한 여유를 가질 수 없게 만든다. 다시 말해서 글의 급조나 남작이 일어날 수밖에 없는 상황이다. 그리고 이것이 장기간에 걸쳐 지속되다 보니 대부분의 작가들 심지어는 원래 문학적 글쓰기를 추구하던 작가들조차도 차츰 작품의 문학성에 주의를 기울이지 않게 되거나 또는 그런 노력을 지속하기가 어려워질 수밖에 없었던 것이다.

이상의 사항들은 칼럼산문의 결점과 직접적으로 연관이 된다. 그렇기는 하지만 이는 칼럼산문이 가진 양면성 중 한 면일 뿐으로 다른 한 면에서 보자면 칼럼산문이야말로 순문학과 통속문학이 상호 교류하고 융합하는 분야임을 보여주는 것이기도 하다.

우선 외형적으로 살펴보자. 진지하고 수준 높은 많은 작가들이 이 분야에서 활동하면서 자기 나름의 창작 개성을 유지한 채 우수한 작품을 써내고 있다. 또 바로 그러한 작품을 문학 애호가는 물론이고 일반 독자들이 감상 내지 소비하고 있다. 그러는 한편에서는 통상적인 글쓰기에 그치는 많은 작가들 역시 끊임없는 다작을 통해 차츰 그 수준이 향상되고 있다. 물론 여기에는 문학에 대한 진지한 추구라는 것이 전제가

---

24) 류이창은 동시에 13곳의 신문에 연재를 한 적도 있다고 한다. 也斯, 〈公衆空間中的個人論說: 談香港專欄的局限與可能〉, 盧瑋鑾編, 《不老的繆思: 中國現當代散文理論》, (香港: 天地圖書, 1993), p. 193 참고.

되어야 할 것이다. 이 점과 관련하여 예쓰는 칼럼산문 창작의 "좋은 점은 창작의 훈련으로, 매일 반성하고 표현할 기회를 부여하면서 […] 광범위한 독자와 접촉할 수 있도록 했다"[25]며 그 자신의 경험을 예로 들어 실감나게 설명한바 있다.

다음으로 내면적으로 살펴보자. 독자들과의 직접적인 교류 내지는 독자들로부터의 즉각적인 반응은 작가들의 적극적인 행동을 유발한다. 즉 작가들이 제시하고자 하는 중층적이고 의미 있는 사고를 독자들이 수월하게 접근할 수 있도록 만들기 위한 표현법을 강구하지 않을 수 없게 된다. 이 때문에 평이하면서도 참신한 표현 방식으로 깊이 있고 의미 있는 내용을 담고자 하는 노력을 기울이게 된다. 그것은 곧 고급 독자와 일반 독자가 모두 즐기는 형태로까지 나아가게 되거나 최소한 그러한 길로 나아가게 되는 시도로 이어지게 되는 것이다. 또는 이와 반대의 방향도 있을 수 있다. 독자들이 이미 충분히 친근감을 느끼면서 잘 이해하고 있는 것들을 전혀 새로운 방식으로 보여주게 된다. 이로써 사물을 접하는 방식의 다양성을 일깨워주고, 문학이 가진 재미와 더불어 궁극적으로 문학적 감상 방식은 물론이고 예술의 세계에 접어들 수 있는 계기를 만들어 주는 것이다. 예를 들면, 통속작가로 알려져 있는 리비화는 1980년대 칼럼산문에서 바로 이런 길을 걸었다. 내용과 사고 면에서는 대중에게 친숙한 면모를 유지하면서도, 예리한 필치와 선명한 감성으로 독자들에게 큰 주목을 받았던 것이다.[26]

홍콩의 칼럼산문은 비록 집필자의 수준이나 태도에 따라 문학적인 성취가 각기 다르기는 하지만 우수한 작품이 적지 않다. 그 뿐만 아니

25) 也斯, 〈公衆空間中的個人論說: 談香港專欄的局限與可能〉, 盧瑋鑾編, 《不老的繆思: 中國現當代散文理論》, (香港: 天地圖書, 1993), p. 193.
26) 也斯, 〈公衆空間中的個人論說: 談香港專欄的局限與可能〉, 盧瑋鑾編, 《不老的繆思: 中國現當代散文理論》, (香港: 天地圖書, 1993), pp. 205-206 참고.

라 주로 미감을 위주로 하는 문학지의 산문에 비해 상대적으로 비교적 현실과의 밀착성을 위주로 하는 산문의 주요 부분을 담당해왔다. 또한 독자와의 상호 접촉면에서 커다란 영향력을 발휘해온 홍콩 특유의 고급 독자와 일반 독자가 모두 즐기는 일종의 심미적이면서도 대중적인 문학 형태였다. 결론적으로 말하자면, 홍콩의 칼럼산문은 순문학과 통속문학이 서로 소통하는 홍콩 특유의 장으로서 대단히 중요한 의의가 있다. 특히 중국 대륙과의 차별성이라는 측면에서 통속문학의 전통을 강조하고 있는 홍콩문학의 입장에서는 이 점은 각별한 의미를 가진다고 아니할 수 없다.

3. 홍콩 칼럼산문의 현황

홍콩의 도시적 상업적 환경이 직접적으로 영향을 준 홍콩 작가들의 특별한 문학 행위는 중국 대륙이나 타이완에서는 볼 수 없는 것이었다. 그들의 글쓰기에 대해서 정부나 공공 단체로부터의 지원은 거의 없었고,[27] 상업적 논리에 의한 고료는 기본적 생활을 유지하기에도 어려울 정도로 박했다. 이에 따라 글쓰기 자체로 생활이 가능한 작가의 수도 별로 많지 않았다. 설사 전업 작가가 있다 하더라도 거의 중노동에 해당하는 글쓰기를 해야 했다.[28] 또 수익성을 고려한 출판사들의 기피로 인해 그들의 작품은 문예 잡지나 문학서적의 형태로서가 아니라 대부분 일반 신문의 문예면이나 기타 면에 게재되는 형태로 발표되었다. 그런

---

27) 1994년에야 비로소 홍콩예술발전국이 설치되어 작가들에 대한 지원이 시작되었다.
28) 예컨대 탕런은 "한 동안 나는 매일 1만자 씩 써야 했다. 10년을 계속하면서 하루도 빠진 적이 없었다." "내가 이렇게 많이 쓰지 않으면 홍콩에서는 생활해 나갈 수가 없다. 다시 말해 집세도 낼 수 없고 아이들도 학교에 보낼 수가 없는 것이다."라고 술회했다. 傅眞, 〈香港文苑奇才 ― 唐人〉, 《中國現代當代文學硏究》, 北京: 中國人民大學書報資料中心 1981-24, p. 111에서 재인용.

데 그러한 글들은 독자의 호응에 따라 신문 판매 부수에 영향을 주었고, 이리하여 시간적으로 쫓기면서도 독자들의 반응을 염두에 두지 않을 수 없는 그런 글쓰기가 강제되었다. 그 대표적인 글쓰기가 바로 칼럼산문이었다.

1960년대부터 주목받기 시작한 칼럼산문은 1970년대 이후 독자수가 급증했다. 이에 따라 광고 유치에도 큰 영향력을 발휘하면서 기존의 연재소설을 누르고 문예면의 중심이 되었다. 이 때문에 혹자는 당시 "칼럼산문이 초사楚辭·한악부漢樂府·당시唐詩·송사宋詞·원곡元曲·명청소설明淸小說 […] 처럼 한 시대의 대표적인 문체가 되어 문학사에서 중요한 지위를 점할지도 모른다."29)라는 다소 지나친 기대까지 할 정도였다. 이와 같은 칼럼산문의 성황에 대해서는 일찍이 1982년에 황웨이량이 간략한 통계로 제시한 적이 있다. 당시 비교적 대표적인 13개 신문에는 매일 거의 400개의 칼럼이 게재되었는데, 그 중 90개는 소설이고 나머지 310개는 각양각색의 칼럼산문이었다. 만일 홍콩의 55개 신문의 것을 모두 합한다면 매일 1,000개의 칼럼산문이 게재되는 셈이며, 각종 잡지에 게재된 것까지 포함한다면 그 수를 헤아릴 수가 없을 정도였다고 한다.30) 또 1990년에 아눙이 조사한 바에 따르면 각 신문의 칼럼산문은 평균적으로 30개 좌우이고 자신이 조사한 신문의 칼럼산문 총수는 약 500개였다고 한다.31)

이런 상황은 단행본으로 출판된 산문집 중에서도 칼럼산문을 모아서 펴낸 것이 양적으로도 가장 많고 질적으로도 대단히 우수하다는 사실에

---

29) 黃南翔,〈杂文的年代〉,《當代文藝》第106期, 1974.9, p. 10. 黃維樑,《香港文學初探》, (香港: 華漢文化出版社, 1985), p. 4에서 재인용.

30) 黃維樑,《香港文學初探》, (香港: 華漢文化出版社, 1985), pp. 1-2.

31) 阿濃,〈香港散文的香港特色〉, 盧瑋鑾編,《不老的繆思: 中國現當代散文理論》, (香港: 天地圖書, 1993), pp. 183-191. 이 글은 원래《明報》副刊, 1990.11.20-26에 게재되었다.

서도 발견된다. 1991년 제1회 홍콩중문문학격년상의 산문분야 심사에 참여했던 비화璧華에 따르면,[32] 심사 대상이었던 1989-90년에 홍콩에서 출판된 산문집은 모두 51권이었는데, 그 중 3-5백자에서 8백자 전후의 칼럼산문이 절대 다수를 차지해서 약 80%에 이르렀다고 한다. 수상작 역시 칼럼산문을 모아 출판한 산문집 중의 하나인 《저주풀이解咒的人》(중링링)이었다. 수상작에 대해 그는 비교적 완전한 이야기가 있

《저주풀이》

다는 점에서 콩트의 장점과 함축미나 언외미가 있다는 점에서 시의 장점을 잘 융합하였고, 내용 역시 홍콩인의 생활 현실을 벗어나지 않았다고 높이 평가했다. 이와 같은 사실은 칼럼산문이 당시 양과 질 모든 면에서 홍콩산문 더 나아가서 홍콩문학을 선도하고 있었다는 점을 충분히 증명해주는 것이다.

　　홍콩 반환 직후까지도 이러한 칼럼산문은 숫자상으로는 거의 변함이 없었던 것으로 보인다. "홍콩 신문에 매일 출판되는 칼럼은 1,000개 이상인데, 이런 칼럼문장 중에서 가장 흡인력이 있고 영향력이 있는 것은 살상력이 있는 시평 — 일종의 문예성 정론이다."[33]라는 언급이 이를 잘 나타내준다. "매일 발행되는 중문신문이 40부 정도고 각 신문마다 칼럼이 평균 20개라면 홍콩 독자가 매일 읽을 수 있는 칼럼의 수는 800개에 달할 것이다."[34]라는 추정 역시 마찬가지다.

---

32) 璧華, 〈我看香港散文〉, 《香港文學論稿》, (香港: 高意設計製作公司, 2001.10), pp. 119-121.
33) 璧華, 〈過渡時期香港文學題材的演變〉, 臨時市政局公共圖書館編, 《第二屆香港文學節研討會講稿滙編》, (香港: 臨時市政局公共圖書館, 1998), p. 195.

그렇지만 실제로는 그 뒤 사정이 많이 달라진 것으로 보인다. 칼럼산문의 숫자가 상당히 감소하고 있을 뿐만 아니라 무엇보다도 결정적인 것은 홍콩 반환 전후부터 신문의 칼럼산문에서 문학적 성격이 현저하게 줄어들고 있다는 점이다.[35] 내가 조사해 본 바로는 홍콩의 비교적 대표적인 11개 신문의 2006년 1월 21일자 지면에는 평균 14개 남짓한 모두 160개의 칼럼문학이 실렸다. 평균치로 보았을 때 이는 앞의 추정치보다 1/4 정도 줄어든 수였다. 특히 그 중에서 문학성을 띤 칼럼문학은 20%가 채 되지 않았다. 또 같은 11개 신문의 2007년 5월 11일자 지면에는 평균 11개 남짓한 모두 124개의 칼럼문학이 실렸다. 비록 꼭 1년 뒤의 같은 날짜 같은 요일이 아니어서 완벽한 비교라고 보기는 어렵지만, 외형적으로는 1년 반 전보다도 줄어든 수치를 보였으며, 그 이전의 추정치보다는 확연히 적은 수치였다.[36] 이런 것을 감안한다면 다음과 같은 말이 과언은 아닌 셈이다. "신문 부간의 내용이 비교적 단일하면서 정치화하고 있으며, 소수만이 문학적 성격을 지니고 있을 뿐 90% 이상은 모두 정론적 잡문이거나 뉴스의 연장 내지 보충이 되었다. [⋯] 최근의

---

34) 蔡敦祺主編,《一九九七年香港文學年鑑》, (香港: 香港文學年鑑學會出版, 1999.3), p. 755.
35) 천더진 역시 문학 산문은 이미 비주류산문이 되어 버렸고, 칼럼산문은 비록 아직 환영 받고 있지만, 급속도로 발전한 보고문학, 문화평론 등의 영향으로 인해 변화를 추구하지 않을 수 없게 되었다고 말한다. 陳德錦,〈千禧年香港期刊散文綜論〉, 陶然主編,《香港文學》第219期, 香港: 香港文學出版社, 2003.3, pp. 66-76 참고.
36) 각 신문별 칼럼산문의 수는 아래와 같다.
   2006년 1월 21일자:《明報》25,《成報》8,《新報》10,《信報》28,《大公報》14,《文匯園》12,《太陽報》7,《星島日報》15,《蘋果日報》12,《東方日報》14,《香港經濟日報》15
   2007년 5월 11일자:《明報》20,《成報》6,《新報》9,《信報》16,《大公報》8,《文匯園》11,《太陽報》6,《星島日報》17,《蘋果日報》13,《東方日報》6,《香港經濟日報》12
   公務員事務局法定語文事務部,《香港 2005》, (香港: 公務員事務局法定語文事務部, 2005), p. 298에 따르면, 2005년말 기준으로 홍콩의 중문 일간지는 경마소식지 2개를 제외하면 모두 21개이다.

대부분 신문 칼럼은 무미 건조해져버려 문학적 색채는 논할 필요도 없게 되었다."[37] 요컨대 칼럼산문의 퇴조가 일어나고 있는 것이다.

칼럼산문의 퇴조는 우선 영상문화와 인터넷문화의 성행 등의 요인에 따라 신문의 독자수가 갈수록 줄어들게 된 것과 관계가 있을 것이다.[38] 즉, 신문은 자신의 생존을 위해 시각적 기능을 강화하지 않을 수 없었고, 그 방법으로 지면의 많은 부분을 사진이나 그림으로 채우는 한편 활자의 크기를 확대하게 되었다. 이로 인해 자연히 신문에 게재되는 전체 문장의 양이 줄어들게 된 것이다. 특히 홍콩 반환 문제로 인해 촉발된 홍콩인의 사회 변동에 대한 관심이 그 이후에도 지속되어 흡인력이 강한 시사성 문제를 선호하게 되었던 것과 관계가 있다. 한편으로는 현대적 대도시 홍콩의 사회적 환경에서 기인하는바, 홍콩인들이 비교적 호기심을 자극하는 가십성 이야기를 좋아하는 것과도 관계가 있다. 말하자면 상대적으로 자극성이 적은 문학적 성격의 문장에 대해서는 덜 관심을 보이게 되어 그 비율이 더욱 크게 줄어들게 된 것이다. 2006년 1월 20일자 《빈과일보》의 경우, 총면수 116면 중에서 문학성을 띤 면은 겨우 《빈과부간》 1면에 불과할 정도였다. 또 2007년 5월 11일자 《성도일보》의 경우, 부동산 등의 면을 제외한 나머지 총면수 92면 중에서 문학성을 띤 면은 《성도부간星島副刊》의 '화양花樣'과 '연화年華' 합계 2면이었다.[39]

---

37) 東瑞,〈香港文學書籍和市場需求〉,《作家月刊》(香港) 第25期, 2004.7, pp. 18-24.
38) 1970년대 1일 20만부로 한때 판매부수가 가장 많았던 《성도만보》가 1996년 2만부 전후로 떨어지더니 결국 12월 17일 폐간되었다. 그 후 유일한 석간인 《신만보》 역시 1997년 7월 26일에 폐간되었다. 이런 상황 속에서 《성도만보》의 《대회당》, 《신만보》의 《성해》가 폐간되었다. 그 뒤를 이어 1998년 11월 30일 《문회보》의 《문예》가 정간되고 문예성이 비교적 강한 《쾌보》 부간도 정간되는 등 많은 신문의 문예 부간이 폐간 또는 정간되었다. 《명보》의 《소설판》, 《성도일보》의 《성하판》은 매일 소설을 실은 바 있지만 지금은 이미 없어져버렸다.
39) 자료 입수 과정에서 부동산·경마·스포츠 면이 유실되었는데, 이들을 합치면 당일 《성

그런데 좀 더 깊이 따져보면 칼럼산문의 퇴조는 사실 홍콩인의 삶이 그 전과는 달라졌다는 점이 결정적이라고 할 수 있다. 예를 들어보자. 그 전에는 문화대혁명, 6·4 민주화운동 등 중국 대륙의 정세 변동이라든가 홍콩반환 문제 등이 직접적으로 홍콩인의 관심을 끌었다. 그리고 이는 사회 현실 속에 존재하는 문제를 주요 대상으로 하는 칼럼산문이 성행하는 데 큰 역할을 했다. 그런데 이제는 홍콩인의 중국 대륙에 대한 이해도 높아졌고, 또 중국 대륙이 상대적으로 안정됨에 따라 격동적인 사건도 잘 일어나지 않게 되었다. 홍콩반환 문제 역시 그것이 막상 현실화되고 나자 이를 기정사실로 받아들이게 되었다. 비록 '1국 2체제' 하의 특별행정구가 되었지만 실제 생활상으로는 급격한 변화가 발생한 것은 아니다. 더구나 홍콩인의 주된 관심이 정치 동향에서부터 경제 동향에 대한 것으로 바뀌었다. 그나마도 신문과 같은 문자 매체 뿐만 아니라 텔레비전이나 인터넷과 같은 매체를 통해 충분한 정보를 취할 수 있게 되었다. 이 때문에 칼럼산문이 부가적으로 가지고 있던 효과들이 감소되어 버린 것이다. 즉 시사적이고 정론적이면서 이면적 사실의 폭로와 같은 것들이 지닌 흡인력이 현저하게 줄어들어 버린 것이다.

물론 변화는 이것뿐만 아니다. 전 세계적인 현상인 바, 기존의 신문·잡지·라디오·텔레비전 외에도 컴퓨터·인터넷·이메일·DVD·핸드폰·SNS 등 새로운 첨단 매체들이 가세하여 다원적이고 신속한 정보 네트워크를 형성했고, 이것이 사회 속 개개인의 미세한 삶의 조건이나 사고와 행위에까지 영향을 주고 있다. 홍콩 역시 이 같은 상황 속에서 칼럼산문을 포함해서 문학 작품 전체가 점차 그 역할이 축소되어가고 있는 것이다. 더구나 칼럼산문이 가지고 있던 모종의 특장들이 인터넷문화의 보급이나 정보 통신 기술의 발전으로 인해 직접적으로 이러한 수단에

_____

도일보》의 총 면수는 100면이 훨씬 넘을 것으로 추정된다.

의해 대체되고 있기도 하다. 대표적인 예가 바로 인터넷 상의 SNS나 댓글의 성행이라든가 문자 기능을 가진 핸드폰의 보편적 사용 등이다. 즉 신문이라는 활자매체를 바탕으로 하여 칼럼산문이 가지고 있던 정보성·취미성 또는 심지어 오락성·소비성이라는 요소들이 이런 것들에 의해 상당 부분 해소되어 버린 것이다. 더구나 이와 같은 새로운 매체를 통해 공급자와 소비자가 불분명한, 앨빈 토플러의 표현을 빌리자면, 소비자생산 활동을 하는 이른바 프로슈머들이 증가하기 시작했다. 이 또한 작가들에 의한 공급과 신문 지면이라는 소통의 장 및 독자들에 의한 소비라는 칼럼산문의 소통 방식에도 영향을 미치기 시작한 것이다. 그리고 아마도 당연한 일로 이는 우선적으로 칼럼산문의 독자수가 줄어들게 만들 것이며, 더 나아가서 칼럼산문의 쓰기와 읽기에 대한 태도 내지는 내용과 수준에까지 변화를 불러일으키게 될 것이다.

4. 홍콩 칼럼산문의 의의와 미래

칼럼산문은 지난 수십 년간 홍콩에서 작가도 가장 많고 작품도 가장 많으며, 독자도 가장 많고 영향력도 가장 큰 문학 장르였다. 칼럼산문은 비록 집필자의 수준이나 태도에 따라 문학적인 성취가 각기 다르기는 하지만 우수한 작품이 적지 않다. 그 뿐만 아니라 주로 미감을 위주로 하는 문학지의 산문에 비해 상대적으로 비교적 현실과의 밀착성을 위주로 하는 산문의 주요 부분을 담당해왔다. 또한 그러한 글쓰기는 더 나아가서 홍콩의 산문은 물론이고 홍콩문학 전체의 창작에까지 영향을 주었다. 특히 글자 수·고정난 따위를 포함한 외형이라든가 주제·제재·기법에서부터 작품을 창작하고 게재하고 읽고 하는 시스템에 이르기까지 거의 모든 면에서 홍콩사회의 특성을 그대로 드러내고 있다. 이 모든 점을 종합해 볼 때, 칼럼산문은 홍콩 특유의 문학형태이자 홍콩

《홍콩산문선 2000-2001》

문학을 대표하는 문학 장르라고 해야 마땅하다.

여기서 이에 관해 좀 더 부언해보자. 칼럼산문은 홍콩인의 문화적 요구에 부응해왔고, 그들에게 문학적 접촉의 범위를 넓혀주었다. 비록 수준의 차이가 존재하기는 했지만 그 내용과 기법 등의 면에서 대중문학과 순문학이 상호 융합하고 교류하는 형태였고, 상업적 환경 하에서 지면의 제약을 받고 있던 작가들에게 훌륭한 창작의 장이 되었다. 예술로서의 문학을 추구하는 이들에게는 좋은 창작 훈련의 기회가 되었으며, 특히 광범위한 독자와의 접촉 등으로 인해 독자의 반응을 염두에 둔 글쓰기를 하도록 만들었다. 다시 말해서 비록 일부 부작용이 없었던 것은 아니지만 작가와 독자의 소통이 가능하도록 해주었다. 칼럼산문은 그 자체에서 그치지 않고 문학잡지 위주의 비교적 장문의 문예성 산문은 물론이고 문학 창작 전체에 홍콩문학 특유의 성격을 부여해주었다. 예컨대 홍콩문학 전체에 배어있는 생활화라는 특색은 바로 칼럼산문에서 출발한 것으로, 홍콩산문 또는 홍콩문학이 중국 대륙과 타이완의 그것과 다른 주요 특색이다. 칼럼산문은 홍콩문학의 여러 장르 속에서도 특히 홍콩문화가 가진 풍부성과 다양성, 동서 문화의 충돌, 전통과 현대의 조화, 도시문화의 기민함과 변화 등을 충분히 보여주었다.[40] 이리하여 칼럼산문은 그 자체로서도 홍콩문학 특유의 현상이 되었고, 더 나아가서 중국문학 내지 세계

---

40) 也斯, 〈公衆空間中的個人論說: 談香港專欄的局限與可能〉, 盧瑋鑾編, 《不老的繆思: 中國現當代散文理論》, (香港: 天地圖書, 1993), p. 196.

문학의 범위에서도 독특한 현상이 되었다. 그 결과 홍콩문학의 독자성이 인정받을 수 있는 확실한 한 근거가 되었다. 요컨대 칼럼산문은 최소한 중국대륙문학이나 타이완문학과는 확연히 구별되는 홍콩문학 특유의 것으로서, 그 가치는 결코 낮추어볼 수 없는 그런 것이다.

그렇다면 칼럼산문은 장차 어떤 운명을 겪게 될 것인가? 사실은 1990년대 벽두에 벌써 그 운명에 대해 우려하는 목소리가 나오기 시작했다. 비화는 1992년 12월에 발표한 그의 〈홍콩 신문 칼럼문장의 앞날香港報刊專欄文章的前途〉에서, "정보가 넘쳐나고 있는 오늘날 칼럼산문이 어떻게 이런 정보와 결합하여 시세를 좇아가면서 도태의 운명을 면할 수 있는가 하는 것이 사실 시급하기 짝이 없는 일이다."[41]라고 했다. 2000년대에 들어선 이후 아닌 게 아니라 칼럼산문은 1970년대에 희망에 차서 초사·한악부·당시·송사·원곡·명청소설 등과 마찬가지의 지위를 가질 것이라고 기대한 것과는 달리 퇴조의 모습을 보이고 있다. 다만 그렇다고 하더라도 머지않아 곧 도태되고 말 것이라고 보기에는 아직 이른 듯하다. 그것은 우선 홍콩 사회 자체가 당분간은 현재의 상황을 어느 정도 유지할 것이며, 이에 따라 칼럼산문을 포함해서 홍콩문학 역시 단기적으로는 큰 변화가 없을 것으로 보이기 때문이다. 과거에 보여주었던 것처럼 신문 부간의 편집자라든가 칼럼산문 작가들의 다양한 적응 노력 역시 홀시할 수 없다. 모든 독자를 대상으로 하여 종합적인 칼럼산문을 게재하는 형태에서 벗어나서, 예컨대 문학애호가나 학생들의 문학 감상·습작·훈련 등을 주요 목표로 하는 세분화된 형태의 칼럼산문을 시도하는 것이 그렇다. 또 혹시 1989년 6·4 민주화운동이나 1997년 홍콩반환처럼 모종의 격동적인 사안이 있을 때는 일시적으로 다시 칼럼산문이 성황을 보이게 될 가능성이 전혀 없는 것도 아니다. 그렇기는

---

41) 璧華, 《香港文學論稿》, (香港: 高意設計製作公司, 2001.10), p. 124.

하지만 장기적인 관점에서 보자면 아무래도 칼럼산문이 다시 중흥할 것으로는 보이지 않는다. 전술한 것처럼 그것은 세계적인 현상인 영상문화·인터넷문화 등의 발전이 점점 더 큰 영향을 미치게 될 것이라는 점, 홍콩사회 자체가 정치적 변동보다는 경제적 변화에 관심을 기울이게 되었다는 점, 홍콩 사회가 안정화하는 한편으로는 경쟁이 치열해짐에 따라 삶의 여유가 더욱 줄어든다는 점, 교육받은 지식인의 수가 확대되고 정보를 획득하기가 점점 수월해짐으로써 프로슈머들이 확산되고 있다는 점 등 칼럼산문에 불리한 요인들이 늘어나고 있기 때문이다.

이와 같은 칼럼산문의 변화는 아마도 홍콩문학이 중국문학 내에서 차지하는 지위에 대해서도 일정한 영향을 줄 것으로 보인다. 홍콩 반환 이후 홍콩의 통속문학과 순문학의 상호 접근은 외형적으로도 더욱 분명해지고 있다. 이는 홍콩문학이 은연중에 중국대륙문학과의 상대적인 차별성을 강화해나가고 있는 것으로 볼 수 있는데, 순문학과 통속문학이 서로 소통하는 홍콩문학 특유의 칼럼산문이 퇴조하고 있다는 것은 홍콩문학의 독자성 유지에 부정적으로 작용할 가능성이 있다. 달리 말하자면, 일관되게 홍콩의 문학적 사회적 상황과 깊은 관련을 가지고 있는 칼럼산문은 홍콩문학이 계속하여 중국문학 내에서 중국대륙문학 및 타이완문학과 병립하는 존재로서 유지될 수 있는가 하는 것을 나타내주는 한 가지 지표라고 할 수 있다. 그런데 지금 당장 그 지표에 결정적인 변화가 일어나지는 않는다고 하더라도 긴 장래로 볼 때는 그다지 낙관적이지만은 않은 것으로 보인다.

제5장 홍콩소설 속의 어머니, 딸, 부인
― 현모, 효녀, 양처

1. 여성 문제에 대한 관심 재부각

1997년 홍콩이 중국에 반환된 후, 홍콩소설은 홍콩의 정체성 문제를 직접적으로 다루기보다는 정체성의 탐구와 추구를 내면화하기 시작했다. 그와 동시에 그 동안 정체성 문제에 대한 집중적 조명하에 상대적으로 주변화되었던 계급, 여성, 포스트식민주의 문제 및 사회적 현상에 대한 관심을 다시 노정하기 시작했다.[1] 여기서는 여성 문제와 관련하여 1997년 후 홍콩소설에서 여성의 모습이 어떻게 표현되었는지를 살펴보고자 한다.

우선 대상 면에서는 《홍콩단편소설선》(홍콩싼렌서점)에 실린 1997년 이후의 중단편 소설을 위주로 하면서, 이른바 페미니즘 소설 여부와는 상관없이 모두 다루고자 한다.[2] 이는 작가의 주관적인 의도보다는 일반적으로 홍콩소설에서 여성이 어떤 모습을 나타내고 있으며 독자들은 또 이를 어떻게 받아들일 가능성이 있는가에 중점을 두고자 하기 때문이

---

1) 이 책 〈제3장 홍콩 반환에 따른 홍콩문학의 변화와 의미〉를 참고하기 바란다.
2) 《홍콩단편소설선》(홍콩싼렌서점)은 그 출간 기간·연속성·판매 부수 및 영향력 등을 고려할 때 홍콩의 대표적인 소설선이다. 1984-1985년도 이래 2, 3년 간격으로 꾸준히 출판되고 있으며 종종 중편소설도 함께 실려 있다. 그 외 보조적으로 《홍콩문학》(홍콩문학출판사)과 웡찡 외 지음, 김혜준 외 옮김, 《사람을 찾습니다》, (서울: 이젠미디어, 2006.11)에 실린 작품도 검토 대상으로 삼았다. 다만 많은 작품이 중복되는데다가 전반적으로는 본문에서 직접 언급한 작품들과 동일한 정황을 보였다. 이에 따라 별도 표기가 없는 경우 인용문은 모두 《홍콩단편소설선》에서 인용한다. 괄호 속 쪽수는 당해 연도 작품집의 쪽수이며, 각 문헌에 대한 자세한 서지는 참고문헌을 보기 바란다.

다. 다시 말해서 페미니즘적 시각을 배제한다는 뜻이 아니며, 오히려 페미니즘적 시각을 적극적으로 수용하여 가부장제 사회 속에서 왜곡되고 분투하는 여성의 모습에 주목할 것이다.

《홍콩단편소설선 1996-1997》

다음으로 방법 면에서는 가부장제를 유지하는 가장 기초적인 단위가 가정이라는 페미니스트의 비판에 주의하면서,3) 일단 가정 내 어머니, 딸, 부인 등의 모습부터 살펴보고자 한다. 이것은 여성을 특정한 사회적 역할이나 이미지로 고착화하기 위한 것이 전혀 아니다. 풍부하고 다양한 여성의 모습을 한꺼번에 모두 살펴볼 수 없다는 한계로 인한 불가피한 선택일 뿐이다.

2. 모성적 어머니와 마녀적 어머니

많은 문학 작품에서 어머니란 자녀에게 다함없는 사랑을 쏟고 헌신 봉사하며 희생도 주저하지 않는, 간혹 우매하다 싶을 만큼 무조건적인 애정을 보이는 존재로 묘사되어왔다. 이 점에서 홍콩소설 역시 크게 다르지 않다. 〈다 이런 법이다就是這樣子〉(펑차오蓬草, 2001)나 〈귀향回鄕〉 (뤼치스綠騎士, 1999)의 어머니들이 그렇다. 전자에 나오는 즈청의 어머

---

3) 샬럿 퍼킨스 길만은 여성의 경제적 의존상태를 바꾸어 놓을 다양한 변화를 촉구하면서, 경제적 단위로서의 가족을 타파할 것을 강조했다. 빅토리아 우드헐이 주장한 자유연애란 결혼제도의 폐지를 의미했다. 엠마 골드만은 매춘과 결혼 둘 다 경제적 착취의 형태로 보아 결혼이라는 제도를 거부했다. 타이-그레이스 아트킨슨은 결혼이 여성박해의 가장 중요한 형식화이고, 이러한 제도를 이론적으로든 실제적으로든 모두 거부하는 것이 래디컬 페미니스트의 일차적인 일이라고 주장했다. 조세핀 도노번 지음, 김익두/이월영 옮김, 《페미니즘 이론》, (서울: 문예출판사, 1999) 참고.

니 '그녀'는 남편 없이 이발관을 경영하면서 어렵사리 키운 아들의 집을 한 달 예정으로 찾아간다. 보은은 바라지도 않고 그저 아들이 잘되기만 바랐건만, 희망과는 달리 서른이 넘은 아들은 임신한 동거녀와 함께 제대로 된 직업도 없이 되는대로 살고 있다. 이 모습을 보자 그녀는 아들에게 물질적 심리적 부담을 주지 않기 위해 냉장고에 음식을 가득 넣어두고 이발관이 걱정된다며 곧바로 고향으로 돌아간다. 그리고 헤어지기 전날 밤 어머니는 태어날 손자를 위한 것이라며 수표를 준비한다. 후자에 나오는 즈방의 어머니 '그녀'는 프랑스에 살던 작은 아들이 죽자 현실적으로 가능한지와 관계없이 큰 아들에게 막무가내로 영혼을 위한 별도의 좌석을 사서 돌아오도록 시킨다. 그녀는 그렇게 하지 않으면 죽은 아들을 데려올 수 없기나 한 것처럼 두려움마저 느낀다. 결국 유골에 담긴 아들의 영혼은 비행기의 한 좌석을 확보한 채로 "어머니의 피 흘리는 마음"(227쪽)과 함께 "산 넘고 물을 건너"(227쪽) 홍콩으로 돌아온다. 이 소설들에서 어머니들은 비록 이름도 없이 '그녀'로 호칭되기는 하지만, 전혀 대가를 바라지 않는 거의 본능에서 우러나오다시피 하는 깊은 모성애를 보여준다. 이 때문에 전자의 소설에서는 마지막에 화자의 입을 빌어 세상의 "어머니라면 다 이런 법이다."(228쪽)라고 하면서 어머니의 사랑을 찬양해 마지않고 있는 것이다.

물론 이처럼 모성애 자체는 일정 부분 자연스러운 것이자 칭송받아 마땅할 것이다. 그러나 모성애를 과도하게 강조한다든가 절대적인 것으로 묘사하는 것은 또 다른 문제다. 그것은 겉으로는 여성의 위대함을 말하는 것 같으면서도 실제로는 여성의 역할을 축소 고정 시켜버릴 가능성이 크기 때문이다. 위의 〈다 이런 법이다〉(펑차오, 2001)의 경우를 보자. 어머니의 아들 사랑이 미래의 손자에게까지 이어지는 셈이다. 그러나 따지고 보면 남편이 부재한 상태에서 평생 동안 아들을 위해 진력한 어머니에게 남은 것은 어머니 자신의 삶의 상실일 뿐인 것이다. 그

뿐만 아니다. 이런 태도는 여성으로서 어머니가 가부장제도의 희생자임에도 불구하고, 도리어 이 가부장제를 유지시켜나가는 보조자로 만든다. 더 나아가서 가부장의 대리인으로 만들 가능성이 있다. 예를 들면 〈위 이야기玉傳〉(천바오전陳寶珍, 2002)에서 주인공 위의 어머니가 딸인 위를 염려해서 하는 말이 바로 이를 보여준다. 그녀는 "남자들의 자식에 대한 사랑은 왕왕 마누라에 대한 사랑의 연장인 법"(174쪽)이라고 말한다. 그런가 하면 "우리네 여자들이 가장 조심해야 할 것은 행실이 바르지 않은 거야. 잘못하면 멀쩡한 집안을 망가뜨리는 건데 그럴 가치가 있는 거니?"(179쪽)라고 말하는 것이다.

이처럼 모성애의 과도한 강조는 여성으로서의 어머니는 증발시켜 버리고 실제로는 가부장제를 강화시켜주는 보조자나 대리인으로 만들어 버릴 가능성이 있는 것이다. 당연히 이러한 기능은 자녀 모두에 대해서 마찬가지로 작용할 것인데, 특히 동성인 딸에게 마저 자신의 삶을 강요하는 셈이 될 것이다. 자녀의 어머니가 아니라 아들의 어머니로 존재하고자 하는 경향은 이를 더욱 분명히 보여준다. 예컨대, 〈웡꼭 메모리 스틱旺角記憶條〉(쿤난, 2002)에서 주인공인 화자의 어머니는 "오빠가 죽고 난 후 우리의 희망은 모두 너한테로 넘어갔다."(12쪽)고 말한다. 또 화자가 뭐든 혼자 힘으로 하는 것을 보면서 "네가 남자라면 좋을 텐데."(132쪽)라고 말하기도 하는 것이다.

만일 이런 예들이 가부장제의 보조자나 대리인으로 기능하는 어머니를 직접적으로 보여주는 것이라고 한다면, 〈무애기〉(황비윈, 2001)의 다음 장면은 어떨까? 주인공 추추는 남편인 미키가 자신을 배반하고 다른 여자와 살림을 차려 나간 후에도 그의 출입을 용인한다. 어느 날 남편과 함께 집으로 오는 길에 그녀는 이렇게 행동한다.

전철이 도착하자 전철 문 앞에서 미키를 만났다. 그녀를 발견하자 그는 그녀에게 실없이 웃음을 지었다. 그녀 역시 대답하듯이 약간 웃음을 지어 보이면서 자기도 모르게 손을 내밀어 그를 잡아끌었다. 마치 아들을 잡아 끄는 것처럼. 미키는 여전히 그녀의 생활 속에 존재했다. 다만 그녀의 마음속에서는 이미 아들에 불과했지만. (150쪽)

자식에 대한 모성애가 남편에 대한 모성애적 사고와 행동으로 이어지고, 그것은 다시 허물까지 포함해서 남성의 모든 행위를 감싸주는 것을 당연시하는 것으로 발전하게 된다. 결국 남성에 대한 여성의 봉사와 헌신 및 의존을 정당화시켜주게 되는 것이다. 그야 말로 모성애 신화가 어머니로서의 여성뿐만 아니라 여성 자체에 마치 본능처럼 내화되어 있음을 보여주는 예라고 하지 않을 수 없다.

홍콩소설에서 이와 같은 가부장적 신화로서의 어머니 대신 여성 또는 인간으로서의 어머니 모습이 나타나게 되는 것도 이에 대한 반발 때문일 것이다. 단순하게는 자신의 이익을 위해 자식을 도외시하는 유형에서부터, 복잡하게는 여성으로서의 자아를 추구하기 위해 자식을 2차적인 존재로 간주하는 유형에 이르기까지, 사랑·헌신·봉사·희생하는 어머니가 아니라 억압·허위·이기·탐욕적인 어머니가 나타나는 것이다. 〈물고기의 저주魚咒〉(왕량허王良和, 2000)에 나오는 화자의 어머니는, 남성인 작가가 아마 의도하지 않았을 것임에도 불구하고, 이를 분명히 보여준다. 이 소설에는 두 명의 어머니가 등장한다. 화자의 친구인 진평의 어머니와 화자의 어머니다. 진평의 어머니는 모든 면에서 아들은 물론 아들 친구에게까지 잘 대해주는 온화한 어머니다. 진평의 형으로 정신이상인 셋째 아들이 이미 어른 꼴을 갖추었는데도 그를 즐거이 목욕 시켜주며, 이 정신이상 아들은 어머니가 집에 없으면 불안해하고 빵을 훔쳐 먹을 정도다. 반면에 화자의 어머니는 정반대로, "사나운"(11쪽) 어머니다. 화자를 욕하고 때리고 용돈도 안 주며, 화자가 기르던 오리를 싫어하다가 잡아먹어버린다. 남편이 출근한 뒤 자신은 잠을 자면서 어린 화자가 아침을 준비하도록 내버려두는가 하면, 남편과도 종종 다투면서 심지어는 차에 치여 죽으라고 남편을 저주하기도 한다. 그래서 화자는 진펑의 어머니가 자기 어머니였으면 하고 바란다. 그런데 화자의 어머니가 이런 행동을 보이는 것은 대개 화자에게 아이로서가 아니라 성인(남성)으로서의 징조가 나타날 때이다. 그 중 결정적인 장면은 성장기에 접어든 화자가 진펑과 함께 수상쩍은 거동으로 화장실에서 들어가서 막 자라기 시작한 음모를 확인하고 나올 때다. 어머니가 "너 이렇게 추잡한 짓이라니!"(13쪽)라고 욕하면서 화자를 옷걸이로 사정없이 때리더니, 화자가 키우던 싸움용 물고기인 투어(투어는 모두 수컷이다)를 모조리 죽여 버린다. 화자의 어머니는 이른바 '마녀'적인 여성인 것이다.

다만 이러한 '마녀'적인 어머니의 모습이 과연 진정한 어머니의 모습인가에 대해서는 의문의 여지가 있다. 그것은 어쩌면 어머니의 모습을 전적으로 모성애에 한정시켜버리는 것과 마찬가지 방식으로 여성의 다양한 모습을 오로지 남성에게 분노하는 모습으로 단일화해버리는 오류를 저지르는 것일 수도 있기 때문이다.[4] 그럼에도 불구하고 이러한 '마녀'적인 어머니가 남성중심주의 사회에 불안한 그림자를 드리우는 효과는 분명히 있는 듯하다. 다시 한 번 〈물고기의 저주〉(왕량허, 2000)를 보자. 나중 성인이 된 후 이 두 어머니에 대한 화자의 태도는 완전히 역전된다. 화자는 진펑의 어머니가 남편 사별 후 거의 예순 나이에 재혼했다는 말을 전해 듣고 역겹다고 느끼면서, 그녀가 재혼한 남편과 농

---

4) 메리 야콥슨에 따르면, 샌드라 길버트와 수잔 구바의 비평방법은 일종의 본질주의적 글읽기 방식으로, '광녀', '무녀', '괴물' 등을 가부장제 텍스트 하의 '진정한 여인'으로 읽어버렸으며, 이 때문에 '여성'이라는 이 다원적인 집체가 오로지 분노의 형상으로 단순화되어버렸다고 한다. 張美君, 〈性別與寫作 引言〉, 張美君/朱耀偉編, 《香港文學 @文化研究》, (香港: 牛津大學出版社, 2002), pp. 507-515 참고.

탕질을 하는 장면을 상상한다. 반면에 자신의 어머니에 대해서는 "나는 이미 아버지의 지위를 대신하여, 이 발광하는 여자를 다스리게 되었다."(21쪽)고 하면서, 어머니가 화자의 엉덩이를 토닥거리다가 바지춤에 손을 넣어 고추를 만지면서 내 살붙이라고 말하던 것을 회상한다. 한 마디로 말하자면, 어머니가 여성성을 추구하는 '마녀'가 아니라, 가부장에 의해 통제되는 여성으로, 오직 모성만 가진 어머니로 남아있기를 바라는 화자의 심리가 드러나는 것이다. 물론 이 소설에는 표면적으로는 남성에 대해 반항하는 여성인 어머니가 결국 아들인 남성에 의해 진압되는 것으로 묘사되어 있다. 그러나 그것은 역으로 여성의 자기 존재 주장에 대한 남성의 불안감을 보여주기도 하는 것이다.

다만 모성애를 잃지 않으면서도 여성성을 온전하게 보여줄 수 있는 어머니의 모습이 나타나기까지는 아직 시간이 더 필요한 것으로 보인다. 많은 남성 작가들은 물론이고 여성 작가들조차도 습관적으로 기존의 어머니 이미지를 답습하고 있다는 점은 더욱 그렇게 보이도록 만든다. 혹자는 현실적인 공감을 주면서 이상적인 모델이 될 수 있는 어머니의 모습을 제시한다는 것은 불가능한 일이라고 할지도 모른다. 현실의 어머니 자체가 이미 가부장제에 의해 왜곡된 어머니이기 때문이다. 그러나 문학이 현실을 기계적으로 재현할 수도 없고 그럴 필요도 없다. 또 그 어머니가 반드시 통일성과 총체성을 가진 '우리 모두의 어머니'5) 일 필요는 없다. 따라서 사회적 성별에 의해 강제되지 않은 어머니의

---

5) 샌드라 길버트와 수잔 구바는 텍스트 뒤에 숨겨진 진정한 여성 찾기를 주장하면서, 그것의 최종적 목표로서 단 하나의 여성작가인 '우리 모두의 어머니'(mother of us all)를 추구한다. 토릴 모이는 이를 '강력한 원형으로서의 여성'(a mighty Ur-woman)에 대한 추구라고 바꿔 부르면서, 그녀들의 총체성 강조는 남성중심주의적 이데올로기의 혐의로부터 자유롭지 못하다고 비판했다. 본문의 말은 이를 빗댄 것이다. Toril Moi, *Sexual/Textual Politics: Feminist Literary Theory*, (London ; New York: Methuen, 1985), pp. 66-67 참고.

모습이 충분히 가능하지 않을까?

3. 순종하는 딸과 반항하는 딸

《홍콩단편소설선 1998-1999》

종래부터 많은 문학작품은 효녀는 칭찬하고 불효녀는 비판하는 방식으로 부모에게 순종하는 자식으로서의 딸을 권장하는 경향이 있다. 홍콩소설에서도 이런 경향은 마찬가지다. 〈집 보러 다니기看樓〉(쾅궈후이鄺國惠, 1998)의 주인공 아잉이 자기만의 공간과 자신의 사업을 꿈꾸면서, 오빠와 돈을 합쳐 산 집에서 어머니를 모시고 사는 것은 그렇다 치자. 〈튠문의 에밀리愛美麗在屯門〉(예쓰, 2002)에서 7살 때 어머니를 잃고 편부 아래서 자란 에밀리가 보이는 행동은 효심이 지나쳐서 다소간 의아할 정도이다. 그녀의 가장 큰 걱정은 아버지가 어머니의 위패를 모신 감실을 만들어 놓고 외식도 안 나가고 종일 방에만 틀어박혀 있는 것이다. 한 번은 아버지를 위해 음식을 차리는데 아버지가 제대로 식사도 못 끝낸 채 그만 잠이 들어버린다. "조그만 잔에 담긴 배갈조차 드시지 않아서 그녀는 효녀 노릇도 제대로 못했다. 하는 수 없이 술잔을 감실에 갖다 바치면서 살아생전에 잔 속의 물건을 좋아하시던 어머니에게나 효도"(3쪽)한다. 그 후 그녀는 고향인 홍콩 외곽의 윈롱元朗을 헤매고 돌아다니며 음식 사진을 찍어 아버지에게 보내면서, 부디 아버지가 입맛을 되찾기를 기대한다.

아마도 자식으로서의 딸이 부모에게 효도하는 것 자체를 잘못이라고 말하기는 쉽지 않을 것이다. 그러나 문제는 이러한 효녀 이미지, 순종적인 딸의 묘사가 왕왕 그 정도에서 그치지 않는다는 것이다. 그것은 딸이 독립적인 인격체로 성장하는 것을 가로 막는다거나, 스스로 여성으로서의 존재를 부정하도록 만드는 데까지 나아가기도 하는 것이다. 〈포스트식민 음식과 사랑後殖民食物與愛情〉(예쓰, 1998)과 〈하늘은 푸르고 물은 맑고天藍水白〉(주제祝捷, 2001)는 각각 이를 잘 보여준다.

전자의 화자 '나'는 음식에 대한 관심 면에서 의기투합하여 마리안과 사귀게 되고, 마리안의 아버지와 처음 만나는 날 장소도 홍콩 중심가의 새로 개관한 호텔로 정한다. 그런데 알고 보니 마리안의 아버지는 호텔에서 요리를 관장하던 사람으로, 그녀의 음식에 대한 관심과 훈련은 모두 아버지로부터 전승된 것이었다. 그러나 이 만남은 성공적이지 못 했다. 비록 "어른께서 입으로 불평하신 것은 아니었지만, 당신의 따님 역시 어른의 은근한 불만을 받아들이고 있었"던(8쪽) 것이다. 그 후 화자가 마리안을 바래다주는 길에 두 사람은 어떻게 된 일인지 말다툼을 시작하게 되고, 결국 그 날로 두 사람의 연인 관계는 끝이 나버린다.[6]

후자는 어린 주인공 차짜이가 여기저기 유랑을 하면서 만난 사람들과 겪은 일을 종교적 분위기 속에 동화적 문체로 그려낸 소설이다. 주인공 차짜이가 같은 이름의 소녀 차짜이를 만나는 장면에서 소녀 차짜이의 언니에 관한 다음과 같은 부분이 나온다.

> 언니가 물을 지고 한 걸음 한 걸음 걸어 올라왔다. […] 언니는 물을 독에 쏟아 넣은 후 독에 자기 모습을 비춰보았다. 머리카락이 자랐는지 아닌지를 비춰보았다. 어느 날 아빠가 엄마를 때리며 엄마더러 사내애도 못 낳는다고 욕을 하자, 언니는 머리카락을 자르고는 울면서 아빠한테 말했더랬다. "엄마를 때리지 마세요. 이제부터 제가 사내애를 하면 되잖아요?"(78쪽)

---

6) 또 소설 속에서 마리안이 화자 외에 과거 여러 남자와 사귀다가 번번이 헤어진 것도 모두가 상대방 남자의 음식에 대한 무지 때문이었다.

전자의 경우 전형적인 효녀 스토리는 아니지만 아버지의 영향(통제)이 성장 후에도 계속 작용함으로써 딸인 마리안이 남성과의 결합에 실패하고 있는 것이다. 후자의 경우 어머니에 대한 효심과 아버지에 대한 복종심에서 딸이 자신의 여성성을 스스로 부정하고 있는 것이다. 비록 근본적으로 여성성이 소멸될 수는 없는 일이지만.

더구나 이와 같은 순종적 딸의 강조는 가정 내에서 부모(사실은 가부장적 권력)에게 순종하는 것으로 끝나지 않는다. 가부장적 사회 자체에 복종하는 것으로 이어지기 쉽다. 잠시 홍콩소설을 떠나 20세기 중국문학 전체로 눈길을 돌려보자.[7] 20세기 초 중국 신문학의 주요 소재 중 하나는 자유연애, 자유결혼이었다. 개인의 입장에서는 개인의 독립 선언이자, 여성의 입장에서는 여성의 존재 선언인 셈이었다. 그러나 시간이 흐르면서 구국과 계몽이라는 사조 아래, 비록 부분적 예외는 있었지만, 여성의 존재는 집체의 한 구성원으로서 점차 무성화 내지 남성화되어갔다. 지주 황스런으로부터 성폭행을 당한 〈백모녀白毛女〉의 시얼은 그저 지주에게 수탈당한 농민(농민의 딸)일 뿐이었고, 〈붉은색 낭자 군대紅色娘子軍〉의 충화는 혁명의 영웅(당의 딸)일 뿐이었다. 다시 말하자면, 남녀 평등하다는 말은 이미 남녀 구분 없이 국가·민족·계급 이데올로기에 복종한다는 뜻이자, 변형된 남성중심주의에 의해 여성성이 취소되었음을 뜻하는 것이었다. 이처럼 가부장적 사회에서는 부모를 통한 딸의 통제 즉 딸의 여성성에 대한 통제가 계속 시도될 수밖에 없다. 〈젊은 시절 이야기青春遺事〉(황찬란黃燦然, 1998)에서 류위칭의 부모가 딸의 의사와 상관없이 혼사를 추진해나가는 장면이 등장하는 것도 그런 때문이다. 또 〈스파게티, 대나무 잎, 시우만 그리고 등등〉(샤오셰, 2000)에

---

7) 홍콩문학과 중국문학의 관계에 관해서는 이 책 〈제3장 홍콩 반환에 따른 홍콩문학의 변화와 의미〉를 참고하기 바란다.

서, 주인공 시우만의 어머니가 여성으로서 딸의 신체적 정신적 변화에는 무감각하면서, "걔에게 지금 가장 중요한 것은 말을 잘 듣는 것"(26쪽)이라고 이야기하는 것도 마찬가지다.

홍콩소설에 나타나는 이런 부분들은 사람들의 의식 밑바탕에는 아직까지도 자식이 부모의 소유물처럼 간주되고 있다는 점을 보여주는 것이다. 특히 상대적으로 아들보다는 딸에게 더 빈번하게 일어난다는 점에서, 어떤 면에서는 근대 이래 여성의 지위가 그리 많이 바뀌지는 않았음을 시사한다. 예를 들면, 〈구석에 쪼그리고 앉은 귀신蹲在牆角的魂〉(리웨이이李維怡, 2002)에서는 아버지가 딸을 구타하는 이야기가 나오는데, 피범벅이 되어 거의 죽다가 살아난 9살 된 딸은 그 후 성장하여 경찰관이 되지만 종종 '그'가 구석에 쪼그리고 앉아서 자신을 쳐다보는 듯한 환영을 본다. 원래 권력의 직접적인 행사는 인간의 신체에 대한 것이다. 봉건사회에서 권력이 사람의 목숨을 함부로 다룬 것이 그러하고, 가부장제하 가정 내의 가정폭력이 그러하다.

만일 이런 것이 물리적 행위를 통해 딸(여성)을 가부장제에 순응시키는 예를 보여준 것이라고 한다면, 〈석양의 온찡거리日落安靜道〉(천후이陳慧, 1998)는 딸(여성)이 결국은 가부장제에서 벗어날 수 없음을 암시하는 예를 보여준다. 이해를 돕기 위해 소설 속의 사건들을 시간 순으로 다시 정리하자면 대략 다음과 같다.

주인공 러샤는 장의차를 운전하는 유일한 보호자인 아버지와 단 둘이 산다. 아버지의 직장인 장례식장이 거의 놀이터나 집과 다름없다. 하지만 차츰 성장해가면서 아버지더러 장의차 대신 트럭을 운전하면 안 되겠느냐고 묻는 등 아버지의 직업과 직장을 조금씩 거북해한다. 9살이 되어 혼자 집에서 아버지를 기다리겠다고 한 날 그만 끓는 물에 손을 데고 만다. 응급실에서 러샤의 아버지는 계속해서 "왜 말을 안 듣니? […] 커갈수록 말을 안 듣는구나."(72쪽)라고 짜증을 낸다. 그때 이후로 아버지로부터 늘 이 말을 듣게 된다. 14살이던 어느 날 유명 가수가 죽자 장례식장으로 아이들을 데리고 온 일로 해서 아버지에게 시체를 묶는 삼끈으로 손발이 묶여 시체를 담는 광주리에 감금된다. 누군가에 의해 풀려난 그녀는 그 길로 가출을 하고, 장례식장 뒷길에서 우연히 트럭운전수인 친 선생을 만난다. 그 후 그녀는 거리를 떠돌며 되는대로 살아가는 한편 그녀를 계속 지켜보는 친 선생의 보살핌을 받는다. 결국 21살이 되던 해 친 선생과 함께 살기로 한다. 그런데 혼수를 준비하러 가던 길에 우연히 아버지가 죽은 것을 알게 되고 아버지의 장례를 치르게 된다.

가부장으로서의 아버지의 보호(통제), 성장해나가면서 그 보호(통제)를 벗어나려는 딸의 노력, 아버지로부터의 이탈, 새로운 보호자와의 만남, 새로운 가부장으로서의 남편과의 결합, 옛 가부장으로서의 아버지의 죽음이라는 이 일련의 과정을 보면, 아마 더 이상 긴 설명이 필요 없을 것이다. 딸의 성장이란 결국 아버지라는 가부장으로부터 새로운 보호자로서 남편이라는 가부장으로의 이동에 불과하다는 것을 보여주는 것이다. 트럭운전수라는 친 선생의 직업도 그러하거니와, 소설 속에서 친 선생이 마련한 집의 바닥이 장례식장과 똑같이 운석 바닥으로 되어 있고, 처음엔 이를 싫어하던 러샤가 나중엔 그냥 두자고 하는 것 역시 상징적이지만 분명하게 이 점을 나타낸다. 이런 면에서 보자면 아버지가 죽은 직후 우연히 장례식장 사람들과 만나게 되었을 때 러샤가 한 말은 상당히 의미심장하다. "난 그저 지나가던 길이란 말이에요. 날 좀 놓아주세요."(76쪽)

물론 홍콩소설에는 순종적인 딸만 등장하는 것이 아니라 반항적인 딸들도 등장한다. 〈자유 낙하체 사건自由落體事件〉(옌춘거우, 2000)의 불량소녀 아후이는 경찰관인 주인공 '그'에게는 일종의 요부(팜 파탈)적인 인물로, "엄마가 즐거우면 나는 즐겁지 않아요. 엄마는 왜 내가 즐겁도록 하지 않나요!"(271쪽)라면서 그를 이용하여 두 차례나 어머니의 재혼생활을 파탄시킨다. 〈또 다시 오디가 익는 걸 보며又見椹子紅〉(황옌핑黃燕萍, 1999)에 나오는 시골 처녀 리쥐 역시 돈 문제로 자기를 길러준 의붓아버지에게 대드는가 하면, 결혼하여 아이를 출산한 후에는 생부가 아니라면서 의붓아버지와 함께 생모까지 쫓아내버린다. 그러나 이들이 부모의 가정을 파탄시킨다고는 하지만, 각기 아이를 낳는 방식으로 가정을 재생산한다는 점에서 보자면, 근본적으로 가정으로 대표되는 현존 질서를 전면 부정하는 것은 아니라고 할 수 있다.

만일 이 두 소설이 의식적으로 반항하는 딸을 그려낸 것도 아니고 직접적으로 여성 문제를 다룬 것도 아니라면, 소설 속에서 현실과 기억 그리고 공상을 자유롭게 넘나들면서 어머니에 대한 딸의 순종과 반항을 동시에 보여주는 〈이발理髮〉(셰샤오훙, 2001)은 충분히 주목할 만하다. 이 소설은 어머니가 화자인 딸의 머리를 잘라주는 장면에서 시작하는데, 머리를 자르는 동안 화자가 단속적으로 회상과 공상에 빠져들면서 현재·과거·공상 속의 모녀간의 일이 복잡하게 교차된다. 여기서 주목할 부분은 화자가 자신의 기억을 바탕으로 공상 속에서 만들어내는 모녀 사이의 일이다.

공상 속에서 이발관을 운영하는 엄마의 딸인 화자는 아주 어린 시절에는 전적으로 순종하는 딸이었다. 화자는 이렇게 말한다. "엄마의 품에 안겨 엄마가 [남자에 대해] 치를 떠는 소리를 들으면서, […] 벽에 비친 엄마의 어둡고 커다란 그림자를 바라보며, 나를 포함하고 있는 그 그림자가 모성애의 표징이라는 것을 깊이 느꼈다."(278쪽) "가끔 얻어맞기는 했지만, 당시 나는 모성애에 빠져 있었다."(278쪽) 그러나 13살이 되었을 때, 같은 반 남자애로부터 머리핀을 선물 받은 "붉은 색 머리핀을 머리에 꽂자 […] 엄마보다 예쁘게 달라진 것을 발견"(279쪽)한다. 그리고 엄마에게 반항적으로 행동하면서, "머리핀을 꽂은 채 일부러 엄마 앞에서 왔다갔다 하기도"(279쪽) 하는데, "사실 엄마가 뺨을 올려붙일까 봐 겁이 난다."(279쪽) 그러면 딸의 엄마에 대한 반항은 어떻게 귀결되는가. "나중 머리핀을 뽑고 플라스틱 의자에 걸터앉으며 말했다. 엄마,

머리 자를 때야. 나는 머리핀을 뽑으면서 모든 게 옛날처럼 돌아갈 거라고 생각했다. 그러나 확실히 뭔가가 달라졌다. 그 이후로 엄마는 나를 거의 때리지 않았다. 나 역시 더 이상 엄마에게 그렇게 시키는 대로 무조건 따르지는 않았다."(279-280쪽) 딸은 머리를 잘라달라고 하고 어머니는 딸의 머리를 잘라주는 형식으로 모녀가 화해하는 것이다. 물론 이 화해는 딸의 성장을 엄마가 인정했다는 것을 의미한다.

그런데 이 소설에서, 순종하는 딸이 반항하는 딸로 바뀌고 그러한 딸을 엄마가 인정하고 모녀가 화해한다는 이런 일련의 과정은 단순히 자식의 성장을 인정하는 과정이 아니다. 여성으로서의 딸을 인정하는 과정이다. 그것을 알 수 있는 것은 이 소설 곳곳에서 딸이 성장하면서 여성으로서 어머니와 일종의 경쟁 관계를 형성하기 때문이다. 머리핀을 꽂자 엄마보다 예쁘게 달라진 것이라든가, 이발관 손님을 두고 어머니와 모종의 긴장 관계를 형성한다든가, 비록 공상 속이지만 심지어는 치마 속을 더듬는 아버지의 손길을 받아들인다든가 하는 것이 모두 그렇다. 또 한편으로 딸은 어머니를 사랑하고 어머니의 사랑을 받으면서도 어머니에게 맞는다는 이야기가 여러 번 나오는데, 명확히 드러나는 것은 아니지만 이는 딸의 여성성에 대한 어머니의 부정을 의미한다고 할 수 있다. 그 때문에 머리 자르기 방식으로 모녀가 화해하는 것은 남성 중심주의 사회에서 같은 여성으로서의 동지애를 의미하는 것으로 볼 수 있다. 이 소설에서 등장하는 현실 중의 모녀가 공상 중의 모녀와 유사한 과정을 겪었던 것, 어머니가 자신의 결혼도 어느 정도 부모의 조종을 받았다며 화자의 연애를 격렬히 반대했지만 지금은 더 이상 격동하지 않고 몰두해서 딸의 머리를 잘라주고 있다는 것 등도 이러한 것을 뒷받침해준다.

과거에 비해 1997년 후 홍콩소설에는 딸의 여성성에 대한 관심이 점증하고 있다. 이런 추세 하에, 가부장제 사회에서 현실적으로는 존재해

왔으면서도 그 동안 회피해왔던 아버지로부터 성폭행을 당하는 딸들의
모습이 표면으로 떠오른다. 그 중 〈당라오의 송사와 나의 주먹當勞的官
司和我的拳頭〉(옌춘거우, 2003)에 나오는 밍쥔은 미성년인 16살의 어린
나이에도 불구하고 자신을 성폭행한 의붓아버지를 고발하고, 재판정에
서 가녀린 목소리에 가끔 울먹이기도 하지만 또박또박 증언을 하는 용
감한 모습을 보인다. 그러나 이 소설은 이와 동시에 남성중심주의 사회
에서 여성이 겪는 피해가 얼마나 광범위하고 뿌리 깊은가를 보여주기도
한다. 성폭행을 당한 것 자체도 그렇거니와, 허위 고발이라고 주장하는
의붓아버지뿐만 아니라 이 일을 흥미 위주로 다루는 언론과 증언이라는
형식의 법률 절차에 의해서 피해자로서의 딸이 다시 2차 피해를 입게
되는 것이 그것이다. 심지어 그녀의 어머니 후이신은 이런 2차 피해를
조금이라도 막기 위해 그녀의 의붓아버지이자 남편인 당라오가 이 사실
을 인정해주면 감사하겠다고 부탁하는 상황까지 벌어진다.

위 소설이 이 문제를 비교적 간접적이자 단순하게 처리했다고 한다
면, 중편소설 〈복사꽃 붉은색桃花紅〉(황비윈, 1998)은 여러 가지 면에서
이 문제를 대단히 심도 있게 다루고 있다. 이 소설은 시칭·시룽·시웨
·시위·시메이·시량·시시 등 저우씨집 일곱 자매가 셋째 시웨의 결혼
상대자인 자오더런과 초대면을 하기 위해 큰 딸인 시칭의 집에 모이는
것으로부터 시작한다. 그리고 식사 자리를 전후로 하여 각자 내심의 회
상과 그들 간의 대화 및 화자의 서술을 통해, 마치 퍼즐 맞추기처럼 얽
히고설킨 그들의 과거가 드러난다. 아버지 저우추리와 큰 딸 시칭 사이
에는 근친상간이 있고, 어머니 리훙은 전부터 의심하던 차에 이를 확인
하게 되자 가출해버린다. 이후 막내 시시를 제외한 나머지 딸들도 차례
차례 이 집을 떠나 뿔뿔이 흩어져버리고 아버지 저우추리는 심장병 발
작으로 죽게 되는데, 그녀들은 성인이 된 이후까지도 모두 이런저런 심
각한 후유증을 안고 살아간다. 한 마디로 말하자면 딸들 모두가 각기

아버지로부터 비롯된 상처를 안고 살아가고 있는 것이다.

그 중에서 가장 대표적인 인물은 역시 큰딸 시칭이다. 다음은 소설 시작 부분에서 자오더런의 눈에 비친 시칭 집의 응접실 풍경이다.

> 머리를 들어보니 오래된 수정등이 매달려 있었는데, 수정이 이미 누르스름한 빛을 띠고 있었다. 색깔이 바랜 루이 십오세 식 금색 소파가 있었고, 벽에는 호랑이가죽, 은색 장검, 무인 배역의 의상이 걸려 있었다. [⋯] 자오더런은 마치 정신분열증 환자의 병실에 들어와 있는 것 같았다. [⋯] 시칭이 주방에서 소리쳤다. "난난아, 할아버지 유성기 건드리지 말아라!" 자오더런은 그제야 구석자리의 나팔 유성기를 발견했다. [⋯] 손 가는대로 의상 잡지를 펼쳐들었다. 아주 기묘한 구식 의상이었다. 잡지의 편집이나 글자체마저도 구식이었다. 표지를 들춰봤더니 1973년도 《부녀와 가정》이었다.(99-100쪽)

여기서 암시하듯이 시칭은 여전히 자신을 간음한 아버지와의 기억 속에서 살고 있다. 시칭의 이런 왜곡된 삶은 이후 소설 전체에서 반복적으로 나타난다. 중독 증세는 없지만 허구한 날 술을 마시고, 마작에 집착하고, 남들이 자신을 낮추어 볼까봐 두려워하고, 다른 딸들은 다 잊어버렸는데 홀로 아버지의 기일을 지키고, 아버지와의 추억이 얽혀있는 복사꽃을 지금도 여전히 좋아하고, … 등등. "그렇게나 세월이 지났건만 시칭은 자신이 생각하는 사랑, 영원히 얻을 수 없는 사랑, 도덕을 초월한 사랑에 집착하고"(137쪽) 있는 것이다. 이처럼 자신을 간음한 아버지를 평생 연연해하며 그 기억에서 헤어 나오지 못하는 시칭의 모습은 가부장적 남성중심주의가 얼마나 철저하게 여성을 파괴하고 있는가를 심도 있게 고발하고 있다고 볼 수 있다.

그런데 이 소설의 딸들은 가부장적 남성중심주의 사회 하에서 딸들(여성)이 입는 피해를 단순 고발하는 인물에 그치지 않는다. 여기서 한 걸음 더 나아가서 기존의 가부장적 사회를 바꾸어놓을 수 있는 가능성을 보여준다. 그것은 주로 공통의 기억으로부터 벗어나고 싶어 서로 끊임없이 갈등하면서도 또 그것 때문에 암묵리에 서로 공감하는 모습을 통해서 나타난다.

가장 심각한 피해자라고 할 수 있는 큰 딸 시칭은 다른 딸들에게는 어머니나 다름없다. 예를 들면, "일하러 다니지도 않고 집에서 동생들을 돌보았으며"(105쪽), "어머니가 집을 나가버린 후로 그녀[시칭]는 거의 그녀[막내 시시]의 어머니나 다름없어서, 때로는 그녀가 그녀를 보고 실수로 '엄마'라고 부르기도 했다."(103쪽) 그런데 여기서 중요한 것은, 아버지에 의한 직접적인 피해와 더불어 역할 모델로서의 어머니의 상실이라는 이중의 피해를 입은 딸들(동생들)이, 정작 어머니 리훙보다는 그녀를 대리 어머니로 삼아서 그녀에 대한 반발과 공감을 통해서 각자의 여성성을 보존 내지 확보해나가고 있다는 것이다. 당장 바로 아래 동생인 둘째 시룽부터 그렇다. 그녀는 시칭을 거울 속의 자기로 착각할 정도로 언니와 닮았는데, 언니 때문에 아버지로부터 차별당한 데 대한 반발로 '사교계의 꽃'이 되고, 집안이 풍비박산된 후 돈 많은 앤서니와 결혼하여 멜버른으로 이민을 간다. 그러나 남편이 화냥년이라며 폭행하는 데 견디다 못해 그를 총으로 쏴서 중상을 입히고, 가정폭력에 의한 정당방위로 인정된 뒤 이혼 상태로 딸 난난을 데리고 홍콩으로 돌아온다. 그리고 이 날 언니의 슬리퍼를 신은 채 그렇게나 원망했던 언니와 함께 음식을 준비하면서 "우리 둘 다 이제 늙었어."(97쪽)라고 말하는 것이다. 그녀들은 각자 큰 딸을 반면교사로 삼으면서도 또 큰 딸에게 동질감을 느끼는 것이다. 그렇기 때문에 시칭이 "너네는 내가 천하다고 비웃을 거야. 그래, 난 아직도 아버지를 생각해. 왜 안 돼? 우리에게는 우리의 세월이 있었어."(124쪽)라고 말하자, 여섯째인 시량은 "비웃긴 뭘. 나도 모두와 마찬가지야. 스스로를 주체하지 못하는 사람이 되어버린 걸."(124쪽)이라고 대답하는 것이다. "그녀들이 그렇게 옥신각신하는 것은 그녀들 간에는 그녀들이 그 누구도 서로를 벗어날 수 없음을 잘 알고 있기 때문"(109-110쪽)인 것이다.

이런 딸들의 모습은 무엇을 보여주는 것일까. 남성중심주의를 해체하기 위해서는 여성들의 각성과 일치된 노력이 필수적이라는 것을 상징하는 것이 아닐까? 그렇지만 어쩌면 그것만으로는 충분치 않을지도 모른다. 이미 깊은 상처를 가지고 있는 딸들이, 그것도 가장 큰 상처를 가지고 있는 큰 딸을 대리 어머니로 삼아서, 기존의 세상을 바꾸어놓는다는 것이 쉽지 않을 수도 있는 것이다. 심지어는 "가장 정상적이라고 할 수 있는"(98쪽) 셋째 시웨 역시, "큰 언니와 아버지의 관계가 애매하다"(109쪽)든가 "둘째 언니는 살인혐의자였다"(109쪽)라는 것들이 이상할 데도 없는 그녀 삶의 일부분일 따름이라고 느낄 정도니까. 그런 면에서 보자면, 아버지가 죽는 장면과 이 소설 말미에서 자오더런과 관련된 장면은 상당히 의미심장하다. 이 두 장면을 요약하면 다음과 같다.

> 아내와 딸들을 다 떠나보낸 후 막내 시시와 단 둘이 살던 아버지는 어느 날 음식들을 풍성하게 차려놓고 식구들의 수저를 모두 챙겨 놓은 다음 "내가 무슨 잘못이 있더라도 그래도 한 가정의 가장이다."(134쪽)라고 말한다. 그리고 잠시 후 심장병이 발작하여 고통스럽게 죽어 가는데, 그 와중에 시시를 꽉 움켜잡는 바람에 실랑이를 벌이다가 그녀는 아버지의 입을 틀어막게 되고 그 순간에 아버지가 죽는다. "그녀가 아버지를 죽인 것인지 아니면 아버지가 자연사한 것인지, [···] 그녀에게는 평생 풀 수 없는 수수께끼였다."(135쪽)

> 자오더런은 타오르는 불길 속에 사는 딸들에 대해 소방차 역할은 커녕 겨우 자기 자신을 구할 수나 있으면 다행이라고 생각한다. 그는 시청의 집에서 나와 돌아가는 차안에서 깜빡 잠이 들었던 시웨가 "아버지가 나를 죽이려는 꿈을 꾸었어요."(139쪽)라고 하자, "불가능해요. 당신 아버진 이미 죽었으니까."(139쪽)라고 답한다. 이에 시웨는 모호하게 "그러게요."(139쪽)라고 말하고는 다시 잠이 들고, 그는 손수건으로 시웨의 눈물을 닦아준다. 손수건에서 나는 "눈물 냄새는 약간 싸한 것인 어린 아기의 기억을 불러일

으킨다."(139쪽) 자오더런이 차를 몰아 "갈수록 칠흑같이 컴컴해져서, 색깔도 소리도 없는 혼돈 속으로 들어가는데, 어둠의 끝에 빛이 보인다."(140쪽)

앞서 보았던 다른 소설과는 달리 아버지라는 가부장으로부터 남편이라는 새로운 가부장으로 바뀌는 것이 아니다. 가부장이 자연사한 것인지 딸이 가부장을 죽인 것인지 분명하진 않지만 후자를 강하게 암시하는 가운데, 가부장으로서의 남성이 아니라 가부장제 하에서 스스로나 간신히 보전하고 있는 협력자 내지 동조자로서의 남성과 만나는 것이다. 이는 달리 말하자면, 남성중심주의에서 벗어나 양성 평등의 새로운 질서를 가진 인간 세계를 이루기에는 아직 먼 길이 남아있으며, 여성의 각성과 단결이 필수적인 것은 물론이요, 더 나아가서 가부장제의 폐해를 인식하고 있거나 또는 경험하고 있는 남성과의 동지적 협력이 필요하다는 것을 상징한다고 볼 수도 있을 것이다.

4. 양처와 정부

오늘날 부인(아내)이 남편의 종속물이나 부속물이라고 생각하는 사람은 그리 많지 않을 것이다. 그런데 만일 소설 속에서 부인이란 남편에게 잔소리나 하고, 쓸데없이 남의 일에 관심이 많고, 다른 여자들과 수다나 떨고, 경우에 따라서는 무지하거나 속물적이기까지 한 사람으로 묘사된다면 어떨까? 혹시 부인네들이란 원래 다 그런 법이라고 여기지는 않을까? 아니면 으레 그렇게 묘사되어왔기 때문에 그냥 지나치지는 않을까? 부인에 대한 이런 식의 묘사는 홍콩소설에서도 자주 발견되는데, 당연히 문제가 적지 않다. 예를 들어보자.[8]

---

8) 〈계螃蟹〉(왕량허, 2002)의 화자의 부인, 〈엘리베이터電梯〉(한리주, 1998)의 화자의 부인, 〈또 다시 오디가 익는 걸 보며〉(황옌핑, 1999)의 화자의 어머니, 이웃집의 톈수댁,

〈당라오의 송사와 나의 주먹〉(옌춘거우, 2003)에서 화자는 친구에 대한 의리를 지키려고 했다가 낭패를 보는 인물이다. 그런데 그의 모든 행동은 사태가 꼬이기는 했지만 시종일관 도의와 이치에 입각한 것으로 설명된다. 반면에 화자가 보는 자신의 부인 뤼란은 거의 화자와 반대이다. 화자의 부인은 따지길 좋아하지 않아서 다행이지만 "잔소리가 병으로", "끝까지 물고 늘어지고, 터무니없이 걸고넘어지는데, 원래 머리가 단순한 여자가 기억력이 좋은 것은 기억할 일이 많지 않은 탓"(222쪽)이다. 또 화자의 부인은 남편이 직장까지 그만둔 것을 뒤늦게 알게 되자 울고불고하면서, 심지어 부엌칼로 자살하겠다며 난리를 치다가 칼에 손등을 다치기도 한다. 그러면서도 화자의 부인은 두 딸과 함께 반년여를 오로지 남편이 정상 생활로 돌아오기만 참고 견디면서, 시시로 잔소리를 할 뿐 남편에게는 그저 갚아야 할 고지서 뭉치나 내놓는다. 결국 이 소설에서 남편은 이성적·합리적·생산적인 인물로, 그래서 독단적으로 행동할 수 있는 존재이다. 이에 비해 부인은 남편을 이성적으로 설득하지도 못하고 합리적으로 제어하지도 못하는, 잔소리나 하고 충동적으로 행동하는 인물이다. 또 남편이 반년여를 수입 없이 지내도 별 다른 방도도 없이 "씨나락을 까먹는"(230쪽) 비생산적인 인물로, 그렇기 때문에 남편이 돌아올 때까지 기다리는 남편 의존적인 존재로 묘사된다. 그뿐만 아니다. 화자의 상사 산나는 따지길 좋아하고 공사가 분명한 여성이지만, 그녀의 남편과는 이혼하고 아이도 일찍 죽은 인물로 나온다. 이런 점과 대조해보면 화자의 부인처럼 행동할 때 비로소 가정이 안녕하다는 것 즉 가부장제 질서의 유지가 가능하다는 것을 암시한다.

여기서 보다시피 부인에 대해 때로는 노골적으로 때로는 은연중에 이루어지는 위와 같은 상투적인 묘사는 부인을 남편에 비해 비이성적

___

동네 아주머니들 등이 다 이런 부류에 속한다.

·비합리적·비생산적인 존재로 만든다. 더 나아가서 부인은 남편에게 의존할 수밖에 없는 존재이며, 기껏해야 이른바 양처형의 보조자에 불과하다는 것을 정당화하게 되는 것이다.

하지만 소설 속에 등장하는 이런 부인들을 좀 더 자세히 살펴보면, 그녀들의 교육 정도나 경제 능력으로 볼 때 꼭 남편 의존적이어야 할 이유가 없는 경우가 많다. 그런데도 불구하고 홍콩소설에 나오는 부인 중에는 심지어 손익 계산을 따져본 후 안온한 삶을 위해 스스로 자신의 독립을 포기하고 남편의 보호 하에 들어가는 경우도 있다. 〈'월미각'의 만두〉(리비화, 1999)의 주인공 징징이 그렇다. 그녀는 매우 타산적인 인물로, 그녀의 모든 행동은 오직 남편이 제공하는 편안한 생활에만 초점이 맞추어져 있다. 그녀가 영화배우로서 자신의 지위와 인적 관계를 기꺼이 포기하고 부호의 자제인 남편과 결혼하는 것도 그렇고, 결혼 20년째인 지금도 남편의 말 한 마디에 친정 방문을 포기하는 것도 그렇다. 더구나 남편의 부정을 알게 된 후에도 남편을 비판하지 않는다. 그러기는커녕 오히려 남편의 관심을 되돌리기 위해 젊음을 되찾게 해준다는 태아가 들어간 만두를 먹으러 다니는 극단적인 행동도 서슴지 않는다. 부인은 한 마디로 말해서 교육 정도, 지적 수준, 경제적 자립도, 일 처리 능력, 정서적 독립성 등과 거의 무관하게 왕왕 모든 면에서 남성의 보호를 받고 남성에게 의존하는 존재처럼 묘사되는 것이다. 이렇게 본다면, 교육의 보급이라든가 경제적 자립이 여성의 사회적 지위를 제고할 수 있는 기본 요소이기는 하지만, 그렇다고 해서 그것이 곧 여성의 자아 인식과 여성에 대한 성 차별의 해소를 보장해주지는 않는다고 하겠다.

물론 가정 내에서 부인이 경제권, 결정권, 주도권을 가지고 있어서 여강남약의 상황을 보이는 경우가 전혀 없지는 않다. 그러나 그런 경우에도 부인은 가부장제하의 남성을 대리하거나 아니면 단순히 남성과 여성 간의 권력 전도에 그칠 뿐이다. 남성중심주의의 전복을 통한 새로운 세계의 창조와는 전혀 거리가 멀어 보인다. 〈좋은 신발好鞋子〉(중쥐팡鍾菊芳, 1999)에서 보면, 화자의 아버지는 21년 동안 오직 구두 만드는 것밖에 모르는 사람으로, 화자가 대학에 입학하자 기쁜 나머지 거의 눈물을 흘릴 정도의 인물이다. 이에 반해 그의 부인인 화자의 어머니는 모든 면에서 집안을 리드한다. 구둣가게의 운영을 총괄한다든가, 구둣가게가 내리막을 걷자 주식 투자를 해서 돈을 번다든가, 그렇게 번 돈으로 부동산을 사들인다든가, 생활에 여유가 생기자 마작을 하러 다닌다든가 하는 등이 모두 그렇게 보인다. 그러나 따지고 보면 이런 모든 것들은 남편의 제화 기술이 그 출발점이 된다는 점에서 여전히 남성 의존적이다. 더구나 부인은 여배우가 구두를 맞추러 오면 뭔가를 핑계로 들락거리면서 발의 크기를 재는 남편의 손길을 감시하기도 하고, 저녁밥을 먹은 후에야 비로소 총총히 마작을 하러 나선다. 반면에 남편은 엄마의 발 모양을 묻는 아들의 질문에 선문답처럼 신발이란 한 켤레면 족한데 여자들이란 항상 불만스러워하며 끊임없이 마음에 드는 신발을 찾아 나선다고 대답한다. 또 소설 말미에서 아들인 화자 역시 자신은 신발에 대해 별달리 까다롭지 않으며, 집안에만 들어오면 맨발인 애인의 그런 모습이 좋았는데 결혼이 결정되자 그 애인이 신발을 걱정하더라는 말로 마무리한다. 종합해서 말하자면, 표면적으로는 부인이 강자인 것처럼 보이지만 실제로는 남편이 여전히 이 가정을 주재하면서, 아들을 통해 동일한 가정을 재생산하고 있는 것이다.

이와 같은 남편에 대한 부인의 의존성은 반대로 말하자면 부인에 대한 남편의 지배를 말하는 것이다. 그리고 그러한 지배는 일차적으로 육체적인 행동으로 표현된다. 그 중 가장 직접적인 것이 딸에 대한 그것과 마찬가지로 부인에 대한 가정 폭력이다. 예를 들면, 〈복사꽃 붉은색〉(황비윈, 1998)의 시룽, 〈하늘은 푸르고 물은 맑고〉(주제, 2001)의 소녀 차짜이의 어머니, 〈나·아차오·개구리我, 阿蕎, 牛蛙〉(량진후이梁錦輝, 2000)

의 아차오, 〈언약〉(이수, 1999)의 후싱더 등은 모두 남편 또는 동거하던 남자로부터 폭행을 당하는 여성들이다. 시릉은 결혼 전 이른바 '사교계의 꽃'이었는데 이를 잘 알면서도 결혼한 남편 앤서니로부터 수시로 화냥년이라며 폭행을 당한다. 소녀 차짜이의 어머니는 아들을 낳지 못한다는 것 때문에 욕먹고 얻어맞는다. 동거남인 리톄가 선배로부터 "대부분의 헌 책을 물려받으면서 그 참에 같이 물려받았다"(119쪽)는 아차오는, 경제적으로 점차 생활이 여의치 않게 되자 예민해진 상태에서 그로부터 "몇 년 만에 처음으로" "조폭한 행동"(132쪽)을 당하게 된다. 후싱더는 날마다 욕하고 돈을 뜯어가던 영국인 동거남에게 폭행을 당한다. 이처럼 그들이 폭행당하는 이유는 제 각각이다. 그러나 간단히 말하자면 남성중심주의 사회에서 가부장으로서 남성의 권력을 유지하기 위한 것에 불과하다. 그런데도 그녀들이 취할 수 있는 행동은 많지 않다. 시릉은 견디다 못해 남편을 총으로 쏴서 중상을 입히는데, 비록 나중에 정당방위로 인정되기는 했지만 살인미수 혐의를 받고 경제적으로도 넉넉지 않은 상황에 처하게 된다. 소녀 차짜이의 어머니는 남편을 피해 부엌에서 불만 지핀다. 아차오는 그날 밤 잠을 이루지 못할 뿐만 아니라 얼마 후 앞일을 미리 알려주는 신통력으로서의 냄새 맡는 능력을 잃어버리고는 잠시 어머니에게로 돌아간다. 후싱더는 뱃속의 아이를 잃어버리고 자신은 생명이 위독했다가 간신히 소생하지만 후일 다시 사랑하는 남자와 만나게 됐을 때 이 일로 인해 결혼을 포기하게 된다. 반면에 상대 남자들은 어떤가? 소설 속에서 생략해버린 탓도 있겠지만 그런 일과 관련해서 특별한 상황이 전개되지는 않는다. 앤서니는 주정부의 보호를 받아 피난처에 들어가고, 소녀 차짜이의 아버지는 여전히 부인과 딸들에게 군림하며, 리톄는 양심의 가책을 느끼는 과정을 겪은 후 아차오가 돌아올 것이라고 확신하고, 후싱더의 동거남은 동남아로 도망가버려 잡지 못한다.

부인에 대한 가정 폭력이 가부장적 사회에서 남편에 의한 직접적인 지배권의 행사라고 한다면, 부인을 성적 서비스 제공자로 간주하는 것은 간접적인 지배권의 행사라고 할 만하다. 〈6동 20층 E호의 E6880**(2)〉(천리쥐안, 2000)를 보자. 주인공은 퇴근 후 온통 똑같이 생긴 아파트촌에서 착각으로 남의 집에 들어간다. 급기야는 그 집 부인과 잠자리까지 하려다가 매주 한 번 정해진 날짜가 서로 다른 바람에 그제야 남의 집인 것을 확인하고 허겁지겁 빠져나와 자기 집으로 찾아간다. 소설 자체는 도시의 복제성과 비인간성을 재치 있고 해학적으로 그려낸 수작이라 할 만하다. 하지만 여성 문제의 각도에서 보자면 이 간단한 요약에서도 나타나듯이 부인은 남편에 대해 성적 서비스(및 가사 노동)를 제공하는 존재에 불과한 것이다. 더구나 부인을 성적 서비스 제공자로 간주하는 관념은 남성에게만 국한되는 것이 아니다. 예컨대 앞에서 잠깐 살펴본 〈'월미각'의 만두〉(리비화, 1999)가 그렇다. 주인공 징징은 젊음을 되찾기 위해 태아가 들어간 만두를 먹으러 다닌다. 그것은 곧 남편의 관심을 되돌리기 위한 행동이자 자신이 남편에게 성적 서비스 제공자라는 것을 자인하는 행동인 것이다. 그런 점에서 보자면 징징은 가부장제의 희생자이자 방조자인 셈이다.

페미니즘 이론에 따르면 부인을 성적 서비스 제공자로 간주하는 이런 현상은 부부 사이에서만 일어나는 고립적인 일이 아니다. 그것은 가부장제가 여성에 대한 남성의 지배를 유지하기 위해 여성의 성과 노동을 통제함으로써 비롯되는 것이다. 그리고 이러한 지배를 현실적 이념적으로 뒷받침하는 사회적 제도 중 하나가 외형적인 일부일처제이다. 굳이 페미니즘적 해석을 따르지 않더라도 일부일처제는 기본적으로 양성 모두에게 배우자에 대한 정절 준수를 요구하는 체제이다. 중국에서도 이미 20세기 초에 구미의 영향을 받아 한 남자가 여러 명의 여성을 처첩으로 삼는 것이 비판되었다. 심지어 초혼 여자가 남자의 후처가 되어서는 안 된다는 다소 과격한 주장까지도 제기되었다.[9] 그렇지만 실제로는 이러한 정절 관념이 여성에게만 적용되고 남성에게는 적용되지 않거나 또는 훨씬 관대하게 적용된다. 이는 아마도 남성중심주의 사회인 한에서는 필연적으로 일어나게 되어있는 일일 것이다. 이 때문에 1세기가 지난 지금에도 홍콩소설에서 기혼남성의 혼외정사가 다반사로 나타나며 그 상대는 대부분 미혼여성(독신여성)이다. 예를 들면, 〈'월미각'의 만두〉(리비화, 1999)에서 구둣가게의 직원이었다가 징징의 남편인 리스제와 동거하는 코니, 〈구석에 쪼그리고 앉은 귀신〉(리웨이이, 2002)에서 5년간 동거한 유부남과의 사이에 생긴 2개월 된 태아를 불법 중절하는 화자 쑹메이밍, 역시 유부남과 사귀면서 종종 화자의 집에서 밀회를 하는 친구 맨디, 이혼 후 딸과 살면서 유부남과 사귀면서 여러 모로 피해를 입는 임신중절소의 무면허 여자 의사, 〈사라져버린 부처의 소리失落的梵音〉(신치스辛其氏, 2002)에서 그의 부정에 부인마저 자살하고 마는 유부남 밍량과 사귀는 합자회사의 사장 비서 바이이리, 〈복사꽃 붉은 색〉(황비윈, 1998)에서 자석 침대를 판매하기 위해 만난 유부남 롄이밍과 동거하는 시량 등 일일이 거론하기가 힘들 정도이다.[10]

이들 소설에서 정절을 준수하지 않는 유부남은 대개 별로 특징 없는 인물로 처리되거나 잠시 외도를 하는 것일 뿐인 평범한 인물로 처리된

---

9) 20세기 초 허전何震이 조직한 여자복권회의 기관지 《천의天義》에서 제시한 행동 지침에는, "남자의 명령에 복종해서는 안 된다. 수 명의 여자가 한 남자를 섬겨서는 안 된다. 초혼 여자가 남자의 후처가 되어서는 안 된다." 등이 열거되었다고 한다. 박난영, 〈현대 중국 여성의식의 변화─《天義》《新世紀》와 畢淑敏의 〈여성의 약속(女人的約)〉을 중심으로〉, 《중국어문논총》 제34집, 서울: 중국어문연구회, 2007.9, pp. 357-377 참고.

10) 〈나의 자살 그 사건에 관해關於我自殺那件事〉(셰샤오훙, 2002), 〈매직 문구의 우대권神秘文具優惠券〉(리비화, 2001), 〈내 발 밑의 천국의 춤天堂舞哉足下─裝置小說:○與煙花〉(쿤난, 2001), 〈내가 아는 애욕의 정사我所知道的愛慾情事〉(왕이싱王貽興, 2002), 〈위 이야기〉(천바오전, 2002), 〈젊은 시절 이야기〉(황찬란, 1998) 등에도 유부남의 상대 여성으로 첩·정부·창녀 등이 나온다.

다. 설혹 어느 정도 비판적으로 묘사되는 경우에도 그 비판은 그러한 행동 자체의 문제점에 대한 것이 아니라 그의 인물됨 전반에 대한 것일 뿐이다. 심지어는 그런 행동이 자연스러운 일 내지 어쩔 수 없는 일로 묘사되기까지 한다. 〈사라져버린 부처의 소리〉(신치스, 2002)의 유부남 밍량이 그렇다. 이 소설에서 그는 "다양한 나이와 스타일의 여자들"(152쪽)과 사귀며, 그 중 한 명인 바이이리가 대륙에서 홍콩 출장길에 그의 부인을 만나고 간 후 그의 부인 위난은 꼭 여자 때문이 아니라 불법과 편법을 일삼는 그의 행위를 더 이상 참지 못하겠다는 유서를 남기고 자살하고 만다. 그리고 이어서 다음과 같은 부분이 나온다.

> 밍량은 그가 사귄 여자들 중에서 바이이리를 가장 사랑했다. 처가 죽은 지 3년 뒤에 그는 바이이리와 동거를 시작했다. 위난의 모친은 미처 이혼 수속도 못하고 죽어간 딸을 떠올리면 밍량의 박정함을 느끼면서, 사위 주변을 맴도는 여자들 특히 바이이리에 대해 여전히 말로 할 수 없는 통분을 느꼈다. [⋯] 위난의 죽음에 대해 밍량에게 양심의 가책이 없는 바는 아니었다. [⋯] 그러나 만일 처가 마음을 잘 헤아려 매사에 맞춰주면서 그의 행동이나 됨됨이에 대해 좀 덜 지적했더라면, 그가 꼭 허랑방탕한 여자들과 지내면서 결혼 생활에 불충실하지는 않았을 것이다.(154쪽)

여기서 보다시피, 소설 속 인물인 밍량의 사고와 행동도 그러하거니와, 화자(작가) 역시 유부남의 혼외정사에 대해 대단히 관대하다. 결국 이 소설은 밍량이 법정에 기소되고 그의 진면목을 알게 된 바이이리가 그를 떠나는 것으로 마무리된다. 하지만 그러한 파멸의 직접적인 이유는 회계회사 사장으로서 그의 불법적 행위일 뿐이다. 다시 말해서 밍량의 혼외정사와 부인의 자살은 그의 부정직한 행동과 인품을 말해주는 하나의 재료일 뿐이고, 그러한 행위 자체와 그로 인한 비극에 대한 비판은 없는 것이나 다름없다.

반면에 유부남의 혼외정사 상대 여성들은 첩·정부·창녀 등의 다양한 이름으로 불리면서,[11] 대체로 도덕적 비난까지 포함하여 거의 모든 책임을 혼자서 감당하고 있다. 앞의 예문에서 보듯이 〈사라져버린 부처의 소리〉(신치스, 2002)에서 위난의 어머니는 위난의 죽음이 밍량 때문이 아니라 그의 정부인 바이이리 때문이라고 비난한다. 〈구석에 쪼그리고 앉은 귀신〉(리웨이이, 2002)에서는 쑹메이밍은 '혼자' 불법 중절하러 간다. 심지어 〈젊은 시절 이야기〉(황찬란, 1998)에서는 이 소설에서 배경 수준으로 거론될 뿐인 창녀에 대해서조차도 가혹하다. 그녀를 찾아갔던 쫭루는 "작고 비쩍 마른데다가 서른 여남은 살 되어 보이더라."(179쪽)고 하면서, 갑자기 "거기가 좀 가려운 것 같아. 제기랄, 성병은 안 걸려야 할 텐데."(179쪽)라고 말하는 것이다. 한 마디로 말해서 과정과 이유가 어떠하든 간에 결국 모든 책임과 부담을 여성에게 떠넘기는 것이다.

그런데 의문스러운 점이 있다. 이상에서 보듯이 유부남의 혼외정사 상대는 대부분 미혼여성이고, 그녀들은 상당수가 자기 성찰 능력도 가지고 있고 경제적으로도 독립해 있는 여성들이다. 그런데 왜 그렇게 상대 남성으로부터 피해를 감수해가며 불평등한 관계를 유지하는 것일까? 그렇다고 해서 그녀들이 상대 남성에게 자신의 많은 것을 포기할 만큼 강렬한 사랑과 정신적 일체감 및 성적 만족을 느끼는 것도 아니다. 그런 면에서 〈구석에 쪼그리고 앉은 귀신〉(리웨이이, 2002)의 화자 쑹메이밍이 한 말은 혹시 하나의 시사가 될지도 모르겠다. 쑹메이밍이 이미 낙태해버린 사실은 밝히지 않은 채 남자가 소식이 없던 지난 두 달 사이에 임

---

11) 윤형숙에 따르면 남성중심주의 사회에서 "노동력, 섹슈얼리티, 재생산 능력(reproductive capacities)이 선택적으로 전유되는 방식에 따라 여성은 하녀, 섹스워커, 엔터테이너, 처, 첩 등 다양하게 호명되며 차별적인 지위와 정체성을 갖게 된다."고 한다. 윤형숙, 〈지구화, 이주여성, 가족재생산과 홍콩인의 정체성〉, 《중국현대문학》 제33호, 서울: 중국현대문학학회, 2005.6, p. 130.

신을 했다고 하자 상대 남자는 어물쩍 도망가려는 모습을 보인다. 이런 남자의 모습을 보고 그녀는 마음속으로 "갑자기 나는 왜 내가 이런 남자와 5년이나 끌었는지 알 수가 없었다. 습관이었던가?"(41쪽)라고 말한다. 그렇다. 그녀들은 과거의 여성에 비해 교육도 받았고 경제적인 독립도 가능했다. 하지만 그럼에도 불구하고 남성중심주의 사회가 여전히 여성에게 들씌워놓는 역할을 자신도 모르게 체득하고, 쑹메이밍의 말처럼 이를 습관적으로 되풀이하고 있었던 것일지도 모르는 것이다. 각도를 달리해서 말하자면, 작중 인물 내지 그들로 대표되는 현실 인물들은 물론이고, 홍콩의 작가들 스스로가 아무런 의식 없이 소위 '정부'로서의 여성에 대한 기성의 상투적 이미지를 습관적으로 반복해왔을 가능성이 있는 것이다.[12] 만일 쑹메이밍이 여기서 그치고 말았다면 그것은 막연한 자기 각성이 막 시작된 상태에서 끝나는 것일 수도 있었다. 그러나 쑹메이밍은 여기서 그치지 않는다. 그녀는 낙태한 사실을 알게 된 남자가 이것저것 변명하면서 조금만 더 시간을 달라고 하는 모습을 보면서, 마침내 다음과 같이 사고하고 행동한다. "나는 더 이상 나보다 유약한 남자를 사랑하거나 미워할 필요가 없었다. 나는 입가를 닦고 일어나 계산을 한 뒤 집으로 향했다."(43쪽) 사회적으로 습관화된 역할에서 벗어나기 시작하는 것이다. 다시 말해서 여성으로서의 자아인식과 자아 찾기가 시작되었음을 보여주는 것이다.

홍콩소설에서 쑹메이밍과 같은 모습은 그리 흔한 것은 아니다. 다만 그렇다고 해서 아주 드문 것도 아니다. 예를 들면 〈사라져버린 부처의 소리〉(신치스, 2002)가 그렇다. 이 소설은 전체적으로 가부장적 사고와

---

12) 어쩌면 이런 현상은 과거 영국 식민 정부가 자신들의 체제 유지에 유리하다는 점에서 중국 사회의 전통적인 가치 관념을 묵인 내지 조장해온 것이라든가, 홍콩 사람들이 오랜 기간 식민지이자 상업적 대도시라는 환경 속에서 추상적이고 가치적인 것보다 물질적이고 금전적인 것을 우선시해온 것과도 관련이 있을지 모른다.

정서가 넘쳐난다. 그럼에도 불구하고 소설의 화자(작가)는 미처 의식하지 못한 상태에서 여성으로서 부인(정부)의 자기 찾기를 어렴풋이 보여준다. 부인 위난과 정부 바이이리 이 두 사람이 여성으로서 자신의 정체성을 명확하게 인식한 것은 아니지만, 전자의 자살은 밍량으로 대표되는 가부장적 남성에 대한 소극적인 항거인 셈이고 후자의 떠남은 적극적인 부정인 셈이다. 또 〈튠문의 에밀리〉(예쓰, 2002)에서 에밀리가 외국인 남성인 로저와의 짧은 밀월기를 끝낸 후 그와의 동거 생활을 청산하는 것도 마찬가지다. 원래 에밀리는 학력은 낮지만 생활력이 강한 여성이었는데, 로저와 동거하는 동안 자신의 역량을 제대로 발휘할 기회도 없고 또 자신과 로저가 여러 가지 면에서 다르다는 것을 인식한다. 그리고 마침내 "사회적 노동"(12쪽)에 나설 때가 되었다고 생각하고는, 며칠에 걸쳐 취업 원서를 작성한 후의 어느 날 아주 품위 있게 그의 뺨에 키스를 남긴 채 그를 떠나는 것이다. 그리고 로저 역시 "에밀리는 좋은 여자였으며," "그렇지만 그녀를 완전히 이해했다고 말할 수는 없었다."(15쪽)라고 생각한다.

만일 이들이 남성작가의 소설 속에서 비교적 단순하게 자아 찾기를 보여준 여성들이라고 한다면, 여성 작가의 소설 속에는 좀 더 적극적인 자아 찾기를 보여주는 여성들이 등장한다. 대표적인 예가 황비윈 소설 속의 인물들이다. 앞서 말한 것처럼, 〈복사꽃 붉은색〉(황비윈, 1998)에서 둘째 시룽은 남편의 폭력을 견디다 못해 그를 총으로 쏴서 중상을 입히고, 재판 기간 동안 외판원을 하면서 싸워나가고, 결국은 정당방위로 인정된 후 딸을 데리고 홍콩에서 새 출발한다.

《무애기》

또 〈무애기〉(황비윈, 2001)에서 주인공 추추는 결혼까지 하고 "반평생을 살았지만 사랑이 뭔지 모르겠다"(156쪽)고 말조차 하지 못하다가 딸잉잉의 남자친구인 루이와 만난 이후 달라진다. "설령 이생에서 사랑이 없는 한이 있더라도 이러면 안 되는데"(164쪽)라고 생각하면서도 그에게서 사랑을 느끼기 시작하는 것이다.

다만 부인의 이런 여성으로서 자아 찾기에는 조심스러운 부분이 없지 않다. 과거 소설 속의 부인(정부)들은 스스로 성애를 통제하는 요조숙녀 형이든지 아니면 마음껏 성욕을 발산하는 요부요녀 형이든지 둘 중의 하나였다. 그러나 어느 경우든 간에 실은 모두 남성의 상상력에 맞춘 여성일 뿐이었다. 다시 말해서, 여성의 '성'이란 한결같이 남성을 위해서만 존재해왔던 것이다. 그렇기 때문에 부인(여성)의 자아 찾기는 어느 정도 이와 같은 지난 시절의 금기를 깨트리고 사랑과 성애에 대한 적극적인 추구와 관련될 수밖에 없다. 하지만 이것이 과연 단순한 육욕의 추구와 어떤 관계에 있는가를 명확하게 구분하기란 쉽지 않다.[13] 비록 일부에서는 여성의 성적 욕망은 자연스러운 것이자 사랑의 표현이며 정신 사상과 하나로 일치되는 것이라야 한다고 강조하지만,[14] 설령 그렇다고 하더라도 자칫하면 단순한 육체적 욕망의 긍정으로 흐를 우려가 없지 않다.

어쩌면 이와 같은 어려움과 관계가 있을지 모른다. 〈누드 사진—張裸照〉(다이핑戴平, 1999)에서 왕마의 부인인 친의 자아 찾기는 현실 상황

---

13) 다나 덴스모어는 여성해방과 성해방은 동의어가 아니라는 주장을 했다. 그녀에 따르면, 이른바 성해방이란 사실상 여성을 종속적이도록 만드는 또 다른 책략일 뿐이고, 영적인 자유, 지적인 자유, 프라이버시의 침입 및 품위를 떨어뜨리는 상투적인 모욕으로부터의 자유 이런 것들이 더욱 중요한 것이라고 한다. 조세핀 도노번 지음, 김익두/이월영 옮김, 《페미니즘 이론》, (서울: 문예출판사, 1999), p. 264 참고.

14) 伍寶珠, 《書寫女性與女性書寫: 八・九十年代香港女性小說研究》, (臺北: 大安出版社, 2006), pp. 132-133.

과는 아직 거리가 있는 일종의 바람 정도에 머무르고 있다. 친은 임신 중에 생긴 자궁의 혹 때문에 수술을 하게 되자 남편의 친구인 사진예술 가 라오모를 찾아와 어쩌면 마지막이 될 사진을 찍어달라며 스스로 옷을 벗는다. 그녀는 이 세상에서 오직 라오모만이 죽음의 언저리에 서있는 그녀에게 행복을 충족시켜 줄 수 있음을 깨달았던 것이다. 그렇지만 수술이 무사히 끝나고 그 후 다시 아들을 출산한 뒤 그녀는 음식점 주인인 왕마의 평범한 부인으로 되돌아간다. 이처럼 결혼 후 자신이 남편을 사랑하지 않음을 깨달았고, "근본적으로 자신은 기실 라오모의 투영일 뿐임을 발견"(230쪽)했으며, 죽음과 생명을 동시에 겪는 시점에서 라오모와 결합했던 그녀가 다시 왕마에게로 돌아간 것을 어떻게 보아야 할까? 소설 속에서 화자 역시 같은 의문을 제기한다. "라오모의 침대머리에 걸려있던 대형 나체사진이 떠올랐다. 예술적 이미지 속의 그 여인과 눈앞의 친은 그렇게나 달랐다. 어느 것이 더욱 진실하며, 생존의 원래 모습과 더욱 가까운 것일까?"(232쪽) 이는 혹시 여성이 자아각성 후에 다시 자아 찾기로 나아가기가 쉽지 않음을 보여주는 예가 될지도 모르겠다.

〈위 이야기〉(천바오전, 2002)에서 아예 작가가 직접 소설에 끼어드는 것도 역시 그 때문일지 모른다. 이 소설의 주인공 위는 자신의 "감정에 충실하게 사는"(168쪽) 여성으로 열세 살 이후 남자 친구가 끊이지 않았다. 그녀는 건실한 남편과 귀여운 딸을 사랑하며 평범한 가정주부로 살면서도 낯선 젊은 청년의 열정적인 눈길을 받아들여 숲속에서 정사를 벌이기도 하고, 딸의 피아노 선생과 어느 순간 이성으로 인식하게 되면서 한동안 열정을 불태우기도 하고, 스쿠버 다이빙 가게에서 아르바이트를 하던 중 우연한 계기로 가게 주인과 성 관계를 맺기도 한다. 그런데 지금껏 3인칭 시점으로 전개되던 소설의 말미에 이르러 갑자기 1인칭 화자(작가)가 등장해서 다음과 같은 평가를 내린다.

이 허위의 사회에서 위와 같은 여자는 아마도 비난을 받을 것이다. 그러
나 그녀는 내가 알고 있는 여자 중에서 가장 단순한 여자다. 단순하기 때
문에, 사랑이 가장 아름답다라든가, 여성의 가치는 사랑하는 것과 사랑받
는 것이다라든가, 많으면 많을수록 좋다라든가 등등 사회의 구석구석에 범
람하는 정보를 아무런 여과 없이 받아들였던 것이다. (188쪽)

여성의 자아 찾기가 한편으로는 단란한 가정의 유지라는 데서 나타
듯이 전통적인 관념에 의해 제약된다. 그런데 다른 한편으로는 자신의
'감정'에 충실하다보니 욕정의 발산으로까지 이어지는 데서 나타나듯이
왜곡된 관념에 의해 오도되는 것이다. 그리고 이 두 관념은 근본적으로
가부장제 사회 자체가 낳은 관념이다. 이런 점에서 그녀는 이 허위적인
사회에서 허위적인 삶을 살다가 생을 마감한 또 하나의 희생자가 되었
다. 그녀의 모호한 자아각성과 자아 찾기는 올바른 출구를 찾지 못함으
로써 결국 실패하고 말았던 것이다. 이는 달리 보자면 여성의 자아각성
과 자아 찾기가 자칫하면 허위적 사회의 허위적 가치에 의해 제약되거
나 오도될 가능성이 있지만 그럼에도 결코 포기될 수 없는 그런 것임을
말하고 있는 것이다.

이런 면에서 보자면 홍콩소설에서 등장하는 부인들의 여성으로서 자
아 찾기가 이미 시작된 것은 분명하지만 그러나 그것이 어떤 식으로 전
개될 것인가에 대해서는 아직 명확히 나타나지는 않은 상태라고 하겠다.

5. 여성의 자아각성과 자아 찾기

1997년 후 홍콩소설에서 명시적이고 노골적인 남존여비라든가 여성
비하적인 여성의 모습은 그다지 많이 나타나지 않는다. 그러나 사회적
인 남녀 성별 역할에 대한 전통적 편견이 여전히 강력하게 존재하는데
다가, 특히 여성이 남성에 의해 규정되는 물화와 타자화 상태에서 벗어

나지 못했다는 점에서 홍콩소설에 나타나는 여성의 모습이 방향 전환을 했다고 보기에는 아직 무리가 있다.[15] 예를 들면 〈좀벌레의 약사衣魚簡史〉(둥치장, 2002)가 그렇다. 이 소설은 문학행위의 쾌감은 성적 행위의 쾌감과 동일하다는 로망 롤랑의 비유에 기대어, 잊힌 도서관, 잊힌 책, 잊힌 문학, 잊힌 성욕 및 잊힌 여자 등의 소도구들을 사용하면서, '죽어가는' 문학에 대한 강한 애정과 집착을 보여주는 수작이다. 그렇지만 이 소설에서 화자는 남성작가의 남성화자라는 한계가 작용한다 치더라도 시종일관 냉정하고 치밀한 응시자로서 여성을 물화, 타자화하고 있다. 예컨대 성교 때 그가 상대 여성을 굽어보면서 그녀의 신체와 반응을 마치 카메라처럼 관찰하는 것 등이 그렇다. 반면에 상대 여성은 화자의 시각에서는 성적 대상·관찰 대상이자 욕망을 실현시켜주는 도구에 불과하다. 소설의 내용을 통해 유추해볼 때 솔직하고 총명하며 논리적이고 자기 주관이 뚜렷한 여성임에도 불구하고 말이다.

그러나 이런 전반적인 외형상의 모습에도 불구하고 내용상으로는 상당히 의미 있는 변화를 보이고 있다. 이미 본문에서 살펴본 것처럼 '마녀'적인 어머니, 반항하고 연대하는 딸, 과거와 결별하는 부인 등은 바로 이런 것을 보여주는 것이다. 이와 동시에 글쓰기의 방식 면에서도 동일한 변화가 나타난다. 황비윈의 소설이 그 대표적인 예다.[16] 〈무애기〉(황비윈, 2001)에서 추추는 아버지가 남긴 유물 중에서 왕장뤼라는

---

15) 나는 소설이 여성의 긍정적인 모습만 표현해야 한다고 주장하는 것이 아니다. 긍정적인 것이든 혹은 부정적인 것이든 간에 소설 속에 나타나는 여성의 모습이, 특정한 이미지를 지속적으로 반복함으로써 여성에 대한 왜곡된 관념을 조장할 우려가 있으며, 이는 많은 부분 가부장제 이데올로기에서 비롯된 것이자 이 이데올로기를 유지 강화시켜주는 기능을 하고 있다는 점을 말하고자 하는 것이다.
16) 황비윈의 소설에 대해서 우바오주伍寶珠 역시 유사한 견해를 가지고 있다. 伍寶珠, 《書寫女性與女性書寫: 八·九十年代香港女性小說研究》, (臺北: 大安出版社, 2006), pp. 158-159 및 189-190 참고.

여성이 아버지 린유유에게 보낸 편지뭉치를 읽으면서 아버지의 지난 삶을 알게 된다. 장제張潔의 〈사랑, 잊을 수 없는 것愛,是不能忘記的〉을 연상시키는 이 방식은 이중적인 의미가 있다. 한편으로는 왕장뤼라는 여성이 린유유라는 남성을 서사하고 있으며, 한편으로는 딸인 추추라는 여성이 아버지라는 남성을 훔쳐보고 있는 것이다. 또 〈복사꽃 붉은색〉(황비윈, 1998)에는 앞에서 말한 것처럼 연대기적으로가 아니라 퍼즐 맞추기 식으로 소설이 구성되어 있다. 그런데 퍼즐의 시간성에 관련한 힌트는 자매들의 나이 및 그녀들이 겪는 사건에 대한 기억이며, 그나마 그것들끼리도 서로 엄밀하게 정합하지는 않는다. 말하자면 논리적 이성에 근거한 남성의 역사 서사 방식 대신에 기억과 인상을 중시하는 여성의 시간을 사용하고 있는 것이다.

다만 이러한 변화보다 더 중요한 것은 양성 관계의 불평등에 대한 여성의 자아각성 및 그에 따른 자아 찾기가 어떻게 효과적으로 나타나고 있는가 하는 점이다. 달리 말하자면 작가가 이에 과연 주목하고 있는가, 소설에서 이것이 표현되고 있는가, 그리고 독자가 이를 발전적으로 읽어낼 수 있는가 하는 점이다. 이런 면에서 보자면, 〈누드 사진〉(다이핑, 1999)이나 〈위 이야기〉(천바오전, 2002) 등에서 나타나듯이 아직은 시간이 좀 더 필요한 듯하다.

여기서 본격적으로 다루어보지는 못했지만 양성불평등 사회의 희생자는 여성만이 아니라는 점도 첨언하고 싶다. 가부장제 사회에서 주어진 남성 역할로 인해 피해자가 된 남성도 없지 않다는 점이다. 예컨대 〈당라오의 송사와 나의 주먹〉(옌춘거우, 2003)의 화자가 그렇다. 그는 가부장적 사고와 행동을 보여주는 인물이기는 하다. 하지만 따지고 보면 그 역시 가부장제 사회 하에서 "정과 의리를 지키는 남아 대장부 노릇"(232쪽)을 하려다보니 낭패를 당하게 됐던 것이다. 또 〈복사꽃 붉은색〉(황비윈, 1998)의 자오더런 역시 그렇다. 회사 업무에만 매달리면서

부인에 대해 소홀함으로써 결국 이혼에 이르게 된다. 그 후 뒤늦게 자기 자신이나 구할 수 있으면 다행이라고 생각하면서 시웨와의 만남이 삶이 준 행운이라고 느낀다. 이 또한 이 점과 관련지을 수 있을 것이다. 그런 점에서 남성중심주의는 타도되어야 할 대상이지만 남성 자체가 타도되어야 하는 대상인 것은 아니다. 남성중심주의를 무너뜨리고 양성평등의 새로운 인간 사회를 이루어내기에는 아마도 먼 길이 남아있을 것인 바, 여성 자신의 각성과 노력은 물론이요 남성의 각성과 노력 역시 필수적일 것이다.

제6장 홍콩소설 속의 주부와 가정부
— 가사 / 돌봄 노동자

1. 여성 문제에 대한 홍콩소설 속의 인식

《홍콩단편소설선 2000-2001》

소설에 담겨있는 온갖 이야기와 이미지 그리고 서술들이 사회 현실을 있는 그대로 반영하는 것은 아니다. 더구나 소설의 창작과 유통 및 수용의 전 과정에는 문학 행위의 참여자들이 가지고 있는 직간접적인 또는 의식적 무의식적인 의도가 관통하고 있다. 다시 말해서 소설을 창작하는 작가는 물론이고 그것을 편집하고 출판하고 전파하는 출판 관련 중개자들 및 그러한 작품을 선택하고 읽어내는 독자들의 능동적 또는 수동적 참여가 작용한다. 소설은 사회 전체에 대하여 어떤 새로운 이데올로기를 창출하거나 기존의 이데올로기를 강화하거나 그것을 변형하는 역할을 하고 있는 것이다. 그렇다면 여성의 모습이 홍콩소설에서 어떻게 나타나고 있는가를 살펴보는 것은 여성 문제에 관한 홍콩의 사회적 인식과 동향을 검토해보는 기회가 되는 것이자 여성 문제에 대해 우리 자신이 가진 인식을 성찰해보는 기회가 될 수 있을 것이다.

여기서는 1997년 이후 홍콩소설에서 가사노동 및 돌봄노동과 관련하여 주부와 가정부의 모습이 어떻게 나타나는가를 살펴보고, 이로써 여성 문제에 관해 홍콩소설이 어느 정도 의식하고 있는가에 대해서 알아보고자 한다.[1] 이는 물론 여성을 특정한 사회적 역할이나 이미지로 고착화하기 위한 것이 아니다. '목소리를 상실한 집단'이 되어버렸다고는 하지만 여성은 근본적으로 몇 가지 이미지나 역할로 한정지을 수 없는 너무나 다원적이고 복합적인 인간 집단이다. 그런 면에서 잘게 분할된 공간을 계속 연결함으로써 그와 같은 공간이 끝없이 이어질 것이라는 상상을 불러일으키고, 이로써 유한한 공간으로 무한한 공간을 창조해내는 중국의 정원 예술과 같은 효과를 기대할 따름이다. 이 글이 토릴 모이가 비판하는 '여성 이미지 비평'과 유사한 곤혹에 처할 위험성이 있음에도 불구하고 이 방식을 취한 것도 바로 이 때문이다.[2]

여기서 검토 대상으로 삼은 홍콩소설은 《홍콩단편소설선》(홍콩싼롄서점), 《사람을 찾습니다》(이젠미디어) 및 《홍콩문학》(홍콩문학출판사) 외 일부 홍콩의 간행물에 실린 1997년 후의 중단편 소설이다.[3] 해당 출판물의 출간 시기·기간·연속성·판매 부수 및 영향력 등을 고려할 때, 이들 작품은 이 문제와 관련하여 이 시기 홍콩소설의 성과와 동향을 충분히 대표할 수 있으리라 생각한다.

---

1) 앞으로 돌봄노동은 특별히 따로 언급하는 경우 외에는 가사노동에 포함시켜 말하겠다.
2) 토릴 모이에 따르면, 1970년대 초반 미국에서 성행한 '여성 이미지 비평'은 남성 작가들의 작품 속에서 상투적으로 등장하는 여성 이미지를 연구하는 비평으로, 작품 속 여성의 이미지가 실제의 여성과 얼마나 부합하는가를 기준으로 작품을 평가하면서도, 이와는 모순적으로 현실에서는 찾기 어려운 자기실현적 여성이라는 역할 모델의 제시를 요구하는 경향이 있다고 한다. Toril Moi, *Sexual/Textual Politics: Feminist Literary Theory*, (London ; New York: Methuen, 1985), p. 32와 pp. 42-49 참고.
3) 이상에 대한 자세한 서지는 참고문헌 부분을 보기 바란다. 이 장에서 별도 표기가 없는 인용문은 《홍콩단편소설선》(홍콩싼롄서점)에서 인용한 것으로, 괄호 속 쪽수는 당해 연도 작품집의 쪽수이다.

2. 주부 — 가사노동 / 돌봄노동의 전담자

가정 내에서 일어나는 취사, 세탁, 청소, 육아, 교육, 노약자 돌봄 등 가사노동은 여성 그 중에서도 주부가 거의 전담하고 있으며, 그 노동량이 대단하다는 것은 어느 정도 잘 알려져 있는 사실이다. 한국 통계청의 '2014년 생활시간조사'에 따르면, 성인남자의 평일 가사노동 시간은 39분에 불과한데 비해 성인여자의 평일 가사노동 시간은 3시간 25분이라고 한다.4) 이와 같은 가사노동에 대해 오늘날에는 그것이 사회노동 못지않은 가치를 가지고 있다는 인식이 조금씩 확산되고 있다. 또 한편으로는 왜 여성이 꼭 가사노동을 전담해야 하느냐는 의문에서 출발하여 남성도 가사노동을 공평하게 분담해야 한다는 주장도 늘어나고 있다. 그러나 이러한 인식과 주장이 일반화되어 여성의 가사노동이 정당한 평가를 받게 되고 더 나아가서 남성이 가사노동을 공평하게 분담하기까지는 상당히 요원해 보인다. 한국 통계청의 '2016년 사회조사'에 따르면, 13세 이상 인구 중 53.5%가 가사노동을 공평하게 분담해야 한다고 생각하지만, 실제로 부부가 공평하게 분담하고 있다고 응답한 경우는 남편 17.8%, 부인 17.7%에 그치고 있다.5)

한국과는 달리 홍콩에서는 남성이 취사를 포함해서 가사의 상당 부

---

4) 과거 '2004년 생활시간조사'에서는 성인남자의 평일 가사노동 시간은 31분, 성인여자의 하루 평균 가사노동 시간은 3시간 39분이었다. 10년이 지났음에도 불구하고 남녀 가사노동 시간의 수치는 크게 달라지지 않았다. 통계청 홈페이지 http://kostat.go.kr/ 〈2014년 생활시간조사 결과〉(2015.6.29.), p. 2 및 〈2004 생활시간조사 결과〉(2005.5), pp. 38-40.

5) 그나마 2016년의 이 수치는 2008년에 비해 현저하게 개선된 것이다. '2008년 사회조사'에 따르면, 15세 이상 인구 중 32.4%만 가사노동을 공평하게 분담해야 한다고 생각했으며, 부부가 가사노동을 공평하게 분담한다고 응답한 경우는 남편 8.7%, 부인 9.0%에 불과했다. 통계청 홈페이지 http://kostat.go.kr/ 〈2016년 사회조사 결과(가족, 교육, 보건, 안전, 환경)〉(2016.11.15.), p. 10 및 〈2008년 사회조사 결과〉(2008.11), p. 23.

분을 담당하는 것으로 알려져 있다. 하지만 이것 역시 한국에 비해서 상대적으로 그렇다는 것일 가능성이 많다. '중국인 가정에서의 여성의 지위'라는 주제 하에 타이완·톈진天津·상하이·홍콩 4개 지역 학자들이 공동으로 수행한 한 사회학적 연구의 결과는 이렇다. 홍콩 가정에서 가장 중시하는 것은 자녀 교육, 가정 지출, 남편의 직업 선택이다. 부부 각자의 직업 선택은 각자가 결정하고, 자녀의 결혼은 선 불간섭 후 관여하는 형태이다. 그 외 자녀 교육, 가정 지출 등 대부분의 가정 내 의사 결정은 서구의 영향을 받아 부부평등의 상황을 보이고 있다. 하지만 유독 가사 부분에서 만큼은 여전히 중국의 '전통적인' 역할 분담 방식을 따른다.[6]

이를 말해주듯이 홍콩소설에도 가사노동은 그것과 관련한 묘사가 많건 적건 간에 절대적으로 여성 그 중에서도 주부가 거의 도맡아하고 있다. 〈물고기의 저주〉(왕량허, 2000)에서 주방일과 집안 허드렛일을 하는 사람은 어린 시절 화자의 어머니와 화자의 친구 어머니, 그리고 성장 후 화자의 아내 등 모두 주부이다. 〈당라오의 송사와 나의 주먹〉(옌춘거우, 2003)에서도 화자의 부인, 화자 친구의 부인 등 주부가 집안일을 맡고 있다. 또 〈사람을 찾습니다尋人啓事〉(황징黃靜, 2001)에서도 남편, 딸, 아들이 각기 직업을 가지고 있다고는 하지만 역시 주부가 가사를 모두 떠맡고 있다. 이런 상황은 너무나 일반적이기 때문에 일일이 열거하기 어려울 정도다. 심지어 비현실적인 기묘한 이야기를 통해 현대적 대도시 사람의 소통이 단절된 삶에 대해 질문을 제기하는 〈수면睡〉(한리주, 2003)의 경우에도 마찬가지다. 이 소설에서 여자 주인공의 남자친구는 수면병에 걸려 잠만 자면서 갈수록 신체가 줄어들다가 나중

---

6) 陳膺強/劉玉瓊/馬麗莊, 〈香港在婚婦女職業模式與家庭決策〉, 伊慶春/陳玉華主編, 《華人婦女家庭地位: 台灣, 天津, 上海, 香港之比較》, (北京: 社會科學文獻出版社, 2006), pp. 246-268.

에는 그만 종적을 찾을 수 없게 된다. 이 과정에서 환자의 어머니는 아들을 돌볼 공간 문제로 남편과 다투기까지 할 정도로 고민을 하고, 이를 보다 못한 여자 주인공은 결국 그 남자 친구를 자기 집으로 데려와 보살핀다. 그런가 하면 그녀의 집은 이사 나갈 곳이 없어서 아버지와 아버지의 정부 그리고 어머니와 어머니의 애인이 함께 모여 사는데, 그녀의 집에서 조리를 하거나 그녀를 돕는 유일한 사람은 전업주부인 그녀의 어머니이다. 그 뿐만 아니라 그 와중에 환자를 간호하러 오는 간호사(돌봄노동 대행자) 역시 당연한 일인 듯 여성이다. 한 마디로 말해서 가사노동과 돌봄노동은 모두 여성의 몫인 것이다.

물론 이런 사정은 전업주부에게만 국한되지 않는다. 취업주부의 경우에도 마찬가지다. 〈여자 친구와 함께 불법 담배를 팔던 멋진 시절與女朋友一起賣私煙的好日子〉(처정쉬안車正軒, 2003)에 나오는 화자의 어머니를 보자.

> 기본적으로 괜찮은 엄마다. 집안일을 잘 해서 와이셔츠를 카드처럼 매끈하게 다림질해놓는가 하면, 게으름도 피우지 않는데다가 출근해서 돈도 번다. 제일 형편없는 거라면 엄마는 돈이 없다는 것이다. [⋯] 내친 김에 말하자면 엄마는 나와 아버지를 위해 옷을 다리느라고 땀을 뻘뻘 흘리는 것이었다. 엄마에게 에어컨을 틀까하고 물었더니 엄마는 필요 없다고 했다. (207쪽)

그녀는 '출근해서 돈도 버는' 취업주부로서 홍콩의 그 무더운 여름에 절약을 위해 에어컨도 안틀고 땀을 뻘뻘 흘리며 아들과 남편을 위해 다리미질을 한다. 다시 말해서 그녀는 가사 일을 도맡아하면서 직장 일까지 하는 억척 여성인 셈이다. 그러나 말이 억척 여성이지 실제로 그녀가 감당해야 할 부담은 엄청난 것이다. 이처럼 취업주부들은 가사노동과 사회노동이라는 이중의 부담에 시달리고 있는 것이다.

또 이는 결혼한 사이에서만 일어나는 일도 아니다. 〈나·아차오·개구리〉(량진후이, 2000)에서는 아차오와 리톄가 동거할 집을 함께 대청소하기로 약속한다. 하지만 남성인 리톄는 이런저런 일로 까맣게 잊어버리고 있다가 아차오 혼자서 모든 일을 다 끝낸 후에야 나흘 만에 비로소 나타난다. 그 뒤로도 여성인 아차오가 전적으로 조리를 담당한다. 〈쥐老鼠〉(원진文津, 1999)에서는 미니가 남자 친구 미키의 집을 대신 치우기도 하고, 쥐를 잡기 위해 살충제·쥐약·쥐덫 따위를 놓기도 하고, 심지어는 죽은 쥐의 시체까지 신문지에 싸서 갖다 버린다. 〈스파게티, 대나무 잎, 시우만 그리고 등등〉(샤오셰, 2000)에서는 휴일이면 여자주인공 시우만이 남자 친구를 위해 시장을 보고 와서 점심과 저녁을 해먹인다. 〈등 뒤로 비파를反手琵琶〉(천한陳汗, 2000)에서는 과거 여자 친구가 마지막으로 다녀가면서 밥을 해 먹었던 이후로 화자는 주방이라는 존재 자체를 잊어버리고 지냈다고 한다.

한국은 물론이고 한국에 비해 상대적으로 여성의 지위가 향상되었다고 알려져 있는 홍콩에서조차 가사노동에서 이런 상황을 보이고 있는 이유는 무엇일까? 달리 말하자면 홍콩소설에서 여성이 가사노동 전담자로 나타나는 이유는 무엇일까? 그것은 근본적으로 지역과 국가를 불문하고 가족을 보살피고 가사노동을 책임지는 사람은 여성이라는 모성 이데올로기와 성별 분업 이데올로기 및 남성의 가사노동 면제를 전제로 형성되어 있는 사회적 노동 시스템 등이 복합적으로 작용하기 때문일 것이다.

홍콩소설에서도 이런 면모는 어렵지 않게 찾아볼 수 있다. 〈번지점프跳〉(뤼치스, 2000)에 등장하는 프랑스인 아론은 상류가정 출신으로 고급 교육을 받고 사회적으로 승승장구하다가 결국 격렬한 경쟁 속에서 스스로 파멸하여 정신병원에 입원하고 만다. 한창 때는 주말에도 집에 오지 못할 정도로 일에 파묻혀 지내는 그를 대신해서 그의 부인인 낭시가 요리, 육아, 손님 접대를 비롯해서 집안의 모든 대소사를 도맡는다.

한편 아론의 절친한 친구인 홍콩출신인 리포는 평범한 소시민이지만 그역시 사회적 경쟁 속에서 고투하고 있다. 그의 부인은 남편보다 수입이적은 직업을 가지고 가정 경제에 보조적 역할을 하다가 실직을 겪은 후에는 전보다도 더 적은 수입의 일을 다시 맡게 된다. 그런데 그녀의 취업 — 실직 — 재취업 여부에 상관없이 어쨌든 가사노동은 모두 그녀의몫이다. 결국 이 소설에서 작가는 무의식중에 남자는 사회노동에서 끊임없이 경쟁에 시달리는 존재로, 여성은 전업주부든 아니면 취업주부든간에 가정에서 가사노동을 전담해야 하는 사람으로 묘사하고 있는 것이다. 심지어 〈당라오의 송사와 나의 주먹〉(옌춘거우, 2003)은 더욱 극단적이다. 취업주부인 후이신은 미성년자인 친딸 밍쥔이 의붓아버지인 당라오에게 성폭행을 당한 사실을 알고 난 후, 자신이 야간 근무가 많은간호사를 하느라고 딸과 가정을 돌보지 못해 일어난 일이라며 자책한다. 이 소설에서 후이신이 정작 천인공노할 죄를 저지른 재혼한 남편당라오를 탓하기보다는 오히려 자기 자신을 자책하고 있는 것을 보면,남녀 성별 분업 이데올로기가 이미 실제적인 생활에서 뿐만 아니라 정신적인 삶에서까지 얼마나 강력하게 작용하고 있는지를 분명히 알 수있는 것이다.

따지고 보면 가정 내에서의 노동은 가사노동만 있는 것이 아니다. 예를 들면 산업사회 이전에는 여성들이 가정 내에서 길쌈을 한다든가 농사를 짓는다든가 하는 비가사노동을 하는 것이 일반적이었다. 이런 까닭에 산업화가 어느 정도 진행되고 난 후에도 특히 농촌에서는 혼인에있어서 여성에 대한 주요 평가 기준은 다름 아닌 노동력과 생육 능력(노동력의 재생산 능력)이었다. 1970년대 중국 농촌을 배경으로 한 소설 〈또 다시 오디가 익는 걸 보며〉(황옌핑, 1999)에서, 화자의 어머니가반 농담으로 리쥐가 예쁘다며 톈수댁의 며느릿감 운운하자, 톈수댁이대뜸 "몸매도 가냘프고 엉덩이도 실하지 않으니"(151쪽) 자기 자식들이 눈에도 두지 않을 것이라고 한 것은 바로 이를 보여주는 것이다. 또 리쥐 모녀가 리쥐의 생부로부터 쫓겨난 것도 같은 이치다. 표면적으로는 리쥐의 어머니가 아들을 낳은 후 곱사등이가 되면서 남편이 딴 여자를 보게 되었다는 것이지만, 근본적으로는 그녀가 밭일이나 돼지 키우기 따위에 대한 노동력을 상실했기 때문이다. 물론 이런 평가 기준은 그 자체로 여성에 대한 잘못된 시각에서 출발한 것이다. 그렇지만 다소 단순화시켜 말하자면 과거에는 여성도 참여해야 했던 가내노동의 중요성을 간접적으로 보여주는 것이다.

이처럼 과거에는 가내노동에 투여되는 여성의 노동량이 많은 탓에 비록 제한적이기는 해도 여성의 사회노동 참여가 가능했다. 또 이 때문에 남성의 가사노동 분담도 적지 않았다고 할 수 있다. 그러나 자본주의적 산업화가 진전되면서 여성의 사회노동 참여 기능은 점차 축소되고, 사회와 가정이 공적 영역과 사적 영역으로 갈수록 확연하게 구분되었다. 이와 동시에 화폐 가치로 평가되는 임금 및 이와 유사한 형태의 소득을 얻지 못하는 일은 노동으로 간주되지 않게 되면서 가사노동이 보이지 않는 노동으로 고착되어버렸던 것이다.[7] 가정기기의 발달과 소비재 상품의 확산으로 가사노동 자체의 양이 줄어들면서 여성의 사회노동 참여가 더욱 가능해졌을 것이라고 생각하기 쉽다. 하지만 이 역시 전혀 그렇지 못했다. 루쓰 코완의 연구에 따르면,[8] 그런 것들은 남성과 어린이의 가사노동 참여를 감소시켰을 뿐 여성의 가사노동 부담을 줄여주지는 못했고, 오히려 남성과 어린이를 사회노동이나 학습에 전념하도록 만들면서 여성의 가사노동 전담을 강화하고 고착화하는 결과를 초래

---

7) 김성희,《한국여성의 가사노동과 경제활동의 역사》, (서울: 학지사, 2002), pp. 13-37에서 일부 참고.
8) 루쓰 코완 지음, 김성희 등 공역,《과학기술과 가사노동 — 일이 더 많아진 주부》, (서울: 학지사, 1997)

했다고 한다. 〈자유 낙하체 사건〉(옌춘거우, 2000)의 한 장면은 이런 결과를 그대로 보여준다.

> 그녀의 방을 들여다보니 개집처럼 난장판이었다. 그녀의 어머니는 약간 겸연쩍은 듯이 말했다. "다른 사람이 자기 물건을 못 건드리게 해서요." (265쪽)

짧은 구절이지만 가사노동이 전적으로 주부의 몫이 되었으며, 그것이 제대로 수행되지 않는 경우 창피하게 느낄 정도로 의무화되었음을 보여주는 것이다. 같은 소설에서 서른이 훨씬 넘은 나이의 남자 주인공이 어머니와 함께 살면서, 아침이 되면 어머니가 그를 깨워줄 정도로 연로한 어머니가 집안의 모든 일을 다 떠맡고 있는 점도 마찬가지다. 결국 자본주의적 산업화 이후 성별 분업 이데올로기는 더욱 확고해졌을 뿐만 아니라 사회노동 시스템은 가사노동이 면제된 남성과 그를 뒷받침하는 가사노동 전담자로서의 여성을 전제로 하여 재정립되었던 것이다. 그리고 바로 이 때문에 오늘날 남녀평등에 관한 인식이 점차 제고되고 있음에도 불구하고 유독 가사노동 부분에서는 그다지 별다른 진전이 없는 것이다.

물론 홍콩소설에서 전적으로 예외 없이 가사노동을 여성이 전담하는 것만은 아니다. 〈물고기의 저주〉(왕량허, 2000)의 남성 화자는 젖먹이 아들이 울자 얼른 자신이 우유를 타겠다며 선뜻 나선다. 〈게〉(왕량허, 2002)의 남성 화자와 화자의 아버지는 식구들을 위해 게를 조리해서 먹는다. 그러나 이런 행동들이 상시적인 것은 아니었다. 소설 전체를 살펴보면 이런 것들은 특별한 상황이나 계기 또는 일시적 흥에 의한 단편적인 행동일 뿐이고, 가사노동은 역시 그들의 부인이 전담하고 있음을 알 수 있다.[9] 이처럼 홍콩소설에서는 남성이 가사노동을 하는 예외적인 경우가 있다 하더라도 드물기도 하거니와 그마저도 일말의 보조적인 역할에 제한되어 있는 것이다.

그런데 문제는 홍콩소설에서 주부 내지 여성을 가사노동 전담자로 묘사한다는 그 자체에 그치는 것이 아니다. 더욱 중요한 문제는, 앞서의 언급에서도 다소간 짐작할 수 있듯이, 등장인물·화자 및 작가의 행동과 시각에서 뚜렷이 드러나는바 기존의 관념을 답습하고 있으며, 이로써 결과적으로는 그것을 더욱 고착 강화하고 있다는 점이다. 예를 들면 〈당라오의 송사와 나의 주먹〉(옌춘거우, 2003)이 그렇다. 이 소설에서 화자는 의리 때문에 의붓딸을 성폭행한 친구의 재판을 도우러 나섰다가 낭패를 보는 인물이다. 이 일이 벌어진 첫날, 화자가 몰래 직장까지 그만둔 것을 부인이 뒤늦게 알게 된 날, 그리고 그 후 마무리될 무렵에 보였던 부인의 반응에 대해 화자(작가)는 각각 다음과 같이 묘사한다.

> 그날 귀가했을 때 뤄란은 냉랭한 얼굴로 소파에 앉아 있었다. 거실 가운데는 빗자루가 팽개쳐져 있었고, 주방에는 불기라곤 없었다. 세탁기 앞바닥에는 지저분한 옷가지가 한 무더기 쌓여 있었다. (226쪽)

> 두 딸도 난리판에 끼어들어 세 여자가 울었다가 욕했다가 했다. 뤄란은 식탁의 음식들을 바닥에 패대기치더니 주방에 뛰어 들어가 부엌칼을 목에 들이댔다. 두 딸이 울며불며 부엌칼을 빼앗았지만 뤄란의 손등이 칼에 상처를 입었고, 피가 손끝을 타고 식탁이니 의자니 방바닥에 뚝뚝 떨어졌다. (230쪽)

> 반 년 여를 수입이 없어서 온 가족이 '씨나락'을 까먹고 있다 보니 뤄란도 나와 다툴 기력이 없어졌고 두 딸도 나를 투명인간 대하듯이 했다. [···] 집에 돌아오니 뤄란은 말도 없이 갚아야 할 고지서 뭉치를 나의 면전에

---

9) 전자의 경우 아이에게 젖을 먹이는 전체 과정을 보면 평상시에는 부인이 이 일을 전담하고 있음을 충분히 알 수 있다. 후자의 경우 원래 게를 파는 가게에서 일하던 화자의 아버지는 퇴근 때마다 팔다 남은 죽은 게를 가져와서 이미 저녁을 먹은 후인 아들들이 질릴 정도로 해 먹이고, 나중 성인이 된 화자는 언젠가 아버지를 생각하며 일회성으로 자신의 아이들에게 게 요리를 만들어 먹인다.

내던졌다. [⋯] 살아가려면 돈이 없어선 안 된다. 보아하니 이미 일을 찾지 않으면 안 될 상황이었다. (230-231쪽)

이상의 인용문에서 소설 속 인물이나 작가로 대표되는 홍콩 사람들이 주부의 가사노동 전담을 당연시하고 있음을 알기란 어렵지 않다. 여기서 한 걸음 더 나아가서 보자면, 홍콩 사회에서 여성의 취업률이 얼마나 높든지 간에 기본적으로 그 노동 시스템은 남성의 가사노동 면제를 토대로 형성되어 있을 뿐만 아니라, 남성이 사회적 노동을 여성이 가사노동을 전담한다는 성별 분업 이데올로기에 근거하여 구축되어 있음을 알 수 있다. 그리고 문제는 그쯤에서 끝나는 것도 아니다. 이 소설에서 화자의 모든 행동은 시종일관 도의와 이치에 입각한 것으로 설명된다. 그 반면에 위 인용문에서도 어느 정도 드러나듯이 그의 부인 뤄란은 잔소리가 많고 무능하면서 무리하게 행동하는 사람으로 묘사된다는 것이다. 다시 말해서 비록 작가가 의도하지는 않았을지라도 이 소설은 결국 주부란 비이성적·비합리적·비생산적이자 가사노동이나 하면서 남편에게 의존할 수밖에 없는 그런 존재라는 이미지를 반복해서 보여주고 있는 것이다.[10] 즉 이 소설은 여성으로서 주부에 대한 남성중심주의적 편견을 재생산해내고 있는 것이다.

아마도 이런 면을 가장 단적으로 보여주는 예는 〈6동 20층 E호의 E6880**(2)〉(천리줘안, 2000)일 것이다. 이 소설은 직장에서 퇴근한 한 남자의 행적을 통해 현대적 대도시의 비인간적인 복제성과 반복성을 예리하면서도 해학적으로 풍자하고 있는 수작이다. 소설 속 남자는 퇴근길에 온통 똑같이 생긴 아파트촌에서 무심결에 남의 집에 잘못 찾아들어가 신문도 보고 저녁도 먹은 후 그 집의 주부와 잠자리까지 하려는

---

10) 이에 관한 좀 더 상세한 설명은 이 책 〈제5장 홍콩소설 속의 어머니, 딸, 부인 ─ 현모, 효녀, 양처〉을 참고하기 바란다.

순간 실수를 알아채고 허겁지겁 그곳을 빠져나온다. 그리고 다시 자기 집으로 되찾아가서는 조금 전에 했던 행동을 또 그대로 되풀이한다. 다음은 이 소설의 한 장면이다.

> 누군가가 나와서 문을 열어주었다. 문이 미처 다 열리기도 전에 마누라는 뒤돌아서 요리 소리 지글거리는 주방으로 향했다. 손에 주걱을 든 채. 식탁에는 아이들 셋이 고개를 숙이고 한창 숙제를 하고 있었다. [⋯] 그는 아이들을 흘깃 보고는 소파에 엉덩이를 걸치고 앉아 손에 쥐고 있던 Z일보를 펼쳤다. TV에서는 와글와글 [⋯] 마누라가 제일 좋아하는 드라마가 나오고 있었다. 그녀는 냄비에 뭐라도 집어넣었다하면 TV 앞으로 달려 나오고는 했다. [⋯] 그는 침대 가에 걸터앉아 주방에서 들려오는 설거지 소리를 듣고 있었다. 얼마 후 마누라가 다 말린 빨래를 한 무더기 안고 들어서자 그가 내뱉었다. "어이, 빨리 안 해? 나 내일 조기 출근이란 말이야!" 마누라는 그를 등진 채 빨래를 하나씩 개기 시작하면서 말했다. "뭘 빨리해?" (113쪽)

여기서 보듯이 남편은 퇴근 후 신문이나 뒤적거리다가 부인이 차려 준 식사를 한 뒤 침실로 가서 아직도 설거지와 빨래 손질 따위로 바쁜 부인에게 잠자리나 채근한다. 그 반면에 이 집 주부는(전업주부인지 취업주부인지 알 수는 없지만 취업주부라면 더 심각하다) 자신이 좋아하는 텔레비전 연속극조차도 조리 도중에 잠깐잠깐 볼 수밖에 없을 만큼 끊임없이 가사노동에 시달린다. 그런데 여성작가가 창작한 이 소설의 전체 맥락을 따라가 보면, 주부란 그저 가정에서 요리를 하고, 아이를 돌보고, 텔레비전 연속극에 열광하고, 세탁을 하고, 정해진 날에 남편과 잠자리를 같이 하는 일 따위를 기계적으로 반복하는 인물에 불과한 것이다. 다시 말해서 주부란 매일 똑같은 가사노동을 반복하면서 남편에게 성적 서비스나 제공하고 텔레비전 드라마와 같은 하찮은 일에나 매몰되어 버린 마비되고 사물화 된 존재에 불과한 것이다.[11]

---

11) 부인을 성적 서비스 제공자로 보는 점에 관해서는 이 책 〈제5장 홍콩소설 속의 어머니,

이처럼 홍콩소설에서 가사노동과 관련된 주부의 모습은 여성에 대한 기존의 편견과 물화가 그대로 적용되고 있다. 그런 면에서 본다면 이 문제와 관련하여 여성의 모습을 다른 각도에서 제시하고자 노력한 작품이 전혀 없지는 않다는 점은 다소간 희망적이다. 〈위 이야기〉(천바오전, 2002)가 그렇다. 이 소설의 주인공은 위라는 여성이다. 그녀는 어린 시절부터 "자신의 감정에 충실"(168쪽)하여 남자 친구가 끊이지 않았다. 나중 건실한 남편과 귀여운 딸을 사랑하며 평범한 가정주부로 사는 중에도 순간적 충동이나 모호한 갈구로 인해 종종 다른 남자와 욕정을 나눈다. 이 소설에는 다소 부자연스럽게 전개되기는 하지만 주인공의 그와 같은 삶의 이면에는 남성중심주의 사회 속에서 여성에게 들씌워진 허위적 관념과 억압적 요인들이 작용하고 있으며, 여성에게 부가되는 가사노동 역시 그런 것 중의 한 가지였음을 산발적으로 보여주고 있다. 이를 좀 더 자세히 살펴보기 위해 다소 장황하지만 이 소설의 일부분을 요약해보자.

> 결혼 초기 위는 취업주부로서 "낮에는 자신이 경영하는 미장원에서 온갖 일을 다 하면서 직접 미용사 일까지 했고, 밤에는 집에 돌아와 아무리 지쳤어도 먼지 하나 없이 집을 말끔하게 치웠다."(164쪽) 그 후 남편 웨이가 선전深圳을 들락거리며 사업을 하자 그 뒷바라지를 위해 미장원 일을 그만 두고 전업주부가 되는데, 아이의 피아노교습소 동반을 포함해서 집안의 가사를 도맡는다. 남편이 자동차 사고로 다쳐서 집에 있는 동안에는 "매일 직접 주방에 들어가 웨이가 제일 좋아하는 음식을 만들고, 세심하게 그의 상처를 소독하고 약을 갈아주었다."(170쪽) 결혼 생활이 길어지면서 남편이 자신에 대한 애정 표시는 없고 아이에만 관심을 보이는 데 대해 그녀는 불평을 하기 시작한다. 남편은 그 속뜻도 모르고 여가 시간에 뭔가라도 배우든가 아니면 다시 미장원을 하라고 한다. 그러자 그녀는 "[친정]엄마는 나이가 많아서 일(義務)을 많이 하지 못해요. 날마다 내가 밥 하고

딸, 부인 — 현모, 효녀, 양처〉을 참고하기 바란다.

애 공부하는 걸 지키다보니 혼이 빠진다니까요."(171쪽)라고 대답한다. 그러는 와중에 딸의 피아노선생인 신옌 "그와 내왕하게 되면서 그녀의 삶의 경관이 넓어졌다. 더 이상 집, 딸의 학교, 슈퍼마켓, 시장, 쇼핑센터 따위에 국한되지 않았다."(175쪽) 그리고 어느 날 신옌이 놓아둔 미용잡지를 보며 "옛날에는 꾸미는 걸 좋아했는데 지금은 집안일(家務)을 하느라고 숨 돌릴 틈이 없어요. 머리를 자르러 가기도 귀찮다니까요."(176쪽)라고 말하게 된다. 급기야 헤어컷을 배운 적이 있는 신옌이 그녀의 머리를 잘라주는 과정에서 그와의 관계가 남녀 간의 관계로 급진전하게 된다. [강조점은 인용자가 가함]

이 소설에서 작가의 의도는 주인공이 남성중심주의 사회 속에서 여성에게 들씌워진 허위적이고 왜곡된 관념과 억압적인 각종 요인들에 의해 희생되고 마는 인물임을 보여주려는 것이었다.[12] 다만 작가의 의욕과는 달리 소설 자체로 볼 때는 그와 같은 주인공의 사고와 행동을 유발하는 제 요인들이 유기적인 연관성을 가지고 자연스럽게 서술되지 못한다. 이에 따라 결과적으로는 주인공의 행동은 충분한 설득력을 갖지 못한 채 단순히 정욕의 발산 정도로 귀결되고 만다. 그럼에도 불구하고 위에서 요약한 부분들에서 보듯이 이 소설의 여러 가지 에피소드 중에서 주인공 위가 신옌과 관계하게 되는 과정만큼은 비교적 작가의 의도가 짜임새 있게 관철되어 있다. 특히 선명하지는 않지만 여성에게 부가되는 가사노동이 그 가운데 일정한 역할을 하고 있음을 보여주고 있다. 전업주부든 취업주부든 간에 주부에게 가해지는 과중한 가사노동 전담, 취업주부의 가사노동 보조자로서 같은 여성인 친정어머니의 역할에서

---

[12] 작가는 소설의 말미에서 화자의 신분으로 직접 등장하여 주인공에 대해서 자신의 설명을 덧붙인다. 그 설명을 해석해보면, 그녀는 여성으로서의 존재는 무시하고 오로지 가정의 유지만 강조하는 허위적인 도덕관념과 여성의 진정한 자아 찾기와는 무관하게 사실상 본능적인 욕구에 불과한 왜곡된 사랑 관념에 의해 희생된 인물이라는 것이다. 좀 더 상세한 것은 이 책 〈제5장 홍콩소설 속의 어머니, 딸, 부인 — 현모, 효녀, 양처〉을 참고하기 바란다.

보듯이 남성 노동자의 가사노동 면제를 전제로 형성된 노동시스템, 가사노동이 사적영역에 속하는 몰가치한 것으로 간주됨에 따른 여성의 자기 발전 기회 상실, 이런 제 요소들의 이면 작용에 의해 진행되는 주부의 여성으로서 자아 상실 및 모호한 형태의 자아 찾기 등의 문제를 건드리고 있는 것이다. 이 소설은 물론 2007년 노벨문학상 수상자인 도리스 레씽의 〈19호실〉처럼 가사노동의 젠더화와 이로 인한 여성의 소외 문제를 깊이 있게 형상화한 작품은 아니다.[13] 하지만 이 소설이 가사노동 전담자로서 여성이 감당해야 하는 억압을 제시하고 있는 점은, 여성으로서의 모호한 자아 각성과 자아 찾기가 올바른 출구를 찾지 못하고 결국 실패하고 마는 것을 동정적으로 그려내고 있는 점과 더불어 향후 이 문제에 관한 홍콩소설의 발전 가능성을 보여주는 것이라고 하겠다.

3. 가정부 ― 가사노동 / 돌봄노동의 대행자

가사노동과 관련한 남녀평등의 실현은 어떤 방향으로 나아가야 할 것인가? 근본적으로는 노동으로서 가사노동의 가치를 인정함과 동시에 성별 분업 이데올로기를 타파함으로써 남녀의 구분 없이 가사노동의 참여를 당연한 일로 만드는 것이다. 물론 이를 이루기 위해서는 동시에 여러 가지 사항들이 구체적으로 수행되어야 할 것이다. 예를 들면, 현재 많은 사람들이 주장하고 또 노력하고 있는 바와 같이, 자본주의적 사회 시스템 하에서 가치 평가의 척도가 되는 화폐 가치로의 환산이라는 방

---

13) 전문직 여성이었던 주인공 수잔은 남편과 사전 계획 하에 결혼 후 가사노동/돌봄노동을 전담하다가 아이들이 성장한 후 원래의 독립적인 여성으로 돌아가고자 한다. 그러나 그것은 불가능한 일이었고, 그러한 현실을 탈출하기 위해 자신 만의 공간을 찾아 집에서 호텔로, 호텔에서 다시 다른 호텔 19호실로 옮기지만 결국 더 이상의 탈출구가 없는 상황에서 스스로 목숨을 끊고 만다. 유제분, 〈돌봄/가사노동의 소외와 여성 공간〉, 《영어영문학》 54, 서울: 한국영어영문학회, 2008.6, pp. 169-188. 참고.

법을 포함하여 가사노동을 가시적 경제의 일부로 만드는 것이 포함될 것이다. 마이클 하트가 주장하는 정동적 노동(affective labor) 개념에서 보듯이 편안한 느낌, 행복, 만족, 흥분, 열정이나 심지어 결속감이나 귀속감 등을 생산하거나 다루는 노동인 가사노동 및 돌봄노동 자체가 가지고 있는 비물질적 노동으로서의 가치 부여역시 포기할 수 없는 부분이다.[14] 또 가사노동이 사적 공간에서 이루어지는 사적 노동이 아니라 그 자체로 공적 노동의 일

《홍콩단편소설선 2002-2003》

부라는 것을 인지시키고, 그 점을 바탕으로 하여 가사노동에서 면제된 남성 노동자를 전제로 하여 만들어진 현재의 노동 시스템 및 사회 시스템을 변화시켜 나가는 것도 필요하다.

가사노동 문제를 해결하기 위한 이런 방안들은 비교적 근본적이고 장기적인 것이라고 할 수 있다. 이런 탓에 현재 여성이 거의 전담하고 있는 가사노동을 일부라도 경감시키기 위해 가정기기의 활용, 소비재 상품의 사용, 가사노동의 사회적 대행 등의 방식이 임시방편으로 사용되고 있다. 그 중 가장 전통적이자 즉각적인 방법 중 하나는, 경제적 능력이 전제되는 데다가 그 대행자가 주로 같은 여성이라는 점에서 문

---

14) 마이클 하트, 〈정동적 노동〉, 질 들뢰즈 외 지음, 서창현 외 옮김, 《비물질노동과 다중》, (서울: 갈무리, 2005), pp. 139-157 참고. 미래학자인 앨빈 토플러 역시 비화폐 경제로서 '소비자생산 경제'(prosumer economy)의 개념을 제시하면서 무보수 가사노동을 그 중 한 가지 중요한 예로 들고 있다. 그의 언급은 여성 문제와 직접적으로 관련된 것은 아니지만 가사노동의 가치가 다방면에서 이미 널리 인정되고 있음을 보여주는 것이다. 앨빈 토플러/하이디 토플러 지음, 김중웅 옮김, 《부의 미래》, (서울: 청림출판, 2006), pp. 248-253 참고.

제가 상존하게 되는, 가정부나 유모 등 가사노동자의 고용이다. 예컨대 〈번지점프〉(뤼치스, 2000)의 경우가 그렇다. 이미 프랑스에 살고 있는 주인공 리포에 이어서 형과 여동생마저 이민을 결정한다. 이렇게 되자 고령의 아버지 혼자 홍콩에 남게 되는데, 아버지가 양로원에 들어가지 않으려고 한다. 결국 형제들이 의논하여 시간제 가정부를 고용하기로 한다.

홍콩의 경우 1970년대 중반 이후 비약적인 경제 발전으로 인해 사회적 경제 활동에서 대규모의 여성 노동력을 필요로 하게 되었다. 이에 따라 가정에서 자녀 양육과 가사를 담당할 사람이 부족하게 되면서, 외국 국적의 여성 가정부를 초치하여 이 자리를 메우게 된다. 조리·빨래·아이돌보기 등 기본적인 가사를 담당하는 이들의 수는 꾸준히 증가하여 2017년 말에는 홍콩 인구 7,409,800명의 4.99%에 달하는 369,651명(필리핀 출신 54.4%, 인도네시아 출신 43.2%)에 이르게 된다. 이들 외인 가정부는 초기에 대부분 필리핀 출신이었던 데다가 지금도 여전히 필리핀 출신이 절반에 달하기 때문에, 일반적으로는 필리핀 가정부란 의미의 '페이용非傭'으로 통칭된다.[15] 그러나 종래 홍콩소설에서는 주인공이든 아니면 보조적 인물이든 간에 홍콩인의 삶에서 극히 중요한 역할을 하는 이들을 다룬 적이 거의 없었다. 이 장에서 검토한 소설들도 마찬가지여서, 뒤에서 좀 더 상세하게 살펴 볼 〈내가 아는 애욕의 정사〉(왕이싱, 2002) 단 한 편을 제외하고는, 그저 일과성의 단순 언급에 불과할 뿐 이들은 거의 등장하지 않는다.

홍콩소설에서는 왜 이들을 다루지 않았을까? 아마도 그녀들이 외국

---

15) 香港特區政府, 《香港年報》https://www.yearbook.gov.hk/
홍콩의 외국인 가정부의 사회적 상황과 지위 및 이미지에 관해서는 윤형숙, 〈지구화, 이주여성, 가족재생산과 홍콩인의 정체성〉, 《중국현대문학》 제33호, 서울: 중국현대문학학회, 2005.6, pp. 129-156을 참조하기 바란다.

인 여성 노동자이기 때문일 것이다. 즉 홍콩 사람들이 심리적으로나 행동 상으로 그녀들을 홍콩사회의 구성원으로 간주하지 않거나 또는 의식적으로 애써 배제하기 때문일 것이다. 그런데 외국인 여성 노동자라는 측면에서 보자면, 이들 외인 가정부는 이중의 차별을 받고 있다. 즉 외국인으로서의 차별뿐만 아니라 여성으로서의 차별까지 받고 있는 것이다. 전자의 경우는 일단 논외로 하고 후자의 경우를 살펴보자. 아래 인용문은 전술한바 몇 되지 않는 단순 언급들을 모아본 것이다.

> 'XX산장'이라는 이 아파트촌에는 산도 동물도 없었다. 그저 손목 굵기 정도의 나무 몇 그루에, 수많은 아파트 동과 수많은 버스와 수많은 외인 가정부가 있을 뿐이었다.
> 〈6동 20층 E호의 E6880**(2)〉(천리쥐안, 2000), p. 112.

> 1997 이후 […] 홍콩에 남은 외국 남성들은 매력도 없고, 돈도 많지 않으며, 입는 것도 신통찮다. 거리에서 보게 되는 외국 남자들은 모두가 지저분하고 제멋대로이다. 반바지를 꿰차고 세븐일레븐에서 맥주 몇 캔 사가지고는 늘 외인 가정부와 노닥거리기나 한다.
> 〈튠문의 에밀리〉(예쓰, 2002), p. 16.

> 잉잉을 낳은 후 추추는 거의 1년 동안 잠을 이룰 수 없어서 외인 가정부를 들였다. 하지만 밤이 되면 잉잉은 여전히 추추와 함께 잤다. 외인 가정부가 잠을 탐하느라 아이를 배 곯리고 춥게 만들까봐 마음이 놓이지 않던 것이다.
> 〈무애기〉(황비윈, 2001), p. 152.

이를 보면 홍콩소설의 작가와 독자를 포함하는 홍콩 사람들에게 이들이 어떤 이미지로 새겨져있는가를 금방 알 수 있다. 그녀들은 아파트나 버스와 동격의 사물이고, 수준 낮은 외국 남자들이 지분거리는 대상이며, 맡은 바 임무를 다하지 않는 불성실한 여성일 뿐인 것이다. 그리고 이러한 모습은 사물화되고, 남성의 성적 상상의 대상이 되고, 무능력하고 비생산적인 존재가 된다는 점에서, 여성 일반에게 가해지는 차별적 묘사의 연장선상에 있는 것이다.

그렇지만 홍콩에서 가정부는 사실상 인구 비례에서 뿐만 아니라 여러 방면에서 절대로 무시할 수 없는 중요한 역할을 하고 있다. 그 중한 가지는 고용된 가정의 아이들을 돌보는 가운데 아이들의 어머니를 대리하거나 성장기에 있는 아이들의 이성적 모델이 되기도 한다는 것이다. 〈내가 아는 애욕의 정사〉(왕이싱, 2002)에는, 화자의 성장기에 사회활동으로 바쁜 부모가 로사라는 가정부를 고용하는데, 우선 그녀와 관련된 몇 부분을 보도록 하자.

> 매일 학교가 끝나면 나는 어김없이 집에 돌아와 가정부가 차려준 점심을 먹고, 그녀의 감독과 보살핌 속에서 숙제와 복습을 하고 텔레비전을 봤다. [···] 대략 4,5학년 때 내 하체에서는 음모가 나기 시작했다. [···] 이 변화는 로사에 대한 나의 인식에 영향을 주었다. 나는 그녀를 나의 일상생활을 보살펴주는 가정부의 신분에서 청소년기 남자아이의 여체에 대한 환상과 갈구의 투영으로 바꾸어놓을 수밖에 없었다. [···] 로사는 아무 일 없다는 듯이 여전히 매일 아침 나를 깨워 내 손을 잡고 집을 나서서 [···] 학교버스를 기다렸고, 하학할 때면 학교 버스에서 나를 마중했고, [···] 시험을 잘못쳐서 부모에게 욕을 먹거나 매를 맞으면 몰래 내 방에 들어와 나를 위로해 주었다. 그녀는 누구보다도 가까웠다. 그녀는 나의 것이었고, 나는 그녀의 것이었다. (110-111쪽)

여기서 보다 시피 가사노동의 대행자로서 가정부는 단순히 조리와 세탁만 대행하는 것이 아니라 일정 부분 고용주 가정의 자녀 교육까지 떠맡음으로써 아이와 유사 모자지간의 관계를 형성하는가 하면, 청소년기 아이에게는 이성적 대상이 되기까지 하는 것이다.

그러나 가정부는 가족 내에서 위치가 모호하다. 예컨대 비록 가족처럼 대해준다고 하더라도 그것은 인간적으로 대해준다는 것이지 가족으로 인정한다는 것은 아니다. 또 전통적으로 주부가 하는 일을 거의 대부분 대신하기 때문에 그 집안의 주부(아내이자 어머니)와 긴장 관계에 있기가 쉽다.[16] 이에 따라 고용된 집의 식구들로부터, 특히 같은 여성인 주부로부터 지배/피지배의 관계에 처하게 되는 경우가 적지 않다. 홍콩소설에서는 외인 가정부든 아니든 간에 가정부가 등장하는 경우가 거의 없기 때문에 적절한 예를 찾기는 쉽지 않지만, 같은 소설에 나오는 다음 인용문은 이를 어느 정도 짐작할 수 있게 해준다.

> 흔치 않게 가족 세 사람이 같이 저녁 식사를 하게 되었을 때, 나는 로사가 서랍 속에서 기천 달러를 훔쳤다고 핑계대면서 엄마에게 그녀를 내보내라고 말했다. [⋯] 아버지는 [⋯] 아무 말 없었지만 반대하지 않았다. [⋯] 그날 밤 엄마는 어떻게 로사를 달래야할지 몰라서 그저 나지막한 소리로 그녀의 이름만 불러댔다. 로사, 로사, 로사. (121쪽)

가정부를 가족으로 간주하지 않는다는 것과 더불어 가정부의 표면적인 해고 권한은 주부가 가지고 있다는 것, 그러나 남편의 묵시적 동의와 아들의 말 한 마디에 그날 곧바로 수년 동안 고용했던 가정부를 해고한다는 것, 이는 남성의 지배하에 있는 여성이 같은 여성과 다시 지배/피지배의 관계를 형성하고 있음을 보여주는 것이 아닐까? 그런데 더욱 기가 막히는 것은, 이 소설에서 가정부를 해고하는 실제 이유가 고용된 가정의 남자들인 아버지와 아들로부터 동시에 성폭행의 대상이 되었기 때문이라는 점이다. 다시 한 번 소설을 보자.

> 어느 날 [⋯] 일찍 집에 오게 되었다. [⋯] 문을 열자 아버지가 벌거벗은 로사의 몸을 타고앉아 있었다. [⋯] 나는 간신히 침실로 들어가 문을 잠갔다. [⋯] 나는 토하고 싶었다. 나는 아버지가 증오스러웠다. 그런데도 나는 자위를 했다. [⋯] 나는 조금 전 로사의 납작한 유방, 두 다리를 벌린 각도,

---

16) 윤형숙, 〈지구화, 이주여성, 가족재생산과 홍콩인의 정체성〉, 《중국현대문학》 제33호, 서울: 중국현대문학학회, 2005.6, pp. 129-156 참고.

다리에서 건들거리던 팬티, 용서해달라는 소리를 상상했다. […] 저녁에 로사가 노크를 하며 밥 먹으라고 불렀다. 그러면서 나더러 이 일을 다른 사람에게 말하지 말라고 애원했다. […] 로사는 나와 텔레비전 사이에 꿇어앉아서 울면서 머리를 들고는, 조금 전처럼 불분명한 광동말로 뭐라고 했다. […] 나중 그녀는 나의 몸에 올라타더니 옷을 벗겼다. 막 자위를 했던 나는 처음으로 고통과 마비 상태에서 그녀와 했다. 그것은 나의 첫 번째 여자 경험이었다. (120쪽)

여기서 보다시피 가정부는, 고용된 가정의 남자들로부터 성적 대상이 되고 심지어는 성폭행까지 당하는 것이다. 그리고 해직을 두려워한 로사가 입막음으로 눈물을 흘리며 화자의 은밀한 욕망까지 채워주지만 그 결과는 남자들의 암묵적 공모와 요구에 의한 주부의 일방적인 해고 통보였다.

그런데 더 심각한 문제가 있다. 이 소설이 어느 정도 가정부의 상황을 보여줌으로써 결과적으로 피해자로서의 그들에 대한 관심을 환기시키고 있는 것은 사실이다. 하지만 그럼에도 불구하고 의도적이든 아니든 간에 한편으로는 여전히 그들을 물화하고 있다. 그 뿐만 아니라 심지어 홍콩의 언론 매체와 마찬가지로 그들에 대한 부정적인 이미지, 궁극적으로는 여성에 대한 부정적인 이미지를 만들어내고 있다.[17] 이 소설에서 묘사된 바를 종합해 보면 그녀의 모습은 전혀 성적이지 않다. 그럼에도 불구하고 성에 눈을 떠가는 성장기 아이의 시각을 빌어서 상당히 유혹적이라는 느낌을 주고 있다. 또 성폭행이었을 아버지와의 성 관계가 구체적으로 어떤 과정을 통해 이루어졌는지에 대해서는 생략하면서, 한편으로는 입막음을 위해 어린 소년의 욕구를 채워주는 등 암암

---

17) 홍콩에서 외인 가정부는 잘 감독하지 않으면 가정부 고용계약과 이민법을 어기고 매춘업에 종사하며 주인집 남자를 유혹하는 부도덕한 사람들이라는 대중적인 이미지가 퍼져 있다. 윤형숙, 〈지구화, 이주여성, 가족재생산과 홍콩인의 정체성〉, 《중국현대문학》 제33호, 서울: 중국현대문학학회, 2005.6, pp. 129-156 참고.

리에 그녀를 성적으로 방종한 여성인 것처럼 그리고 있다. 게다가 그녀에게는 독학으로 영어를 능숙하게 구사할 정도로 지적 능력과 성실성이 있음에도 불구하고, 학력을 속이고 푼돈을 떼먹으며 농땡이를 치는 부정적인 이미지가 덧씌워진다.

이와 반면에 화자는 성장기에 있었던 자신의 잘못을 참회한다는 방식으로 이 일을 서사하면서도 다음과 같이 언급한다.

> 할아버지는 부인이 셋이었다. 들은 바로는 풍류를 즐기는 천성이라 놀았던 여자의 수가 이 정도가 아니라고 한다. […] 둘째 할머니 소생인 아버지는 할아버지의 진수를 다 물려받은 듯하다. […] 당시 나의 순수하면서도 비열한 욕망이 사실 아버지가 할아버지로부터 물려받은 유전자에서 나온 것임을 생각지도 못했다. […] 그랬더라면 나중 일어난 일로 해서 그렇게 충격을 받지는 않았을 것이다.

화자는 권력에 근거한 성적 충동과 행동이 마치 생래적인 유전인 것처럼 묘사함으로써, 자신을 포함해서 아버지와 심지어는 할아버지까지 면죄부를 부여하고 있는 것이다. 그리고 이런 면죄부가 있기 때문에, 화자는 정작 피해자인 가정부가 어떻게 생각하고 느끼는가라든가 그 피해가 어떠한가에 대해서는 거의 언급함 없이, 그저 일방적으로 가정부를 성장기 기억의 대상으로만 취급할 수 있는 것이다.

전술한 것처럼 검토 대상으로 삼은 홍콩소설에서 가정부에 관련된 부분이 워낙 제한적이었다. 이에 따라 가정부의 모습이 어떻게 나타나는지에 대해 다양한 측면에서 검토해보기는 어려웠다. 그러나 이상에서 살펴본 것만으로도 홍콩소설에 나타난 가정부의 모습에도 여성에 대한 기존의 편견과 물화가 그대로 적용되고 있음을 충분히 알 수 있다. 이런 점은 작가가 남성이든 여성이든 모두 마찬가지이다. 특히 〈내가 아는 애욕의 정사〉(왕이싱, 2002)에서 나타난 주부와 가정부의 관계는 포스트식민 시대의 지배/피지배 관계를 떠올리게 만든다. 예를 들면, 홍

《홍콩단편소설선 2004-2005》

콩이 영국이라는 식민통치자에서 벗어나서 중국이라는 새로운 식민통치자의 지배하에 들어가는 것이 아니냐는 회의가 있는 반면에 다른 한편에서는 홍콩이 오히려 홍콩 주변부의 선전 등지를 경제적으로나 문화적으로 식민지화하기 시작한 것이 아니냐는 반론이 제기되고 있는 것을 연상시킨다. 혹은 미국에서 한인(또는 아시안)과 흑인들 사이의 갈등이 실은 유럽 출신 백인이 지배하고 나머지 집단을 하위에 배치하는 전략적 작업에 의해 형성된, 백인을 정점으로 하는 미국식 인종질서를 반영이라는 것을 연상시킨다.[18] 다시 말해서, 여성 내부에서 다시 또 지배/피지배의 관계가 형성되고, 가부장제 사회 하에서의 남성의 여성에 대한 지배/피지배를 모방함과 동시에 그것을 강화시켜주는 기능을 하는 것 아닌가 하는 우려가 드는 것이다.

4. 여성 문제에 대한 인식의 변화

〈벽과 문從一扇牆到一堵門〉(스이닝石逸寧, 2003)에 보면, 어린 소녀가 부엌에서 음식 준비를 하고 있는 어머니 대신 화자를 맞이하고, 화자는 그녀의 행동을 보며 아직 손님 대하는 법을 모르는구나하고 생각한다. 〈당라오의 송사와 나의 주먹〉(옌춘거우, 2003)에도 화자가 방문한 집의

---

18) 이정덕, 〈미국의 인종·민족정체성과 일상정치 뉴욕시 할렘을 중심으로〉, 김광억 외, 《종족과 민족— 그 단일과 보편의 신화를 넘어서》, (서울: 아카넷, 2005), pp. 379-428 참고.

어린 딸이 어머니가 깎은 과일을 대신 내오고, 화자는 그녀의 가녀린 모습을 보며 그 어떤 남자라도 그녀가 건강하게 잘 자라서 한 평생 잘 살기를 바랄 것이라고 생각한다. 그런데 혹시라도 이는 성별 분업 이데올로기의 전승을 의미하면서 앞으로도 계속해서 가사노동이 여성의 일이 될 것임을 상징하는 불길한 장면은 아닐까?

만일 이 장면들을 정말 그렇게 해석한다면 그것은 아마도 지나친 억측일 것이다. 물론 앞에서 살펴보았듯이 현실적으로 홍콩에서는 가정 내 양성평등에 개선이 있었다고는 하지만 여전히 주부들이 가사노동을 전담하고 있으며, 홍콩소설 속에서도 이를 당연시하여 가사노동 전담자로서의 여성의 모습을 반복적으로 재생산하고 있다. 그 뿐만 아니라 그 과정에서 주부란 비이성적·비합리적·비생산적이자 가사노동이나 하면서 남편에게 의존할 수밖에 없는 존재라는 식으로 묘사하고 있다. 또 현실과 소설 양쪽 모두에서 가사노동의 사회적 대행자라고 할 수 있는 가정부에 대해서도 여성을 사물화하는 편견이 그대로 작동되고 있다. 심지어는 같은 성별인 주부와 가정부 사이에도 지배/피지배의 관계가 형성되어 있다. 그럼에도 불구하고 위 소설의 장면들을 결코 그렇게 해석할 수 없는 것은, 소설 자체로 볼 때 딸 밖에 없는 가정에서 일어난 일과성의 단순한 장면일 뿐이기도 하지만, 그 무엇보다도 가사노동과 관련한 현실 세계의 현재 상황이 더 이상 그대로 지속되지는 않을 것이라고 믿기 때문이다. 달리 말하자면, 가사노동 문제에 관해서 뿐만 아니라 삶의 모든 방면에서 양성평등에 입각한 더욱 진전된 견해와 구체적인 방안이 속속 제시되고 있으며, 아직 전면적인 것은 아니지만 어쨌든 그 실천 역시 이미 시작되었기 때문이다. 그리고 바로 이 때문에 홍콩소설에서도 비록 아직 개념적이고 모호한 상태이기는 하나마 가사노동의 젠더화와 이로 인한 여성의 소외를 다룬 〈내가 아는 애욕의 정사〉(왕이싱, 2002)와 같은 소설이 출현한 것이 아니겠는가?

다만 그러한 변화가 어느 수준에서 얼마나 빨리 이루어질 수 있는가 하는 것은 또 다른 문제이다. 사상이나 이데올로기 역시 사회적 시스템의 일부이다. 하지만 양자의 관계는 일방적인 것이 아니다. 후자의 변화가 전자의 변화를 요구하면서 또한 전자가 후자의 변화를 이끌어내기도 하는 것이다. 그런 점에서 본다면 정치나 학술과는 또 다른 방식으로 인간 삶의 변화에 기여하는 문학 역시 이 부분에서 일정한 역할을 할 수 있을 것이다. 이런 면에서 볼 때 홍콩소설은 양성평등 문제에 있어서 주로 여성이 전담하고 있는 가사노동 및 돌봄노동이 어떤 의미를 가지고 있는지에 대해 아직 충분히 주목하고 있는 것은 아니다. 하지만 홍콩소설이 향후 이 문제에 관해 그 발전 가능성을 보여주고 있는 것은 분명하다. 따라서 아직은 미흡한 홍콩소설의 현 상태를 일종의 참고로 삼음과 동시에 앞으로 기대되는 새로운 변화를 계속 주시할 필요가 있을 것이다.

제7장 홍콩소설 속의 외국인 여성 가사노동자
— '페이용非傭'

1. 휴일의 홍콩

일요일 홍콩 시내를 돌다보면 중완中環의 황후상 광장 등 일부 공공장소에 수많은 동남아시아계 여성들이 차도나 인도 등의 맨 바닥에 삼삼오오 모여 있는 모습을 볼 수 있다. 가만히 앉아 있는 사람, 이야기를 나누는 사람, 음식을 먹는 사람, 카드놀이를 하는 사람, 네일 케어를 받는 사람, 무언가 물품을 주고받거나 사고파는 사람, 노래를 부르거나 춤을 추는 사람, 종교 활동을 하는 사람 … 등 그녀들의 행동이 꼭 같지는 않지만 거의 온 종일 그곳에 있는 것 같다. 아마도 이런 장면은 홍콩 사람에게는 너무나 익숙한 장면일 것이고, 일시적으로 홍콩을 방문하는 사람에게는 너무나 인상 깊은 장면일 것이다. 도대체 그녀들은 누구일까?

홍콩의 외국인 가사노동자

홍콩은 1970년대 중반 이후 비약적인 경제 발전으로 인해 사회적 경제 활동에서 대규모의 여성 노동력을 필요로 하게 되었다. 이에 따라 홍콩에서는 가사노동과 돌봄노동을 담당할 사람이 부족하게 되었다. 처음에는 홍콩 내에서 어느 정도 그러한 인력을 대체할 수 있었다. 그러나 중하위 계층 여성들의 제조업 진출에 이어서 중상위 계층 여성들의 금융업 및 기타 서비스업 진출까지 이어지자 더 이상 그것이 어렵게 되었다. 결국 그 해결책은 외국인 가사노동자外籍家庭傭工를 초치하여 그 자리를 메우는 것이었다. 조리·세탁·청소·아이 돌보기 등 기본적인 가사를 담당하는 이들 외국인 가사노동자는 거의 모두가 여성이다. 이들은 초기에 대부분 필리핀 출신이었던 데다가 지금도 여전히 필리핀 출신이 약 절반에 달하기 때문에, 일반적으로는 '필리핀 가정부非律賓女傭'라는 말에서 비롯된 '페이용非傭'(이하 그 의미와 어감을 종합하여 '외인 가정부'라고 한다)으로 통칭된다.

일요일 홍콩 시내의 특정 공공장소에 대규모로 운집해있는 동남아시아계 여성들은 바로 이들 외인 가정부들이다. 그녀들은 법률로 정해져 있는 바에 따라 최소한 일주일에 한 번은 휴일을 가지게 되어 있는데, 대개 일요일이 되면 고용주 가족만의 시간을 지켜주는 한편 통상 극히 협소한 고용주 가정의 집을 벗어나서 일시적으로나마 휴식을 취하기 위해 바로 이런 곳에서 하루를 보내는 것이다.

2. 믿을 수 없는 사람들

홍콩인들에게는 대단히 낯익은, 그리고 방문객에게는 대단히 낯선 이들 외인 가정부에 대해 홍콩소설에서는 어떻게 묘사하고 있을까? 우선 〈6동 20층 E호의 E6880**(2)〉(천리쥐안, 2000)의 첫 부분을 보자.

'XX산장'이라는 이 아파트촌에는 산도 동물도 없었다. 그저 손목 굵기 정도의 나무 몇 그루에, 수많은 아파트 동과 수많은 버스와 수많은 외인 가정부가 있을 뿐이었다.[1]

홍콩의 외인 가정부 수는 이 소설이 발표된 2000년 말에 이미 홍콩 인구 6,865,600명의 3.17%인 217,790명(필리핀 출신 약 70%)에 달했고, 지난 2017년 말에는 더욱더 늘어나서 홍콩 인구 7,409,800명의 4.99% 인 369,651명(필리핀 출신 54.4%, 인도네시아 출신 43.2%)에 이르렀 다.[2] 그러니 이 인용문에서처럼 그 수가 아파트촌의 건물이나 그곳을 오가는 버스처럼 많다는 비유도 어느 정도 이해가 간다. 그 만큼 홍콩 에는 수많은 외인 가정부가 일을 하고 있는 것이다.

그런데 다시 생각해보면 이 간단한 묘사에는 또 다른 의미가 숨어 있 다. 그것은 어쩌면 홍콩 사람들이 암암리에 그녀들을 아파트나 버스와 동격의 사물로 보고 있을지도 모른다는 것이다. 즉 그녀들을 생각과 감 정을 가진 인격체로 보기보다는 건물이나 버스와 마찬가지인 사물로서 간주하고 있을지도 모른다는 것이다. 이 소설은 온통 똑같이 생긴 아파 트촌에서 자기 집을 잘못 찾아간 한 남자의 행적을 통해 현대적 대도시 의 비인간적인 복제성과 반복성을 해학적으로 풍자하고 있는 예리한 작 품이다. 그럼에도 불구하고 이와 같은 의문스러운 시각을 보여주는 것 은 우연한 일이 아니다. 사실은 외인 가정부에 대한 홍콩 사회의 비교 적 일반화되어 있는 시각과 관계가 있다.

보모를 비롯해서 집안 내 허드렛일을 하는 여성 가사노동자를 고용 하는 일은 옛날부터 있었다. 이는 보통 여유가 있는 집안에서 가능한 일로, 여성 가사노동자를 둔다는 것은 지배층 여성의 특권이었다. 예를

---

1) 陳麗娟, 〈6座20樓E6880**(2)〉, 陶然主編, 《香港文學》 第191期, 香港: 香港文學出版 社, 2000.11, pp. 28-29.
2) 香港特區政府, 《香港年報》, https://www.yearbook.gov.hk/

《홍콩단편소설 백년정화》

들면 〈모성애를 판 사람出賣母愛的人〉(샤이夏易, 1957)에 보면 "린씨 부인은 그녀의 아들을 무척 사랑했지만 그래도 모든 시간을 아들에게 쏟고 싶지는 않았다. 그녀는 마작도 하고 싶었고, 사람도 만나고 싶었고, 얘기도 나누고 싶었고, 심지어는 책도 보고 싶었다. […] 린씨 부인은 마침내 아차이를 찾아냈다."3)라는 부분이 나온다. 그것은 물론 가부장제 사회에서 여성에게 맡겨진 가사노동을 저임금의 다른 여성 노동자에게 떠넘기는 것이었다. 다시 말해서 가부장적 종속 체제 하에서 남성의 억압을 받는 여성이 다른 여성을 억압하는 구조였던 것이다.

그런데 현대사회에 들어오면서 이런 억압 구조에 새로운 형태가 추가되었다. 여성 노동의 상대적인 임금 격차 때문에 여성 가사노동자를 고용하는 경우가 생겨나고 시간이 흐를수록 확산되기 시작한 것이다. 예를 들면, 〈사람 찾기索驥〉(신치스, 1985)에서 30년 전 자신을 돌보아주던 가정부를 찾아 나선 화자는 1950년대 후반 자신의 집에서 어떻게 여성 가사노동자를 고용하게 되었는지에 대해 다음과 같이 말한다.

> 지제는 […] 남들의 고용살이를 했다. 모친은 밖에 나가 일을 해야 했기 때문에 남들처럼 그녀를 불러다가 나도 보살피고 빨래나 설거지도 하게 했다. 그 당시 나는 부모와 함께 조그만 방에서 살았는데, 대략 사는 게 아주 그럭저럭이어서 같은 층의 제일 큰 집에 사는 사람처럼 지제를 전일제로 쓸 수는 없었다.4)

---

3) 夏易, 〈出賣母愛的人〉, 劉以鬯主編, 《香港短篇小說百年精華》(上), (香港: 三聯書店, 2006.9), pp. 169-170.

즉 어떤 여성이 상대적으로 고임금의 사회노동을 하게 되면, 그 여성의 가사노동을 저임금의 다른 여성 노동자가 대신하는 방식이 출현한 것이다. 그리고 한 걸음 더 나아가서 바로 이와 같은 방식의 여성 가사노동자 고용은 값싼 노동력이 관건이 되는 자본주의의 전지구화와 홍콩의 비약적 경제 발전이 맞물려서, 마침내 국가 간의 경계를 넘어서 외국인 여성 가사노동자 즉 외인 가정부의 고용이란 결과를 낳았던 것이다.

그런데 여기서 홍콩 사회가 홍콩 자체 및 인근 지역에서 인력을 조달할 때와는 다소 다른 상황이 전개된다. 과거 홍콩소설에서는 어떤 방식이든 간에 보모나 여성 가사노동자를 모두 고용주와 마찬가지로 피와 살을 가진 인간으로서 묘사했다. 특히 무엇보다도 그녀들을 근면하고 선량한 사람으로서 표현했다. 〈모성애를 판 사람〉(샤이, 1957)에서 주인집 아이를 친자식처럼 보살피는 아차이도 그렇고, 〈까오성로에 온 한 여자來高升路的一個女人〉(쉬쉬, 1965)에서 주변 인물들의 호감을 받다가 결국 주인 남자와 살게 되는 아샹도 그렇다. 또 〈사람 찾기〉(신치스, 1985)에서 화자를 조카처럼 사랑해준 광둥廣東 순더順德 출신의 지제도 그렇다. 그런데 하필이면 같은 여성 가사노동자임에도 불구하고 유독 외인 가정부에 대한 묘사는 그와 다른 상황을 보인다. 다음은 〈무애기〉(황비윈, 2001)에 나오는 한 부분이다.

> 잉잉을 낳은 후 추추는 거의 1년 동안 잠을 이룰 수 없어서 외인 가정부를 들였다. 하지만 밤이 되면 잉잉은 여전히 추추와 함께 잤다. 외인 가정부가 잠을 탐하느라 아이를 배 곯리고 춥게 만들까봐 마음이 놓이지 않았던 것이다.[5]

---

4) 辛其氏, 〈索驥〉, 劉以鬯主編, 《香港短篇小說百年精華》(下), (香港: 三聯書店, 2006.9), p. 132.
5) 黃碧雲, 〈無愛紀〉, 《無愛紀》, (臺北: 大田出版有限公司, 2001), p. 27.

이 인용문에서 외인 가정부는 맡은 바 임무를 다하지 않는 불성실한 여성이자, 무능력하고 임금에 값하지 못하는 존재로 묘사된다. 물론 실제 현실에서 외인 가정부가 못미덥거나 불성실한 경우가 없지는 않을 것이다. 또 당연히 그와 정반대의 경우도 많을 것이다. 그런데 문제는 그런 것이 아니라 그와 같은 외인 가정부를 어떻게 묘사하느냐하는 것이다.

현대사회가 발전했다고는 하지만 여전히 가부장제 사회인 상황 속에서 남자들은 대체로 가사노동을 하지 않거나 회피한다. 이 때문에 혹시 여성이 사회노동을 하는 경우 특히 그런 여성이 아이를 낳게 되는 경우라면 어쩔 수 없이 보모 또는 가정부를 고용해야 된다. 그런데 어머니가 직접 아이를 돌보는 것은 모성에서 우러나오는 것으로서 정성을 다하는 안전한 보살핌이 되고, 반면에 보모가 아이를 돌보는 것은 단순히 임금노동에 불과하며 그나마도 미숙련 노동일뿐이다. 이리하여 그들을 신뢰할 수 없다는 믿음이 일반화된다. 그러나 이것이 사실과 일치하는 것은 아니다. 〈모성애를 판 사람〉(샤이, 1957)에 보면 "아차이는 린씨 부인보다 더 잘 보살폈고", "그녀는 그녀의 모든 충심과 모성애를 아가에게 쏟았다"[6]고 묘사된다. 즉 보모가 무조건 어머니보다 못하다는 신화는 사실상 남성이 지배하는 사회 속에서 고용주 여성이 자신의 지위를 보전하기 위해서 동일한 여성인 보모를 억압하고 왜곡시키는 방식에 불과한 것이다.

이런 면에서 황비원 소설의 여주인공인 추추의 위 인용문과 같은 행동에도 바로 그런 왜곡된 신화 내지 편견이 작용하고 있다고 할 수 있다. 그런데 여기서 한 걸음 더 나아가서 살펴보면 또 다른 문제가 발견된다. 추추의 이런 행동은 외인 가정부가 가지고 있는 직업인으로서의

---

6) 夏易, 〈出賣母愛的人〉, 劉以鬯主編, 《香港短篇小說百年精華》(上), (香港: 三聯書店, 2006.9), p. 170 및 173.

능력이나 그녀들의 인격 자체를 무시하는 것이 된다. 왜냐하면 홍콩에서 외인 가정부로 근무하기 위해서는 여러 가지 자격 조건이 필요하며, 실제로 대부분의 외인 가정부는 대졸도 상당수일 만큼 상당히 높은 학력을 갖추고 책임감 있게 활동하고 있기 때문이다. 예컨대 해가 지날수록 외인 가정부의 수가 계속 증가하는 것은[7] 홍콩 사회 자체의 노동력 결여 때문이기도 하지만 다른 한편으로는 가사노동자로서 그녀들의 능력이 인정되었기 때문인 것이다. 그런데도 페미니스트로 평가되는 황비원이 이런 식의 이해를 보여준다는 것은 홍콩에서 외인 가정부가 어떻게 받아들여지는지 그리고 어떻게 표현되는지를 어느 정도 시사해준다. 현실적으로 외인 가정부는 일부 그렇지 않은 이들이 있다고 할지라도 상당히 신뢰할 수 있는 존재이다. 그럼에도 불구하고 그 점과는 상관없이 홍콩에서 외인 가정부에 대한 이미지는 상당히 부정적인 것으로 나타난다. 이는 다분히 왜곡된 것일 가능성이 많은 것이다.

이 점은 〈툰문의 에밀리〉(예쓰, 2002)의 다음과 같은 곳에서도 나타난다.

> 1997 이후 모두들 발견하게 되었다. 홍콩에 남은 외국 남자들은 매력도 없고, 돈도 많지 않으며, 입는 것도 신통찮았다. 거리에서 보게 되는 외국 남자들은 모두가 지저분하고 제멋대로였다. 반바지를 꿰차고 세븐일레븐에서 맥주 몇 캔 사가지고는 늘 외인 가정부와 노닥거리기나 했다.[8]

---

7) 외인 가정부의 수는 수적인 면에서든 비율적인 면에서든 간에 계속 증가하고 있다. 2000년 말에는 홍콩 인구 6,865,600명의 3.17%인 217,790명(필리핀 출신 약 70%)이었고, 2010년 말에는 홍콩 인구 7,097,600명의 4.03%인 285,681명(필리핀출신 48.1%, 인도네시아출신49.3%)이었으며, 지난 2017년 말에는 홍콩 인구 7,409,800명의 4.99%에 달하는 369,651명(필리핀 출신 54.4%, 인도네시아 출신 43.2%)에 달했다. 香港特區政府, 《香港年報》, https://www.yearbook.gov.hk/

8) 也斯, 〈愛美麗在屯門〉, 《后殖民食物与爱情》, (香港: 牛津出版社, 2009), p. 116.

이 소설은 주체적이고 개방적이며 씩씩한 튜문屯門 출신의 젊은 여성들을 묘사함으로써 홍콩 사람의 다양한 정체성을 탐구한다. 그런 한편 홍콩의 지역성을 지리적으로나 역사적으로 홍콩섬香港島과 찜싸쪼이尖沙咀를 넘어서서 산까이新界 지역까지 확장시키고 있다. 그런데 바로 이런 소설에서 비록 어떤 칼럼니스트의 견해를 인용하는 방식이기는 하지만 외인 가정부는 수준 낮은 외국 남자들이 지분거리는 대상으로, 즉 남성의 성적 상상의 대상으로 묘사되고 있는 것이다. 나는 여기서 홍콩에서 실제로는 이런 상황이 전혀 없었다거나 또는 작가 예쓰가 외인 가정부를 의도적으로 폄하하려 했다고 주장하는 것이 결코 아니다. 내가 주목하고자 하는 것은, 예쓰처럼 개방적인 시야와 예민한 감수성을 가지고 있으면서 문화적 다양성과 인격의 소중함을 충분히 긍정하고 있는 작가조차도 홍콩 사회의 일반적인 분위기 속에서 자신도 모르게 외인 가정부에 대해 그와 같은 이미지를 재생산하게 되지 않았을까 하는 점이다. 적어도 위 몇 가지 예를 볼 때 홍콩소설에서 단편적으로 나타나는 외인 가정부의 이미지는 아파트나 버스와 동격의 사물일 뿐이고, 맡은 바 임무를 다하지 않는 불성실한 직업인일 뿐이며, 수준 낮은 외국 남자들이 지분거리는 성적 대상에 불과한 것이다.

그런데 내가 보기에는 문제가 그보다 더욱 심각하다. 그것은 외인 가정부가 홍콩 사람들의 일상생활에서 차지하는 비중을 고려해보았을 때 무엇보다도 우선 홍콩소설에서 그녀들이 다루어지는 경우가 거의 없다는 점이다. 외국인 학자인 나의 독서량이 적은지는 몰라도 이 주제와 관련해서 내가 읽어본 근 2백 편의 단편소설과 제법 여러 편의 중장편소설 중에서, 위에서 이미 인용한 세 군데를 제외한다면, 외인 가정부가 나오는 경우는 〈내가 아는 애욕의 정사〉(왕이싱, 2002)가 유일했다. 왜 이런 현상이 나타났는지에 대해서는 나중에 다시 생각해보자. 일단 그에 앞서 비교적 많은 분량으로 외인 가정부를 다루고 있는 이 작품부터 상세하게 살펴보겠다.

3. 고통 받는 사람들

〈내가 아는 애욕의 정사〉(왕이싱, 2002)는 여러 가지 방식으로 읽힐 수 있겠으나 기본적으로는 화자가 어린 시절을 회상하면서 당시 자신이 정신적 육체적으로 점차 이성에 대해 눈을 떠가는 과정을 묘사한 일종의 성장 소설이다. 이러한 화자의 성장 과정에서 로사라는 이름의 외인 가정부가 핵심적인 역할을 하는데, 화자가 로사와 처음 접촉하게 되는 상황은 다음과 같다.

> 80년대에 성장한 나는 […] 매일 학교가 끝나면 어김없이 집에 돌아와 외인 가정부가 차려준 점심을 먹고, 그녀의 감독과 보살핌 속에서 숙제와 복습을 하고 텔레비전을 봤다. […] 누군가가 전적으로 나의 일상생활을 돌보게 되자 부모는 더욱 자연스럽게 밤늦게까지 연장 근무와 접대를 하게 되었고, 나는 그들을 볼 기회가 더욱 줄어들었다. […] 로사는 […] 매일 아침 나를 깨워 내 손을 잡고 집을 나서서 […] 아침나절 학교버스를 기다렸고, 하학할 때면 학교 버스에서 나를 마중했고, […] 시험을 잘못 쳐서 부모에게 욕을 먹거나 매를 맞으면 몰래 내 방에 들어와 나를 위로해주었다. 그녀는 누구보다도 가까웠다. 그녀는 나의 것이었고, 나는 그녀의 것이었다.[9]

여기서 보다시피 가사노동자로서 외인 가정부는 단순히 조리·세탁·청소·아이 돌보기만 대행하는 것이 아니라 실질적으로는 고용주 가정의 자녀 교육까지 일정 부분 또는 거의 전적으로 떠맡고 있다.

사실 외인 가정부는 홍콩 여성의 사회노동으로 인해 홍콩 가정에서

---

9) 王貽興, 〈我所知道的愛慾情事〉, 黃子平/許子東編, 《香港短篇小說選 2002-2003》, (香港: 三聯書店, 2006.4), pp. 110-111. 이하 이 작품을 인용할 경우 쪽수만 표기한다.

발생한 가사노동의 공백을 메꾸는 단순한 역할을 하는 것에 그치지 않았다. 물론 일차적으로는 홍콩 여성이 사회노동에 종사할 수 있도록 함으로써 그 자체로 홍콩의 경제적 생산성을 향상시키는 역할을 했다. 그런데 또 한편으로는 육아·아동 교육·노인 돌봄 등에 종사함으로써 홍콩의 노동재생산에 기여했던 것이다. 다시 말하자면, 외인 가정부 개개인으로 보자면 2년 또는 4년이라는 단기계약자로서 체류했지만, 외인 가정부라는 집단 전체로 보자면 홍콩 사회의 체제와 문화를 유지하는 데 막대한 기여를 했다. 따라서 지난 수십 년 간 홍콩 사회를 유지하고 발전시키는 데 있어서 불가결한 역할을 했던 것이다. 그러나 외인 가정부는 법률적으로 일정 정도 고용 조건이 보장된다고는 하더라도 언제든지 해고될 가능성이 있으며, 홍콩의 시민권은 주어지지 않는 외국인 임금노동자일 뿐이다. 이 점에서 보자면 외인 가정부가 홍콩 사회에 어떤 기여를 하든지 간에 종국적으로는 종래의 여성 가사노동자와 마찬가지로 고용주 가정 내에서의 신분이 불안정하며, 홍콩 사회에서 홍콩인이 아닌 외국인으로 간주될 뿐이라는 것을 뜻한다.

과거든 현재든 간에 여성 가사노동자는 가부장제 체제하에서 고용주 가정의 주부가 하는 일을 거의 대부분 대신하기 때문에 그 집안의 주부와 긴장 관계에 있기가 쉽다. 이에 따라 고용된 집의 식구들로부터, 특히 같은 여성인 주부로부터 지배/피지배의 관계에 처하게 되는 경우가 적지 않다. 예를 들면, 〈모성애를 판 사람〉(샤이, 1957)에서 보모인 아차이가 고용주 가정의 아이와 유사 모자지간의 관계를 형성하게 되자, 이에 위협을 느낀 린씨 부인이 그 동안 가족처럼 대해오던 아차이를 어느날 갑자기 해고해버리는 것이 그렇다. 사실 여성 가사노동자 그 중에서도 특히 보모는 고용주 가정이 비록 가족처럼 대해준다고 하더라도 그것은 인간적으로 대해준다는 것이지 가족으로 인정한다는 것은 아니다. 즉 가족 내에서 위치가 모호하며, 궁극적으로는 피고용인일 뿐이므로 만일 주부의 위치를 위협하는 경우에는 언제든지 해고될 수 있는 것이다.

다음은 〈내가 아는 애욕의 정사〉(왕이싱, 2002)에서 외인 가정부인 로사가 해고되는 상황이다. 그 구체적 진행 과정은 다소 다르지만 기본적인 구조에서는 앞의 소설과 별 차이가 없다.

> 흔치 않게 가족 세 사람이 같이 저녁 식사를 하게 되었을 때, 나는 로사가 서랍 속에서 기천 달러를 훔쳤다고 핑계대면서 엄마에게 그녀를 내보내라고 말했다. […] 아버지는 […] 아무 말 없었지만 반대하지 않았다. […] 그날 밤 엄마는 어떻게 로사를 달래야할지 몰라서 그저 나지막한 소리로 그녀의 이름만 불러댔다. 로사, 로사, 로사. (121쪽)

이 인용문은 화자의 어머니가 외인 가정부인 로사를 달래는 데서 나타나듯이 가정부를 가족처럼 대하기는 하지만 사실 궁극적으로는 가족이 아니라 피고용인일 뿐이라는 것, 가정부의 표면적인 해고 권한은 주부가 가지고 있지만 그러나 아들의 말 한 마디와 남편의 묵시적 동의에 따라 그날 즉시 수년 동안 고용했던 가정부를 해고할 수 있다는 것을 보여준다. 그리고 이는 남성의 지배하에 있는 여성이 같은 여성과 다시 지배/피지배의 관계를 형성하고 있음을 보여주는 것이다.[10]

---

10) 외인 가정부를 가족처럼 대하는 것은 노동의 측면에서 보자면 사실상 불평등한 권력관계를 강제하고 확대하며 영속화하는 것이다. 고용주가 홍콩에 적응하지 못하고 가족 친지도 없는 외인 가정부를 보호하고 보살피는 어머니와 같은 존재로 행동하면서, 실제로는 외인 가정부를 노동 뿐만 아니라 신체적, 정서적으로도 통제하는 것이다. 이와 같은 '가족처럼' 신화와 관련해서 캘리포니아대학 데이비스의 라셀 살라자르 파레냐스 교수는 여러 학자의 견해를 종합해서 다음과 같이 말한다. "무엇보다 먼저 이런 관점은 가사노동자를 평생 주인에 예속된 하인처럼 바라보려는 봉건적 개념에 뿌리박혀 있다. 둘째, 이런 개념은 가사노동자를 임금노동자 신분으로 바라보는 것을 가리면서 피고용인이 더 나은 노동조건을 위해 제대로 협상하지 못하게 하는 기제로 작동한다. […] 셋째, 고용주들은 이것을 무급노동을 뽑아내기 위한 가족 이데올로기로 활용할 수 있다. […] 끝으로 이는 이들에게도 가족이 있다는 사실을 가린다." 라셀 살라자르 파레냐스, 문현아 옮김, 《세계화의 하인들: 여성, 이주, 가사노동》, (서울: 여이연, 2009.4),

그런데 이 소설에서 참으로 기가 막히는 일은 따로 있다. 위 인용문 부분에서만 보면 로사의 해고 이유는 그녀가 돈을 훔쳤기 때문이다. 하지만 이 소설에서 로사가 돈을 훔치는 일이 분명하게 드러나지는 않는다. 그렇다면 어떻게 된 일인가? 소설 속에서 진행되는 진짜 사정은 이런 것이다.

> 어느 날 […] 일찍 집에 오게 되었다. […] 문을 열자 아버지가 벌거벗은 로사의 몸을 타고앉아 있었다. […] 저녁에 로사가 노크를 하며 밥 먹으라고 불렀다. 그러면서 나더러 이 일을 다른 사람에게 말하지 말라고 애원했다. […] 로사는 나와 텔레비전 사이에 꿇어앉아 울면서 머리를 들고는, 조금 전처럼 불분명한 광둥말로 주절거렸다. […] 나중 그녀는 나의 몸에 올라타더니 옷을 벗겼다. […] 그것은 나의 첫 번째 여자 경험이었다. (119-120쪽)

여기서 보다시피 외인 가정부인 로사는 화자의 아버지에 의해 성폭행을 당하고, 이 사실이 화자에 의해 발견됨으로써 해고를 당할 위기에 처하게 되며, 이에 따라 어떻게든 이를 막기 위해 화자의 은밀한 성적 욕망까지 채워준다. 하지만 그럼에도 불구하고 난감한 상황에 빠진 아들이 거짓말을 꾸며내고, 이런 거짓말을 알고 있는 아버지가 묵인하며, 결국 최종적으로는 어머니에 의해 해고되고 마는 것이다. 한 마디로 말해서 로사의 해고는, 고용주 가정의 남자들의 성폭행과 암묵적 공모 그리고 실제로는 그들의 조종을 받는 같은 여성에 의해 저질러진 일이었다.

그렇다면 도대체 로사는 왜 이런 식으로 행동했을까? 왜 고용주 가정의 남자 주인으로부터 성폭행을 당하고도 아무런 조처를 취하지 않았을까? 왜 아마도 지속적으로 반복되었을 그런 행위를 그냥 받아들였던 것일까? 왜 화자의 입을 막기 위해 자신이 수년이나 조카처럼 돌보아오던 화자의 성적 상상을 충족시켜 주는 방식으로 문제를 해결하려고 했던

---

pp. 285-286.

것일까? 왜 고용주 가정의 여자 주인으로부터 돈을 훔쳤다는 터무니없는 이유로 해고를 당하면서도 아무 말도 하지 못하고 그저 울기만 했을까? 이 소설에서는 전혀 설명하고 있지도 않고 전혀 그럴 의도나 필요도 없지만, 실제 상황에서 어떤 외인 가정부가 이렇게 행동했다면 그것은 무엇보다도 외인 가정부에 대한 홍콩의 고용법이라든가 외인 가정부가 홍콩까지 오게 되는 과정과 깊은 관련이 있을 것이다.

홍콩의 법률에 따르면, 외인 가정부의 계약기간은 2년이고 갱신이 가능하며, 특별한 잘못이 없는 한 고용주는 가정부를 임의로 해고할 수 없다. 그렇지만 만일 외인 가정부가 의도적으로 고용주의 합법적이고 합리적인 지시에 불복종하거나, 행위가 부당하거나, 사취 또는 불충실한 행위를 범하거나, 상습적으로 직무에 소홀한 경우 통지 내지 통지공탁금 없이 고용 계약을 중지할 수 있다.[11] 다시 말해서 금전적 사취라든가 성적 부정의 행위는 가장 강력한 해고 요인이 되는 것이다. 즉, 이 소설에서 로사와 화자 아버지와의 관계는 틀림없이 화자 아버지의 권력적 지위에 의한 것이다. 그럼에도 불구하고 그 책임은 로사가 고스란히 떠안게 되는데, 그것은 단순히 로사에 대한 도덕적 비난으로 끝나는 것이 아니다. 그로 인해 로사가 해고당함과 동시에 강제 출국 당하게 되는 것이다. 이 때문에 로사는 화자에게 매달릴 수밖에 없었으며, 소설에서는 그렇게까지 필사적으로 행동했음에도 결국은 금전 절취를 이유로 해고당하게 된다.

그런데 여기서 강제 출국이란 단순히 로사가 고향 필리핀으로 돌아간다는 의미가 아니다. 일반적으로 외인 가정부는 출신국과 홍콩 양쪽

---

11) 香港特別行政區政府勞工處, 〈聘用外籍家庭傭工僱主須知〉, http://www.labour.gov. hk/tc/public/pdf/wcp/PointToNotesForEmployersOn Employment(FDH).pdf 및 香港特別行政區政府入境事務處, 〈外國聘用家庭傭工指南〉, http://www.immd.gov.hk/ chtml/ID(E)969.htm(2010년 11월 25일 검색)

의 소개소를 통해서 홍콩에 오게 된다. 비록 고용주가 외인 가정부의 임금 외에도 항공료, 식비, 의료비, 교육비를 책임진다고는 하지만, 이 과정에서 상당한 비용이 발생하게 된다. 그러니 강제 출국은 현재와 미래의 수입이라든가 홍콩에 오기 위해 그녀가 투자했던 자금과 노력은 물론이고, 그러한 모든 경제적 손실로부터 초래되는 그녀와 그녀의 가족이 겪게 될 현실적인 고통을 야기하게 되는 것이다. 더구나 미국 이태리 등 이른바 A급지가 아닌 홍콩으로 오게 되는 외인 가정부는, 이민 알선 업자에게 지불하는 비용으로 유추해볼 때, 원래부터 전자의 지역으로 가는 다른 사람에 비해 경제적으로 저층인 사람일 가능성이 크다.[12] 따라서 어떤 이유로든 해고된다는 것은 그녀와 그녀의 가족이 극단적인 상황으로 내몰리게 되는 셈이다. 더구나 일단 강제 출국당하고 나면 홍콩 법률상 다시는 홍콩에 재취업할 수가 없다. 다시 말해서 이 소설의 경우 필리핀 남부의 가난한 농촌 출신으로 심지어 웃돈을 주고 학력까지 위조하여 간신히 홍콩에 온 로사는 자신은 물론이고 그녀의 가족까지 파멸을 초래하게 되는 셈이다. 따라서 소설 속에서 어린 화자가 차츰 성장하면서 품게 되는 성적 동경과 아버지와의 관계를 목격한 뒤의 분노 등을 잘 알고 있는 로사가 '울면서' '애원하며' 어린 화자의 성적 욕구를 충족시켜주는 행동을 하게 된 것은 그런 파멸을 막아보고자 취할 수밖에 없었던 처절한 몸부림이었던 것이다. 그래 보았자 이 소설에서는 아무 소용도 없이 결국 남성들의 조종을 받는 화자의 어머니에게 해고되는 것으로 끝나고 말지만.

---

[12] 라셀 살라자르 파레냐스에 따르면, 필리핀 이주노동자의 도착지는 비용과 자격이라는 제한이 작용한다는 점에서 계급적 요소가 영향을 미치고 있다고 한다. 라셀 살라자르 파레냐스, 문현아 옮김, 《세계화의 하인들: 여성, 이주, 가사노동》, (서울: 여이연, 2009.4), pp. 75-76 참고.

4. 왜곡되는 사람들

이 소설에서 보여준 것처럼 고용주 가정의 남성들이 여성 가사노동자를 성적으로 폭행하는 일은 과거에도 없지 않았을 것이다. 개인 집에서 일하는 여성 가사노동자는 경제적으로 뿐만 아니라 인격적으로도 권위를 가질 수가 없고 기본적으로 고용주의 권위와 협조에 의존해야 하기 때문에 모든 면에서 취약한 상태에 놓이게 된다. 특히 24시간 근무, 한정된 공간, 가부장적 환경, 보호해줄 사람이 없는 상황 등으로 인해 고용주 가정의 남성들로부터 성적 학대에 노출되기 쉽다. 만일 여성 가사노동자가 외국인이라면 그 정도는 더욱 심각할 수 있다. 외국인 여성 가사노동자는 현지 여성 가사노동자에 비해 상대적으로 사회적 네트워크 등 고용주 가정의 남성을 견제할 수 있는 수단이 더욱 적다. 그녀의 출신 국가 역시 국가의 경제적 이익을 고려해서 대체로 자국민 보호에 소홀하면서 성적 학대를 포함해서 어떤 사건이 발생해도 그것을 예외적인 사례로 축소하는 경향이 있기 때문이다.[13]

문제는 이런 사건에 대해 홍콩작가(또는 더 나아가서 홍콩독자)가 어떤 식으로 이미지화하느냐 하는 것이다. 〈까오성로에 온 한 여자〉(쉬쉬,

---

[13] 2010년 11월 24일 영국 《데일리 메일 온라인(Daily Mail Online)》은 사우디아라비아에 가정부로 취업했던 23세의 인도네시아 여성 수미아티(Sumiati)의 사례를 보도했다. 고용주는 가위로 입술을 잘라내고, 다리미로 등을 지지고, 가운뎃 손가락을 분질러버리고, 걸을 수도 없을 정도로 다리를 때린 혐의로 현재 경찰에서 조사를 받고 있다고 한다. 이 사건에 대해 인도네시아 해외취업자 권인용호단체인 마이그런트 케어(Migrant Care)의 와휴 수실로(Wahyu Susilo)는 "처음 있는 일이 아니다"며 "그들이 겪는 노예같은 생활, 구타, 성적 학대, 심지어는 살해의 사례를 계속해서 듣게 되지만, 인도네시아 정부는 이를 무시하고 있다. 왜? 해외취업자들이 해마다 75억 달러를 벌어들이니까"라고 말했다.
Daily Mail Reporter, "Shocking photos of Indonesian maid after Saudi employer hacked off her lips", *Daily Mail Online*,
http://www.dailymail.co.uk/news/article-1332279/Sumiatis-injuries-Shocking-photos-Indonesian-maid-abused-Saudi-employers.html (2010년 11월 25일 검색)

1965)에 보면, 소설의 내용으로 보아 중국계 가정부인 아샹과 주인 남자 사이에도 아마 이와 유사한 상황이 있었을 것으로 짐작된다. 소설에서 주인 남자는 여러 여자를 맞이하는 인물이다. 본 부인과 두 아이가 있는 상황에서 댄서 출신의 여자를 맞아들이며, 이에 본 부인이 아이를 데리고 떠나 버린다. 그 후 이 둘째 부인마저 필리핀 화교 애인을 좇아 가버리는데 이 과정에서 이번에는 다시 가정부였던 아샹을 맞아들인다. 그런데 두 사람이 동거하게 된 후에도 아직 아샹의 신분은 처인지 첩인지 또는 아무 것도 아닌지가 불분명하다. 이로 볼 때 소설에서 명확하게 나타나지는 않지만 이런 일련의 과정에서 주인 남자와 아샹 사이에 먼저 육체적인 관계가 발생한 것을 충분히 짐작할 수 있다. 그런데 이 소설에서 아샹은 그저 건강하고 똑똑하며 향상심이 강한 젊은 여성으로 그려질 뿐 전혀 성적이거나 유혹적인 모습으로 묘사되지는 않는다. 심지어는 같이 살게 된 주인 남자를 설득하여 그녀와 친하게 지내던 가난한 이웃들에게 가게를 열어주기까지 하는 순수하고 인정 많고 의리 있는 여성으로 묘사된다.

반면에 〈내가 아는 애욕의 정사〉(왕이싱, 2002)에 보면, 외인 가정부인 로사에 대해서는 상당히 다른 방식으로 묘사되고 있다. 사건 자체가 권력 관계에 따른 남성들의 성적 폭력에서 출발하고 그 결과 역시 남성들의 조종에 의한 같은 여성인 부인으로부터 해고당하는 것으로 끝이 난다. 하지만 그럼에도 불구하고 이에 대한 화자의 술회(즉 작가의 서술)가 상당히 모호하며 심지어는 일정 정도 왜곡이 가해지고 있는 것이다.

그 중 한 가지는 사건이 마치 외인 가정부인 로사의 성적 유혹에 의해 발생한 것처럼 묘사된다는 것이다. 이 소설에서 나타나는 바를 종합해보면 로사는 그다지 성적인 외모도 아니고 유혹적인 행동을 하지도 않는다. 그럼에도 불구하고 성에 눈을 떠가는 성장기 아이인 화자의 시각을 빌어서 그녀에게 유혹적이라는 이미지가 부여된다. 또 틀림없이 성폭행에서 비롯되었을 아버지와의 성관계가 구체적으로 어떤 과정을 통해 이루어졌는지에 대해서는 생략하면서, 다른 한편으로는 입막음을 위해 어린 소년의 욕구를 채워준다는 방식으로 처리한다. 이로써 결과적으로는 암암리에 마치 로사가 성적으로 방종한 여성인 듯한 이미지를 만들어낸다. 제법 길기는 하지만 다음 구절들을 연결해서 읽어보면 이를 충분히 알 수 있다.

> 로사는 단발의 여자로, 입술은 두껍고 피부는 새카맸으며, 얼굴에는 반흔이 많았고 눈은 아주 컸다. [⋯] 나는 [⋯] 그녀의 젖골을 훔쳐보았다. [⋯] 그녀의 옷깃 사이의 브래지어를 보았다. 일요일마다 나는 [⋯] 중완으로 로사를 뒤따라갔다. [⋯] 그녀가 땅딸막한 필리핀 남자와 껴안은 채 어느 낡은 빌딩으로 들어가는 걸 보았다. [⋯] 문을 열자 아버지가 벌거벗은 로사의 몸을 타고앉아 있는 것을 보았다. 로사는 식탁 위에 올라앉아 [⋯] 토막 난 광둥말로 의미가 불분명한 말들을 내지르고 있었다. [⋯] 로사의 두 다리는 높이 쳐들려 있었으며, 구겨진 속옷이 발목에 걸려 있었고, 무릎은 유방을 짓누르고 있었다. [⋯] 나는 간신히 침실로 들어가 문을 잠갔다. [⋯] 나는 조금 전의 장면을 잊을 수가 없었다. 아버지의 거대하고 모호한 양물, 로사의 의미가 불분명한 주절거림, [⋯] 저녁에 로사가 노크를 하며 밥 먹으라고 불렀다. 그러면서 나더러 이 일을 다른 사람에게 말하지 말라고 애원했다. [⋯] 로사는 나와 텔레비전 사이에 꿇어앉아 울면서 머리를 들고는, 조금 전처럼 불분명한 광둥말로 주절거렸다. [⋯] 나중 그녀는 나의 몸에 올라타더니 옷을 벗겼다. [⋯] 나는 처음으로 고통과 마비 상태에서 그녀와 했다. 그것은 나의 첫 번째 여자 경험이었다. [⋯] 로사의 끈적하고 거무죽죽한 음기가 탐욕스럽게 하룻밤에 나와 나의 아버지를 받아들였다. 대체 그녀는 내심으로 누가 더 그녀를 경련이 일만큼 무아지경의 쾌감을 준다고 느낄까? [⋯] 나는 그녀의 애원과 부르짖음을 상상했다. 그러나 사실 그녀는 시종 거의 한 마디도 하지 않았다. (117-121쪽)

이처럼 로사는 실제로는 고용주 가정의 부자로부터 성적 폭행을 당하는 것이지만, 그럼에도 불구하고 마치 그녀가 오히려 그들 부자를 유혹한 것처럼 착각을 불러일으키는 것이다. 특히 "나중 그녀는 나의 몸에 올라타더니 옷을 벗겼다. [···] 나는 처음으로 고통과 마비 상태에서 그녀와 했다."라고 한 것은, 마치 화자는 그렇게 행동하고 싶지 않았지만 로사가 그렇게 유도한 것처럼 보이게 한다.

다른 한 가지는 소설 속에서 로사가 실제로는 총명하고 의지가 굳센 여성인 것으로 짐작되지만 그런 부분은 잘 드러나지 않고 부정적이고 성적인 이미지만 강조된다는 것이다. 이 소설 화자의 회상에 따르면, 그녀는 가난한 집에서 성장한 고졸 학력의 여성이지만 독학으로 '괜찮은 영어'와 '대화 가능한 광둥말'을 구사한다. 즉, 외국어 습득의 어려움을 생각하면 로사는 그만큼 지적 능력과 성실성을 갖춘 여성인 것이다. 하지만 화자는 이런 일들은 가볍게 지나간다. 반면에 상대적으로 분명하게 그녀가 학력을 속이고 푼돈을 떼먹으며 농땡이를 치는 인물이라는 부정적인 이미지를 덧씌운다. 더구나 바로 위 인용문에서 보다시피, 그녀가 계속해서 '의미가 불분명한 주절거림'을 되풀이했다는 식으로 묘사함으로써, 그녀의 이성적인 이미지는 약화시키고 성적인 이미지만 강조하는 효과를 주고 있다.[14] 즉, 그녀로서는 해고를 피하기 위한 필사적인 노력으로 화자에게 매달리지만, 화자 또는 독자에게는 그녀가 자신의 일을 합리적으로 처리하지 못하는 어린아이 같은 존재로 비춰지며, 심지어는 성적인 특성만 부각되는 동물적인 존재처럼 비춰지는 것이다.

그렇다면 이상에서 언급한 두 소설의 차이는 어디서 오는 걸까? 그것은 단순히 두 소설의 작가가 서로 다른 인물을 다룬 데서 오는 우연한

---

14) 소설 속에서 로사는 괜찮은 영어를 구사하고 광둥말이 향상된 이후 화자와 대화가 가능하게 되었을 뿐만 아니라 화자의 숙제와 외워쓰기를 검사해주기까지 하는 능력을 가진 사람이다. 그럼에도 불구하고 소설에서는 화자에게 호소할 때조차도 "**조금 전처럼** 불분명한 광둥말로 주절거렸다"라고 묘사한다. 이리하여, 비록 작가가 의도한 것은 아니겠지만, 그녀와 화자 아버지와의 장면과 겹쳐지게 만듦과 동시에 이제 막 언어를 배우기 시작하는 아이 수준처럼 만들고, 이를 통해 결국 그녀에게 성적 동물적인 이미지를 들씌우고 있다.

차이 때문인가? 아니면 그것과는 다른 어떤 숨겨진 이유가 있는 것일까? 내가 보기에는 전자 때문이 아니라 후자 때문이다. 그것은 앞에서 잠시 거론한 것처럼, 홍콩의 소설이 중국계 가정부에 대해서는 한결같이 긍정적으로 표현하고 있는 반면에 외인 가정부에 대해서는 한결같이 부정적으로 표현하고 있기 때문이다. 이 점을 한 가지만 더 구체적으로 예를 들어보자. 〈사람 찾기〉(신치스, 1985)와 〈내가 아는 애욕의 성사〉(왕이싱, 2002)는 둘 다 화자가 어린 시절의 가정부와 얽힌 이야기를 실마리로 하여 어린 시절의 성장 과정을 묘사하는 소설이다. 두 소설 모두 자기 자신의 성장 과정이 중심이 되고 있기는 하지만 가장 현저한 차이 중 하나는 다음과 같은 것이다. 즉 전자는 가정부를 화자와 같은 차원의 사고와 감정을 가진 주체적인 인물로 간주하면서 그녀의 긍정적이고 올곧은 이미지를 부각시키고 있다. 이에 비해서 후자는 외인 가정부를 오로지 사물화·객체화하면서 외인 가정부의 부도덕하고 부정적인 듯한 이미지를 만들어내고 있다. 이런 면을 위의 경우와 함께 놓고 보면 비교적 분명해진다. 즉, 홍콩소설에서 묘사되는 외국인 여성 가사노동자로서의 외인 가정부는 중국계 가정부와 대비되면서 그녀들에게 상당한 편견이 작용하고 있는 것이다.

5. 거부되는 사람들

홍콩소설 속에서 나타나는 외인 가정부에 대한 이런 식의 묘사는 아마도 외국인 여성 가사노동자라는 그녀들의 신분 때문일 것이다. 일반적으로 이주노동자를 받아들이는 국가나 지역에서는 그들에게 수용사회의 거주민과 동등한 권리를 부여하지는 않는다. 이것은 근본적으로 만일 이주노동자들이 거주민과 동등한 자격을 획득하게 되면 수용사회의 거주민들이 한정된 경제적 자원과 공공 서비스를 그들과 나눠가져야

할 것이라는 부담을 가지고 있기 때문이다. 이에 따라 경제적 전지구화
및 탈민족화가 진행되는 가운데 한 때 수그러지는가 싶었던 민족주의적
정체성의 이데올로기가 되살아나고 있다. 그리고 이런 차원에서 홍콩
사회 역시 외인 가정부에 대한 경계 심리가 발동하면서 그 일환으로 그
녀들에 대한 부정적인 이미지 역시 지속적으로 재생산되고 있는 것이
다. 예를 들면, 각종 언론 매체에서 외인 가정부는 버릇없다, 과임금이
다, 도움보다는 방해가 된다, 감사할 줄 모른다, 불평이 많다, 요구사항
이 많다, 더러운 냄새가 난다라든가,[15] 아이들에게 소홀하다, 남자를 유
혹한다, 심지어 부업으로 창녀를 한다라는[16] 식으로 이미지화되는 것이
다. 그런 가운데 홍콩작가가 의도한 것은 아니겠지만 결과적으로는 홍
콩소설 역시 그러한 이미지의 재생산에 일조하고 있는 셈이다.

그런데 다른 한편으로 외인 가정부를 이런 식으로 그려내는 데는 홍
콩만의 특수한 상황도 작용했을 것으로 보인다. 피츠버그대학 인류학과
니콜 콘스타블 교수에 따르면, 불만족스러운 외인 가정부에 대비되는
중국계 가정부에 대한 완벽한 이미지는 과거 1940년대 주로 홍콩 인근
광둥 순더의 실크공장 여공 출신 가정부인 '쏘헤이疏起'의 고용주 가정
에 대한 충직성과 독신 생활에 대한 향수어린 낭만적인 이미지에서 비
롯되었다고 한다.[17] 만일 이런 신화가 진실이라고 한다면(그녀는 그렇
게 보지 않는다), 즉 외인 가정부보다는 중국계 가정부가 더 낫다고 한

---

15) Nicole Constable, *Maid to Order in Hong Kong: Fictions of Migrant Workers*(2nd ed.), (Ithaca: Cornell University Press, 2007), pp. 37-41 참고.

16) Kimberly A. Chang and L.H.M. Ling, "Globalization and Its Intimate Other: Filipina Domestic Workers in Hong Kong", Marianne H. Marchand and Anne Sisson Runyan, eds., *Gender and Global Restructuring: Sightings, Sites and Resistances*, (New York: Taylor & Francis, 2000), pp. 27-43 참고.

17) Nicole Constable, *Maid to Order in Hong Kong: Fictions of Migrant Workers*(2nd ed.), (Ithaca: Cornell University Press, 2007), pp. 44-62 참고.

다면, 왜 홍콩인들은 중국계 가정부를 받아들이지 않았던 것일까? 내가 생각하기에 그것은 물론 중국계 가정부가 점점 더 고임금을 요구하게 된 것 외에도 여러 가지 요인이 작용한 것이다. 예컨대 그 동안 홍콩과 중국 대륙 사이의 교류가 제한적이었다는 점, 중국 대륙인의 유입이 홍콩 시민권의 요구로 이어질 수도 있다는 점 등이 작용했을 것이다. 또 홍콩이 일찍부터 외국인과의 접촉이 빈번했기 때문에 그나마 비교적 외국인에 대한 거부감이 적었던 점, 필리핀 역시 홍콩과 마찬가지로 공용어로서 영어를 사용하고 있었다는 점 등도 외인 가정부 쪽으로 기울어지는 데 작용했을 것이다. 요컨대 오늘날 홍콩인으로 간주되는 사람들은 가능한 한 그들에게 부담이 되지 않는 범위 내에서 외국인 여성 가사노동자를 고용했던 것이며 계속해서 그런 정도의 상태를 유지하려 했던 것이다.

물론 홍콩의 특수한 상황이란 이런 식의 실리적인 부분만 의미하지는 않는다. 홍콩 거주민은 오늘날 인구의 95%를 중국계가 차지한다. 이들은 애초 대부분 영국 식민지 통치 하에서 차례로 홍콩 인근 지역에서 이주해온 이주자들로 구성되기 시작했고, 대략 20세기 중반에 이르면 그 전에 비해서 상대적으로 홍콩 거주민들의 범주가 어느 정도 안정되기 시작했다. 다시 말해서 20세기 중반 이래 홍콩에서 성장한 사람들이 인구의 대부분을 차지하기 시작하면서 자연스럽게 홍콩인으로서의 정체성이 생겨나기 시작한 것이다. 특히 홍콩의 경제가 비약적으로 발전한 1970년대에 들어서자, 이들은 적극적으로 홍콩에 대한 사랑을 표현하고 홍콩인으로서의 발언권을 주장하기 시작했으며, 이로써 마침내 홍콩인의 '나의 도시'[18]가 출현하게 되었던 것이다. 그 후 이러한 '나의 도

---

18) '나의 도시'라는 말은 1975년 1월 30일부터 6월 30일 사이에 홍콩의 《쾌보》에 연재되었던 시시의 소설 《나의 도시》에서 유래한다. 이 작품은 동화적 상상과 과장이라는 방식을 사용해서 홍콩과 이 도시에 사는 사람들의 모습을 다양하고 긍정적으로 묘사함으로

시'는 1982년 영국 수상 마가렛 대처의 중국 방문과 1984년 중영 양국의 《홍콩문제에 관한 중영 연합 성명》의 발표 및 1997년 홍콩반환을 거쳐 오늘날에 이르는 동안 점점 더 공고화되었다. 이리한 홍콩인의 정체성 강화와 더불어 그 부수작용으로 홍콩인으로 간주되지 않는 사람들에게 대해서는 상당히 무관심하거나 심지어는 배제적으로 행동하는 경향 역시 강화되었다. 예를 들면, 1997년 이래 수년 간 지속된 홍콩인 내지 자녀의 거류권 문제에서 그것은 폭발적으로 표현되었다.[19] 그러므로 외인 가정부에 대한 홍콩 사회의 부정적 이미지 양산은 이와 같은 홍콩인의 정치적 재민족주의화와도 무관하지 않은 것이다.

결국 홍콩 사회가 제도적으로나 문화적으로 외인 가정부를 홍콩 시민 내지 홍콩 거주민으로 받아들이지 않는 것은 단순히 홍콩 자체의 수용 능력의 한계, 저임금 노동력 이용이라는 요소에서만 초래된 것이 아니다. 점차 강화되는 민족주의적 정체성 이데올로기의 경향 등이 작용한 결과인 것이다. 그렇지만 바로 여기에 패러독스가 있다. 홍콩인 자신이 경험하고 표출해온 것과는 여러 모로 배치된다는 점이다.

홍콩인들은 그들 자신이 이주를 통해 차례로 정착한 사람들이다. 심지어 상대적으로 뒤늦게 이주해온 사람들은 그들보다 먼저 온 사람들과의 차이 내지는 그들로부터 받는 차별 때문에 어려움을 겪기도 했다. 그 때문에 《술꾼》(류이창, 1963)과 같은 작품에서는, 뒤늦게 홍콩에 도착한 대륙 출신의 화자가 낯선 사회 환경 속에서 경제적 어려움과 신분상의 하락을 경험하면서, 오로지 술에 의지하며 거의 자포자기의 상황

써, 당시 홍콩인의 자각 선언과 같은 역할을 했다. 상세한 것은 이 책 〈제11장 긍정적 낙관적인 홍콩 상상과 방식 — 시시의 《나의 도시》〉를 참고하기 바란다.

19) 이 점에 관해서는 다양한 각도에서 적확하고 상세하게 논증하고 있는 다음 논문을 참고하기 바란다. 장정아, 《'홍콩인' 정체성의 정치: 반환 후 본토자녀의 거류권 분쟁을 중심으로》, 서울, 서울대학교 박사학위논문, 2003.

에 빠져들기도 한다. 또 홍콩인들은 한편으로 영국 식민자로부터 억압받는 피식민자로서의 삶을 살아야 했다. '홍콩 3부작香港三部曲'(스수칭施叔靑, 1993-1997)에서 기녀로 납치되어 홍콩으로 온 둥관東莞 출신의 윙따완에서부터 그녀의 증손녀 윙딥넝에 이르기까지 그녀들의 일가족이 겪는 파란만장한 삶은 바로 그러한 고통과 분투의 농축이다. 그 뿐만이 아니다. 20세기 후반 이래 북미나 호주를 포함해서 세계 각지로 이주한 홍콩인들은 소수자 내지 외국인 이주자로서의 불평등과 정신적 방황을 겪기도 했다. 예컨대 〈연못가에 기절해있던 한 인디언暈到在水池旁邊的一個印第安人〉(우쉬빈吳煦斌, 1985)에서 중국계인 화자가 주류사회에 대한 자신과 인디언의 처지를 두고 다음과 같이 말한 것은 바로 이와 같은 경험의 산물이다. "그들은 견고한 벽으로 우리를 바깥에 막아 세운다. 그가 받은 것은 문명의 격리이고, 내가 받는 것은 문화의 차별이다. 우리는 다 같이 이방인이다."[20]

다른 한편으로 근래에 들어 홍콩소설에서는 홍콩의 포용적인 다문화주의 내지는 문화 혼종주의를 강조하고 있기도 하다. 예를 들면, 〈깜또우 차찬텡〉(천관중, 2003)에는, 홍콩의 다양하고 잡종적인 음식과 그런 음식을 만들어내는 '차찬텡'이라는 대중음식점 및 내력이 복잡하거나 불분명한 홍콩의

홍콩의 '차찬텡'(대중음식점)

---

20) 吳煦斌, 〈暈到在水池旁邊的一個印第安人〉, 劉以鬯主編, 《香港短篇小說百年精華》(下), (香港: 三聯書店, 2006.9), p. 120.

보통 인물들을 탁월하게 묘사하고 있다. 또《포스트식민 음식과 사랑》 (예쓰, 2009)에서는 홍콩 특유의 오리지널한 듯하면서도 틈새적인 동서 불분의 온갖 음식이라든가 세계 각지를 누비는 개방적인 홍콩인들의 모 습을 다양하게 묘사하고 있다. 이런 것들은 말하자면 홍콩 사회의 특징 이자 이미 전통이 되어버린 혼합·혼종·혼융의 홍콩문화의 상태라든가 세계인으로서의 홍콩인의 모습과 세계 도시로서의 홍콩의 성격을 강조 하고 있는 것이다. 한 마디로 말해서 홍콩과 홍콩인의 포용적인 특성을 극력 강조하고 있는 것이다. 그렇다면 이상에서와 살펴본 것과 같이 홍 콩소설에서 나타나는 외인 가정부에 대한 현재까지의 태도는 확실히 패 러독스일 수밖에 없으며, 재고해볼 만한 것이 아닐 수 없다.

6. 존재와 부존재

홍콩에서 외인 가정부는 법률적으로나 문화적으로나 수용되지 못한 다. 이 때문에 외인 가정부는 자신들의 권익 보호와 정서적 해결책을 찾기 위해 서로 의존할 수 있는 다양한 외인 가정부 네트워크를 추구하 게 된다. 이것이 바로 공휴일에 대규모로 그녀들이 출현하게 되는 이유 이다. 다시 말해서 오로지 금전 절약의 목적이라든가 비좁은 홍콩의 주 거 조건 때문만이 아니다. 더 나아가서 홍콩 사회로부터 받는 차별과 이질감에서 벗어나기 위해서, 특히 가정 내에서 노동함으로써 겪게 되 는 고립감을 벗어나기 위해서, 공공장소에 운집하게 되는 것이다.

그러나 그럼에도 불구하고 외인 가정부는 여전히 고립되어 있다. 외 인 가정부가 집단적으로 모이는 것은 그들의 피부색이라든가 옷차림과 같은 외형적 이미지와 더불어서 그들 자신에게든 홍콩인에게든 그 자체 로서 그녀들이 임시거주자로서 홍콩사회의 비성원임을 즉각적으로 보 여주는 지표인 것이다. 그녀들이 모이는 장소는 표면적으로는 홍콩사회에서 공공의 장소이다. 하지만 실제로는 관리 통제가 수월한 특정한 날짜에 특정한 지역에서 모인다는 특성상 공공의 장소라기보다는 고립의 장소이다. 달리 말하자면, 외인 가정부는 홍콩사회의 비성원으로서 언제나 감시당하고 있는 것이다. 그리고 그러한 감시는 출입국관리처·경찰처·노동처 등과 같은 홍콩 정부 기관의 차원에서는 물론이고 사실상 홍콩 주민 전체에 의해 이루어지는 셈이다. 그 방식 역시 여러 가지 법률적 행정적 제도와 고용주를 포함한 홍콩인의 시선에 의한 직접적인 감시는 물론이고, 사회 문화적으로 언론 기사, 홍콩 주민의 이야기, 소설이나 영화 등을 통해서 대단히 다양하게 이루어진다고 말할 수 있을 것이다. 더 심층적으로 생각해보면, 심지어 외인 가정부에 대한 감시는 외인 가정부들 자신 또는 외인 가정부들과 긴밀한 관계를 맺고 있는 각종 민간단체나 출신국의 정부기관에 의해서도 이루어진다. 예컨대 그러한 각급 단체들이 발행하는 언론 매체나 그들이 주최하는 활동을 통해 시도되는 다양한 종류의 정신 교육과 의무감 부여는 그 자체로 자기 감시인 것이다. 그렇게 본다면 외인 가정부는 더 큰 경제적 효과를 얻기 위해 많은 비용을 들여 홍콩에 와서 저임금의 가사노동에 종사하면서 다른 한편으로는 노동 뿐만 아니라 신체적 정신적 자유까지도 그 대가로 제공하고 있는 셈이다.

홍콩 사회는 인구의 절대 다수를 중국계가 점하고 있다. 그러나 특정 문화로의 동화를 강요하지는 않는다. 이 점에서 한국을 포함해서 세계 각지의 많은 곳이 표면적으로는 다문화주의를 내세우면서도 이면적으로는 주류문화로의 동화를 전제로 하는 것과는 상당히 다르다. 아마도 이런 것은 일차적으로 홍콩의 인종적 구성과 문화적 경험이 비교적 복잡하기 때문일 것이다. 다음으로는 그들 자신이 애초 이주자 신분이었고 피식민 통치를 경험했기 때문일 것이다. 그렇다면 여기서 적극적으로 한 걸음 더 나아가서 외인 가정부를 그녀들을 홍콩 사회의 일원으로 포용할 수는 없는 것일까? 아마도 외인 가정부는 그녀들을 차별하는 홍콩 사회에 대응하여 자신들의 출신지 국가를 영원한 고향으로 간주하면서 홍콩은 단지 임시 체류지에 불과하다는 심리적 방어기제를 가지고 있을 것이다. 그런데 이러한 심리기제는 홍콩 사회에 대한 자신의 권리를 포기하는 것에서 그치지 않고 사실상 그녀들이 홍콩 사회에 더욱 많이 기여할 수 있는 가능성을 포기하는 것과 다름없다. 마치 과거에 수많은 중국계 홍콩인들이 마음속에 자신만의 고향을 간직하면서 홍콩 사회에 대해 영원히 '나그네'로 지냈던 것처럼,21) 그리고 그런 점이 홍콩 사회의 발전과 안녕에 오히려 지장을 주었던 것처럼. 그러므로 일정 수준까지 외인 가정부를 홍콩 사회에 포용하는 것은 홍콩 사회 쪽에서나 외인 가정부 쪽에서나 모두 좋은 결과가 되지 않을까?

물론 현재의 시스템 속에서 외인 가정부에게 홍콩의 시민권을 부여하는 것은 불가할 수 있다. 그러나 최소한 지금까지처럼 외인 가정부를 배제하고 경계해야 하는 존재로 대하지 않고, 설령 그녀들 개개인의 거주는 일시적이라고 하더라도 그녀들 전체로서는 홍콩의 경제와 문화에 기여하는 존재로 볼 수는 있지 않을까? 그런 차원에서 홍콩작가들이 솔선수범하여 그들의 소설 속에서 좀 더 적극적이고 긍정적으로 외인 가정부를 다루는 것은 또 어떨까? 아마도 〈6동 20층 E호의 E6880**(2)〉(천리쥐안, 2000), 〈무애기〉(황비원, 2001), 〈툰문의 에밀리〉(예쓰, 2002) 등의 작가들은 외인 가정부를 폄훼할 의도는 전혀 없었을 것이다. 그러나 그들의 작품은 결과적으로 외인 가정부를 사물이나 다름없고, 불성실하고, 성적 대상이 될 뿐인 존재로 이미지화하고 있다. 어쩌면 〈내가 아는

---

21) 예컨대 작가 쓰마창펑은 1949년에 홍콩에 이주한 이래 죽을 때까지 시종일관 향수와 상상을 통해 고향 또는 고국이라는 신화를 추구했다. 陳國球, 〈詩意與唯情的政治 — 司馬長風文學史論述的追求與幻滅〉, 《感傷的旅程: 在香港讀文學》, (臺北: 學生書局, 2003), pp. 95-169 참고.

애욕의 정사〉(왕이싱, 2002)의 작가는 화자의 성장 이야기를 하는 가운데 외인 가정부에 대한 동정심을 표현하고자 했는지도 모른다. 그렇지만 홍콩인인 화자에만 초점이 맞추어져 있음으로 해서 작품에서 실제로 나타나는 것은 외인 가정부인 로사가 생각하고 느끼고 하는 인격체라는 점이 거의 드러나지 않는다. 화자나 심지어 소설의 조연인 화자의 아버지와 어머니조차 인간으로서 그려지고 있는 것과는 다르다. 이 소설에서 외인 가정부는 말하고 행동하는 존재이면서도 마치 동물이나 사물처럼 그려진다. 그러니 홍콩소설에서 외인 가정부는 분명히 존재하면서도 존재하지 않는 그런 존재일 뿐인 것이다.

'나의 도시' 속에서 명명백백하게 존재하면서도 마치 투명인간처럼 간주되는 외인 가정부를 가시화하고, 그녀들의 잃어버린 목소리를 되찾아주어야 한다. 그녀들이 '나의 도시' 속의 모든 사람들과 마찬가지로 더불어 살 수 있어야 한다. 그것은 결코 어느 한 외국인 연구자의 감상적 인도주의에 의한 것이 아니다. 그것은 외인 가정부 역시 삶의 애환과 인격체로서의 존엄성을 갖춘 존재이기 때문이다. 그것은 경제적 전 지구화의 상황 속에서 외지로 이주한 수많은 홍콩인들과 마찬가지로 그녀들 역시 가족 별거의 고통, 외국 생활에서 오는 외로움, 이질적 환경과 열악한 노동 여건에서 오는 스트레스 등을 겪고 있으며, 교육받은 사람으로서의 지적 능력, 도덕적 추구, 업무상의 책임감 등이 무시되고 외면당하고 있기 때문이다. 그것은 홍콩인이 바로 자기 자신의 가치를 인정하는 것이기 때문이다. 그리고 그것은 홍콩은 물론이고 한국을 포함하여 전 세계가 직면하고 있는 기필코 해결해야 할 문제 중의 일부이기 때문이다.

제8장 중국권 최초의 '의식의 흐름' 소설
— 류이창의 《술꾼》

1. 류이창과 《술꾼》

류이창(1918-2018)

홍콩작가 류이창劉以鬯은 1918년 상하이에서 태어났다. 1941년에 상하이의 세인트존스 대학을 졸업했고, 그해 겨울 일본이 태평양전쟁을 일으키며 상하이를 점령하자 충칭重慶으로 피난했다. 이 때 《국민공보國民公報》 문예면의 편집 일을 하게 되었으며, 이후 생애 대부분을 신문·잡지의 문예 편집 분야에 종사했다. 1945년 상하이로 돌아와서 출판사를 설립하고 《바람은 쏴쏴 불고風蕭蕭》(쉬쉬, 1946) 등 수십 권의 문학서적을 출간했다. 그러나 화폐 가치 급락 등으로 어려움에 처하게 되면서 만 30세이던 1948년에 돌파구를 찾아 홍콩으로 갔다. 1952-1957년 사이에 일시적으로 싱가포르에서 체재하기도 했지만 그길로 지금까지 60여 년 간 홍콩에서 거주하다가 2018년에 별세했다.

류이창은 고교 시절인 1936년에 이미 《인생화보人生畫報》에 단편소설 〈방랑하는 안나 프로스끼流亡的安娜·芙洛斯基〉를 정식으로 발표했다. 그 이래 거의 80년 가까이 창작 생활을 지속했다. 그에 따라 창작량도 많아서 유실되거나 미출간된 작품을 제외하고 현재 서적으로 출판된 것만 해도 40권을 상회한다. 그 중 대표작으로는 작품성과 문학사적인 의의 면에서 볼 때 《술꾼》(1963), 《절 안》(1977), 《교차》(2000) 등을 꼽을 수 있다.

《술꾼酒徒》은 애초 1962년 10월 18일부터 1963년 3월 30일까지《성도만보》에 연재되었다. 1963년 홍콩에서 처음 출판된 이래 판본을 달리하며 홍콩·타이완·중국 대륙 등지에서 모두 여덟 차례에 걸쳐 반복 출판되었다.[1] '100년 100종 우수 중국문학도서百年百種優秀中國文學圖書'(런민문학출판사人民文學出版社 등 주관), '20세기 중문소설 베스트 100선二十世紀中文小說一百強'(《아주주간亞洲週刊》주관)에 선정될 만큼 대단히 높은 평가를 받고 있는데, 대륙학자 위안량쥔袁良駿은 "홍콩문학의 초석이 되는 작품이자 전체 중국 소설의 발전 역사에서도 중요한 이정표적 의의를 가지고 있다"[2]고 단언했다. 또한 왕자웨이王家衛 감독은 이 작품의 일부 내용을 창의적으로 운용하여 영화《2046》(2004)을 제작한 바 있고, 그 뒤 황궈자오黃國兆 감독이 다시 원작에 충실한 영화《술꾼》(2011)을 제작하기도 했다.

《술꾼》에게는 일찍이 1960년대에 '중국 최초의 의식의 흐름 소설'[3]이라는 영예가 주어졌다. 그 성망은 '중국 최초의 의식의 흐름 장편소설',[4] '화문문학 최초의 의식의 흐름 장편소설'[5] 등 약간의 조정은 있지만 지금까지 거의 그대로 이어지고 있다. 하지만 그 동안 신문 잡지의 짧은 평론은 적지 않았으나 이런 평판에 비해 본격적인 연구는 그리

---

1) 여기서는 香港: 獲益出版社, 2003 판본을 주요 텍스트로 삼고 北京: 解放軍文藝出版社, 2000의 판본을 참고로 활용하였다. 작품 인용문의 출처는 전자인 2003년 판본의 쪽수를 따랐다. 한글 번역문은 류이창 지음, 김혜준 옮김, 《술꾼》, (파주: 창비, 2014.10)을 사용했다. 또 본문 일부에서 이 책의 〈작품 해설〉과 〈작품 연보〉를 활용했다.

2) 袁良駿, 《香港小說史》(第一卷), (深圳: 海天出版社, 1999), p. 322.

3) 振明, 〈解剖《酒徒》〉, 《中國學生週報》第841期 第4版, 香港: 中國學生周報編輯委員會, 1968.8.30.

4) 李今, 〈劉以鬯的實驗小說〉, 《星島日報·文藝氣象》, 香港: 星島日報, 1992.10.29.

5) 江少川, 〈論劉以鬯及其長篇小說《酒徒》〉, 《華文文學》第52期, 汕頭: 汕頭大學, 2002.10.26, pp. 56-60, 75.

많지 않았다. 예컨대 의식의 흐름 소설로서의 성격과 수법에 대한 상세한 검토라든가 그 외 이 작품이 가진 다양한 특성과 의의에 대한 고찰은 아직 충분하지 않다. 이는 아마도 20세기 중반 이래 중국 대륙에서 모더니즘 문학이 수십 년간 단절되었다가 뒤늦게 재등장한 것과 무관하지 않을 것이다. 단적인 예로 1990년대 후반에도 중국 모더니즘 연구서에서조차 이 작품에 관한 언급이 거의 없었을 정도였다.[6] 다른 한편에서는 "그것의 의식의 흐름 수법은 오히려 그 다음 문제다." "더욱 대단한 것은 첫 번째로 홍콩의 상황을 성찰한 현대소설이라는 점이다." 라고 보는 견해 역시 만만치 않다.[7] 《술꾼》이 '중국 최초의 의식의 흐름 소설'이라는 점은 높이 평가해야 마땅하지만 당시 홍콩의 사회 현실을 표현한 홍콩소설의 기념비적 작품이라는 점이 더 중요하다는 것이다.

따라서 이 작품의 가치와 의의에 대해 종합적으로 고찰해보는 것은 충분히 의미가 있는 일이다. 특히 기존의 평가들에 관해서는 비록 양자택일의 문제는 아닐지라도 그 적실성만큼은 따져볼 필요가 있다. 다만 여기서는 우선 이 작품이 가진 의식의 흐름 소설로서의 성격, 수법, 성취 및 영향과 의의 등에 대해 가능한 범위 내에서 상세히 검토해보고자 한다.

---

6) 江少川, 〈中國長篇意識流小說第一人 ― 論劉以鬯的《酒徒》及《寺內》〉, 《華中師範大學學報(人文社會科學版)》第41卷 第2期, 武漢: 華中師範大學, 2002.4.27, pp. 26-31 참고.

7) 전자는 황웨이량, 후자는 예쓰의 언급이다. 이들 외에도 여러 사람이 같은 취지의 언급을 했다. 黃維樑, 〈香港小說漫談 ― 劉以鬯·舒巷城·西西作品〉, 《香港文學初探》, (香港: 華漢文化事業公司, 1985), pp. 215-220. ; 也斯, 〈現代小說家劉以鬯先生〉, 《文訊》第84期, 臺北: 文訊雜誌社, 1992.10, pp. 108-110. ; 黎海華錄音整理, 〈文藝座談會: 香港小說初探〉, 《文藝雜誌》第6期, 香港: 基督敎文藝出版社, 1983.6, pp. 12-32. ; 姚永康, 〈別具新意的小說 ―《酒徒》藝術芻議〉, 《讀者良友》第5期, 香港: 三聯書店, 1984.11, pp. 72-75.

2. '중국 최초의 의식의 흐름 소설'

의식의 흐름이란 개념은 19세기 말 미국의 심리학자인 윌리엄 제임스가 그의 《심리학 원론》(1890)에서 제기한 것이다. 그는 의식이란 인상·직관·느낌·기억·환각·상상·연상·추리·추측 등 언어로 표현되기 이전 단계에서부터 언어로 표현되는 단계에 이르기까지 인간의 정신상태 전체를 의미하며, 그것은 체인이나 기차처럼 끊어진 마디들이 연결되는 것이 아니라 마치 강물이나 냇물처럼 하나의 흐름으로 이어진다면서, 이를 '의식의 흐름'(또는 '사고의 흐름', '주관적 생활의 흐름')이라고 불렀다.[8]

그런데 20세기 초 서구에서는 제임스의 심리학, 프로이트의 정신분석학, 베르그송의 시간관념을 포함해서[9] 심리학·철학·사회학·인류학 등의 비약적인 진전, 인상파 등 미술과 음악의 변화, 산업문명의 발달, 도덕관념의 변화 등의 영향 하에 소설 분야에서도 전적으로 새로운 시도가 있었다. 그 동안 스토리·인물·대화 등을 중시하면서 주로 인간의 외적 활동과 외부 세계를 묘사해오던 '재래적인' 소설 대신에 의식의 흐름, 상징과 이미지, 문장의 리듬과 느낌 등을 통해[10] 현대 사회의 복잡한 인간의 내면을 탐구하고 표현하려는 소설이 등장한 것이다. 이것이 바로 마르셀 프루스트, 버지니아 울프, 제임스 조이스, 윌리엄 포크너 등을 대표로 하는 의식의 흐름 소설이다.

물론 그 이전에도 '내적 독백'이라든가 '영혼의 변증법' 등의 방식으로

---

8) 윌리엄 제임스 지음, 정양은 옮김, 《심리학의 원리》(1), (서울: 아카넷, 2005.6), p. 435 및 343, 446 참고.

9) 唐大江, 〈《酒徒》小介〉, 獲益編輯部編, 《《酒徒》評論選集》, (香港: 獲益出版事業有限公司, 1995.5), pp. 47-50.

10) 梁秉鈞, 〈香港小說與西方現代文學的關係〉, 也斯/黃勁輝編, 《劉以鬯作品評論集》, (香港: 香港文學評論出版社, 2012), pp. 178-189.

인간의 심리를 묘사한 소설이 없었던 것은 아니다. 그러나 이전의 심리소설은 전달자로서 작가가 나서서 인물의 심리 활동을 비교적 논리적이고 단선적이며 단순하고 정태적인 측면에서 묘사해왔다. 이에 비해 새로 대두된 의식의 흐름 소설은 원칙적으로 전달자로서 작가의 개입을 배제하고, 의식 활동의 유동성을 표출하는데 중점을 두면서, 시간의 전도나 공간의 중첩 등을 마다하지 않으며 온갖 형태의 의식 활동을 복합적으로 드러내고자 했다. 특히 의식의 흐름 소설은 언어로 표현되기 이전 단계의 의식을 본격적으로 다루고 있다는 점에서 이전의 심리소설과 구별되는 것이었다.[11]

이러한 추세는 중국문학에서도 마찬가지였다. 20세기 초에 이미 심리 묘사가 시도된 작품이 등장했는데, 예를 들면 〈광인일기〉(루쉰, 1918)에도 그런 요소가 있었다. 1930년대에 이르러 〈흐름流〉(류나어우劉吶鷗, 1928), 〈장맛비가 내리던 저녁梅雨之夕〉(스저춘施蟄存, 1929), 〈파리 대극장에서在巴黎大戲院〉(스저춘, 1931), 〈상하이의 폭스트롯트上海的狐步舞〉(무스잉穆時英, 1932), 〈백금의 여체 조각상白金的女體塑像〉(무스잉, 1934) 등 상하이의 신감각파 소설들에 그와 같은 면모가 좀 더 분명히 나타났다.[12] 다만 이런 작품들은 심리 묘사가 포함되어 있고 일부 의식

---

11) 이 문단의 일부 내용은 柳鳴九, 〈代前言 ─ 關於意識流問題的思考〉, 柳鳴九主編,《意識流》, (北京: 中國社會科學出版社, 1989), pp. 1-11을 참고했다. 톨스토이는 외부 세계의 영향 하에 인물 내면의 사상과 감정이 충돌·변화하는 과정, 즉 심리적 변화 과정을 세밀하게 묘사하고자 했다. 이것이 곧 체르니셰프스키가 제기한 톨스토이의 심리 묘사 방법인 '영혼의 변증법'이다. '영혼의 변증법'은 '의식의 흐름'과 연관이 없는 것은 아니지만 작가가 직접 인물의 내면에 개입하여 관찰하고 묘사함으로써 논리적이고 일관성이 있는 형태로 독자에게 제시된다는 점에서는 큰 차이가 있다.
12) 심지어 신감각파에 영향을 받은 류이창의 초기 작품인 〈수수께끼의 건물迷樓〉(1947), 〈베이징의 마지막 1장北京城的最後一章〉(1947) 등에도 이런 면모가 보인다. 也斯, 〈從《迷樓》到《酒徒》─ 劉以鬯: 上海到香港的〈現代〉小說〉, 梁秉鈞/譚國根/黃勁輝/黃淑嫺編,《劉以鬯與香港現代主義》, (香港: 香港公開大學出版社, 2010.7), pp. 3-15.

의 흐름 소설에서 자주 사용되는 기법까지 들어있기는 했지만 앞서 말한 것처럼 그 자체로는 의식의 흐름 소설이라고 할 만한 것은 아니었다.

이보다 더욱 범위를 좁혀서 의식의 흐름을 표현하고자 시도한 소설에 한정시켜 본다 하더라도 상황은 크게 달라지지 않는다. 《술꾼》 발표 전후에 유사한 시도를 한 작품이 몇 편 있었다. 예컨대, 〈총을 찬 예수佩槍的基督〉(루인盧因, 1960), 〈타이베이의 율리시스攸裏賽斯在臺北〉(예웨이리렌, 1960), 〈웃음소리笑聲〉(간사甘莎, 1961)라든가 《땅의 문地的門》(쿤난, 1962) 등이 그렇다. 그러나 이 작품들 역시 본격적인 의식의 흐름 소설이라고 하기는 어렵다. 의식의 흐름 소설에 자주 등장하는 기법의 사용면에서 보자면 주로 내적 독백에만 치우쳐 있었고, 설령 여러 가지 방식을 사용했다 하더라도 어쨌든 소설의 중점 자체가 언어 표현 이전 단계의 의식까지 포함하는 복잡하고 다양한 의식의 흐름을 표현하는 소설은 아니었기 때문이다.[13] 이상의 점들을 종합해볼 때 《술꾼》을 중국권 최초의 의식의 흐름 소설이라고 하는 것은 확실히 일리가 있는 것이다.

3. 의식의 흐름 소설로서의 창작 의도와 실천

그런데 따지고 보면 어느 작품이 과연 의식의 흐름 기법을 사용한 최초의 작품이냐 하는 것 자체가 결정적으로 중요한 일은 아니라고 할 수 있다. 이는 루쉰의 〈광인일기〉 이전에 이미 〈하루一日〉(천헝저陳衡哲, 1917) 등 현대적 단편소설이 있었느냐 아니냐 하는 것과 유사한 차원의 문제이다. 의식의 흐름 소설과 관련하여 어떤 유의미한 시도가 어느 정도의 수준에서 이루어졌느냐, 어떤 정도의 성공을 거두었느냐, 그리고

---

13) 黃勁輝, 《劉以鬯與現代主義: 從上海到香港》, 山東大學博士學位論文, 2012.5.22, pp. 153-158.

얼마만큼 영향력이 있었느냐 하는 것까지 모두 감안해야하기 때문이다. 아래에서 차례로 검토해볼 것인바 이런 모든 면에서도《술꾼》은 그 가치를 인정받아 마땅한 작품이라고 판단된다.

일단《술꾼》은 작가 류이창이 의도적으로 의식의 흐름 소설을 시도했던 결과물이다. 류이창은 이 작품의 초판 서문에서 "현대사회는 복잡하게 뒤얽혀 있다. 횡적 단면을 보여주는 방법을 사용하여 개인의 정신적 유동, 심리적 변환을 탐구하고 사고의 이미지를 포착해야만 비로소 참되고 완벽하며 확실하게 사회 환경과 시대정신을 표현할 수 있다."(16쪽)라고 했다. 또 작품 속 화자의 언급을 통해서도 수시로 이런 생각을 되풀이해서 표출했다. 화자는 작중 인물인 막호문과의 대화에서 "현대의 소설가들은 반드시 인류의 내재적 진실을 탐구해야"(101쪽) 하며, "내재적 진실을 탐구하는 것은 문학가의 중대한 임무"(144쪽)라고 말하는가 하면, 그들이 출간하고자 하는《전위문학》의 '창간사'를 구상하면서 "작가는 내재적 진실을 탐구하면서 '자아'와 객관세계의 투쟁을 묘사해야 함을 주장"(161쪽)한다.

물론 여기서 중요한 것은 작가의 이런 의도가 과연 작품에서 실제로 충분히 관철되고 있는가 하는 점이다.《술꾼》은 모두 34장으로 된 장편소설이지만 이야기는 비교적 간단하다. 1인칭 화자로 술꾼인 주인공 '나'는 상하이를 떠나 여러 곳을 전전한 후 홍콩에 거주하게 된 이주자이다. 그는 문학의 예술적 가치와 지식인의 사회적 책임을 강하게 인식하면서 순문학 창작에 종사하고자 하지만 생활을 위해 결국 무협소설과 '황색소설'까지 쓰게 된다. 이 과정에서 그는 현실적인 문제와 자신의 이상 추구 사이에서 분노·번뇌·갈등·방황하면서, 술로써 자신을 마취시키며 전형적인 알코올 중독자의 행동을 한다. 그런데 이 작품은 화자를 포함해서 등장인물들이 무슨 사건을 겪고 어떤 행동을 했느냐 하는 것보다는 주로 외부적 자극에 대해 화자의 내면에서 어떤 심리적 활동이 있었느냐 하는 것을 중점적으로 다루고 있다. 다시 말해서 인물의 행위·사건·배경에 대한 사실적인 서술보다는 인물 내면의 심리 현상, 그 중에서도 특히 언어 표현 이전 단계의 심리 현상에 대한 서술이 더 중요하게 다루어지고 분량도 더 많으며 표현의 내용과 방식도 더 다채로운 것이다.[14)]

이 작품이 인물의 의식을 집중적으로 다루고 있다는 점은 등장인물들을 처리하는 방식에서도 그대로 나타난다. 비록 각 인물들은 어느 정도 입체성을 가지고 있기는 하지만, 그럼에도 불구하고 화자인 '나' 이외의 인물들은 대부분 일시적으로 등장할 뿐만 아니라 주인공의 의식의 흐름 속에서 나타났다 사라졌다 한다. 달리 말하자면, 그들의 주된 역할은 사건과 스토리를 이끌어가는 데 있는 것이 아니라 화자인 '나'에게 어떤 자극을 줌으로써 인상·느낌·생각·기억·꿈·환각·환상 등 화자의 각종 의식 활동을 유발하는 데 있는 것이다. 예컨대 이 작품에서 비교적 자주 등장하는 화자의 상대 여성들인 젱라이라이, 씨마레이, 옝로우, 웡씨댁 등은 이 소설에 삽입된 소소한 에피소드에서 산발적으로 출현하면서 그때마다 화자의 의식 특히 잠재의식 속에 내재되어 있는 사랑에의 갈구와 성적인 욕망을 불러일으키는 역할을 하고 있다.

《술꾼》에서 이와 같이 인물의 의식의 흐름을 비교적 중점적으로 보여주는 부분은 대략 다음과 같은 곳들이다.

첫째, 상대적으로 이성적인 상태에서 외부적인 사건이나 인물에 의해 어떤 자극을 받은 뒤 특정 사안에 대해 화자의 사고를 보여주는 부분이다. 예를 들면, 제 2, 12, 19, 23, 28, 31, 37, 38, 42장과 같은 부분이 그러하다. 이런 부분은 신문예에 대한 평가, 세계문학의 상황에 대한 견

---

14) 黃勁輝, 《劉以鬯與現代主義: 從上海到香港》, 山東大學博士學位論文, 2012.5.22, pp. 121-124.

해, 예술의 최근 추세에 대한 분석, 홍콩 문단과 출판계 및 홍콩 사회에 대한 비판 등 대체로 논리적일 뿐만 아니라 그 내용 자체가 소설 외적으로도 상당히 수긍이 가는 것들이다.

둘째, 과거의 경험을 기억하는 부분이다. 예컨대 제 4, 9장이라든가 제 7장에서 씨마레이에 대한 인상과 더불어 기억을 서술하는 부분 등이 이에 속한다. 대체적으로 과거의 기억이 시간적 순서로 배열되어 있고, 기억의 내용은 상당히 사실적으로 서술되어 있기 때문에 혹시 의식의 흐름과 무관하다고 오인할 수 있다. 그러나 기억 자체도 의식의 일부다. 그 뿐만 아니라 각 단락 안에 묘사된 개별 기억들은 대개 어떤 장면이나 사건과 관련된 이미지와 강력하게 결합해 있으며, 그러한 이미지들이 단편적으로 제시되면서 그 연관성 즉 연상 관계는 불분명하게(또는 무의식적으로) 이루어져 있다. 따라서 종합적으로 보면 일종의 의식의 흐름을 보여주고 있는 것이다.

셋째, 외부적 정경이나 자신의 감정으로 인한 화자의 인상과 느낌을 보여주는 부분이다. 상당히 산발적이고 단편적으로 나타난다. 예컨대 제 1장 첫머리에 "녹슨 감정이 또다시 비오는 날과 맞닥뜨렸다"(19쪽)에서부터 "기쁨과 우울은 별개의 것이 아닌 듯하다"(19쪽)까지, 집에 있다가 외출하여 술집에서 술을 마실 때까지의 행동 사이사이에 있었던 의식의 흐름을 단속적으로 기술한 부분이 그렇다. 또 제2장 중간에 "펜을 내려놓았다"(25쪽)에서부터 "나의 마음속에서는 또 비가 내리고 있다"(25쪽)까지, 술을 마시며 원고를 쓰다 말고 창밖을 내다보며 의식이 흘러가는 대로 기술해나간 부분도 그러하다. 그 외에도 많은 부분이 있는데 대개 시적인 문구·리듬·이미지를 통해 의식의 흐름을 보여주면서 상당히 정서적인 분위기를 조성한다.

넷째, 술에 취하거나 또는 정신을 잃은 상태에서 환각이나 환상에 빠지는 부분이다. 제5장 뒷부분, 제8장 앞부분, 제27장 등을 비롯해서 상당히 자주 나타나며, 때로는 짧게 때로는 제법 길게 서술된다. 화자의 의식은 취하면 취할수록 또는 혼미해질수록 언어 표현 이전 단계의 것에 가까워지면서 그 의미를 알기가 어려워지고, 끊임없이 이어지는 각 의식 간의 연계성 역시 파악하기가 어려워진다.

다섯째, 꿈을 묘사한 몽환 부분이다. 예컨대 제2장 앞부분, 6, 10(B), 25, 32, 34장 등 여러 곳이 이에 속한다. 작가는 이런 꿈속의 의식의 흐름이 언어 표현 이전 단계라는 것을 드러내기 위해 그 내용상 시공간의 질서를 헝클어놓는가 하면 외형적으로 문장부호를 생략한다든가 문단나누기를 비교적 빈번하고 자유롭게 구사한다.

이들 다섯 가지 중 앞쪽의 것일수록 상대적으로 합리적인 언어 표현 단계의 의식에 가깝고 뒤쪽의 것일수록 상대적으로 무질서하고 파편화된 언어 표현 이전 단계의 의식에 가깝다. 물론 의식은 그 자체로 여러 단계가 명확하게 구분되는 것이 아니므로 이 작품에서도 여러 종류의 의식이 각기 명확하게 구분되어 나타나는 것은 아니며 따라서 종종 복합적으로 나타난다. 예를 들면 제10(B)장이 그러하다. 바로 앞장에서 화자는 병원에 입원하여 마지막에 수면제를 먹고 잠을 청하며, 제10(B)장에서 화자는 이런저런 상상을 하다가 점차 꿈속으로 빠져 들어간다. 이에 따라 그의 의식의 흐름은 가면 갈수록 더욱 더 이해할 수 없는 사적인 내밀한 것, 그리고 현실적인 시공간의 질서와 무관한 것이 된다. 이를 단적으로 나타내주는 것은 문장부호의 사용 유무이다. 작가는 화자의 이런 면모를 효과적으로 보여주기 위해 의도적으로 이 장의 전반부에서는 문장부호를 유지하다가 후반부에서는 문장부호를 제거해버린다. 이는 제임스 조이스의 《율리시스》 마지막 장인 제18장 〈페넬로페〉 전체를 차지하는 몰리 블룸의 독백에서 문장부호가 전혀 없는 것과 같은 수법이다.

4. 의식의 흐름 소설로서의 다양한 수법과 요소

상기 기교에서 보다시피 류이창은 인물의 의식의 흐름을 표현하기 위해 의식의 흐름 소설에서 자주 사용되는 일련의 기법과 요소들을 상당히 능숙하고 효과적으로 그리고 종종 창의적으로 사용했다.15)

《술꾼》(2003)

4-1 내적 독백

《술꾼》에서는 의식의 흐름을 서술하기 위해 주로 1인칭 화자의 직접 내적 독백을 사용한다. 작가는 이런 부분을 괄호 속에 넣어서 그것이 내적 독백임을 표시하기도 하고, 환각·환상 상태라든가 꿈속 상태일 때처럼 괄호 없이 그것을 제시하기도 한다. 다음 인용문은 제8장의 첫 단락이다.

---

15) 여기서 '자주 사용되는'이라고 말한 것에는 이유가 있다. 미국의 문학이론가 로버트 험프리는 그의 《현대소설과 의식의 흐름(*Stream of Consciousness in the Modern Novel*)》(1954)에서, '의식의 흐름 소설'이란 주로 작중인물의 의식의 모습을 그려내기 위하여 언어 표현 이전 단계의 의식을 규명하는 데 중점을 둔 형태의 소설이라고 정의할 수 있지만, 그럼에도 불구하고 실질적으로는 '의식의 흐름 기법' 고유의 특정 기법은 없다고 한다. 즉 각각의 작가들이 사용한 기법들이 상당히 다양할 뿐만 아니라 그 기법들조차 상당수는 기존의 '재래적인' 소설에서 사용되던 것이라고 한다. 이하 이장에서 《술꾼》에 사용된 의식의 흐름과 관련된 각종 수법에 대한 분석은 기본적으로 로버트 험프리가 예시한 의식의 흐름 서술 기법, 장치, 패턴에 관한 설명 및 체제를 참고 또는 인용했다. 한글 번역문은 로버트 험프리 저, 이우건/류기룡 공역, 《현대소설과 의식의 흐름》, (서울: 형설출판사, 1984.10)의 것을 활용하되, 그 중 일부는 로버트 험프리 저, 천승걸 역, 《현대소설과 '의식의 흐름'》, (서울: 삼성미술문화재단, 1984.8)을 참고하여 수정했다.

금색의 별. 남색의 별. 자색의 별. 황색의 별. 수천수만의 별. 만화경 속의 변화. 희망이 열 손가락에 압사된다. 누가 기억의 문을 슬그머니 닫아버렸나? HD의 이미지는 정말 포착하기 어렵다. 추상화 화가는 춤추는 색깔을 좋아한다. 반금련은 비껴드는 빗방울이 창문을 두드리는 걸 좋아한다. [⋯] 젊은이여 절대로 과거의 교훈을 잊지 마시오. 소무는 결코 성성이를 아내로 삼지 않았다. 왕소군 역시 독약을 먹고 죽지 않았다. 상상이 경련을 일으킨다. 어슴푸레한 등불 하나가 나의 뇌리에 나타난다. (59쪽)

여기서 화자의 서술은 외형상 다른 작중인물에게 말하는 것도 아니고 자기 자신에게 말하는 것도 아니다. 또한 내용상 독자를 청중으로 설정하고 말하는 것도 아니다. 인용문은 이 장의 첫 부분으로서 아무런 설명도 없으며, 여기서 드러나는 화자의 의식 속에 있는 인물이나 사건이 독자에게는 전혀 알려져 있지 않기 때문이다.[16] 또한 매번 한 의식은 다른 의식에 의해 차단되며, 무질서하고 변화무상한 의식의 흐름이 계속해서 이어진다. 그리고 마침내 이 단락 끝부분에서 각성 상태로 페이드인하면서 이와 같은 의식의 흐름이 끝이 난다. 요컨대 여기서 작가의 개입 없이 화자가 직접적으로 보여주는 것은 화자 자신의 의식의 흐름인 것이다.

《술꾼》에는 작중 인물인 화자가 자기 자신과 마치 대화하듯이 자신의 의식을 전달하는 독백도 있다. 표면적으로는 자기 자신을 청중으로 하지만 실제로는 독자를 청중으로 간주하는 것이다. 예컨대 다음 인용문에서 "몰려들었다" 이하가 그렇다.

얼른 일어나 탁상등을 켜다가 아직 무협소설 일부를 다 쓰지 못했음을 발견했다. [⋯] 펜을 드니 '비검'과 '절초'가 오후 다섯 시 쎈트럴의 자동차처럼 원고지 위로 몰려들었다. '비검'과 '절초'가 사람을 속여먹는 것이라고

---

16) 뒷부분을 계속 읽어나가면, 화자가 옐로우와 술을 마시던 중에 그녀에게 머리를 얻어맞아 혼수상태에 빠졌다가 깨어나는 상황이었음을 알게 된다.

누가 그러는가? 천리 밖에 있는 사람의 목숨도 빼앗는 이런 글이라야만 돈이 되는 것이다. 돈이 없으면 굶어야 한다. 돈이 없으면 술도 마실 수 없다. (28쪽)

이런 부분들은 대체로 작품의 플롯이나 등장인물 및 자신의 행위에 관련되는 정서적 감정과 사상을 표출하는 데 그 주된 목적을 두고 있다. 이 때문에 그것이 보여주는 의식은 비교적 표층에 가까운 것으로 문맥상 어느 정도 논리적 일관성이 있다. 하지만 그럼에도 불구하고 기존의 '재래적인' 무대 독백과는 달리 보통은 인물의 의식 속에서 떠오른 순서대로 배열되어 있다.

《술꾼》에는 다량의 직접 내적 독백과 독백 두 가지가 병용되고 있다. 이에 반해 작가가 2,3인칭을 사용하여 다른 인물의 의식의 흐름을 그 자체로부터 직접 제시되는 것처럼 표현하는 간접 내적 독백은 보이지 않는다. 또 화자가 전지적인 작가 역할을 하며 인물의 정신세계를 객관적인 형태로 기술하는 전지적 작가의 서술 방식 역시 보이지 않는다. 이는 1인칭의 화자가 자기 자신의 의식의 흐름을 드러내는 데 집중하는 이 작품의 특성과 관계가 있을 것이다.

4-2 자유연상, 몽타주, 영화적 수법, 인쇄적 수법

《술꾼》에는 의식의 '흐름'을 드러내고 제어하기 위한 수법 면에서도 일반적으로 알려져 있는 것들을 거의 대부분 사용한다. 예컨대 자유연상의 활용이 대단히 빈번하다. 물론 자유연상을 불러일으키는 관건이 무엇인지 금세 알 수 있는 곳도 있지만 그렇지 않은 곳도 있다. 또 때로는 외견상 파악하기는 힘들지만 작품의 다른 곳에 숨겨져 있는 경우도 있다. 앞서 인용문을 다시 예로 들면, 앞부분은 도대체 무질서한 의식이 어떻게 연결되는지 알 수 없지만, 깨어나기 직전의 마지막 부분에 이르면 '과거의 교훈' — '소무' — '왕소군' 사이에 연상 관계가 있음을 알 수 있다. 또 중간의 "추상화 화가는 춤추는 색깔을 좋아한다. 반금련은 비껴드는 빗방울이 창문을 두드리는 걸 좋아한다."라는 구절은 그 자체로는 왜 이런 연상이 일어났는지 알기 어렵다. 하지만 제3장 첫 부분에서 네온사인 때문에 창문의 빗방울이 붉은 색으로 바뀌는 것을 본 것, 제5장에서 술이 취했을 때 무송이 반금련의 구애를 거절하는 모습을 상상한 것, 무수한 샛별이 일제히 춤을 추는 환각을 본 것 등을 참고해보면, 그러한 연상이 왜 일어났는지를 어느 정도 짐작할 수 있다.

의식의 '흐름'을 제어하는 수법 중에 이 작품에서 자유연상만큼이나 많이 활용된 것은 시간적 몽타주 수법이다.[17] 시간적 몽타주란 주제가 공간에 고정되어 있고 작중인물의 의식이 시간 속에서 변화하는 몽타주를 말한다. 이 작품에서 가장 대표적인 부분은 앞서 언급한바 제4, 9장에서 서로 다른 시점의 기억을 보여주는 부분이다.[18] 제4장은 "축축한 기억."(33쪽)이라는 문구에서 시작해서 "모든 기억은 축축하다."(39쪽)라는 문구로 끝난다. 그 중간에는 모두 27개의 단락에서 화자가 상하이에서 성장하던 시절로부터 후일 각지를 전전하다가 홍콩에 도착하기까지의 기억을 단편적이고 불규칙하게 제시하고 있다. 각 단락은 첫 번째 단락을 제외하면 모두 "바퀴는 쉬지 않고 돈다"라는 문구로 시작되며,

---

17) 이 작품은 1인칭 화자가 자신의 시점에서 전개하기 때문에 동일 시간에 서로 다른 공간의 장면이 겹쳐지는 공간적 몽타주는 나타나지 않는다. 이와 관련해서 류이창 자신도 《술꾼》에서 […] 내가 주의한 것은 주로 시간적 몽타주"라고 말한 적이 있다. 八方編輯部, 〈知不可而爲 — 劉以鬯先生談嚴肅文學〉, 《八方文藝叢刊》第6輯, 香港: 香港文學藝術協會, 1987.8, pp. 57-67.

18) 이 작품에서 몽타주 수법은 의식의 흐름을 보여주느냐 아니냐와 관계없이 많은 곳에서 활용되고 있다. 예를 들면, 제2장 마지막 부분에서 화자가 술을 마시는데 "한 잔을 마시고 나자 누군가가 문을 두드린다. 주인 여자다. 내게 언제 방세를 낼지 묻는다. 두 잔을 마시고 나자 누군가가 문을 두드린다. 신문사의 심부름꾼이다. 내게 왜 원고를 보내지 않느냐고 묻는다. 석 잔을 마시고 나자 누군가가 문을 두드린다. 처음 보는, 꽤 비대하다고 할 정도로 살진 중년 부인이다. 내게 아침에 귀가하면서 그녀의 아들 손에 들린 한입 베어 문 사과를 왜 뺏어갔느냐고 따진다."(27쪽)라고 한 것이 그러하다.

시간적 순서에 따라 나열되어 있어서 시간과 공간의 질서를 완벽하게 뛰어넘는 것은 아니다. 하지만 그럼에도 불구하고 각각 독립된 장면들로 인하여 전체적으로는 일종의 플래시백 효과와 함께 시간적 몽타주를 이룬다. 제9장에서 과거 화자의 전쟁 경험에 대한 기억을 "전쟁. 전쟁. 전쟁."이라는 문구로 구분되는 모두 여섯 부분으로 제시한 것도 이와 마찬가지다. 각 부분 내에서는 외형적 사건을 사실적으로 묘사하는 '재래적인' 수법을 쓰고 있지만 그럼에도 불구하고 전체적으로 볼 때 각각의 부분은 상호 무관한 '전쟁'에 관한 독립적이고 단편적인 기억의 장면들로 되어 있으며, 이런 장면들이 모두 함께 일종의 몽타주를 구성하고 있는 것이다.

몽타주 수법은 영화에서 영향을 받은 것이다. 이 작품에 사용된 영화적 수법은 몽타주 수법 외에도 페이드아웃, 페이드인, 커팅, 클로즈업, 플래시백 등 여러 가지가 있다. 그 중 커팅 수법을 예로 들어보자. 전술한 것처럼 이 작품에서는 괄호를 사용하여 그 괄호 속의 것이 내적 독백임을 표시하고 있다. 보통은 사건이나 인물의 행동을 서술하는 중간 중간에 삽입되어 있어서 그러한 외부적 상황과 달리 인물의 내면에서는 그의 의식이 계속해서 흐르고 있음을 보여주는 효과를 낸다. 그런데 가끔은 인물 내면에 어떤 의식이 이어지고 있는 가운데도 괄호로 묶어놓은 부분을 삽입한다. 이는 하나의 의식에서 다른 의식으로 갑자기 전환되거나 또는 그 의식 사이에 다른 의식이 단속적으로 틈입하고 있음을 보여준다. 다른 방식도 있다. 제8장의 중간 부분에 보면 화자가 병실에 누워 이런 생각 저런 생각에 잠겨 있다. 즉 이런 저런 의식으로 이어지며, 각각의 의식은 괄호로 표시된 내적 독백으로 이루어져 있다. 그러한 내적 독백들은 서로 논리적인 연관성 없이 무질서하게 이어지는데, 그 사이 사이에 "생각은 복잡하게 뒤엉켰다."(63쪽), "생각은 무궤도전차다."(63쪽), "생각은 방향 없는 바람이나 다름없다."(64쪽), "생각은 방금

꺼버린 선풍기처럼 여전히 돌아간다."(65쪽) 등의 문구를 써서 각각의 의식이 급격히 전환되도록 하면서 한편으로는 그런 문구 다음에 생기는 의식이 그런 문구에 묘사된 것과 자유연상의 관계에 있음을 보여준다. 이런 것들은 모두 일종의 커팅 수법을 활용한 것이다.

한편 괄호를 사용하여 내적 독백임을 표시하는 식의 방법은 다른 측면에서 보자면, 의식의 '흐름'을 제어하기 위해 인쇄상의 수법을 사용한 예라고 할 수 있다. 《술꾼》에는 그 외에도 여러 가지 인쇄상의 수법이 사용되고 있다. 예를 들면, 공상이나 꿈 부분은 문장부호를 생략하거나 문단 구분을 하지 않기도 하고, 기억과 같은 부분은 동일한 문구를 반복적으로 사용함으로써 의식의 단위를 구분한다. 앞서 언급한 몽환 부분은 전자의 경우에 해당한다. 제4장과 9장에서 각기 다른 시점의 기억을 보여주는 각 단락의 첫머리에 "바퀴는 쉬지 않고 돈다"라는 문구를 무려 26회나 되풀이한 것이라든가 "전쟁. 전쟁. 전쟁."이라는 문구를 여섯 차례 되풀이한 것은 후자의 대표적인 예라고 할 수 있다.

4-3 사적 내밀성, 수사적 장치, 이미지의 활용

이론적으로 말하자면, 설사 동일한 사람이라고 하더라도 어떤 순간의 의식을 다른 순간의 의식이 파악할 수는 없으며, 어떤 사람의 의식을 다른 사람의 의식이 파악한다는 것은 불가능하다. 이를 의식의 사적 내밀성이라고 부를 수 있다. 그런데 소설이란 것은 어쨌든 독자가 이해 가능하도록 만들어야 한다는 전제가 따른다. 다시 말해서 소설가의 입장에서는 무질서하고 이해 불가능한 의식의 사적 내밀성을 이해 가능한 것으로 바꾸어 놓아야 하는 모순적인 임무가 있다. 이를 실현하기 많은 작가들이 다양한 방법을 써왔는데 류이창 역시 마찬가지였다. 그는 자유연상의 관건을 때로는 명시적으로 때로는 암시적으로, 또 때로는 작품의 다른 어느 곳에 감추어 둠으로써 그러한 의식의 흐름의 사적 내밀성을 파악 가능한 것으로 만든다. 또 제11장에서 화자가 술에 취해 거리를 배회하면서 순간순간 보고 듣고 느끼고 떠오르는 것들을, 뉴스 표제·광고 문안·표어·경구·속담·시적 표현·대화체 등을 활용하여, "전차에는 이등칸이 없다"(93쪽)에서부터 시작하여 같은 문구로 끝날 때까지 이음줄(一)을 사용해 죽 나열해가며 비논리적으로 질서 없이 이어지는 화자의 의식의 흐름을 보여주기도 한다.

《술꾼》에서 의식의 사적 내밀성을 파악 가능한 것으로 만드는 장치 중에서도 가장 두드러지는 것은 이미지의 활용이다. 인간의 의식 속에는 언어로 표현하기 어려운 어떤 감정이나 인상이 존재하는데, 문학 특히 시에서는 보통 직유나 은유와 같은 비유를 통해 이를 이미지화한다. 주지하다시피 이미지란 단어는 원래 시각적인 것에서 출발했지만 문학에서는 시각뿐만 아니라 청각·후각·미각·통각적인 이미지까지 포괄하게 되었다.[19] 물론 《술꾼》에서도 이런 이미지들이 두루 활용되고 있다. 예컨대 이 소설의 첫 부분에는 시적인 표현을 사용하여 녹슨 감정, 숨바꼭질 하는 잡념, 한 병의 우울, 한 자락의 공기, 지칠 줄 모르는 시간, 등호 뒤편에서 유랑자처럼 배회하는 행복, 보병의 걸음걸이의 음표, 고체의 웃음, 거짓말은 흰색 … 등 각양각색의 이미지가 화자의 의식 속에 불쑥불쑥 등장하면서 그의 불안정하고 저조한 정서 상태와 무질서하고 혼란한 의식의 흐름을 보여주고 있다. 그렇지만 《술꾼》에서 가장 많이 활용하고 있는 이미지는 역시 시각적인 것이다. 예를 들면 제 11장에서 화자가 술이 취한 상태에서 씨마레이의 모습을 떠올리는 부분이 그러하다. "교복을 입은 씨마레이, 빨간색 치파오를 입은 씨마레이"(91쪽)로부터 시작해서 "전통 옷을 입은 씨마레이, 옷을 입지 않은 씨마레

---

19) 이미지에 관한 더욱 자세한 설명은 르네 웰렉/오스틴 워렌 지음, 이경수 옮김, 《문학의 이론》, (서울: 문예출판사, 1989), pp. 270-273을 참고하기 바란다.

이…"(92쪽)에 이르기까지 "수십 명의 씨마레이가 열 몇 가지의 서로 다른 옷을 입고서"(92쪽) 화자의 뇌리 속에서 떠다닌다. 이는 일종의 콜라주 수법으로 각기 다른 씨마레이의 이미지를 활용하여 그녀에 대한 화자의 인상과 느낌을 드러내주는 것이다.

《술꾼》에서는 이와 같이 이미지를 인상주의적으로 활용하는 경우도 많지만 또 상징주의적으로 활용하는 경우도 적지 않다. 예컨대 "거울 앞에 서서 나는 한 마리 야수를 보았다."(48쪽), "나는 생각을 가진 야수였고"(158쪽), "나는 두 가지 동물이다. 하나는 나고, 하나는 야수다."(199쪽) 등에서 보이는 "야수"의 이미지가 그러하다. 만일 이런 이미지가 비교적 직접적이라고 한다면, 상징주의적 이미지를 더욱 간접적으로 사용한 경우도 있다. 제10(B)장의 첫 부분에서 화자는 혼미한 상태에서 "책을 읽지 않는 사람이 꼭 세상에는 책이 없다고 말한다. […] 굴뚝에서 죽음의 언어가 분출한다. 그것에는 독이 있다. 바람이 창밖에서 대화한다. 달이 글라디올러스에 자선가의 대범함을 보여준다."(77쪽)라는 심상을 떠올린다. 여기서 글라디올러스는 앞뒤 관계로 볼 때 문학을 상징한다고 할 수 있다. 그런데 바로 그 글라디올러스는 굴뚝에서 분출하는 독이 바람을 타고 날아와 생존을 위협당하고 있을 뿐만 아니라 더욱이 그것에게 필요한 햇빛은 없고 간신히 달빛에 의해 생명을 유지하고 있을 뿐이다. 다시 말해서, 이는 저급한 대중 독서물이 문학 작품의 생존을 위협하고 있는 현실에 대한 평상시 화자(또는 작가)의 비판적 사고가 무의식 속에서 드러난 것으로, 현대 사회 또는 홍콩 사회의 열악한 문학 환경과 문학 상황을 상징적으로 이미지화한 것이다.[20]

---

20) 글라디올러스가 상징하는 것에 관한 설명은 姚永康,〈別具新意的小說 —《酒徒》藝術芻議〉,《讀者良友》第5期, 香港: 三聯書店, 1984.11, pp. 72-75 참고.

4-4 패턴

의식의 흐름 소설가는 의식의 사적 내밀성을 독자가 이해 가능한 것으로 만들어야 할 뿐만 아니라 의식의 무질서한 흐름을 어떻게든 독자가 이해 가능한 형태의 질서 있는 것으로 만들어놓아야 한다. 이에 따라 파편적이고 산발적이며 무질서한 의식을 보여주면서도 작품 전체적으로는 일정한 질서를 부여해주는 다양한 패턴을 사용한다. 《술꾼》에서 가장 대표적인 패턴은 비록 '재래적인' 소설처럼 아주 분명한 것은 아니지만 어느 정도 플롯을 유지함으로써 작품 전체에 질서를 부여한 것이다. 이 때문에 심지어 일부 사람은 이 작품이 모더니즘과 사실주의가 결합된 작품이라고 한다든가 의식의 흐름의 소설로서 성격이 강하지 않다고 평가하기도 한다. 그렇지만 의식의 흐름 소설이면서도 플롯을 이용하는 것은 그가 처음도 아니고 유일한 사람도 아니다. 예컨대 윌리엄 포크너는 〈내가 죽어 누워 있을 때〉와 〈소리와 분노〉에서 실질적인 플롯을 사용하고, 작중인물들은 발단, 갈등, 위기, 대단원을 지닌 외면적 드라마 속에서 행동한다.[21] 또 인물의 내재적 심리를 묘사하고자 했던 1950년대 홍콩의 모더니즘적 작가들, 예컨대 왕징시王敬義·리웨이링李維陵·황쓰청黃思騁·자이환齊桓 등은 대부분 비교적 분명한 스토리의 틀을 유지하고 있었다.[22]

《술꾼》에서는 플롯의 활용 외에도 다양한 패턴을 활용하여 시공간을 초월하며 무질서하며 종잡을 수 없는 그래서 포착하기 어려운 언어 표현 이전 단계의 의식의 흐름을 드러내면서 독자들이 그것을 받아들일

---

21) 로버트 험프리 저, 이우건/류기룡 공역, 《현대소설과 의식의 흐름》, (서울: 형설출판사, 1984.10), pp. 183-184 참고.

22) 黃淑嫻, 〈表層的深度: 劉以鬯的現代心理敍事〉, 梁秉鈞/譚國根/黃勁輝/黃淑嫻編, 《劉以鬯與香港現代主義》, (香港: 香港公開大學出版社, 2010.7), pp. 94-119 참고. 황수셴黃淑嫻에 따르면 이는 스토리와 플롯을 중시하는 중국 소설의 전통 및 당시 대부분의 소설이 일반 대중을 독자로 하는 신문 연재소설이었던 것과 관계가 있다.

수 있는 형태로 만들어 놓는다. 몇 가지 비교적 뚜렷한 예를 들어 보자 면 다음과 같다. (1) 이 소설의 무대가 1962-1963년의 홍콩임을 명시하고(59, 275쪽) 실제 외형적인 사건의 전개 역시 이 속에서 일어나는 등 시간과 장소를 일치시켰다. (2) 화자가 '정신이 맑음'과 '술에 취함/환상에 잠김/정신을 잃음/꿈을 꿈' 양자 사이를 오가도록 하면서 화자의 의식의 흐름에 초점을 맞추어 묘사했다. (3) 제8장 후반 및 제36장과 같은 부분에서는 하루의 행위를 일정한 시간 표시 다음에 서술함으로써 속도감을 부여하는 한편 이 부분에서 보여주는 외형적인 시간과 다른 부분에서 보여준 의식의 흐름 시간 사이의 불일치를 강조했다. (4) 앞서 제3절에서 설명했던 것처럼 어떤 종류의 의식의 흐름을 드러내는가에 따라 수사적으로 몇 가지 다른 유형을 사용했다. (5) 고통과 도피의 상징으로 반복 사용된 '술'을 비롯해서 이른바 라이트모티프를 활용했다.[23)]

5. 의식의 흐름 소설로서의 창의적인 시도

이상에서 보다시피 《술꾼》에는 의식의 흐름 소설에서 자주 사용되는 수법과 장치들이 다양하게 사용되고 있다. 그러나 이 모든 것들이 서구의 작품에서 사용된 것을 그대로 답습한 것만은 아니며 작가 류이창의 독특한 변용 내지는 창의적 시도가 있었다. 다음에서 그 중 몇 가지를 열거해보겠다.

---

23) 라이트모티프란 원래 음악에서 주요 인물이나 사물 또는 특정한 감정 따위를 상징하기 위해 반복적으로 사용되는 짧은 선율을 뜻한다. 로버트 험프리는 이를 응용하여 "어떤 특정의 사상이나 주제를 고정적으로 연상시키는 반복적인, 이미지·상징·단어 또는 구"라는 뜻으로 사용했다. 로버트 험프리 저, 이우건/류기룡 공역,《현대소설과 의식의 흐름》, (서울: 형설출판사, 1984.10), pp. 157-158 참고. 라이트모티프의 예로 '술'을 거론한 것은 何慧,〈一本關於文學的小說 — 談劉以鬯的小說《酒徒》〉,《文匯報·文藝》, 1991.10.13. p. 21 참고.

첫째, 기술적인 변용을 시도했다. 서구 의식의 흐름 소설에서 의식의 유동성을 드러내기 위한 방법 중 하나로 알파벳이 가진 음악적 특징을 활용했다고 한다면, 류이창은 한자가 가진 시각적 청각적 특징을 활용하였다. 예컨대 앞서 인용한 "금색의 별. 남색의 별. 자색의 별. 황색의 별. 수천수만의 별.金色的星星。藍色的星星。紫色的星星。黃色的星星。成千成萬的星星。"의 경우 각 구절의 문자적·의미적 시각성 및 청각성과 이미지를 교묘하게 결합하여 재빠르게 비약하는 의식의 유동성을 효과적으로 보여주고 있는 것이다.[24]

둘째, 시적인 요소를 적극 도입하면서 특히 중국식 이미지와 방식을 적용했다. 서구 의식의 흐름 소설에서는 의식의 흐름을 보여주기 위해 상대적으로 시를 직접 채용하거나 시적인 기법을 사용하는 경우는 많지 않았던 것으로 보인다.[25] 또 간혹 시적인 요소를 도입하더라도 비교적 직접적으로 시적인 정취를 표출하였다.[26] 이에 비해《술꾼》에서 류이창은 의식의 사적 내밀성과 유동성을 드러내기 위해 시적인 요소를 대량으로 도입하여 감각적이고 인상적인 이미지는 물론 상징적인 이미지까지 구사하면서 비교적 함축적이고 간접적으로 시적인 정취를 표출했다.[27] 그의 이러한 시도는 콜라주 또는 몽타주 방식으로 이미지들을 조

---

24) 黃勁輝,《劉以鬯與現代主義: 從上海到香港》, 山東大學博士學位論文, 2012.5.22, pp. 140-141 참고. 제임스 조이스는 그의《율리시스》에서 의식의 흐름의 무질서와 유동성을 드러내기 위해서 영어 외에 유럽 각국의 언어나 고대어를 섞어 쓰거나 심지어 '동시 동작으로 웃으면서 하품을 하며 고개를 끄덕였다'라는 의미의 'smiledyawnednodded' 와 같은 말을 만들어 쓰기도 했다.

25) 로버트 험프리 저, 이우건/류기룡 공역,《현대소설과 의식의 흐름》, (서울: 형설출판사, 1984.10), pp. 72-76 참고.

26) 陳志明,〈從《到燈塔去》與《酒徒》的比較看中西意識流的差異〉,《綏化學院學報》, 綏化(黑龍江省): 綏化學院, 2012.2.10, pp. 116-117 참고.

27) 이와 관련하여 이밍산은《술꾼》에서 사용된 시적인 이미지를 묘사적 이미지, 비유적 이미지, 상징적 이미지, 종합적 이미지의 네 가지로 분류하기도 했다. 易明善,〈劉以鬯小說的創新特色〉, 獲益編輯部編,《〈酒徒〉評論選集》, (香港: 獲益出版事業有限公司,

합해내는 데도 기여했을 뿐만 아니라 이미지 자체가 가진 모호성 때문에 언어 표현 이전의 의식이 가지고 있는 모호성을 보여주는 데도 유용했다. 또 이로 인해서 특히 정서적으로 침잠해 있거나 점점 취해가는 상태에 처한 화자의 심리 상태 즉 현실과 이상 사이에서 고뇌·갈등하면서 갈피를 잡지 못하는 불분명한 의식 세계를 드러내는데 상당히 효과적이었다.

셋째, 아마도 창의성의 측면에서 《술꾼》의 가장 큰 특징이라면 이 소설이 의식의 흐름 소설임에도 불구하고 '재래적인' 소설의 형태를 상당 부분 유지하고 있다는 점일 것이다. 이 소설은 비록 인물(화자)의 의식의 흐름을 드러내는 데 중점을 두고 있기는 하지만, 그럼에도 불구하고 등장인물의 상황·신분·행위 등을 파악하기가 비교적 수월하고, 스토리와 플롯이 어느 정도 부가되어 있으며, 특히 사회 환경의 외부적 자극과 인물 의식의 내부적 반응이라는 형태로 전개된다. 이런 점은 서구 의식의 흐름 소설이 대체로 외재적 세계에 대한 직접적인 서술을 배제하고 그 대신 인물의 내면세계 — 의식의 흐름을 집중적으로 다루는 것과 상당히 대비된다. 이 때문에 여러 사람들이 이 소설을 두고 사실주의와 모더니즘이 결합된 작품이라고 평가하기도 했던 것이다.

이상에서 검토해 보았듯이 《술꾼》은 의식의 흐름 소설에서 자주 활용되는 여러 가지 기법과 요소들을 사용하여 인물 내면의 의식을 탐구하고 그것의 유동성과 내밀성을 상당히 성공적으로 드러내고 있다. 그런데 의식의 흐름 소설로서 《술꾼》의 성취는 이에 그치지 않는다. 이 모든 것들이 궁극적으로는 작품의 메시지 내지 주제와 긴밀히 결합함으로써 그것을 훌륭하게 표현하고 있는 것이다. 이에 관해서는 다음 절에서 검토해보겠다.

1995.5), pp. 140-145 참고.

6. 의식의 흐름 소설로서의 성취

류이창은 《술꾼》에서 '내재적 진실'을 쓰고자 했다. 또 실제로 인물의 의식의 흐름을 제재로 삼았으며, 의식의 흐름 소설에서 상용되는 많은 수법과 요소들을 다양하게 구사했다. 그뿐 아니다. 더 나아가서 일부 창의적인 시도까지 했다. 이런 연유로 해서 이 작품에는 서구의 여느 의식의 흐름 소설과는 다른 점들이 있었다. 플롯을 어느 정도 유지한 점이라든가 등장인물들이 어느 정도 입체성을 가지고 있다는 점 등이 그렇다. 특히 주목할 만한 것은 인물의 의식의 흐름이 언제나 외부적 자극에 대한 반응의 차원에서 이루어지고 있다는 점이다. 이는 뒤집어 말하자면 작가가 그 외부적 자극 즉 외재적 현실을 묘사하는 데도 공을 들였다는 뜻이다. 이 때문에 이 소설에는 '재래적인' 기법 내지는 외재적인 서사가 상당히 많은 편이다. 그리고 이런 부분들은 그 자체만 떼어놓고 보자면 사실주의 소설이나 별반 다를 바가 없다. 예를 들어 시공간이 각기 다른 과거의 기억들이 몽타주 방식으로 연결되어 있는 제9장이 그렇다. 각 단락의 내용과 서술 방법만 두고 본다면 사실상 화자가 겪은 과거의 경험, 특히 전쟁 경험에 대한 사실주의적인 외재적 재현이다.

《술꾼》의 이와 같은 특이한 점은 어디서 유래하는 것일까? 류이창은 《술꾼》의 서문에서 다음과 같이 말하고 있다.

> 이 작품 《술꾼》은 이 고뇌의 시대 속에서 마음이 아주 온전하지만은 않은 어느 지식인이 어떻게 자기학대의 방식으로 생존을 계속 추구해 가는지를 쓴 것이다. (16-17쪽)

의식의 흐름 소설 작가 역시 당연히 독자에게 무언가 전달하고 싶은 말, 표현하고자 하는 것이 있다. 예컨대, 제임스 조이스는 "나는 우리나

라 사람들과 상황에 대하여
썼습니다. 어떤 특정한 사회
적 수준의 특정한 도시적 유
형을 내 작품 안에 재현했습
니다."라고 했다. 이는 다양
한 형태의 식민지 지배와 그
에 대한 저항이 각축하는
아일랜드의 일상성이 사람
들의 의식에 어떻게 각인되

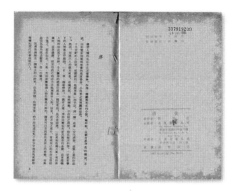

《술꾼》초판(1963)서문

었는가를 재현하고자 했다는 말에 다름 아니다.[28] 류이창 또한 마찬가
지였다. 위 인용문에서 보다시피 류이창은 현실의 부조리한 상황을 파
헤치면서 주인공이 이러한 현실을 어떻게 헤쳐 나가는가를 쓰고자 했
다. 다만 그가 중점적으로 선택한 제재는 '재래적인' 인물, 사건, 배경에
대한 외재적인 서술이 아니라 인물의 내면 즉 인물의 의식의 흐름이었
다. 즉 류이창은 자신이 처한 시대·사회·인생의 진실한 면모를 탐구하
고자 했지만 그가 보기에 외재적인 리얼리티를 추구하는 '재래적인' 소
설로는 그것을 이룰 수 없었기 때문에 의식의 흐름 소설이라는 '실험적
인' 소설을 선택했던 것이다. 그리고 그 '실험'은 상당히 성공적이었다.
그 새로운 실험이 형식상의 것에만 그치지 않고 표현하고자 하는 내용
과 적절하게 잘 결합되었기 때문이다.
　《술꾼》의 화자는 자본주의 발전의 부작용으로 인해 남녀 간의 애정
이나 친구 간의 우의까지도 금전적 이해관계로 대체되는 상업적 대도시
홍콩의 현실에 절망한다. 특히 그 자신이 속해 있는 문예계의 몰락, 즉

---

28) 오길영, 〈제임스 조이스의 문학론 연구〉, 《안과 밖》 제13호, 서울: 영미문학연구회,
　　2002, pp. 98-117 참고. 제임스 조이스의 언급은 이 논문 p. 117에서 재인용.

지식인의 주변화, 문학의 상업화, 순문학의 위기, 통속문학의 발흥, 평론의 저질화, 문단의 부조리, 출판계의 불법, 영화계의 비리 등에 대해 강하게 비판한다. 그렇지만 자기 자신마저도 그러한 현실에 굴복하면서 그러한 것들을 재생산하는 일원이 되고 마는 모순적인 상황에 처한다. 예컨대 순문학을 포기하고 무협소설과 '황색소설'을 쓰거나, 사랑과 인정을 갈구하면서도 돈으로 여자를 사고 술로 자신을 마취시키며, 심지어는 모진 말로 레이 씨네 할머니를 자살하게 만들기도 한다.

그런데 만일 이 소설이 이런 외형적 사건 중심으로 전개되었다면 아마도 또 하나의 비교적 상투화된 익숙한 이야기에 그치고 말았을 것이다. 작가 류이창은 그렇게 하지 않았다. 이런 외재적 현실이 화자의 내재적 현실로 전환되었음을 보여주었다. 달리 말하자면, 류이창은 화자가 처한 모순적인 상황과 그의 혼란스러운 사고·감정·행위를 각종 의식의 흐름 수법을 사용하여 화자 내면의 파편화되고 무질서하지만 끊임없이 이어지는 의식의 흐름으로 재현함으로써 현실의 심각성을 더욱 철저하고 생동적으로 드러냈던 것이다. 무엇보다도 우선 작가가 때로는 이성적이고 때로는 감정적이며 또 때로는 무의식적인 상태에서 무질서하고 비인과적이면서도 은연중에 적정한 틀을 유지하면서 끊임없이 유동하고 있는 의식의 흐름을 제재로 삼은 것 자체가 뛰어난 선택이었다. 다음으로 그것을 내적 독백, 자유연상, 몽타주, 이미지, 패턴 등 각종 수법과 요소를 통해 상당히 적절하게 잘 구현해내었다. 특히 논리적이고 이성적인 논설체 문장, 감각적이고 감성적인 시적인 어구, 함축적이고 비약적인 극적인 대화라든가 파편화되고 산발적이면서도 서로 연관된 수많은 이미지의 사용 등은 의식이 종잡을 수 없이 유동하는 화자의 의식의 흐름을 보여주는 데 상당히 효과적이었다. 또한 작품 전체에 초조·불안·모순·혼란·분노·번뇌·갈등·방황·절망·집착 등이 복합된 모종의 억눌린 정서를 조성하는 데도 효과적이었다.

여기서 모종의 억눌린 정서라고 했는데 이는 현대 사회의 한 가지 특징적인 점이기도 하다. 20세기 전반 두 차례의 세계대전과 자본주의의 급속한 발전을 거치면서 현실은 이성적으로 파악할 수 있으며 세상은 합리적으로 발전해나갈 것이라는 믿음이 붕괴되었다. 그 대신 현실의 불가해성과 미래의 불투명성으로 인해 전과 다른 시대적 분위기가 형성되었다. 사회 자체의 부조리함과 더불어 사회와 개인, 개인과 개인, 개인 자신의 자아가 충돌·갈등·분열하게 되었다. 공동체의 삶이 불안정하게 되고 미래의 전망이 불확실하게 되었으며, 기존의 질서가 붕괴되고 새로운 질서는 불명료한 상황이 벌어졌다. 사람들은 이러한 상황을 감지할 수는 있지만 총체적으로 파악할 수도 없고 조리 있게 설명할 수도 없게 되었다. 이리하여 말로 설명하기 어려운 불만과 불안, 분노와 답답함에 시달리게 되었다. 그런 면에서 볼 때《술꾼》에서 보여준 무질서하고 기복이 심한 화자의 의식의 흐름은 화자가 속한 사회 자체의 모순과 갈등이 재현된 것에 다름 아니었다. 다시 말해서《술꾼》은 바로 이처럼 상호 연관되면서 중층적인 상황을 상당히 성공적으로 표현해냈던 것이다.

의식의 흐름 소설로서《술꾼》의 시도가 성공한 것 중의 또 한 가지는 그것이 이 소설의 배경이 되는 홍콩의 특수성과도 비교적 잘 부합했다는 점이다. 홍콩은 이주자의 도시로서 당시만 해도 아직 거주자들의 집단 정체성이 형성되어 있지 않았다. 또한 대부분의 거주자들은 돈을 벌어 출신지로 돌아가고자 하는 의도를 가지고 있었던 만큼 자본주의적 사회 시스템 속에서 그들의 행위 준칙은 이익 우선이었다. 한편 거주자들의 집단 정체성 형성을 달갑게 여기지 않았을 영국 식민당국자의 의도적이거나 미필적 고의에 의한 방치 하에 당시 홍콩 사회는 문화적으로 대단히 낙후한 상태에 처해 있었다. 이에 따라 문학예술은 그것의 다양한 기능 중에서 사회 비판과 이상 제시 기능보다는 휴식과 오락,

소비와 향락의 기능이 유난히 두드러졌다. 이와 같은 사회 상황 속에서 이주자로서 외부인의 시각과 거주자로서 내부인의 시각을 동시에 지닌 이중적 신분의 인물이었던 화자로서는 기존의 이상과 현재의 현실이 충돌할 수밖에 없었다. 이와 같은 화자의 복잡한 상황은 작가로 하여금 '재래적인' 소설보다 실험적인 소설을 택하게 만들었고, 결과적으로 의식의 흐름 소설이 가진 장점을 잘 활용하여 그와 같은 복합적이고 모순적인 상황을 상당히 훌륭하게 표현해낼 수 있었다.

다른 각도에서 보더라도 류이창의 이런 선택은 어쩌면 당연한 것이었다. 화자는 부조리와 병폐로 가득 찬 현실 속에서 자신의 이상을 실현할 수 없었고, 이로 인해 술에 의지하면서 현실과 맞서 투쟁하는 것이 아니라 자신의 내면세계로 침잠해 들어갔다. 따라서 이런 화자의 상황과 행위 및 내면을 표현하는 데는 '재래적인' 소설 대신 의식의 흐름 소설이 더욱 효과적이었다. 예를 들면, 많은 등장인물들은 화자에게 외부적 자극을 주는 존재에 불과하며, 일단 그러한 자극제로서의 역할이 끝나면 그들의 형상은 점차 모호해지고, 대신 화자는 자기 자신의 내부 세계로 빠져든다. 이러한 방식은 상기한 여러 효과 외에도 그 자체로 총체적인 파악이 불가능한 현대 사회를 마주하게 되자 점차 위축되어 자기 자신 속으로 빠져드는 현대인의 소외를 비교적 잘 보여주는 것이다. 또 이 때문에 작중에서 화자는 다른 사람이 자신을 사랑하고 이해해주기를 기대하며 남들을 이기적이라고 비판하지만 그 또한 남들을 인정하거나 이해하지 못하는 이기적인 사람으로 설정된 것 역시 비교적 설득력을 갖게 되기도 하는 것이다.

요컨대 류이창은 《술꾼》에서 인물의 의식의 흐름을 제재로 삼고, 그것을 보여주는 갖가지 수법과 요소를 비교적 능숙하게 사용하면서, 자신이 의도한바 부조리한 사회 현실로 인해 분절적이고 파편적이면서도 갈등과 모순으로 가득 찬 인물의 내면세계를 표현하고, 역으로 그 배후

에 존재하는 사회 현실을 비판하는 데 상당히 성공했던 것이다. 《술꾼》
은 얼핏 보기에 화자의 의식은 파편적이고 각종 에피소드는 산만하며
그 서술은 어지러운 듯하다. 하지만 이 모든 것들은 작가의 면밀한 계
획 하에 정교한 구성과 치밀한 배치를 통해 유기적으로 결합되어 한 편
의 뛰어난 예술 작품으로 승화되었다. 그리고 그것은 우리에게 한 가지
분명한 사실을 알려주고 있다. 문학에서 현실이란 객관적으로 존재하는
현실 그 자체가 아니라 작품에 의해 해석된 현실이며, 문학의 리얼리티
란 현실 자체가 아니라 현실을 경험하면서 그 경험이 제공한 이미지와
인상을 재료로 삼아 자신만의 세계를 내면에 세우고 살아가는 현대인의
의식(의식/전의식/무의식)에 새겨진 리얼리티라는 것이다.[29]

7. 영향과 의의

오늘날 중국권, 특히 홍콩과 타이완 등지에서는 꼭 의식의 흐름 소설
에서 뿐만 아니라 일반적인 소설에서도 부분적으로 인간 내면의 의식을
드러내는 수법이 상용되고 있으며, 독자 역시 이를 자연스럽게 받아들
이고 있다. 이것이 가능하게 된 것은 애초 서구에서 출발한 의식의 흐
름 소설을 과감하게 시도하고 창의적으로 변용한 류이창과 같은 작가의
노력 때문이다. 그런 의미에서 류이창의 많은 실험적 작품들은 선구적
인 작업이었다고 할 수 있다. 특히 《술꾼》의 성취는 높이 평가하여 마
땅하다.

다만 이 작품이 발표 당시부터 주목을 끌었던 것은 아닌 듯하다. 이
작품에 주목한 사람도 많지 않았거니와 그마저도 비교적 부정적이었

---

29) 본문에서 "문학에서 현실이란" 이하 부분은 오길영, 〈제임스 조이스의 문학론 연구〉,
  《안과 밖》 제13호, 서울: 영미문학연구회, 2002, pp. 98-117 참고.

다.30) 이유는 두 가지였다. 당시 홍콩의 문학/문화 상황으로 볼 때 순문
학의 존립 자체가 회의적이었고, 이 작품의 새로운 '실험'들이 동료 문
학가들에게조차 낯설었기 때문이었다. 그럼에도 불구하고 이 작품은
1930년대에 등장했다가 대륙에서는 이미 자취를 감춘 모더니즘을 이어
나갔다. 그 뿐만 아니라 후일 대륙에서 모더니즘이 다시 등장하는 데도
적지 않은 영향을 주었다.31) 예를 들면, 1980년대에 들어 류이창의 《천
당과 지옥天堂與地獄》(1981, 신판)과 《술꾼》(1985)이 대륙에서 출간되었
는데 후자의 경우 인쇄 부수가 8만 권을 상회했음에도 완판되었다고 한
다.32) 또 이들 작품의 출간을 주도했던 대륙학자 쉬이신許翼心에 따르면
그에게 왕멍과 가오싱젠이 전자를 읽은 뒤 큰 도움을 받았다고 말했다
고 한다. 한편 일본학자 미후네 키요시美船淸에 따르면 그녀에게 왕멍이
그의 의식의 흐름 소설 창작은 서구 모더니즘 작품의 번역본 및 홍콩
·타이완·화인화문문학 작품으로부터 영향을 받았다고 말했다고 한
다.33) 비록 왕멍이나 가오싱젠 등의 작가들이 직접적으로 《술꾼》에서
영향을 받았다고 말한 적은 없지만 이러한 예들을 통해서 《술꾼》을 비
롯해 류이창의 작품들이 1980년대 중국 대륙의 모더니즘 문학에 미친

---

30) 衣其(倪匡), 〈一片牢騷話〉, 《眞報》, 1962.12.31. ; 十三妹, 〈愈少讀香港稿匠之作愈好
?〉, 《新生晚報》, 1963.1.20. ; 十三妹, 〈並無傻瓜, 何來文藝?〉, 《新生晚報》, 1963.1.26.
등. 문장 내용은 獲益編輯部編, 《〈酒徒〉評論選集》, (香港: 獲益出版事業有限公司,
1995.5) 참고.

31) 《인인문학人人文學》(1952-1954), 《문예신조》(1956-1959), 《신사조新思潮》(1959-1960)라
든가 편집자가 류이창이었던 《홍콩시보·천수만香港時報·淺水灣》(1957-1962) 등은 모
더니즘 문학을 홍콩에 소개하고 보급하는 데 공헌했으며, 타이완의 모더니즘 문학 발
전에도 일정한 영향을 주었다.

32) 《술꾼》의 대륙판으로는 北京中國文聯(1985), 中國人民大學出版社(1994, 《劉以鬯實
驗小說》에 수록), 解放軍文藝出版社(2000) 등이 있는데, 2000년판의 제1쇄도 10,000
권이었다.

33) 黃勁輝, 《劉以鬯與現代主義: 從上海到香港》, 山東大學博士學位論文, 2012.5.22, pp.
15-16.

영향은 충분히 짐작해볼 수 있다. 《술꾼》이 홍콩문학에서 어떤 위치를 점하는지에 대해서는 더 말할 나위가 없을 것이다. 류이창 자신의 후속 작업은 물론이고 예쓰·시시·우쉬빈 등을 거쳐 황비윈·둥치장·뤄구이샹이나 셰샤오훙·한리주 등에 이르기까지 홍콩의 많은 작가들에게 그 영향을 미쳤다.

《술꾼》이 발표된 지 반세기가 넘었다. 이 작품이 지금도 여전히 높이 평가받고 있는 것은 단순히 중국권 최초의 의식의 흐름 소설이기 때문만은 아니다. 이 작품이 가지고 있는 깊이 있는 내용과 그에 적합한 형식 및 기교가 어우러져 뛰어난 예술적 성취를 이루었기 때문이다. 작중의 지식인 화자가 이상과 현실, 이성과 감정, 도덕과 본능 사이에서 동요하면서도 끈질기게 삶의 의미를 질문하고 사회의 부조리를 비판하는, 나약하지만 처절하리만치 치열한 모습은 실로 감동적이다. 더구나 오늘날 지식인과 문학이 주변화하고 삶의 모든 것들이 경제 논리에 지배받는 상황에서 우리에게 주는 시사가 적지 않기도 하다. 그뿐만이 아니다. 작중에서 화자의 입을 빌어 문학과 중국 신문학에 대해 여러 가지 견해를 밝히고 있는데, 탁월한 견해가 적지 않았다. 예컨대 샤즈칭夏志淸의 《중국현대소설사(A History of Modern Chinese Fiction: 1917-1957)》(1961, 중문본은 1979년에 출판)와 거의 같은 시기에 선충원沈從文과 장아이링의 가치를 정확히 짚어낸 것이라든가, 당시 제대로 평가받지 못했던 타이징눙台靜農·무스잉·돤무훙량·스퉈師陀·차오위曹禺·리제런李劼人 등에 대해서 각기 걸맞은 평가를 부여한 것 등이 그러하다. 특히 무엇보다도 이 작품이 가진 홍콩문학으로서의 의의는 가장 주목해야 할 사안이다. 이에 관해서는 다음 장에서 다루고자 한다.

제9장 홍콩문학의 기념비적 소설
— 류이창의《술꾼》

1.《술꾼》에 대한 기존의 평가

홍콩작가 류이창劉以鬯의 소설《술꾼酒徒》(1963)은 일찍이 1960년대에 이미 '중국 최초의 의식의 흐름 소설'이라는 평가를 받았다. 이러한 영예는 '중국 최초의 의식의 흐름 장편소설', '화문문학 최초의 의식의 흐름 장편소설' 등 약간의 조정은 있지만 지금까지 거의 그대로 이어지고 있다.1) 이 같은 평가에서 알 수 있듯이 작가 류이창은 이 작품에서 인간 외부의 '외재적 진실'(외형적 현실)이 아니라 인간 내면의 이른바 '내재적 진실'을 쓰고자 했다. 그는 인물의 의식의 흐름을 제재로 삼고, 의식의 흐름 소설에서 상용되는 내적 독백·자유연상·몽타주·이미지·패턴 등 각종 수법과 요소를 비교적 능숙하고 다양하게 구사했으며, 더 나아가서 일부 창의적인 시도까지 했다. 이리하여 자신이 의도한바 부조리한 사회 현실로 인해 분절적이고 파편적이면서도 갈등과 모순으로 가득 찬 인물의 내면세계를 표현하고, 역으로 그 배후에 존재하는 사회 현실을 비판하는 데 성공했다.

그런데 이 작품이 지금도 여전히 높이 평가받고 있는 것은 단순히 중국권 최초의 의식의 흐름 소설이기 때문만은 아니다. 이 작품이 가지고

---

1) 차례대로 각각 다음 문헌의 평가. 振明,〈解剖《酒徒》〉,《中國學生週報》第841期 第4版, 香港: 中國學生周報編輯委員會, 1968.8.30 ; 李今,〈劉以鬯的實驗小說〉,《星島日報·文藝氣象》, 香港: 星島日報, 1992.10.29. ; 江少川,〈論劉以鬯及其長篇小說《酒徒》〉,《華文文學》第52期, 汕頭: 汕頭大學, 2002.10.26, pp. 56-60, 75.

있는 깊이 있는 내용과 그에 적합한 형식 및 기교가 어우러져 뛰어난 예술적 성취를 이루었기 때문이다. 작중의 지식인 화자가 이상과 현실, 이성과 감정, 도덕과 본능 사이에서 동요하면서도 끈질기게 삶의 의미를 질문하고 사회의 부조리를 비판하는, 나약하지만 처절하리만치 치열한 모습은 실로 감동적이다. 그뿐 아니다. 작가는 작중 화자의 입을 빌어 문학과 중국 신문학에 대해 여러 가지 견해를 밝히고

《술꾼》(2000)

있는데 탁월한 견해가 적지 않았다. 무엇보다도 이 작품이 가진 홍콩문학으로서의 의의는 가장 주목해야 할 사안이다. 이 때문에 "그것의 의식의 흐름 수법은 오히려 그 다음 문제다." "더욱 대단한 것은 첫 번째로 홍콩의 상황을 성찰한 현대소설이라는 점이다." 라고 주장하는 사람들도 적지 않다.[2]

하지만 아직까지 이 문제와 관련된 깊이 있는 연구는 충분치 않다. 이 작품이 홍콩을 배경으로 하고 있다든가 내용상 당시 홍콩의 현실을 다루고 있다는 점 등에서 홍콩소설의 기념비적인 작품이라고 강조한 경우는 더러 있다. 그러나 이주자로서 화자/작가의 홍콩에 대한 비판과 모순적인 사고, 홍콩의 대중문화에 대한 양가적인 태도 등 다른 많은

---

2) 전자는 황웨이량, 후자는 예쓰의 언급이다. 이들 외에도 여러 사람이 같은 취지의 언급을 했다. 黃維樑, 〈香港小說漫談 — 劉以鬯·舒巷城·西西作品〉, 《香港文學初探》, (香港: 華漢文化事業公司, 1985), pp. 215-220. ; 也斯, 〈現代小說家劉以鬯先生〉, 《文訊》第84期, 臺北: 文訊雜誌社, 1992.10, pp. 108-110. ; 黎海華錄音整理, 〈文藝座談會: 香港小說初探〉, 《文藝雜誌》第6期, 香港: 基督敎文藝出版社, 1983.6, pp. 12-32. ; 姚永康, 〈別具新意的小說 —《酒徒》藝術芻議〉, 《讀者良友》第5期, 香港: 三聯書店, 1984.11, pp. 72-75.

사안들이 아직 충분히 다루어지지 않은 상황이다. 여기서는 이와 같은 점들에 대한 검토와 더불어 이를 바탕으로 하여 이 작품이 가지고 있는 홍콩문학으로서의 의의를 고찰해보고자 한다.[3]

2.《술꾼》의 홍콩문학으로서의 성격

2-1 홍콩에 대한 표현

> 이 작품《술꾼》은 이 고뇌의 시대 속에서 마음이 아주 온전하지만은 않은 어느 지식인이 어떻게 자기학대의 방식으로 생존을 계속 추구해 가는지를 쓴 것이다. (16-17쪽)

류이창은《술꾼》의 서문에서 위 인용문과 같이 말한 바 있다. 이는 달리 말하자면, 작중의 '지식인'이 '생존을 계속 추구'하기 위해서 '자기학대의 방식'이라도 쓸 수밖에 없도록 만드는 '고뇌의 시대'를 비판하기 위해서 이 소설을 창작했다는 것이다.[4] 여기서 작가가 말한 '고뇌의 시대'란 1960년대 초였으며, 그 장소는 홍콩이었다. 즉 이 작품의 시공간적인 배경은 다름 아닌 1960년대 초의 홍콩 사회였다.[5]

---

3) 여기서는 香港: 獲益出版社, 2003 판본을 주요 텍스트로 삼고 北京: 解放軍文藝出版社, 2000의 판본을 참고로 활용하였다. 작품 인용문의 출처는 전자인 2003년 판본의 쪽수를 따랐다. 한글 번역문은 류이창 지음, 김혜준 옮김,《술꾼》, (파주: 창비, 2014.10)을 사용했다. 또 본문 일부에서 이 책의 〈작품 해설〉과 〈작품 연보〉를 활용했다.

4) 류이창은 후일《술꾼》의 창작 동기에 대해 (1) 순문학 추구라는 자신의 초심을 잃지 않기 위해서 (2) 문학의 상품화와 저속화를 포함한 홍콩 사회의 모종의 현상들을 표현하기 위해서 (3) 신문학에 대한 자신의 견해를 표명하기 위해서 (4) 남들과는 다른 독창적인 작품을 창작하기 위해서 (5) 영화와 텔레비전의 발전 하에 소설과 시의 결합 등 소설의 새로운 길을 개척하기 위해서였다는 다섯 가지로 정리한바 있다. 劉以鬯, 〈我爲什麼寫《酒徒》〉,《文匯報·文藝》第842期, 1994.7.24, B5.

5) 작중에 "홍콩 1962년"(59쪽), "홍콩 1963년"(275쪽)이라는 문구가 등장한다. 다만 이

이 작품에서 주인공인 화자는 단신으로 고향 상하이를 떠나 홍콩을 거쳐 싱가포르와 쿠알라룸푸르 등 여러 곳을 전전하다가 다시 홍콩에 정착한 전업 작가이다. 그는 작가가 가진 예민한 감수성과 예리한 관찰력 및 이주자로서의 국외자적인 시각으로 홍콩의 도시 풍경을 거의 전방위적으로 보여준다. 이 작품 곳곳에서 홍콩의 구체적인 지명, 건물명이라든가 심지어 음식점의 실명이 무수하게 출현하는 것은 기본에 불과하다. 홍콩의 화려한 야경, 바닷가의 네온사인 광고판, 이층 버스, 이층 전차, 해협을 오가는 페리, 빅토리아 항에 기항한 군함 등 이 도시의 대표적인 이미지들 역시 끊임없이 등장한다. 또한 이주자이자 거주자로서 화자 자신의 생활을 통해 이 도시 사람들의 삶의 모습을 직접적으로 보여주기도 한다. 예를 들면, 화자는 동서양 음식 가릴 것 없이 온갖 종류의 대중 음식을 만들어 파는 '차찬텡'에서 식사를 하고 사람을 만나며, 일종의 이동식 뷔페라고 할 '얌차飲茶' 음식점에서 광둥 특유의 '딤섬點心'을 먹으면서 느긋하게 신문을 본다. 도시의 산책자가 되어 빌딩의 '아케이드(Arcade)'나 거리의 상점가를 거닐며 아이쇼핑을 하기도 하고, 겉은 댄스홀이지만 실은 여종업원들과 노닥거리는 장소로 변질된 '손가락 댄스홀手指舞廳'을 수시로 드나든다. 화자가 병원에 누워 있으면서 머릿속으로 이것저것 무질서하게 떠올리고 있는 다음 인용문을 보면 아마도 이 점을 쉽사리 이해할 수 있을 것이다.

> 리우타이 극장. 더블 콜라. 리펄스베이의 모래. 황상황. 페리 측, 다리 건설 반대. 파크 호텔의 애프터눈 티. 해피밸리의 마권 구매 행렬 출현. 남와 축구팀 대 가우롱버스 축구팀. 금일 출입항 선적. 윙꼭의 인파. 해안가의 적잖은 네온사인 광고판. 소금구이통닭과 참새고기와 참게. 미라마 호텔의 손오공 춤. 씨티홀의 추상화 전람회 … (63쪽)

작품이 가진 본질적인 의의면에서 본다면, 두 차례의 세계 대전 이후의 현대 사회 전체로 그 범주를 확장할 수 있을 것이다.

그런데 이 작품의 홍콩에 대한 표현은 풍경 묘사와 체험 서술 수준에 그치지 않는다. 더 나아가서 홍콩 특유의 사회 현상이라든지 문화 상황까지 설명하고 평가한다. 이 도시는 땅은 좁고 인구는 많아서 바다를 매립하기도 하고, 도시 외곽인 산까이 지역과 연결하기 위해 사자산獅子山에 터널을 뚫기도 한다. 주거 상황은 열악하기 그지없어서 셋집 주인은 나무판으로 공간을 분리하여 조건이 좋은 순서대로 '큰방頭房', '중간방中間房', '끝방尾房' 및 각자 침대 하나만 사용하는 '다인실睡床位'로 나누어 놓았다.[6] 심지어 일가족 여덟 명에 침대가 하나인 경우도 있을 정도이다. 이 때문에 홍콩 정부에서는 조금이나마 이를 해소하기 위해 염가 가옥 건설을 계획하고 있다. 사람들은 'R 라디오'를 듣고 'R TV'를 보며, 순문학보다는 무협소설과 황색소설이 연재되는 신문이나 통속적인 애정소설 위주인 '사십 전짜리 소설'을 사서 읽는다. 또 국제뉴스보다 경마와 축구에 더욱 관심이 많아서 경마일이 다가오면 신문에는 온통 경마 예상으로 넘쳐나고 축구 선수 이야기로 논쟁을 하다가 서로 드잡이를 벌이기도 한다.

화자의 평가에 따르면 이런 홍콩은 정말 이상한 곳이다. 밤거리 풍경은 그림엽서 속의 색깔보다 더 아름답지만 그건 세속적인 시각에 불과하고 홍콩의 밤은 마귀가 활동하는 시간이다. 홍콩은 상업적 풍조가 농후해서 돈이 모든 것의 주인이며 우정이야 말로 가장 믿을 수 없는 것이다. 하지만 작중인물인 막호문과 같은 순수한 문예청년이 없는 것도 아니다. 사람은 많고 일은 적어서 일을 구하는 게 어렵다. 그런데 가난한 사람이 많긴 해도 굶어죽는 경우는 없다. 홍콩의 문화적 분위기는

---

6) 19세기 중후기에서 20세기 중반까지 많이 건축된 홍콩의 주상복합형 '구식 건물唐樓'의 1층은 대개 상점으로 그 위는 주택으로 사용되었다. 각 층의 방은 면적이 넓고 채광이 좋은 순서에 따라 큰방·중간방·끝방·다인실로 나뉘었고, 심지어는 주방이나 화장실 위에 '다락방閣仔'을 설치하기도 했으며 아예 화장실이 없는 경우도 있었다.

진하지 않다. 오히려 갈수록 쇠락하고 있다. 예술성이 높은 작품일수록 발표할 곳을 찾기가 어렵지만 무협소설과 황색소설은 오히려 서로 다투어 찾는다. 영화 제작편수는 세계 3위를 점하지만 수준은 아주 낮다. 홍콩에선 예술이 제일 도외시되고, 가장 돈이 안 된다. 그런데도 학문이 있고, 예술적 양식이 있고, 진지한 작업태도를 가지고 있는 학자·문학가·예술가가 없지 않다.

이상에서 보다시피 《술꾼》은 도시 풍경과 생활 모습에서부터 사회현상이나 문화 상황에 이르기까지 홍콩의 거의 모든 것들을 표현하고 있다. 이 때문에 '홍콩이란 곳은 어떠어떠하다'라는 식의 직설적인 문구만 해도 거의 60회나 될 정도이다. 달리 말하자면 이 작품은 차라리 홍콩이라는 도시가 주인공이라고 해도 될 만큼 그렇게 자주 그리고 다양하게 홍콩을 묘사, 평가하고 있는 것이다.[7] 물론 기본적으로 이 작품의 주인공은 술꾼인 화자이고, 제재는 그의 의식의 흐름이라는 점을 부정할 수 없다. 그럼에도 불구하고 이 작품에서 그만큼 이 도시가 강렬하게 부각되고 있다는 것 역시 인정하지 않을 수 없는 것이다.

사실 이 작품 이전에도 홍콩을 배경 또는 제재로 삼은 작품이 없었던 것은 아니다. 이미 1920년대에 《반려》 잡지에 홍콩문학의 특징 중 하나인 도시성을 보여주는 작품이 여러 차례 게재된 적도 있고,[8] 1940년대 말에 홍콩 하층 사람들의 생활을 핍진하게 묘사한 《'새우완자'라는 별명의 소년 이야기》(1947, 황구류)와 《누추한 골목》(1948, 뤼룬) 같은 작품이 발표되기도 했다. 또 《술꾼》과 거의 동시대에 《해는 서산에 지고太陽下山了》(1961, 수샹청舒巷城), 《땅의 문》(1962, 쿤난)을 포함해서 홍콩 사회와 시민 생활 및 갈수록 심화되는 홍콩의 상업화 대중화 현상

---

7) 曹惠民, 〈意識流小說中的"與衆不同"之作 — 重評劉以鬯的《酒徒》〉, 《常州工學院學報(社科版)》第26卷 第1/2期, 2008.4.15, pp. 23-26, 31 참고.

8) 이 책 〈제1장 홍콩문학의 독자성과 범주〉를 참고하기 바란다.

을 다룬 작품들이 다수 출현했다. 그럼에도 불구하고《술꾼》처럼 홍콩
에 대해 이렇게까지 세세하고 과감하게 묘사·평가한 작품은 아무래도
드물었다고 할 수 있다. 특히 무엇보다도, 뒤에서 다시 간단히 살펴볼
예정인 바, 중국 대륙에서 홍콩에 이주해온 이른바 '외지 출신 작가南來
作家'9)들이 대체로 홍콩에 대해 진정한 관심이 없었던 것을 고려한다면
류이창의《술꾼》은 상당히 이례적인 작품이었다.

2-2 홍콩에 대한 비판

문제는 '홍콩은 정말 이상한 곳이다'라는 말을 계속해서 되풀이할 만
큼 작중 화자에게 있어서 홍콩은 모든 것이 낯설 뿐만 아니라 심지어
비정상적이기까지 하다는 점이다. 그는 돈이 모든 것의 주인이며 사람
이 건물에서 뛰어내리는 곳인 홍콩, 상인들이 마음대로 해적판을 찍어
내며 진지한 작가를 글 쓰는 기계로 만들고 마침내 사회의 기생충으로
만드는 홍콩을 신랄하게 비판한다. 그가 보기에 그의 주변에 존재하고
발생하는 이런 모든 부조리한 현상과 행위는 홍콩이라는 도시가 인간의
관념에서부터 사회의 시스템에 이르기까지 철저하게 자본주의화 내지
상업화되었기 때문이다. 특히 그는 자기 자신이 속해 있는 문예계의 몰
락, 즉 지식인의 주변화, 문학의 상업화, 순문학의 위기, 통속문학의 발
흥, 평론의 저질화, 문단의 부조리, 출판계의 불법, 영화계의 비리 등에

---

9) 이른바 '외지 출신 작가'란 일반적으로 중국 대륙에서 고등교육을 받고 홍콩에 이주하
여 일시 거주했거나 정착한 작가들을 말한다. (1) 항일전쟁기인 1937-41년 (2) 제2차
국공내전기인 1945-48년 (3) 중화인민공화국 수립 시기인 1949년 전후 (4) 문화대혁명
시기인 1960-70년대 (5) 개혁 개방 시기인 1980-90년대에 각기 대거 유입되었다. 지훙
팡計紅芳과 같은 학자는 이를 좀 더 엄격하게 따져서 (1)(2) 시기의 외지 출신 작가들은
예링펑을 제외하고는 대부분 일시적으로만 거주했기 때문에 '외지 출신 작가'로 간주할
수 없다고 주장한다. 計紅芳,《香港南來作家的身分建構》, (北京: 中國社會科學出版
社, 2007.8) 참고.

대해 통렬하게 비판한다.

그런데 화자는 자기 자신마저도 그러한 현실에 굴복하면서 그러한 것들을 재생산하는 일원이 되고 마는 모순적인 상황에 처한다. 예컨대 순문학을 포기하고 무협소설과 황색소설을 쓰거나, 사랑과 인정을 갈구하면서도 돈으로 여자를 사고 술로 자신을 마취시키며, 심지어는 모진 말로 레이 씨네 할머니를 자살하게 만들기도 한다. 이 작품이 높은 평가를 받게 된 것은 여러 가지 이유가 있지만 그 중 한 가지가 바로 이런 모순적인 상황에 맞닥뜨릴 수밖에 없는 화자 ─ 또는 더 확장해서 현대인 ─ 의 사회 현실과 심리 현상을 상당히 훌륭하게 표현했다는 것이다. 특히 이 과정에서 홍콩이라는 구체적인 사회에 대한 작가의 통찰이 제대로 발휘되고 있다는 점 역시 대단히 중요하다.

류이창의 홍콩 사회에 대한 비판은 기본적으로 현대 사회 전체에 대한 비판이라고 할 수 있는데, 그가 가장 곤혹스러워한 것은 사회와 문학의 상업화와 대중화였다. 안드레아스 후이센에 따르면 모더니즘은 '타자'에 대한 의식적인 배척과 '타자'에 의한 오염을 두려워하는 것에 기반한다. 모더니즘은 이에 따라 대중문화를 배척하고 대중문화에 의한 오염을 두려워하며, 비타협적인 저항, 문예 자주성의 견지, 일상생활 문화에 대한 비판 및 이를 위한 사회 정치 제도와의 거리 유지 등을 내세운다. 모더니스트로서 류이창 역시 기본적으로 동일한 태도를 취한다. 다만 류이창은 서구 모더니스트들과는 달리 현실 환경과 동떨어져서 초연하게 비판한다는 것이 불가능함을 알고 있었다.[10] 이 때문에 그가 창조해낸 《술꾼》의 화자는 한편으로는 여전히 자신의 이상과 집착을 고수해나가면서 한편으로는 곳곳에서 현실에 굴복하게 되며, 사회와의 거리

10) 안드레아스 후이센과 류이창에 관한 설명은 羅貴祥, 〈幾篇香港小說中表現的大衆文化觀念〉, 也斯/黃勁輝編, 《劉以鬯作品評論集》, (香港: 香港文學評論出版社, 2012), pp. 329-353 참고.

를 유지한 채 이성적이고 냉정하게 비판하는 것이 아니라 감정적이고 직설적으로 비판하는 것이다.

사실 류이창의 이러한 태도는 상하이 시절부터 이어진 것이다.[11] 그의 초기 작품인 《루이사露薏莎》(1945)에는 남성 주인공인 '나'가 제정 러시아 출신의 여성 주인공인 '루이사'와 낭만적인 사랑을 나누는 한편 일본의 감시를 피해 항일 지하 공작을 진행해나가는 애국적인 이야기가 펼쳐진다. 그 과정에서 '나'는 댄스홀이나 나이트클럽 등을 다니며 도시의 물질적이고 소비적인 대중문화를 누린다. 이 소설에서 우리는 1930년대 상하이의 특수한 상황이 류이창에게 미쳤던 몇 가지 중요한 영향을 확인할 수 있다. 즉 자본주의화된 국제적 대도시의 상업적이고 소비적인 대중문화, 제국주의 열강이 각축하는 식민 조계지의 코스모폴리타니즘과 민족주의적 정서의 혼재, 루쉰과 위다푸郁達夫로 대표되는 신문학 초기에 성행했던 리얼리즘 및 낭만주의, 류나어우·무스잉·스저춘으로 대표되는 1930년대에 등장했던 신감각파의 모더니즘 등이 그것이다. 그가 일생을 두고 문학의 상업화와 저속화에 반대하면서 순문학을 주장했던 것, 문화 예술의 가치를 강조하며 배금주의 풍조가 만연하던 식민지 사회를 비판한 것, 복잡하고 심도 있는 모더니즘적 형식을 통해서 부박한 내용의 대중문화에 대항하고자 했던 것 등은 모두 이와 관계가 있다. 또한 그가 데뷔작인 〈방랑하는 안나 프로스끼〉(1936)에서부터 《술꾼》(1963)은 물론이고 통속작품인 《바걸吧女》(1964)에 이르기까지 적극적이고 개방적인 현대적 도시 여성인 '모던 걸'[12]이라든가 가수·댄

---

11) 이하 이 점에 관한 설명은 주로 黃勁輝, 《劉以鬯與現代主義: 從上海到香港》, 山東大學博士學位論文, 2012.5.22의 第二章 〈劉以鬯與現代中國文學傳承與轉化〉 참고.

12) '모던 걸'이란 류나어우 등이 20세기 일본의 도시 여성, 미국의 할리우드 영화, 프랑스의 폴 모랑의 소설에서 표현된 여성 이미지를 차용하여 자신들의 작품 속에서 이미지화한 상하이식의 현대적 도시 여성을 의미한다. 리어우판 지음, 장동천 등 옮김, 《상하이 모던: 새로운 중국 도시 문화의 만개, 1930-1945》, (서울: 고려대학교출판부, 2007),

서·바걸·창녀 등의 여성 인물을 통해 성적 욕망과 사랑에의 갈구를 표출하면서 이런 인물들에 대해 인도주의적인 동정심을 표하는 이중적인 태도를 취했던 것 역시 이와 무관하지 않다. 그리고 바로 이런 성향이 그의 또 다른 면모인 현실과 현장을 중시하는 이른바 '현지성在地性'과 결합하여 《술꾼》에서 상업주의적이고 대중문화적인 홍콩의 사회 문화 상황에 대한 강렬한 비판 및 불가피한 적응 내지 수용이라는 이중적이자 양가적인 모습으로 나타났던 것이다.[13]

류이창 또는 화자는 식민지 홍콩, 특히 1949년 이래 상하이를 대체하면서 급속도로 발전하던 자본주의적 대도시 홍콩의 상업화와 대중화에 대해 의식적으로는 강렬하게 거부하면서도 실질적으로는 불가피하게 수용한다. 이에 따라 창작 행위 자체에서부터 연재·출판·원고료 등 문학 생산 시스템에 이르기까지 홍콩문학계의 모든 면에 대해 대단히 비판적이면서도 동시에 또 그것을 받아들이고 있다. 작가 류이창이 《술꾼》에서 통속문학을 혐오하면서도 바로 그 통속문학의 요소를 사용한 것이 한 가지 단적인 예다.[14] 예컨대 네온사인 등 상업적 도시 이미지를 사용하고, 수많은 대중 스타를 거론하며, 소비주의적 욕망의 기호인 각종 소비품들을 나열하고, 성적 욕망과 유혹의 원천으로서 여성을 묘사하는가 하면, 성매매 등 여성 상품화를 자연스러운 태도로 서술하고,

---

pp. 321-335 참고.

13) 류이창은 소설 창작에서 "역사에 '주석'을 달고자 한다면, 시대의 맥박을 꼭 틀어잡고 역사적인 사회 현실에 짙은 지역적 색깔을 칠함으로써 허구에 진실의 겉옷을 입혀야 한다."고 말했다. 劉以鬯, 〈《島與半島》自序〉, 《大公報·文學》第52期, 1993.6.23, p. 18. 류이창의 '현지성'에 관해서는 黃萬華, 〈跨越一九四九: 劉以鬯和香港文學〉, 梁秉鈞/譚國根/黃勁輝/黃淑嫻編, 《劉以鬯與香港現代主義》, (香港: 香港公開大學出版社, 2010.7), pp. 16-26를 참고하기 바란다.

14) 이 아이디어는 원래 羅貴祥, 〈幾篇香港小說中表現的大衆文化觀念〉, 也斯/黃勁輝編, 《劉以鬯作品評論集》, (香港: 香港文學評論出版社, 2012), pp. 329-353로부터 비롯된 것이다.

여성에 대한 훔쳐보기적 표현을 서슴지 않는 것 등이 그렇다. 또 화자 '술꾼'이 《술꾼》에서 '홍콩에서 글을 파는 건 창녀가 웃음을 파는 거나 다름없다'며 홍콩의 문학 생산 시스템을 혐오하면서도 그 자신이 그것에 적응해가는 것이 또 다른 한 가지 분명한 예다. 예컨대 화자는 갈수록 돈이 되는 원고를 쓰고, 독자의 호응도에 따라 원고료를 책정 받으며, 원고가 신문에 실리기도 전에 가불을 받는가 하면, 시간에 쫓겨 술에 취해서도 원고를 쓰고 카페에 가서도 원고를 쓰며, 나중에 책으로 출판하기 위해 신문을 사서 자신의 연재소설을 스크랩한다.[15]

2-3 이주자의 주변성 표출

사실 자본주의적 대도시의 발달과 그에 따른 상업화와 대중화 및 인간의 소외 등의 문제를 중심으로 한 류이창의 현대 사회에 대한 비판은 홍콩에 도착한 이후 새롭게 생겨난 것은 아니다. 그렇기는 하지만 여러 곳에서 홍콩에 대해 '사람이 사람을 잡아먹는 사회'라는 극단적인 문구까지 서슴없이 사용하는 그의 맹렬한 비판은 다소 과한 것으로 보일 뿐만 아니라 의아한 점이 없지 않다. 그가 비판한 현상들은 홍콩에서만 나타난 것도 아닐뿐더러 그 중 일부는 홍콩에 도착하기 이전에도 직접 경험한 바 있는 것이기 때문이다.

류이창의 성장기였던 1930년대는 상하이의 황금기였다. 1936년 기준 상하이 인구는 3,814,315명으로 같은 해 988,190명이었던 홍콩 인구의 약 4배에 달했다.[16] 마사회와 경마장의 규모 역시 홍콩의 그것을 능가

---

15) 《술꾼》에서 화자가 스스로를 '글 쓰는 기계'라고 자조할 만큼 홍콩의 열악한 문학 창작, 출판, 유통 시스템에 관해서는 이 책 〈제1장 홍콩문학의 독자성과 범주〉를 참고하기 바란다. 류이창은 경제적인 이유로 1957-1985년 사이에 본업인 편집 업무 외에 동시에 7-10여 편의 연재소설을 썼는데, 1일 평균 7천자-1만3천자 분량이었다고 한다. 劉以鬯, 〈娛樂自己與娛樂別人〉, 《文匯報·文藝》 第817期, 1994.1.30, C7.

했고, 곳곳에 수많은 영화관·커피하우스·댄스홀·공원이 있었다.[17] 서양인들의 눈에 상하이는 죄악의 도시, 모험가의 낙원, 자본주의의 천당, 모든 것을 사고 팔 수 있는 도시였다. 문학 작품은 대중이 소비하는 상품이 되었고, 출판가와 문학가들은 문학지의 판매 부수를 우선시했다. 창작에서는 상품화와 인간의 고독 등의 문제가 일반적이자 가장 유행하는 주제가 되었고, 문학 작품의 광고가 대량으로 출현하여 담배·향수 등의 광고와 같은 지면에 같은 방식으로 나란히 게재되었다.[18] 대부분 외지에서 유입된 작가들은 계단 중간참의 '쪽방亭子間'에서 2,3명이 함께 거주하면서, 싸구려 카페를 떠돌며 원고를 쓰고 댄스홀에서 감정을 발산했는가 하면 영화관에서 이국에 대한 동경과 도시적 감정을 향수하고 서점가를 둘러보면서 문화적 욕구를 충족했다.[19] 게다가 류이창은 개인적인 차원에서도 항일전쟁 기간에 문인의 저열한 고료, 과도한 노동, 빈한한 생활, 대중 영합적 현상 등을 허다하게 목도하기도 했다.[20] 또 바로 이런 경험 때문에 1940년대 상하이에서 출판사를 경영할 때 당시 살 곳조차 문제가 되던 쉬쉬·야오쉐인姚雪垠 등의 작가들이 그의 주거지 겸 출판사였던 건물에서 거주하도록 해주기도 했다.[21]

16) 上海市地方誌辦公室,〈上海通誌·人口數量〉, http://www.shtong.gov.cn ; 香港特別行政區政府 政府統計處,〈香港統計資料〉, http://www.censtatd.gov.hk/hkstat

17) 리어우판 지음, 장동천 등 옮김,《상하이 모던: 새로운 중국 도시 문화의 만개, 1930-1945》, (서울: 고려대학교출판부, 2007), pp. 58-79 및 160-165 참고. 리어우판李歐梵이 인용한 바에 따르면 당시 상하이에는 300개가 넘는 카바레와 카지노(1936년), 32-36개의 영화관(1930년대말)이 있었다고 한다.

18) 史書美著, 何恬譯,《現代的誘惑: 書寫半殖民地中國的現代主義(1917-1937)》, (南京: 江蘇人民出版社, 2007) pp. 261-269, 298-301 참고.

19) 리어우판 지음, 장동천 등 옮김,《상하이 모던: 새로운 중국 도시 문화의 만개, 1930-1945》, (서울: 고려대학교출판부, 2007), pp. 79-84 참고.

20) 劉以鬯,〈從抗戰時期作家生活的困苦看社會對作家的責任〉,《明報月刊》第150期, 1978. 6, pp. 58-61.

21) 劉以鬯,〈我在四十年代上海的文學工作〉,《城市文藝》創刊號, 2006.2, pp. 72-77.

작중 화자의 경우 역시 마찬가지다. 작중 화자의 경력이 류이창의 그
것과 극히 흡사하기도 하거니와 작중 화자가 보여주는 태도와 행동 또
한 류이창의 그것과 별반 차이가 없다. 화자는 상하이를 홍콩보다 더
품격 있고 정감 있는 도시로 묘사한다. 예를 들면, 홍콩의 "노스포인트
에는 샤페이로의 운치가 있다"(39쪽)라고 한 것이 그렇다. 그에게 상하
이는 "샤페이로의 오동나무. 알베르애버뉴의 상하이 중앙운동장. '디디
스'의 애저구이. 쉰이 넘은 백러시아 여인. 조계 외곽도로의 도박장. '이
원타이' 댄스홀의 육체 전시회… 모두가 매력적"(286쪽)이다. 반면에 홍
콩은 이상한 곳으로 무엇이든지 상하이보다 못하며, 그나마 가끔 괜찮
은 경우조차 상하이와 유사하기 때문이다. 하지만 화자가 이런 식으로
상하이는 잃어버린 이상향처럼 간주하고 홍콩은 저주받은 악마의 도시
처럼 간주하는 것은 고향 상하이와 이향 홍콩이라는 요소를 제외한다면
이해하기 어려운 모순적인 태도이다. 위에서 살펴보았다시피 상하이는
화자가 떠나오기 전에 이미 홍콩보다 훨씬 더 발전되고 상업화된 국제
적인 대도시였기 때문이다. 물론 그가 거듭해서 홍콩은 정말 이상한 곳
이라고 하면서 홍콩을 비판하는 것은 일차적으로는 상업화하는 사회 속
에서 문화적 품위를 유지하고자 하지만 현실적으로는 그것이 불가능한
한 지식인의 몸부림을 보여주는 것임은 틀림없다. 그러나 다른 한편으
로는 이주자가 과거 출발지에서 가지고 있던 자신의 위치를 상실하고
현재 도착지에서 새로운 위치를 찾기 위해, 그것도 주류 사회에 편입되
지 못하고 주변부에서 분투 노력하거나 분노 좌절하는 모습이 어느 정
도 드러나 있는 것도 사실이다.

결국 류이창 내지 화자의 과한 반응은 크게 두 가지 때문이다. 한 가
지는 영국의 식민 통치, 급속한 자본주의화 등으로 인해서 신분과 지위
면에서 사회 주도자로서의 지식인, 문화 생산자로서의 문화인, 경제적
중상층인으로서의 작가의 주변화가 더욱더 심화되고 있는 데 대한 우려

감과 반발심 때문이다. 다른 한 가지는 이와 더불어 개인적으로 상하이 시절에는 상당한 자본을 가지고 '제법 큰 출판사도 경영'할 만큼 상대적으로 주류 계층에 속함으로써 자신의 위치가 비교적 분명하고 안정적이었던 데 비해, 홍콩 이주 후에는 경계인 내지 주변인으로 바뀜으로써 생겨난 곤혹감과 거부감 때문이다. 즉 당시 류이창 또는 화자가 의식했든 아니든 간에 오늘날의 관점에서 볼 때는 지금 막 도착한 이주자들이 겪게 마련인 사회 주변부에서의 고투가 작용하고 있기 때문인 것이다.

이를 좀 더 분명히 이해하기 위해 예를 들어보자.《술꾼》에서 화자인 '술꾼'은 비교적 이분법적으로 사람들을 바라본다. 그는 홍콩의 기존 거주자들은 처음부터 오로지 이익만 추구한다고 여긴다. 화자가 한때 사랑했던 젱라이라이는 약삭빠르고 비열하며 돈만 아는 인물이며, 방직공장 사장의 돈을 노리고 '수탉 잡기捉黃脚鷄'를 시도했다가 나중에는 그와 결혼까지 한다. 찌우찌유는 인색하기 그지없어서 화자에게 얼마 되지 않는 돈 조차 빌려주지 않는다. 해적판을 찍어 일떠선 출판사 사장 친씨푸는 작품의 수준에는 관심 없이 오로지 돈만 밝히면서 화자에게 야멸차게 군다. 도박으로 소일하는 셋집 주인 씨마 부부는 딸의 말만 듣고 화자를 셋집에서 쫓아내고, 그들의 딸인 씨마레이는 열일곱 살 나이에 갖은 방법으로 화자를 유혹하는가 하면 마흔 두 살의 중년 남자와 관계를 맺기도 한다. 술집에서 만나 매매춘을 했던 어떤 중년 여자는 심지어 화자에게 열네 살이 채 안된 자신의 딸까지 소개하며 모녀 매음을 권한다. 이와 대조적으로 외지에서 온 이주자들은 예전에는 그렇지 않았는데 홍콩에 와서 사람이 달라졌다고 본다. 이십 년 이상 알고 지내던 영화감독 모위는 모리배나 다름없이 되어 화자의 시나리오를 훔치고 끝까지 책임을 회피한다. 충칭 시절 신문사의 동료였던 선자바오는 사업가로 변신했는데 과거 항일전쟁의 비통한 사실은 다 잊어버리고 값이 싸다는 이유로 일본 제품 만을 취급한다. 길에서 마주친 동창은 대학 졸업자인 데도 불구하고 생활을 위해 무역상점에서 잡일을 하고 있다. 그러나 과연 화자가 말하는 것처럼 홍콩인은 원래부터 물욕과 육욕만 밝히고 인간의 도리는 모르는 그런 사람들일까? 과연 상하이 출신을 포함한 이들 이주자들의 변화는 홍콩이라는 이 도시 자체 때문일까? 과연 화자의 거듭되는 표현처럼 홍콩은 '사람이 사람을 잡아먹는 사회'일까? 아무래도 화자의 이런 판단에는 그가 홍콩에 도착한 후 자신이 주변화됨으로써 생겨난 이주자의 심리가 작용하고 있다고 보아야 마땅할 것이다.

2-4 이주자의 홍콩화 예견

이와 같은 화자의 이주자로서의 심리는 작가인 류이창을 포함해서 당시 이른바 '외지 출신 작가'들에게서 공통적으로 찾아 볼 수 있는 것이었다. 예를 들면 예링펑·쉬쉬·쉬수·리후이잉·차오쥐런·쓰마창펑 등 중국 대륙에서 이주해온 그들은 고향의 상실과 타향에서의 유랑이라는 정서 속에서 이미 대륙에서 형성된 사상과 취향, 문학적 수양과 수법 등을 거의 그대로 유지하면서 시종 일관 홍콩에 대해 일종의 손님과 같은 모습을 보였다. 심지어 그들 중 일부는 오랜 세월이 지나 생을 마감할 때까지도 그러했다.[22] 이 때문에 그들은 일반적으로 과거의 경험과 추억을 바탕으로 현재의 현실을 이해하고자 했으며, 대륙과 홍콩을 비교하면서 생활 환경·삶의 방식·사람들의 언행·애국주의적 분위기에 이르기까지 모든 면에서 후자가 전자에 못 미친다고 평가했다.

---

[22] 많은 '외지 출신' 홍콩인들은 일생의 대부분을 홍콩에서 보냈으면서도 끝까지 '나그네 심리'나 '북쪽 바라보기 심리'에서 벗어나지 못했다. 예컨대 쓰마창펑은 시종일관 향수와 상상을 통해 고향 또는 고국이라는 신화를 추구했다. 陳國球, 〈詩意與唯情的政治 — 司馬長風文學史論述的追求與幻滅〉, 《感傷的旅程: 在香港讀文學》, (臺北: 學生書局, 2003), pp. 95-169 참고.

상하이 출신이었던 류이창 역시 이 점에서는 비슷했다. 1930-40년대 상하이에 비하자면 당시 홍콩은 뒤늦게 발전한 도시인 데다가 전쟁과 냉전의 여파로 인해 근대화의 측면, 경제적인 측면, 문화적인 측면 등 거의 모든 측면에서 낙후해 있었다. 더구나 대륙의 중심부에 위치하면서 반식민지 상태였던 상하이에서는 사람들이 비교적 애국주의적 정서를 유지하고 있었다고 한다면, 대륙의 동남부 끄트머리에 위치하면서 완전 식민지였던 홍콩에서는 상대적으로 그러한 정서가 약했던 것 같다.23) 따라서 홍콩을 다룬 그의 초기 작품에 비교적 강렬한 홍콩 비판이 나타난 것은 자연스러운 현상이었다고 할 수 있다.

그럼에도 불구하고 류이창은 다른 '외지 출신 작가'와는 달랐다. 물론 그가 금세 홍콩에 동질감을 느끼게 된 것은 아니었다. 하지만 그는 어쨌든 홍콩과 유사한 환경인 대도시 상하이에서 살았던 경험이 있는 데다가 또 원래부터 '현지성'이 강한 작가였다. 이 때문에 갈수록 더 예리하게 홍콩 현실에 주목하게 되었고, 이와 더불어 그 만의 독특한 면모를 보여주기 시작했다. 특히 〈가버린 나날過去的日子〉(1963)은 이런 면에서 관건적인 작품이었다. 이 소설은 1941년의 상하이, 1945년의 충칭, 1947년과 1948년의 상하이, 1949년의 홍콩, 1952-1956년의 싱가포르와 쿠알라룸푸르, 1957년의 홍콩에 대한 기억을 서술한다. 그런데 여기서 주인공의 '과거'에 대한 그리움에는 단순히 중국 대륙에 대한 미련뿐만 아니라 홍콩에 대한 회고 ─ 홍콩에서의 소외와 홍콩에의 애착까지 포함된다. 다시 말해서 주인공은 대륙인으로서의 정체성과 홍콩인으

---

23) 리어우판은 장아이링이 1940년 경 홍콩에서 머무를 때 홍콩 사람들은 어떤 치욕감도 없이 식민화를 받아들이고 있었던 반면에 동 시기 상하이는 이와 다르거나 적어도 전적으로 그렇지는 않았던 것으로 보인다고 말한 바 있다. 리어우판 지음, 장동천 등 옮김, 《상하이 모던: 새로운 중국 도시 문화의 만개, 1930-1945》, (서울: 고려대학교출판부, 2007), p. 513 참고.

로서의 정체성 사이에서 혼란스러워 하고 있는 것이다.[24]

사실 이런 변모는《술꾼》에 이미 예고되어 있었다.《술꾼》에는 홍콩
에 대한 일방적인 비판만 있는 것이 아니다. 홍콩에 대한 긍정적인 표
현이라든가 홍콩의 미래에 대한 일말의 희망적인 표현이 동시에 드러나
고 있다. 예컨대 과거의 신분에 연연해하지 않는 '작은 거인'인 대학 동
창의 모습, 일본에 대한 적개심을 버리고 사업에 전념하는 옛 신문사
동료의 변화 등에 대한 그의 마지못한 수긍은 그 자신을 포함한 이주자
의 현지화가 이미 진행되고 있음을 암시하는 것이다. 이런 변화는 이주
자들이 장차 어떤 형태로든 홍콩에 정착하게 되고 이로써 차츰 홍콩에
속하는 사람으로 바뀔 가능성이 있음을 보여주는 것이라고 하겠다. 이
는 충칭 출신인 레이 선생 부부의 현실 수용적인 태도, 레이 씨네 할머
니의 정신 이상과 자살, 화자의 자살 시도와 생존에서도 마찬가지로 나
타난다. 이 중 화자를 예로 들어보자. 화자가 이상과 현실의 모순을 견
디다 못해 자살하려고 한 것은 이향 홍콩에서 고향 대륙으로, 현재에서
과거로, 통속문학에서 순문학으로 되돌아가고자 하는 갈망의 표현이다.
그렇지만 레이 씨네 할머니가 되돌릴 수 없는 과거 때문에 정신 이상의
증세를 보이다가 결국 생을 마감하는 것과는 달리, 그는 자살 시도에도
불구하고 되살아나 주변의 보살핌을 받는다. 이는 그의 갈망의 실현, 즉
과거의 회복 또는 순수성의 회복이 불가능하다는 것을 의미한다. 그리
고 더 나아가서 본다면 이는 출발지인 상하이에 대한 포기 및 도착지인
홍콩에 대한 적응을 상징하는 것이다.

또 위에서 여러 번 언급했던바 통속소설로 대표되는 대중문화에 대
한 류이창 또는 화자의 태도와 행동 역시 마찬가지이다. 류이창은 '자기

---

24) 〈가버린 나날〉에 관한 설명은 陳智德, 〈"錯體"的本土思考 — 劉以鬯〈過去的日子〉,
《對倒》與《島與半島》〉, 梁秉鈞/譚國根/黃勁輝/黃淑嫻編,《劉以鬯與香港現代主義》,
(香港: 香港公開大學出版社, 2010.7), pp. 133-142 참고.

를 즐겁게 하기 위한 창작/남들을 즐겁게 하기 위한 창작'이라는 논리를 펼치면서 자신의 창작에서 순문학/통속문학적인 창작을 엄격히 구분하고자 시도해왔다.[25] 하지만 그럼에도 불구하고 그가 통속소설을 썼다는 사실은 부인할 수 없다. 그 뿐만 아니다. 그의 순문학 작품 속에는 대중문화의 요소가 대거 포함되어 있었다. 더구나 그 자신의 이런 이분법적인 구분과는 달리 그 자신의 엄격한 예술적 요구와 신문 연재라는 통속적 필요에 의한 두 가지 요소의 자연스러운 결합으로 인해서, 그의 작품은 실제로는 예술적 가치가 높으면서도 통속적이어서 모든 사람이 다 함께 감상할 수 있는 것이 되었다.[26]

《술꾼》의 화자 역시 이와 거의 유사하다. 화자는 생활의 압박으로 인하여 순문학 창작 대신 통속문학 창작을 하게 되지만 그 후에도 끊임없이 순문학으로 되돌아가고자 하는 충동을 느낀다. 그런데 이러한 갈등 상황 자체는 류이창이 경험한 바와 별반 차이가 없다. 결국 류이창과 '술꾼', 이 두 사람의 대중문화에 대한 태도는 홍콩을 거부 비판하면서도 홍콩을 용인 수용하고 있음을 의미하는 것이며, 언젠가는 홍콩화될 수밖에 없음을 의미하는 것이다. 양자의 차이라면 《술꾼》의 화자는 소설의 종료에 따라 그 이후의 변화가 밝혀지지 않은 것뿐이다. 이런 점에서 본다면 이 작품의 주인공 화자 '술꾼'은 그의 독백처럼 지금 당장은 '홍콩을 대표하는 중국 작가'와 '중국을 대표하는 중국 작가' 사이에서 혼란을 느끼고 있지만, 그 언젠가 홍콩을 대표하는 홍콩 작가가 될 가능성이 높다. 비록 《술꾼》에서는 이에 대한 결론을 보여주지 않았

---

25) 류이창은 《술꾼》 서문에서 "이 몇 년 동안 나는 생활을 위해서 줄곧 '남들을 즐겁게 해왔는데' 이번에는 '자기 자신을 즐겁게 하고' 싶다."라고 말한 바 있다. 그 외에 劉以鬯, 〈自序〉, 《劉以鬯卷》, (香港: 三聯書店有限公司, 1991), pp. 3-4 ; 劉以鬯, 〈娛樂自己與娛樂別人〉, 《文匯報·文藝》 第817期, 1994.1.30, C7. 등 여러 곳에서 거듭 이런 생각을 드러냈다.

26) 也斯, 〈劉以鬯的創作娛己也娛人〉, 《信報》 第24版, 1997.11.29. 참고.

지만 작가 류이창은 실제로 그런 길을 걸었다. 류이창은 이 작품《술꾼》에서 예견된 것처럼 갈수록 홍콩화되어 갔고, 그 과정은 위에서 간단히 거론한 것처럼 그의 작품들에서 차례로 재현되었다.[27]

3.《술꾼》의 홍콩문학으로서의 의의

류이창은《술꾼》에서 현실의 부조리한 상황을 파헤치면서 주인공이 이러한 현실을 어떻게 헤쳐 나가는가를 쓰고자 했다. 다만 그가 중점적으로 선택한 제재는 외재적인 사실이 아니라 '내재적 진실' 즉 인물의 의식의 흐름이었다. 류이창은 각종 의식의 흐름 수법을 사용하여 화자가 처한 모순적인 상황과 그의 혼란스러운 사고·감정·행위를 화자 내면의 파편화되고 무질서하지만 끊임없이 이어지는 의식의 흐름으로 재현함으로써 현실의 심각성을 더욱 철저하고 생동적으로 드러냈다. 류이창의 이러한 시도는 성공적이었다. 종잡을 수 없이 유동하는 화자의 의식의 흐름을 보여주는 데도 효과적이었으며, 현실을 총체적으로 파악할 수도 없게 된 현대인의 모종의 억눌린 정서를 드러내는 데도 효과적이었다. 특히 이는 공동체의 삶이 불안정하고 미래의 전망이 불확실하며, 기존의 질서가 붕괴되고 새로운 질서는 불명료하던 홍콩의 특수성을 표현하는 데도 잘 부합했다.

---

27) 천즈더陳智德, 뤄구이샹 등 여러 학자들은, 이주자의 시각에서 홍콩을 비판하던 시절에 시작된 류이창의 홍콩에 대한 동일시의 과정은 길고 고통스러운 과정을 거쳐서《교차》(1972)에 이르러서 비로소 일종의 정리가 이루어진다고 본다. 이에 관한 좀 더 자세한 사항은 陳智德,〈"錯體"的本土思考 — 劉以鬯〈過去的日子〉,《對倒》與《島與半島》〉, 梁秉鈞/譚國根/黃勁輝/黃淑嫻編,《劉以鬯與香港現代主義》, (香港: 香港公開大學出版社, 2010.7), pp. 133-142 ; 羅貴祥,〈劉以鬯與資本主義的時間性〉, 梁秉鈞/譚國根/黃勁輝/黃淑嫻編,《劉以鬯與香港現代主義》, (香港: 香港公開大學出版社, 2010.7), pp. 61-76 등을 참고하기 바란다.

영국 식민지이자 이주자의 도시였던 홍콩은 당시 냉전 체제 하에서 상하이를 대체하면서 자본주의화된 현대적 대도시로 급속하게 발전하는 중이었다. 대량의 인구 유입과 급격한 도시 팽창은 그 자체로 도시의 각종 문제를 야기했을 뿐만 아니라, 공동체 의식과 사회적 질서의 형성을 지연시키고, 이익 우선적인 행위 준칙과 소비 향락적인 문화적 분위기를 조장했다. 중국 대륙의 출발지에서 주류에 속하던 수많은 지식인들은 도착지인 홍콩에서 사회적으로나 개인적으로나 주변화될 수밖에 없었다. 그들 중 한 사람이었던 류이창은《술꾼》에서 그 자신과 마찬가지로 이주자로서 외부인의 시각과 거주자로서 내부인의 시각을 동시에 지닌 이중적 신분의 인물인 화자 '술꾼'을 주인공으로 내세웠다. 그리고 의식의 흐름 소설이 가진 장점을 효과적으로 발휘함으로써 화자 개인의 내심 세계를 넘어서서 상기한 홍콩의 복합적이고 모순적인 상황을 대단히 훌륭하게 표현해냈다.

이 작품《술꾼》이 홍콩문학에서 중요하다는 것은 그것이 비교적 이른 시기에 홍콩을 무대로 하여 도시 풍경, 생활 모습, 사회 현상, 문화 상황 등 홍콩의 다양한 면모를 보여주었다는 사실 그 자체에만 국한되지 않는다. 이 작품이 이주자의 정체성 혼란 및 불안정한 심리를 보여주면서 그들의 홍콩화에 대한 가능성을 예견하고 있다는 점 또한 대단히 중요하다. 류이창이 이 작품에서 다른 이주자들의 홍콩인으로서의 정체성 문제는 이후 〈가버린 나날〉을 분기점으로 하여 그의 작품에서 갈수록 명료해진다. 다만 그의 견해는 홍콩에서 성장한 시시나 예쓰의 그것과는 다르다. 예를 들면《교차》(1972)에서 제시된 것이 그렇다. 류이창은《교차》에서 중년의 외지 출신인 춘위바이의 고통스러운 경험을 통해서 1950년대에 대륙에서 이주해온 사람들도 홍콩인의 정체성 형성에 관여했다고 주장한다. 이는 마치 미국의 화인들이 철도 건설, 광산 개발, 2차 대전 참전 등에서 한 역할을 들어 미국 건설에 기여함으로써 그들 자신 역시 미국인의 일부라고 주장하는 것과 비슷하다. 류이창은 또 다른 한편으로는 이 작품에서 홍콩 출신인 소녀 아싱을 통해서 전후의 젊은 세대 중에는 자신이 홍콩인이라고 여기지 않는 경우가 있다고 주장한다. 이런 관점은 시시의 《나의 도시》(1975) 등에서 나타듯이 홍콩인의 정체성 형성에는 전쟁 후에 성장한 젊은 세대가 주도적이고 결정적인 역할을 했다고 보는 일반적인 견해와는 다르다. 또 예쓰의 《포스트식민 음식과 사랑》(2009)에서 보듯이 일종의 공존 화합을 전제로 하는 혼종적 정체성을 가지고 있다고 간주하는 견해와도 다르다. 결국 류이창은 홍콩인의 정체성 문제에서 일종의 통일된 통문화적 정체성이나 혼종적 정체성을 상정하기보다는 서로 갈등을 일으키면서 혼재하는 이종혼형적 정체성을 암시하고 있는 셈이다.[28]

《술꾼》에는 1950년대 이래 홍콩문학의 중요한 테마가 되었거나 홍콩문학 특유의 스타일이 된 여러 가지 사항들이 포함되어 있다. 예를 들면, 문학의 상업화와 문화의 대중화 문제에 대한 깊이 있는 사고, 순문학과 통속문학의 갈등 및 친연성 등이 표출되어 있다. 또 후일 시시나 예쓰 등의 작품에서 볼 수 있듯이 홍콩이라는 이 도시의 갖가지 사물과 사안, 특유의 장소와 물건 및 일상의 세절들을 무수하게 나열함으로써 마치 도시 자체가 주인공인 듯한 인상을 불러일으키는 방식을 쓰고 있다.[29] 요컨대 《술꾼》에는 홍콩문학의 전통적인 특징들이 표출되고 있

---

28) 라틴아메리카에서 앙헬 라마는 통문화론을, 가르시아 깡끌리니는 다시대적 이종혼형성이라는 혼종문화론을, 꼬르네호 뽈라르는 여러 사회문화적 규범이 융화되지 않고 갈등을 일으키면서 혼재하는 상태인 이종혼형성을 각기 주장했다. 이에 관해서는 우석균, 〈라틴아메리카의 문화 이론들: 통문화, 혼종문화, 이종혼형성〉, 《라틴아메리카연구》 Vol. 15 No. 2, 서울: 한국라틴아메리카학회, 2002.12, pp. 283-294 ; 네스트로 가르시아 칸클리니, 이성훈 옮김, 《혼종문화》, (서울: 그린비, 2011)를 참고하기 바란다. 다만 홍콩인의 정체성 문제에 대해서는 앞으로 좀 더 깊이 검토해볼 필요가 있다.
29) 이 책 〈제10장 공간 중심적인 홍콩 상상과 방식 — 시시의 《나의 도시》〉를 참고하기 바란다.

으며, 이는 역으로 《술꾼》이 바로 그러한 전통을 형성하는데 지대한 영
향을 주었다는 것을 의미하는 것이기도 하다.

이 작품의 홍콩과의 밀접한 관계는 심지어 중국 신문학 작가와 작품
에 대한 작중 화자(실제로는 류이창)의 평가에서도 일부 드러나고 있
다.[30] 예를 들면, 루쉰·라오서·바진·차오위 등을 높이 평가하면서 이
와 동시에 선충원·리제런·타이징눙이라든가 돤무훙량·무스잉·장아
이링·야쉬안癌弦 등도 높이 평가하고 있는 것이 그러하다.[31] 이는 물론
기본적으로 이들 작가의 작품이 예술적으로 높은 성취를 거두었기 때문
이다. 그런데 따지고 보면 평가의 기준이 그 당시 계몽과 구국을 우선
시하거나 리얼리즘과 낭만주의 계열의 작품을 중시하던 중국 대륙의 통
상적인 기준에만 한정되지 않았음을 보여주는 것이기도 하다. 더구나
한 걸음 더 나아가서 보면 이 중 다수 작가들의 창작 실천이 홍콩과 깊
은 관계가 있기 때문이기도 하다. 일부 작가들은 홍콩에서 활동을 했거
나 작품을 출판했으며 그게 아니라면 최소한 홍콩의 모더니즘 문학에
상당한 또는 일정한 영향을 주었던 것이다.

이상에서 홍콩문학으로서의 《술꾼》의 의의와 가치를 집중적으로 검
토해보았다. 그렇지만 이 작품 자체의 예술적 성취 및 전체 중국 문학
에서 차지하는 의미를 결코 소홀히 해서는 안 된다. 예를 들자면, 여기
서 다루지는 않았지만, 주인공인 화자의 사고와 행동에는 굴원屈原과 같

---

30) 이하 일부 내용은 黃萬華, 〈跨越一九四九: 劉以鬯和香港文學〉, 梁秉鈞/譚國根/黃勁輝
/黃淑嫻編, 《劉以鬯與香港現代主義》, (香港: 香港公開大學出版社, 2010.7), pp. 16-26
을 참고했다.

31) 류이창은 《술꾼》과 별도로 《端木蕻良論》, (香港: 世界出版社, 1977)을 출판한 적이
있다. 또 후일 《술꾼》의 창작 동기를 설명하는 과정에서 "'5·4' 이래 좋은 작품들이
나오기는 했지만 아주 뛰어난 작품들은 아주 적었으며, 다른 한편으로는 돤무훙량·
타이징눙·무스잉 등 일부 우수한 작가들의 작품이 오랜 시간이 지나도록 마땅한 주목
을 받지 못했다."고 언급한 적도 있다. 劉以鬯, 〈我爲什麼寫《酒徒》〉, 《文匯報·文藝》
第842期, 1994.7.24, B5.

은 전통적인 문인의 우국우민적인 자세를 계승하면서 자신보다 한 세대 앞선 20세기 초 루쉰과 같은 이른바 5·4 지식인의 계몽 구국적 행위 규범이 짙게 배어있다. 이로 인해 화자의 모습은 마치 굴원의 〈어부사漁父辭〉에서 뭇사람은 다 취했지만 나 홀로 깨어 있는 굴원과 루쉰의 〈광인 일기〉에서 미쳤지만 미치지 아니한 광인을 합쳐놓은 것 같다. 또 이 작품이 홍콩 또는 중국이라는 특정 지역이나 국가를 넘어서서 자본주의적이고 대중소비주의적인 현대 문명에 대한 비판적 시각을 잘 표현하고 있다는 점 역시 소홀히 할 수 없다. 《술꾼》에서 나타나는 이와 같은 홍콩문학으로서의 특수성과 중국문학 내지 세계문학으로서의 보편성은 결국 작가인 류이창의 창작 관념 및 실천과 밀접한 관계가 있다. 이런 점에서 1985년에 창간한 이래 지금까지 장장 30여 년간 출간되고 있는 《홍콩문학》의 창간호 〈발간사發刊詞〉에서 류이창이 한 다음 언급은 충분히 음미해볼 만한 것이다.

> 홍콩은 고도로 상품화된 사회로 문학의 상품화 경향이 대단히 뚜렷하다. 순문학은 장기간에 걸쳐 부정적으로 배척되어왔고, 주목 받고 중시되어야 마땅했으나 그러하지 못했다. [⋯] 홍콩에서는 상품 가격과 문학 가치의 구분이 그다지 분명하지 않다. 국제도시로서 홍콩의 지위는 특수할 뿐만 아니라 중요하기도 하다. 홍콩은 화물의 중계지이자 동서 문화가 소통하는 교량이다. 관계를 강화하고 교류를 촉진하는 면에서 중요한 역할을 담당하고 더 나아가 화문문학 추동에 필요한 조건을 제공할 자격을 갖추고 있다.32)

---

32) 劉以鬯, 〈發刊詞〉, 《香港文學》 創刊號, 香港: 香港文學雜誌社, 1985.1, p. 1.

제10장 공간 중심적인 홍콩 상상과 방식
— 시시의 《나의 도시》

1. 시시의 창작과 《나의 도시我城》의 지위

홍콩작가 시시西西는 한국에 거의 알려
져 있지 않다. 그녀의 뛰어난 창작 성취와
현저한 문학사적 지위를 고려할 때[1] 이는
상당히 예외적인 일이다. 아마도 이런 상
황이 일어나게 된 것은 한국에서 그 동안
주로 중국 대륙의 문학에만 관심을 가져
왔고, 그 중에서도 특히 계몽과 구국을 위
주로 한 문학적 전통에 주목해왔기 때문
일 것이다.

시시(1938-)

　시시는 1938년 중국 상하이에서 태어나
초등학교를 마친 뒤 1950년에 부모를 따라 홍콩으로 이주했으며, 홍콩
에서 중등학교와 교육대학을 마치고 1978년까지 초등학교 교사로 근무
한 바 있다. 그 후 각박한 경제 상황에도 불구하고 때로는 비좁은 세면
실에서 글을 쓸 정도로 열악한 여건 속에서도 홍콩에서는 보기 드물게

---

1) 예를 들면 그녀의 대표작 《나의 도시》는 1999년 《아주주간》이 선정한 '20세기 중문소설
베스트 100선'에서 51위에 선정되었다. 또 黃修己主編, 《20世紀中國文學史》, (廣州:
中山大學出版社, 1998) ; 孔範今主編, 《二十世紀中國文學史》, (濟南: 山東文藝, 1997)
; 金漢主編, 《中國當代文學發展史》, (上海: 上海文藝, 2002) ; 劉登翰主編, 《香港文學
史》, (北京: 人民文學, 1999) 등 많은 문학사에서 그녀를 비중 있게 다루고 있다.

지금까지 계속해서 전업 작가로 활동하고 있다.[2] 시시는 자신의 창작에
대해 이렇게 말했다. "소설을 쓸 때 나는 독자들에게 새로운 내용 아니
면 새로운 수법 한 가지는 제공하고 싶다. 지금의 상황은 비극적인 것
이 너무 많다. 더구나 모두가 그렇게 쓴다. 나는 좀 즐겁게 쓰고 싶다."[3]
그녀는 이런 자신의 말 그대로 작품마다 새로운 시도를 할 만큼 다양한
소재와 기법을 보여 주는 한편 또 시종일관 따뜻한 시각을 유지하면서
자신과 홍콩 그리고 사람과 세상을 표현하고 있다.

　　시시의 단편소설은 대략 네 부류로 나눌 수 있다. 첫째, 〈춘망春望〉
(1982), 《나 같은 여자像我這樣的一個女子》(1982) 등 사회적 현실을 소재
로 한 리얼리즘 경향의 소설이다. 둘째, 〈올림푸스奧林匹斯〉(1979), 〈감
기感冒〉(1982) 등 상상과 상징 그리고 의식의 흐름 등이 사용된 모더니
즘 경향의 소설이다. 셋째, 〈옥토 마을 이야기肥土鎭的故事〉(1982), 〈마을
의 부적鎭咒〉(1984), 〈옥토 마을의 회란기肥土鎭灰闌記〉(1986), 〈떠 있는 도
시의 신기한 이야기浮城誌異〉(1986) 등 환상적이고 부조리하면서도 현실
적 의의를 담고 있는 마술적 리얼리즘 경향의 소설이다. 넷째, 〈유리구
두玻璃鞋〉(1980), 〈수염에 얼굴이 나鬍子有臉〉(1985), 〈마리 문건瑪麗個案〉
(1986) 등 동화적 글쓰기나 문구 해설 방식을 비롯한 기타 각종 형태의
소재와 기법을 시도한 소설이다. 그녀는 중·장편소설에서도 마찬가지
로 대단히 뛰어난 성취를 보여서, 《도시 동쪽의 이야기東城故事》(1966),
《나의 도시我城》(1979), 《사슴 사냥哨鹿》(1982), 《메이리 빌딩美麗大厦》
(1990), 《철새候鳥》(1991), 《유방을 애도하다哀悼乳房》(1992), 《하늘을 나

---

2) 쉬쯔둥에 따르면 시시의 1년 인세 및 원고료 수입은 대학 강사의 일주일 임금밖에
　 안 된다고 하며, 왕이타오에 따르면 시시는 몸을 움직이기도 쉽지 않은 세면실에서
　 글을 썼다고 한다. 許子東, 《吶喊與流言》, (上海: 上海文藝出版社, 2004.10), p. 280
　 ; 王一桃, 〈香港"嚴肅"文學的困境和出路〉, 黃維樑編, 《中華文學的現在和未來: 兩岸
　 暨港澳文學交流研討會論文集》, (香港: 鑪峯學會, 1994), p. 212 참고.
3) 西西/何福仁, 《時間的話題》, (臺北: 洪範書店, 1995), p. 158.

는 양탄자飛毯》(1996) 등의 작품이 있다. 시시는 소설 창작 외에도 칼럼 산문·시나리오·영화 평론 등 다양한 분야에서 활동했는데, 신문이나 잡지에 게재했으나 아직 서적으로 출판되지 않은 작품을 제외하고 그녀가 정식으로 출판한 작품만 해도 약 30권에 달한다.

일찍이 시시의 등장은 20세기 중후반 나날이 발전해가는 홍콩과 더불어 홍콩에서 성장한 세대가 그들의 출생지에 관계없이 자신들을 홍콩인으로서 자각하면서 홍콩에 대한 사랑을 표출하고 홍콩인으로서의 발언권을 주장하기 시작했음을 보여 주는 표지였다. 그리고 이러한 세대의 등장 또는 시시의 등장을 처음으로 확실하게 보여 준 성공적인 작품이 바로 《나의 도시》이다.

《나의 도시》는 애초 1975년 홍콩의 《쾌보》에 5개월 간 약 16만자 분량으로 연재되었다. 그 뒤 여러 차례 서적으로 출판되었는데, 이 책의 참고문헌에서 제시했듯이 현재까지 분량과 구성을 각기 조금씩 달리 하여 홍콩·타이완·중국 대륙에서 모두 5종의 판본이 나와 있다.[4] 또 이와는 별도로 한글 및 영문 번역본이 있다. 《나의 도시》는 이처럼 오랜 기간에 걸쳐 다양한 판본으로 거듭 출간될 만큼 수많은 독자들의 호응을 받아왔다. 또한 《나의 도시》가 보여준 홍콩 상상과 방식은 일찍부터 평론가와 연구자의 주목을 끌었다. 1970-80년대에는 작품의 언어 실험이, 1980-90년대에는 작품의 홍콩성 및 서사 형식 등이 중점적으로 검토되었다.[5] 특히 1997년 홍콩 반환 이후에는 동료 작가나 학자들로부터 홍콩성을 상징하는 아이콘으로 간주되었다. 이에 따라 그것의 문구

---

4) 1979년판은 약 6만자, 1989년판과 1989년판은 약 12만자, 1999년판과 2010년판은 약 13만자로 되어 있다. 이 장에서는 별도 언급이 없는 한 연재 당시의 분량과 체재에 근접하는 1999년 판본을 대상으로 하며, 쪽수 역시 모두 이 판본에 따른다.
5) 陳潔儀, 〈西西《我城》的科幻元素與現代性〉, 《東華漢學》第8期, 花蓮(臺灣): 國立東華大學中國語文學系, 2008.12, pp. 231-253 참고.

나 내용이 활용되는 것은 물론이고 이어쓰기, 다시쓰기, 상호텍스트적 쓰기 등의 형태로 재창조되기에 이를 정도이다.[6]

《나의 도시》가 이처럼 주목을 받게 된 것은 단순히 이 작품이 이른바 홍콩성을 최초로 분명하게 표출했기 때문만은 아니다. 그것은 그와 같은 홍콩성을 어떻게 보여주었느냐와도 관계가 있다. 그리고 어쩌면 후자가 더욱 큰 역할을 했을 수도 있다. 여기서는 바로 이 점에 주목하여 과연 《나의 도시》가 이와 같은 홍콩성 또는 홍콩 상상을 어떤 방식으로 보여주었는지에 대해 작품의 공간 중심적인 내용, 기법 및 구성에 초점을 맞추어서 살펴보고자 한다. 그것은 작가 시시가 이 작품에서 중국의 전통 및 역사와 분리되는 홍콩이라는 새로운 지역, 홍콩인이라는 새로운 인간 집단의 탄생을 표현하기 위해서, 의식적이든 아니든 간에 시간성은 약화시키고 공간성을 강화하는 방식을 사용했다고 보기 때문이다.

2. 불특정 화자와 불연속적 이야기의 조합

《나의 도시》의 제17장에는 메타픽션적 수법을 써서 '허튼소리胡說'라는 이름의 의인화된 종이뭉치가 자기 자신인 《나의 도시》를 설명하는 부분이 나온다. 이 때 문학 작품에 대한 각양각색의 기준을 의미하는 여러 잣대들이 중구난방으로 이 종이뭉치에 대해 각자의 견해를 떠들어 댄다. 그 중 하나가 "이 종이뭉치는 무얼 말하는지 모르겠어. 이야기도 없고, 인물은 어수선하고, 사건도 연결되지 않고, 구성도 느슨하고."(221쪽)라고 말한다. 여기서 말하는 것처럼 이 작품은 그 구성이 아주 특이하다. 인물 묘사와 스토리의 발전을 중시하는 일반적인 소설과는 달리

---

6) 이 책 〈제11장 긍정적 낙관적인 홍콩 상상과 방식 ─ 시시의 《나의 도시》〉을 참고하기 바란다.

어떤 특정 인물이나 사건을 중심으로 전개되지 않는다. 이 때문에 이 작품의 전체 줄거리를 요약한다는 것은 사실상 불가하다. 그 대신 이 소설과 관련된 몇 가지 정보를 간단히 제시해보도록 하자.

이 작품은 고등학교를 갓 졸업하는 17, 18세가량의 화자 아궈가 아버지의 죽음에 따른 장례와 이사를 하는 데서부터 시작한다. 이후 전체를 관통하는 일정한 스토리가 없는 상태에서 여동생 아팟, 이모 야우야우, 집일을 보는 아빠, 동료 막파이룩, 친구 아야우 등등 많은 일련의 인물들과 그들의 에피소드들이 여기저기서 산발적으로 서술된다. 이들 인물들은 각자 자신의 이야기를 가지고 있다. 예를 들면 아궈는 전화공으로서의 이야기, 아팟은 초등학생으로서의 이야기, 야우야우는 거리 산책을 좋아하는 도시 여성으로서의 이야기, 아빠은 문짝을 만드는 목공으로서의 이야기, 막파이룩은 전화공 및 공원 관리인으로서의 이야기, 아야우는 외항선의 전기공으로서의 이야기 등을 가지고 있다.

그렇지만 이 소설에는 이런 인물들과 이야기들만 있는 것도 아니다. 또 그 모든 것들이 아궈라는 화자 한 명에 의해 선형적으로 전개되는 것도 아니다. 아래 표에서 보듯이 이 작품의 화자와 주요 인물은 수시로 변화한다. 장별로 분량이 서로 다른 총 18장 중에서 1인칭 화자 아궈가 나오는 곳이 10장이고 3인칭 화자가 나오는 곳이 12장이다. 같은 장에서 둘 이상의 화자가 등장하는 것은 그렇다 치자. 제10장에서는 2인칭 화자가 등장하는가 하면 제14장에서는 괄호 속에 1인칭 화자 아야우가 등장하기도 한다. 화자와 마찬가지로 주요 인물 역시 장에 따라서 또는 각 장 안에서도 수시로 바뀐다. 특히 제1장 후반부와 제11장에서는 이 도시 사람 전체가 주요 인물이 되는가 하면 제17장에서는 종이뭉치인 '허튼소리'가 주요 대상이 된다. 또 제10장처럼 어떤 부분에서는 아예 인물이나 사건보다는 묘사되는 사물이나 장면 자체가 핵심이 된다.[7]

장	화자	주요 인물	주요 사건/장면
제1장	1인칭 화자 아궤 3인칭 화자	아궤 나의 도시 사람	아궤의 살 집 방문, 아버지의 장례, 청원 운동
제2장	3인칭 화사	야우야우	야우야우의 아빠트
제3장	1인칭 화자 아궤	아궤	아궤의 이사와 TV의 슈퍼슈퍼마켓 프로그램
제4장	1인칭 화자 아궤 3인칭 화자	아궤 위 부부	아궤의 취업, 위 부부의 빈 의자
제5장	3인칭 화자	아팟	아팟의 생활과 편지
제6장	3인칭 화자	막파이록	막파이록의 공원 이야기
제7장	3인칭 화자	아빡	아빡의 문 만들기와 작업실
제8장	1인칭 화자 아궤	아궤/막파이록	아궤의 연수와 근무
제9장	3인칭 화자	야우야우	야우야우의 회상과 기차역의 철거
제10장	2인칭 화자	당신/ 칼춤 추는 사람	비닐로 포장된 도시
제11장	3인칭 화자	나의 도시 사람	자원 고갈과 시민들의 번개 및 빗물 받기
제12장	1인칭 화자 아궤	나/아쏘, 아탐	아궤의 휴가 이야기
제13장	1인칭 화자 아궤	사우사우/아궤	아궤 엄마 사우사우의 회상
제14장	본문: 3인칭 화자 1인칭 화자 아궤 괄호: 1인칭 화자 아야우	아야우/아궤	아야우의 외항선 취업과 근무
제15장	1인칭 화자 아궤 3인칭 화자 3인칭 화자	아궤 아야우 야우야우	아궤의 전화 수리, 아야우의 항행, 야우야우의 윈도우 쇼핑
제16장	3인칭 화자 1인칭 화자 아궤 3인칭 화자 1인칭 화자 아궤	위 부부 아궤 막파이록 아궤	위 부부의 건강 진단, 막파이록의 사건 사고, 아궤의 전신주 공사와 연수

---

7) 여기서 '1인칭 화자', '3인칭 화자' 등의 용어를 좀 더 정확하게 표현한다면 '제1인칭
사용 화자', '제3인칭 사용 화자' 등으로 써야 할 것이다. 화자의 시점과 관련해서 말하
자면, 대개 3인칭 화자는 전지적 시점에서 서술하는데 반해 1인칭 화자는 객관적 시점
에서 서술한다. 그렇지만 항상 그런 것만은 아니어서 1인칭 화자가 자신이 경험할
수 없는 일을 서술하는 경우도 있다. 예컨대 이 작품의 제12장의 일부 내용이 바로
그렇게 1인칭 화자 아궤의 전지적 시점에서 서술되고 있다. 그런데 만일 이 점을 고려
한다면, 그 앞뒤의 맥락으로 볼 때 제5, 14, 15장 등의 화자를 3인칭 화자가 아니라
1인칭 화자 아궤로 간주할 수도 있다.

장	화자	주요 인물	주요 사건/장면
제17장	3인칭 화자	'허튼소리'/노인	'허튼소리'의 이야기
제18장	1인칭 화자 아궈	아궈	아궈의 전화 가설, 풀밭 사람들의 죽음, 아궈의 전화 연결

비록 간단하지만 이상의 정보만으로도 어느 정도 파악할 수 있을 것이다. 사실상 이 소설에는 (영웅적인) 주인공이 따로 없고, 전체를 관통하는 (거대) 서사가 없다. 즉 도시의 평범한 소시민들과 그들의 사소한 일상 및 온갖 소소한 도시의 면면들이 이 소설의 주요 사항이다. 따라서 어떤 의미에서는 도시 자체가 주인공이고 도시 자체가 이야기인 것이다. 다시 말하자면 시간성을 중시하는 특정 화자 또는 주인공에 의한 스토리 전개식 서술 방식 대신 오히려 시간성을 약화시키는 불특정 화자와 다수의 인물에 의한 불연속적 이야기의 조합이라는 방식을 사용하고 있는 것이다.

3. 공간의 장소화, 공간의 유사 장소화, 삶의 기표화

《나의 도시》에는 홍콩이라는 도시 자체를 표현하기 위해서 이 도시의 형성 및 발전과 관련되는 길거리의 건물과 설비, 각종 교통수단, 생활용품과 일상 소비품 등 수많은 물리적이고 가시적인 사물들을 언급한다. 또 수시로 이 도시에서 발생하는 바쁜 일상, 직업 활동, 여가 활동, 청원 운동, 도로 정비, 사건 사고, 환경오염, 자원 부족 등의 각종 현상들을 묘사한다. 그런데 만일 그런 사물들과 사안들을 단순히 무수하게 열거하는 정도에 그치고 말았다면 아마도 이 작품은 결코 성공하지 못했을 것이다. 비록 이런 것들이 홍콩 사람들에게 익숙한 것이기는 하겠지만 새삼스러울 것도 없을 뿐만 아니라, 더 나아가서 많은 다른 현대적 도시에서도 충분히 있을 수 있는 것들에 불과하기 때문이다. 물론 오늘날 우리가 이미 그 결과를 알고 있듯이 이 작품에는 몇 가지 특별한 방법이 사용되고 있다.

그 중 한 가지는 어떤 특정한 고정된 공간에 장소성을 부여함으로써 무의미한 공간을 유의미한 장소로 만드는 '공간의 장소화'라는 방법이다.[8] 《나의 도시》에는 홍콩 사람들이 오랜 기간 늘 접해온 익숙한 곳들이 대단히 많이 출현한다. 이런 곳들은 적절한 상황 속에서 특정한 이미지와 더불어 나타남으로써 독자들에게 친숙하면서도 새로운 곳으로 각인된다. 홍콩 또는 인근 마카오의 지명이나 건물 또는 어떤 공간의 이름이 살짝 변형된 채 출현하는 것이 그것이다. 예컨대 '잠자는 사자산 터널睡獅山隧道'(133쪽)은 사자산터널獅子山隧道을 바꾸어놓은 것이고, '등산차역翻山車車站'(11쪽)은 피크트램역山頂纜車車站을 바꾸어놓은 것이다. 사자산터널은 1967년에 개통된 홍콩 최초의 자동차 터널로서 가우롱九龍 지역과 산까이 지역을 이어주는 홍콩 발전의 시작을 알리는 상징이다. 피크트램은 1888년에 만들어진 이래 지금까지도 홍콩을 상징하는 중요한 랜드마크이다. 그러니 홍콩의 독자들에게는 이런 곳들이 친숙하면서도 새롭게 기억되지 않을 수 없을 것이다. 이런 부류에 속하는 예는 위의 두 가지 외에도 '페이싸쪼이肥沙嘴'(찜싸쪼이尖沙咀), '나우꼭牛角'(웡꼭旺角), '호통荷塘'(꾼통觀塘), '췬완全灣'(췬완荃灣), '다이토이도우大

---

8) 물리적이고 낯선 추상적인 공간은 인간의 경험을 통하여 의미 있고 친밀한 구체적인 장소가 된다. 즉 한 장소가 가지고 있는 장소성(장소의 정체성)은 물리적 환경, 인간 활동, 그리고 인간의 의도와 경험을 속성으로 하는 의미라는 세 가지 요소가 복합적으로 얽혀서 이루어진다. 따라서 인간 활동이 전개된 특정한 물리적 공간에 일정한 의미를 부여함으로써 공간을 장소로 바꿀 수 있는바 우리는 이런 행위를 '장소화'라고 부를 수 있을 것이다. '장소화'에 관한 아이디어는 원래 장동천, 〈중국 근대건축의 문학적 장소성〉, 《고려대학교 중어중문학과 창설 40주년 기념학술대회논문집》, 서울: 고려대학교 중어중문학과, 2012.12, pp. 149-166에서 비롯되었으며, 에드워드 렐프 지음, 김덕현/김현주/심승희 옮김, 《장소와 장소상실》, (서울: 논형, 2005), pp. 105-141 제4장 '장소의 정체성'을 참고했다.

苔島'(포우토이도우蒲苔島), '메이라이오우美麗澳(쩡꽌오우將軍澳), '마까오馬加澳'(마카오澳門), '닷성바오로達聖保羅'(성 바오로 성당聖保祿教堂), '다쌈빠打三巴'(다이쌈빠패방大三巴牌坊), '하버타워海港大廈'(오션센터海洋中心), '돌고래극장海豚劇場'(해양극장海洋劇場) … 등 상당히 많다.

두 번째는 장소화와 유사한 방식이지만 그 대상이 고정된 특정 공간이 아니라는 점에서 일종의 '공간의 유사 장소화'라는 방법이다. 즉 홍콩 특유의 공간 상황을 마치 장소처럼 각인시키는 것이다. 예를 들면, "11th Floor/12층 후면 B실第十一層第十二樓B後座"(33쪽)이라는 표현을 사용하는 것이 그렇다. 홍콩은 건물의 지층을 영국식으로 그라운드 플로어라고 하면서 그 다음 층부터 1층으로 부르기도 하고, 또는 중국식으로 아예 지층부터 1층으로 부르기도 한다. 이에 따라 층수가 올라가면 영국식으로는 11층第十一層이지만 중국식으로는 12층第十二樓이 되는 것이다. 또 예를 들면, 제2장에서 묘사한 야우야우의 아파트가 그렇다. 빌딩의 한 층을 몽땅 차지했다는 이 방은 크기가 겨우 300평방피트에 불과하다(그만큼 이 빌딩의 폭 자체가 좁다는 뜻이기도 하다). 방안에는 2층 침대 두 개를 포함해서 침대 세 개를 기억자로 붙여 놓았고 그외 몇몇 필수적인 가구와 물품들이 꽉 들어차 있다. 여기 사는 사람들은 TV를 틀어놓은 채 마작을 즐긴다. 그런데 만일 누군가가 들어오기라도 하면 두 사람은 냉장고도 둘 곳이 없을 정도의 작은 주방으로 몸을 피하고 나머지 두 사람은 문 앞에 벌여놓은 마작 탁자를 접어줘야 한다. 그래야만 바깥에서 사람이 들어올 수 있기 때문이다. 즉 홍콩 특유의 비좁고 열악한 주거 공간에 대해 다소 과장적으로 묘사한 것이다. 이런 부분을 읽으면서 홍콩의 독자들이라든가 또는 홍콩의 사정을 아는 독자들이 어떻게 체험하고 기억하게 될지 충분히 짐작할 수 있을 것이다. 《나의 도시》에는 이런 식으로 많은 곳들을 유사 장소화하고 있다. 예컨대 다음과 같은 것들이다. 배 모양이나 우주선 모양으로 디자인한 초현대식 고층 빌딩들(1979년판 29쪽), 그 사이사이에 끼어 있는 도시의 허파라고 불리는 작은 쉼터 공원들(62쪽), 운동장이 없는 학교와 운동장이 있는 공원(114쪽), 온갖 간판대로 사람 하나 지나가기도 힘들지만 돼지나 생선을 실은 화물차가 진입하면 어찌 됐든 이리저리 지나갈 길이 생기는 질퍽거리는 시장거리(112쪽), 꽃가게·골동품점·완구점·서점 등이 상점들로 들어찬 쇼핑센터(191-193쪽) … 등.

《나의 도시》에는 한 걸음 더 나아가서 이런 공간의 장소화 및 공간의 유사 장소화의 방식을 홍콩 특유의 사물들이나 생활상의 세절들을 표현하는 데까지 확장시킨다. 예를 든다면 이런 식이다. 아궈가 건강검진을 받으러 간 상점들 안에 있는 전화기는 모두 분홍색이지만(39쪽) 면접을 보러 간 전화국의 진열장 안에 있는 전화기는 소방차의 빨간색, 구급차의 흰색, 청소차의 녹색, 경찰차의 파란색이다(42쪽). 막파이룩이 근무하는 공원의 벤치는 예전엔 모두 녹색이었지만 지금은 오렌지색·달걀 노른자색·산딸기색도 있다(61쪽). 보행자들은 좌측으로 주행하는 자동차를 피해 눈 하나를 더 달고서 한 눈은 오른쪽을 살피고, 한 눈은 왼쪽을 살피고, 다시 한 눈은 또 오른쪽을 살핀다(9쪽). 외지 사람들은 이곳에 느긋하게 여행을 오지만 이곳 사람들은 오히려 온종일 몇 안 되는 거리에서 창백한 얼굴로 종종 걸음을 쳐야 한다(139쪽). 초과 근무로 인정은 해주지만 휴일 근무도 해야 할 뿐만 아니라 24시간 근무해야 하는 부서도 있다(99-100쪽). 시간이 나면 마작을 하고(15쪽), 돈이 생기면 복권을 사며(74쪽), 식당에서는 경마신문에 몰두하고(106쪽), 수시로 마카오에 도박하러 다닌다(106쪽). 또 구두어로서 광둥말과 문장어로서 '국어'(표준어)가 달라서 늘 말썽이고(151쪽) … 등등. 이런 방식을 장소화라는 단어를 써서 명명하기는 곤란하겠지만 특정한 일상적 사물이나 생활에 관한 '삶의 기표화' 정도로 지칭할 수는 있을 것이다. 《나의 도시》에서 이런 삶의 기표화에 속하는 예는 너무 많아서 이루 다 열거할 수가 없을 정도이다.

《나의 도시》에서 이상과 같은 공간의 장소화와 공간의 유사 장소화 및 삶의 기표화와 관련해서 가장 대표적인 부분은 제3장에서 아귀가 이사를 끝내고 나서 보던 TV 프로그램 '슈퍼슈퍼마켓'(28-31쪽) 이야기일 것이다. TV에 나오는 이 슈퍼슈퍼마켓은 층마다 올림픽 경기장 31개는 들어갈 만한 넓이에 백 수십 층으로 된 빌딩 전체를 차지하고 있다. 각종 일용품은 물론이고 학교·동네라든가 '휴대용 은행'(ATM)·술집·음식점·수영장·영화관·공원·기차·햇빛·친구·달 등등 온갖 것을 다 살 수 있다. 그야 말로 이 슈퍼슈퍼마켓은 홍콩 그 자체라고 할 수 있다. 이처럼 작가 시시는 작품의 소재라는 측면에서 볼 때도 공간의 장소화, 공간의 유사 장소화, 삶의 기표화 등의 방식을 통해서 주로 시간과 관계되는 것보다는 공간과 관계되는 것들을 묘사하고 있다.

4. 시각적 이미지, 장르넘나들기, 몽타주 기법

《나의 도시》는 이처럼 도시의 일반적인 갖가지 사물과 사안, 홍콩 특유의 장소와 물건 및 일상의 세절들을 무수하게 보여준다. 그런데 이런 것들은 주로 어떤 장면과 이미지를 통해서 나타난다. 또는 반대로 말해서 이런 것들은 단독적인 또는 다중적인 수많은 장면과 이미지를 만들어낸다.

물론 여기서 이미지란 오로지 시각적인 것만을 가리키지는 않는다. 시각적일 수도 있고, 청각·후각·미각·통각적일 수도 있고, 심지어는 전적으로 심리적일 수도 있다. 문학적 이미지에서 중요한 것은 이미지로서의 생생함 자체보다는 오히려 감각과 특수하게 연결된 정신적인 사건으로서의 특징이다.[9] 예컨대 《나의 도시》의 제15장에서 야우야우가 페이싸쪼이의 상점가를 윈도우 쇼핑하는 부분은 한 서점에 대해 다음과 같이 묘사한다.

> 꽃 가게의 옆은 영문 서점이었다. 이 서점은 새로 나온 책을 지금 막
> 오븐에서 나온 빵처럼 눈에 띄는 곳에 진열해 놓고는 했다. 사람들이 책에
> 서 풍기는 화롯불, 버터, 달걀 그리고 설탕의 달콤한 냄새를 맡고서는 겉은
> 바삭바삭하고 향기로우면서 안은 희고 폭신하면서 잼이 넘치는 식빵을 연
> 상하도록 만들었다. (193쪽)

비록 그렇기는 하지만 각종 이미지 중에서도 일반적으로 시각적 이
미지가 가장 핵심인 것은 분명하다. 이 작품에서 만들어내는 이미지 역
시 시각적 이미지가 가장 많고 다양하며 선명하고 효과적이다. 심지어
이런 시각적 이미지의 활용은 통상적인 언어 표현까지도 바꾸어 놓을
정도이다. 예를 들면, 제5장에서 초등학생인 아팟은 옥상의 쓰레기더미
속에서 나온 개미 무리가 담장을 타고 이웃집 창문 쪽으로 향하고 있는
걸 보고서 수도 호스를 이용하여 씻어 내린다. 그런데 나중 이웃에게
이 일을 알리는 편지에서 "팔이 시큰거릴 정도로 하고 나서야 그것들이
안 보이게 씻어 내릴 수 있었습니다才把它們沖不見掉."(57쪽)라고 쓰고
있다. 만일 일반적인 중국어라면 '그것들을 씻어 내릴 수 있었습니다才
把它們沖掉'라고 하는 것이 자연스러울 것이다. 그렇지만 작가는 여기서
시각적 이미지를 강조함과 동시에 어린아이 말투의 효과까지 겸하는
'그것들이 안 보이게 씻어 내릴 수 있었습니다'라는 표현으로 바꾸어 놓
고 있는 것이다.

《나의 도시》의 곳곳에서 적절하게 제시되는 또는 만들어지는 각양각
색의 이런 시각적 이미지는 우연한 것이 아니다. 작가 시시는 미술, 영
화 등에 특별한 관심을 가지고 있었다. 1989년판의 서문에서는 "나는

---

9) 이미지에 관한 더욱 자세한 설명은 르네 웰렉/오스틴 워렌 지음, 이경수 옮김, 《문학의
   이론》, (서울: 문예출판사, 1989), pp. 270-273을 참고하기 바란다.

줄곧 마티스·미로·샤갈과 같은 화가들을 좋아해왔다"[10]라고 말한 바 있으며, 또 오랜 기간 많은 영화평을 발표하기도 했다.[11] 이에 따라 시시의 문학 작품에는 이와 관련된 서술이 적지 않을 뿐만 아니라, 종종 이와 관련된 기법을 응용하기도 했다. 예를 들면 이 소설의 첫 문장은 "나는 그녀들에게 나의 머리를 끄덕였다我對她們點我的頭"(1쪽)로 시작한다. 여기서 '나의我的'라는 두 글자를 삽입한 것은 단순히 어색한 말실수가 아니다. 이 말 역시 보통은 '나는 그녀들에게 머리를 끄덕였다我對她們點頭'라고 했어야 마땅할 것이다. 그런데 굳이 '나의我的'라는 말을 넣은 데는 이유가 있다. 우선 화자인 아궈의 관점에서 그녀들과 나를 구별하는 데서 나오는 아이다운 느낌을 준다. 또한 마치 영화의 카메라처럼 시선을 이동시키는 효과를 주는 것이다. 이 부분을 영화의 한 장면이라고 간주해보자. 먼저 화자인 '나'가 보이는 화면이 등장하고, 그 뒤 카메라가 멀어지면서 '나'와 '그녀들'이 마주 서있는 화면이 나온 다음, 다시 카메라가 클로즈업하면서 '나'가 머리를 끄덕이는 화면이 되는 것이다.[12] 또 아궈 아버지의 장례식에서 어떤 사람이 하품을 하는 장면을 묘사한 것도 마찬가지다. 작가 시시는 이렇게 표현하고 있다. "다음 순서로 세 단계의 동작을 했다. 1. 손을 얼굴 앞으로 신속하게 올린다. 2. 팔꿈치를 경례하듯이 구부린다. 3. 눈동자를 손등에 고정시킨다."(6쪽) 어떤 사람이 하품을 가리기 위해 눈치껏 취하는 동작을 어린아이적 시각

---

10) 西西, 〈我城 序〉, 《我城》, (臺北: 允晨文化, 1989.3), p. 1.

11) 링위凌逾의 조사에 따르면, 시시는 1963년-1976년까지 거의 백 편에 가까운 영화평을 발표했는데, 그 중 《나의 도시》를 창작하기 전의 일부 기간인 1964년에서 1967년 사이만 따져도 무려 71편을 발표했다고 한다. 凌逾, 〈小說蒙太奇文體探源 — 以西西的跨媒介實驗爲例〉, 《華南師範大學學報(社會科學版)》, 2008年 第4期, 廣州: 華南師範大學, 2008.8, pp. 66-72 참고.

12) 凌逾, 〈跨藝術的新文體 — 重評西西的《我城》〉, 《城市文藝》 第3卷 第4期(第28期), 2008.5, pp. 68-74 참고.

과 어린아이적 말투로 표현한 것이자 영화의 장면처럼 표현한 것이다.

이런 종류의 표현 방식을 우리는 일종의 장르넘나들기 방식이라고 부를 수 있을 것이다. 작가 시시는 《나의 도시》에서 몸소 그림을 그려서 작품의 삽화로 사용하고 있다. 이는 이러한 장르넘나들기 방식 중에서 시각적 이미지를 직접적으로 활용한 것이라고 할 수 있다. 삽화의 수 역시 판본에 따라 작품 분량이 다른 것과 마찬가지로 각기 다르다. 예컨대 1979년판에는 10개(앞뒤 표지 그림 35개 제외), 1989년판에는 108개, 1999년판에는 117개가 삽입되어 있다. 이런 삽화는 모두 어린아이적 상상을 흉내 낸 비교적 단순한 형태의 펜화이지만 그림에 따라서는 상당히 추상화되어 있기도 하다. 또 대개 해당 부분의 내용과 표현에 부합하지만 가끔은 우연 또는 의도에 의해 어긋나기도 한다.[13] 예를 들면, 1979년판 86-87쪽 간지의 죽 그릇과 생선뼈 그림은 1999년판에는 139쪽에 배치되어 있고, 1979년판 100-101쪽 간지의 새鳥 그림은 1999년판에는 비닐로 둘러싸인 채 125쪽에 삽입되어 있다. 말하자면 이 삽화들은 각각 둘 중 하나 또는 둘 다 모두 내용과 절대적인 필연성을 가지지는 않는다는 뜻이다. 달리 말하자면 그 삽입 위치에 따라 각기 다른 효과를 낳을 수도 있다는 뜻이다. 즉 일반적인 관례에 따라 삽화와 내용이 비교적 부합하게 되면 독자는 직관적이고 즉각적으로 그 내용에 부합하는 이미지를 가지

《나의 도시》삽화

---

13) 시시는 1999년판 서문에서 1975년 연재 당시에는 식자 조판이었던 관계로 종종 글과 그림이 서로 어긋나는 상황이 벌어져서 이를 조정하느라고 애를 먹었다고 한다. 이 때문에 《나의 도시》의 제17장에서 "이 그림들은 글과 일치되지 않고" 운운한 것은 실제 사실을 언급한 것이다. 다만 후일 서적으로 출판된 이후에는 일부 그림을 의도적으로 서로 어긋나게 만들었다고 말하고 있다. 西西, 〈我城 序〉, 《我城》, (臺北: 洪範書店, 1999.8), pp. i-ii 참고.

게 된다. 하지만 이것이 일단 비교적 또는 상
당히 어긋나게 되면 (그것에 주의하는) 독자
는 그 순간 추상화 단계로 나아가게 된다. 삽
화가 무엇을 의미하는지에 대해 생각해보고
자기 나름대로의 해석을 하게 되는 것이다. 이
는 장 뤽 고다르라는 프랑스 영화감독이 자신
의 영화《만사형통(Tout Va Bien)》(1972)에서,

《나의 도시》삽화

예컨대 화면 속 인물들은 입을 다물고 있는데 인물들의 목소리는 상황
설명을 하고 있는 것처럼, 의도적으로 화면과 소리(프레임과 사운드)를
어긋나게 만든 것과 유사하다. 이는 일종의 낯설게하기 기법이다. 관객
또는 독자가 자연스럽고 당연시 하던 것에 대해 새롭게 지각하도록 함
으로써 적극적이고 능동적이며 비판적인 성찰을 유도하기 위한 방법인
것이다.14) 이처럼 삽화의 사용은 다양한 효과를 낸다. 여기서 한 가지
주의할 점은 그것이 전자의 역할을 했든 아니면 후자의 역할을 했든 간
에 작품의 어떤 장면이 일시적으로 하나의 정지된 화면으로(즉 공간적
으로) 각인되게 만들었다는 것이다.

《나의 도시》에서 시각적 이미지를 간접적으로 활용한 것으로는 어떤
특정한 이미지를 단편적으로 연상, 상상, 감각하게 만드는 것을 포함해
서 여러 가지가 있다. 그 중 가장 주목할 만한 것은 영화의 몽타주 또는
회화의 콜라주 기법을 도입한 것이다.《나의 도시》의 제17장에는 화자
가 "원래 '다 괜찮아都很好'는 영화다. 이 영화의 감독은 콜라주 기법을
좋아하며, 또 습관적으로 촬영기의 눈길을 장면이 이동하는 대로 따라

---

14) 안보옥, 〈장 뤽 고다르의 〈만사형통〉: 갈등과 모순의 영화〉,《프랑스문화예술연구》제
36집, 프랑스문화예술학회, 2011, pp. 521-545 참고. 시시는 장 뤽 고다르의《만사형
통》에서 많은 영향을 받았다고 말한 바 있다. 이에 대해서는 바로 다음에서 다시 언급
하겠다.

가면서 일거에 전체 상황이나 광경을 보여준다."(223쪽)라고 서술한다. 그리고 바로 다음에서 작가의 현신이라고 할 '허튼소리'가 "저는 이동식 서술을 했구요, 또 콜라주도 좀 했어요."(223쪽)라고 말하면서 그 구체적인 예를 제시한다.

영화의 몽타주란 단순히 필름 조각을 잘라서 짜 맞추거나 숏과 숏을 자르고 이어서 서사적 배열을 하는 커팅과 편집을 의미할 수도 있다. 하지만 그보다는 특정한 이야기를 효과적으로 전달하기 위해 시각적·청각적·극적 요소를 포함한 모든 예술적 요소들을 배열, 결합하는 것을 의미한다. 이런 몽타주에 관한 기법과 개념은 뤼미에르 형제의 다큐멘터리식 촬영에서 멜리에스의 초보적인 편집, 그리피스의 초기 미국 영화 편집 방법을 거쳐 1920년부터 1940년대 사이에 쿨레쇼프·푸도프킨·에이젠슈테인 등 러시아 영화계에서 본격적으로 발전되었다. 특히 그 중에서도 에이젠슈테인이 이미지의 연상을 중시하며 탈선형적인 이야기에 근거해서 비연속적인 편집을 주장하고 실천한 것은 오늘날 몽타주라는 개념을 미학적이고 기호학적인 관점에서 파악하도록 만드는데 결정적인 역할을 했다. 그의 이러한 이론과 기법은 20세기 후반의 영화에서도 종종 발전적으로 응용되는데, 예컨대 작중에서 '허튼소리'가 말한바 영화 '다 괜찮아'(《만사형통》)의 감독인 장 뤽 고다르가 몽타주의 일부인 콜라주를 사용한 것이 그렇다.[15]

---

15) 영화의 콜라주는, 물론 회화의 콜라주 개념을 도입한 것인데, 영화의 다양한 몽타주의 일부로서 주로 불연속적인 숏과 숏의 결합 및 상호 반응 효과를 통해 세계를 새롭게 지각하도록 만드는 방식이다. 위에서 작가 시시가 '몽타주'가 아니라 '콜라주'라는 용어를 쓴 것도 이 때문이라고 할 수 있다. 이상 몽타주에 관한 서술은 김용수, 《영화에서의 몽타주 이론: 쿨레쇼프·푸도프킨·에이젠슈테인의 예술적 미학원리》, (파주: 열화당, 2006) ; 뱅상 아미엘 지음, 곽동준/한지선 옮김, 《몽타주의 미학》, (서울: 동문선, 2009) ; 뱅상 피넬 지음, 심은진 옮김, 《몽타주: 영화의 시간과 공간》, (서울: 이화여자대학교출판부, 2008) 등을 종합적으로 참고했다.

작중 '허튼소리'의 설명(사실은 작가의 설명)처럼, 제1장에서 사람들이 풀밭에 모여 뭔가 진행하고 있는 부분에 다음과 같이 느닷없이 파키스탄 지진 뉴스라든가 시나이 반도의 중동 전쟁 뉴스를 각각 끼워 놓은 것이 바로 이러한 영화의 몽타주 방식을 사용한 예이다.

> 쓰레기통은 오늘 적잖은 것들을 먹어 치웠다. 그중 한 쓰레기통은 이런 것을 먹어 치웠다. 어젯밤 타고트 북쪽 34마일 카라코룸 하이웨이 인근에 있는 파탄 마을에 지진이 발생했다. (9쪽)

> 이때 걸음걸이가 흡사 녹슨 가위 같은 사람 하나가 쓰레기통 옆에 다가가 폐지 더미 속에서 꽤 커다란 헌 신문지 조각을 끄집어 들었다. [⋯] 신문지에 있는 뉴스는 다름이 아니었다. 전략적 가치가 있는 미트라와 기디 통로 또는 시나이 반도의 아부 루데이스 유전을 포기하지 않을 것으로 예측된다. (11-12쪽)

《나의 도시》에는 이처럼 작가가 스스로 제시한 예 말고도 콜라주 기법을 포함해서 영화의 몽타주 기법을 활용한 곳들이 적지 않다. 제14장에는 전지적인 화자가 3인칭을 사용하여 아야우의 이야기를 서술하고 있다. 그런데 이를 서술하는 본문의 중간 중간에 괄호를 써서 아야우가 1인칭 화자 '나'로 등장하여 아궈에게 하는 말이 삽입되어 있다. 이 또한 몽타주 기법의 일종이라고 할 수 있을 것이다. 몽타주 기법 활용 중에서도 가장 대표적인 부분은 제1장의 장례식 부분에서 다음과 같이 묘사하고 있는 장면이다.

> 나의 맞은편에는 또 다른 한 줄의 까만색 원피스들이 서 있었다. [⋯] 얼굴 하나(비탄)는 얼굴 뒤의 감정을 열심히 설명하고 있었다. 그리하여 눈은 이미 감은 채였고 왼쪽 눈썹과 오른쪽 눈썹은 한데 꼭꼭 들러붙어 있었다. 다른 얼굴 하나(비통)는 마찬가지로 그 위의 입인지 아니면 코인지가 공기를 조절하고 있었다. 그리고 나머지 다른 얼굴 하나(고통)는 남들이 붉어진 두 귀만 볼 수 있도록 하고 있었다. 왜냐하면 얼굴의 다른

부분들은, 안경까지도 파란색 바탕에 조그만 흰 꽃을 수놓은 손수건으로
덮고 있었기 때문이었다. (5쪽)

여기서 세 사람의 표정을 각각 묘사하면서 또 이와 별개로 각각 괄호
속에 그런 표정이 보여주는 의미에 해당하는 문구들을 삽입하고 있다.
이는 마치 회화에서 서로 이질적인 이미지들을 찢어 붙여서 이미지의
연쇄 반응을 통해 전혀 다른 새로운 이미지를 만들어내는 콜라주 수법
이라든가, 영화에서 각기 촬영한 화면을 한데 이어 붙여서 전혀 다른
새로운 하나의 장면을 만들어내는 몽타주 수법을 응용한 것과 마찬가지
다. 더구나 상기 인용문의 바로 다음에는 "이 세 얼굴 옆쪽 약간 떨어진
곳에는 나의 이모 야우야우가 홀로 서 있었다. 나중에 내가 좀 또렷이
볼 수 있게 되자 이모 옆에는 나의 여동생 아팟이 서 있다는 것을 알게
되었다."(5쪽)라는 문구가 이어진다. 그야말로 이 장면에서 아궈의 시선
은 카메라 렌즈나 다름없는 것이다. 이 부분을 영화로 간주해보자. 사
람이 나란히 서 있는 화면, 각자의 표정이 따로따로 나타나는 화면, 그
표정이 한꺼번에 나타나는 화면, 카메라가 멀어지면서 다시 세 사람이
나란히 서 있는 화면, 더 멀어지면서 세 사람 옆에 야우야우가 함께 서
있는 화면, 초점이 야우야우로 이동한 뒤 선명한 영상의 그녀와 흐릿한
영상의 아팟이 함께 있는 화면, 점차 그 아팟이 선명해지는 화면, 그리
고 마지막으로 모든 사람이 함께 서 있는 화면 등 각기 별개의 화면이
한데 편집되어 있는 것이다.
　이상에서 본 것과 마찬가지로 도시의 온갖 면면들이 제시되는 것과
주로 시각적 이미지를 이용한 장르넘나들기식 방식은 각기 그 자체로도
비교적 공간적인 성격이 강하다. 그 뿐만 아니라 더 나아가서 서로 시
너지 효과를 내면서 그러한 공간성을 강화하고 있다고 말할 수 있다.
이는 결과적으로 이 작품의 시간성을 약화시키는 경향을 초래하는데 이
점에 대해서는 다음 부분에서 검토해보기로 하자.

5. 시간성의 약화와 역사성의 회피

시간성의 약화라는 측면에서 볼 때 이 작품에서 한 가지 현저한 점은 우선 시간성과 관련된 서술이 비교적 적다는 것이다. 《나의 도시》는 앞서 말한 것처럼 일반적인 소설과는 달리 (영웅적) 인물에 의한 (거대) 서사가 선형적으로 전개되지 않는다. 설령 작품의 특정 부분에서 어떤 사건이 펼쳐진다 하더라도 그 시간성은 핵심 사항이 아니다. 근대적 도시의 각종 사물과 사안들이 대거 제시되기는 하지만 도시 형성 이전의 모습은 잘 나타나지 않는다. 도시 발전 과정에서의 변화 역시 비교적 간단하게 제시된다. 공간의 장소화와 공간의 유사 장소화 및 삶의 기표화를 통해서 홍콩의 거의 모든 면을 세심하게 보여주면서도 과거 또는 역사와 관련된 부분들, 특히 홍콩/중국의 관계라든가 홍콩/영국의 관계가 거의 회피된다. 반면에 시간적 관념이 배제된 공간적 관념으로서 즉 순전히 지리적인 관점에서 세계 속의 홍콩은 강조된다. 그리 많지는 않지만 이 작품에서 과거와 관련된 부분을 몇 군데 검토해보면 아마도 이러한 사실을 좀 더 분명하게 이해할 수 있을 것이다.

제7장에는 아궈의 할아버지 때부터 아궈네 집을 지키고 있는 아빠이 주요 인물로 나온다. "전쟁이 일어났을 때 [···] 그와 그의 아내 두 사람이 함께 문을 지켰다. [···] 나중에 전쟁이 끝나자 연꽃들은 큰 집으로 돌아왔다. 연꽃들은 아버지가 없어져 버렸고, 아빠은 아내가 없어져 버렸지만,"(81쪽) 그 후에도 목공 출신인 아빠은 아래층의 큰 방에서 틈나는 대로 문이나 만들며 여전히 이 집을 지키고 있다. 이 부분은 이 작품에서 보기 드물게 과거 역사와 관련된 곳으로, 태평양전쟁 당시 일본군이 홍콩을 침략하면서 벌어진 일을 묘사한 것으로 볼 수 있다. 그러나 홍콩의 과거 역사를 거슬러 올라가는 것은 거기까지이다.[16] 나중 이런

---

16) 제13장에서 비교적 모호하고 간단하게 처리된 아궈 엄마 사우사우의 회상 부분도 거의

이야기가 이어진다. 아빠은 작업실에서 책을 바닥에 쌓아놓고 의자 대신 사용하고 있는데 "알고 보니 사기, 한서, 후한서, 삼국지"(84쪽), "자치통감"(85쪽)이다. 야우야우가 원래 서재였던 이 방을 뒤져보니 "서가의 책들은 모두 아주 오래 된 것이었다. 장정도 아주 아름다웠다. 하지만 이렇게 아름답고 좋은 많은 책을 사람들이 눈길조차 주지 않은 것이었다."(88쪽) 여기서 작가는 어쩌면 단순히 책을 장식용으로만 사용하고 읽지는 않는 풍조를 가볍게 풍자하려고 했을지도 모른다. 아니면 의도적으로 중국의 오랜 역사와 홍콩과의 관계가 이제 단절되었음을 은유하려고 했을지도 모른다. 또 어쩌면 이 두 가지를 동시에 염두에 두었을지도 모른다. 그러나 작가의 의도가 어디에 있든 간에 결과적으로 이는 홍콩이라는 도시의 역사는 새로운 것이며, 중국의 오랜 역사와 직접적으로 이어지지는 않는다는 것을 의미하는 셈이다. 더구나 제11장에 가면, 마술적 리얼리즘 수법을 응용하여 전기 부족과 물 부족 때문에 생기는 일들을 과장적·환상적으로 묘사하면서, 사람들이 빗물을 가두어두기 위해서 "사고전서를 옥상에다 옮겨 사방으로 벽을 쌓고 […] 물통으로 만들었다."(134쪽)고 말한다. 그렇다면 이 모든 것들은 마치 중국 대륙 시인 한둥韓東의 시 〈다옌탑에 관해有關大雁塔〉에서 표출한 것처럼 거대 역사, 거대 담론에 대한 부정을 의미하는 것이라고 할 수 있다. 또는 최소한 어느 정도 중국 역사, 중국 전통과의 분리를 의미하는 것이다. 이는 중국과 분리된 홍콩의 새로운 역사가 이미 시작되었으며, 이 새로운 역사는 영원히 이어질 것임을 의미하는 것이라고 말할 수도 있을 것이다.

이 작품에서 기나긴 역사를 가지고 있는 중국과 상대적으로 생긴 지 얼마 되지 않은(또는 아직도 생기는 중인) 홍콩의 관계가 완전히 단절

마찬가지다.

된 것은 아니다. 다만 그러면서도 작가 시시의 의도가 어쨌든 간에 양자를 별개로 간주하는 이런 관념은 중국인/홍콩인의 관계에 대해서도 마찬가지였다. 제12장에서 아궈는 이렇게 생각에 잠긴다.

> 너는 누구의 자손이 되고 싶으냐고 만일 누가 내게 묻는다면, [⋯] 나는 물론 황제의 자손이 되어야지. 그럼 묻는 사람이 그럴 거야. 이곳에서 황제의 자손이 되는 게 뭔 좋은 점이 있겠어? 여권도 못 가질 텐데. [⋯] 만일 이곳 사람들이 다른 곳으로 여행갈 때 여권이 없다면 정말 귀찮은 일이야. [⋯] 신분증명서가 있어야 해. [⋯] '당신 국적은요?' 누군가가 물을 거야. [⋯] 그럼 너는 그럴 테지. 음, 음, 그게, 그게, 국적 말이요? 너는 신분증명서를 보고 또 볼 거야. 너는 원래 시민증 만 있는 사람이거든. (150쪽)

위 인용문은 사실적인 차원에서만 본다면 이런 것이다. 자신이 중국 국적의 중국인이라는 것을 거부하고 영국 관할 하의 홍콩인이라는 걸 받아들인다면 홍콩 여권이 나올 수도 있다. 그런데 굳이 중국 국적의 중국인이라는 걸 고집한다면 신분증명서를 소지해야 하며 이에 따라 세계 각국을 출입국하는 데 있어 현실적으로 고충이 많다는 것이다. 그렇지만 물론 이 인용문은 그보다도 문화적 정체성 차원에서 홍콩인의 애매모호한 신분을 설명하는 것이다. 그리고 이와 동시에 이는 홍콩인의 자아 선언이나 다름없는 것이기도 하다. 다시 말하자면, 비록 문화적으로는 자신이 중국인의 후손인 것을 완전히 부정하지도 않을 뿐만 아니라 심지어는 오히려 그것을 바라기조차 하지만, 그럼에도 불구하고 자신은 이미 현재의 중국인(또는 중국 대륙인)과는 다른 존재라는 점을 인식하기 시작했다는 것이다. 그리고 바로 이런 이유 때문에 제4장에서 아궈가 면접을 보러 갔을 때 이렇게 물었던 것이다. 즉 아궈는 "이 도시에서 태어났구요, 한 번도 떠나본 적이 없어요"(43쪽)라고 대답하면서, 마음속으로는 면접관에게 "당신은요? 당신은 다른 도시에서 왔겠죠?"(43쪽)라고 물었던 것이다. 이는 윗세대들은 다른 지역에서 이주해온 사람들이고 자신들은 이곳에서 성장한 사람들이라는 것을 말하고 있는 것이다. 그 뿐만 아니라 화자는(또는 작가조차도) 부지불식간에 그 다른 지역을 아예 농촌이라고 간주하지 않고 도시라고 간주하고 있는 것이다.

요컨대 과거 내지 역사와 관련되는 이상의 예들은, 작품 전체에서 이런 저런 방식으로 당시 홍콩의 면면들을 보여주는 수많은 문구·에피소드·이미지들에 파묻혀서 거의 찾아보기 힘들다는 점까지 고려했을 때, 바로 다음과 같은 사실을 천명하는 것이나 다름없다. 즉, 이 도시의 사람들은 시간적으로 오랜 역사와 (농촌적) 전통을 가지고 있는 중국(대륙)의 중국인과 전적으로 무관한 것은 아니다. 그러나 이 도시의 사람들은 그런 중국(대륙)의 중국인과는 확실히 구별되는 어떤 새로운 인간 집단이다. 이 새로운 인간 집단이 곧 거의 전자의 시간성을 무시해도 좋은 정도의 상대적으로 아주 짧은 시간에 마치 무에서 유가 생겨나듯 새롭게 탄생한(또는 탄생 중인) 홍콩의 홍콩인이다.

따라서 이 작품에서 홍콩/영국의 관계가 거의(또는 전혀) 언급되지 않는 이유 역시 충분히 짐작할 수 있다.[17] 이는 작품에서 세계 각지의 지명과 사건을 대거 언급하는 것과 비교하자면 상당히 의도적인 것으로, 영국은 아예 홍콩인의 집단적 정체성과는 아무 관계가 없다는 말이나 다름없다. 《나의 도시》 창작 당시에 현실적으로는 영국이 식민 지배를 하고 있었고, 흔히들 '빌려온 땅, 빌려온 시간'이라고들 말했다. 그러나 작가를 포함하여 이 새로운 세대의 홍콩인들은 이 땅과 이 시간을 자신들이 만들어냈으며 따라서 다른 누구도 아닌 자신들의 것이라고 주장했던 것이다.

---

17) 앞서 말한바 건물 층수를 달리 부르는 것(33쪽)이라든가 영국식 도량형 단위인 평방피트(15쪽), 갤런(133쪽), 파운드(174쪽) 따위를 쓰고 있다든가 하는 단편적인 언급은 있다. 하지만 나의 주의가 부족했는지는 몰라도 이 작품에 영국/홍콩의 관계를 언급한 부분은 등장하지 않는다.

그러므로 그들은 홍콩의 창조자이자 홍콩 역사의 창조자가 되는 셈이다. 그들의 역사는 무에서 생겨난 역사나 다름없으며, 그 기간 또한 길지 않으므로 굳이 그 시간성을 강조해야 할 이유도 없는 것이다. 그 때문에 《나의 도시》에서는 과거가 기술되는 경우는 그리 많지 않으며, 설령 기술된다 하더라도 제9장에서 기차역·장례식장·학교 등에 대한 야우야우의 회상에서처럼 이 도시의 탄생 이후에 있었던(또는 탄생 과정에서 있었던) 약간의 변화만 나올 뿐이다. 같은 차원에서 이 작품에는 이 도시의 미래에 관해서도 그리 많이 언급되지 않는다. 그렇지만 이 도시의 과거와 미래를 대비해볼 때 한 가지 분명한 것은 있다. 비록 명확하지는 않지만 작품의 마지막 부분에서 "낡은 지구는 […] 하나도 남지 않을 겁니다. 인류는 […] 새로운 별에서 아름다운 새 세계를 이룩할 겁니다."(235쪽)라고 말한 데서 보듯이, 이 도시가 비록 이런저런 많은 문제점을 가지고 있음에도 불구하고 언젠가 재탄생하게 될 지구와 더불어 영원하기를 기대하고 있다는 점이다.

6. 이동식 서술과 공간 중심의 구성

상대적으로 보아 《나의 도시》에서 공간성이 강조·강화되고, 시간성이 회피·약화되는 것은 작가를 포함한 당시 홍콩 사람들의 집단 무의식이 작품의 내용, 창작의 기법 등과 결합한 결과라고 할 수 있다. 그런데 작품에서 보여주는 사물, 사안, 장소, 단편적인 삶의 세절들이라든가 각각의 이미지들이 자칫 잘못하면 마치 갈기갈기 찢어지거나 부서진 조각들처럼 파편화될 수도 있을 것이다. 하지만 어떻게 이것들이 파편화되지 않고 서로 어우러지면서 오히려 일종의 시너지 효과를 내게 되는 것일까? 여기에는 결코 간과할 수 없는 대단히 중요한 요인이 있다.

우선 이 작품은 어떤 일정한 분위기 내지 정서나 감각으로 서로 연관되어 있다. 다시 말해서 비록 하나의 중심 줄거리나 중심 인물로 연결되어 있지는 않지만 주요 인물들의 순수하고 따뜻하면서 성실한 언행, 홍콩이란 도시의 면면과 홍콩인 삶의 세절에 대한 작가의 긍정적인 태도, 아이 같은 말투와 상상 및 리듬감을 살린 문구, 텍스트와 어울리는 적절한 삽화 및 이미지 구사 등이 상호 연관되고 조화되면서 전체적으로 일정 정도의 일관성 내지 통일성을 부여하기 때문이다.

그런데 그보다도 더욱 중요하면서 또 이 작품에서 가장 성공적인 또 다른 요인이 있다. 그것은 바로 구성 자체가 위에서 언급한바 홍콩과 홍콩인에 대한 상상 및 그것을 보여주는 다양한 방식과 거의 전적으로 부합한다는 것이다.

《나의 도시》의 제17장에서 작가의 현신인 '허튼소리'는 "저는 이동식 서술을 했구요…"(223쪽)라고 말한다. 이에 대해 허푸런何福仁은 1989년판 이래 《나의 도시》의 여러 판본에 일종의 해설격으로 첨부되어 있는 평론에서 송나라의 두루마리 그림인 〈청명절 강변의 풍경淸明上河圖〉(장택단張擇端)을 예로 들면서 다음과 같이 상세하게 설명을 시도하고 있다. 일반적으로 서양화에서는 고정식 시점을 사용한다. 더러 시공간적으로 얽혀 있는 내용을 표현한 그림조차도 낱장의 그림을 나란히 배열하는 방식이다. 더구나 나중에 원근법을 발견하게 되면서 이런 고정식 시점의 사용은 더욱 고착된다. 그렇지만 왼손으로 펼쳐 가면서 오른손으로는 말아 가는 중국의 두루마리 그림은 이와 달리 이동식 시점을 사용한다. 〈청명절 강변의 풍경〉의 경우 강 상류의 인적 드문 교외에서 출발하여 강 하류의 사람들이 붐비는 성내까지 그림이 이어지는데, 그림을 따라 눈길을 옮겨가는 동안 그 시점이 끊임없이 바뀔 뿐만 아니라 또 그림 속의 사물은 대상이 멀다고 해서 꼭 작은 것도 아니고 가깝다고 해서 꼭 큰 것도 아니건만 보는 사람은 그런 것을 전혀 의식하지 못하는 채 자연스럽게 이를 받아들인다. 《나의 도시》의 이동식 서술이 바로 이와 마찬가지다.[18] 또《나의 도시》의 1996년판에 평론을 쓴 황지츠 역시 허푸런의 견해에 동조하면서 이 작품은 구성상으로 두루마리 — 연재 — 개방식 구조의 결합이라는 특징을 가지고 있다고 말했다.[19]

그렇다. 이미 여러 해설자(평론가)가 말한 것처럼 이 작품은 확실히 이동식 서술을 사용하여 다양한 장면들을 독립적 또는 중첩적으로 보여 주었다고 할 수 있다. 그런데 문제는 이런 이동식 서술이 과연 어떤 방식으로 이루어졌느냐 하는 점이다. 지금껏 허푸런을 비롯해서 많은 사람들은 그것이 마치 두루마리 그림을 그리는 것처럼(또는 보는 것처럼) 이루어졌다고 설명한다. 하지만 내게는 그보다 오히려 중국식 정원 안을 이동하면서 묘사하는 것처럼(또는 보는 것처럼) 이루어진 것으로 생각된다. 다시 말해서 내게는 구성 면에서 이 작품은 〈청명절 강변의 풍경〉과 같은 두루마리 그림식이라기보다는 오히려 분할된 그러나 각기 복수의 출입문으로 이어지는 수많은 작은 화원들의 조합으로 이루어진 중국식 정원에 가깝다고 생각되는 것이다.[20]

이를 이해하기 위해 일단 이 문제와 관련된 중국식 정원의 특징을 검토해보자. (1) 중국식 정원은 대개 일정한 규모의 전체 공간 안에 크기와 주제가 다른 다수의 소규모 공간이 조합된 형태로 이루어져 있다. 그리고 이런 각각의 공간은 그 주제에 따라 그 자체의 경관, 이야기 및 이미지를 가지고 있다. 반면에 두루마리 그림은 두루마리를 펼쳐가면서 보기 때문에 그 동작이 정지되는 순간은 그 자체로 독립적인 그림이 되

---

18) 何福仁, 〈《我城》的一種讀法〉, 西西,《我城》, (臺北: 洪範書店, 1999.8), pp. 237-259.

19) 黃繼持, 〈西西連載小說: 憶讀再讀〉,《八方文藝叢刊》第12輯, 香港, 1990.11, pp. 68-80. 이 글은 西西,《我城》, (香港: 素葉出版社, 1996.3, 增訂本)에 첨부되었다.

20) 여기서 내가 '중국식 정원'을 제시한 것이나 평론가 허푸런이 〈청명절 강변의 풍경〉을 제시한 것은 모두《나의 도시》의 구성상 특징을 효과적으로 설명하기 위한 것일 뿐이다. 즉 이는 작가 시시가 작품에서 홍콩의 탄생을 표현하기 위해서 중국 역사 또는 중국 전통과의 분리를 시도한 것과는 아무런 직접적인 관계가 없다.

중국식 정원(월동문)

지만, 그럼에도 불구하고 전체적인 그림이 연결되어 있기 때문에 그 독립성보다는 그 전후의 그림과 비교적 강한 연계성을 가지고 있다. (2) 그렇다면 중국식 정원에서 각각의 작은 공간은 완전히 서로 독립적인가? 그건 그렇지 않다. 각각의 소 정원은 대개 두 개 이상의 문으로 연결되어 있으며, 또 담장에 창문이 뚫려 있다. 따라서 이런 문과 창문을 통해 다른 공간으로 이동하거나 다른 공간을 건너다 볼 수 있다. 다시 말해 공간과 공간은 서로 연결되어 있으며, 한 공간에서 다른 공간들은 마치 그림이나 액자 내지는 공간 속의 공간으로 기능하는 것이다. (3) 여기서 또 간과할 수 없는 것이 있다. 두 개 이상의 문은 공간과 공간을 연결하는 기능을 할 뿐만 아니라 이 때문에 다른 공간으로 이동할 때 선택의 여지가 있어서 마치 하이퍼텍스트처럼 다양한 조합이 있을 수 있다. 즉 이동시에 문이 어떤 식으로 나있는가 그리고 어떤 문을 선택하는가에 따라 달라질 수 있는데, 가상의 예를 들자면, A-B-C-D-E 등으로 조합될 수도 있고, A-C-B-E-D 등으로 조합될 수도 있고, A-C-D-A-B-E-D… 등으로 조합될 수도 있다. 반면에 두루마리 그림은 비록 앞뒤로 이동할 수 있다고는 하지만 어쨌든 일정한 방향으로의 이동이 기본적이다. (4) 마지막으로 무엇보다도 중요한 것은 중국식 정원은 유한한 공간을 무한한 공간으로 바꾸어놓는 효과가 있다는 점이다. 두루마리 그림은 앞으로 되돌아가거나 뒤로 계속 나아갈 수는 있겠지만 어쨌든 결국은 그림 전체가 마지막에는 하나의 그림으로 파악된다. 그렇지만 자잘하게 쪼개진 중국식 정원의 경우 기본적으로 공간과 공간이 분리되어 있는데다가, 공간과 공간을 이동한다든지 다른 공간을 건너다본다든지 또는 마치 하이퍼텍스트처럼 서로 다른 순서로 이동한다든지 하는 사이에 계속해서 새로운 공간이 나타나게 되고, 이에 따라 마치 그러한 공간이 무한하게 계속될 것 같은 느낌을 준다. 즉 유한한 공간이 어느 결엔가 무한한 공간으로 바뀌게 되는 것이다.[21]

이상과 같은 중국식 정원의 특징을 고려하면서 이번엔 앞에서 차례로 말해온 《나의 도시》의 여러 가지 방식이나 특징들을 되돌아보자. 《나의 도시》는 작품 전체를 관통하는 인물이나 사건의 선형적인 전개가 없이 근대적 도시의 각종 사물과 사안, 공간의 장소화와 공간의 유사 장소화 및 삶의 기표화 등을 이용하여 끊임없이 특정한 장면 내지 이미지를 보여주고 있다. 그런데 그러한 장면 내지 이미지는 정지된 정적인 것이기도 하면서 그 자체 안에는 일정한 이야기나 주제를 가지고 있다. 이는 한편으로는 시간성 또는 역사성이 배제된(약화된) 홍콩의 탄생을 표현하는데도 아주 적절하고, 다른 한편으로는 어쨌든 간에 이 도시가 영원하기를 기대하는 낙관적인 전망을 제시하는 데도 아주 적절하다. 그렇다면 이러한 것들이 곧 구조적인 면에서 중국식 정원과 같은 효과를 발휘하고 있는 것이 아니겠는가?[22]

---

21) 심지어는 베이징北京 이허위안頤和園의 드넓은 호수조차도 이런 효과를 내기 위해 의도적으로 둑과 다리를 사용하여 쿤밍후昆明湖, 난후南湖, 시후西湖 등 모두 세 개의 공간으로 분할하고, 포샹거佛香閣에서 보았을 때 가까운 곳일수록 큰 규모의 호수를 배치해놓고 있다. 즉 바로 눈앞에 있는 호수의 규모 자체가 엄청나게 큰데다가, 여러 개의 분할된 호수들이 겹쳐 보임으로써, 마치 그런 호수들이 무한히 계속될 것 같은 이미지를 주는 것이다.

22) 시시는 일종의 독서 노트 모음집인 《像我這樣一個讀者》, (臺北: 洪範書店, 1986)에서 이탈리아 소설가인 이탈로 칼비노에 관해 모두 네 편의 글을 수록해놓았다. 또 서문에서 특별히 그에 관해 언급하고 있다. 이로 볼 때 《나의 도시》의 공간 중심적 구성은 칼비노의 《보이지 않는 도시들》로부터 제법 영향을 받은 것 같다. 칼비노의 《보이지 않는 도시들》은 도시를 묘사한 짧은 텍스트 하나하나가 연속적으로 다른 텍스트들에 근접해 있는 다면적인 구조를 구축하고 있다. 그러나 이 도시들의 연속성은 논리적

《나의 도시》에는 이러한 면을 상당히 잘 보여주는 예가 들어 있다. 제6장에서 막파이록이 공원 및 축구장 관리인으로 근무하던 시절에 경험한 여러 가지 에피소드 부분인데, 각각의 에피소드는 항상 한 장의 사진으로부터 시작한다. 즉 정지되고 고정된 공간인 한 장의 사진을 제시하고, 그 사진의 장면을 설명하면서 그 사진이 담고 있는 이야기들을 말해나가는 방식이다. 그런데 그 이야기들은 또 사진에 찍혀 있는 바로 그 공간만을 무대로 하는 것이 아니라 사진 속 인물들이 움직이는 일련의 공간들이 이리저리 연결된다. 예컨대 모두 여섯 장으로 된 사진 중 세 번째 사진은 막파이록이 공원의 정자 뒤편 고추 화분 옆에서 찍은 것인데, 고추와 얽힌 이야기의 무대는 공원에서 시작해서 그의 아파트 실내―공원―아파트 엘리베이터―아파트 실내―아파트 엘리베이터로 이동한다. 그리고 이 고추는 나중에 그가 아궈와 동료가 되었을 때라든가 아궈가 교외로 전화 가설을 나갔을 때 등 다른 장면에서 다시 등장한다.

귀결이나 위계질서를 내표하는 것이 아니다. 다양한 노선들을 추적하고 다양하고 갈래진 결론들을 끌어낼 수 있는 그물망을 의미한다. 독자가 어떤 기호, 정보, 메시지, 암호들을 어떻게 '조합'하느냐에 따라 전혀 다른 의미가 생산되는 것이다. 다만 《보이지 않는 도시들》에 포함된 개개의 단편들은 다양하고 풍부한 주제를 보여주지만 그러면서도 작품 전체는 엄격하면서도 일관되게 대칭적인 구조를 취하면서 통일성을 갖는다. 다른 한편으로 이런 구성은 장 뤽 고다르의 《만사형통》의 구성과도 일맥상통한다. 이 영화에서 주인공인 영화감독 자크와 미국인 방송 기자 수잔 부부는 식육가공 공장에서 일어난 파업을 함께 취재하게 된다. 이 과정에서 그들은 사장과 함께 사무실에 감금을 당하게 되는데, 카메라는 2층 건물의 각 공간을 여러 번 수평 이동하면서 대략 여덟 개로 분할된 화면을 보여준다. 여러 개의 '장'을 통해 노동자, 노조, 사장 등으로 대변되는 각 계급이 대치하며 만들어낸 혼란을 통시적이고 다각적인 관점에서 보여주면서 공장 파업 상황을 직선적으로가 아니라 구조적으로 이해하게 만드는 것이다. 다만 이 영화는 전체적인 상황이 한 눈에 들어오게 된다는 점에서, 중국식 정원이 한 눈에 들어오지 않음으로써 유한한 공간을 무한한 공간으로 바꾸는 효과를 가지고 있는 것과는 다르다고 할 수 있다. 이상 이현경, 《이탈로 칼비노의 환상과 하이퍼의 문학: 주요 소설 연구》, 한국외국어대학교 박사논문, 2011 ; 안보옥, 〈장 뤽 고다르의 〈만사형통〉: 갈등과 모순의 영화〉, 《프랑스문화예술연구》 제36집, 프랑스문화예술학회, 2011, pp. 521-545 참고.

이런 식의 구성은 《나의 도시》가 신문 연재 방식으로 창작된 것과도 불가분의 관계가 있을 것이다. 《나의 도시》는 매일 1,000자 분량으로 삽화 한 컷과 함께 연재되었다. 이는 자연스럽게 사실상 매일의 연재 내용과 전체 내용이 서로 독립적이면서 동시에 상호 연계되도록 만들었을 것이다. 이 때문에 후일 황지츠는 연재 당시의 독서 경험을 회상하면서 《나의 도시》의 연재는 일반 소설과는 달리 끊어질 듯 이어질듯 하면서 계속되는 것이 마치 독립된 칼럼산문들을 누적해서 읽는 것 같았다고 술회했다.[23]

또한 이런 식의 구성은 후일 서적으로 출판되었을 때 또 다른 독서 효과를 나타냈다. 각각의 판본이 서로 다른 분량과 서로 다른 장면의 조합으로 출간되었는데, 분량이 적다고 해서 긴 분량의 작품을 축약시켜놓은 다이제스트가 아니라 분량의 다과에 상관없이 각기 독자적인 하나의 예술품으로 존재할 수 있게 된 것이다. 예를 들면, 제1장에서 사람들이 풀밭에 모여 뭔가 진행하고 있는 장면은 판본에 따라 서로 다른 이미지를 갖게 만든다. 1979년판에는 작중에서 취재하러 온 기자가 "실례합니다만 어째서 집단 자살을 청원했나요? 다른 해결 방법은 없었나요?"(1979년판 15쪽)라고 묻는다. 이 행위가 집단자살을 청원하는 것이라는 점이 분명히 드러난다. 그런데 1989년판에서는 앞의 문구는 삭제하고 뒤의 문구만 남겨서 "다른 해결 방법은 없었나요?"(1989년판 12쪽)라고만 묻기 때문에 마치 정치적인 청원 운동을 하는 것처럼 보이며, 이에 따라 이 도시의 민주적인 분위기를 떠올리게 만든다. 1999년판은 또 다르다. 1989년판과 마찬가지로 "다른 해결 방법은 없었나요?"(1999년판 13쪽)라는 말만 있는 것은 동일하다. 그러나 그 대신 제4장과 제16장에 집안에 빈 의자를 잔뜩 벌여놓는가 하면 뭔가를 준비하듯 건강

---

23) 黃繼持, 〈西西連載小說: 憶讀再讀〉, 《八方文藝叢刊》 第12輯, 香港, 1990.11, pp. 68-80.

검진을 받고 신변을 정리한 후 풀밭으로 나가는 위 부부에 관한 이야기가 포함되어 있다. 이 때문에 제18장에서 풀밭의 사람들이 포말로 변해 사라지고 빈 의자만 남는 장면을 읽고 나면 제1장의 풀밭 장면이 단순한 청원운동은 아닐 것이라는 느낌이 든다. 특히 계속해서 등장하는 빈 의자들은 이오네스코의 부조리극 〈의자〉를 연상시키면서 생의 무의미함이나 생명의 자주권 또는 신의 존재에 대해 생각해보게 만든다.[24] 요컨대 내가 보기에, 제1장의 풀밭 장면이 이처럼 판본에 따라 서로 다른 의미를 가지게 되는 것은 마치 많은 작은 공간으로 분할되어 있는 중국식 정원을 어떤 순서로 드나드는가 또는 그 각각의 공간에서 어떤 경관들을 중점적으로 보았는가에 따른 효과인 셈이다. 그리고 이는 결국 중국식 공원과 같은 구성에 따른 효과로 귀결되는 것이다.

따라서 이 모든 점들을 고려해볼 때, 허푸런과 황지츠가 말한 이동식 서술 자체는 상당히 일리가 있는 것이지만, 이 소설의 구성상 또는 기법상 가장 중요한 특징은 두루마리 그림 식 구성(또는 그런 그림보기 식의 이동식 서술)이라기보다는 무수히 작은 공간으로 분할된 중국식 정원 구성(또는 그런 정원 안을 이동하는 방식의 서술)이라고 하는 것이 더 적합할 듯하다. 더구나 아궈가 이사한 집의 17개나 되는 문, 아궈가 면접 또는 신체검사하러 갔던 건물들의 이런저런 문, 막파이록이 근무하는 공원과 축구장의 문, 아빠이 처음부터 지치지도 않고 끊임없이 만드는 문,[25] 아야우가 탄 외항선의 나눠진 선실마다 있는 문, 아야우의 아파트나 아궈가 전화수리를 위해 방문한 집들의 문 등 작품 속에서

---

24) 이상 위 부부에 관한 검토는 梁敏兒, 〈《我城》與存在主義 — 西西自〈東城故事〉以來的 創作軌跡〉, 《中外文學》 第41卷 第3期, 臺北: 國立臺灣大學外國語文學系, 2012.9, pp. 85-115에서 힌트를 얻었다. 특히 이오네스코의 〈의자〉에 관한 것은 량민얼梁敏兒 의 설명이다.
25) 일차적으로 아빠의 문은 작가와 독자가 소통하는 문학 작품 내지 예술 작품을 상징한다.

는 대단히 자주 그리고 많은 문이 등장하고 문의 이미지가 부각되며 또 문을 통해 다른 공간으로 들어가는 행동이 묘사된다. 따라서 작품에서 이 도시의 다양한 공원들을 설명하는 가운데 그 중 하나로 예를 든 다음과 같은 공원은 참으로 예사롭게 보이지 않는다.

> 어떤 공원들의 입구는 아주 이상하다. [⋯] 아주 작은 문 하나만 나 있고 바깥은 모두 하얀색으로 칠해진 담으로 둘러쳐져 있다. 담 위에는 까만색 기와가 얹혀 있는데, 옆쪽에서 보면 밧줄 무늬의 도안을 볼 수 있다. 작은 문으로 들어가 보면 완전히 다르다. 갑자기 커다란 화원과 만난다. 화원 안에는 산도 있고 호수도 있고, 난간도 있고 정자도 있고, 망루도 있고 누 각도 있다. 좀 더 걷다 보면 앞에 또 작은 문이 나타난다. 문을 들어가면 다른 또 커다란 화원이다. 화원 안에는 양어장도 있고 회랑도 있고 연못도 있는데, 연못에는 기다랗게 팔을 내민 연꽃이라든가 수면에 드러누워 있는 수련이 자라고 있다. 이런 화원이 하나씩 하나씩 이어지는데 도대체 모두 몇 개나 되는지 알 수 없다. (69쪽)

7. 《나의 도시》의 성취와 시시의 지위

시시의 작품은 그녀 스스로 말한 것처럼 작품마다 새로운 시도를 보여주고 있다. 이 때문에 처음 《나의 도시》가 연재될 때 독자의 반응은 그 새로운 내용과 기법 때문에 대체로 이해하기가 쉽지 않았을 것이다. 작가 시시는 연재 당시 어떤 동료가 대체 무얼 쓰는지 모르겠다고 말하는 걸 들었다고 한다. 황지츠 역시 《나의 도시》의 작법을 완벽하게 이해한 것은 아니라고 토로했다. 또 후일 어느 한 좌담회에서 두자치杜家祁 또한 솔직히 말해서 대부분의 시시 작품은 이해할 수가 없다고 발언한 바 있다.[26] 《나의 도시》는 그럼에도 불구하고 특이하게도 독자가 자신

---

26) 西西, 〈我城 序〉, 《我城》, (臺北: 允晨文化, 1990.11), pp. 1-2 ; 《西西, 〈我城 序〉, 《我城》, (臺北: 洪範書店, 1999.8), pp. i-ii. ; 黃繼持, 〈西西連載小說: 憶讀再讀〉, 《八

의 감정을 이입해가면서 읽을 만큼 흥미롭고 매력적이다.[27] 또 앞서 말한 것처럼 오랜 기간 많은 사람의 주목과 호응을 받았다. 내가 보기에 이는 작품이 가진 주제와 내용 자체가 흡인력이 있는데다가 구성 및 기법과도 대단히 잘 어우러지고, 등장인물들의 따스한 품성이라든가 낯설게하기 효과를 가진 어린아이적 표현이 친근감을 부여하며, 다양한 영화적 또는 회화적인 장르넘나들기식 기법 등에서 기인하는 많은 이미지들이 효과적으로 활용되었기 때문이다.

물론 그렇다고 해서《나의 도시》가 완벽하다는 말은 아니다. 예를 들면, 어린아이적 표현을 사용하여 친근감을 준다거나 몽타주 수법 등을 사용하여 지속적으로 많은 이미지를 부여하는 방식은, 자칫하면 독자로 하여금 마치 동화나 영화처럼 직관적인 오감에 과도하게 의지하도록 만듦으로써, 더욱 고차원적이고 복잡한 추상의 단계로 나아가는 데 오히려 장애를 초래할 수도 있다.《나의 도시》가 가지고 있는 많은 풍부한 은유나 상징성은 자칫 독자로 하여금 오독하게 만든다거나 과도하게 몰입하게 만들 수도 있다. 또 인물과 사건의 선형적인 서사 대신 마치 중국식 정원의 분할된 각각의 소규모 공간 안에 갖가지 사물과 사안들이 산발적으로 배치되어 있는 듯한 공간 중심적 구성은 이에 익숙하지 않은 독자로 하여금 흡사 미로 속에 빠져서 헤어나지 못하는 것 같은 결과를 초래할 수도 있다.

이런 점들을 염두에 두면서 이상에서《나의 도시》의 공간 중심적 홍콩 상상과 방식에 대해 검토한 바를 간단히 종합해보자. 이 작품은 특정 화자 또는 주인공에 의한 스토리 전개식 서술 방식 대신 불특정 화

方文藝叢刊》第12輯, 香港, 1990.11, pp. 68-80 ; 何福仁/關夢南,〈文學沙龍 — "看西西的小說"〉,《讀書人》第13期, 1996.3, pp. 70-75 참고.

27)　黃繼持,〈西西連載小說: 憶讀再讀〉,《八方文藝叢刊》第12輯, 香港, 1990.11, pp. 68-80 참고.

자와 다수의 인물에 의한 불연속적 이야기의 조합이라는 방식을 사용하고 있다. 이는 현대 홍콩이라는 시공간 내지 크로노토프(chronotope)를 두고 볼 때 그 역사적 시간성은 약화시키고 현재적 공간성을 강조하는데 효과가 있다. 이런 효과는 작품의 소재를 다루는 면에서 더욱 직접적으로 발휘된다. 작품에서는 홍콩의 구체적인 장소와 특징적인 공간에서부터 시작해서 삶의 세절에 이르기까지 공간의 장소화, 공간의 유사 장소화, 삶의 기표화 등의 방식을 통해서 주로 시간과 관계되는 것보다는 공간과 관계되는 것들을 묘사하고 있다. 또한 이러한 공간 중심적인 내용과 소재는 상호 시간적으로 연결되는 것이 아니라 시간성이 약화된 영화의 탈선형적인 콜라주 기법처럼 공간성이 강조되는 이미지 또는 이미지들의 중첩이라는 방식으로 표현된다. 이런 모든 방식과 장치는, 홍콩과 홍콩인에 대한 역사적 시간성과 관련된 서술은 적은 반면에 지리적인 관점에서 세계 속의 홍콩은 상당히 강조되는 등에서 보듯이, 결국 홍콩(인)과 중국(인)과의 역사적 또는 문화적 연계성보다는 홍콩(인)의 정체성 — 홍콩성을 강조하기 위한 것이다. 그런데 이 작품에서 보여주는 사물, 사안, 장소, 단편적인 삶의 세절들이라든가 각각의 이미지들은 각기 파편화되지 않고 오히려 일종의 시너지 효과를 내고 있다. 이에는 작품이 일정한 분위기 내지 정서나 감각으로 서로 연관되어 있는 점도 작용하겠지만 그보다 관건적인 것은 이 작품의 구성 자체가 마치 중국식 정원과 같은 구조로 되어 있다는 점이다. 즉 각기 분할된 그러나 복수의 출입문으로 이어지는 수많은 작은 화원들의 조합으로 이루어진 중국식 정원처럼, 작품의 각 요소들이 마치 독자적이고 단편적인 것 같지만 실인즉 그러한 것들의 상호 다양한 조립과 얽힘을 통해 중국의 전통 및 역사와 분리되는 홍콩이라는 새로운 지역, 홍콩인이라는 새로운 인간 집단의 탄생을 표현하기에 적절한 구조로 되어 있는 것이다.

시시는 거의 매 작품마다 새로운 창작 실험을 시도하고 있으며,《나의 도시》에서 보듯이 그 대부분이 성공적이라는 점에서 볼 때, 앞으로 한국에서도 충분히 중시해야 마땅한 작가이다. 최소한 나에게 시시는 그녀의 작품이 많은 작가들에 의해 끊임없이 차용되거나 다시 쓰인다는 점에서는 〈광인일기〉와 《아큐정전》을 창작한 루쉰을 연상시키고, 한족의 중국(중원)이 아닌 홍콩인의 홍콩을 상상해냈다는 점에서는 묘족의 변방을 그려낸 선충원을 연상시키며, 농촌적 시각과는 무관하게 도시적 시각에서 도시를 표현했다는 점에서는 상하이라는 근대적 도시를 보여준 장아이링을 연상시킨다.

제11장 긍정적 낙관적인 홍콩 상상과 방식
— 시시의 《나의 도시》

1. 《나의 도시》, 홍콩성의 아이콘

홍콩작가 시시西西의 대표작 《나의 도시我城》는 1999년 《아주주간》의 '20세기 중문소설 베스트 100선'에서 51위에 선정될 만큼 홍콩문학 뿐만 아니라 중국문학 전체에서도 중요한 작품으로 평가받고 있다. 다른 무엇보다도 《나의 도시》는 20세기 중반 이래 나날이 발전하는 홍콩과 더불어서 홍콩에서 성장한 세대가 그들의 출생지에 관계없이 자신들을 홍콩인으로서 자각하면서 홍콩에 대한 사랑을 표현하고 홍콩인으로서의 발언권을 주장하기 시작했음을 보여 주는 표지였다.

《나의 도시》는 애초 1975년 홍콩의 《쾌보》에 1월 30일부터 6월 30일까지 5개월간 모두 약 16만자 분량으로 연재되었다. 그 뒤 1979년에 처음 서적으로 나온 이래 다음과 같이 현재까지 분량과 구성을 각기 조금씩 달리하여 모두 5종의 중문판이 출간되었다.[1]

《나의 도시》(1979)

---

1) 한국에는 이 중 1979년 판을 번역한 시시 지음, 김혜준 옮김, 《나의 도시》, (서울: 지식을만드는지식, 2011.2)가 나와 있다. 이 장에서는 별도 언급이 없는 한 연재 당시의 분량과 체재에 근접하는 臺北: 洪範書店, 1999년 판본을 대상으로 하며, 쪽수 역시 모두 이 판본에 따른다.

1) 香港: 素葉出版社, 1979.3. (약 6만자)

2) 臺北: 允晨文化, 1989.3. (약 12만자)

3) 香港: 素葉出版社, 1996.3, 增訂本. (약 12만자)

4) 臺北: 洪範書店, 1999.8. (약 13만자)

5) 桂林: 廣西師範大學出版社, 2010.1. (약 13만자)

《나의 도시》는 이처럼 오랜 기간에 걸쳐 다양한 판본으로 거듭 출간될 만큼 수많은 독자들의 호응을 받아왔다. 《나의 도시》가 보여준 홍콩 상상과 방식은 일찍부터 평론가와 연구자의 주목을 끌어서 1970-80년대에는 작품의 언어 실험이, 1980-90년대에는 작품의 홍콩성 및 서사 형식 등이 중점적으로 검토되었다. 또 1997년의 홍콩 반환 문제와 맞물리며 동료 작가나 학자들로부터 홍콩성을 상징하는 아이콘으로 간주되기도 해서, 그들은 자신의 작품에서 《나의 도시》의 문구나 내용을 활용했는가 하면 심지어 그것을 넘어서서 이어쓰기, 다시쓰기, 상호텍스트적 쓰기 등의 형태로 작품을 재창조해냈다. 《i-시 기록─나의 도시 05년 크로스오버 창작i-城志─我城05跨界創作》(판궈링潘國靈/셰샤오훙, 소설), 《고래의 도시鯨魚之城》(량웨이뤄, 소설), 《V시 번성록V城繁勝錄》(둥치장董啓章, 소설), 《미친 도시 날뛰는 말狂城亂馬》(신위안心猿, 소설), 〈잃어버린 도시失城〉(황비윈, 소설), 〈나.도시我.城〉(장잉이張穎儀, 시), 〈종이공예로 만든 나의 도시我剪紙城〉(천즈더, 시), 《나의 도시의 해체解體我城》(천즈더, 평론) 등은 그 중 일부의 예에 불과하다.[2]

여기서는 상기한 점들에 유의하면서 《나의 도시》에서 작가 시시가 홍콩과 홍콩인을 어떻게 긍정적 낙관적으로 파악하고 전망하였으며 또 이를 어떤 수법과 방식으로 표현하였는가에 초점을 맞추어서 살펴보고자 한다.

---

2) 이 단락의 내용 중 일부는 陳潔儀, 〈西西《我城》的科幻元素與現代性〉, 《東華漢學》第 8期, 花蓮(臺灣): 國立東華大學中國語文學系, 2008.12, pp. 231-253을 참고했다.

2. 새로운 도시, 새로운 사람

《나의 도시》의 제17장에는 메타픽션적 수법을 사용하여 작가가 스스로 자신의 창작 의도에 대해 설명하고 있다. 여기서 온갖 종이뭉치를 모아서 읽는 것이 취미인 한 노인(아마도 연재 당시 편집자였던 류이창을 상징하는 듯하다)이 그 창작 동기를 물어보자, '허튼소리'라는 이름의 의인화된 종이뭉치는 자기 자신인 《나의 도시》에 대해 다음과 같이 말한다.

> 왜냐면요, 청바지를 보았거든요. [···] 청바지를 입은 사람이 [···] 소풍가는 걸 보았어요. 갑자기 떠오르더라구요. 지금 사람들 사는 게 이전과 달라졌잖아. [···] 이 도시도 이전의 도시와 달라졌잖아. 이렇게 시작되었어요. 또 날씨 때문인데요, 청명한 계절이었거든요. 청바지를 입은 사람의 머리칼에는 온통 햇빛 색깔이었는데, [···] 사람들이 다 창백하고 초췌하던, 허무적이고 실존적이던 검은색의 날개 아래서 벗어났나봐. 이렇게 시작되었어요. [···] 제가 말이죠, '다 괜찮아' 식으로 허튼소리를 시작한 거예요. (222-223쪽)

'허튼소리'의 이 말을 풀이해본다면, 작가 시시는 이 도시 및 이 도시 사람들의 삶이 전과 달라졌으므로 이 달라진 도시와 도시 사람들을 긍정적인 시각으로 그려내고자 했다는 것이다. 그런데 시시가 이런 생각을 하게 된 것은 그녀 개인의 우연한 발상 때문만은 아니었다.

19세기 중반인 1841년 홍콩은 인구가 7,450명에 불과한, 향나무 반출용 집하장이 있는 조그만 규모의 항구 겸 어촌이었다. 1,2차 아편전쟁의 결과 및 기타 이유로 홍콩섬 지역(1842년)과 가우롱 지역(1860년) 및 산까이 지역(1898년)이 차례로 영구 할양 또는 99년간 조차가 되었다. 이 과정에서 영국 식민당국의 관할 하에 이 지역이 본격적으로 개발됨과 동시에 인구 역시 계속해서 증가하기 시작했다. 이리하여 100년 후인 1941년에는 이미 인구 1,639,300명의 대규모 도시로 성장했고, 다시 50여 년이 지난 후 중국으로 반환되던 1997년에는 인구 6,617,100명의 세계적인 현대적 메트로폴리스가 되었다.[3]

이와 같은 발전 과정에서 홍콩은 필요한 인적 자원을 20세기 중반까지는 자체적으로 증가하는 인구보다 주로 외부(중국 대륙)에서 유입된 인구에 의존했다. 그런데 2차 대전이 끝난 이후 세계가 냉전 체제로 들어서자 상황이 달라졌다. 홍콩이 자본주의의 교두보가 되면서 사회주의를 내세운 중국 대륙과의 교류가 대단히 제한받게 된 것이다. 그리고 이에 따라 비록 그 동안 단속적으로 통제가 있었다고는 하지만 그럼에도 불구하고 대체로 이동이 자유로웠던 과거에 비해 이주자의 수가 현저하게 줄어들면서, 상대적으로 홍콩 거주민들의 범주가 어느 정도 안정되기 시작했다. 다시 말해서 갈수록 홍콩에서 출생하고 성장한 사람들의 인구 비율이 높아지는 한편 그들이 홍콩 사회의 새로운 동력이 되기 시작한 것이다.

당연한 일로서 이러한 상황은 자연스럽게 홍콩인들로 하여금 차츰 전과는 다른 새로운 상상된 공동체 의식 ― 정체성을 갖도록 만들었다. 이는 1966년에 일어난 중국 대륙의 문화대혁명과 1967년에 일어난 홍콩의 반영폭동을 겪으면서 점차 분명해지기 시작했다. 즉 홍콩인들은 홍콩이 영국과 다른 것은 물론이고 중국 대륙과도 다르다는 것을 직접적으로 체험하고 인식하게 된 것이다. 특히 홍콩의 경제가 비약적으로 발전한 1970년대에 들어서자 현대적 메트로폴리스로 발전하는 이 도시와 더불어 성장한 새로운 세대는 그들의 출신지나 출생지에 관계없이 자신들을 홍콩인으로서 자각하게 되었다. 이에 따라 그들은 적극적으로

---

3) 인구 통계는 각각 徐日彪, 〈近代香港人口試析(1841-1941年)〉, 《近代史硏究》 1993年 第6期, 北京: 中國社會科學院近代史硏究所, 1993.6, pp. 1-28과 《香港年報 1997》(http://www.yearbook.gov.hk/1997/ ch24/c24_text.htm, 2013년 1월 27일 검색)을 참고했다. 홍콩의 인구는 그 뒤에도 계속 증가해서 2018년 중반에는 7,448,900명에 달한다.

홍콩에 대한 사랑을 표현하면서 홍콩인으로서의 발언권을 주장하기 시작했다. 요컨대 1970년대에 이르렀을 때 20세기 중반 이후에 성장한 홍콩의 이 새로운 세대는 외지로부터 이주해온 윗세대와는 달리 상대적으로 중국에 대한 귀속감이 약화되었다. 비록 자신들을 영국계라고 상상한 것은 아니었지만, 중국 대륙 거주자들과 자신들은 엄연히 구별된다는 의식과 감각을 갖게 되었던 것이다.

시시는 바로 이런 점을 예민하게 감지했다. 이에 따라 창작 면에서 무언가 새로운 시도를 하고자 했다. 그 일환으로 제17장에서 스스로 밝힌 것처럼 이 새로운 도시와 사람을 긍정적으로 그려내고자 했던 것이다. 이러한 시도는 이 작품의 처음부터 곧바로 나타나기 시작한다. 이 소설에는 전체를 관통하는 주인공과 사건이 없을 뿐만 아니라 화자와 인물 역시 수시로 변화한다. 다만 그 중에서도 고등학교를 갓 졸업하는 17, 18세 가량의 아궈가 비교적 주요 화자 겸 인물의 역할을 한다. 소설 첫머리는 그가 아버지의 죽음으로 인해 앞으로 이사 올 집(윗세대가 남긴 집이다)을 둘러보고, 장례를 치르고, 이사를 하는 것으로부터 시작한다. 그런데 다음 인용문을 보자.

> 이날은 일요일이었다. 일요일은 일주일의 그 어느 날과도 마찬가지로 늘 그랬듯이 가지가지 일이 일어날 수 있다. [⋯] 이날 일어난 것은 오래된 일이었다. 이날 아침부터 엄마의 눈은 벌써 토마토처럼 붉어졌고 호박처럼 부어올랐다. [⋯] 사람들은 모두가 아주 예의 발랐다. 또 깔끔하게 차려입고 있었다. 마치 약속을 하고 다 함께 중요한 예행연습에 참가하러 온 것 같았다. [⋯] 어떤 사람이 눈을 손목시계로 옮기자 관이 돌계단에서 들어 올려졌다. [⋯] 그 순간 아주 아주 많은 사람들이 감기에 걸렸다. (4-6쪽)

여기서 보다시피 장례는 의례적인 일로 치부된다. 어른들의 관점에 입각해서 어둡고, 무겁고, 비통한 태도로 묘사되는 것이 아니다. 뜻밖에도 아이들의 시각으로(그것도 화자인 아궈의 연령을 감안하면 훨씬 더 어린아이의 시각으로) 밝고, 가볍고, 담담한 태도로 묘사될 뿐이다. 이로 볼 때 이 작품의 첫 부분은, 윗세대가 남긴 집에 이사 들어간다는 점에서는 중국과의 명명백백한 단절을 의미하는 것은 아니겠지만, 그보다는 홍콩이라는 도시와 이 도시에 사는 홍콩인의 (새로운) 탄생을 강조하는 것이며, 과거의 죽음보다도 현재와 미래의 탄생에 중점이 주어져 있는 것이다. 그리고 이는 작품이 진행될수록 더욱더 뚜렷해진다.

3. 현대적 도시의 면면

홍콩이라는 도시와 이 도시에 사는 홍콩인은 과연 어떤 것이 새로운 점일까? 또는 과연 어떤 것들을 작가가 새로운 점으로 제시하고 있는 것일까?

우선 작품 곳곳에서 현대적 도시의 형성 및 발전과 관련되는 수많은 새로운 사물들, 전근대적 농촌의 사물들과는 구별되는 물리적이고 가시적인 도시의 사물들이 수시로 세세하게 제시된다. 예컨대, 버스(21쪽)·마이크로 버스(113, 205쪽)·택시(114쪽)·오토바이(12쪽)·기차(29쪽)·비행기(23쪽)·헬리콥터(12, 229쪽)·페리(13, 131쪽)·유람선(131쪽)·우편선(131쪽)·군함(131쪽)·쾌속선(131쪽)·엘리베이터(21, 67쪽)·에스컬레이터(191쪽) 등 현대적인 교통 수단과 기기, 유리로 된 빌딩(10쪽)·양철로 덮은 지붕(22쪽)·아파트(15쪽)·영화관(29쪽)·슈퍼마켓(28쪽)·쇼핑센터(191쪽)·자동차 판매장(105쪽)·공원(29쪽)·수영장(29쪽)·축구장(63쪽)·광장(8쪽)·분수(8쪽)·현금자동인출기(29쪽)·네온사인(23쪽)·항공표시등(23쪽) 등 각종 도시 건물과 물건, 또는 온도계(26쪽)·다용도 칼(14쪽)·손전등(153쪽)·헤어드라이어(26쪽)·레코드(27쪽)·전화기(34, 41-42쪽 등)·TV(16, 28쪽)·카메라(10쪽)·전기밥솥(27쪽)·압력밥솥(64쪽)·재봉틀(27쪽)·세탁기(21쪽)·냉장고(15, 26쪽)·에어컨(16쪽)·선풍기

(16쪽) · 타자기(33쪽) · 전자계산기(111쪽) · 컴퓨터 OMR 카드(52쪽) 등의 현대적 생활 기기와 용품이라든가 세제(27쪽) · 표백제(27쪽) · 가루비누(22쪽) · 샴푸(26쪽) · 헤어스프레이(63쪽) · 비닐봉투(11쪽) · 플라스틱통(25쪽) · 가스통(27쪽) · 머큐로크롬(26쪽) · 요오드팅크(26쪽) · 비타민(22쪽) · 커피(83, 146쪽) · 사이다(27쪽) · 콜라(104쪽) · 껌(12쪽) · 라면(22쪽) 등 일상 소비품 따위가 무시로 등장한다. 또 도시는 해마다 모습이 달라질 정도로 발전하는데(178쪽), 시간에 맞춰 가스가 공급되고(22쪽), 지하에 전선 · 전화선 · 가스관 · 상하수도 등이 매설되며(98쪽), 상점가나 쇼핑 센터에서 윈도우 쇼핑을 하거나(190쪽) 할부로 물건을 사고(226쪽), 가판대에서 신문이나 잡지를 사며(122쪽), 비록 평일에는 잠이 덜 깬 눈동자와 달리기를 하는 것 같은 다리로 정신없이 오가거나(144-145쪽) 서로 모르는 사람 다섯 명이 모여 택시에 합승하기도 하지만(114쪽), 휴일이 되면 수영 · 등산 · 낚시 · 축구 · 자전거 타기 · 보트타기 · 피크닉 · 캠핑 · 촬영 따위(102, 138, 143쪽)의 여가 활동을 하며, 땅이 부족하여 바다를 매립을 한다든가(29쪽) 매장 대신 화장을 하기 시작하고(66쪽), 기차역의 이전에 따라 부동산 가격이 달라지고(111쪽), 응급실에는 온갖 긴급 환자들이 몰려드는(200쪽) 등 현대적인 도시에서 일어나는 각종 사안들, 특히 홍콩이라는 도시에서 일어나는 갖가지 사안들이 곳곳에서 끊임없이 묘사된다.

21세기인 지금 시점에서 되돌아보자면, 더구나 한국처럼 급속하게 도시화된 지역에 사는 사람들이 보자면, 소설 속에서 이런 것들이 나타나는 것은 어쩌면 당연한 일일 수 있다. 그렇지만 이 작품에는 이런 사물이나 사안들이 전화기 등 일부를 제외하고는 중복해서 등장하는 경우가 별로 없다. 또 이와 대조적으로 농촌의 사물이나 사안들이 거의 등장하지 않는다. 이와 같은 면을 고려해본다면 이런 것들이 창작 과정에서 자연스럽게 나타난 것이 아니라 작가에 의해 의도적으로 제시되었다는 것을 이해하기란 어렵지 않을 것이다. 이를 확인하기 위해서 한 가지만 예를 들어보자.

제5장에는 아팟이라는 초등학교 여학생이 등장한다. 중학교 입시를 대비하느라고 영원히 끝나지 않는 공부에 매달려 있는 아팟의 책장에는 책은 한 권도 없고 국어(중국어), 영어, 수학의 과제장들로 가득 차 있으며 연필 깎는 횟수만 해도 하루에 쉰 번이 넘는다. 이런 그녀의 별명은 '태엽 팟'이다. 학교에 가거나 잠잘 때를 제외하고는 30분마다 울리는 자명종을 항상 목에 걸고 다니면서 과제하거나 놀이하는 시간을 자발적이면서 거의 기계적으로 준수하기 때문이다. 여기서 아팟의 자명종과 '태엽 팟'이라는 별명이 무엇을 나타내는지는 충분히 짐작할 수 있을 것이다. 알다시피 근대 사회에서(또는 근대적 도시에서) 시계는 직선적이고 등질적이며 공간적이고 분할 가능한 근대적 시간관념과 인간을 포함하여 세계 속에 존재하는 모든 것들을 각각의 부속품으로 간주하는 기계론적 세계 관념을 상징하는 것이다.[4] "저는 때때로 등허리에 태엽이 달려 있는 것 같아요"(56쪽)라고 말하는 아팟의 자명종이라든가 '태엽 팟'이라는 별명이 보여주는 것은 촘촘한 시간에 의해 기계적으로 통제되는 근대적 도시 및 도시인의 생활 그 자체인 것이다.

따라서 상기한 바 수많은 현대적 도시의 사물과 사안은 단순히 생활 주변의 것들이 자동적으로 작품에 나타난 것이 아니다. 작가가 의도적으로 당시 현대적인 도시로서의 홍콩을 그려내기 위한 도구로서 홍콩 사람들의 현실 생활에서 익숙한 이런 것들을 사용한 것이다. 이는 달리 말하자면 농촌적 세계관과 도시적 세계관의 차이를 표현한 것이기도 하다.[5] 또한 이 도시의 사람들이(즉 새로운 홍콩 사람들이) 아무런 농촌

---

4) 근대 이전에 이미 시계가 발명되었지만 아직까지는 순환적 시간관념과 유기체적 세계 관념이 주도적이었다. 진기행, 〈근대성에 관한 역사철학적 탐구 서설〉, 《철학논총》 제19집, 부산: 새한철학회, 1999.12, pp. 149-178 참고.

적 배경 없이 순수한 도시적 감수성을 가지고 있음을 표출한 것이기도 하다. 이 때문에 제4장에서 아귀가 취업 면접을 보면서 자신보다 윗세 대인 면접관에게 마음속으로 "당신은 다른 도시에서 왔겠죠?"(43쪽)라 고 묻는 것이다. 즉 그 사람이 농촌이 아니라 당연히 어떤 '도시'에서 왔을 것이라고 간주했던 것이다.

이와 같이 농촌적 전통을 가진 중국(대륙)과는 구분되는 현대적 도시 로서 홍콩의 모습을 강조한 것은 아무래도 홍콩의 사회적 안정과 경제 적 발전이라는 환경 속에서 성장한 세대가 가진 자신감에서 기인하는 것이라고 생각된다. 물론 홍콩 역시 내부적으로 풍파가 없었던 것은 아 니었다. 또 홍콩을 둘러싸고 있는 외부적 환경이 홍콩에 영향을 미치지 않은 것도 아니었다. 그러나 1949년 이래 중국 대륙에서 연이어 일어난 사회주의 개조·반우파투쟁·삼면홍기운동·3년 대기근·문화대혁명 등 각종 정치적 운동과 재난이라든가 세계 각지에서 발생한 한국전쟁·베 트남전쟁·중동전쟁·오일쇼크 등과 같은 혼란에 비하자면, 홍콩 사회의 풍파란 것은 사실상 호수의 잔물결 수준이었다. 또 외부 세계의 이러한 재난과 혼란이 홍콩에게 영향을 미쳤다고는 하지만 그런 것들은 일시적 이고 제한적으로 작용했을 뿐이었으며 심지어는 오히려 홍콩의 경제를 활성화시키는 역할을 하기도 했다.

생각해보자. 한국의 경우 20세기 중반 이후 휴전 상태에 있고, 남북 한 간에 또는 남한 내의 정치적 세력 간에 무장 충돌이 빈발했으며, 정 치적 경제적 민주화 과정에서 끊임없이 인명이 상실되는 등의 극단적인

---

5) 이 작품은 공간적으로 도시의 다양한 모습을 보여주면서도 시간적으로는 도시의 변화 하는 모습이 그다지 자주 나타나지 않는다. 또 한편으로는 후술할 예정인 바 어린아이 적인 표현을 상당히 많이 사용한다. 이러한 것들은 도시가 항상 제 자리에 있고 따뜻하 며 영원한 고향인 것처럼 느껴지도록 만든다. 다시 말해서 홍콩인에게 이제는 농촌이 아닌 도시가 고향이 되는 것이다.

상황들이 계속해서 벌어졌다. 그러나 이런 것들에 익숙해져버린 한국 사람들은 비록 그 내재된 공포감마저 사라진 것은 아니겠지만 그럼에도 불구하고 의연히 정신적 균형을 유지하고 있지 않은가? 이와 비교해보 자면 영국의 식민지가 된 이래, 특히 20세기 중반 이래 홍콩은 상대적 으로 보아 훨씬 안정적이었다고 할 수 있다. 더구나 경제적인 면에서 한국·타이완·싱가포르와 더불어 비약적으로 발전하고 있던 1970년대 당시 홍콩은, 비록 식민지라는 점에서는 앞의 여러 지역들과 마찬가지 로 일종의 독재 치하에 있었다고 하지만, 그래도 상대적으로는 더 많은 언론과 사상의 자유를 누리고 있었다. 또 식민종주국인 영국 및 냉전시 기 자본주의 세계의 리더였던 미국을 통해서 구미 각 지역과 거의 동시 에 각종 정보를 공유하고 있었고, 세계적인 교통 중심지로서 해운 및 항공으로 전 세계와 연계되어 있었다. 그러니 이 도시 사람들의 입장에 서 본다면 이 도시의 외부에서 발생한 대부분의 일은 현대적 미디어인 신문·라디오·TV 등 언론매체에서 전해지는 '뉴스' 내지 '정보'였을 따 름이었다.

아마도 이런 점들과 관계가 있을 것이다. 이 작품에는 다음 두 가지 사항이 도드라져 보인다. 첫째, 이 작품에는 도시 자체의 면면들뿐만 아 니라 외부 세계에 대한 관심 내지 외부로의 확장 등과 관련된 묘사가 상당히 많다. 둘째, 이 작품에는 현대적 미디어와 관련된 내용이 유난히 많이 들어있다. 예를 들어보자. 첫 번째의 경우 장래 희망으로 세계 각 지에 여행을 가고 싶다고 한다거나(54쪽), 학교를 졸업한 후 선원이 되 어 외항선을 탄다거나 하면서(171-172쪽), 뉴올리언스·휴스턴·탬파· 쿠바·파나마·서인도제도·트리니다드·브라질·산살바도르·산토스· 부에노스 아이레스·아르헨티나·홍해·제다·수에즈운하 등 세계 각지 의 지명이 여기저기서 등장한다. 또 도시 자체로도 교외의 전신주 세우 기(207-209쪽) 등에서 보듯이 외연이 확장되는가 하면, UFO의 출현(14

쪽)이라든가 외계인과 통화를 하고 싶다는 것(36쪽) 등에서 보듯이 심지어 지구 바깥의 외계로까지 관심이 확장된다. 두 번째의 경우, 이 작품에는 제1장의 청원운동 부분에 기자가 출현하는 것을 필두로 해서, 제18장의 풀밭 사람들 실종 부분에서도 기자가 등장하기까지, 이 도시의 수많은 일들이 미디어와 관계가 있다. 신문·잡지·라디오·TV 등을 통해서 경마 소식을 찾아보고(106쪽) 관심거리를 읽으며(27, 216쪽), 스포츠 중계를 듣고 드라마나 광고 따위를 시청하며(15, 28-31쪽), 파키스탄의 지진이나 시나이반도의 중동전쟁 등 해외 뉴스를 접한다(9, 12쪽). TV 프로그램은 시청률에 따라 방영이 변경되는 것은 물론이고(31쪽), 1970년대에 이미 위성 중계를 하는가 하면(36쪽), 이 도시의 보도가 신속한 것은 세계적으로도 유명하다(130쪽).

이런 모든 면을 종합해서 보면 이 작품이 창작될 무렵 홍콩 사람들이 자신감으로 충만해 있었음은 충분히 이해할 수 있을 것이다. 그들의 이러한 자신감은 세계 속에서의 홍콩의 위치를 확인시켜주었으며, 이와 동시에 홍콩은 중국 — 추상적으로는 전통적인 중국, 현실적으로는 현대의 중국 대륙 — 과 자못 다른 독자적인 곳임을 인식하고 체감하도록 만드는 한 중요한 요인이 되었을 것이다. 그리고 다시 앞부분으로 되돌아가서 말하자면, 이와 같은 홍콩/중국이라는 양자의 차이 중에서도 가장 가시적이고 실체적인 것들이 바로 현대적 도시로서 홍콩의 면모였고, 이 때문에 작가는 현대적 도시의 각종 사물과 사안들을 끊임없이 세세하게 제시했던 것이다.

4. 어린아이적 표현

시시는 상기한 것처럼 현대적 도시로서의 홍콩의 각종 면모를 세세하게 다량으로 제시한다.[6] 그뿐만 아니라 또 이루 다 열거할 수 없을 정도로 많은 홍콩의 온갖 면면을 제시함으로써 홍콩의 독자들 또는 홍콩의 사정을 아는 독자들에게 이 모든 것들을 각인시키고 체화시켰다. 가우롱 지역의 중심가인 '찜싸쪼이'를 '페이싸쪼이'라고 표기(17, 152쪽)하는 등 홍콩의 특정한 공간을 유의미한 장소로 만드는 '공간의 장소화' 방법, 건물의 층수를 '11th Floor/12층 후면 B실'(33쪽)[7]이라고 표현하는 등 홍콩 특유의 공간 상황을 마치 장소처럼 각인시키는 '공간의 유사 장소화' 방법, 구두어와 서면어의 괴리를 '글을 쓰는 손·머리·입이 날마다 다투는데, 벌써 백여 년을 다투어왔다'(151쪽)라고 묘사하는 등 홍콩 특유의 사물이나 생활의 세절을 각인시키는 '삶의 기표화' 방법 따위를 살펴보면[8] 우리는 또 다른 중요한 사실을 알아차릴 수 있다. 작가는 이런 방법들을 통해서 홍콩인에게 대단히 익숙하고 친밀한 공간, 사물, 일상 등을 전적으로 신선하고 새롭게 느끼도록 시도한다는 것이다. 즉 매우 자연스럽게 다양한 형태의 낯설게하기의 효과를 만들어내고 있는 것이다.

---

6) 이 중에 많은 것들은 비슷한 시기의 한국에서도 경험할 수 있었던 것이다. 따라서 이 모든 것들이 완벽하게 홍콩 특유의 것만은 아니었다고 할 수 있다. 하지만 그럼에도 불구하고 당시 《나의 도시》를 읽던 홍콩의 독자들에게는 이러한 것들이 자신들의 소소한 일상을 새삼스럽게 확인하고, 이를 자신들의 삶의 일부로 새롭게 받아들이는 계기가 되었던 것은 분명하다.

7) 홍콩은 건물의 층수를 영국식으로 부르기도 하고 중국식으로 부르기도 한다. 따라서 12번째 층인 경우 영국식으로는 '11층第十一層'이지만 중국식으로는 '12층第十二樓'이 된다.

8) 물리적이고 낯선 추상적인 공간은 인간의 경험을 통하여 의미 있고 친밀한 구체적인 장소가 된다. 즉 한 장소가 가지고 있는 장소성(장소의 정체성)은 물리적 환경, 인간 활동, 그리고 인간의 의도와 경험을 속성으로 하는 의미라는 세 가지 요소가 복합적으로 얽혀서 이루어진다. 따라서 인간 활동이 전개된 특정한 물리적 공간에 일정한 의미를 부여함으로써 공간을 장소로 바꿀 수 있는바 우리는 이런 행위를 '장소화'라고 부를 수 있을 것이다. '장소화'에 관한 아이디어는 원래 장동천, 〈중국 근대건축의 문학적 장소성〉, 《고려대학교 중어중문학과 창설 40주년 기념학술대회논문집》, 서울: 고려대학교 중어중문학과, 2012.12, pp. 149-166에서 비롯되었으며, 에드워드 렐프 지음, 김덕현/김현주/심승희 옮김, 《장소와 장소상실》, (서울: 논형, 2005), pp. 105-141 제4장 '장소의 정체성'을 참고했다.

이는 곧 《나의 도시》는 독자(특히 홍콩의 독자)로 하여금 익숙한 도시(홍콩)와 도시인(홍콩인)의 삶을 낯설게 만듦으로써 바로 그 도시(홍콩)와 도시인(홍콩인)의 삶을 친근하면서도 새롭게 만들고 있는 것이다. 이런 낯설게하기의 효과를 내는데 있어서 자주 활용된 수법 중 하나는 어린아이적 시각, 상상, 어투 등을 활용한 것이다. 이에 속하는 예는 상당히 많으므로 그 중 몇 가지만 살펴보도록 하자.

《나의 도시》(1989)

첫 번째는 동요·동화·수수께끼 등을 직간접적으로 활용하는 것이다. 예컨대 제1장에서 아궈가 앞으로 자신이 살 집을 보러 가서 계단을 올라가며 "토스트, 토스트, 참 맛있어"(2쪽)라는 노래를 떠올리는 것, 제6장에서 막파이록의 공원 사진을 설명하면서 오스카 와일드의 동화 〈행복한 왕자〉를 응용하고 있는 것, 제12장에서 아궈네들이 섬에 놀러 갔을 때 수수께끼 놀이를 하는 것(151-152쪽) 등이 그렇다. 물론 이런 것들은 1회성이 아니다. 특히 당시 홍콩인들에게 익숙한 "해야 흰색 해야"(19쪽)라든가 "난 노래하며 작은 배를 저어요"(148쪽)로 시작하는 아이들의 말잇기 노래를 활용한 것은 자신들의 삶을 새삼스럽게 친밀하게 만드는 역할을 했을 것이다.

두 번째는 의성어·의태어를 사용하여 아이들의 말투를 흉내 내거나, 유사 발음을 활용한 해음諧音(언어유희, pun)을 이용하여 아이들의 천진난만한 행동을 묘사하거나, 나열 등을 이용하여 아이들의 노래처럼 간단한 리듬감을 부여하는 것이다. "나무로 된 계단은 '빠르릉 빠르릉' 소리를 냈다."(2쪽), "뚱뚱이 목욕통 하나가 서 있는 걸 만났다."(3쪽), "아팟은 매일 […] 파 두 줄기를 뽑아 책가방에 넣었다. […] 혹시 자기를 총명하게 만들 수도 있다면서."(53쪽),[9] "그녀들은 […] 나더러 알아서 […] 친해지라고 했다. 이 집의 방문 창문, 탁자 의자, 그릇 대야, 손뼘 발걸음, 산수 논밭, 강아지 송아지를"(2쪽) … 등등이 모두 이런 것이다.

세 번째는 아이들의 방식으로 의인화·연상·상상·과장 또는 황당한 논리를 사용하는 것이다. 전술한 바 '허튼소리'라는 이름의 종이뭉치나 각종 잣대들을 의인화한 것이라든가, 이삿짐센터 직원을 곡예사로 간주한다든가(26-27쪽), 아귀가 풀밭에 드러누워 풀잎을 씹으면서 자신을 소로 훈련시킬 수도 있겠다라고 상상한다든가(226쪽), 교실 옆 빈터에 심은 박초이白菜가 지구의만큼 크게 자랐다든가(117쪽), 목공인 아빠이 아귀네 집에 문을 지키러 왔기 때문에 여가 시간에 문만 만들지 의자는 만들지 않는다고 한다든가(86쪽) 하는 것들이 그 예들이다.

물론《나의 도시》의 어린아이적 표현은 위에서 제시한 몇 가지 예 말고도 대단히 많이 그리고 자주 등장한다. 그런데 이와 같은 어린아이적 표현은 낯설게하기의 효과만 발휘한 것은 아니었다. 또 한 가지 중요한 효과는 이 작품에 적합한(또는 작가의 의도에 부합하는) 여러 가지 긍정적인 분위기를 부여했다는 것이다. 다시 말하자면 이 작품에서 표현된 홍콩과 홍콩인의 삶을 따스하면서도 긍정적으로 만들어주었다는 것이다. 작가는 작중 종이뭉치인 '허튼소리'의 말을 통해서 밝힌 것처럼 '다 괜찮아'라는 식으로 즉 낙관적으로 이 도시를 표현하고자 했다. '다 괜찮아都很好'는 본디 장 뤽 고다르 감독의 영화《만사형통》(1972)을 가리킨다. 이 영화는 긍정적인 제목과는 달리 식육가공 공장에서 일어난 파업을 소재로 해서 자본주의 사회의 계급적 계층적 갈등이라는 부정적인 모습을 그리고 있다. 그런데 시시는 "원래 '다 괜찮아'는 영화다. 이

---

9) 여기서 '파菠'는 중국어 발음상으로 '총명하다聰明'를 연상시킨다.

영화의 감독은 콜라주 기법을 좋아하며, 또 습관적으로 촬영기의 눈길을 장면이 이동하는 대로 따라가면서 일거에 전체 상황이나 광경을 보여준다."(223쪽)라고 하면서 영화의 내용보다는 그 낙천적인 제목 및 기법을 중점적으로 활용한다. 이는 일종의 낯설게하기 방식이라고 할 수 있다. 후술하겠지만 이는 이 도시에 설령 암울한 면이 있다 하더라도 그 긍정적인 면을 강조하겠다는 의도의 발로이다. 그리고 어린아이적 표현의 적극적인 활용이 바로 그러한 의도를 제대로 구현하는데 상당히 큰 기여를 한 것이다.

다만 소설의 후반부로 갈수록 이와 같은 어린아이적 표현이 다소 줄어드는 듯하다. 또 어린아이적 표현이 나타난다 하더라도 그 신선미가 점차 감소되는 경향이 있는 듯하다. 이는 어쩌면 도시의 모습이나 장면들을 갈수록 많이 그리고 세세하게 묘사한다거나 설명하려는 데 따른 것으로 보인다. 그렇지만 다른 한편으로는 이는 도시를 긍정적으로 묘사하기 위해 애를 쓰면서도 어쩔 수 없이 부정적인 면을 의식하지 않을 수 없는 데서 오는 것 같기도 하다. 사실 많은 사람들은 발전의 논리에 입각해서 근대화 과정의 부정적인 면을 불가피한 부산물로 보기도 한다. 하지만 그렇다고 해서 그런 부정적인 면을 무시할 수 있는 것은 아니다. 이 때문에 일찍이 많은 논자들은 근대화의 이런 부정적인 면을 지적해왔다. 시시 역시 이런 점을 의식하지 않은 것이 아니다. 따라서 당연히 《나의 도시》에도 도시의 부정적인 면들이 나타난다.

5. 비판과 긍정, 소외와 소통

현대적인 도시 또는 근대화 자체가 가져오는 폐해에 대해서는 이미 많은 사람들이 다양한 비판을 해왔다. 예컨대, 하이데거는 《존재와 시간》(1927)에서 근대정신과 근대사회의 지평선을 이루는 기계론적 제작중심적 사고와 행동으로부터 벗어날 것을 주장했다. 벤야민은《독일 비극의 근원》(1928)에서 근대정신 일반에 대한 역사철학적 비판을 실행했으며, 화이트헤드는《과정과 실재》(1928)에서 근대정신을 초월하려는 철학적 구상을 보여주었다. 또 이들을 이어서 프랑크푸르트학파의 근대정신에 대한 회의, 구조주의의 근대정신에 대한 도전, 알튀세르의 마르크스주의에 대한 새로운 해석 등이 있었다.[10] 홍콩작가 류이창 역시 사실상 이와 같은 차원에서 과거《술꾼》(1963)을 통해 자본주의적 현대 도시인 홍콩의 병폐에 대해 강력하게 비판을 가했다. 그 뿐만 아니라 그는 시시의《나의 도시》발표 이후에도《도자기陶瓷》(1979),《섬과 반도島與半島》(1993) 등의 작품을 통해 여전히 그 비판을 멈추지 않았다. 또한 비단 류이창 뿐만 아니라《땅의 문》(쿤난),《해는 서산에 지고》(수샹칭),〈마지막 진지를 굳게 지키며堅守最後陣地〉(하이신) 등과 같은 작품에서 보듯이 20세기 중반 이래 지속적으로 홍콩의 많은 작가들은 각기 서로 다른 방식으로 도시화에 대해 우려를 표명하고 비판을 가했으며 근대성 자체에 대해 의문을 제기하고 반성을 행하였다.

시시 역시 이런 점을 잘 인식하고 있었다. 도시는 나날이 발전해가지만 이 과정에서 사람들은 길을 가도 땅만 보고 총총히 걸을 만큼 갈수록 바빠지고(105쪽), 체계적으로 빈틈없이 짜인 인적 조직 속에서(92쪽) 시계에 맞춰 기계처럼 행동하게 되며(56쪽), 만일 그 정해진 규칙을 어기게 되면 처벌의 대상이 된다(76쪽). 이에 따라 사람들은 자본주의적 산업 문명의 차가움(34쪽)과 회색의 콘크리트 건물들 사이에서 삭막함을 견딜 수 없게 되고, 그 속에서 적응하지 못하는 사람들은 마침내 스스로 그러나 실은 외부적 강제에 의해서 고층 건물의 창밖으로 뛰어내

---

10) 진기행,〈근대성에 관한 역사철학적 탐구 서설〉,《철학논총》제19집, 부산: 새한철학회, 1999.12, pp. 149-178 참고.

려 생을 마감할 수도 있다(93쪽). 이 때문에 작품 곳곳에서는 이런 것들 외에도 쓰레기의 대량 발생(56-60쪽), 환경오염으로 인한 철새 서식지 감소(72쪽), 인구 밀집에 따른 공간 부족(66쪽), 범죄의 빈발과 흉포화 (168-169, 206-207쪽), 경제적 이득을 취하기 위한 협잡(79쪽), 책을 읽거나 생각을 할 틈도 없이 항상 시간에 쫓기는 인스턴트적인 생활(193-194쪽) 등 도시의 부정적인 면이 끊임없이 언급된다.

그러나 시시는 선배 작가들과는 달리, 또는 여타 작가들과는 달리, 이러한 것들을 상대적으로 온화하게 비판하면서 그보다는 가능하면 긍정적인 면을 강조하려고 했다. 예컨대 밤늦게 귀가하던 막파이록이 세 명의 강도에게 둘러싸여 돈과 시계를 강탈당하는 장면이 그러하다. 시시는 막파이록이 가진 걸 다 꺼내주고도 결국 폭행을 당하고 마는 상황과 그 이후의 일을 다음과 같이 묘사하고 있다.

> 없어요. 몽땅 줬어요. 그가 말했다. 그가 머리를 다 내젓기도 전에 눈앞에 주먹이 하나 나타났다. 이 주먹은 막파이록의 한쪽 눈을 새카맣게 만들었다. 머릿속에는 온통 북두칠성이었다. [⋯] 눈을 떴을 때 앞에 있던 사람이 보이지 않았다. 거리는 깜깜했고, 하얀색 개 한 마리가 망가진 광주리 몇 개 옆에 서서 그를 물끄러미 쳐다보고 있었다. [⋯] 나중 막파이록이 다시 일하러 오는 것을 볼 수가 없었다. 그들은 책상 위에 종이 한 장이 있는 것만 보았다. 그 위에는 그가 남긴 몇 글자가 있었다. 저는 시의 경찰 일을 하러 갑니다. (206-207쪽)

두 말할 필요도 없이 노상강도 사건 자체는 도시의 부정적인 면이다. 그러나 위 인용문에서 보다시피 작가는 예의 그 아이 같은 약간은 매끄럽지 않은(또는 틀에 박히지 않은) 말투를 사용해가며 이 사건을 온화하게 비판하고 있을 뿐이다. 더구나 여기서 작가는 막파이록이 전화국을 사직하고 나서 경찰에 지원하도록 설정함으로써 홍콩에 대한 낙관을 유지해나가고자 한다.

그렇지만 시시에게도 도저히 간과할 수 없는 한 가지 심각한 문제가 있었다. 그것은 바로 소외/소통의 문제였다. 현대 사회에서 개체의 발견 내지 주체의 발견은 개인의 독립과 자유 및 개인을 기반으로 하는 시민 사회의 성립이 가능하도록 만들었다는 점에서 대단히 중요한 의미를 갖는다. 하지만 다른 한편으로는 그러한 개인들이 서로를 소외시키거나 또는 그들의 사회로부터 소외되고 또 그러한 소외의 결과로 오히려 사회가 전체주의화 될 수도 있는 위험성을 가지고 있다.[11] 이런 점에서 시시는 도시에 대해서 긍정적인 태도를 취함으로써 도시의 어두운 면에 대해서조차 비교적 온화한 비판을 하는 수준에 머무르기는 했지만 적어도 소외 문제만큼은 경시할 수 없었던 것으로 보인다. 이에 따라 《나의 도시》에는 소외 현상에 대한 지적과 더불어 소통에 대한 희구가 끊임없이 표출된다. 예컨대 아팟은 어디선가 날아와서 치워도 치워도 끝이 없이 쌓이는 옥상의 쓰레기를 보면서 이웃들에게 편지를 써서 쓰레기 때문에 생기는 피해를 알려준다. 막파이록·파웡쏘 등은 공원에서 주운 어떤 사람의 영화 노트를 돌려주기 위해 없는 돈에 두 줄짜리 신문 광고까지 내가며 애를 쓴다. 또 아궈·아팟·야우야우가 혼자 문을 만들며 살아가고 있는 아빡을 차례로 방문하는 것도 그렇고, 아궈와 외항선을 탄 아야우가 서로 편지를 주고받는 것도 그렇다. 그런 많은 예들 중에서도 작가의 시도가 가장 집중적으로 표출된 것은 아궈를 전화공으로 설정하고 전화라는 현대적 도구를 통해 사람들끼리 서로 이어주는 역할을 맡도록 만든 것이었다. 특히 이 작품의 맨 마지막 부분에서 아궈가 교외에 전신주를 설치하고, 전화선을 잇고, 마침내 그 누군가와 연결이 되고, 서로 통화를 하게 되는 아래와 같은 장면은 대단히 의미

---

11) 진기행, 〈근대성에 관한 역사철학적 탐구 서설〉, 《철학논총》 제19집, 부산: 새한철학회, 1999.12, pp. 149-178 참고.

심장하다.

> 나는 전화 송수화기 저편의 목소리가 누구의 목소리인지 알 수가 없었
> 다. 낯설고 멀었다. 하지만 그 목소리는 나를 기쁘게 했다. 전화에서 목소
> 리가 들리고, 전선은 이미 연결되었고, 나의 일은 이미 끝이 났다. 내가
> 시계를 보니 다섯 시 정각이었다. 다섯 시는 마침 내가 일을 끝내는 시간
> 이었다. 그럼 다시 보자구요. 낮에, 낮에 다시 보자구요, 풀밭에서 다시 보
> 자구요. (235쪽)

이 소설을 읽는 독자라면, 여기서 말하는 일을 끝내는 시간이라든가
다시 보자는 것이 무얼 뜻하는지 금세 알아차릴 수 있을 것이다. 아마
도 그것은 이 소설의 연재가 끝나는 시점이고, 책으로 된 소설의 책장
을 덮는 시간인 것이며, 이 다음에 다른 작품에서 다시 만나자는 것일
터이다. 그런데 바로 그 직전에 전선이 연결되고 전화가 통하게 되었다
는 것은 작가가 작품을 통해서 독자와 소통하게 되었다는 뜻이자 작품
전체에서 줄곧 되풀이해서 희구해온 바 도시의 개인과 개인들이 마침내
서로 소통하게 되었다는 뜻이기도 한 것이다. 또 더 나아가서 홍콩이라
는 도시의 사람들이 전 세계의 사람들과 소통하게 되었다는 뜻이자 심
지어는 지구상의 사람들이 외계의 생명체 내지는 신과 통하게 되었다는
뜻이기도 한 것이다.

이는 혹시 나의 억측에 불과한 것일까? 절대 아닐 것이다. 이 작품에
는 이러한 것들이 여러 모로 거듭해서 표현되어 있는데, 이 점에 대해
서는 다음 두 가지 사항을 거론하는 것만으로도 충분히 확인할 수 있을
것이다.

《나의 도시》에는 개체와 집체의 관계에 대해 여러 차례 언급되고 있
다. 이미 말했듯이 작가는 현대적 도시에서 개인의 확립을 충분히 긍정
함과 동시에 이러한 개인들이 소외됨이 없이 서로 소통할 수 있어야 한
다고 보았다. 그리고 그 결과는 아무런 특성이 없는 단일한 개체의 복

제품들이 모인 곳으로서의 도시가 아니라 다양하고 독자적인 개체들이 서로 소통하며 함께 어우러지는 곳으로서의 도시였다. 작가의 이런 바람은 아궈가 직무 연수를 하는 과정에서 "모두들 이전에는 서로 모르는 사이였는데"(91쪽) "우리는 서로 전혀 모르는 사이에서 갑자기 말을 나누기 시작했으니 그냥 그렇게 될 뿐이었다. […] 그랬다. 사람들이 왜 전화기를 발명했느냐면 서로 이야기를 나누기 위해서가 아닐까?"(97쪽)라고 서술하는 것으로 나타난다. 다시 말해서, 각 개인이 각자 자신의 몫을 다하는 독자적이고 주체적인 존재이면서 상호 소통을 통해서 조화로운 집체(시민 사회)가 된다는 점에서, 이 작품의 제목인 '나의 도시'는 실은 다름 아니라 '우리의 도시'를 의미하는 것이다.

다른 한편으로 이런 나의 도시 또는 우리의 도시는 결코 세상과 절연된 고립적인 도시가 아니다. 이 작품 전체를 보면 공간적인 측면에서 모두 세 개의 층차로 나뉜다. 즉 나를 중심으로 하여 세 개의 동심원으로 이루어져 있는데, 첫 번째 층차 내지 동심원은 홍콩이라는 도시이고, 두 번째는 중국을 포함하여 홍콩 이외의 세계 곧 지구이며, 마지막 세 번째는 지구 바깥의 외계이다.[12] 첫 번째 부분에 대해서는 두 말할 필요가 없을 것이다. 두 번째 부분에 대해서는 이 작품에는 외항선을 타고 나간 아야우의 편지라든가 이 도시의 신문과 TV 등 언론 보도를 통해 수많은 다른 도시들의 이름이 거론된다는 것을 말하는 정도로 족할 것이다. 마지막 세 번째 부분에 대해서는 그보다는 조금 더 말해야 할지 모르겠다. 이 작품에는 UFO의 출현(14쪽), 우주여행과 우주어 학습(30-31쪽), 외계인과의 통화 희망(36쪽) 등에서 보듯이 여러 곳에서 외계에 관해 언급되며, 심지어는 외계와 관련된 삽화 역시 여러 번 나온

---

12) 陳潔儀, 〈西西《我城》的科幻元素與現代性〉, 《東華漢學》 第8期, 花蓮(臺灣): 國立東華大學中國語文學系, 2008.12, pp. 231-253 또한 유사한 이야기를 하고 있는데, 주의 깊은 독자라면 이 작품에서 이런 점을 어렵지 않게 발견할 수 있을 것이다.

다(35, 95, 173쪽). 그런데 이러한 것들과 후술할 예정인 바 실존주의 문제를 연관지어볼 때, 작품 전체에서 계속 소통을 희구하고 작품의 말미에서 그것이 가능한 것으로 상정한 것은, 작가와 독자의 소통, 도시의 개인과 개인의 소통, 이 도시의 사람과 세계 각지의 사람의 소통으로 그치는 것이 아니라 더 나아가서 외계인과의 소통 및 신과의 소통으로까지 이어지는 것이다.

《나의 도시》 삽화

6. 양가적 감정과 낙관적 전망

이상에서 보았다시피, 시시는 도시에 대해 가능하면 긍정적인 면모를 묘사하면서 낙관적인 전망을 제시하려고 애를 썼다. 그런데 이를 역으로 말하자면 시시가 실은 도시의 부정적인 면을 의식하고 있었고, 이에 대해 비판적이었으며, 또 도시의 미래에 대해서도 어느 정도는 비관적이었다는 것이다. 이런 태도는 군데군데서 나타난다. 예컨대 아팟은 날마다 어디선가 날아온 옥상의 쓰레기를 치우지만 "내일은 또 무엇이 있을지 아무도 장담하지 못한다"(59쪽)고 말한다. 야우야우는 상점가를 구경하면서 아팟에게 "내가 예순 살이 되면, 그래도 내 모습을 용납할까"(191쪽)라고 묻는다. 특히 제4장과 제16장에서 위 부부가 빈 의자를 널어놓은 장면, 신변정리를 마치고 종합검진(?)을 받은 후 빈 의자가 놓인 풀밭으로 간 장면, 제1장에서 풀밭에 사람들이 모여 있는 장면, 제18장에서 풀밭에 모여 있던 사람들이 포말로 변해 사라지고 빈 의자만 남는 장면 등은 집단자살을 암시하는 것으로서 이 도시의 미래에 제법 음울한 그림자가 드리워져 있음을 느끼게 한다.

시시의 이러한 태도는 자기 자신의 술회에서도 어느 정도 나타난다. 그녀는 허푸런과의 대화에서, 《나의 도시》가 자신의 창작 생애에서 일종의 분기점이 되었는데, 그 이전의 실존주의 시기에는 생에 아무런 의미가 없는 것 같다는 인식에 사로잡혀 있었다고 한다면, 전과 달리 이 작품은 사물에 대해 훨씬 밝은 태도를 지니고 있으며 결말도 희망으로 가득 차 있다고 말했다. 하지만 어쨌든 작가는 이 도시 또는 삶에 대한 어두운 그림자를 완전히 걷어내지는 못한 것으로 보인다. 그 때문에 작가는 앞의 말에 이어서 그럼에도 불구하고 비록 형태는 달라졌지만 여전히 실존주의적 흔적이 남아있는 것은 사실이라는 말을 덧붙였다.[13]

이 도시의 긍정적인 면에 대한 찬양, 부정적인 면에 대한 온화한 비판, 미래에 대한 적극적인 낙관, 어쩔 수 없는 일말의 비관 등등 이런 작가의 복잡한 태도는 일종의 마술적 리얼리즘의 수법을 사용한 제10장에서 비교적 잘 표출된다. 제10장은 독자 내지 이 도시의 사람으로 간주할 수 있는 '당신'이라는 제2인칭을 주어로 하여 서술된다. 어느 휴일에 '당신'이 깨어나 보니 도시의 모든 사물들 — 공원의 의자, 버스 정류장, 아이스크림차, 교통신호등, 횡단보도, 경찰 초소, 터널, 신문가판대, 신문팔이, 공중전화 등등 — 과 심지어 도시 자체가 투명한 비닐로 포장되어 소포로 변해 있다. "어쩌면 포장은 오염을 방지하기 위한 것일 수도 있다. [⋯] 혹은 포장은 사람들이 서로 내왕하지 않는 것을 의미할 수도 있다. [⋯] 또 어쩌면 [⋯] 이 도시가 [⋯] 비교적 이상적인 거주 환경으로 옮기려는 것이다."(125쪽) '당신'을 제외하고는 심지어 신문

---

13) 西西/何福仁, 《時間的話題》, (臺北: 洪範書店, 1995), p. 198. 그러나 량민얼은 작가의 이런 언급에도 불구하고 《나의 도시》에서 실존주의 사상은 흔적이 남아 있는 정도가 아니라 여전히 중요한 한 가지 주제라고 주장한다. 梁敏兒, 〈《我城》與存在主義 — 西西自〈東城故事〉以來的創作軌跡〉, 《中外文學》第41卷 第3期, 臺北: 國立臺灣大學外國語文學系, 2012.9, pp. 85-115 참고.

가판대의 신문팔이까지 포함해서 도시의 모든 것이 정지되어 있는 가운데 홀연 '당신'은 홀로 칼을 휘두르며 온 사방을 찔러대는 한 사람을 만난다. 그는 '당신'에게 비닐 포장지와 칼을 내놓으며, 스스로 비닐 속에 들어가서 포장물이 되든지 아니면 칼로 모든 포장을 하나하나 찢든지 선택하라고 한다. 그런데 문제는 이 포장들은 찢는 즉시 자동으로 봉합되기 때문에 포장을 해체하는 일은 영원히 완성할 수 없다는 것이었다. 그렇다면 그 사람 자신은 어떤 선택을 했을까? "그는 끈과 포장지를 벗겨낼 능력도 없고 그렇다고 소포가 되고 싶지도 않았기 때문에 매일 하늘을 향해 칼을 휘두를 수밖에 없었다. 바깥으로 나갈 수 있도록 하늘에 틈새를 만들어내고자 했던 것이다."(127쪽) 그런데 시지푸스를 연상케 하는 그는 "나는 너무 지쳤어"(127쪽)라고 말하면서 "눈을 감고 금세 잠에 빠져버린다."(127쪽) 그리고 '당신' 역시 양자택일에 앞서서 "칼을 휘두르던 그 사람과 마찬가지로 잠에 빠져버린다."(128쪽)

이와 같은 제10장의 이야기는 많은 것을 생각하게 해준다. 이 도시 내지 지구의 환경오염이라든가 열악한 주거 환경 문제 등은 차치하더라도, 작가 개인의 차원에서 창작을 통한 독자와의 소통 가능성과 불가능성을 말한 것일 수도 있고, 이 도시 사람들의 차원에서 개인과 개인의 소통 가능성과 불가능성을 말한 것일 수도 있다. 또는 더 나아가서 주체를 발견한 인류가 과연 신을 대체할 수 있는가하는 질문으로 볼 수도 있다. 심지어는 그 포장들이 소포라는 점에서 외계로의 이주를 상징하는 것이라고 볼 수도 있다. 다만 여기서 분명한 점은 작가 또는 이 도시의 사람들이 이 도시의 미래를 전적으로 낙관한 것만은 아니며, 이 도시의 모든 면을 무조건적으로 긍정한 것만은 아니라는 점이다.

이렇게 본다면 이 도시에 대한 작중 인물들(또는 시시)의 감정이 어느 정도 양가적이라는 점이 이상할 것도 없다. 예컨대 아야우가 외항선을 타러 가기 위해 이 도시를 떠날 때 같이 가던 사람들은 "이 비좁고 지저분하고 사람을 숨 막히게 만드는 도시에 나는 영원히 다시는 돌아오지 않을 거야"(172쪽)라고 말한다. 그런가 하면 아야우 자신도 "잘 있거라 […] 내가 사랑하는, 아름다우면서도 몰골스러운 도시야."(173쪽)라고 말하는 것이다. 이와 동시에 그럼에도 불구하고 나중 이들 모두가 이 도시에 대해 강렬한 애정을 드러낸다는 점 역시 이상할 것도 없다. 외항선을 탄 아야우 등은 바다 가운데 있을 때는 "내가 자란 도시와 이렇게나 멀어졌구나"(174쪽)라며 탄식한다. 멀리 불빛이 환한 항구가 보이면 "나의 도시야? 나의 도시야?"(188쪽)라고 묻는다. 그러면서 낯선 항구에 기항할 때마다 새로 승선하는 사람에게 "우리의 도시는 어때? 우리의 도시는 무고하겠지?"(174쪽)라며 묻고 또 묻는다. 인근 섬으로 캠핑을 간 아귀 일행은 산등성이를 올라가면서 각자 "난 이 도시의 하늘을 좋아해", "난 이 도시의 바다를 좋아해", "난 이 도시의 길을 좋아해"(157-158쪽)라고 번갈아가며 소리 높여 외친다. 그리고 마침내는 "하느님 나의 도시를 보우해주세요"(170쪽)라고 빌기에 이른다. 이러한 표현들은 각 등장인물이 시시의 분신이자 홍콩 사람들의 분신이나 다름없다는 이 작품의 특징을 고려할 때 사실상 작가 자신의 표현이자 이 시대 홍콩 사람들의 표현인 셈이다. 바로 이렇게 이 도시에 대한 사랑 또는 한 걸음 더 나아가서 삶 그 자체에 대한 사랑 때문에, 비록 일말의 어두운 그림자까지 완전히 걷어내지는 못했지만, 작가는 어쨌든 저절로 또는 애써서 낙관적인 전망을 제시했던 것이다. 다시 말하자면 시시는 당시 개인적으로는 아마도 여전히 실존주의의 영향이 어느 정도 남아있어서 비록 완벽하게 세상을 긍정하고 미래를 낙관하는 태도로 전환한 것은 아니었을 것이다. 그러나 날로 발전해가는 홍콩과 더불어서 강력한 자신감과 자부심을 가지고 있던 그 시대 홍콩인의 한 사람으로서 이미 홍콩을 긍정하고 그 앞날을 낙관하는 태도를 취하게 되었을 것이다. 그리고 바로 그러한 태도가 작품에서 상당한 정도로 그리고 효과적으로 나타났던 것이다.

이와 같은 시시의 자연스러운 또는 의식적인 노력은 작품 내에서 '아름다운 새 세계'의 창조라는 기대와 연결된다. 아팟의 담임선생은 풀밭에서 아이들과 얘기를 나누면서 "지금의 세계는 안 좋아. […] 너희들은 너희의 이상에 따라 아름다운 새 세계를 창조할 수 있어"(54쪽)라고 말한다. 또 이에 따라 아팟은 장래 희망 중 하나로 "커서 아름다운 새 세계를 창조하고 싶다"(54쪽)라고 한다. 그리고 이러한 '아름다운 새 세계'의 창조라는 기대는, 아마 더 이상 설명이 필요하지 않을 것으로 보이는데, 무엇보다도 작품의 결말 부분에서 아귀와 연결된 송수화기 저편의 목소리가 다음과 같이 말하는 것으로 귀결된다.

> 전화 송수화기 저편의 목소리가 말했다. […] 낡은 지구는 점점 작아져서 뱀이 허물을 벗는 것처럼 된 후, 화산에 의해 다 타 버리고 하나도 남지 않을 겁니다. 인류는 그들이 겪은 뼈저린 경험을 통해 새로운 별에서 아름다운 새 세계를 이룩할 겁니다. (234-235쪽)14)

---

14) '아름다운 새 세계'란 올더스 헉슬리의 소설 《멋진 신세계》의 중문 제목이다. 원래 헉슬리의 이 소설은 과학이 모든 것을 지배하는 이 신세계에서는 모든 사람이 자가용 헬리콥터로 어디든지 갈 수 있고 아무런 계급투쟁도 불행도 없는 곳이지만, 인공적으로 부화된 인간은 과학 기술적 조작에 의해 생체적으로 부여된 계급과 역할에 만족하면서 오로지 기계 부품처럼 살아가야 한다는 것을 풍자한 일종의 반유토피아적 소설이다. 그런데 시시는 앞서 '다 괜찮아'라며 《만사형통》을 일종의 낯설게하기 방식으로 응용한 것과 마찬가지로 이번에도 소설의 내용보다는 《멋진 신세계》라는 제목 만을 가져와서 이 도시가 '아름다운 새 세계'에서 영원하기를 기대한 것이다. 따라서 만일 이런 배경을 알고 있는 독자라면 '다 괜찮아'든 아니면 '아름다운 새 세계'든 간에 여전히 용어의 원작에서부터 배어나오는 일말의 비관적인 정서를 어렴풋하게나마 감지할 수도 있을 것이다. 이상 '아름다운 새 세계'에 관한 언급에서 '낯설게하기' 아이디어는 陳潔儀, 〈西西《我城》的科幻元素與現代性〉, 《東華漢學》第8期, 花蓮(臺灣): 國立東華大學中國語文學系, 2008.12, pp. 231-253에서 비롯되었다.

7. 나의 도시, 우리의 도시

《나의 도시》(1999)

《나의 도시》는 홍콩문학사 또는 중국문학사에서 길이 남을 이정표적인 작품이 되었다. 그것은 이 작품이 홍콩 사람들의 상상된 공동체 의식을 최초로 그리고 가장 성공적으로 분명히 보여주었고, 또한 이 작품에서 보여주는 도시 상상이 홍콩이라는 특정 도시에만 국한되는 것이 아니라 세계의 그 어느 도시에 대해서도 가능하다는 것을 보여주었으며, 이러한 상상을 그것에 가장 걸맞은 그리고 독창적인 방식으로 보여주었기 때문이다. 이런 점을 염두에 두면서 이상에서 검토한 바를 간단히 종합해보자.

20세기 중반 이후에 성장한 홍콩의 새로운 세대는 중국에 대한 귀속감이 약화되면서 자신들을 중국인과 구별되는 홍콩인으로서 자각하게 되었다. 시시는 이 점을 예민하게 감지하면서 이 새로운 도시와 사람을 긍정적으로 그려내고자 했다. 이를 위해 시시는 현대적 도시의 물리적이고 가시적인 사물들을 세세하게 제시하고, 현대적인 도시에서 일어나는 각종 사안들을 끊임없이 묘사했다. 이는 그녀의 의도적인 시도에서 기인하는 것이자 홍콩의 사회적 안정과 경제적 발전이라는 환경 속에서 성장한 세대가 가진 자신감에서 기인하는 것이었다. 시시는 또 낯설게하기 방식을 사용하여 독자로 하여금 도시와 도시인의 삶을 친근하면서도 새롭게 만들었다. 이런 낯설게하기 방식에서 그녀가 사용한 대표적인 수법 중 하나는 어린아이적 표현을 활용하는 것으로서, 이 작품에 담긴 홍콩과 홍콩인의 삶을 따스하면서도 긍정적으로 만들어주었다. 물론 시시 역시 현대적 도시의 부정적인 면을 의식했다. 하지만 그녀는 이에 대해서 상대적으로 온화하게 비판하면서 그보다는 가능하면 긍정적인 면을 강조하려고 했다. 다만 그런 그녀에게도 소외/소통의 문제는 중요한 문제였고, 이에 따라 소외 현상에 대한 지적과 더불어 소통에 대한 희구를 끊임없이 표출했다. 그리고 시시는 홍콩이라는 도시에 대한 사랑 내지는 인간의 삶 그 자체에 대한 사랑 때문에, 비록 일말의 어두운 그림자까지 완전히 걷어낸 것은 아니지만, 도시의 미래에 대해 낙관적인 전망을 제시하고자 애썼다.

아마도 작가 시시가 《나의 도시》에서 보여준 홍콩 상상과 방식을 이해하는 가장 좋은 방법은 이상과 같이 길고 분석적인 글의 안내를 받기보다는 작품에 대한 독서 행위를 통해 그러한 상상과 방식에 직접적으로 참여하는 것일 터이다. 이런 면에서 볼 때 시시와 마찬가지로 홍콩 상상에 있어서 가장 열성적이자 성공적이었던 또 한 사람의 홍콩 작가로 얼마 전에 고인이 된 예쓰의 다음 말은 곰곰이 곱씹어볼 만하다.

> 대체 어떻게 말해야 하는 걸까? 홍콩의 이야기를. 사람마다 모두 말하고 있다. 서로 다른 이야기를. 결국 우리가 유일하게 수긍할 수 있는 점은, 그런 서로 다른 이야기들이 우리에게 반드시 홍콩에 관한 일을 일러주는 것이 아니라, 우리에게 그 이야기를 말하는 사람을, 그가 어떤 입장에서 말하고 있는가를 일러준다는 것 뿐이다.[15]

그럴 것이다. 아마도 우리 모두는 각자 자신의 위치에서 각자 자신의 방식으로 홍콩 또는 자신의 세계를 상상하고, 말하고 있는 것일 터이다. 그런 의미에서도 《나의 도시》는 시시에게나 우리 각자에게나 각각 '나의 도시'인 것이며, 따라서 결국 우리 모두에게 '우리의 도시'가 되는 셈이다.

---

15) 也斯, 〈香港的故事: 爲什麼這麼難說〉, 張美君/朱燿偉 編, 《香港文學@文化硏究》, (香港: 牛津大學出版社, 2002), p. 11.

제12장 총합적인 홍콩 상상과 방식
— 예쓰의 《포스트식민 음식과 사랑》

예쓰(1949-2013)

홍콩작가 예쓰也斯는 비교문학을 연구 강의하던 학자이자 많은 작품과 큰 성취를 남긴 시인, 수필가, 평론가, 소설가였다. 그의 창작과 저역은 70권이 넘는데 대표 소설로는《용키우는 사람 씨문養龍人師門》(1979), 《종이 공예剪紙》(1982),《섬과 대륙島和大陸》(1987),《프라하의 그림엽서布拉格的明信片》(1990),《기억의 도시·허구의 도시記憶的城市·虛構的城市》(1993),《포스트식민 음식과 사랑後殖民食物與愛情》(2009) 등이 있다. 이 중《포스트식민 음식과 사랑》은 2011년 홍콩중문문학격년상을 수상했으며, 홍콩 반환 이래 홍콩문학에서 가장 큰 성과 중 하나로 평가된다. 특히 이 작품집에는 거의 평생에 걸쳐 그가 지속적으로 탐구, 재현하고자 한 홍콩의 진정한 모습과 홍콩인의 정체성 및 이를 구현하기 위한 다양한 문학적 방법이 집약적이고 성공적으로 표출되어 있다. 여기서는 바로 이를 종합적으로 검토해보고자 한다.

1. 중첩적인 등장, 불안정한 인물

《포스트식민 음식과 사랑》의 초판(2009)에는 12편의 단편소설과 그

외 작가의 〈후기後記〉, 〈감사의 글鳴謝〉 등이 실려 있다. 수정판(2012)
에는 이 중 단편소설 1편이 빠지고 새로 2편이 추가되었다. 이에 따라
초판과 수정판을 합치면 《포스트식민 음식과 사랑》의 작품 수는 총 14
편이 되는 셈이다.[1]

　각각의 단편은 그 자체로 독립적이다. 하지만 서로 다른 각각의 작품
에는 동일하거나 유사한 인물들이 중첩적으로 등장하고, 연속되거나 관
련 있는 사건들이 다수 전개된다. 예를 들면 이렇다. 첫 작품인 〈포스트
식민 음식과 사랑後殖民食物與愛情〉의 주인공은 스티븐이라는 인물이다.
그는 홍콩 출신으로 영국에서 디자인을 전공하고 돌아온 후 낮에는 헤
어숍이었다가 주말 밤에는 술집으로 변신하는 가게를 운영하면서 칼럼
산문가로 활동하기도 한다.[2] 그런데 그는 나중에 〈포스트식민 식신의
사랑 이야기後殖民食神的愛情故事〉, 〈메콩강 따라 뒤라스를 찾아서沿湄公
河尋找杜哈絲〉, 〈딤섬 일주點心迴環轉〉, 〈에필로그尾聲〉 등에서 텔레비전
의 자료조사자로 전직하여 주요 인물 또는 보조 인물로 다시 등장한다.
또 그 밖의 작품에서도 그의 등장 여부와 상관없이 그와 관련된 에피소
드가 산발적으로 거론된다. 다른 인물들도 마찬가지다. 홍콩인 교수 호
풍(로우호), 미국인 교수 로저, 음식평론가 싯다이과이(로우싯), 직장 여
성 아쏘우를 비롯해서 많은 인물들이 각기 다른 작품에서 주요 인물 또
는 보조 인물로 등장하면서 종종 기존의 인적 관계 속에서 연속성 있는

---

1) 여기서는 초판(香港: 牛津大學出版社, 2009)을 주요 텍스트로 삼고 수정판(香港: 牛津
   大學出版社, 2012)을 참고로 활용하였다. 작품 인용문의 쪽수는 초판(2009)을 따랐으
   며, 쪽수 표기는 편의상 해당 부분의 말미에 괄호를 사용하여 간단히 부기하였다. 일부
   인용문의 한글 번역은 예쓰 지음, 김혜준/송주란 옮김, 《포스트식민 음식과 사랑》, (서
   울: 지식을만드는지식, 2012.9)를 활용했다.
2) 칼럼산문가란 신문 문예면의 고정난에 정기적으로 수백 자에서 천 수백 자 분량의
   산문을 기고하는 사람을 말한다. 홍콩의 칼럼산문에 관해서는 이 책 〈제4장 홍콩 칼럼
   산문의 상황과 미래〉를 참고하기 바란다.

행동들을 보여준다. 이처럼 서로 얽혀 있는 시공간적 배경 속에서 여러 작품에 중첩적으로 등장하는 인물은 이들을 포함해서 '귀부인', 궉쾡, 궉홍, 아레이, 요시코, 이사벨, 앨리스, 홍싼, 보우췬, 샤오쉐, 후이, 윈, 홍씨 아줌마, '공주', 린도이 등 20명이 넘는다. 물론 전체 등장인물의 수는 그보다 훨씬 많다.

특정 작가의 서로 다른 작품에서 인물과 사건이 각기 독립적이면서도 상호 연관성을 가지고 있는 것은 가끔 볼 수 있는 일이다. 홍콩소설가 황비윈의 작품들에는 예시시, 천위, 자오메이, 쉬즈싱, 천루위안, 유유 등의 인물들이 반복적으로 다른 장면에서 다른 신분으로 등장한다. 심지어 〈두 도시의 달〉의 여주인공인 치차오는 장아이링의 〈황금 족쇄 金鎖記〉에서 빌려온 것이다. 이런 황비윈의 여성 인물들은 흡사 세포가 분열하며 증식하듯이 그녀의 세계를 채워나간다. 그러면서 이전에 만난 듯하면서도 전혀 다른 사람인 듯한 일종의 환영적인 효과를 부여한다. 즉 작품 안팎으로 풍부한 지시성을 창조함으로써 각각의 텍스트들을 비약적으로 풍부하게끔 만드는 것이다.[3]

예쓰의 인물들과 사건들 역시 이런 면에서는 기본적으로 같은 효과를 나타낸다. 중첩적으로 등장하는 인물과 사건은 각각의 텍스트를 상호 연관시키면서 훨씬 풍부하게 만들어준다. 그러나 예쓰의 인물들은 황비윈의 인물들과는 달리 일정한 사건과 상황 속에서 동일한 또는 유사한 신분, 성격, 행동을 보인다. 그런 점에서는 장편소설 속의 인물이나 마찬가지이다. 이는 다름 아닌 작가의 의도 내지 사정과 관계있다. 작가 예쓰가 〈감사의 글〉에서 설명한 것에 따르면 그는 원래 장편소설

---

3) 황비윈 작품의 인물과 사건 중첩에 관해서는 왕더웨이 지음, 김혜준 옮김, 《현대 중문소설 작가 22인》, (서울: 학고방, 2014), pp. 469-477 참고. 타이완 소설가 쑤웨이전蘇偉貞의 《침묵의 섬沉默之島》에는 주인공의 자아분열로 인해 휘천몐이라는 동명의 두 인물이 등장하기도 한다.

을 구상했다고 한다. 하지만 이런저런 사정으로 인해 1998년에서 2008년까지 약 10년에 걸쳐 각각 독립적이면서도 서로 연관된 일련의 단편소설들을 창작하게 되었다고 한다.

다만 그럼에도 불구하고 예쓰의 인물들은 또 장편소설 속의 인물이나 사건처럼 모든 것이 그렇게 완벽하게 일치하는 것만은 아니다. 한 가지 예를 들어보자. 다수 작품에서 로저의 홍콩인 여자 친구로 나오는 아쏘우(수지, 쏘우씨)와 에밀리는 이름만 다를 뿐 그 묘사된 신분, 인적 관계 및 역할로 볼 때 동일 인물이다. 그러나 각 단편에서의 성격과 행동이 완벽하게 일치하지는 않는다. 〈교토에서 길 찾기尋路在京都〉, 〈행복의 메밀국수幸福的蕎麥麵〉에서는 비교적 의존적이고 사랑스러운 여성으로 묘사되고, 〈튠문의 에밀리〉, 〈딤섬 일주〉에서는 대단히 독립적인 심지어 영악하기까지 한 여성으로 묘사된다. 더구나 그녀와 로저가 처음 만난 것은, 〈포스트식민 음식과 사랑〉에서는 마리안을 따라 스티븐의 생일파티에 참석했다가 이루어진 것이라고 했지만, 〈튠문의 에밀리〉에서는 친구 애슐리와 그녀의 영국 애인 존이 소개시켜 준 것으로 되어 있다.

위의 예에서 보듯이 예쓰의 인물과 사건이 상당 정도 일관성을 가지고 있기는 하지만 이와 동시에 어느 정도 균열과 틈새를 가지고 있다. 그런데 바로 이 때문에 각 단편들 사이의 연관성이 서로간의 지시성을 만들어냄과 동시에 이에 못지않게 각 단편들 사이의 어긋남이 일종의 상상의 여백을 만들어주면서, 이 모든 것들이 공동으로 그의 작품 세계를 더욱 광범위하고 풍성하게 만들어주는 것이다.

이런 현상들은 대체로 장편으로 구상했던 소설을 단편소설 모음으로 바꾸다보니 자연스럽게 생겨난 것이며, 심지어 그 중 일부는 단순히 작가의 부주의 때문에 생겨난 것이라고 말할 수도 있을 것이다.[4] 그렇지만 최소한 작가가 장기간에 걸친 집필 과정에서 이런 현상이 가져오는 효과를 차츰 의식하게 되면서 나중에는 의도적으로 시도했던 것으로 보인다. 그것은 우선 작가가 인물의 일관성에 대해 상당히 신경을 썼음에도 불구하고 이런 불완전성 내지는 불일치성이 나타났기 때문이다. 즉 그 모든 것이 부주의나 실수라고 보기에는 전체적으로 작가가 인물들에 대해 상당히 치밀하게 처리했기 때문이다. 다음으로 그것은 각 단편소설에서 등장하는 인물들이 각기 독립적으로 출현하면서도 명백하게 또는 암암리에 서로 연계되어 있으며, 이것이 마치 서로 무관한 것 같으면서도 실은 서로 연결되어 있는 홍콩 사람들의 삶을 보여주는 데 효과적이기 때문이다. 후자에 관해서는 나중에 다시 언급하기로 하고 여기서는 일단 계속해서 등장인물과 관련된 사항들을 검토해보기로 하자.

《포스트식민 음식과 사랑》의 등장인물은 대단히 많고 다양하다. 예쓰는 화자의 서술을 통해 이런 등장인물의 이름·내력·경력·직업·용모·차림새·성격·행동 등등에 대해 세세하게 설명하거나 묘사하는 경우가 잦다. 예를 들면 이렇게 말한다.

> 원은 간호사로 몇 년 근무하다가 다시 대학에 와서 공부를 했다. 그녀는 원래 베트남 사람으로 어릴 적에 홍콩에 왔고, 홍콩에서 공부를 마친 뒤에는 미국인 의사와 결혼해서 딸이 하나 있었다. 일을 해 본 경험과 환경 때문에 동료 학생들보다 다소 성숙했고, 광둥말과 영어도 모두 훌륭한 데다가 […] (70쪽)

이는 아마도 짧은 단편 속에서 각양각색의 사람들을 보여주기 위해서, 그리고 작품집 전체에서 중첩적으로 등장하는 다수 인물들에게 어느 정도 일관성을 부여하기 위해서 그랬던 것 같다. 어쨌든 결과적으로 이를 통해서 등장인물에 대해 비교적 소상하게 파악할 수 있다.

---

4) 호주 출신 방문학자인 피터彼德/彼特, 유럽 출신 여교수인 미시즈 델러웨이多樂維夫人/多路威夫人의 경우처럼 단순히 표기만 다른 경우도 있다.

그런데 많은 인물들에서 특이한 점들을 발견할 수 있다. 첫째, 유학·직업·이민 등의 이유로 여러 나라를 옮겨 다니는 유동적인 인물이 상당히 많다는 것이다. 위 인용문의 원도 그러하지만 그 외에도 많은 사람이 그렇다. 홍콩 출신 스티븐·마리안·이사벨·'블루 로즈' 등은 유럽에서 유학한 경험이 있고, 역시 홍콩 출신인 앨리스는 일찍이 유럽에 경도되었다가 다시 일본으로 기울어져 일본에서 근무하고 있다. 일본인 요시코는 홍콩이 좋아서 홍콩에서 근무하던 중 회사가 이전함에 따라 싱가포르로 갔다가 결국 일본으로 돌아간다. 한국인 '공주'는 서울에서 태어나 유럽에서 유학한 다음 홍콩의 발레단에 있다가 다시 서울로 돌아가 있는 상태이다. 미국인 로저는 한때 히피족 흉내를 내기도 했지만 영문학을 전공한 후 희망하던 일본 대신 홍콩에 와서 영문학보다는 주로 영어를 가르치고 있다. 반면에 홍콩인 교수 호풍은 종종 방문학자 신분으로 일본과 유럽에서 장기 체류한다. 홍콩 기자인 샤오쉐는 타이완 특파원으로 가 있고, 타이완 출신 후이는 홍콩에서 거주하고 있으며, 상하이 출신 소설가인 상둥은 새로 홍콩으로 이주해온다. 린도이는 베트남에서 출생한 화인으로 타이완에서 성장했고 미국에 거주하면서 다시 베트남에서 일시 체류하고 있다.

둘째, 그들의 경력과 직업에 변화가 많아서 가변적이라는 점이다. 예를 들면 이런 식이다. 로우싯은 원래 경제학을 전공하고 정치 단체에 참가한 이력이 있는데, 처음에는 경마 평론을 하다가 나중에 음식 평론으로 전환하여 편집장까지 역임한다. 그 후 타의에 의해 그 직을 물러나게 되자 가족과 함께 캐나다로 이민을 간다. 하지만 경제적인 이유로 인해 혼자 이민을 취소하고 다시 홍콩으로 돌아와 여행사 공동 대표 겸 가이드를 하면서 홍콩·밴쿠버·중국 대륙 등지를 떠돌아다닌다. 물론 로우싯 외에도 앞에서 간단히 언급했던 여러 사람들을 포함해서 일본 회사 출신으로 음식점 개업을 구상하다가 결국 캐나다로 이민 간 아레이, 술집·일본 음식점·여행사 운영 등 수시로 전업을 하는 홍쌴 등 많은 인물들이 그러하다.

예쓰의 인물들이 여러 가지 면에서 유동적이고 가변적이라는 것은 무얼 의미하는 걸까? 우선 단순하게 보자면 국경을 넘어서 이주하는 사람들이 대량으로 생겨난 전지구화 시대의 현상이 반영된 것이라고 할 수도 있을 것이다. 또 중국 대륙의 사회적 격변이나 기타 원인에 의해 종래로 홍콩 사람들의 거주 이동이 많은 것이 반영된 것이라고 할 수도 있을 것이다. 그렇지만 이런 설정의 밑바탕에는 의도적이든 아니든 간에 작가 예쓰의 특정 관점이 작용하고 있다. 이는 이 작품집의 제목에 '포스트식민'라는 말이 포함되어 있는 것에서도 유추할 수 있다. 즉 작가는 포스트식민 시대의 각종 현상에 대해 깊은 관심을 가지고 있으며, 한 걸음 더 나아가서 이러한 유동성과 가변성을 홍콩인의 애매모호한 처지 내지 신분과 연결시키고 있는 것이다.

앞에서 잠시 거론한 스티븐의 신분과 언행이 이러한 작가의 의도를 잘 보여준다. 그는 왕년에 부모님이 홍콩으로 몰래 넘어 온 데다가 공식 출생증명서도 없고 생일도 불분명하다. 신분증 상에는 신고 당일의 날짜를 생일로 적어 넣었고, 집에서는 음력 생일 날짜를 사용하며, 양력 생일은 그의 이모가 대신 계산해본 적은 있지만 그 정확성이 의심스럽다. 이리하여 상황에 따라 생일 세 개를 번갈아 사용하면서 적당히 대처해 왔는데, 그의 제멋대로이고 변덕스러운 성격에 오히려 잘 어울린다. 친구들이 해준 첫 번째 생일 파티 때는 홍콩 반환 무렵이어서 텔레비전에서는 애국 가요 공연이 이어지고 있고, 남들은 달력에서 빨간색으로 표시된 날짜를 중시하지만, 자신은 그 어떤 대단한 날도 아랑곳하지 않는다. 이런 스티븐의 경우에서 보듯이 많은 작중 인물들이 출신지와 거주지, 직업과 경력, 심지어 신분에 이르기까지 계속 유동적이고 가변적이며 불안정한 것은 단순히 전지구화 시대의 홍콩과 홍콩인이라는 상황을 반영한 것만은 아닌 것이다. 그것은 1997년 홍콩반환 이후를 의미하는 포스트식민 시대의 홍콩과 홍콩인의 애매모호한 상황과 관련하여 작가가 의도를 가지고 설정한 것이다.[5] 단적인 예로 로우싯이 밴쿠버 공항의 입국심사대 앞에서 심란해하는 것을 두고 화자가 "어디가 고향이고 어디가 이국인지 알 수 없었다."(132쪽)라고 묘사한 것은 단순히 그 개인의 애매한 상황을 표현하는 데 그치지 않는 것이다.

이런 면에서 볼 때 예쓰의 등장인물 중에 사회적으로 현저한 지위를 가진 사람이라든가 또는 드라마틱한 이력을 가진 사람이 없다는 것 또한 주목할 만하다. 직장인·점원·소상공인·하층노동자·주부·학생에서부터 교수·기자·평론가·예술가에 이르기까지 거의 모든 등장인물이 일반적인 시민에 속한다.[6] 물론 어떤 작가의 작품들에서 등장인물의 대부분이 평범한 소시민이라는 점 그 자체는 특별한 일이 아닐 수 있다. 그런데 예쓰의 작품에는 이 점과 더불어서 그들이 작중에서 경험하고 사고하고 행동하는 것이 보통 사람들의 바로 그것이라는 점, 그럼에도 불구하고 소소하지만 각자 자신 만의 이야기를 가지고 있다는 점, 그리고 이런 모든 면을 작가가 의도적으로 끊임없이 되풀이하여 서술하고 있다는 점에서 예사롭지 않다.

예를 들면, 〈행복의 메밀국수〉에서 화자인 호퐁은 홍싼에 대해 이렇게 말한다. "홍싼은 나의 옛날 친구인데 점점 서로 다른 길을 걷게 되었다. […] 나는 우리가 아주 다른 사람이라고 생각한다. 1998년 봄 인연이 닿다보니 몇 갈래 사람들이 도쿄에서 조우하게 되었다. 그때 아주 신나게 즐겼는데 우리가 크게 다툰 때이기도 하다. 그 후론 만나지 않

---

5) 같은 이유로 해서 그의 작품에는 1997년 홍콩반환과 관련된 언급이 대단히 자주 출현한다. 그리고 이런 의도는 다른 많은 방면에서도 관철되고 있다.
6) 조폭 조직의 보스나 킬러가 등장하기도 하는데, 이들 역시 어떤 의미에서는 사회적 소인물에 불과하다.

앉지만 그걸로 끝이 아니었다. 그는 도처에 나를 나쁘게 말하고 다녔다. […] 그런데 어쩌다보니 결국에는 다시 만나게 되었다. […] 나는 결국 그를 그러려니 하고 받아들이게 되었다."(59쪽) 화자는 여기서 그야말로 그리 대단할 것도 없는 사소한 일상생활 내지 소소한 인간관계를 주절대고 있는 것이다.

이 작품집에는 이와 같은 부분들이 무시로, 무수하게 출현한다. 더구나 이런 특징은 주요 인물이나 보조 인물은 말할 것도 없고 심지어 일과성으로 등장하는 배경 인물에조차 그대로 적용된다. 〈튠문의 에밀리〉에서 온갖 메뉴가 다 있는 서민 음식점인 '차찬텡'의 사람들을 묘사한 다음과 같은 곳이 그렇다.

> 졸고 있던 사장은 아직 정신이 돌아오지 않은 채였다. […] 포장판매용 도시락을 사러 들어온 이는 과일 가게 점원 녀석인 아땅인데, 아침부터 밤까지 감때사나운 주인에게 이리저리 불려 다니고 지청구나 먹고 있다. […] 은퇴한 쳉씨 아저씨, 늘 신문이나 들여다보며 시사를 논하고는 한다. 구석자리에는 실업자 신세의 [광둥 지역의 전통극인] 월곡粵曲 예술가인데, 소문으로는 골다공증을 앓고 있으며, 날마다 종이 한 뭉치를 들고 와서 극본을 쓰지만 여태껏 마음속에 담고 있는 진짜 이상적인 여주인공의 모습은 써내지 못하고 있다. 좀 전에 접시와 그릇을 한 대야 가득 담아 지나간 이는 설거지 담당 아쩽으로, 쨍그랑 쩽쨍 매일 유리잔을 2,30개씩 깨트리고는 해서 사장이 노발대발하도록 만든다. 맨 앞쪽에 앉아서, 카운터에서 돈을 받고 있는 아오를 마주 보고 있는 저 삐쩍 마른 남자는 아오의 지난번 남자 친구다. 이미 헤어졌지만 그래도 그는 매일 멍하니 맞은편에 앉아서 그녀의 행동을 감시하고 있다. (102쪽)

홍콩작가 천관중은 〈깜또우 차찬텡〉(2003)에서 홍콩의 다양하고 혼종적인 음식과 그런 음식을 만들어내는 '차찬텡'이라는 대중음식점 및 내력이 복잡하거나 불분명한 홍콩의 보통 인물들을 탁월하게 묘사하고 있다. 예쓰의 위 인용문 부분은 마치 천관중 작품의 축약판 같은 느낌을 주는데, 특히 소시민들의 그리 대단할 것도 없는 각자의 이야기가 압축되어 표현되고 있다.[7] 예쓰가 이처럼 유동적이고 가변적이며 불안정한 홍콩의 수많은 소시민들의 그리 대단할 것도 없는 각자의 이야기를 여기저기서 끊임없이 주절대고 있는 이유는 무엇일까? 다음에서는 이에 대해 검토해보자.

2. 개인의 기억, 집단의 역사

예쓰는 평범한 소인물들의 사소한 일상생활과 소소한 인간관계를 계속해서 늘어놓는다. 비록 소설 속이지만 이런 것들은 언어로 기록되는 순간 이미 과거가 되는 것이고, 따라서 기억이 되는 것이다. 달리 말하자면 이러한 개개인의 이야기는 개개인의 기억이 되는 것이다. 예쓰가 작품 곳곳에서 바로 이러한 사소할 뿐만 아니라 혼란스럽기까지 한 그리고 때로는 망각되어 미처 기록되지 못했을 수도 있는 개개인의 이야기들 — 개개인의 기억들을 되풀이해서 말하는 데는 어떤 의도가 있다.

〈포스트식민 음식과 사랑〉에서 스티븐은 여자 친구 마리안과 함께 그녀의 아버지('어른')를 만난다. 이 자리에서 세 사람은 각자 자신이 과거에 접했던 음식, 식사 장소 및 그와 관련된 일화를 말하거나 회상한다. 여기서 등장인물들의 이와 같은 행위 자체도 그러하거니와 그것을 전달하는 화자 스티븐의 서술이 예사롭지 않다. 그는 식사 장소에 대해 "이곳의 과거 역사를 좀 더 알고 싶었다."(8쪽)라고도 하고, "내가 겪지는 않았지만 은연중에 나와 관련된 그런 역사에 대해 알고 싶었던 것이다. 어쨌든 그렇게 쉽사리 일체의 것을 해석할 수 있는 공식이란 없는 것이다"(8쪽)라고도 한다. 이런 예는 상당히 많다. 특히 초판본의 마지

---

7) 이 책 〈제7장 홍콩소설 속의 외국인 여성 가사노동자 — '페이용'〉을 참고하기 바란다.

《포스트식민 음식과 사랑》
(2009 초판)

막 작품인 〈딤섬 일주〉에서 화자인 호풍은 "그는 그대로 나는 나대로의 이야기가 있다. 우리 모두 쓰고 싶은 이야기를 누가 누구 대신 써주기란 어려운 일이다."(243쪽)라고 말하기까지 한다.

예쓰가 보기에 홍콩 사람들 개개인의 수많은 기억 그것은 단순히 하찮은 사람들의 보잘 것 없는 기억에 그치는 것이 아니다. 홍콩인이라는 집단의 기억이고, 그것은 곧 홍콩의 역사로 이어지는 것이다.[8] 이 때문에 예쓰는 불안정하고 불완전한 개인들이 가지고 있는 소소한 이야기들을 끊임없이 늘어놓는 것이고, 작중의 인물들은 그리 대단치도 않은 자신들의 과거지사를 끊임없이 말하거나 회상하는 것이다. 즉 예쓰는 홍콩 사람들 개개인의 기억을 통해서 홍콩인이라는 집단의 역사를 말하려는 것이다. 그의 작품집에서 '기억'(記得, 記起, 記憶, 回憶 등)과 '역사'(歷史)라는 말이 각각 약 70회를 상회할 만큼 유난히 자주 등장하고, 많은 등장인물들이 역사에 관심이 있으며, 그 중에서도 중심인물 중 하나인 호풍이 '역사를 가르치는'(3쪽) 사람으로 설정되어 있는

---

8) 예쓰는 일찍이 그의 소설 《기억의 도시·허구의 도시》에서도 이렇게 말한 적이 있다. "우리 이 시대 […] 기억이 억압되고 왜곡되는 것도 볼 수 있고, 사람들이 기억을 더듬으며 진상을 찾고자 하는 것도 볼 수 있다. […] 인간은 자신의 기억을 마주할 수 있을 때 비로소 성숙한 사람이 될 수 있다. 국가는 자체의 기억을 마주할 수 있을 때 비로소 더욱 성숙하고 개방적인 나라가 될 수 있다." 也斯, 《記憶的城市·虛構的城市》, (香港: 牛津出版社, 1993), p. 84. 예쓰는 의식적으로 기억 — 역사를 찾아내고, 보존하고, 만들어내려는 노력을 기울였으며, 그 노력의 일환이 바로 《포스트식민 음식과 사랑》이라고 말할 수 있다.

것은 결코 우연이 아닌 것이다.

물론 이런 개인의 기억들은 정확할 수도 있지만 부정확할 수도 있다. 당사자들끼리 서로 어긋나서 한쪽이 다른 한쪽을 부정하기도 하고, 심지어 자기 자신의 기억조차 신뢰하기 어려울 수도 있는 것이다. 〈밴쿠버의 사삿집 요리溫哥華的私房菜〉에서 로우싯과 보우췬은 밴쿠버에서 살 집을 구한 것이 각자 자신이었다고 주장한다. 〈튠문의 에밀리〉에서 로저는 에밀리 아버지의 폐암 구완 때 자기도 애쓴 바가 있다고 하지만 에밀리는 고개를 내저으며 딴청을 피운다. 〈엘불리의 만찬艾布爾的夜宴〉에서 호퐁('나')은 분자요리로 유명한 엘불리에서 여러 사람과 함께 식사를 했는데, 과음 탓인지 씨와 믹 부부도 동석했다고 여기지만 이튿날 뉴스를 보고 사실은 그 두 사람이 엘불리로 오던 도중에 이미 자동차 사고로 사망했다는 것을 알게 된다.

이런 것은 현실 생활에서 종종 일어나는 현상이고 또 어떤 의미에서는 자연스러운 현상이다. 그렇다면 이렇게 소소할 뿐만 아니라 심지어 서로 다르거나 혼란스럽기까지 한 개인들의 기억이 어떻게 해서 집단의 역사로까지 이어질 수 있는 것일까 하는 의문이 생길 수도 있다. 이에 대해 〈밴쿠버의 사삿집 요리〉의 화자(실은 작가) 또한 다음과 같이 익살을 섞어 말한다.

> 보우췬은 마치 무슨 민족주의자가 포스트식민 역사를 다시 쓰듯이 단호하게 한마디로 묵살해 버렸다. "그런 일 없었어요!" 역사의 한 자락이 이렇게 사라져 버렸다. (134쪽)

바로 그렇다. 역사와 기억, 역사와 망각, 역사와 상상 사이의 관계를 생각해보면 충분히 가능한 일인 것이다. 〈밴쿠버의 사삿집 요리〉에서 화자는 "과연 승리자가 역사를 쓰는 것"(148쪽)이라고 말한다. 이는 물론 많은 사람들이 흔히 쓰는 통속적인 표현이다. 알다시피 이 말은 역사 서술에서 있었던 일을 외면한다거나 없었던 일을 만들어낸다거나 또는 사실을 왜곡한다거나 하는 현상이 많다는 뜻이다. 더 나아가서 역사 서술에는 기억보다 망각이 더 많다거나, 역사란 기억으로 이루어지는 것이 아니라 오히려 망각으로 이루어진다는 것을 의미하기도 한다. 어디 그뿐인가. 진실한 또는 객관적인 역사 내지 역사 서술이 과연 존재하기는 하는 것인가라는 근본적인 의문으로까지 연결될 수도 있다. 그래서 역사란 사실은 상상이다라는 말까지 나오는 것이다.

예쓰의 등장인물들은 이렇게 각자 자기 나름의 복잡한 기억과 역사를 가지고 있다는 것을 보여준다. 그런데 이는 예쓰가 생각하는 홍콩인의 집단 기억, 홍콩의 역사가 관방에서 강조하는 기억이나 역사책에서 말하는 역사와는 전혀 다른 것임을 말하려는 것이다. 이 작품집을 통해서 볼 때 예쓰는 특정 관점이나 이론에 의해서 단순화된 역사 서술, 일종의 선형적인 거대 서사에 대해 시종일관 회의적이다. 그에게 있어서 홍콩의 역사는 의도적이고 의식적이면서 선택적으로 기억과 망각을 통해 재구성된 어떤 총체가 아니다. 서로 일치하기도 하고 어긋나기도 하며 혼란스럽기도 하고 사라져버리기도 한 개개인의 기억들의 총합인 것이다. 그리고 이 때문에 그의 작품에서는 평범한 소시민들의 소소한 이야기, 즉 개인의 기억과 그것의 총합으로서 집단의 역사와 관련된 서술이 그렇게도 자주 출현했던 것이다.

예쓰는 바로 이런 관점과 의도에서 주로 홍콩인인 등장인물들의 사소한 일상사는 물론이고 홍콩의 도시 풍경, 사회 사안, 그리고 심지어 음식에 대해서까지 세세하게 묘사한다.9) 예를 들면, 〈튠문의 에밀리〉에

---

9) 예쓰는 소설뿐만 아니라 시, 산문 등에서도 같은 방식을 사용했다. 이와 관련한 한글 문헌으로는 다음 것들을 참고할 만하다. 박남용, 〈홍콩의 梁秉鈞 시에 나타난 도시문화와 홍콩의식〉,《외국문학연구》제34집, 서울: 한국외국어대학교 외국문학연구소, 2009.5, pp. 121-143 ; 송주란,《也斯 산문의 홍콩성 연구: 1970,80년대를 중심으로》,

서 주인공 에밀리는 아버지의 식욕이 돌아오기를 바라면서 튠문 지역의 거리거리를 돌아다닌다. 이때 화자는 거리 모습은 물론이고 사람들의 모습이라든가 음식과 그것을 파는 식당 이름까지 구체적으로 언급하면서 종종 홍콩의 각종 사회 사안과 연결시켜서 서술한다. 〈딤섬 일주〉에서 호풍은 샹둥의 길안내를 하면서 음식과 관련된 오래된 점포의 변천을 일일이 소개해준다. 또 한편으로는 재개발에 반발하는 현수막을 보면서 "안타까운 것은 원래 형성되어 있던 공동체적 관계와 갖가지 누적된 생활의 경험들 또한 한꺼번에 사라진다는 것"(246쪽)이라며 공동체의 파괴와 역사성의 소멸을 생각한다. 그 외에도 이런 예는 대단히 많다.[10]

사실 홍콩문학에서 홍콩의 도시 풍경과 생활 모습에서부터 사회 현상이나 문화 상황에 이르기까지 거의 모든 것들을 표현한 것은 예쓰의 작품이 처음은 아니다. 류이창이 《술꾼》(1963)에서 이미 그 선례를 보여준 적이 있다.[11] 또 시시는 일찍이 《나의 도시》(1979)에서 이러한 사항들을 소재로 하면서 공간의 장소화, 공간의 유사 장소화, 삶의 기표화 등의 방식을 통해 홍콩이라는 도시의 공간과 사회 및 사람들의 삶에 특정한 의미를 부여하기도 했다.[12] 예쓰는 그런데 이들보다 상대적으로 훨씬 상세하고 사실적이다. 그 뿐만 아니라 더 나아가서 이러한 것들을

부산대석사논문, 2010.2.

10) 장소의 상실, 개인의 기억, 홍콩의 역사의 관계에 대해서는 송주란, 〈예쓰(也斯) 작품에 나타난 홍콩 도시화에 대한 기억과 흔적 — 소설 포스트식민 음식과 사랑을 중심으로〉, 《중국학》 제54집, 부산: 대한중국학회, 2016.3, pp. 241-256에서도 언급하고 있다.

11) 이 책 〈제9장 홍콩문학의 기념비적 소설 — 류이창의 《술꾼》〉을 참고하기 바란다.

12) 여기서 공간의 장소화란 어떤 특정한 고정된 공간에 장소성을 부여함으로써 무의미한 공간을 유의미한 장소로 만드는 것, 공간의 유사 장소화란 홍콩 특유의 공간 상황을 마치 장소처럼 각인시키는 것, 삶의 기표화란 홍콩 특유의 사물들이나 생활상의 세절들을 통해 홍콩을 이미지화하는 것을 의미한다. 이 책 〈제10장 공간 중심적인 홍콩 상상과 방식 — 시시의 《나의 도시》〉를 참고하기 바란다.

역사화하면서 이를 통해 은연중에 이 도시 사람들의 곤혹스러운 상황과 그것에 대한 사고를 표현하고 있다. 다음 인용문을 보면 잘 이해할 수 있을 것이다.

> 우리는 공원과 맞은편의 빌딩이 연결된 육교로 걸어갔다. 사방은 높이 솟은 은행빌딩들의 절벽이었고, 이곳은 깊은 골짜기에 걸쳐진 외나무다리 같았다. [⋯] 차이나 뱅크 빌딩 뒤 쪽 [⋯] 화원 안에는 이오밍 페이가 끝까지 고집한 타이완 예술가 주밍의 태극인 형상이 있었다. 육교는 창장 빌딩과 연결되어 있었는데, 왕년에 이곳은 힐튼 호텔이었다. 창장은 샹둥에게는 조국의 강이지만, 우리로 보자면 부동산 회사일 뿐이었다. (235쪽)

중국은행 홍콩지점(왼쪽)과 HSBC(오른쪽)

1997년 홍콩 반환을 전후하여 홍콩에는 많은 건축물들이 세워졌다. 홍콩인에게 익숙하던 각종 공간들이 경제적 효과 또는 정치적 목적에 의해 사라져버리고 새로운 상징물들이 들어선 셈이었다. 그중 하나가 중국은행 홍콩지점 건물인데, 식민시대 홍콩의 중앙은행 역할을 하던 HSBC보다 더 높게 건축되어 당시 홍콩의 최고층 건물이 되었다. 그런데 이 건물의 주인은 다름 아닌 중국 대륙이다. 반면에 설계자는 재미 화인이고 기념 조형물의 조각가는 타이완 사람이다. 창장 빌딩長江大廈 자리의 힐튼 호텔은 사실은 애초부터 홍콩 최대 재벌인 리자청李嘉誠의 부동산 회사인 창장실업부동산유한회사長江實業地産有限公司 소유였다. 다만 힐튼 호텔 쪽에 위탁 관리를 시켰던 것을 홍콩 반환 즈음에 다시 회수하여 새로 건물을 신축하고 창장 빌딩이라는 이름을 도로 붙였을 뿐이다. 그런데 '창장長江'(양쯔강)이라는 같은 단어를 두고 대륙 사람과 홍콩 사람이 각기 서로 다른 상상을 하고 있다.

예쓰가 이런 점들을 특별히 거론한 의도가 무엇이겠는가? 더구나 작 중의 홍콩인 화자 호퐁은 상하이에서 온 샹둥의 길안내를 하고 있는 중 이다. 각기 '(홍콩은) 어디로?'라는 뜻을 가진 호퐁何方과 '(창장처럼) 동 쪽으로'라는 뜻을 가진 샹둥向東이라는 이 두 인물의 이름 역시 자못 의 미심장하다. 이는 바로 1997년 홍콩의 중국반환이라는 역사적 변화와 그것에 대한 양 지역 사람들의 의미 부여가 전혀 다르다는 것이 아니겠 는가? 더 나아가서 보자면 이는 영국의 식민시대가 끝난 포스트식민 시 대에 중국 대륙이 민족주의를 강조하며 홍콩에 대해 여러 가지 조처를 취하는 것 자체가 자칫 새로운 식민자의 행위로 오해될 수도 있다는 점 을 암시하는 것이기도 하다. 위 인용문 바로 다음 부분에 과거 영국의 자본과 권위를 상징하던 HSBC은행 1층 공간을 휴일이면 외국인 가사 노동자들('페이용')이 점령해버리는 아이러니한 상황을 슬쩍 집어넣은 것 역시 이런 것과 연관이 있는 것이다.[13] 다시 말해서 포스트식민 시 대에 들어서서 중국 대륙이 홍콩에 대해 민족주의를 강조하고 있지만 전지구화시대인 오늘날에 민족주의적 관념만으로는 홍콩의 특수하고 복잡한 상황과 역사를 설명할 수는 없다는 점을 보여준 것이다.[14]

---

13) 식민시대를 상징하던 HSBC은행은 포스트모던하게 신축되었는데 1층은 툭 트여있어 서 마치 천장이 있는 광장처럼 되어 있다. 포스트식민시대인 오늘날에는 휴일이면 외 국인 가사노동자들이 이곳을 점령해버린다. 외국인 가사노동자들에 관한 좀 더 자세한 사정은 이 책 〈제7장 홍콩소설 속의 외국인 여성 가사노동자 — '페이용'〉을 참고하기 바란다.

14) 만일 이 정도의 설명으로 미진하다면 그 앞에서 거론했던바 원주민을 추방하는 재개발

3. 무소부재의 작가, 무소부재의 홍콩

예쓰는 상기한 것처럼 인물의 신분, 경력과 그들의 일상사에서부터 홍콩의 도시 풍경, 사회 사안, 음식에 이르기까지 이 모든 것들에 대한 소소한 묘사를 통해서 개인의 기억과 집단의 역사를 표현하고자 한다. 그런데 예쓰의 이러한 기억화, 장소화, 역사화는 등장인물이 겪는 사건이나 그들의 행동에 의해 이루어지는 것도 많지만 그보다는 오히려 소설의 화자에 의해 더욱 적극적으로 이루어진다. 전체적으로 볼 때 각 작품의 인물이나 사건은 그다지 대단하지 않다. 인물의 언행이라든가 스토리의 전개 또한 엄청나게 놀랍지는 않다. 반면에 이를 묘사하고 풀어나가는 화자의 서술이 오히려 더욱 볼 만하다.

예쓰 작품의 화자는 1인칭 화자인 경우도 있고 3인칭 화자인 경우도 있으며, 〈딤섬 일주〉에서는 특이하게도 이 두 종류의 화자가 동시에 출현한다. 1인칭 화자는 스티븐, 호풍, 샤오쒜 등 작중의 주요 인물들이며, 3인칭 화자는 전형적인 전지적 이야기꾼이다. 그러나 어느 쪽이든 간에 이들 화자는 이야기를 전개해가는 동안 수시로 인물들의 행위와 사고, 그들이 겪는 상황과 사건에 대해 평가한다. 그런가하면 직접적이든 비유적이든 간에 홍콩인 또는 비 홍콩인이 경험했거나 경험하고 있는 일들을 거론하고, 홍콩과 관련된 갖가지 역사·정치·문화·경제적 사안들을 언급한다. 즉 예쓰 작품의 화자는 사건 진행만 충실하게 서술하는 '중립적 화자'가 아니다. 끊임없이 홍콩과 홍콩인에 대해 수다스럽게 자신의 견해를 제시하는 '논평적 화자'이다.15) 좀 더 통속적으로 말하자면 화자는 계속해서 이런저런 사설을 늘어놓는 것이다. 이런 화자

에 관한 화자(사실상 작가)의 반응을 참고해보면 더욱 분명해질 것이다.
15) '중립적 화자'와 '논평적 화자'에 관한 좀 더 상세한 설명은 김천혜, 《소설 구조의 이론》, (서울: 문학과지성사, 1990), pp. 81-86을 참고하기 바란다.

의 성격 때문에 독자의 입장에서는 작중 화자의 이름과 신분이 무엇이든 간에 마치 작가 자신의 현신인 것처럼 느끼게 된다. 즉 소설을 읽어나가는 동안 독자는 자연스럽게 화자와 작가를 동일시하게 되면서 마치 작가인 예쓰가 쉼 없이 늘어놓는 잔소리를 듣고 있는 것 같은 느낌을 받게 된다.

작품의 화자(또는 작가 예쓰)는 작중 인물의 언행에서부터 홍콩의 사안들까지 온갖 자질구레한 것들에 대해 모두 언급한다. 그러는 과정에서 현실 세계에서부터 문학 작품·영화 드라마·대중가요에 이르기까지 기존의 수많은 인물·사건·문구 등을 인용하거나 패러디하고, 일상어나 유행어 외에도 학술 용어나 고문까지 다양하게 사용하면서, 종종 새로운 맥락 속에서 새로운 의미를 창출하는 상호텍스트성을 보여준다.[16] 화자의 표현은 때로는 익살스러운 이죽거림이었다가 때로는 씁쓸한 푸념이기도 하고, 때로는 예리한 관찰이었다가 때로는 깊이 있는 평가이기도 하다. 한 사안에 대한 장광설은 거의 없지만 이것저것 많은 사안에 대한 짧은 언급들이 계속 쏟아진다. 또 어떤 곳에서는 콜라주나 몽타주의 방식을 써서 상당히 속도감 있게 전개되기도 한다. 예를 들면, 〈행복의 메밀국수〉에서 화자 호풍이 일본인 오자와 교수와 1차, 2차, 3차 식으로 자리를 옮겨가며 대화를 나누는 부분이 대표적이다. 두 사람의 대화가 길어질수록 마시는 술도 많아지고, 또 그럴수록 두 사람의 행동과 대화 내용에 대한 화자의 서술에도 마치 술에 취한 사람처럼 도약이 많아지는데, 나중에는 거의 문화대혁명 이래 중국의 역사 및 오자

---

16) 〈밴쿠버의 사삿집 요리〉가 그 대표적인 예다. 이 작품에서 예쓰는 전기傳奇나 장회소설章回小說의 형식을 응용하면서, 주인공의 이름에서부터 소설의 내용에 이르기까지 군데군데 《설평귀薛平貴》나 《왕소군王昭君》 등의 이야기를 인용·패러디할 뿐만 아니라, 표준어·광둥말·문언문을 혼용한 1940-1960년대 홍콩 특유의 '싼지디' 문장을 흉내 내기도 한다.

《포스트식민 음식과 사랑》
(2012 수정판)

와 교수의 일생에 대한 요약이라고 해도 무방한 일련의 이미지의 연쇄로 바뀐다.

이처럼 예쓰의 소설은 인물의 언행과 사건 자체도 평범한 인물들의 일상생활 속에서 일어나는 소소한 잡사와 그에 대한 반응이고, 스토리 전개도 비교적 간단하고 기복이 없는 편인 데다가, 이 모든 것을 서술하는 과정에서 화자가 끊임없이 끼어들어 잡다한 사설을 늘어놓는다. 게다가 〈교토에서 길 찾기〉, 〈행복의 메밀국수〉, 〈밴쿠버의 사삿집 요리〉, 〈슬로베니아 이야기斯洛文尼亞故事〉, 〈엘불리의 만찬〉, 〈메콩강 따라 뒤라스를 찾아서〉, 〈딤섬 일주〉 등 거의 절반에 이르는 작품은 등장인물들이 홍콩이 아닌 세계 각지를 여행 또는 체류하는 과정에서 겪었던 경험, 관찰, 반응 등을 쓰고 있다. 이 때문에 예쓰의 소설은 마치 작가 자신이 경험하고, 관찰하고, 생각하고, 느낀 바를 직접 들려주는 것 같다. 특히 각지의 풍광과 풍습 외에도 다양한 출신지 사람들의 다양한 사고와 행동에 관한 서술이 많기 때문에 흡사 신변수필이나 여행수필 같기도 하다. 또 이로 인해서 이 소설집의 후기인 〈원툰민과 분자 요리雲吞麵與分子美食〉는 그것이 작가의 후기인지 아니면 또 한 편의 소설 작품인지 거의 구분이 가지 않을 정도이다.

예쓰 소설의 이런 특징은 그의 작품 속에서 화자 또는 더 나아가서 작가 예쓰 자신이 무소부재하는 것 같은 느낌을 준다. 마치 3인칭 화자도 작가 자신이고, 1인칭 화자로 등장하든 아니면 3인칭 화자에 의해 기술되든 간에 스티븐·로우싯·호퐁·로저 등 주요 등장인물들 역시 모두 작가의 현신인 것 같다. 예를 들어보자. 로저는 비교문학을 전공한 미국인으로, 일본에 가려다가 홍콩에 정착하게 된 인물이다. 그런데 그의 신분·나이·사고·언행 자체가 작품 속 다른 주요 인물들과 일맥상통할 뿐만 아니라 작중의 화자 역시 주로 그의 입장과 시각에서 그와 관련된 각종 사안들을 서술한다. 이에 따라 작중에서 화자와 로저는 흡사 동일인인 것 같은 느낌을 주게 된다. 스티븐·로우싯·호퐁 등의 경우도 마찬가지이다. 그리고 이는 예쓰 작품이 가진 수필적인 특징과 한데 결합하여 결과적으로 주요 인물들과 화자가 모두 작가의 분신인 것 같은 인상을 주는 것이다. 만일 독자가 작품집의 말미에 부가되어 있는 작가의 〈후기〉와 〈감사의 글〉까지 모두 읽는다면, 그래서 작가에 관한 실제 정보를 더 많이 알게 된다면, 아마도 이런 느낌은 더욱 강해질 것이다. 물론 두 말할 필요도 없이 작가 예쓰를 직접 알고 있는 사람이라면 더더욱 그렇게 느끼게 될 것이다.17)

이 작품집에서 무소부재하는 존재는 화자 내지 작가뿐 아니다. 오히려 그보다 더욱 중요한 존재가 있다. 바로 홍콩이다. 위에서 이미 언급했듯이 이 작품집의 공간적 배경은 홍콩에만 국한되지 않는다. 홍콩 외에 일본·캐나다·스페인·슬로베니아·베트남 등이 각기 주요 배경으로 나올 뿐만 아니라 부분적으로 한국·포르투갈·중국 대륙·독일·미국 등도 등장한다. 그런데 예쓰는 언제 어디서든, 그리고 무슨 문제든 간에 수시로 모두 홍콩과 연결시킨다. 이 때문에 등장인물이 세계 어디를 가든 또는 세계 어디에 있든 간에 홍콩이 출현하는 셈이 된다.

예를 들면 화자 호퐁이 슬로베니아에서 개최된 시인대회에 참석한 것을 다룬 〈슬로베니아 이야기〉가 그렇다. 서두에서부터 호퐁은 입국 때 '홍콩특별행정구' 여권 때문에 어려움을 겪는다. 이어서 독일 통일을

---

17) 예쓰는 〈후기〉에서, 주변에서 실제 인물을 모델로 쓴 것이 아니냐는 질문을 받기도 했는데, 작품에는 사람들에 대한 관찰이 녹아있을 뿐이며 풍자의 의도는 없었다고 밝혀놓았다(260쪽). 아마도 예쓰와 아는 사람들은 작중의 인물이나 에피소드가 자신과 관련이 있다고 느끼는 경우가 많았던 것 같다.

언급하면서 통일 당시 "낭만적인 카니발은 얼마 계속되지 않았고 현실적인 문제가 닥쳐왔다"(121쪽)라며 은근히 홍콩반환을 연상시킨다. 그러더니 그 뒤 아는 사람을 만나는데 다름 아닌 "1997년 우리[홍콩]의 국제 시 페스티발에 참가했던 루마니아 시인 라자르"(123쪽)라고 말한다. 이런 식의 서술은 그 후에도 계속 반복된다. 그리고 마지막에는 키프로스 시인 스탈핀과 긴 대화를 나누는 것으로 마무리하면서 이렇게 말한다. "키프로스는 홍콩과 유사하게 1970년대에 대규모 이민을 떠났는데, 우리는 혈육의 이산 및 정치가 만들어낸 인간적 괴리와 오해에 대해서 잘 알고 있었다."(130쪽)

이런 방식으로 홍콩은 작품의 공간적 배경과 상관없이 등장인물의 대화나 화자의 설명 속에서 무시로 출현한다. 그뿐만 아니다. 내재적으로도 마찬가지다. 각기 '반환' 또는 '통일'된 마카오와 베트남을 주요 무대로 하는 〈마카오의 킬러와 새우 페이스트濠江殺手鹹蝦醬〉와 〈메콩강 따라 뒤라스를 찾아서〉 등이 그러하듯이 홍콩의 특수성이 소설의 배경과 내용에 직간접적으로 투영되기도 한다. 또한 위에서 살펴본 바 스티븐이나 로저의 경우가 그러하듯이 홍콩인이든 아니든 간에 홍콩인의 특징이 등장인물의 행위와 사고에서 발휘되기도 한다. 요컨대 홍콩은 모든 작품에서 명실상부하게 무소부재하는 것이다.

홍콩이 무소부재하다는 것은 물론 작가의 모든 관심이 홍콩에서 출발하여 홍콩으로 귀결된다는 것을 의미한다. 그런데, 예쓰 자신은 혹시 미처 의식하지 않았을지 모르지만, 이는 홍콩이 세계의 일부이자 세계 자체라는 것을 의미하는 것이기도 하다. 즉 홍콩에서 일어나고 있는 현상과 그것에 대한 설명은 홍콩의 문제에 국한되는 것이 아니라 사실은 세계 전체의 문제인 것이다. 다시 말해서 홍콩은 세계와 동떨어진 고립적이고 독립적인 곳도 아니고, 단순히 세계와 연결되어 있는 곳 또는 세계의 일부분에 불과한 곳도 아니다. 사실상 오늘날 세계의 수많은 문제들을 포괄하고 있어서 그 자체로 세계의 축약판이자 세계를 대표하는 존재인 것이다. 종래로 홍콩 학자들을 포함해서 많은 홍콩 사람들과 중국 대륙 사람들은 홍콩 문제를 홍콩과 중국 대륙의 관계에 한정시켜 보는 경향이 있었다. 그렇지만 예쓰는 사실상 홍콩이 홍콩과 중국 대륙이라는 한정된 범위내의 존재가 아니라는 것을 보여준 것이다. 또 바로 이 때문에 이 작품집에는 세계 각지가 배경일 때도 무시로 홍콩이 등장하기도 하지만 이와 반대로 홍콩이 배경일 때도 무시로 세계 각지가 등장하는 것이다. 그리고 이 작품집에서 무소부재하는 홍콩의 진정한 의의 중 한 가지가 바로 이 점이다.

4. 혼종적인 음식, 혼종적인 정체성

예쓰는 무소부재하는 홍콩을 표현하기 위해 지금까지 검토했던 사항들을 포함해서 그 외에도 다양한 장치와 방법을 사용했다. 아마도 그 중에서도 가장 특별한 것은 자신의 홍콩 상상을 충분히 발휘해줄 수 있는 소재로 '음식'을 선택했다는 점일 것이다.

예쓰는 그의 〈후기〉에서 "음식은 많은 사람들의 정과 관계를 이어 주며, 우리의 기억과 상상에 연결된다."(253쪽)라고 말한다. 그렇다. 예쓰가 자신의 홍콩 상상을 표현하는 주요 소재로 음식을 선택한 것은 바로 그 때문이었다. 그에 따르면 이는 밴쿠버의 한 문화제에서 있었던 홍콩 문화에 대한 강연을 준비하는 과정에서 비롯되었다고 한다. 당시 그는 딱딱한 학술 이론이 아닌 구체적이고 입체적인 그 무엇인가로 홍콩 문화를 설명하고자 했는데 우리가 늘 접하게 되는 음식에 주목하게 되었던 것이다. 다시 말하자면, 음식은 일상에서 늘 접하는 구체적인 것이자 맛과 빛깔을 가지고 있을 뿐만 아니라, 더 나아가서 사람과 사람 사이의 감정과 기억을 이어 주고 상호 소통을 가능하게 해주는 것이므로,

음식을 활용하면 더욱 효과적이고 구체적으로 홍콩과 홍콩인의 모습을 보여 줄 수 있다고 본 것이다. 그는 후일 이 아이디어를 소설 등에서 더욱 적극적으로 시도했고, 그 결과는 이 소설집에서 보듯이 대단히 성공적이었다.[18]

이 작품집에는 거의 모든 곳에 음식 및 그와 관련된 이야기가 등장하며, 그 중 중요한 장면에서는 음식이 초점이 된다. 예를 들면, 〈포스트식민 음식과 사랑〉에서 스티븐과 마리안은 음식 때문에 연애를 하게 되고, 음식 때문에 헤어지며, 또 음식 때문에 다시 만나게 된다. 스티븐의 생일 파티는 어떤 의미에서는 음식이 가장 중요한 화제이고 생일 그 자체는 오히려 뒷전이다. 이 파티의 참석자들의 언행에서 보듯이 이 작품집의 주요 인물들은 대부분 음식에 관심이 있다. 그들 중 로우싯·샤오쉐·훙싼 등 몇몇은 아예 음식 평론가나 음식 담당 기자 또는 음식점 주인이다.

예쓰는 인물들의 신분, 성격이라든가 그들의 일상생활 또는 도시 풍경이나 사회 사안을 홍콩인의 집단 기억과 연결시켰다. 이와 마찬가지로 그는 음식을 통해 기억을 불러오고, 만들어내고, 축적한다. 예를 들면, 앞에서 잠깐 언급한 것처럼 스티븐과 마리안 및 그녀의 아버지인 '어른'과의 만남과 헤어짐 자체도 그렇고, 그들 각자의 과거에 대한 기억도 그러하다. 이런 형태는 작품집 전체에 적용된다. 〈밴쿠버의 사삿집 요리〉에서는 로우싯이 밴쿠버에 이민 와 있는 지인들에게 음식과 관련된 중국 여행담을 늘어놓자 "모두들 마치 로우싯을 따라서 머나먼 여행을 떠나 산 넘고 물 건너 그 아련하고 찾기 힘든 고향의 맛을 보는 듯했다."(140쪽)고 묘사한다. 초판본 마지막 작품인 〈딤섬 일주〉에서는

<hr>

18) 梁秉鈞也期, 〈嗜同嚐異 — 從食物看香港文化〉,《香港文學》第231期, 2004.3.1, pp. 16-20. 본문 서술은 예쓰 지음, 김혜준/송주란 옮김, 〈해설〉,《포스트식민 음식과 사랑》, (서울: 지식을만드는지식, 2012.9), pp. 277-291을 참고했다.

20년 전 처음 만났을 때 호풍이 샹둥에게 딤섬을 사준 것을 비롯해서 음식과 관련된 과거의 기억이 수시로 출현한다. 심지어 호풍은 샹둥을 안내하는 도중에도 연도의 음식점 및 그와 관련된 기억을 떠올리며 이를 설명해준다.

이런 방식은 상당히 효과적이라고 할 수 있다. 모두 알다시피 이른바 전지구화 시대에 들어선 이래 음식과 여행은 문화생활의 한 중요한 요소가 되었다. 방송에서는 소위 '먹방'과 '쿡방'이 성행하고, 음식과 여행을 위주로 하는 채널이 등장했으며, SNS에서도 이와 관련한 이야기가 넘쳐난다. 젊은이들 중 상당수는 음식을 먹기 전에 사진부터 찍고 본다. 심지어 언제 어디서 무슨 일이 있었나를 상기할 때 누구를 만났고 무슨 사건이 있었느냐 하는 것보다는 오히려 어떤 음식을 먹었느냐를 먼저 떠올린다. 또 여행의 기억에서 중요한 것은 풍경이나 사건이 아니라 여로에서 경험했던 음식이다. 바로 이처럼 음식은 음식 그 자체로 끝나는 것이 아니라 기억과 연결될 수 있다.

물론 예쓰는 음식을 기억의 계기 또는 도구로만 사용한 것이 아니다. 음식을 통해서 개인의 기억을 집단의 역사로 바꾸어놓는다. 즉 음식과 관련된 기억을 역사화하는 것이다. 〈밴쿠버의 사삿집 요리〉에서 로우싱의 모친은 부족한 재료와 한정된 여건 속에서도 온갖 풍상을 겪은 세대답게 순식간에 멋들어지게 음식을 차려낸다. 이 때 화자는 바로 그런 이미지를 연상시키는 문구를 나열하는 방식으로 그녀가 겪은 역사적 사건들 및 시대적 풍모와 그녀의 음식 솜씨를 한데 엮어서 보여준다. 또 음식에는 그 자체의 역사성이 있는데, 이는 자연스럽게 예쓰가 의도하는 집단의 역사와 연결되기도 한다. 예컨대, "면발이 적당하면서도 입에 개운한 원툰민 국수의 이면에는 적잖은 손길이 존재하는 것이며, 그것은 수많은 나이 많은 조리사들이 실천을 통해 깨친 것들을 손과 입으로 전해 준 결과"(256쪽)인 것이다.

그뿐 아니다. 음식은 역사 해석이나 역사 서술의 문제와도 관련이 된
다. 첫 작품인 〈포스트식민 음식과 사랑〉에서 등장인물들이 홍콩 반환
축하연의 음식을 보며 야유하는 것이 그렇다. '7월 1일에 다 같이 즐거
워 웃네七一同歡笑' 등 민족적 색채와 상서로운 축원이 가득한 이름의 음
식이 실은 친숙한 전통적인 일상의 음식에 찬양과 과장적인 이름을 붙
인 것에 불과하다는 것이다.(13-14쪽) 이는 곧 관방의 일방적이면서 강
압적인 역사 만들기를 은근히 꼬집고 있는 것이자 집단의 역사는 평범
한 개개인의 기억의 총합으로 이루어진다는 생각을 표현한 것이다. 〈포
스트식민 식신의 사랑 이야기〉에서 화자인 샤오쉐와 로우싯 두 사람이
거리 음식의 가치를 높이 평가하는 것 역시 동일한 관점에서 출발한 것
이다. 특히 이 작품에서 음식평론가인 로우싯은 일반인들의 선입견과는
달리 대중적인 음식을 저평가하는 것이 아니라 오히려 그 속에서 보통
사람의 일상생활과 결합된 특유의 면모를 발굴해낸다.

타이완 소설가인 주톈신朱天心은 〈헝가리의 물胸牙利之水〉(1995)에서
냄새 → 기억 → 역사라는 방법을 사용한 적이 있다. 그녀는 이 소설에
서 "향수 냄새를 맡기만 하면 […] 자신의 과거를 다 기억해낼 수 있을
테니까"[19]라면서 냄새와 기억을 결부시킨다. 그리고 이를 통해서 은연
중에 자신과 같은 타이완 외성인 출신의 역사를 강조하고 타이완에 대
한 그들 몫의 권리를 주장한다. 그렇다면 예쓰는 이 작품집에서 냄새
대신 음식을 활용하여 기억을 불러내고 역사를 서술한 것이다. 말하자
면 그는 언어를 통해 기억을 불러오고, 만들어내고, 축적하는 전통적인
방식에 이제 새롭게 음식을 활용하는 방식을 추가한 셈이다. 이와 같은
음식에 관한 예쓰의 구상은 아마도 작중인물인 로우싯의 구상으로 간
명하게 대체할 수 있을 것이다. 〈포스트식민 식신의 사랑 이야기〉에서

---

19) 주톈신 지음, 전남윤 옮김, 《고도》, (서울: 지식을만드는지식, 2012.9), p. 158.

로우싯은 홍콩의 음식의 역사에 관한 책을 쓰고자 하는데, 이 책에서 그는 홍콩의 역사·정치·문화 등 홍콩에 관한 모든 것을 담아내고자 한다.(154쪽)

예쓰의 이런 음식 활용에서 가장 중요한 의의 중 한 가지는 음식을 통해 그가 생각하는 홍콩 또는 홍콩인이 가진 어떤 특징 — 혼종성과 개방성을 부각한 것이다. 음식은 어떤 지역의 자연적 여건과 인문적 환경에 따라 독자적인 특성을 가지게 된다. 만일 음식이 다른 지역으로 여행하게 되면(전파되면) 당연히 여러 가지 변화를 일으키며, 종종 해당 지역의 여건 및 환경과 결합한다. 그 결과 기존의 것 같으면서도 미묘하게 다른 것이 되거나, 상대적으로 변화의 폭이 커서 변종이 되거나, 또는 아예 새로운 것을 탄생시키기도 한다. 예쓰는 음식이 가지고 있는 바로 이런 특성, 즉 음식과 결부된 기억과 역사뿐만 아니라 혼종적인 특성을 활용하여 그가 상상하는 홍콩과 홍콩인을 표현한다. 이런 의도에 의해 이 작품집에는 헤아릴 수 없이 많은 음식이 등장한다. 중국 각지나 세계 각지에서 들어와 아직까지 원래의 상황을 어느 정도 유지하는 음식, 원래의 것과 비슷하면서도 홍콩화하기 시작한 음식, 이미 혼종되어 새롭게 생겨난 음식, 홍콩에서 중국 각지와 세계 각지로 진출한 음식, 그것들이 다시 현지화한 음식 … 등등. 그리고 바로 이러한 음식들의 상황은 앞서 말한 등장인물들의 유동적이고 가변적이며 불명료하고 불안정한 신분 및 처지와 한데 어우러져 홍콩인이 누구이며 홍콩이 어떤 곳인가라는 문제와 미묘한 공명을 불러일으킨다.

더구나 작가는 화자를 통해서 이러한 사정을 명시 또는 암시하는 설명을 덧붙이기까지 한다. 〈포스트식민 음식과 사랑〉에서 스티븐은 런던에서 유학할 때 먹어본 프랑스 요리와 태국 양념이 미묘한 결합된 것 같은 퓨전 음식의 맛을 잊지 못한다. 그러면서 그것은 "동서양 문화가 한데 융합되는 것이 가능하다는 걸 내게 느끼게 해 주었다."(8쪽)고 말한다. 〈딤섬 일주〉에서 미국인 로저는 서울의 일본 식당 메뉴판에서 "마치 대해를 표류하다 부표를 만난 듯" "Sashimi bibimbap"을 찾아내고는 "이야말로 그가 찾아낸 가장 마음에 드는 선택이었다."(238-239쪽)고 말한다.

그런데 이런 예들을 잘 살펴보면 작가가 말하는 혼종은 단순히 다원적인 요소들의 혼합, 혼종이 아니다. 식민주의자와 피식민주의자 사이의 흉내내기의 개념에 유사한 호미 바바 식 혼종이다. 예쓰는 어떤 특정 기준에 의해 강요된 정통성 내지 오리지널성 자체를 거부한다. 그러한 것들을 전복할 수 있는 흉내내기 형태의 혼종성 그 자체의 가치를 인정하며, 더 나아가서 심지어 혼종성 자체가 정통성을 가질 수 있다고 본다. 이를 더 확장해서 보자면 홍콩에 대해 식민주의 또는 민족주의에 근거한 외부적 요인에 의해 강제로 이루어지는 정통성의 주입을 거부하는 것이다. 더 적극적으로 말하자면 홍콩의 혼종성 그 자체가 바로 홍콩의 정통, 홍콩의 오리지널이라고 주장하는 셈이다. 물론 이와 같은 혼종이 일어나기 전이나 일어나고 있는 도중 또는 이미 혼종이 이루어져서 새로운 것들이 탄생한 상황 속에서도 여전히 강요된 오리지널과 그것을 흉내 낸 변형된 복제품이 혼재하고 있다. 그런 점에서 보자면 한편으로 그는 다원적인 병존을 인정하고 있는 셈이기도 하다. 그렇지만 그의 혼종은 오리지널의 강요에 흉내내기로 대항하면서 이와 동시에 혼재를 인정하고 있기 때문에, 어떤 특정한 오리지널에 의한 통합을 최종 목표로 하는 즉 모든 것의 차이를 무화시키는 소위 용광로식 다문화주의는 아니다. 즉 그가 상상하는 혼종은 일방이 다른 일방을 억누르지 않으면서 또 단순하게 병존하는 것도 아닌, 서로 간섭함과 동시에 서로 공존하는 그런 혼종인 것이다.[20]

---

20) 예쓰는 〈원앙鴛鴦〉(1997)이라는 시에서, 다섯 가지 찻잎으로 우려낸 홍콩식 밀크티奶茶

이런 면에서 보자면 〈밴쿠버의 사삿집 요리〉에서 밴쿠버의 텔레비전에서 쉴 새 없이 방송되는 음식점 광고에 대한 화자(또는 작가)의 반응은 자못 의미심장하다. 예컨대 어떤 곳에서 화자는 "마치 과거에 홍콩에 있었던 것이라면 몽땅 다 여기에 있는 것 같았다. 이미 많은 요리사들이 이민을 온데다가 요리 재료는 더 신선하기까지 했다! 그리고 홍콩에는 없는 것도 있었다."(137쪽)라고 서술한다. 이는 흡사 홍콩에는 온갖 종류의 음식이 모두 다 있으며, 그것들은 동시에 존재할 뿐만 아니라 서로 혼종이 진행되는 과정에 있으며, 더 나아가서 밴쿠버 등 다른 지역에까지 확산되고 있음을 말하는 듯하다. 그리고 이는 홍콩인이 개방적이고 민주적이며 진취적임을 주장하려는 것 같기도 하다. 이런 태도는 이 작품집에 등장하는 음식들 — 그것이 어느 지역 음식이든 간에 또는 고급 음식이든 대중 음식이든 간에 상관없이 — 에 대해 우열과 고하를 따지지 않고 각기 그것들이 가진 특별한 의미를 강조하고 있는 데서도 표현된다.

또한 이런 의도는 비단 음식을 통해서만 표출되고 있는 것만 아니다. 그 중 한 가지만 예를 들어보겠다. 대체로 등장인물들의 생활과 지위가 유동적, 가변적이며 특히 그 중 다수의 인물은 출신이 불명료하거나 신분이 불안정하다는 것도 그러하거니와 등장인물에 대한 작가의 태도에서도 이런 의도가 나타난다. 이 작품집의 등장인물 대부분은 홍콩 출신이다. 하지만 어디 출신인가에 상관없이 화자(또는 작가)는 홍콩이라는 큰 범주에서 개방적인 태도 내지 공평한 태도로 모두를 대하고 있다.

를 커피에 혼합한 홍콩 특유의 원앙이라는 차에 대해 이렇게 묘사한다. "그 진한 음료가 / 너무나 압도적이어서 다른 쪽을 말살해버릴까? / 아니면 그래도 또 다른 한 가지 맛을 남겨둘까 / 거리의 노상 음식점 / 일상의 화롯불에 의해 녹여낸 정리와 세상사 / 일상의 잡사들과 소식들, 부지런하면서 또 약간은 / 산만한 … 뭐라고 말할 수 없는 그런 맛을" 梁秉鈞[也斯, 〈嗜同嗜異 — 從食物看香港文化〉, 《香港文學》 第231期, 2004.3.1, pp. 16-20에서 재인용.

더 나아가서 마치 홍콩인이라는 범주는 불확정적이고 유연한 것이어서 홍콩 출신이 아니더라도 충분히 그 속에 포함시킬 수 있는 것처럼 보인다. 홍콩에서 장기 거주하고 있는 미국인 교수 로저에 대한 태도가 그렇다. 로저는 이미 한약을 먹는 데 귀신이 될 만큼 홍콩인의 일원이 되고 싶어 하고(114쪽), 미국으로 돌아간대도 홍콩에 있는 것보다 오히려 적응하기가 더 어려울 정도가 되었다(38쪽). 하지만 그래도 아직 모자라서 여전히 외국인으로만 취급되어 늘 허허롭고 공허한 느낌을 가지고 있다(33쪽). 그럼에도 불구하고 그가 지금까지도 남아 있는 것은 최소한 온갖 부류의 사람들과 평화롭게 공존할 수 있기 때문이다(116-117쪽). 그는 종족 이데올로기적 논리를 인정하지 않으며, 빅토리아 공원에 서 있을 민주화 시위에 나갈 작정을 하기도 한다(118쪽). 바로 이처럼 비록 그의 외모와 출신 때문에 로저가 여전히 사람들 사이에서 완벽하게 홍콩인으로 받아들여지지는 않지만, 그럼에도 불구하고 그는 홍콩의 사람들과 평화롭게 공존할 뿐만 아니라 더 나아가서 홍콩인으로서의 책임과 권리를 주장하는 사람으로 묘사되고 있는 것이다.

아마도 음식과 등장인물을 통한 예쓰의 혼종성에 대한 이런 태도가 가장 잘 나타나는 곳은 이 작품집의 표제작인 〈포스트식민 음식과 사랑〉의 결미에 나오는 다음 인용문 부분일 것이다.

> 배경이 서로 다른 좌중의 친구들을 보면서 음식 문제에서도 공감을 이루기는 어렵겠다고 생각했다. […] 이렇게 많은 서로 다른 사람들에게 어울릴 수 있는 음식과 음식점이 진짜 있기나 할까? […] 둘러보니 서로 다른 배경을 가진 친구들이 한 탁자에 둘러앉아 한창 신이 나서 이야기하면서, 술이 거의 바닥날 정도까지 즐겁게 마시고 있는 것을 볼 수 있었다. 어떤 친구들은 우리를 떠나 다른 곳에 가서 살게 되었고, 또 어떤 친구들은 새로 들어왔다. […] 세상일에 대해 우린 늘 각자 서로 다른 견해를 가지게 되고, 서로 언쟁이 그치지 않으며, 때로는 상대방에게 상처를 주기도 한다. 하지만 어쨌든 결국에는 같이 살아가는 것이다. (18-22쪽)

한 마디로 말하자면, 예쓰는 홍콩인의 정체성 문제에 대한 자신의 생각을 다양한 방식으로 표현하고 있는데, 이상의 모든 점들을 종합해 볼 때 그는 일종의 공존 화합적인 혼종적 정체성을 상정하고 있는 것이다.21) 그렇다면 이는 류이창이《교차》(1972)에서 서로 갈등을 일으키면서 혼재하는 일종의 이종혼형적 정체성을 암시한 것이라든가 시시가《나의 도시》(1975)에서 일종의 통일된 통문화적 정체성을 내보인 것과는 다르다고 할 수 있다.22)

5. 총합적인 홍콩, 총합적인 홍콩인

이 작품집에는 무소부재하는 작가 내지 화자에 의해 무소부재하는 홍콩이 표현되고 있다. 각 작품은 독자적이면서도 서로 간에 중첩적인 인물과 연관성 있는 사건 및 그것들의 미세한 차이로 인해 풍부한 지시성과 커다란 여백을 만들어내고 있다. 이에 따라 각 작품은 더욱 중층적인 의미를 가지게 되고 그 외에도 아직 말해지지 않은 더 많은 인물과 사건이 있을 것 같다. 인물들은 유동적, 가변적이면서 불안정하고 평범한 소시민이고, 그들이 떠들고 생각하는 것은 소소한 일상생활과 인간관계로 각자 자기만의 이야기들을 가지고 있다. 화자는 이런 인물들의 언행과 일화를 서술하면서 끊임없이 자질구레한 사설과 논평을 늘어

---

21) 라틴아메리카에서 앙헬 라마는 통문화론을, 가르시아 깡끌리니는 다시대적 이종혼형성이라는 혼종문화론을, 꼬르네호 뽈라르는 여러 사회문화적 규범이 융화되지 않고 갈등올 일으키면서 혼재하는 상태인 이종혼형성을 각기 주장했다. 이에 관해서는 우석균, 〈라틴아메리카의 문화 이론들: 통문화, 혼종문화, 이종혼형성〉,《라틴아메리카연구》Vol. 15 No. 2, 서울: 한국라틴아메리카학회, 2002.12, pp. 283-294 ; 네스트로 가르시아 칸클리니, 이성훈 옮김,《혼종문화》, (서울: 그린비, 2011)를 참고하기 바란다.
22) 이에 관해서는 각각 이 책〈제9장 홍콩문학의 기념비적 소설 ― 류이창의《술꾼》〉과 제11장〈시시의《나의 도시》― 긍정적 낙관적인 홍콩 상상과 방식〉을 참고하기 바란다.

놓는다. 그러면서 그것들을 개인의 기억과 집단의 역사로 바꾸어 놓으며, 홍콩의 도시 풍경과 사회 사안들 또한 장소화하고 역사화한다.

예쓰는 이런 방식을 통해서 특정한 이론이나 외부적 시각으로는 일목요연하게 단순화할 수 없는 홍콩의 모습을 구현해내고자 한다. 제목부터 서방의 이론과 관점을 비꼬는 듯한 〈서편 건물의 유령西廂魅影〉에서 홍콩 학생이 유럽인 교수에게 "베네딕트 앤더슨의《상상의 공동체》를 언급하면서 홍콩을 어떻게 상상할 것인가를 이야기"하고 있을 때, 홍콩인 교수 호풍은 "만일 영문으로 쓴 텍스트만 가지고 이 문제를 검토하면서 홍콩의 중문으로 된 작품이라든가 영문으로 번역된 중문 작품을 보지 않는다면, 아마도 상상의 공동체가 어떤지를 명확하게 설명할 도리가 없을 것"(77쪽)이라고 말한다. 이는 사실상 예쓰의 생각을 대변한 것이다. 〈후기〉에서 예쓰는 더욱 직접적으로 이렇게 말하고 있다. "이론상으로 홍콩을 논한다면 포스트모더니즘으로도 말할 수 있고 포스트식민주의로 말할 수도 있을 것이다. […] 그러나 […] 각양각색의 역사와 문화는 책으로부터 읽어내는 것이 아니라 생활로부터 체험해 내는 것이다. 갖가지 오만과 편견, 정책상의 소홀, 각종 진전과 후퇴, 빈곤 속의 풍요, 정의 속의 편협, 이런 것들은 식민지를 논한 기존의 이론으로 완벽하게 포괄할 수 있는 것만은 아니다."(256쪽)

바로 이런 관점 때문에 이 작품집에는 각양각색의 인물 및 그들의 소소한 이야기에서부터 그들이 접하는 음식에 이르기까지 온갖 것들이 뒤섞여서 혼재한다. 더구나 화자의 표현법은 때로는 몇 가지 관건적인 이미지를 떠올리는 단어들을 나열함으로써 콜라주나 몽타주 같은 효과를 나타내고, 때로는 한 공간 안에 모여 있는 여러 인물들의 모습과 행동을 돌아가면서 묘사함으로써 영화의 롱테이크 기법처럼 동일 시공간 내 사람들의 복합적인 관계를 보여주기도 한다. 또 때로는 내적독백·자유연상 등의 수법을 적절하게 활용하여 화자 또는 인물의 심리활동을 통해 한 작품 내에서 다수의 이야기가 자유자재로 교차하기도 한다.[23] 그리고 전체적으로 이런 수법들이 혼용되는 가운데 인물과 사건 역시 각 작품들끼리 서로 혼용되기도 한다. 이에 따라 독자의 입장에서는 이 모든 상황이 혼잡스럽게 느껴지거나 심지어 혼란스럽게 느껴질 수도 있다. 그런데 실은 바로 이것이 예쓰가 상상하는 또는 표현하고자 하는 홍콩과 홍콩인의 모습이다.

예쓰는 어떤 특정한 이론이나 외부적인 시각에서 간단히 설명되는 하나의 총체적인 세상을 보여주려는 것이 아니다. 그는 수많은 인물, 수많은 이야기, 수많은 기억, 수많은 관계들이 서로 이리저리 복잡하게 얽혀서 이루어진 어떤 총합적인 세상을 보여주고자 하는 것이다. 그가 상상하는 세상은 지도나 퍼즐처럼 다 맞추어놓으면 하나의 완결된 그림이 되는 그런 평면적인 것이 아니다. 그보다는 각기 독자적인 작은 요소들이 서로 차원을 달리 하며 각각의 차원에서 그물처럼 서로 얽혀서 만들어내는 입체적인 세상이다. 이는 마치 모양과 재질 그리고 길이와 굵기가 다른 수많은 섬유의 가닥들이 서로 불규칙하게 얽히고설켜서 만들어진 어떤 물체, 굳이 비유하자면 마치 인간이 살고 있는 지구와 같은 모습이라고 할 수 있을 것이다. 외부에서 바라볼 때는 그 전체 형태만 보고 간단히 공 모양(구형)이라고 말해버릴지 모르지만, 실제로는 그처럼 완벽한 원형도 아닐 뿐더러 그 표면 역시 그렇게 매끈한 것도 아니다. 더구나 그 복잡한 내부를 떠올려보라. 결국 예쓰가 상상하는 홍콩 또는 홍콩인은 그 표면과 이면에 수많은 구성 요소들 — 각 개인, 일상생활, 인적 관계, 도시 풍경, 사회 사안 등 — 이 명백하게 또는 암암리에 서로 연계되어 있으며, 그것들이 서로 이리저리 얽히고설켜서 이루어진 세상

---

23) 〈딤섬 일주〉의 경우에는 한편으로는 여러 이야기를 병렬하는 형태를 취하면서 한편으로는 또 각각의 이야기 속에서 인물의 심리활동을 통해 더 작은 이야기들을 교차하는 형태로 되어 있다.

또는 집단인 것이다.

그러므로 예쓰로서는 홍콩의 현재 상태를 인정하면서 개인들의 일상생활과 인간관계로부터 과거의 홍콩과 미래의 홍콩을 설명하는 것이 더 중요하다. 이곳 홍콩에는 없는 게 없을 만큼 모든 것이 혼재하며, 이 때문에 일견 혼잡스럽고 혼란스러워 보이기도 한다. 하지만 그러한 것들은 명백하게 또는 암암리에 서로 얽혀있을 뿐만 아니라 서로 혼합되거나 혼종되기도 하면서 공존 화합하고 있다. 홍콩에 대한 외부의 그 모든 이야기는 각자 자신의 입장에서 말하는 것일 뿐이다. 홍콩은 홍콩이다. 그런 의미에서 아마도 그가 상상하는 총합적인 홍콩, 총합적인 홍콩인은 어떤 외부적인 시각 또는 어떤 특정 이론에 의해 간단히 정의될 수 없으며, 그만큼 설명하기 어려운 것이자 끝없이 말해나가야 하고 영원히 찾아나가야 하는 것이다. 아마도 그의 많은 작품 제목이 〈메콩강 따라 뒤라스를 찾아서〉처럼 무언가 또는 누군가를 찾아가는 여정으로 되어 있는 것이라든가, 그의 많은 작품 내용이 〈교토에서 길 찾기〉처럼 계속해서 거리거리를 돌아다니는 길 찾기로 되어 있는 것은 이와 무관하지 않을 것이다. 그런 면에서 보자면 그의 모든 창작은 홍콩에 대한 상상인 셈이고, 그의 모든 삶은 '홍콩을 찾아서尋找香港'라는 말로 요약할 수 있을 것이다. 그러나 이와 같은 예쓰의 치열한 의식과 끈질긴 노력이 갑작스러운 폐암 발병과 사망으로 인해 돌연 중단되어버렸다. 참으로 안타까울 따름이다.

부록(1) 취했지만 취하지 아니한 '술꾼'
—《술꾼》 해설

《술꾼》,
류이창 지음, 김혜준 옮김,
(파주: 창비, 2014.10)

1. 작가 류이창과 이주자의 도시 홍콩

류이창劉以鬯은 1918년 상하이에서 태어나 1941년에 상하이의 쎄인트존스 대학을 졸업했다. 그해 겨울 일본이 태평양전쟁을 일으키고 상하이를 점령하자 중국의 임시 수도인 충칭으로 피난했다가 일본이 항복한 후 다시 상하이로 돌아왔다. 그 뒤 자신이 설립한 출판사가 어려움에 처하게 되면서 만 30세이던 1948년에 돌파구를 찾아 홍콩으로 갔고, 중간에 잠시 싱가포르에서 체재하기도 했지만 그길로 지금까지 60여 년간 홍콩에서 살고 있다. 말하자면 류이창 역시 《술꾼酒徒》의 주인공과 마찬가지로 외지에서 홍콩으로 이주한 사람이다.

홍콩은 원래부터 이주자의 땅이었다. 1841년 홍콩은 인구가 7,450명에 불과한, 향나무 반출용 집하장이 있는 조그만 규모의 항구 겸 어촌이었다. 그래서 지명도 '향나무의 항구' 또는 '향기 나는 항구'라는 뜻의 '홍콩香港'이었다. 그런데 영국이 식민통치 목적으로 본격 개발한 이래 외지로부터 노동자와 가정부 등 지속적으로 많은 인구가 유입되었다. 이리하여 백년 후인 1941년에는 이미 인구 160여만 명의 대규모 도시로 성장했고, 다시 오십여 년이 지난 후 중국으로 귀속되던 1997년에는 인구 660여만 명의 세계적인 현대적 메트로폴리스가 되었다.

20세기 중반까지만 해도 홍콩에 거주하던 사람들은 대체로 자신을 홍콩인이라기보다는 출발지였던 광저우廣州·차오저우潮州·산터우汕頭 등 다른 어떤 지역에 속하는 사람으로 여겼다. 그것은 당연한 일이었다. 절대 다수의 사람들은 홍콩에서 성공 또는 실패를 하면 언제든지 출발지로 되돌아갈 작정이었다. 예컨대 1895년에 흑사병 유행과 식민정부의 주거정책 등으로 인해 2만여 명의 주민이 일시에 홍콩을 떠난 일이 있었다. 또 군벌전쟁·북벌전쟁·중일전쟁·국공내전 등 중국 대륙에서 사회적 변동이 일어나거나 마무리가 될 때마다 수시로 대규모의 인구 이동이 있었다.

이러한 상황은 1949년 이후 중화인민공화국이 수립되고 냉전체제하에 중국과 홍콩의 내왕이 거의 단절되면서 완전히 달라지게 된다. 어느 정도 인구 유입은 있었지만 기본적으로는 홍콩에서 출생하고 성장한 사람이 주류를 이루었으며 이들은 윗세대와 다른 인식을 갖게 된다. 즉 윗세대가 가족이나 친지의 초청, 정기적인 고향 방문 등을 통해 계속해서 중국 대륙과 혈연적·지연적·문화적 관계를 유지해온 것과는 달리 이 새로운 유형의 거주자들은 점차 자신을 홍콩에 속하는 사람으로 인식하기 시작한 것이다. 이런 인식은 특히 1960년대 중국의 문화대혁명과 홍콩의 반영폭동이라든가 1970년대 홍콩의 경제적 비약을 거치면서 점점 뚜렷해졌다. 그리고 1980년대 들어 1997년 홍콩의 중국 귀속이 가시화되자 확실하게 표출되었다. 요컨대 20세기 후반 홍콩 거주자들은 집단 정체성의 측면에서 자신을 중국인이 아니라 홍콩인으로 간주하게 된 것이다. 이런 점들은 문학작품에서도 그대로 표현되었는데, 예컨대 류이창의 《술꾼》은 홍콩인이라는 정체성이 배태될 무렵의 모습을, 한글로도 번역되어 있는 시시의 《나의 도시》(1979)와 예쓰의 《포스트식민 음식과 사랑》(2009)은 그 이후의 상황을 아주 잘 보여준다.

2. 현실 적응과 이상 추구

장편소설 《술꾼》의 외형적인 스토리는 비교적 간단하다. 주인공인 화자는 단신으로 고향 상하이를 떠나 여러 곳을 전전하다가 홍콩에 도착한 이주자이다. 그는 본디 순문학 작가로 현대 중국문학(5·4 신문학) 및 서양문학에 대해 풍부한 지식과 예리한 시각을 가지고 있다. 특히 무엇보다도 문학의 예술적 가치와 지식인의 사회적 책임을 강하게 인식하고 있다. 그러나 이주자의 도시이자 상업적 대도시인 홍콩의 현실은 이러한 그의 능력과 사고를 유지할 수 없도록 만든다. 그는 생활을 위해 자신의 바람과는 달리 무협소설을 쓰게 되고, 나중에는 이른바 '황색글'인 색정소설까지 쓰게 된다. 그리고 현실 적응과 이상 추구의 모순 속에서 분노·번뇌·갈등·방황하면서, 술로써 자신을 마취시키며 전형적인 알코올중독자의 행동을 하게 된다.

그런데 이런 이야기 속에서 우리가 되풀이해서 보게 되는 것은 이상과 현실, 이성과 감정, 도덕과 본능 사이에서 동요하면서도 끈질기게 삶의 의미를 질문하고 사회의 부조리를 비판하는 어느 지식인의 나약하지만 처절하리만치 치열한 모습이다. 그의 이러한 모습은 마치 루쉰의 〈광인 일기〉에서 미쳤지만 미치지 아니한 광인과, 굴원의 〈어부사〉에서 뭇사람은 다 취했지만 나 홀로 깨어 있는 굴원을 합쳐놓은 것 같은 모습이다. 다시 말해 이 소설의 주인공인 '술꾼'은 취했지만 취하지 아니한 홀로 깨어 있는 사람인 것이다. 그는 '돈이 모든 것의 주인'이며 '사람이 건물에서 뛰어내리는' 곳인 홍콩, '상인들이 마음대로 해적판을 찍어내며' 진지한 작가를 '글 쓰는 기계'로 만들고 마침내 사회의 '기생충'으로 만드는 홍콩을 신랄하게 비판한다.

소설의 곳곳에 삽입되어 있는 여러 작은 사건들은 그의 이러한 비판을 상당히 설득력 있게 만든다. 그는 정당한 평가를 기대하지만 모위·친씨푸·레이웅씸 등은 오로지 이익만을 도모할 뿐이다. 그는 애정을 욕구하지만 젱라이라이·씨마레이·옝로우·웡씨댁 등과의 관계는 금전 아니면 육욕이 핵심이다. 그는 공감을 원하지만 그를 존중하고 아끼는 막호문과 레이 씨네 할머니조차도 그를 진정으로 이해해주는 것은 아니다. 그가 보기에 그의 주변에 존재하고 발생하는 이런 모든 부조리한 현상과 행위는 홍콩이라는 도시가 인간의 관념에서부터 사회의 씨스템에 이르기까지 철저하게 자본주의화 내지 상업화되었기 때문이다. 그러므로 그는 일종의 수난 속의 선지자로서 '사람이 사람을 잡아먹는 사회'인 이 도시를 비판할 수밖에 없다.

3. 이주자의 도착과 정착

주인공인 '술꾼'이 이렇게 홍콩을 금전만능적인 사회라고 비판하는 밑바탕에는 자본주의적 대도시의 발달과 그에 따른 인간의 소외라는 문제 외에 아마도 또 다른 어떤 요소가 작용하고 있는 것으로 보인다. 즉 오늘날의 관점에서 볼 때는 당시에 작가가 의식을 했든 안했든 간에 지금 막 도착한 이주자들이 겪게 마련인 사회 주변부에서의 고투가 작용하고 있는 것으로 보인다. 그것은 무엇보다도 화자가 과거에 국제적 상업도시였던 상하이라는 동일한 혹은 유사한 사회 상황 속에서 생활해본 경험을 가지고 있었기 때문일 것이다.

　작품 속 화자인 '술꾼'은, 실존하는 관찰자로서의 작가 류이창과 마찬가지로 상하이 출신이면서 싱가포르에서도 일시 거주한 적이 있다. 특히 상하이는 화자(및 작가)가 떠나오기 전에 이미 홍콩보다 훨씬 더 상업화한 국제적인 대도시였다. 따라서 화자가 상하이를 마치 잃어버린 이상향처럼 간주하고 홍콩을 저주받은 악마의 도시로 간주하는 것은 고향 상하이와 이향 홍콩이라는 요소를 제외한다면 이해하기 어려운 모순적인 태도이다. 화자가 거듭 "홍콩은 정말 이상한 곳"이라고 하면서 홍콩을 비판하는 것은 상업화하는 사회 속에서 문화적 품위를 유지하고자 하지만 현실적으로 그것이 불가능한 어느 지식인의 몸부림을 보여주는 것임이 틀림없다. 그러나 다른 한편으로는 이주자가 과거 출발지에서 가지고 있던 자신의 위치를 상실하고 현재 도착지에서 새로운 위치를 찾기 위해, 그것도 주류사회에 편입되지 못하고 주변부에서 분투·노력하거나 분노·좌절하는 모습이 어느 정도 담겨 있는 것도 사실이다.

　이런 점은 화자인 '술꾼'이 비교적 이분법적으로 사람들을 바라보는 데서도 나타난다. 그는 젱라이라이, 찌우찌유, 친씨푸, 씨마 부부, 모녀 매음을 권하는 중년 여자 등 홍콩의 기존 거주자들이 처음부터 오로지 이익만 추구한다고 여긴다. 반면에 모리배나 다름없이 된 영화감독 모위, 일본과 사업을 하는 선자바오, 무역상점에서 잡일을 하는 대학 동창 등 외지에서 온 이주자들은 예전에는 그렇지 않았는데 홍콩에 와서 달라졌다고 본다. 즉 그들의 이러한 변화는 홍콩이라는 도시 때문이라는 것이다. 그런데 한걸음 더 나아가서 본다면 바로 이런 이주자들의 변화는 화자를 포함한 그들 새로운 이주자들이 장차 어떤 형태로든 홍콩에 정착하게 되고 이로써 홍콩에 속하는 사람으로 바뀔 가능성을 보여주는 것이라고 할 수도 있다. 이는 레이 선생 부부의 현실 수용적인 태도, 레이 씨네 할머니의 정신이상과 자살, 화자의 자살 시도와 소생에서도 마찬가지로 나타난다. 이를 화자에 국한해 말해보자. 화자가 자살하려고 한 것은 통속소설에서 순문학 작품으로, 이향에서 고향으로, 홍콩에서 대륙으로 되돌아가고 싶다는 갈망이다. 그렇지만 레이 씨네 할머니와는 달리 그가 자살을 시도했다가 다시 살아난 것은 이러한 갈망이 실현 불가능하다는 것을 의미하며, 또한 그 갈망에 대한 포기 내지 도착지인 홍콩에서의 적응을 전제하는 것이다. 이런 면에서 본다면 이 작품의 화자인 '술꾼'은 지금 당장은 '홍콩을 대표하는' 중국 작가와 '중국을 대표하는' 중국 작가 사이에서 혼란을 느끼지만, 어쩌면 작가인 류이창이 훗날 그리되었듯이 언젠가 홍콩을 대표하는 홍콩 작가가 될지도 모를 일이다.

4. 중국권 최초의 '의식의 흐름' 작품

독자들은 어쩌면 《술꾼》의 일부 사건이나 장면에서 상당히 리얼한 내용과 묘사에 주목할 수도 있을 것이다. 예를 들어 수시로 술 마실 핑계를 찾고, 술을 마시기 위해 돈을 꾸고, 거짓말을 하고, 허세를 부리고, 환각에 시달리고, 주정을 부리고, 폭력에 휘말리고, 술을 끊으려고 애쓰고, 금단현상에 시달리고, 다시 술을 마시는 등 술꾼의 갖가지 행동이 그것이다. 또 화자가 경험한 20세기 전반 중국의 사회적 격변, 특히 전쟁 중에 겪은 개인적인 체험이 마치 사실적인 영화 장면처럼 펼쳐지는 것도 그러하다. 그렇지만 이 소설의 진정한 가치는 이러한 리얼리즘적인 요소에 있다기보다는 실은 중국권 최초로 '의식의 흐름' 수법 시도라는 모더니즘적인 실험을 비교적 성공적으로 이루어냈다는 데 있다. 이는 마치 어떤 투수의 직구가 매우 뛰어나더라도 직구 그 자체보다 슬라이더나 체인지업을 효과적으로 보조하기 때문에 더욱 빛나는 것과 유사하다.

이 작품 속에서도 반복적으로 거론되는 조이스, 울프, 포크너라든가 프루스뜨와 같은 여러 작가들은 일찍이 다양한 방식으로 인간 외부의 외재적 진실이 아니라 인간 내부의 내면적 진실을 탐구하고자 노력했다. 이는 두 차례의 세계대전을 거치면서 이성이라는 수단으로 세상을 일목요연하게 파악할 수 있다는 믿음이 붕괴되면서 대두된, 현실의 불가해성을 표현하고자 하는 노력의 일환이었다. 전통의 맹목적인 답습이 아니라 창조적인 문학을 추구하던 작가 류이창은 자신이 담당하던 신문의 문예면을 활용하여 이런 새로운 사조와 작품을 집중적으로 소개하는 한편 그 스스로 자신의 창작에서 이를 적극적으로 시도했는데, 가장 대표적인 성과 중의 하나가 바로 이 작품이다.

홍콩 출신인 황징후이黃勁輝에 따르면,1) 《술꾼》에 사용된 모더니즘적 표현수법은 모두 여섯 가지 유형이다. (1) 제1장 첫 부분처럼 시적인 표현, (2) "거울 앞에 서서 나는 한 마리 야수를 보았다"(44면)와 같은 데서 보듯 이미지의 표현, (3) 제6장처럼 아예 문장부호가 없거나 제8장 첫머리처럼 마침표로 구분한 꿈속 장면의 표현, (4) 각종 예술작품의 내용과 문구를 활용한 상호텍스트적인 표현, (5) 곳곳에 괄호로 감싸놓은 내적 독백 식의 표현, (6) 제4장에서 26차례나 반복되는 "바퀴는 쉬지 않고 돈다"라는 구절 하에 각각의 장면들을 상호 연계시켜서 제시한 데서 보듯이 주로 같은 문구의 반복 다음에 엮어내는 몽따주적인 표현 등이 그것이다. 그런데 여기서 중요한 것은 작가가 이런 표현수법들을 사용했다는 사실이 아니다. 중요한 것은 이런 수법을 통해서 작중의 각종 인물이나 사건이 아니라 주인공인 화자의 '의식의 흐름'을 효과적으로 보여주고 있다는 점이며, 더구나 작중에서 방황하고 갈등하는 화자의 사고 및 행동, 즉 작품의 내용과도 잘 어우러진다는 점이다.

---

1) 黃勁輝,《劉以鬯與現代主義: 從上海到香港》, 山東大學博士學位論文, 2012.5.22.

사실 엄밀하게 말하자면 중국권에서 《술꾼》에 앞서 초보적이나마 '의식의 흐름' 수법을 시도한 작품이 전혀 없었던 것은 아니다. 그렇지만 《술꾼》은 이를 본격적으로 시도했고 또 비교적 성공적으로 이루어냈을 뿐만 아니라 당시 홍콩과 타이완의 모더니즘 문학이 활성화되는 데 상당한 영향을 미쳤으며, 나중에 1980년대 중국 대륙에서 모더니즘 작품이 등장하는 데도 그 영향력이 적지 않았다. 그런 점에서 본다면 《술꾼》이 '의식의 흐름' 수법을 사용한 중국권 최초이자 성공적인 작품이라고 평가하는 것은 확실히 타당성이 있다.

물론 류이창의 문학적 성과는 《술꾼》 한편에만 그치는 것은 아니다. 그는 이 작품의 화자와는 달리 술을 마시지 않았으며 무협소설이나 '황색글'을 쓰지도 않았다. 하지만 그는 편집일을 직업으로 하면서 수십 년 동안 나머지 시간에 하루 평균 7, 8천자, 심지어 1만 2천자까지 원고지를 메워나갔다. 그리하여 한편으로는 '남들을 즐겁게 하기 위해서' 《바걸》 등 애정소설 위주의 통속소설을 다수 창작하면서, 다른 한편으로는 '자기 자신을 즐겁게 하기 위해서' 누보로망의 관점과 방식을 도입한다든가 하며 《절 안寺內》 《1997一九九七》 《교차對倒》 등 실험적인 순문학 작품의 창작을 계속해나갔다. 당연한 말로 순문학이든 통속문학이든 간에 그의 창작은 주로 홍콩의 도시생활을 표현해내는 데 초점이 맞추어져 있고, 이와 같은 그의 스타일은 많은 사람들에게 영향을 주었다. 예를 들면, 《술꾼》처럼 그의 작품에는 홍콩의 지명, 거리 풍경, 음식점, 사회 상황, 뉴스 등이 수시로 등장하는데 이처럼 홍콩의 도시적 면모와 분위기를 이미지화하는 방식은 그가 직접 배출한 시시·예쓰 등 많은 후배 작가라든가 그로부터 영감을 받아 〈화양연화〉, 〈2046〉 등을 제작한 왕자웨이와 같은 영화감독에게까지 이어졌다.

5. 작가의 의도와 감사의 말

《술꾼》을 옮기면서 작가의 의도와 그 결과를 최대한 살리고자 노력했다. 또 가능하면 원래의 문장부호나 표현을 그대로 유지하려고 애썼으며, 따라서 아예 문장부호가 없는 부분이라든가 대화에서 따옴표 대신 사용한 이음줄과 같은 부호, 또는 작가가 의도적으로 사용한 물음표와 같은 특정한 문장부호 역시 그대로 두었다. 그러다보니 한글로 바꿀 때 생경하거나 어색한 문장이 없지 않았다. 예컨대 "반짝이는 두 눈동자가 나타났다"(25면) "열일곱 살짜리의 욕망이 소나무보다 더 노숙하다"(132면) 따위의 구절이 그러하다. 그러나 이 소설이 1960년대 초의 작품이고 문학사적 의미가 크다는 점을 고려해서 굳이 모든 것을 일괄적으로 21세기 초인 지금의 한국어 표현으로 바꿀 필요는 없으리라고 생각했다. 또 이 작품이 홍콩소설이라는 특수성을 고려하여 홍콩의 지명, 인명 및 기타 여러 어휘나 표현을 한글로 바꾸는 데 특별한 주의를 기울였다. 예컨대 중국어 발음은 국립국어원의 외래어 표기법에 따라 표기했지만 홍콩의 지명은 가능하면 영어식으로 표기했고, 홍콩 사람의 이름은 홍콩 발음(광둥말 발음)으로 표기했다. 같은 차원에서 작가가 직접 알파벳으로 표기한 것들은 한글로 바꾸지 않고 그대로 두었다. 이 때문에 애초 오자였을 것으로 짐작되는 'Rod Stering'(24면)과 같은 사람 이름조차 'Rod Serling'으로 고치지 않고 원래대로 두는 점을 양해해주기 바란다.

이 책을 출간하는 과정에서 감사해야 할 사람들이 많이 있다. 우선 이 작품을 창작하고, 한글판 출간을 허락해준 작가 류이창 선생과 그의 부인 뤄페이윈羅佩雲 여사에게 감사한다. 류이창 선생은 올해 96세의 고령인데도 불구하고 여전히 건강하게 여러 활동에 참가하시는 걸로 알고 있는데 앞으로도 오래오래 그리하시기를 빈다. 옮긴이를 대신해서 작가 부부와 연락을 취하고 한글판 저작권을 주선해준 홍콩의 젊은 한국 전

문가인 천바이웨이陳栢薇에게 감사한다. 이 책의 한글판 출간을 추천해
준 서강대의 이욱연 교수와 이를 받아들여준 창비세계문학 기획위원들
께 감사한다. 옮긴이와 함께 타이완·홍콩문학 및 화인화문문학의 연구
와 번역에 전념하고 있는 현대중국문화연구실(http://cccs.pusan.ac.kr/)
의 청년 연구자들에게 감사한다. 그들의 변함없는 신뢰와 무언의 격려가
아니었더라면 옮긴이의 개인적인 사정으로 인해 이 책의 출간은 훨씬 늦
어졌을 것이다. 끝으로 그 누구보다도 이 책을 선택하고 읽어줄 미래의
독자 여러분에게 특히 감사한다. 만일 이 번역에서 원문의 훌륭함이 충분
히 드러나지 못한 부분이 있다면 이는 전적으로 옮긴이의 책임이며, 독자
여러분의 이해와 더불어 아낌없는 질정이 있기를 기대한다.

2014년 7월 15일 김혜준

부록(2) 나의 도시, 홍콩
―《나의 도시》 해설

《나의 도시》,
시시 지음, 김혜준 옮김,
(서울: 지식을만드는지식, 2011.2)

　홍콩은 세계 어느 지역과도 구별되면서 또 상통하는 특별한 환경과 경험을 가지고 있다. 1842년 영국의 식민지가 된 이래 150여 년 동안 동방 문화와 서방 문화의 적극적인 교류·접촉, 1949년 중화인민공화국의 건국 전후로부터 약 50년간의 좌익 사상과 우익 사상의 간접적인 대립·경쟁, 궁극적으로는 식민지라는 한계가 주어진 정치적 환경과 그럼에도 불구하고 상대적으로 상당히 자유로웠던 언론 상황, 대도시 특유의 상업적이고 도시적인 환경과 그 이면에서 여전히 작용했던 전통적인 사고방식과 생활 습관, 1997년 이후 이른바 '1국 2체제'로 불리는 사회주의 국가 내에서의 자본주의 사회의 유지 등이 그러하다.

　이로 인해서 홍콩문학 역시 그 자신만의 독특한 성격을 갖게 되었다.

특정 이데올로기나 문학 관념이 지배하지 않는 다양성, 상업적 논리가 강하게 작용하는 상업성, 작가의 이동이 대규모적이고 빈번한 유동성, 중국 문학과 세계문학이 상호 소통하는 교통성, 중국대륙문학과 타이완 문학 및 세계 각지의 화인화문문학을 연결하는 중계성, 현대적 대도시를 바탕으로 한 소재와 사고와 감각을 표현하는 도시성, 칼럼산문(신문에 고정적으로 기고하는 수필)이나 무협 소설과 같은 분야가 성행하는 대중성, 영국에 의한 식민 지배 경험과 중국 문화·전통의 영향 및 그것과의 재통합에 따라 표출되는 포스트식민성 등은 모두 홍콩문학의 독자적인 면모를 잘 보여 주는 것이다.

홍콩문학의 이와 같은 독자성은 세계문학, 그중에서도 직접적으로는 중국 문학에서 중요한 의미를 가지고 있다. 이 때문에 홍콩문학은 한국에서는 아직 그다지 주목받고 있지 못하지만 세계적으로는 상당히 주목을 받고 있다. 그런데 홍콩문학의 독자성이 언제부터 형성되기 시작해서 언제부터 비교적 분명하게 드러나게 되었는지에 대해서는 아직 다양한 견해가 존재한다. 이와 관련해 나는 20세기 상반기에 이미 그와 같은 면모들이 나타나기 시작했고, 20세기 중반에 이르러 비교적 분명한 모습을 갖추게 되었으며, 특히 비약적으로 경제 발전을 이룬 1970년대에 이르러 확고해진 것으로 생각하고 있다.

애초 인구 수천의 조그만 어촌에서 출발한 홍콩은 갈수록 더욱 큰 규모의 무역항이자 금융 도시로 발전했다(현재는 인구 약 700만 명에 이른다). 과거 이런 발전 과정에서 필요한 인적 자원은 자체적으로 증가하는 인구보다는 주로 외부에서 유입된 인구에 의존했다. 따라서 20세기 중반까지만 해도 홍콩과 중국 대륙 사이의 내왕은 비록 지속적으로 일정한 제한이 가해졌다고는 하지만 그럼에도 불구하고 대체로 자유로운 상황이었다. 그런데 2차 대전 종전 이후 세계가 냉전 체제로 들어서자 상황이 달라졌다. 홍콩이 자본주의의 교두보가 되면서 이 때문에 양자 간의 관계가 대단히 제한받게 되었다. 그리고 그전에 비해 상대적으로 홍콩 거주민들의 범주가 어느 정도 안정되기 시작했다. 다시 말해서 홍콩에서 출생하고 성장한 사람들이 인구의 대부분을 차지하기 시작하면서 자연스럽게 홍콩인으로서의 정체성이 생겨나기 시작한 것이다. 이런 경향은 특히 홍콩 사람들이 1966년에 일어난 중국 대륙의 문화대혁명과 1967년에 일어난 홍콩의 반영폭동을 겪으면서, 홍콩이 중국 대륙과도 다르고 영국과도 다르다는 특수한 상황을 직접적으로 체험하게 됨으로써 더욱 분명해지기 시작했다. 그 후 홍콩의 경제가 비약적으로 발전한 1970년대에 들어서자, 현대적 대도시로 발전하는 홍콩과 더불어 홍콩에서 성장한 세대가 그들의 출신지나 출생지에 관계없이 자신들을 홍콩인으로 자각하면서, 적극적으로 홍콩에 대한 사랑을 표현하고 홍콩인으로서의 발언권을 주장하기 시작했다.

이처럼 홍콩에서 성장하고 홍콩을 자신의 땅으로 여기는 새로운 세대의 등장으로 인해 홍콩문학 역시 완연하게 새로운 상황을 보였다. 즉 과거에는 중국 대륙과의 일체감이 작용한데다가 또 외부로부터의 이주자 출신 작가들이 많았기 때문에 홍콩 자체를 묘사하는 경우가 썩 많지 않았을 뿐만 아니라 설령 홍콩 자체를 다루더라도 부정적이고 비판적인 시각으로 묘사하는 경우가 많았다. 그런데 이제는 홍콩이라는 이 도시에 대해 일체감을 느끼고 이 도시 자체를 자신의 도시로 받아들이는 태도가 뚜렷하게 나타났던 것이다. 그리고 이러한 변화를 처음으로 확실하게 보여 준 성공적인 작품이 시시의 《나의 도시》였다.

시시의 《나의 도시》는 이 도시와 이 도시에 사는 사람들의 다양한 모습을 동화적 상상과 과장이라는 방식을 사용해 아주 긍정적으로 세심하게 보여 주고 있다.

소설 속의 도시는 물론 1차적으로 홍콩으로 간주할 수 있다. 찜싸쪼이尖沙咀를 페이싸쪼이肥沙嘴로, 웡꼭旺角을 나우꼭牛角으로, 인근의 마카오를 마까오馬加澳로 쓰는 등 변형된 형태로 나타나는 각종 지명, 1층부터 있는 중국식 층수와 지상층(Ground Floor)부터 있는 영국식 층수의 차이로 12층이 곧 11층인 건물, 배 모양이나 우주선 모양으로 디자인한 초현대식 고층 빌딩들과 누가 들어오면 문 앞의 탁자를 치워야 할 만큼 비좁고 열악한 아파트, 그 사이사이에 끼어 있는 도시의 허파인 작은 쉼터 공원들, 슈퍼마켓을 포함한 수많은 상점과 진열장, 해협을 오가는 페리와 좌측으로 주행하는 버스와 전차, 오른쪽, 왼쪽, 다시 오른쪽을 살펴야 하는 보행자들, 경마·마작·얌차·쇼핑·수영과 축구 구경, 영화 관람이 일상화된 생활, 청원 집회, 노상강도, 쓰레기, 인스턴트식 소설 같은 각종 사회적 사안들, 문 만들기 이야기로 비유되듯이 산업사회로의 전환과 금융 산업의 대두, 석유 파동에 따른 에너지 위기와 도시 발전에 따른 낙관적인 대처, 신문과 텔레비전 등 언론 매체의 발달 등등. 소설 속에 출현하는 이 모든 것들은 홍콩 사람들 자신은 물론이고 홍콩에 대해 어느 정도 알고 있는 사람들에게는 자연스럽게 이 도시를 연상시킨다.

더구나 이 모든 것들은 긍정적이고 낙관적으로 묘사된다. 예를 들면, 아궈阿果의 경우 현실에서는 아마도 치열한 경쟁을 거쳐 졸업, 취업, 근무를 하게 되었을 테지만 소설에서는 그러한 과정이 마치 아이들의 유희처럼 서술되고 있다. 이는 도시적인 삶을 비판하고 비난하기보다는 이미 그것에 적응하기 시작해서 자연스럽게 받아들이는 단계로 접어들었음을 말하는 것이다. 또 심지어 막파이록麥快樂이 심야의 거리에서 강도를 만난 장면마저도 마치 일상의 사소한 일처럼 보일 정도로, 도시의 성장 과정에서 나타나는 부정적인 모습에 대한 비판조차도 직설적이거나 신랄하지 않고 온화한 방식으로 처리되고 있다. 결국 이런 것들은 이제 홍콩이 더 이상 빌린 도시가 아니며, 홍콩인의 삶 역시 더 이상

뿌리 없이 부유하는 삶이 아님을 보여 주고 있는 것이다.

소설 속의 도시는 이와 동시에 홍콩에 국한되지 않는 지구상의 그 어느 대도시로 보아도 무방하다. 그것은 한편으로는 이러한 도시적 상황과 도시적 삶이 이미 세계적으로 확산되고 있거나 이미 그렇게 되었기 때문이며, 다른 한편으로는 이 도시가 현실과 상상, 이성과 감정이 효과적으로 혼합된 형태로 표현됨으로써 홍콩이라는 특정 도시로 국한되지 않는 개방성을 가지고 있기 때문이다. 말하자면, 오늘날 전 국민의 대부분이 도시 생활을 하는 한국 독자가 본다면, 특히 그중에서도 압축 성장의 시대였던 1970년대를 겪어 본 한국 독자가 본다면, 이 소설 속의 도시를 자신이 사는 도시 또는 지역이라고 상상해도 큰 무리가 없게 되는 것이다.

이렇게 생각한다면 도시야말로 이 소설의 진정한 주인공이라고 할 수 있다. 물론 이 소설에는 여러 인물들이 등장하고 여러 사건들이 일어난다. 그렇지만 인물들의 성격이나 그들이 겪는 사건 자체보다도 그런 것들을 통해 보여 주는 도시의 각종 면모가 소설의 중심이 되고 있다. 예를 들면, 사건들 간의 시간적 연관 관계가 그다지 선명하지 않은데 이런 것들은 곧 이 소설의 배경이면서 동시에 핵심이 되는 도시라는 공간을 더욱 부각시키는 역할을 하는 것이다.

어쨌든 형식적으로 볼 때, 이 소설에는 아궈라는 인물이 '나'라는 말을 사용하는 화자로서 등장한다. 그러나 '나'라는 화자가 등장하지 않는, 여타 인물들이 중심이 되는 부분들에서 여전히 아궈를 화자로 볼 수 있는 곳도 있지만, 소설 내용상 아궈가 목격하거나 알 수 없는 내용이 이야기되고 있다는 점에서 또 다른 전지적인 화자가 가정되어 있다. 즉 화자로서의 작가가 숨겨져 있는 셈인데, 이는 애초 이 소설의 연재 당시에 작가의 이름을 시시가 아니라 아궈로 표기했다는 점에서 상당히 흥미로운 부분이다. 그런데 여기서 중요한 것은 전지적인 화자 역시 아궈의 시각과 어투를 그대로 유지하고 있다는 점이다. 그뿐만이 아니다.

더욱 중요한 것은 아귀라는 화자 또는 전지적인 화자에 의해 '그(그녀)'로 불리는 다른 인물들의 어투, 행동, 사고도 마찬가지로 아귀를 원형으로 하고 있다는 점이다. 따라서 첫째, 소설 속의 목소리는 하나가 아니라 여럿이면서 동시에 여럿이면서도 하나인 셈이다(이는 각 목소리의 자기주장과 그 차이를 강조하는 미하일 바흐친의 헤테로글로시아(Heteroglossia) 개념과 비슷하면서도 다른 점이다). 둘째, 이 소설의 주요 등장인물들이 사실상 각자 자기 이야기의 화자가 된다는 점에서 이 소설 전체로 보면 화자는 '나'가 아니라 '우리'가 되는 셈이다. 바로 이런 측면이 이 소설로 하여금 일견 단순하면서도 중층성을 띠도록 만들고, 이 소설의 독자, 특히 당시 홍콩의 독자로 하여금 자신을 화자 내지 등장인물과 쉽사리 동일시하게 만드는 효과를 자아내게 하는 것이다.

그렇다면 왜 작품의 제목이 '우리의 도시'가 아니라 '나의 도시'가 되는 것일까? 그것은 이런 이유 때문이라고 할 수 있다. 등장인물이든 아니면 독자든 간에 현대적 대도시 또는 현대적 세계에서 살고 있다는 면에서는 모두 일종의 집체성, 공통성을 가지고 있지만, 다른 한편으로는 각기 상당한 또는 미묘한 차이를 가지고 있다. 그뿐만 아니라, 소설 속 아귀의 근면하고 노력하는 언행에서 보듯이, 이러한 개인들이 모여서 집체를 이루고 살아가는 이 도시 또는 세계를 변화시키는 데는 각 개인들의 상향 의지와 실천적 노력이 필요하다. 다시 말해서 이 소설은 이처럼 각성한 개인이라는 현대인을 기반으로 하고 있는 사회로서의 현대적 대도시를 보여 주고 있는 것이며, 그 때문에 '우리의 도시'가 아니라 '나의 도시'라고 하게 된 것이다.

이 소설은 이와 같은 '나의 도시'를 보여 주기 위해 여러 가지 방식을 사용하고 있다. 그중 가장 주목할 만한 점은 고정식 시점이 아니라 이동식 시점을 사용하고 있다는 것이다. 일반적으로 서양화에서는 고정식 시점을 사용한다. 더러 시공간적으로 얽혀 있는 내용을 표현한 그림조차도, 낱장의 그림을 나란히 배열하거나 아니면 화면 자체를 대형화하거나 혹은 반대로 화면은 그냥 두고 각각의 대상을 축소하거나 해서 어쨌든 한눈에 그림이 들어오도록 만든다. 더구나 나중에 원근법을 사용하게 되면서 이런 고정식 시점의 사용은 더욱 확고하게 고착되었다. 그렇지만 동양화에서는 종종 다중적 시점이라든가 이동식 시점을 사용한다. 예를 들면, 김홍도의 〈씨름〉을 보면 원근법 없이 다중적 시점을 사용하고 있음을 볼 수 있으며, 안견의 〈몽유도원도〉라든가 송나라 장택단張擇端의 〈청명절 강변의 풍경淸明上河圖〉과 같이 오른손으로 펼쳐 가면서 왼손으로는 말아 가는 가로로 된 두루마리 그림을 보면 이동식 시점을 사용하고 있음을 볼 수 있다. 물리적으로는 도저히 한눈으로 파악할 수 없는 다중적 화면이 중첩되어 있거나 또는 마치 배를 타고 유람하듯이 연속적으로 이어지는 장면이지만, 보는 사람은 그런 것을 전혀 의식하지 못한 채 자연스럽게 그것들을 받아들이는 것이다.

시시가 이 소설에서 사용한 방법이 바로 이와 유사하다. 앞에서 말했듯이 이 소설은 연관성이 그리 강하지 않은 자질구레한 사건들을 잡다하게 제시하면서, 표면적인 화자 아궈의 시선을 그대로 사용하는 듯하면서도 동시에 전지적인 화자나 각 등장인물의 시선을 사용하면서 도시의 이런저런 면면들을 계속 보여 준다. 작가 시시는 동양화의 경우처럼 일종의 이동식 시점을 사용한 것인데, 등장인물과 사건 그 자체보다도 도시라는 공간을 중시한 의도와 잘 부합할 뿐만 아니라 애초 연재소설이라는 특수성과도 잘 결합하는 방식이었다. 즉, 첫째로 이 방법은 특정한 고정적 시각을 해체하고 다양한 시각을 가능하게 함으로써 도시라는 공간을 구석구석 살펴보고자 하는 작가의 의도를 만족시켜 주었다. 그뿐만 아니라 둘째로, 이런 특징은 독자가 매일 신문의 소설을 읽을 때마다 현재 장면을 상상함과 동시에 지나간 장면과 대조하도록 만들어

주고 또 다음 장면을 미리 떠올려 보도록 해 주는 것이었다.

그런데 여기서 두 번째 점은 특별히 주목할 만하다. 이 소설은 처음 연재 당시 매일 1000자 정도에 몇 마디 글자를 부기한 그림 하나씩과 함께 약 150일간 연재됐다고 한다. 그런데 황지츠黃繼持의 회상에 따르면, 스토리성이 강한 일반 연재소설과는 달리 이 소설은 각각의 연재 내용이 끊어지는 듯 이어지는 듯하면서 종국적으로는 언제까지나 계속 이어질 것 같은 느낌을 주었다고 한다. 즉 이런 방식은 유한한 공간을 무한한 공간으로 변화시키는 중국의 정원 예술의 수법과 유사한 측면이 있는 것이다. 다시 말하자면, 이 소설 속에서 묘사된 것처럼 작은 문으로 들어설 때마다 새로운 정원이 나타나는 담으로 둘러쳐져 있는 공원에서 보듯이, 정원을 한눈에 들어오는 커다란 하나의 공간으로 꾸미지 않고 여러 개의 작은 공간으로 분할함으로써 마치 그런 공간이 무수히 이어질 것 같은 상상을 부여하는 수법인 것이다. 혹시 베이징 이허위안을 본 적이 있는 사람이라면 이 점을 비교적 잘 이해할 수 있을 것이다. 이허위안의 인공 호수를 만들 때 하나의 호수로 만들지 않고 제방과 다리로 분할해 놓음으로써, 마치 호수가 계속 중첩되면서 무한히 이어질 것 같은 시각적 효과를 주고 있는 것이다. 혹시 시시 본인은 그런 것까지 미처 의식하지 못했을지라도, 결국 소설 속 '나의 도시'는 크지 않은 유한한 공간이면서도 무한히 확장될 수 있을 뿐만 아니라 심지어는 시간적으로도 무한하게 이어질 수 있는 가능성을 가진 도시가 되는 것이다. 이런 점에서 적어도 당시 홍콩 독자들은 이 소설을 읽으면서 자신들의 도시, 홍콩에 대한 연속성과 신뢰감을 가지게 되었을 것이다. 그런데 여기서 다시 한 번 황지츠의 느낌을 거론해 보자. 그에 따르면, 나중에 이 소설을 다시 책으로 만나게 되었을 때, 아마도 연재 당시와 출판 시점 사이의 시차에 따라 연령이 많아진 탓도 있겠으나, 실인즉 책이 가지는 특성상 읽어 갈수록 차츰 줄어드는 분량 때문에 소설 자체의 유한함을 느꼈다고 한다. 이 점은 오늘날 홍콩이 이미 중국에 반환된 것과 맞물려 미묘한 느낌을 자아내지 않을 수 없다.

이 소설에서 인상 깊은 서사 방식은 그 외에도 여러 가지가 있는데, 그중 몇 가지만 더 거론해 보도록 하자.

첫째, 등장인물의 말투든 화자의 말투든 간에 전체적으로 아이들의 어투를 기조로 하고 있다. 그러나 앞뒤가 안 맞는다든지 불명료하다든지 하는 경우는 없고 아주 정련되어 있다. 그러면서 아직 고정관념에 사로잡히지 않은 아이들이 종종 만들어 내는 기발한 표현을 적절히 활용하고 있다. 예를 들면, 소설의 첫 부분에서 "나는 그녀들에게 나의 머리를 끄덕였다. […] 그녀들은 말했다. 그럼 너희가 살도록 하마"라고 하고 있는데, '나의 머리'니 '너희'니 하는 말을 넣은 것은 단순히 어색한 말실수가 아니다. 이는 화자의 시각에서 그녀들과 나, 그녀들과 너희(즉 나와 내 가족)를 구별하는 데서 나온 아이다운 말인 것이다.

둘째, 이 소설은 이처럼 아이들의 시각이나 어투를 사용할 뿐만 아니라 종종 아이들의 노래까지도 직접 섞어 놓기도 한다. "토스트, 토스트, 참 맛있어", "빙빙빙, 국화 밭, 볶음밥, 찹쌀떡" 등이 그렇다. 이런 노래들은 당시 홍콩에서 일상적으로 들을 수 있었던 동요들로 한편으로는 이 소설에 홍콩적 특성을 부각시키면서 한편으로는 음악적 효과를 자아낸다. 이 소설에 음악적 분위기를 부여하는 것은 이뿐만이 아니다. "빠르릉 빠르릉"과 같은 다수의 의성어 사용, "해야 흰색 해야" 이하에서 보이듯이 적절한 장단구의 구사, "방문 창문, 탁자 의자, 그릇 대야, 손뼘 발걸음, 산수 논밭, 강아지 송아지"와 같은 유사 구절의 반복 등이 모두 그렇다.

셋째, 이 소설에는 다양한 색깔을 보여 주는 어휘, 특정 풍경이나 장면에 대한 시각적 묘사, 더 나아가서 의도적으로 문장을 끊어 사용함으로써 활자 배열 자체가 주는 그림 효과, 작자 자신이 손수 그려서 군데 군데 삽입한 동화적 그림 등에 따른 일종의 회화미도 나타난다. 그리고 아마도 작가가 영화 작업을 하면서 영향을 받았을 것으로 보이는 바, 몽타주 방식처럼 장면들을 퍼즐처럼 섞어 놓은 것이라든가 장면 전환 효과를 보이는 부분 역시 종종 등장한다.

넷째, 벽에 못을 박는 이야기 등에서 보듯이 사물을 의인화한다든가 슈퍼슈퍼마켓과 대발이 이야기에서 보듯이 아이들의 과장적이고 동화적인 상상을 사용하고 있다. 이런 방식은 현실에서 존재하는 것들을 마치 사진 찍듯이 그대로 보여 주는 것이 아니라 '낯설게하기' 효과를 내면서 흥미롭게 만들어 줄 뿐만 아니라 독자가 스스로 상상할 수 있는 여지를 준다. 또 전체적으로 순수하고 따뜻한 느낌을 유지해 주는 역할도 한다. 예를 들면 못이 잘 안 들어가는 삼합토 벽과 폭력배 조직인 삼합회를 연결시킨 것처럼 사회의 어두운 면을 보여 줄 때조차도 온화한 비판 효과를 나타낸다.

마지막으로, 중국 전통 소설인 장회소설이나 오늘날 텔레비전 연속극에서 즐겨 쓰는 것과 다소 유사한 구성을 사용하고 있다. 즉, 소설 전체가 에피소드의 집합으로 되어 있고, 에피소드마다 중심인물이 있지만, 특정 에피소드가 빠진다고 해도 대체로 전체 사건의 진행에는 크게 지장이 없는 그런 방식이다. 그러면서도 확연히 다른 점도 있는데, 장회소설이나 연속극이 일반적으로 스토리 위주의 시간을 중시하는 구성을 가지고 있다면, 이 소설은 사건보다는 장면과 묘사 또는 인상 위주의 공간을 중시하는 구성을 가지고 있다는 점이다. 바로 이 점과 더불어 앞서 언급한 여러 가지 점들로 인해, 1975년 연재 당시 16만 자였던 것을 이후 1979년과 1989년에 각각 6만 자와 12만 자를 발췌해 출간했음에도 불구하고, 원작이 가진 원천적 생명력은 그대로 유지하면서 또 각기 그 나름의 새로운 작품으로 존재할 수 있게 되었을 것으로 보인다.

이 번역본은 1979년 홍콩에서 출판된 6만 자 판을 완역한 것이다. 시시의 《나의 도시》는 1974년에 창작되어 1975년 1월 30일부터 6월 30일 사이에 홍콩의 《쾌보快報》에 연재되었으며 연재 당시 분량은 대략 16만 자였다. 그 후 1979년 홍콩에서 시시가 편집을 맡은 쏘우입출판사素葉出版社가 출범하면서 그중 약 6만 자를 작가 자신이 발췌해 창사 기획물로 출판했다. 그 뒤 1989년에 일부 내용을 삭제 또는 수정해서 약 12만 자 분량으로 타이완의 윈천문화允晨文化에서 발간했고, 1996년에는 이 저본을 바탕으로 쏘우입출판사가 다시 약 12만 자 분량으로 증보판을 냈으며, 1999년에는 타이완의 훙판서점洪範書店에서 연재 당시의 분량에 비교적 근접하는 약 13만 자 분량으로 출간했다. 신문 연재 당시에는 저자명을 아궈라고 했으나 후일 책으로 내면서 시시로 바꾸었고, 연재물이든 책으로 된 것이든 간에 수량상으로는 차이가 있지만 모두 저자가 손수 그린 간단한 그림들이 함께 실려 있다.

번역을 하면서 가장 주의를 기울인 것은 가능한 한 이 소설의 특징을 살리는 일이었다. 그 때문에 간혹 한국어 표현상으로는 부자연스러운 곳도 없지 않았다. 예컨대, "지상 케이블카 역을 지나고, 회차장에 도착해서, 빙빙빙, 국화 밭, 볶음밥, 찹쌀떡"이라고 한 부분이라든가, 아팟阿髮이 옥상 청소를 하면서 "그것들이 안 보이게 씻어 내릴 수 있었습니다才把它們沖不見掉"라고 한 부분이 그렇다. 굳이 설명을 덧붙이자면 후자의 경우 원래 한국어로든 중국어로든 "그것들을 씻어 내릴 수 있었습니다才把它們沖掉"라고 해야 하겠지만, 작가가 의도적으로 아이들의 말투를 흉내 내 썼고 그 때문에 번역 역시 그대로 따라 한 것이다. 마찬가지 차원에서 홍콩과 관련된 고유명사는 홍콩 방언, 즉 광둥말의 발음을 사용했으며, 그 외의 고유명사는 교육부의 '외래어 표기법'에 맞추어 중국 표준어 발음을 사용해 표기했다. 그럼에도 불구하고 옮긴이로서 그런 노력이 얼마나 성과를 거두었는지에 대해서는 완벽하게 자신할 수 없다.

근본적으로 어떤 문학작품을 다른 문화권의 다른 언어로 그대로 옮긴다는 것은 애초부터 불가능한 일인지도 모른다. 다시 말해서 옮기는 동안 불가피하게 어떤 것들은 사라지고, 어떤 것들은 변형되고, 심지어 새로운 것들이 추가되기 마련인지도 모르며, 바로 그런 것이 잘못된 일이라기보다는 그 나름의 의미를 갖는, 필요한 일인지도 모른다. 그런 의미에서 옮긴이의 주관적 바람이 있다고 한다면, 작가 시시가 만들어 낸 그 무엇을 조금이라도 근사하게 옮겨 내고, 독자들이 나의 그러한 작업을 읽으면서 조금이라도 더 가깝게 작가에게 다가가면서 조금이라도 더 새로운 그 무엇을 만들어 낼 수 있었으면 하는 것이다.

　마지막으로 몇 마디 보충의 말과 감사의 말을 해야 할 것이다. 번역본에서 숫자를 넣어 나누어 놓은 것은 1979년 판에는 없는 것이지만 독자의 이해를 돕기 위해 옮긴이가 1989년 판을 참고로 해 추가한 것이다. 번역본에서 아예 문장부호가 없거나 물음표를 써야 될 부분에 마침표를 찍거나 한 것은 작가 시시가 의도적으로 그렇게 한 것을 그대로 따른 것이다. 이 작품 해설을 쓰면서 나는 내가 예전에 썼던 글과 나의 홍콩 시절 은사로 이미 별세하신 황지츠 선생의 〈시시의 연재소설: 추억하며 다시 읽기西西連載小說:憶讀再讀〉(黃繼持/盧瑋鑾/鄭樹森, 《追跡香港文學》, 香港: 牛津大學出版社, 1998, pp. 163-179), 그리고 허푸런의 〈《나의 도시》의 한 가지 독법《我城》的一種讀法〉(《我城》, 臺北: 允晨文化出版社, 1995, pp. 219-239) 등을 참고했다. 만나 본 적도 없지만 이 작품을 창작하고 한글판 출간을 허락해 준 작가 시시에게 감사드리며, 비록 저자 시시로부터 직접 저작권을 받지는 못했지만 그러기 위해 노력해 준 또 다른 나의 홍콩 시절 은사 루웨이롼盧瑋鑾 선생께 감사드린다. 나와 함께 타이완문학 및 홍콩문학의 작품과 화인화문문학 작품의 번역에 동참해 준 현대중국문화연구실의 여러 젊은 연구자들에게도 감사를 표한다. 끝으로 이 모든 일을 처음부터 기획하고 추진해 준

지만지의 정경아 편집장에게 감사드리며, 특히 이 책을 선택하고 읽어
줄 미래의 독자 여러분에게 미리 감사드린다.

2010년 10월 김혜준

부록(3) 홍콩성 찾기 또는 만들기
—《포스트식민 음식과 사랑》해설

《포스트식민 음식과 사랑》,
예쓰 지음, 김혜준/송주란 옮김,
(서울: 지식을만드는지식, 2012.9)

    1842년 난징조약에 의하면 '중국 황제는 영국 왕에게 홍콩섬을 양도
하기로 한다. 홍콩섬은 앞으로 영원히 영국 여왕과 이후 세습되는 영국
군주들의 소유가 되며, 영국 여왕이 선포하는 법과 규칙에 따라 통치된
다.'라는 요지의 내용이 들어 있다. 그리고 그로부터 약 140년 뒤인
1984년 12월 19일에 발표된 중영 연합 성명에는 '중화인민공화국 정부
는 홍콩 지역(홍콩섬, 가우룽 및 산까이를 포함하며, 이하 홍콩이라고
함)을 재통합하는 것이 모든 중국 국민의 한결같은 열망이며, 1997년
7월 1일부터 홍콩에 대한 주권을 다시 행사하기로 결정했음을 선언한
다.'라는 내용이 들어 있다. 난징조약이 홍콩 식민지 역사의 출발점을
결정짓는 것이었다고 한다면 중영 연합 성명은 그 종착점을 결정짓는

것이었다고 할 수 있다. 하지만 홍콩인들의 입장에서 볼 때 이것이 꼭 반가운 소식만은 아니었다. 1984년 이후 홍콩에서는 미래에 대한 불안 감 때문에 이민 열풍이 몰아치는 등 사회 전체가 요동치게 되었다. 그 러면서 홍콩인들은 종래 자신이 누구이며 홍콩이 어떻게 될 것인가에 대해 별반 주의하지 않던 데서 벗어나서, 본격적으로 정체성 문제를 고 민하기 시작하는 한편 스스로 그 정체성을 만들어 나가고자 노력하기 시작했다.

1984년 이래, 혹은 그 이전부터, 당연히 홍콩문학계는 이런 상황을 작품으로 보여 주기 시작했다. 홍콩의 장래나 홍콩의 정체성 또는 홍콩 과 중국 대륙 간의 차이 등에 관심을 가진 작품이 증가했고, 홍콩 반환 을 직접적인 소재로 한 단편소설과 중·장편소설들이 속속 발표되었다. 특히 1990년대에 들어서면서 이른바 '홍콩성'의 추구가 명확하게 드러 나는 '도시의 상실' 또는 '도시로부터의 소외'를 보여 주는 작품이 증가 했고, 외국 이민과 관계있는 이야기가 더욱 다양하고 세밀하게 제시되 었다. 다시 말해서 역사 회고, 신 이주자, 외국 이민, 도시로부터의 소 외, 도시의 상실, 홍콩의 사회적 현상 등 중국 대륙과 구별되는 홍콩만 의 특징 및 홍콩 반환 문제와 관련해 일어나는 일련의 현상들을 표현함 으로써, 홍콩의 정체성을 찾고자 하거나 그것을 만들어 내고자 하는 노 력이 주류를 이루게 되었던 것이다. 1997년 마침내 홍콩이 중국에 반환 되었다. 막상 반환이 현실화되고 나자 이상의 상황에도 다소 변화가 일 어나게 되었다. 홍콩 반환과 직접적으로 관계가 있는 '도시의 상실'보다 는 현대적 대도시 자체가 가져오는 소외 현상으로서의 '도시의 상실'을 표현하는 작품이 많아지기 시작했고, 도시 남녀의 애정 이야기가 대폭 늘어나게 되었다. 즉, 홍콩의 정체성 문제를 직접적으로 다루기보다는 홍콩 사회에 존재하고 있는 여러 가지 현상들을 다룸으로써 정체성의 탐구와 추구를 내면화하게 되었던 것이다.

예쓰也斯는 이런 홍콩문학계의 동향과 성취를 가장 잘 나타내 주는 작가다. 그는 홍콩 반환 훨씬 이전부터 홍콩성과 홍콩인의 정체성에 대해 심도 있는 탐구를 진행해 왔고, 소설·시·수필·홍콩식 칼럼산문(신문의 문학 면에 수많은 고정란을 만들어 놓고 특정 작가들이 매일 또는 수일 간격으로 정기적으로 게재하는 아주 짧은 분량의 수필이나 기타 잡문) 또는 이론 문장 등 각종 방식으로 사람들에게 그가 알거나 상상하고 있는 홍콩과 홍콩인에 대해 알리고자 노력해 왔다. 그의 이러한 노력은 특히 근년에 와서 더욱 훌륭한 성과를 거두고 있으며, 이에 따라 홍콩문학계는 말할 것도 없고 중문 문학계 전체에 걸쳐 극히 높은 평가를 받는 작가 중 한 명이 되었다.

2009년에 예쓰는 과거 약 10년간에 걸쳐서 쓴 그의 단편소설 12편을 묶어 《포스트식민 음식과 사랑後殖民食物與愛情》이라는 제목으로 출간했다. 이 단편소설집은 그의 다양한 작업 중에서도 포스트식민 시대의 홍콩을 가장 잘 표현하고 있으며, 그만의 독자적인 시각이나 감각, 독특한 발상이나 표현이 잘 어우러져 있고, 또 그 바탕에는 어떻게 하면 독자들이 좀 더 구체적이고 입체적으로 홍콩을 느낄 수 있도록 할 것인가 하는 데 대한 그의 고려가 작용하고 있다. 예를 들면, 의도적으로 다양하고 다채로운 음식들을 제재로 활용하고 있는 것이 바로 그렇다. 그에 따르면 이는 밴쿠버의 한 문화제에 참석하기 위해 홍콩 문화에 대해 강연을 준비하는 과정에서 비롯되었다고 한다. 당시 그는 딱딱한 학술 이론이 아닌 구체적이고 입체적인 그 무엇인가로 홍콩 문화를 설명하고자 했고, 이에 대해 고심하는 과정에서 우리가 늘 접하게 되는 음식에 주목하게 되었다. 다시 말하자면, 음식은 일상에서 늘 접하는 구체적인 것이자 맛과 빛깔을 가지고 있을 뿐만 아니라, 더 나아가서 사람과 사람 사이의 감정과 기억을 이어 주고 상호 소통을 가능하게 해 주는 것이므로, 음식을 활용하면 더욱 효과적이고 구체적으로 홍콩과 홍콩인의 모습을 보여 줄 수 있다고 본 것이다. 그는 후일 이 아이디어를 소설 등에서 더욱 적극적으로 시도했고, 그 결과는 대단히 성공적이었다.

예쓰는 원래 홍콩 반환 전후의 보통 사람들이 살아가는 모습을 장편소설의 형식으로 그려 내려고 했다. 하지만 당시 원고 분량이 장편소설에 미치지 못했고 스스로도 계속 써 낼 수 있을지 확신할 수 없어서 단편소설 방식으로 전환하게 되었다고 한다. 본디 홍콩이라는 도시는 생활 리듬이 워낙 빨라서 일반적으로 장편소설보다는 단편소설을, 단편소설보다는 수필이나 시 또는 홍콩식 칼럼산문을 더 선호하는 곳이다. 거기다가 사회 시스템 자체가 전업 작가로 활동하면서 생활해 나가기가 어렵기 때문에 대부분의 작가는 본업을 따로 가진 상태에서 어렵사리 작품 창작에 노력하고 있다. 아마 그가 단편소설 방식을 택한 데는 분명 이런 이유가 크게 작용했을 것이다. 하지만 이 단편소설들은 각각 독립적인 스토리를 가지고 있기는 해도 전체적으로 보면 각기 퍼즐 조각 같은 역할을 하고 있다. 등장인물들은 중첩되어 등장하기 일쑤이고, 이야기 역시 순차적 시간의 흐름을 따르거나 특정한 사건을 따라서 개별적으로 전개되는 것이 아니라 상호 연관성을 가지고 펼쳐진다. 대체적으로 볼 때 한국 독자들이 비교적 선호하는 리얼리즘 기법보다는 모더니즘 기법이나 포스트모더니즘 기법이 많이 활용되고 있고, 마술적 리얼리즘의 요소와 영화의 몽타주 수법도 가미되어 있다. 또 같은 작품 안에서도 1인칭과 3인칭의 화자가 혼용되어 있으며, 문장 서술 면에서도 화자의 회상과 독백 그리고 다른 인물과의 대화가 확연하게 구분되지 않는다. 물론 그렇다고는 해도 소설이 그 자체의 긴장과 맥락을 잃지 않는다는 것은 분명하다. 다만 이런 점들을 고려해 볼 때 어쩌면 일부 한국 독자의 경우 그의 소설이 다소 낯설게 느껴질 수도 있을 것이며, 이와 동시에 또 이 때문에 오히려 새롭고 색다르게 느껴질 수도 있을 것이다.

이 번역본에는 예쓰의 작품 중에서 6편의 단편소설과 《포스트식민 음식과 사랑》의 후기인 〈원툰민과 분자 요리〉 등 총 7편의 글이 실려 있다. 여기에 실린 소설을 포함해서 그의 소설에는 홍콩이라는 도시의 지리와 건물, 거리와 골목, 대형 음식점과 조그만 식당, 거창한 요리와 간단한 음식, 문학작품과 텔레비전 드라마, 영화와 다큐멘터리, 학술 이론과 시정 잡담 등이 자주 등장한다. 특히 대표작인 〈포스트식민 음식과 사랑〉은 아예 포스트식민이라는 학술 용어와 일상적인 음식 및 남녀 간의 사랑을 결합한 제목을 사용하고 있다. 그의 이러한 방식은 앞서 말한 것처럼 어떻게 하면 딱딱한 학술 이론이 아닌 구체적이고 입체적인 그 무엇인가로 홍콩을 보여 줄 것인가 하는 고려의 결과라고도 할 수 있을 것이다.

〈포스트식민 음식과 사랑〉은 화자인 '나' 스티븐과 마리안의 만남을 주로 다루고 있다. 소설 속에서 '나'는 영국에서 유학을 하고 돌아와 낮엔 헤어 살롱이지만 밤엔 바(bar)로 바뀌는 헤어 살롱 겸 바의 사장이다. 어느 날 프랑스 유학생 출신인 마리안이 헤어 살롱에 '샴푸하러' 왔다가 둘 다 음식 마니아라는 걸 알게 되고 이로부터 두 사람의 이야기가 전개된다. 이 두 사람을 포함해 소설 속에서 등장하는 많은 인물들과 각각의 장면에서, 작가는 기억·회상·독백·대화 등을 통해 그들 각자의 홍콩 — 결과적으로 다양하고 복잡하면서 구체적이고 생생한 홍콩을 보여 준다. 특히 소설의 마지막 부분에서 '나'는 이렇게 말한다. "어떤 친구들은 우리를 떠나 다른 곳에 가서 살게 되었고, 또 어떤 친구들은 새로 들어왔다. 바야흐로 새로운 시대다." 이 말은 포스트식민 시대의 홍콩을 말하는 것이기도 하지만, 전지구화라는 구심력과 지역화라는 원심력이 상호 의존적으로 작동하고 있는 오늘날의 한국에도 적용 가능한 것이 아닐까?

〈교토에서 길 찾기〉는 홍콩에서 영문학과 영어를 강의하는 미국인 로저와 호텔 직원 출신의 홍콩인 아쏘우의 휴가 이야기를 중심으로 전개된다. 둘은 어렵사리 함께 일본의 교토로 휴가를 가는데, 교토에 도착한 후 숙소를 찾아가는 일에서부터 시작해서 여러 가지 잡다한 일들을 겪게 된다. 작가는 이런 에피소드로부터 비롯되는 등장인물의 반응과 느낌, 연상과 기억 등을 통해서 한때 히피였던 로저의 동양에 대한 환상, 현재 홍콩에서 겪고 있는 현실, 로저와 아쏘우의 사고와 행동 방식의 차이, 홍콩과 일본 사이의 같고 다름 등을 보여 준다. 이런 것들을 통해서 아마도 독자는 사람 사는 세상에서 순수한 것, 전통적인 것, 역사적인 것이란 도대체 무엇이며 과연 그것이 가능할까, 그리고 실제의 현실은 그보다 훨씬 잡종적이고, 가변적이며, 비선형적이지 않을까 하는 질문을 갖게 될 수도 있을 것이다.

〈서편 건물의 유령〉은 영문학과에서 분리된 비교문학문화학과 소속의 호퐁이라는 교수가 학교에서 겪는 사소한 일상사가 주요 내용이다. 비록 약간의 차이는 있으나 홍콩의 대학 역시 기본적으로는 여러 가지 면에서 한국의 대학과 상당히 유사하다. 특히 나날이 강화되는 교수들에 대한 압력과 또 교수들 간의 자잘한 갈등과 협조가 그러하다. 그런 면에서 한국 독자의 입장에서 볼 때 밤마다 학교의 서편 건물에서 일어나는 수상쩍은 일은 어찌 보면 전혀 이해할 수 없다기보다는 충분히 이해할 만한 일일지도 모른다. 그런데 만일 독자가 유심히 본다면, 그중에서도 포스트식민주의에 관심이 있는 독자가 본다면, 작품 속에 등장하는 브레히트·푸코·바흐친 등과 같은 인물들의 이름이라든가 포스트식민주의니 페미니즘이니 하는 학술 용어 따위에서 나타나듯이, 이 작품이 간단히 그런 정도의 수준에서 그치지 않는다고 생각할 수도 있을 것이다. 만일 그렇다면 독자는 작품의 제목과 내용이 그 나름대로 의미심장하다고 생각할 수도 있을 것이다.

〈튠문의 에밀리〉에서는 홍콩섬이 아닌 산까이의 튠문에서 태어난 에밀리와 그녀의 아버지 그리고 그녀의 미국인 애인 로저가 중심인물이다. 그런데 소설에서는 끊임없이 에밀리와 그녀 친구들의 출신을 강조하고, 거리와 건물 이름 등을 통해서 구석구석 그녀들의 튠문을 소개하고 있다. 특히 에밀리가 일자리를 찾아 홍콩섬으로 갔다가 튠문으로 되돌아온 것, 그녀가 주로 일하는 곳이 온갖 메뉴가 다 있는 서민 음식점인 '차찬텡'인 것, 에밀리와 그녀의 친구들이 모두 강인하고 독립적이라는 것 등은 시사하는 바가 적지 않다. 혹시 예민한 독자라면 이런 모든 것들을 통해서 홍콩이 단순히 홍콩섬 만으로 구성되어 있지 않고 그 외에도 가우롱, 산까이까지 포괄하고 있음을 알게 될 것이다. 그리고 어쩌면 더 나아가서 작가가 홍콩섬과 튠문의 관계에 대해서 중심과 주변이라는 관점을 적용하면서, 중국과 홍콩의 관계 내지는 전지구화와 지역화의 문제 차원에서 홍콩을 살펴보고 있음을 발견할지도 모른다.

〈밴쿠버의 사삿집 요리〉는 캐나다로 이민을 갔다가 가족만 남겨 둔 채 이민을 포기하고 혼자 홍콩으로 돌아와서 여행사 가이드를 하고 있는 로우싯이 노모를 모시고 밴쿠버를 방문하는 이야기로부터 시작된다. 주요 인물인 기러기 아빠 로우싯, 이혼한 전처, 대학에 다니는 딸, 아직 어린 아들, 연로하신 노모 사이에서 일어나는 미묘한 갈등과 충돌은 단순히 1997년의 홍콩 반환이 야기한 홍콩의 이민 열풍과 그로부터 초래된 후유증을 보여 주는 데 그치지 않는다. 그보다는 전지구화라는 경제적·정치적 변화 속에서 작게는 가족의 의미와 가족 구성원 간의 관계에 대한 질문이자, 크게는 인간 공동체로서 이른바 민족이란 무엇인가, 그리고 그것을 규정하는 요소로서의 문화란 무엇인가에 대한 질문이 될 수 있다. 물론 독자에 따라서는 그런 것보다는 좀 더 직접적으로 가부장적 전통이 사라져 가는 우리 시대의 수많은 가족과 아버지의 이야기로 읽을 수도 있을 것이다.

〈딤섬 일주〉는 한때 소설을 쓰고자 했지만 여전히 제자리걸음을 하고 있는 홍콩 사람인 '나'와 이제는 탐정소설가로 유명해져서 홍콩으로 옮겨 온 상하이 친구 샹둥이 함께 홍콩의 이곳저곳을 다니며 과거를 추억하고 현재를 살펴보는 이야기가 여기저기 산발적으로 전개된다. 그리고 그 사이사이에는 어느 것이 주이고 어느 것이 부인지 딱 잘라 말하기 어려운 많은 이야기들이 함께 펼쳐진다. 예컨대 로저의 서울 방문 이야기, 로우싯과 그의 가족의 선전 여행 이야기, 샤오쉐의 타이완 이야기, 궈훙과 스티븐의 마카오 이야기 등이 동시에 제시된다. 어쩌면 독자들은 제목이 말하는 것처럼 온갖 곳들을 돌아다니다 보면 일시적으로 약간의 혼란을 느낄지도 모른다. 그러나 홍콩 자체가 그처럼 다양한 모든 것들이 동시에 존재하고, 뒤섞이고, 변화하고 있는 문화적 공간이라는 점을 생각해 본다면 그것이 단순히 무질서한 혼돈으로만 느껴지지는 않을 것이다.

〈원툰민과 분자 요리〉는 《포스트식민 음식과 사랑》의 후기다. 군데군데 자신이 소설을 쓰게 된 이유라든가 소설 쓰기에서 기대하고 있는 바를 설명하고 있지만, 막상 읽어 보면 그것이 후기라기보다는 그 자체로 마치 소설처럼 느껴지기도 한다. 만약 독자가 그렇게 느낀다면 그것은 아주 자연스러운 현상이다. 사실 예쓰는 소설의 내용뿐만 아니라 그것을 다루는 방식 면에서도 혼합적, 혼용적, 혼종적인 스타일을 가지고 있다. 그뿐만 아니라 이런 스타일은 장르를 넘나들기도 한다. 예컨대 그의 소설은 마치 수필 같고, 그의 수필은 마치 소설 같으며, 심지어 어떤 시는 시이면서 소설 같고 시이면서 수필 같기도 하다. 그런 점에서 그 자신이 스스로 밝힌 것처럼 그는 이론을 거부하지 않으면서도 이론에 얽매이지 않겠다는 그의 결심을 제대로 실천하고 있는 셈이다. 비록 독자의 입장에서는 약간의 수고가 필요하겠지만 독자 자신이 읽었던 예쓰의 소설과 예쓰 자신이 말하는 예쓰의 소설을 비교해 보는 좋은 기회가 될 것이다.

이 번역 작업에는 김혜준과 송주란 두 사람이 참여했다. 〈포스트식민 음식과 사랑〉, 〈서편 건물의 유령〉, 〈튠문의 에밀리〉는 김혜준이 번역했고, 〈교토에서 길 찾기〉, 〈딤섬 일주〉, 〈밴쿠버의 사삿집 요리〉 및 〈원툰민과 분자 요리〉는 송주란이 초역한 후 김혜준이 수정했다. 그 외 〈해설〉과 〈지은이에 대해〉는 송주란이 기초하고 김혜준이 수정·보완했으며, 해설의 일부 내용은 也斯, 〈鳴謝〉, 《後殖民食物與愛情》(香港: 牛津出版社, 2009), pp. 261-265; 甄嘉儀/周淑華, 〈"好遺憾"的也斯〉, 《作家月刊》(香港) 第52期, 2006. 10, pp. 45-46; 김혜준, 〈홍콩 반환에 따른 홍콩문학의 변화와 의미〉, 《중국현대문학》 제39집, 서울: 중국현대문학학회, 2006.12, pp. 491-526 등을 참고했다. 비록 공동 번역이라는 작업의 성격상 번역문의 차이를 완전히 배제할 수는 없었지만, 옮긴이들은 초역의 수정 과정과 여러 차례의 윤독을 통해서 이 차이를 좁히기 위해 최대한 노력했다. 그와 동시에 옮긴이들은 예쓰가 가지고 있는 독특한 면모와 문학사적 의의를 살리는 것에 중점을 두고 우리 나름대로 최선을 다했다.

우선 옮긴이들은 어떻게 하면 다중적이고 은유적인 작가의 독특한 문체와 그것에서 표출되는 함의와 분위기를 잘 보여 줄 것인가에 주의했다. 예컨대 〈포스트식민 음식과 사랑〉에서 작가는 '흡사'라든가 '아마도'라는 뜻을 가진 '好像, 彷彿, 猶似, 似乎, 也許, 大槪, 可能' 등등의 단어를 수없이 겹쳐 씀으로써, 한편으로는 작품 전체의 불분명하고 몽롱한 분위기를 조성하고, 한편으로는 1997년 당시 작가 내지 홍콩 사람의 흐릿한 정서를 보여 준다. 따라서 옮긴이들은 최대한 이런 분위기와 정서를 살리면서 문장 자체 또는 앞뒤 맥락이 혼란스럽지 않도록 하려고 애를 썼다.

그런데 이는 또 작가가 추구하는 홍콩성의 표현과도 직결되는 사안이었다. 작가는 홍콩을 간단한 몇 가지의 개념으로 단순화하기보다는 가능하면 구체적이고 세세한 것들을 동시적으로 보여 주려고 하는데, 이는 동방 문화와 서방 문화의 교류·접촉, 사회주의와 자본주의의 대립·경쟁, 식민지의 정치적 통제와 상대적으로 자유로웠던 언론 상황, 상업적이고 도시적인 환경과 농업적이고 향촌적인 전통 등을 포함하는 홍콩의 특성과 무관하지 않을 것이다. 이 때문에 옮긴이들은 홍콩의 지명, 홍콩인의 인명, 음식 이름 및 기타 여러 어휘나 표현을 한글로 바꾸는 데도 특별한 주의를 기울였다. 예컨대 가능하면 홍콩의 지명은 영어식으로 표기했고, 홍콩 사람의 이름은 홍콩말(광둥말) 발음으로 표기했으며, 그 외 중국어 발음은 국립국어원의 외래어표기법에 따라 표기했다. 또 음식 이름과 음식점 이름은 될 수 있는 한 한국어로 번역하되 필요 시 원문인 한자를 병기했다. 특히 작가는 원문에서 중국 표준어, 광둥말, 일본어, 영어, 프랑스어 등의 어휘를 대량으로 혼용했는데, 그중에서도 작가가 의도적으로(아마도 혼종성을 강조하기 위해) 또는 비의도적으로(아마도 중국어 문자인 한자로 표기하기가 쉽지 않기 때문에) 직접 알파벳으로 표기한 것들은 옮긴이들 역시 웬만하면 한글로 바꾸지 않고 그대로 두었다.

그 밖에도 옮긴이들은 몇 가지 사소한 시도를 했다. 예를 들면, 작가는 이런저런 이유로 작품 속에서 느낌표인 !를 아주 많이 사용했는데, 이는 자칫하면 한국인 독자에게 불필요한 혼란을 불러일으킬 수 있기 때문에 적절히 삭제 또는 다른 문장부호로 대체했다. 그리고 이 점은 다른 문장부호에 대해서도 마찬가지로 적용했다. 또 한 가지 예를 들면, 중국식 속담이나 시구 또는 독특한 표현을 옮길 때 가능하면 원래의 표현을 살리되 때로는 비슷한 내용의 속담이나 표현으로 바꾸어 옮겼다.

이 책을 출간하는 과정에서 감사해야 할 사람들이 적지 않다. 그중에서도 당연히 가장 먼저 감사해야 할 사람은 작품을 창작하고 한국에서 출판을 허락해 준 작가 예쓰다. 그는 현재 폐암으로 투병 중인데, 우리의 이 작업이 조금이나마 그에게 정신적인 위안이 되기를 기대하며, 무엇보다도 조만간 꼭 완쾌하여 다시금 홍콩문학과 세계문학에 더욱 훌륭한 기여를 할 수 있기를 기원한다. 다음으로는 옮긴이들과 함께 타이완·홍콩문학 및 화인화문문학의 연구와 번역에 전념하고 있는 현대중국문화연구실(http://cccs.pusan.ac.kr/)의 젊은 연구자들에게 감사한다. 또 모든 일을 기획하고 추진해 준 지만지의 최정엽 주간과 성실하게 편집을 맡아 준 오정원 님에게도 감사한다. 끝으로 그 누구보다도 이 책을 선택하고 읽어 줄 미래의 독자 여러분에게 특히 감사한다. 만일 이 번역에서 원문의 훌륭함을 충분히 발휘하지 못한 부분이 있다면 이는 전적으로 우리 옮긴이들의 책임이며, 독자 여러분의 이해와 더불어 아낌없는 질정이 있기를 기대한다.

2012년 8월 김혜준, 송주란

부록(4) 홍콩 근대사의 재현
—《그녀의 이름은 나비》해설

《그녀의 이름은 나비》,
스수칭 지음, 김혜준 옮김,
(서울: 지식을만드는지식, 2014.11)

1841년 홍콩은 인구 7,450명에 불과한, 향나무 반출용 집하장이 있는 조그만 규모의 항구 겸 어촌이었다. 그래서 지명도 '향나무의 항구' 또는 '향기 나는 항구'라는 뜻의 '홍콩香港'이었다. 그런데 1,2차 아편전쟁의 결과로 영국에게 홍콩섬 지역(1842년)과 가우롱 지역(1860년)이 영구 할양되고, 나중에 다시 산까이 지역(1898년)이 99년간 조차되었다. 그 후 홍콩은 영국의 식민정책에 따른 집중 개발에 따라 급속도로 발전하기 시작했다. 이리하여 50년 후인 1891년에는 인구 210,900 명의 국제적인 무역항으로 탈바꿈했고, 100년 후인 1941년에는 이미 인구 1,639,300명의 대규모 상업도시로 성장했다. 그리고 다시 70여 년이 경과한 2013년 말에는 7,219,700명의 세계적인 현대적 메트로폴리스가 되어 있다.

홍콩이 한창 비약적인 경제 발전을 이루면서 홍콩인이 자신감에 차 있던 1984년 12월, 중영 두 나라는 홍콩인의 의사와는 전혀 상관없이 장차 1997년 7월 1일에 홍콩을 중국에 반환한다는 연합 성명을 발표하였다. 이후 홍콩에서는 미래에 대한 불안감과 중영 양국에 대한 불만감 때문에 이민 열풍이 몰아치는 등 사회 전체가 요동하게 되었다. 그러면서 홍콩인들은 종래 자신이 누구이며 홍콩이 어떻게 될 것인가에 대해 별반 주의하지 않던 데서 벗어나서, 본격적으로 정체성 문제를 고민하기 시작하는 한편 스스로 그 정체성을 만들어 나가고자 노력하기 시작했다. 다소 과격하게 비유하자면 이는 마치 인간이 언젠가 죽게 된다는 것을 몰라서가 아니라 평소에는 까맣게 잊고 살다가 죽음을 목전에 두게 되면 새삼스럽게 의식하게 되는 것과 비슷했다.

이런 상황 속에서 홍콩문학계 또한 이에 대한 관찰과 탐구를 작품으로 보여 주기 시작했다. 홍콩의 장래나 홍콩의 정체성 또는 홍콩과 중국 대륙 간의 차이 등에 관심을 가진 작품이 증가했고, 직접적으로 홍콩 반환을 소재로 한 단편소설과 중·장편소설이 속속 발표되었다. 시시·예쓰 등 홍콩에서 성장한 작가는 물론이고 류이창·타오란 등 성인이 된 후 중국 대륙 및 다른 지역에서 이동해온 작가들 역시 이런 대열에 참여했다. 그리고 그 중에는 타이완에서 태어나 뉴욕을 거쳐 홍콩에 와서 장기 체제하고 있던 여성 작가 스수칭이 있었다.

스수칭施叔靑(1945-)은 타이완 서부의 조그만 항구인 루강鹿港 출신으로 타이베이의 단장대학淡江大學을 졸업하고 미국으로 유학을 떠나 북미 최대의 항구인 뉴욕의 뉴욕시립대학에서 석사학위를 받았다. 그 후 일단 타이완으로 돌아갔다가 1978년에 가족과 함께 세계 1,2위를 다투는 항구인 홍콩으로 이주해서 1994년까지 16년간 체재했다.

스수칭은 고교시절에 처녀작 〈도마뱀붙이壁虎〉를 발표한 이래, 홍콩 도착 이전에 이미 5권의 소설을 출판하는 등 상당한 명성을 얻고 있었다. 홍콩에 체재하면서 그녀는 초중반에는 〈수지의 슬픔愫細怨〉을 비롯해서 이른바 '홍콩 이야기'로 불리는 단편소설 시리즈를 발표했다. 1988년에 이르러 '홍콩 이야기'가 일단락을 고하자 그녀는 향후 장편소설을 통해 자신의 홍콩 생활 10년을 정리해볼 작정이었다. 바로 그 무렵인 1989년 중국 대륙에서 6·4 민주화운동이 일어났고, 이에 이어서 홍콩에서도 민주와 법치를 내세운 민주화운동이 전개되었다. 이러한 일련의 사건은 그녀에게 크나큰 영향을 주었고, 타이완 출신 이주자였던 그녀는 홍콩 사람들에게 공감함과 동시에 홍콩의 역사를 관통하는 작품을 쓰기 시작했다. 그리고 그 결과물이 바로 《그녀의 이름은 나비她名叫蝴蝶》, 《온 산에 가득 핀 자형화遍山洋紫荊》, 《적막한 저택寂寞雲園》의 세 권으로 이루어진 대하소설 '홍콩 3부작'과 장편소설 《빅토리아클럽維多利亞俱樂部》이었다.

스수칭은 '홍콩 3부작'에서 웡딱완이라는 여성과 그녀 일가의 삶을 통해서 중국권 최초로 홍콩의 역사를 총괄적으로 서사 내지 재현하고자 한다. 과거 한 개인이나 그 가족의 삶을 통해서 어떤 국가나 집단의 역사를 보여주었던 소설은 적지 않다. 그런데 '홍콩 3부작'은 이 양자의 결합 방식 면에서 특별한 점들이 있다. 첫 번째는 역사의 도도한 흐름 속에 인물의 삶을 전개했다기보다는 오히려 인물의 삶 속에 역사적 사실을 삽입했다고 할 수 있을 정도로 홍콩의 역사 자체가 전면에 등장하는 것은 아니라는 점이다. 두 번째는 3부작의 각 권이 상대적으로 독립되어 있기도 하지만 특히 각 권이 다루고 있는 시간적인 면에서 상당히 편차가 크다는 점이다. 아마도 이런 점들에 대해서는 약간의 설명이 필요할 텐데 다음 부분을 보면 어느 정도 이해할 수 있을 것이다.

'홍콩 3부작'의 제 1부인 《그녀의 이름은 나비》는 인신매매꾼에게 납
치되어 홍콩에 온 윙딱완이라는 어린 창부와 동양에 대한 환상을 좇아
자원해서 홍콩에 온 아담 스미스라는 영국 젊은이의 이야기를 중심으로
하여, 흑사병이 창궐했던 1894년을 전후한 4년간을 다루고 있다. 제 2
부인 《온 산에 가득 핀 자형화》는 윙딱완과 그녀의 새로운 운명적 남자
인 꽝아빙이라는 홍콩 출신 화인 통역 사이에서 벌어지는 이야기 및 윙
딱완이 전당포 사업을 통해 부를 축적해가는 이야기를 바탕으로 하여,
산까이 지역이 조차된 1898년을 전후한 14년간을 다루고 있다. 마지막
으로 제 3부인 《적막한 저택》은 새로 이주해온 화자 '나'와 윙딱완의 증
손녀인 윙딥넝과의 교류를 중심축으로 하여 윙딱완과 숀 쉴러 사이의
이야기 및 윙씨 집안의 은원과 애증을 추적하여 서술하면서, 홍콩의 경
제가 비약적으로 발전하던 1970년대 말의 시점에서 20세기 초중반의
전 시기를 다루고 있다.

3부작의 각 권이 이런 식으로 전개된 된 것은 사실 작가의 주도면밀
한 계획에 의한 것은 아니었다. 특히 제 1부인 《그녀의 이름은 나비》가
겨우 4년의 기간을 다루게 된 것은, 제 2부의 서문에서 스수칭이 스스
로 밝힌 것처럼, 작가가 윙딱완과 아담 스미스에게 지나치게 몰입했기
때문이다. 이에 관해서는 독자들이 작품을 읽어본다면 충분히 느끼게
될 것이다. 작가는 이 작품에서 단순히 인물들 간의 이야기와 역사적
사건을 결합하는 수준에서 머무르지 않는다. 사전에 그 시대와 관련된
각종 자료를 충분히 섭렵하여 역사적 사건과 인물을 소설 속에 적절히
삽입한 것은 물론이고, 심지어는 그 시대의 경관과 느낌까지 재현하기
위해서 인물의 의상과 장신구, 건물의 외양과 실내의 장식, 거리의 풍경
과 사회적 풍습까지 모든 것을 세세하고 실감나게 묘사하고 있다. 이
때문에 마치 아주 잘 만들어진 세트에서 촬영된 영화 장면들처럼 그 시
절의 홍콩이 시시각각으로 눈앞에 펼쳐진다. 하지만 아무래도 스토리의

속도감 있는 전개는 지장을 받을 수밖에 없었다. 좀 과장해서 말하자면, 이 소설을 읽다보면 인물들의 행위 또는 홍콩의 역사가 이 소설의 핵심 이라기보다는 오히려 100년 전 홍콩 사회의 모습과 분위기가 중점인 것 같은 인상을 줄 정도이다.

《그녀의 이름은 나비》가 독자에게 이런 인상을 주는 것은 당연히 작가가 대량으로 당시 홍콩의 면면을 다채롭고 실감나게 묘사했기 때문이다. 그런데 다른 한편으로 이는 작가의 기법적인 측면과도 관련이 있다. 이 작품에서 작가는 의도적으로 사자성어라든가 고대 시구를 포함해서 고풍스러운 어휘나 표현을 다량으로 구사하는가 하면, 만연체의 문장을 사용하면서 정지된 시점의 장면을 길게 묘사하기도 하고, 동일한 사건과 문구를 여러 차례 반복적으로 사용함으로써 특정 이미지를 거듭해서 떠올리게 하면서 마치 누렇게 퇴색한 사진을 들여다볼 때처럼 시간이 멈춘 것 같은 느낌을 준다. 그 뿐만이 아니다. 윙딱완이 한때 사모했던 꽁합완의 행방에 관한 이야기에서 보듯이 옛날 구전 설화와 유사한 방식을 작품 곳곳에서 사용한다. 또한 각 인물들은 일부 어설픈 다른 작가의 소설과는 달리 현대인인 작가의 대리인처럼 사고하고 행동하는 것이 아니라 그 당시에 실제로 그러했을 법하게 각자의 출신 배경과 신분에 걸맞은 언행을 한다. 이런 여러 가지 이유로 해서 독자들은 이 소설을 읽으면 흡사 자신이 역사의 한 부분 속에 들어가서 이리저리 주변을 둘러보고 있는 것 같은 느낌을 받게 되는 것이다.

그렇다고 해서 이 소설의 관점이나 사상이 낙후한 것은 결코 아니다. 오히려 그 반대이다. 무엇보다도 스수칭은 이 작품에서 페미니즘과 포스트식민주의의 관점 및 그와 관련된 소재를 적극적으로 활용하고 있다. 두어 가지만 예를 들어보겠다. 여주인공 윙딱완은 병든 아버지에게 효성스러운 딸이자 갓 태어난 남동생을 아끼는 누나로, 인신매매꾼에게 납치되어와 창부로 생활하면서도 의지할 수 있는 남자를 찾아 평생을 바치려는 '착한' 여자이다. 그런데 그녀는 사실 자기 자신도 남성의 지배를 받는 처지에 있으면서 같은 여성인 가정부 아무이에 대해서 그렇게도 모질게 괴롭히고 의심하고 경계한다. 이런 행동은 봉건적 관념에 사로잡혀 있는 그 시대 여성의 모습 그대로이다. 그런데 작품을 계속 읽어 나가다보면 독자들은 점차 윙딱완과 아무이 두 사람 모두에게 답답한 심정을 느끼게 되는 것을 넘어서서 그녀들을 그렇게 만든 남성중심주의적 사회의 억압에 대해 분노를 느끼게 될 것이다. 아마도 아담 스미스에 대해서도 유사한 현상이 일어날 것이다. 아담 스미스는 흑사병이라는 죽음의 위협과 고립무원이라는 절망적 고독 중에 정신적 피난처로서 윙딱완을 만나 사랑을 하게 된다. 하지만 위기의 순간이 지나가자 그가 지닌 사상과 감정 체계로 인해 결국은 윙딱완을 동양 및 여성에 대한 그의 환상과 편견을 실현하는 대상, 정복의 대상, 경멸의 대상으로 간주하게 된다. 아마도 독자들은 한편으로는 아담 스미스가 사랑과 지위, 육욕과 도덕, 개인과 집단 사이에서 갈등하는 모습을 보면서 고뇌하고 있는 그를 동정하게 될 것이다. 하지만 다른 한편으로는 그의 인종적·성적 차별 관념, 남성 식민 지배자의 이중적 행동, 동양에 대한 왜곡된 상상과 배제 등을 보면서 차츰 남성중심주의와 오리엔탈리즘의 폐해에 대한 정서적인 체험과 이성적인 인식을 하게 될 것이다.

《그녀의 이름은 나비》에서 스수칭이 의도 내지 시도한 것이 모두 완벽하게 성공했다고 말할 수는 없다. 윙딱완이 아담 스미스와 만나게 되는 부분, 에밀리와 만나게 되는 부분, 꽁합완과 다시 한 번 만나게 되는 부분 등은 단순히 소설 속에서 있을 법한 일이라고 보기에는 지나치게 결정적이고 우연적이다. 윙딱완이 아무이를 괴롭히고 있을 때 까마귀가 등장하는 것, 자살을 하려는 순간 홍콩인의 대이동 때문에 멈추는 것, 고향으로 돌아갈 부두를 찾다가 때마침 매립지의 작은 산이 폭파되는 것 등도 그러하다. 또한 스수칭이 꼼꼼하게 자료를 활용했다고는 하지만 간혹 앞뒤 기술이 다르거나 논리적으로 의문스러운 곳이 없지 않다. 1894년 흑사병으로 인한 사망자 수가 앞에서는 2,552명이라고 하고 뒤에서는 2,547명이라고 하는가 하면, 아담 스미스가 거주하던 곳이 앞에서는 최고위층이 살던 산정 지역이라고 했다가 뒤에서는 대부분의 영국계 주민이 살던 중턱 지역이라고 한다. 1859년 다윈의 '종의 기원'이 발표된 지 거의 40년이 지난 1894년 시점인데도 여전히 백인 지배층은 '진화론'에 대해 거의 무지하고, 그러면서도 '퇴화'니 '잡교'니 하는 용어와 개념을 당연시한다. 그렇지만 이 작품이 이룬 성취와 대조해보자면 이러한 사소한 하자들은 그야말로 '하자'라는 단어의 원래 뜻 그대로 '옥에 티'일 뿐이다.

스수칭은 《그녀의 이름은 나비》에서 "심혈을 기울여 그 시대의 인정 풍토적인 배경을 되살려내고자 했다." 옮긴이는 작가의 이러한 시도와 성취를 최대한 살리기 위해 노력하면서 기술적으로 다음 몇 가지 방식을 사용했다. 첫째, 이 작품의 배경이 홍콩이라는 특수성을 고려하여 홍콩의 인명, 지명 및 기타 어휘나 표현을 한글로 바꾸는 데 특별한 주의를 기울였다. 예를 들면, 일반적인 중국어 발음은 국립국어원의 외래어 표기법에 따라 표기했지만 홍콩 사람의 이름은 홍콩 발음(광둥말 발음)으로 표기하고, 홍콩의 지명과 회사명 등은 가능하면 영어식을 우선으로 하되 가끔 문맥에 어울리게 홍콩식을 병행했다. 또 홍콩의 각종 사찰과 창부집 이름은 독자들이 직관적으로 느낄 수 있도록 한자 발음을 따라 '천후묘', '문무묘'라든가 '의홍각', '남당관' 식으로 표기했다. 둘째, 작가가 의도적으로 사용한 만연체, 고풍스러운 표현, 상징성과 색채감을 강조한 문구, 동일하거나 유사한 구절의 반복 등은 최대한 원래의 의도를 유지하되 오늘날 한국 독자들의 언어 습관을 고려하여 허용 가능한 범위 내에서 상대적으로 문장을 짧게 끊는다거나 현대적 표현으로 대체한다거나 했다. 셋째, 인물의 대화 및 행동과 관련된 부분에서 각 인물의 신분적 특성을 고려하여 번역했는데, 예컨대 일부 서양 인물과 관련된 곳에서는 '굳나잇', '오 마이 갓', '스프루병' 등 영어 투로 번역했다.

끝으로 몇 마디 감사의 말을 덧붙이고자 한다. 이 작품을 창작하고, 한글판 출간을 허락해준 작가 스수칭 여사에게 감사한다. 수 년 전 홍콩의 한 학술회에서 만났을 때처럼 앞으로도 늘 건강하시기를 기원하며 언젠가 다시 만나게 되기를 기대한다. 이 책의 번역을 직접적으로 지원해 준 타이완문학관 및 관장 리루이텅李瑞騰 교수에게 감사하고, 이를 간접적으로 후원해 준 하버드대학의 데이비드 왕(David Der-Wei Wang) 교수와 타이완 둥화대학東華大學의 쉬원웨이須文蔚 교수에게 감사한다. 옮긴이와 함께 타이완·홍콩문학 및 화인화문문학의 연구와 번역에 전념하고 있는 현대중국문화연구실(http://cccs.pusan.ac.kr/)의 청년 연구자들에게 감사한다. 그들의 변함없는 신뢰와 무언의 격려가 아니었다면 근래 여러 가지 일에 시달리고 있던 옮긴이의 개인적인 사정으로 인해 이 책의 출간은 훨씬 늦어졌을 것이다. 그 누구보다도 특히 이 책을 선택하고 읽어줄 미래의 독자 여러분에게 감사한다. 만일 이 번역에서 원문의 훌륭함이 충분히 드러나지 못한 부분이 있다면 이는 전적으로 옮긴이의 책임이며, 독자 여러분의 이해와 더불어 아낌없는 질정이 있기를 기대한다.

2014년 8월 24일 김혜준

부록(5) 홍콩 여성작가의 홍콩 이야기
―《사람을 찾습니다》해설

《사람을 찾습니다》,
웡찡 외 지음, 김혜준 외 옮김,
(서울: 이젠미디어, 2006.11)

홍콩이 중국에 반환된 해인 1997년 이후에 나온 홍콩의 대표적 단편소설을 모아 우리나라에 소개해보자는 제안을 했다. 이에 대해 이젠미디어에서는 우선 젊은 여성작가의 작품을 먼저 내보는 것이 어떻겠느냐고 수정 제의를 해왔다. 원래의 계획과 약간 차이가 있기는 하지만 이 또한 의미가 있는 일이라고 생각되었다.

그러나 막상 이렇게 되고 보니, 젊은 여성작가의 범위 자체도 좀 모호한 데다가, 비록 홍콩문학에 대해 여러 해 동안 관심을 기울여오기는 했지만 그래도 여러 가지 면에서 정보가 부족했다. 이에 따라 소설가이자 수필가인《홍콩문학》의 편집장 타오란 선생과 소설가이자 시인인 홍콩링난대학 량빙쥔梁秉鈞 교수의 도움을 받기로 했다. 그들에게 우리의 취지를 설명하고 연령상으로 이삼십대에 속하는 여성작가의 대표적인 작품들을 추천해달라고 요청했다. 다른 한편으로는 평소 나 자신이 염두에 두어온 작품 중에서 이에 해당하는 것들을 골라냈다. 그런 후 다시 작품의 성취도, 우리나라 독자들의 독서 습관, 작품집 전체의 분량 등을 고려하여 작품을 선택했다. 이 과정에서 이미 번역까지 끝난 많은 작품이 부득불 제외되기도 했는데 이는 작가와 옮긴이 모두에게 참으로 아쉬운 점이었다.

홍콩은 세계 어느 지역과도 구별되는 특별한 환경과 경험을 가지고 있다. 1842년 영국의 식민지가 된 이래 150여 년 동안 동방문화와 서방문화의 적극적인 교류·접촉, 1949년 중화인민공화국의 건국 전후부터 약 50년간의 좌익사상과 우익사상의 간접적인 대립 경쟁, 궁극적으로는 식민지라는 한계가 주어졌던 정치적 환경과 그럼에도 상대적으로 상당히 자유로웠던 언론 상황, 대도시 특유의 상업적이고 도시적인 환경과 그 이면에서 여전히 작용했던 전통적인 사고방식과 생활습관, 1997년 이후 이른바 '1국 2체제'로 불리는 사회주의 국가 내에서의 자본주의 사회의 유지 등이 그러하다.

이로 인해서 홍콩문학 역시 그 자신만의 독특한 성격을 가지게 되었다. 특정 이데올로기나 문학 관념이 지배하지 않는 다양성, 상업적 논리가 강하게 작용하는 상업성, 작가의 이동이 대규모적이고 빈번한 유동성, 중국문학과 세계문학이 상호 소통하는 교통성, 중국대륙문학과 타이완문학 및 세계 각지의 화인화문문학을 연결하는 중계성, 현대적 대도시에 바탕한 소재와 사고와 감각을 표현하는 도시성, 칼럼산문이나 무협소설과 같은 분야가 성행하는 대중성 등은 모두 홍콩문학의 독자적인 면모를 잘 보여주는 것이다.

홍콩문학의 이와 같은 독자성은 세계문학, 그 중에서도 직접적으로는 중국문학 내에서 중요한 의미를 갖도록 작용했다. 이 때문에 국제적으로 홍콩문학에 대한 관심이 점차 높아지게 되었는데, 이는 특히 홍콩반환 문제가 정식으로 거론되기 시작한 1980년대 초부터 본격화되었다. 종래 자신이 누구이며 홍콩이 어떻게 될 것인가에 대해 별반 주의하지 않던 홍콩인들도 이 무렵부터 정체성 문제를 고민하기 시작하는 한편, 스스로 그 정체성을 만들어나가고자 노력하기 시작하면서, 이러한 고민과 노력을 그들의 문학 즉 홍콩문학에서 더욱 적극적으로 표현하기 시작했다.

홍콩인의 자기 정체성에 대한 탐구와 추구는 여러 장르 중에서도 소설 부문에서 비교적 분명히 나타났다. 우선 홍콩의 장래나 홍콩의 정체성 또는 홍콩과 중국 대륙의 차이 등에 관심을 가진 작품이 증가했다. 그리고 시간이 흐를수록 이러한 작품은 질적으로도 더욱 다양화, 구체화, 심층화되었다. 상대적으로 보아 1980년대에는 홍콩의 미래를 염두에 두고 현재와 과거를 살펴보는, 그 중에서도 특히 홍콩의 과거를 회고하는 일종의 역사 정리성 작품이 상당히 많았다. 또 중국 대륙의 변동이나 중국 대륙에서 새로 이주해온 사람들과 관련한 작품 역시 점차 늘어났다. 1990년대에 들어서면서 정체성의 추구가 선명한 '도시의 상실' 또는 '도시로부터의 소외'를 보여주는 작품이 더욱 현저해졌다. 또 이와 관련하여 외국 이민과 관계있는 이야기가 더욱 다양하고 세밀하게 제시되었다. 다른 한편으로는 과거 회고형 작품은 그 심도가 더욱 깊어졌고, 동성애를 다루는 등 오히려 현대적 대도시로서 홍콩 사회 자체에 존재하고 있는 현상을 강조하는 작품들도 일정한 숫자를 형성했다.

이러한 상황은 1997년 홍콩이 중국에 반환되고 나자 그 변화가 두드러졌다. 먼저 반환 후에는 같은 도시의 상실이라고 하더라도 외국 이민과 같이 홍콩 반환과 직접적으로 관계가 있는 도시의 상실보다는, 현대적 대도시 자체가 가져오는 소외 현상으로서 도시의 상실을 표현하는 작품이 더 많아졌다. 그 뿐만 아니라 시간이 흐르면서 도시 남녀간의 각양각색의 애정 이야기가 대폭 늘어나게 된다. 어떤 측면에서 보자면 홍콩의 정체성 문제를 직접적으로 다루기보다는 홍콩 사회에 존재하고 있는 여러 가지 현상들을 다룸으로써 정체성의 탐구와 추구를 내면화하고 있는 듯하다. 이런 면에서 그 동안 정체성 문제에 대한 집중에서 상대적으로 주변화되었던 계급, 여성, 후식민주의적 문제와 사회적 관심이 재부각되고 있는 것도 자연스러운 현상이다.

이 소설집에 실린 작품들 역시 이와 같은 상황을 어느 정도 반영하고 있다. 사실 특정한 소재나 주제를 염두에 두고 이들 작품을 선정한 것은 아니다. 앞에서 말했다시피 단순히 1997년 이후 이삼십대 여성작가의 대표적인 작품을 분량 등 약간의 기술적 요소만 고려했을 뿐이다. 그런데 결과적으로 보니 1997년 이후 홍콩소설 내지는 홍콩문학의 흐름을 일정 정도 반영하게 되었다. 여기서 작품에 대한 구체적인 언급은 피하기로 하겠다. 그것은 독자의 몫이기 때문이다. 다만 독자들이 이들 작품을 통해서, 문학 그 자체가 가지고 있는 가치와 재미를 향수함과 동시에, 홍콩문학이 가지고 있는 특유한 점과 더불어 우리문학과의 공통점을 이해할 수 있게 되기를 기대해본다.

작품의 번역 과정에서 중국어를 음역해야 할 경우에는 대체로 두 가지 방식을 사용했다. 홍콩과 관련된 고유명사는 홍콩 방언의 발음을 사용했으며, 그 외의 고유명사는 중국 표준어 발음을 사용했다. 그리고 작품 속에 등장하는 홍콩 방언을 우리말로 옮길 때는 부산 말투를 약간 가미했다. 홍콩과 부산은 지리적으로도 각기 역내의 동남부에 위치할 뿐만 아니라 사회적으로도 유사한 면이 없지 않다는 점을 고려한 것인데 이것이 지나친 것은 아니리라고 믿는다.

작품의 번역에는 나 외에도 고혜림, 김순진, 서남주, 이은주, 전남윤,

최형록 등이 참여했다. 이들은 모두 홍콩문학에 적극적인 관심을 가지고 있을 뿐만 아니라 앞으로 각자 자기 분야에서 주역이 될 청년 학자들이다. 다만 총괄 책임을 맡은 나로서는 번역 원고의 수정 과정에서 옮긴이의 의도를 충분히 존중하면서 적절하게 처리하는 것이 쉽지 않았고, 이 때문에 때로는 대폭적으로 손질하는 경우도 있었다. 더군다나 이미 한참 전에 전달받은 원고를 이런저런 이유로 차일피일하면서 상당히 오랜 기간 묵혀두었다. 따라서 이들 젊은 학인들에게 이 지면을 빌려 감사한다는 말과 더불어 양해를 구한다.

이제 이 작품집의 출간과 관련하여 마땅히 여러분에게 감사해야 할 차례이다. 타오란 선생은 대부분의 작품을 추천해주고 저작권 처리를 대행해주었다. 량빙쥔 교수는 일부 작품을 추천해주었다. 홍콩링난대학 아만다(Amanda Hsu)는 홍콩 방언을 번역하는 데 도움을 주었다. 이들 홍콩의 지인들에게 감사한다. 이젠미디어의 대표이신 임요병 님은 결정적으로 이 책을 독자들과 만나게 해주었다. 맹은희 님은 수년 전 1990년대 중국 수필선인《한향》시리즈를 낼 때 같이 작업한 적이 있는데 이번 소설집 출간에도 애써주었다. 이분들에게 감사한다. 마지막으로 모든 원작자들에게 특히 감사한다. 타오란 선생이 원작자들과 연락을 취하느라 크게 애를 써주었는데 앞으로 이 인연이 직접적이고 활발한 교류로 이어지기를 기대한다.

2006년 김혜준

참고문헌

1. 본문 출처

1. 김혜준, 〈홍콩문학의 독자성과 범주〉, 《중국어문논총》 제25집, 서울: 중국어문 연구회, 2003.12, pp. 517-539.

2. 金惠俊, 〈香港文學, 旣有的傳統或者新近的嘗試 以專欄散文和也斯散文爲 例〉, 《第八屆香港文學節硏討會論稿匯編》, 香港: 香港公共圖書館, 2011, pp. 67-77.

3. 김혜준, 〈홍콩 반환에 따른 홍콩문학의 변화와 의미〉, 《중국현대문학》 제39집, 서울: 중국현대문학학회, 2006.12, pp. 491-526.

4. 김혜준, 〈홍콩 칼럼산문의 현황과 미래〉, 《중국어문논총》 제33집, 서울: 중국 어문연구회, 2007.6, pp. 407-429.

5. 김혜준, 〈1997년 후 홍콩소설에 나타난 여성의 모습 — 어머니, 딸, 부인을 중심으로〉, 《중국어문논총》 제39집, 서울, 중국어문연구회, 2008.12, pp. 603-635.

6. 김혜준, 〈1997년 후 홍콩소설에 나타난 주부와 가정부의 모습 — 가사노동/돌 봄노동과 여성 문제를 중심으로〉, 《중국학》 제33집, 부산, 대한중국학회, 2009.8, pp. 355-378.

7. 김혜준, 〈'나의 도시' 속에서 사라져버린 사람들 — 홍콩문학 속의 외국인 여성 가사노동자 '페이용'(菲傭)〉, 《코기토》 제69호, 부산: 부산대학교 인문학 연구소, 2011.2, pp. 117-147.

8. 김혜준, 〈홍콩작가 류이창(劉以鬯)의 소설 《술꾼(酒徒)》의 가치와 의의 — '의식의 흐름' 문제를 중심으로〉, 《중국어문논총》 제70집, 서울: 중국어 문연구회, 2015.8, pp. 227-255.

9. 김혜준, 〈홍콩작가 류이창(劉以鬯)의 소설 《술꾼(酒徒)》의 가치와 의의 — 홍콩문학으로서의 의의를 중심으로〉, 《중국어문논총》 제72집, 서울: 중 국어문연구회, 2015.12, pp. 297-320.

10. 김혜준, 〈《我城》(西西)의 공간 중심적 홍콩 상상과 방식〉, 《중국현대문학》 제65집, 서울: 중국현대문학학회, 2013.6, pp. 59-92.

11. 김혜준, 〈《我城》(西西)의 긍정적 홍콩 상상과 방식〉, 《중국어문논총》 제56집, 서울: 중국어문연구회, 2013.3, pp. 251-276.

12. 김혜준, 〈예쓰(也斯) 소설 《포스트식민 음식과 사랑(後殖民食物與愛情)》의 홍콩 상상과 방식〉, 《중국어문논총》 제75집, 서울: 중국어문연구회, 2016.6, pp. 389-420.

부록(1) 《술꾼》 해설
류이창 지음, 김혜준 옮김, 《술꾼》, (파주: 창비, 2014.10)

부록(2) 《나의 도시》 해설
시시 지음, 김혜준 옮김, 《나의 도시》, (서울: 지식을만드는지식, 2011.2)

부록(3) 《포스트식민 음식과 사랑》 해설
예쓰 지음, 김혜준/송주란 옮김, 《포스트식민 음식과 사랑》, (서울: 지식을만드는지식, 2012.9)

부록(4) 《그녀의 이름은 나비》 해설
스수칭 지음, 김혜준 옮김, 《그녀의 이름은 나비》, (서울: 지식을만드는지식, 2014.11)

부록(5) 《사람을 찾습니다》 해설
웡찡 외 지음, 김혜준 외 옮김, 《사람을 찾습니다》, (서울: 이젠미디어, 2006.11)

2. 단행본

류이창 지음, 김혜준 옮김, 《술꾼》, (파주: 창비, 2014.10)

시시 지음, 김혜준 옮김, 《나의 도시》, (서울: 지식을만드는지식, 2011.2)

예쓰 지음, 김혜준/송주란 옮김, 《포스트식민 음식과 사랑》, (서울: 지식을만드는지식, 2012.9)

스수칭 지음, 김혜준 옮김, 《그녀의 이름은 나비》, (서울: 지식을만드는지식, 2014.11)

웡찡 외 지음, 김혜준 외 옮김, 《사람을 찾습니다》, (서울: 이젠미디어, 2006.11)

룽핑콴 외 지음, 고찬경 옮김, 《홍콩 시선 1997-2010》, (서울: 지식을만드는지식, 2012.9)

리비화 외 지음, 김태성/김순진 옮김, 《월미각의 만두》, (서울: 푸른사상, 2012.8)

릴리안 리 지음, 김정숙/유운석 옮김, 《패왕별희: 사랑이여 안녕》, (서울: 빛샘, 1993.8)

스수칭 지음, 김양수 옮김, 《빅토리아클럽》, (서울: 한걸음더, 2010.8)

예웨이롄 지음, 고찬경 옮김, 《예웨이롄 시선》, (서울: 지식을만드는지식, 2011.2)

이수 지음, 문희정 옮김, 《시바오 이야기》, (서울: 지식을만드는지식, 2011.2 인쇄, 출간 대기)

타오란 지음, 송주란 옮김, 《양팔 저울》, (서울: 지식을만드는지식, 2014.2)

김광억 외, 《종족과 민족 — 그 단일과 보편의 신화를 넘어서》, (서울: 아카넷, 2005)

김성희, 《한국여성의 가사노동과 경제활동의 역사》, (서울: 학지사, 2002)

김용수, 《영화에서의 몽타주 이론: 쿨레쇼프・푸도프킨・에이젠슈테인의 예술적 미학원리》, (파주: 열화당, 2006)

김천혜, 《소설 구조의 이론》, (서울: 문학과지성사, 1990)

다케시, 하마시타 지음, 하세봉/정지호/정혜중 옮김, 《홍콩: 아시아의 네트워크 도시》, (서울: 신서원, 1997)

도노번, 조세핀 지음, 김익두/이월영 옮김, 《페미니즘 이론》, (서울: 문예출판사, 1999)

들뢰즈, 질 외 지음, 서창현 외 옮김, 《비물질노동과 다중》, (서울: 갈무리, 2005)

렐프, 에드워드 지음, 김덕현/김현주/심승희 옮김, 《장소와 장소상실》, (서울: 논형, 2005)

리어우판 지음, 장동천 등 옮김, 《상하이 모던: 새로운 중국 도시 문화의 만개, 1930-1945》, (서울: 고려대학교출판부, 2007)

리우, 리디아 지음, 민정기 옮김, 《언어횡단적 실천: 문학, 민족문화 그리고 번역된 근대성 — 중국, 1900-1937》, (서울: 소명출판, 2005)

아미엘, 뱅상 지음, 곽동준/한지선 옮김, 《몽타주의 미학》, (서울: 동문선, 2009)

왕더웨이 지음, 김혜준 옮김, 《시노폰 담론, 중국 문학 — 현대성의 다양한 목소리》, (고양: 학고방, 2017.12)

왕더웨이 지음, 김혜준 옮김, 《현대 중문소설 작가 22인》, (서울: 학고방, 2014)

웰렉, 르네/워렌, 오스틴 지음, 이경수 옮김, 《문학의 이론》, (서울: 문예출판사, 1989)

이스트홉, 안토니 지음, 임상훈 역, 《문학에서 문화연구로》, (서울: 현대미학사, 1994)

제임스, 윌리엄 지음, 정양은 옮김, 《심리학의 원리》(1), (서울: 아카넷, 2005.6)

주톈신 지음, 전남윤 옮김, 《고도》, (서울: 지식을만드는지식, 2012.9)

채옥희, 《가사노동과 여성복지》, (서울: 경춘사, 2004)

초우, 레이 지음, 장수현/김우현 옮김, 《디아스포라의 지식인》, (서울: 이산, 2005)

초우, 레이 지음, 정재서 옮김, 《원시적 열정》, (서울: 이산, 2004)

츠언즈훙 지음, 김혜준 옮김, 《중국의 여성주의 문학비평》, (부산: 부산대학교출판부, 2005.10)

칸클리니, 네스트로 가르시아 지음, 이성훈 옮김, 《혼종문화》, (서울: 그린비, 2011)

코완, 루쓰 지음, 김성희 등 공역, 《과학기술과 가사노동 — 일이 더 많아진 주부》, (서울: 학지사, 1997)

토플러, 앨빈/토플러, 하이디 지음, 김중웅 옮김, 《부의 미래》, (서울: 청림출판, 2006)

투안, 이-푸 지음, 구동회/심승희 옮김, 《공간과 장소》, (서울: 대윤, 2007)

파레냐스, 라셀 살라자르 지음, 문현아 옮김, 《세계화의 하인들: 여성, 이주, 가사노동》, (서울: 여이연, 2009.4)

피넬, 벵상 지음, 심은진 옮김, 《몽타주: 영화의 시간과 공간》, (서울: 이화여자대학교출판부, 2008)

험프리, 로버트 저, 이우건/류기룡 공역, 《현대소설과 의식의 흐름》, (서울: 형설출판사, 1984.10)

험프리, 로버트 저, 천승걸 역, 《현대소설과 '의식의 흐름'》, (서울: 삼성미술문화재단, 1984.8)

Xi Xi, trans. Eva Hung, *My City: A Hong Kong Story*, (Hong Kong: The Research Centre for Translation, CUHK, 1993)

Constable, Nicole, *Maid to Order in Hong Kong: Fictions of Migrant Workers(2nd ed.)*, (Ithaca: Cornell University Press, 2007)

Humphrey, Robert, *Stream of Consciousness in the Modern Novel*, (Berkeley: University of California Press, 1954)

Moi, Toril, *Sexual/Textual Politics: Feminist Literary Theory*, (London ; New York: Methuen, 1985)

《明報》, 《成報》, 《新報》, 《信報》, 《大公報》, 《文匯園》, 《太陽報》, 《星島日報》, 《蘋果日報》, 《東方日報》, 《香港經濟日報》 2006.1.21.及2007.5.11.

陶然主編, 《香港文學》 第189-404期, 香港: 香港文學出版社, 2000.9-2018.8.

陶然主編, 《香港文學選集系列》(1-8), (香港: 香港文學出版社, 2003-2005)

漢聞主編,《香江文壇》總第1-42期, 香港: 香江文壇有限公司, 2002.1-2005.12.

陳國球等編著,《香港文學大系 1919-1949》, (香港: 商務印書館, 2014-2016)

計紅芳,《香港南來作家的身分建構》, (北京: 中國社會科學出版社, 2007.8)

古遠清,《古遠清自選集》, (Kuala Lumpur: 馬來西亞爝火出版社, 2002.5)

公務員事務局法定語文事務部,《香港 2005》, (香港: 公務員事務局法定語文事務部, 2005)

孔範今主編,《二十世紀中國文學史》, (濟南: 山東文藝, 1997)

金漢主編,《中國當代文學發展史》, (上海: 上海文藝, 2002)

梁秉鈞/譚國根/黃勁輝/黃淑嫻編,《劉以鬯與香港現代主義》, (香港: 香港公開大學出版社, 2010.7)

黎活仁等,《香港八十年代文學現象》(1,2), (臺北: 學生書局, 2000)

魯迅選編,《中國新文學大系 小說二集》, (影印本, 上海: 上海出版社, 1980)

盧瑋鑾編,《不老的繆思: 中國現當代散文理論》, (香港: 天地圖書, 1993)

劉登翰主編,《香港文學史》, (北京: 人民文學出版社, 1999)

柳鳴九主編,《意識流》, (北京: 中國社會科學出版社, 1989)

劉以鬯主編,《香港短篇小說百年精華》(上), (香港: 三聯書店, 2006.9)

劉以鬯主編,《香港短篇小說百年精華》(下), (香港: 三聯書店, 2006.9)

劉以鬯,《劉以鬯卷》, (香港: 三聯書店有限公司, 1991)

劉以鬯,《酒徒》, (北京: 解放軍文藝出版社, 2000)

劉以鬯,《酒徒》, (香港: 獲益出版社, 2003)

劉以鬯,《暢談香港文學》, (香港: 獲益出版事業有限公司, 2002)

璧華,《香港文學論稿》, (香港: 高意設計製作公司, 2001.10)

復旦大學臺灣香港文化研究所選編,《臺灣香港暨海外華文文學論文選》, (福州: 海峽文藝出版社, 1990)

史書美著, 何恬譯,《現代的誘惑: 書寫半殖民地中國的現代主義(1917-1937)》, (南京: 江蘇人民出版社, 2007)

西西,《像我這樣一個讀者》, (臺北: 洪範書店, 1986)

西西,《我城》, (桂林: 廣西師範大學出版社, 2010.1)

西西,《我城》, (臺北: 允晨文化, 1989.3)

西西,《我城》, (臺北: 允晨文化, 1990.11)

西西,《我城》, (臺北: 洪範書店, 1999.8)

西西, 《我城》, (香港: 素葉出版社, 1979.3)

西西, 《我城》, (香港: 素葉出版社, 1996.3, 增訂本)

西西/何福仁, 《時間的話題》, (臺北: 洪範書店, 1995)

施建偉/應宇力/汪義生, 《香港文學簡史》, (上海: 同濟大學出版社, 1999)

也斯, 《記憶的城市·虛構的城市》, (香港: 牛津出版社, 1993)

也斯, 《後殖民食物與愛情》, (香港: 牛津大學出版社, 2009 初版)

也斯, 《後殖民食物與愛情》, (香港: 牛津大學出版社, 2012 修訂版)

也斯/黃勁輝編, 《劉以鬯作品評論集》, (香港: 香港文學評論出版社, 2012)

余光中, 《春來半島 — 香港十年詩文選》, (香港: 香江出版社, 1985)

伍寶珠, 《書寫女性與女性書寫: 八·九十年代香港女性小說研究》, (臺北: 大安
出版社, 2006)

王劍叢, 《香港文學史》, (南昌: 百花洲文藝出版社, 1995)

袁良駿, 《香港小說史》(第一卷), (深圳: 海天出版社, 1999)

伊慶春/陳玉華主編, 《華人婦女家庭地位: 臺灣, 天津, 上海, 香港之比較》, (北
京: 社會科學文獻出版社, 2006)

市政局公共圖書館編, 《第一屆香港文學節研討會講稿滙編》, (香港: 市政局公共
圖書館, 1997)

臨時市政局公共圖書館編, 《第二屆香港文學節研討會講稿滙編》, (香港: 臨時市
政局公共圖書館, 1998)

臨時市政局公共圖書館編, 《第三屆香港文學研討會講稿滙編》, (香港: 臨時市政
局公共圖書館, 1999)

李蘊娜編, 《第四屆香港文學節論稿滙編》, (香港: 香港藝術發展局, 2003)

張美君/朱燿偉編, 《香港文學@文化研究》, (香港: 牛津大學出版社, 2002)

迪志文化出版編輯部編, 《香港網絡文學選集: 心情網絡》, (香港: 迪志文化出版
有限公司, 2001.4)

第三屆全國臺灣與海外華文文學學術討論會大會學術組選編, 《臺灣香港與海外
華文文學論文選》, (福州: 海峽文藝出版社, 1988)

趙稀方, 《小說香港》, (香港: 三聯書店, 2003)

陳國球, 《感傷的旅程: 在香港讀文學》, (臺北: 學生書局, 2003)

陳國球編, 《文學香港與李碧華》, (臺北: 麥田, 2000)

陳德錦, 《宏觀散文》, (香港: 科華圖書出版公司, 2008.1)

陳炳良編,《香港當代文學探賞》, (香港: 三聯書店, 1991.12)

陳炳良編,《香港當代文學探研》, (香港: 三聯書店, 1992)

馮偉才編,《香港短篇小說選 1984-1985》, (香港: 三聯書店, 1988)

馮偉才編,《香港短篇小說選 1986-1989》, (香港: 三聯書店, 1994)

黎海華編,《香港短篇小說選 1990-1993》, (香港: 三聯書店, 1994.8)

許子東編,《香港短篇小說選 1994-1995》, (香港: 三聯書店, 2000.1)

許子東編,《香港短篇小說選 1996-1997》, (香港: 三聯書店, 2000.1)

許子東編,《香港短篇小說選 1998-1999》, (香港: 三聯書店, 2001.11)

許子東編,《香港短篇小說選 2000-2001》, (香港: 三聯書店, 2004.3)

黃子平/許子東編,《香港短篇小說選 2002-2003》, (香港: 三聯書店, 2006.4)

鄭政恆編,《香港短篇小說選 2004-2005》, (香港: 三聯書店, 2013.8)

潘步釗編,《香港短篇小說選 2006-2007》, (香港: 三聯書店, 2013.11)

黎海華/馮偉才編,《香港短篇小說選 2010-2012》, (香港: 三聯書店, 2015.2)

潘步釗編,《香港短篇小說選 2013-2014》, (香港: 三聯書店, 2018.3)

蔡敦祺主編, 《一九九七年香港文學年鑑》, (香港: 香港文學年鑑學會出版, 1999.3)

香港散文詩學會主編,《香港散文詩選》, (香港: 香港文學報出版社, 1998.2)

香港作家聯會編,《香港作家聯會十年慶典特刊》, (香港: 香港作家聯會出版部, 1998.3.1)

許子東,《吶喊與流言》, (上海: 上海文藝出版社, 2004.10)

胡國賢編,《香港近五十年新詩創作選》, (香港: 香港公共圖書館, 2001)

洪子誠,《中國當代文學史概說》, (香港: 青文書屋, 1997)

黃繼持/盧瑋鑾/鄭樹森,《追跡香港文學》, (香港: 牛津大學出版社, 1998)

黃碧雲,《無愛紀》, (臺北: 大田出版有限公司, 2001)

黃修己主編,《20世紀中國文學史》, (廣州: 中山大學出版社, 1998)

黃維樑主編,《活潑紛繁的香港文學: 1999年香港文學國際研討會論文集》(上), (香港: 香港中文大學出版社, 2000)

黃維樑主編,《活潑紛繁的香港文學: 1999年香港文學國際研討會論文集》(下), (香港: 香港中文大學出版社, 2000)

黃維樑編,《中華文學的現在和未來: 兩岸暨港澳文學交流研討會論文集》, (香港: 鑪峯學會, 1994)

黃維樑,《香港文學再探》, (香港: 香江出版社, 1996)

黃維樑,《香港文學初探》, (香港: 華漢文化事業公司, 1985)

黃仲鳴,《香港三及第文體流變史》, (香港: 香港作家協會, 2002)

獲益編輯部編,《〈酒徒〉評論選集》, (香港: 獲益出版事業有限公司, 1995.5)

3. 논문 · 기사 · 정기간행물

김혜준, 〈香港 지역의 '문예의 민족형식 논쟁'에 대하여〉,《중국어문논총》제3집, 서울: 고대중국어문연구회, 1990.12, pp. 301-340.

박난영, 〈현대 중국 여성의식의 변화—《天義》《新世紀》와 畢淑敏의 〈여성의 약속(女人的約)〉을 중심으로〉,《중국어문논총》제34집, 서울: 중국어문연구회, 2007.9, pp. 357-377.

박남용, 〈홍콩의 梁秉鈞 시에 나타난 도시문화와 홍콩의식〉,《외국문학연구》제34집, 서울: 한국외국어대학교 외국문학연구소, 2009.5, pp. 121-143.

송주란, 〈예쓰(也斯) 작품에 나타난 홍콩 도시화에 대한 기억과 흔적—소설 포스트 식민 음식과 사랑을 중심으로〉,《중국학》제54집, 부산: 대한중국학회, 2016.3, pp. 241-256.

송주란,《也斯 산문의 홍콩성 연구: 1970,80년대를 중심으로》, 부산대석사논문, 2010.2.

안보옥, 〈장 뤽 고다르의 〈만사형통〉: 갈등과 모순의 영화〉,《프랑스문화예술연구》제36집, 프랑스문화예술학회, 2011, pp. 521-545.

오길영, 〈제임스 조이스의 문학론 연구〉,《안과 밖》제13호, 서울: 영미문학연구회, 2002, pp. 98-117.

우석균, 〈라틴아메리카의 문화 이론들: 통문화, 혼종문화, 이종혼형성〉,《라틴아메리카연구》Vol. 15 No. 2, 서울: 한국라틴아메리카학회, 2002.12, pp. 283-294.

유제분, 〈돌봄/가사노동의 소외와 여성 공간〉,《영어영문학》54, 서울: 한국영어영문학회, 2008.6, pp. 169-188.

윤형숙, 〈지구화, 이주여성, 가족재생산과 홍콩인의 정체성〉,《중국현대문학》제33호, 서울: 중국현대문학학회, 2005.6, pp. 129-156.

이보경, 〈인터넷과 매체—중국의 인터넷 문학에 관한 보고〉,《중국현대문학》제33호, 서울: 중국현대문학학회, 2005.6, pp. 301-325.

이현경, 《이탈로 칼비노의 환상과 하이퍼의 문학: 주요 소설 연구》, 한국외국어대학교 박사논문, 2011.

장동천, 〈중국 근대건축의 문학적 장소성〉, 《고려대학교 중어중문학과 창설 40주년 기념학술대회논문집》, 서울: 고려대학교 중어중문학과, 2012.12, pp. 149-166.

장정아, 《'홍콩인' 정체성의 정치: 반환 후 본토자녀의 거류권 분쟁을 중심으로》, 서울, 서울대학교 박사학위논문, 2003.

진기행, 〈근대성에 관한 역사철학적 탐구 서설〉, 《철학논총》 제19집, 부산: 새한철학회, 1999.12, pp. 149-178.

Chang, Kimberly A. and Ling, L.H.M, "Globalization and Its Intimate Other: Filipina Domestic Workers in Hong Kong", Marianne H. Marchand and Anne Sisson Runyan, eds., Gender and Global Restructuring: Sightings, Sites and Resistances, (New York: Taylor & Francis, 2000), pp. 27-43.

甘寧, 〈'香港文學和她的特異性'研討會在法國裏昂擧行〉, 《香江文壇》 第25期, 香港: 香江文壇有限公司, 2004.1, pp. 56-57.

江少川, 〈論劉以鬯及其長篇小說《酒徒》〉, 《華文文學》 第52期, 汕頭: 汕頭大學, 2002.10.26, pp. 56-60, 75.

江少川, 〈中國長篇意識流小說第一人 — 論劉以鬯的《酒徒》及《寺內》〉, 《華中師範大學學報(人文社會科學版)》 第41卷 第2期, 武漢: 華中師範大學, 2002.4.27, pp. 26-31.

古遠清, 〈'96-'97年的香港文學批評〉, 《中國現代當代文學研究》, 北京: 中國人民大學書報資料中心 1999-1, pp. 221-224.

古遠清, 〈香港文學五十年〉, 《中國現代當代文學研究》, 北京: 中國人民大學書報資料中心 1997-6, p. 256.

高蒼梧, 〈歌者何以無歌 — 也談香港文學的出路〉, 《新晚報》, 1980.11.11.

凌逾, 〈跨藝術的新文體 — 重評西西的《我城》〉, 《城市文藝》 第3卷 第4期(第28期), 2008.5, pp. 68-74.

凌逾, 〈小說蒙太奇文體探源 — 以西西的跨媒介實驗爲例〉, 《華南師範大學學報(社會科學版)》, 2008年 第4期, 廣州: 華南師範大學, 2008.8, pp. 66-72.

東瑞, 〈香港文學書籍和市場需求〉, 《作家月刊》(香港) 第25期, 2004.7, pp. 18-24.

梁敏兒, 〈《我城》與存在主義 — 西西自〈東城故事〉以來的創作軌跡〉, 《中外文學》第41卷 第3期, 臺北: 國立臺灣大學外國語文學系, 2012.9, pp. 85-115.

梁秉鈞,〈嗜同嚐異 — 從食物看香港文化〉,《香港文學》第231期, 2004.3.1, pp. 16-20.

黎海華錄音整理,〈文藝座談會: 香港小說初探〉,《文藝雜誌》第6期, 香港: 基督教文藝出版社, 1983.6, pp. 12-32.

劉以鬯,〈《島與半島》自序〉,《大公報·文學》第52期, 1993.6.23, p. 18.

劉以鬯,〈發刊詞〉,《香港文學》創刊號, 香港: 香港文學雜誌社, 1985.1, p. 1.

劉以鬯,〈我為什麼寫《酒徒》〉,《文匯報·文藝》第842期, 1994.7.24, B5.

劉以鬯,〈我在四十年代上海的文學工作〉,《城市文藝》創刊號, 2006.2, pp. 72-77.

劉以鬯,〈娛樂自己與娛樂別人〉,《文匯報·文藝》第817期, 1994.1.30, C7.

劉以鬯,〈從抗戰時期作家生活的困苦看社會對作家的責任〉,《明報月刊》第150期, 1978.6, pp. 58-61.

陸陸,〈四點半〉,《香港作家》新9期, 香港: 香港作家聯會, 2000.9, p. 2.

李今,〈劉以鬯的實驗小說〉,《星島日報·文藝氣象》, 香港: 星島日報, 1992.10.29.

文牛,〈在世界文學格局中探討臺港及海外華文文學: 全國第四屆臺港暨海外華文文學學術討論會述略〉,《中國現代當代文學研究》, 北京: 中國人民大學書報資料中心 1989-8, pp. 243-248.

傅眞,〈香港文苑奇才 — 唐人〉,《中國現代當代文學研究》, 北京: 中國人民大學書報資料中心 1981-24, pp. 111-112.

徐曰彪,〈近代香港人口試析(1841-1941年)〉,《近代史研究》1993年 第6期, 北京: 中國社會科學院近代史研究所, 1993.6, pp. 1-28.

小沖,〈不是相遇〉, 陶然主編,《香港文學》第195期, 香港: 香港文學出版社, 2001.3, p. 46.

安妮·居裏安,〈鍾與龍 — 香港當代小說〉, 陶然主編,《香港文學》第232期, 香港: 香港文學出版社, 2004.4, pp. 28-32.

也斯,〈劉以鬯的創作娛己也娛人〉,《信報》第24版, 1997.11.29.

也斯,〈現代小說家劉以鬯先生〉,《文訊》第84期, 臺北: 文訊雜誌社, 1992.10, pp. 108-110.

楊匡漢,〈學術語境中的香港文學研究〉,《中國現代當代文學研究》, 北京: 中國人民大學書報資料中心 2001-11, pp. 191-195.

吳躍農, 〈臺港海外十年散文印象〉, 《中國現代當代文學研究》, 北京: 中國人民
　　　大學書報資料中心 1989-6, pp. 175-178.

王敏, 〈百年變遷中的香港文學〉, 《中國現代當代文學研究》, 北京: 中國人民大
　　　學書報資料中心 1997-11, pp. 225-229.

姚永康, 〈別具新意的小說 ─《酒徒》藝術芻議〉, 《讀者良友》第5期, 香港: 三聯
　　　書店, 1984.11, pp. 72-75.

李子雲, 〈在寂寞中實驗: 論西西的小說創作〉, 《中國現代當代文學研究》, 北京:
　　　中國人民大學書報資料中心 1989-9, pp. 171-178.

張北鴻, 〈香港文學概論〉, 《中國現代當代文學研究》, 北京: 中國人民大學書報
　　　資料中心 1992-7, pp. 251-256.

張婉雯, 〈獨心〉, 陶然主編, 《香港文學》 第191期, 香港: 香港文學出版社,
　　　2000.11, pp. 25-27.

曹惠民, 〈意識流小說中的"與衆不同"之作 ─ 重評劉以鬯的《酒徒》〉, 《常州工學
　　　院學報(社科版)》 第26卷 第1/2期, 2008.4.15, pp. 23-26, 31.

趙稀方, 〈香港文學的年輪〉, 《作家月刊》(香港) 第31期, 2005.1, pp. 70-80.

鍾笑芝, 〈夏天的雪〉, 陶然主編, 《香港文學》 第209期, 香港: 香港文學出版社,
　　　2002.5, p. 34.

陳潔儀, 〈西西《我城》的科幻元素與現代性〉, 《東華漢學》第8期, 花蓮(臺灣): 國
　　　立東華大學中國語文學系, 2008.12, pp. 231-253.

陳德錦, 〈千禧年香港期刊散文綜論〉, 陶然主編, 《面對都市叢林: 《香港文學》文
　　　論選(2000年9月-2003年6月)》, (香港: 香港文學出版社, 2003.7), pp.
　　　264-284.

陳德錦, 〈千禧年香港期刊散文綜論〉, 陶然主編, 《香港文學》第219期, 香港: 香
　　　港文學出版社, 2003.3, pp. 66-76.

陳麗娟, 〈6座20樓E6880**(2)〉, 陶然主編, 《香港文學》第191期, 香港: 香港文學
　　　出版社, 2000.11, pp. 28-29.

振明, 〈解剖《酒徒》〉, 《中國學生週報》第841期 第4版, 香港: 中國學生周報編輯
　　　委員會, 1968.8.30.

秦瘦鷗, 〈記唐人〉, 《中國現代當代文學研究》, 北京: 中國人民大學書報資料中
　　　心 1981-24, p. 96.

陳志明, 〈從《到燈塔去》與《酒徒》的比較看中西意識流的差異〉, 《綏化學院學報》,
　　　綏化(黑龍江省): 綏化學院, 2012.2.10, pp. 116-117.

八方編輯部, 〈知不可而爲 ― 劉以鬯先生談嚴肅文學〉, 《八方文藝叢刊》第6輯, 香港: 香港文學藝術協會, 1987.8, pp. 57-67.

彭志銘, 〈奔向死亡的香港書業〉, 《作家月刊》(香港) 第33期, 2005.3, pp. 6-7.

何福仁/關夢南, 〈文學沙龍 ― "看西西的小說"〉, 《讀書人》第13期, 1996.3, pp. 70-75.

何慧, 〈一本關於文學的小說 ― 談劉以鬯的小說《酒徒》〉, 《文匯報·文藝》, 1991. 10.13. p. 21.

韓麗珠, 〈壁屋〉, 陶然主編, 《香港文學》第191期, 香港: 香港文學出版社, 2000. 11, pp. 22-24.

海靜, 〈參商〉, 《香港作家》 新4期, 2000.4.1, pp. 4-7.

香江文壇, 〈香港最大型的文學頒獎活動〉, 《香江文壇》第23期, 香港: 香江文壇 有限公司, 2003.11, pp. 63-65.

花建, 〈東方之珠的文化神韻: 論香港文學發展的三個特點〉, 《中國現代當代文 學研究》, 北京: 中國人民大學書報資料中心 1997-7, pp. 222-225.

黃勁輝, 《劉以鬯與現代主義: 從上海到香港》, 山東大學博士學位論文, 2012.5.22.

黃繼持, 〈西西連載小說: 憶讀再讀〉, 《八方文藝叢刊》第12輯, 香港, 1990.11, pp. 68-80.

黃坤堯, 〈香港藝術發展局2002年度委約出版的文學雜誌述評〉, 《香江文壇》第 11期, 香港: 香江文壇有限公司, 2002.11, pp. 77-84.

黃南翔, 〈杂文的年代〉, 《當代文藝》第106期, 1974.9.

黃敏華, 〈隔壁的事〉, 陶然主編, 《香港文學》第191期, 香港: 香港文學出版社, 2000.11, pp. 34-35.

黃維樑, 〈十多年來香港文學地位的提升〉, 《香江文壇》第11期, 香港: 香江文壇 有限公司, 2002.11, pp. 15-16.

黃子平, 〈香港文學史: 從何說起〉, 陶然主編, 《香港文學》第217期, 香港: 香港文 學出版社, 2003.1. pp. 20-21.

4. 인터넷 자료

통계청 홈페이지 http://kostat.go.kr/ 〈2014년 생활시간조사 결과〉(2015.6.29.)

통계청 홈페이지 http://kostat.go.kr/ 〈2004 생활시간조사 결과〉(2005.5)

통계청 홈페이지 http://kostat.go.kr/ 〈2016년 사회조사 결과(가족, 교육, 보건, 안전, 환경)〉(2016.11.15.)

통계청 홈페이지 http://kostat.go.kr/ 〈2008년 사회조사 결과〉(2008.11)

Daily Mail Reporter, "Shocking photos of Indonesian maid after Saudi
      employer hacked off her lips", *Daily Mail Online*,
      http://www.dailymail.co.uk/news/article-1332279/Sumiatis-injuries-
      Shocking-photos-Indonesian-maid-abused-Saudi-employers.html
      (2010년 11월 25일 검색)

香港文學資料庫 http://hklitpub.lib.cuhk.edu.hk/

香港特區政府 https://www.gov.hk/

香港特區政府, 《香港年報》, http://www.yearbook.gov.hk/

香港特別行政區政府統計處, 〈香港統計資料〉,
      http://www.censtatd.gov.hk/hkstat/

香港特別行政區政府勞工處, 〈聘用外籍家庭傭工僱主須知〉,
      http://www.labour.gov.hk/tc/public/pdf/wcp/PointToNotesForEmp
      loyersOnEmployment(FDH).pdf

香港特別行政區政府入境事務處, 〈外國聘用家庭傭工指南〉,
      http://www.immd.gov.hk/chtml/ID(E)969.htm

香港藝術發展局 http://www.hkadc.org.hk/tc/

上海市地方誌辦公室, 〈上海通誌・人口數量〉, http://www.shtong.gov.cn/

찾아보기

문헌명 및 기타

| 지은이 소개 |

김혜준

고려대학교 중문과에서 중국 현대문학을 전공하고 《중국 현대문학의 '민족 형식 논쟁' 연구》로 박사 학위를 받았다. 현재 부산대학교에서 교수로 재직하고 있으며, 그동안 홍콩 중원대학, 중국 사회과학원, 캐나다 브리티시컬럼비아대학, 미국 캘리포니아대학 샌디에이고 캠퍼스 등에서 연구생 또는 방문 학자 신분으로 연구를 했다.

중국 현대문학사, 중국 신시기 산문, 중국 현대 페미니즘 문학, 홍콩문학, 화인화문문학 등을 연구했거나 하고 있다. 이에 따라 단독 또는 공동으로 《중국 현대문학 발전사》(1991), 《중국 당대문학사》(1994), 《중국 현대산문사》(1993), 《중국 현대산문론 1949-1996》(2000), 《중국의 여성주의 문학비평》(2005), 《현대 중문소설 작가 22인》(2014), 《시노폰 담론, 중국 문학 — 현대성의 다양한 목소리》(2017) 등 관련 이론서를 번역하기도 하고, 《하늘가 바다끝》(2002), 《쿤룬산에 달이 높거든》(2002), 《사람을 찾습니다》(2006), 《나의 도시》(2011), 《포스트식민 음식과 사랑》(2012), 《뱀 선생》(2012), 《술꾼》(2014), 《그녀의 이름은 나비》(2014), 《동생이면서 동생 아닌: 캐나다화인소설선》(2016) 등 수필 작품과 소설 작품을 번역하기도 했다. 저서로 《중국 현대문학의 '민족 형식 논쟁'》(2000)이 있고, 논문으로 〈화인화문문학(華人華文文學) 연구를 위한 시론〉(2011) 외 수십 편이 있다.

개인 홈페이지 '김혜준의 중국 현대문학(http://dodami.pusan.ac.kr/)'을 운영하면서, 〈한글판 중국 현대문학 작품 목록〉(2010), 〈한국의 중국 현대문학 학위 논문 및 이론서 목록〉(2010) 등 중국 현대문학 관련 자료 발굴과 소개에도 힘을 쏟아 왔다. 근래에는 부산대학교 현대중국문화연구실(http://cccs.pusan.ac.kr/)을 중심으로 청년 연구자들과 함께 공동 작업을 하는 데 노력하고 있다.

홍콩 상상과 방식

홍콩문학론

초판 인쇄   2019년 1월 25일
초판 발행   2019년 1월 31일

지 은 이 | 김혜준
펴 낸 이 | 하운근
펴 낸 곳 | 學古房

주   소 | 경기도 고양시 덕양구 통일로 140 삼송테크노밸리 A동 B224
전   화 | (02)353-9908 편집부(02)356-9903
팩   스 | (02)6959-8234
홈페이지 | http://hakgobang.co.kr
전자우편 | hakgobang@naver.com, hakgobang@chol.com
등록번호 | 제311-1994-000001호

ISBN   978-89-6071-863-0   93820

값 : 25,000원

이 도서의 국립중앙도서관 출판예정도서목록(CIP)은 서지정보유통지원시스템 홈페이
지(http://seoji.nl.go.kr)와 국가자료공동목록시스템(http://www.nl.go.kr/kolisnet)에서 이용
하실 수 있습니다. (CIP제어번호 : CIP2019001736)